無錫文庫

第四輯

抱犢山房集
續離騷
雙報應
揚州夢
防河奏議
師善堂詩集
嵇禮齋真稿
錫慶堂詩集

鳳凰出版傳媒集團
鳳凰出版社

圖書在版編目（CIP）數據

抱犢山房集等 / (清) 嵇永仁等撰. -- 南京 : 鳳凰出版社, 2011.12
(無錫文庫. 第4輯)
ISBN 978-7-5506-0968-6

Ⅰ. ①抱… Ⅱ. ①嵇… Ⅲ. ①中國文學: 古典文學—作品綜合集—清代 Ⅳ. ①I214.92

中國版本圖書館CIP數據核字(2011)第269775號

責任編輯 樊 昕
裝幀設計 姜 嵩
出版發行 鳳凰出版傳媒集團
鳳凰出版社(原江蘇古籍出版社)
南京市中央路165號 郵編 210009
發行部電話 025－83223462
集團網址 鳳凰出版傳媒網 http://www.ppm.cn
印　　刷 無錫市證券印刷有限公司
無錫市揚名高新技術産業園B區75號 郵編 214024
開　　本 889×1194毫米 1/16
印　　張 50.25
版　　次 2011年12月第1版 2011年12月第1次印刷
標準書號 ISBN 978-7-5506-0968-6
定　　價 660.00圓
(本書凡印裝錯誤可向承印廠調换,電話:0510－85435666)

無錫文庫工作委員會

顧問

楊衛澤　毛小平　周和平　譚　躍

主任

王立人

副主任

曹佳中　陳海燕　吴小平

委員

方標軍　須　儉　陳堯明　尤文科

何承志　蔡文煜　葉建興　施　展

嚴克勤　劉　川　雷群虎　李祖坤

瞿　敬　華瑞興　周興安　姜小青

無錫文庫編輯委員會

無錫文庫學術顧問

（按姓氏筆畫排列）

朱玉麒　朱維錚　江慶柏　李文海
沈衛榮　武秀成　金良年　胡福明
莫礪鋒　徐中玉　陳熙中　許倬雲
張仲禮　張廷銀　彭　林　程章燦
馮　遠　馮其庸　楊天石　趙生群
劉玉才　錢　遜　錢中文　錢文忠

總　序

七千年文明史，三千年建城史，江南名城無錫，襟長江依太湖，自古以來就是魚米之鄉，禮儀之邦。無錫文化自泰伯南奔以來，騰蛟起鳳，尚德崇文，在數千年的傳承發展中，教化常持，經世務實，人杰輩出，大家林立，文藻絢麗，錯彩鏤金。舍南舍北皆春水，欲與湖山作主人，數千年的人文傳統，賦予了風光秀美的無錫以獨特的文化魅力，鑄就了城市剛柔相濟、秀逸清麗的的文化品格。

無錫是中國吴文化的發源地。早在商代晚期，周太王古公亶父的長子泰伯三讓王位，携其弟仲雍奔吴，定居無錫梅里，建『勾吴國』，『端委以治周禮』，施以禮儀教化；興修水利，授以農桑，不數年而『民人殷富』。泰伯帶來的中原文化與無錫本地土著文明相結合，吴文化以及作爲其重要組成部分的無錫文化就此發端。晋室南渡，北方人群大量南遷，帶來了中原的文化技術，促進了無錫農業、水利、手工業和商業的發展，中原文明再度與吴文化進行融合互滲。在本土文化與异地文化的碰撞和交融中，不斷推動着無錫這座城市的文明進步。

無錫歷史文化『追歷七千餘載歲月滌蕩，遂經四大轉折而成其廣大深厚：泰伯西來，吴文化成焉；永嘉南渡，江左文脉振焉；宋室波遷，江南文風始焉；歐風東漸，錫邑占風氣之先，民族工商文化始焉。數百代鄉彦賢達智慧與創造累積，文獻足徵，無慮百千』（《錫山先哲叢刊》重版弁言）。無錫文化以兼容并蓄多樣化的形態不斷發展。

崇文尚教，以教促文。北宋嘉祐三年（一〇五八），無錫始設縣學；北宋政和元年（一一一一），理學傳人楊時在無錫創建東林書院，此後無錫出現了喻樗、尤袤、李祥、蔣重珍等一批知名的教育家。至明代，顧憲成、高攀龍等在東林書院講學，此後又有許多書院相繼而起。古代無錫對教育的重視，促進了『崇文』和『尚教』的風氣，也造就了大量的人才。自隋朝開創科舉取士到清末廢除科舉，無錫共出了五名狀元、三名榜眼、六名探花和三名傳臚，并有五百四十名進士，一千二百多名舉人；『一榜九進士』、『六科三解元』，自古傳爲佳話。近代以來，經濟的繁榮進一步帶動了教育的興盛。無錫籍國學大師錢穆曾説：『晚清以下，群呼教育救國，無錫一縣最先起。』此後無錫的實業家紛紛出資興辦文化教育事業。教育的繁興，在極大程度上促進了無錫的文化發展，出現了空前的文化人才崛起的高峰。

文脉綿延，後出轉强。歷來『文化』的概念有廣義和狹義之分，這裏的『文脉』之『文』，用的是狹義的概念，即指經史、文學、藝術等人類所創造的精神財富的總和。在無錫的歷史文化傳統中，自古及今，悠悠文脉，如瓜瓞之綿綿。必須指出的是，從文化發生學的角度來看，早期中華文化的中心是在黄河流域的中原地區，無錫在宋元以前，雖有像顧愷之、李紳、尤袤、蔣捷、倪瓚等一批人文英才，但在整體上，無錫的文氣是自明清以迄近現代達到巔峰。在整個江南地區文教昌明和無錫經濟繁盛、教育勃興的大背景下，無錫地區在經史、文學、繪畫、音樂等諸多領域中，建樹卓越，俊才雲蒸，真正呈現出『人文之盛，冠於南國；碩彦輩出，著述繁富』的局面。

求實務本、重工崇商。無錫自古爲江南富庶之地、魚米之鄉。明代東林講學者將士商并列爲『本行』，講求經世致用；近代早期維新的思想家、實踐家薛福成提出『黜浮靡，崇實學』，大力倡揚『工商爲先，耕戰植其基，工商擴其用』的觀念，這些都成了近代以來無錫人求實務本、重工崇商的重要的思想根源；兼以明清時期，封建自然經濟解體，資本主義開始萌芽，無錫經濟日趨繁盛。鴉片戰争以後，上海開埠，由於商品經濟的發展和商業資本積累的增加，逐步形成了一個以上海爲中心的，北接江陰、靖江，西連蘇州、無錫、常州的經濟區域。有布、米、絲、錢『四大碼頭』的無錫，被譽爲『小上海』。到了十九世紀末、二十世紀初，無錫許多有識之士積極引進西方生産技術，大力興辦工廠，形成了近代六大資本系統，無錫成了近代中國民族工商業的發祥地和蘇南經濟中心。經濟的繁盛，不僅爲無錫文化的不斷發展提供了堅實的物質基礎，而且也形成了無錫文化的主流形態之一的，具有鮮明特色和豐富内涵的『工商文化』。

文化源長，文獻宏大。在歷史上，無錫有過兩次較大規模的文化整理。一八九九年，《常州先哲遺書》是包涵無錫在内的第一次區域性文化整理集成。一九三二年，《錫山先哲叢刊》是無錫真正意義上從城市角度進行的一次文化整理。當時，國家積貧積弱，社會動蕩離亂，身處亂世的有識之士高擎文化的旗幟，以縱覽千古的魄力和毅力致力於城市文化傳統的繼承與弘揚，爲無錫地方人文教育提供了文化楷模，對增强無錫崇文興教氛圍發揮了重要的作用，爲無錫躋身江南名城提供了文化動力，其意義至今爲後人感念。

滄桑巨變，天上人間。經過近一個世紀的奮鬥探索，特别是改革開放三十多年來的迅猛發展，中華民族强勢崛起。國運昌隆，盛世修典。中共無錫市委、市政府高度重視地方傳統文化的整理弘揚工作。自二〇〇七年提出『建設文明無錫，打造文化名城』以來，無錫全面深入開展歷史文化遺産的挖掘、清理、保護和修復工作，傳承弘揚優秀傳統文化，彰顯城市人文歷史底藴，掀起歷史文化名城建設新高潮。此後，市委、市政府在《無錫市文化大發展大繁榮行動綱要》中明確要求全面整理出版地方歷史文獻，市委、市政府在《關於深化文化體制改革加快文化强市建設的决定》中再次明確要求編纂《無錫文庫》，正式啓動迄今爲止無錫地區規模最大、綜合性鄉邦文獻集成的修編工作。爲確保《無錫文庫》的編纂工作順利進行，市委、市政府專門成立了『無錫文庫工作委員會』，由市委宣傳部牽頭，設立了『無錫文庫編輯委員會』，計劃用三年時間完成編纂出版工作。《無錫文庫》的編纂，將以嶄新的學術角度和現代學科框架對城市歷史文化進行全面梳理和弘揚，站在時代的高度，充分展示城市深厚的歷史底藴，彰顯先賢哲人的智慧創造，解讀無錫文化的獨特個性，提煉升華無錫的人文精神，光前裕後，古爲今用，以文化人，由人化文，以史爲鑒，開啓未來。

《無錫文庫》的編纂出版必將發揮重要的文化功能：首先是搶救文獻。無錫自古即有豐富的地方文獻，無論經史子集，都有重要著作流傳於世。然而無錫近代歷經戰亂，一些重要典籍已毁佚，僅有書名存留；還有一些珍貴的明清地方史籍，也以孤本存世，處於若存若亡之間。由於各種原因，一些代表無錫文化的典籍保存於國内外各大圖書館中，在無錫不易見到。從清末到民國期間，在文化上有不少重要成果，而這部分書籍因長期被忽視而處於毁佚的邊緣。《無錫文庫》的編纂就是爲了搶救文獻，保存文脉。其次是古籍整理。無錫先賢留下的載籍很多，但現存書籍，版本雜亂，良莠不齊，整體而言没有經過系統編排梳理，使用不便。《無錫文庫》的編纂，就是從版本目録學的角度加以梳理，每書皆撰提要，鈎玄指要，便於閱讀使用。第三是服務大衆。《無錫文庫》所收皆爲地方古史遺文，是研究無錫歷史沿革和文化傳承的必讀書目。《無錫文庫》的編纂出版，使這些書籍的使用更加便捷和廣泛，對無錫的文化建設、城市規劃、古迹保護、名勝開發都具有很高的學術價值和實用價值。

歷史唯物主義觀是《無錫文庫》編纂出版工作的重要指導思想。《無錫文庫》是一部具有社會主義新時代特點的典籍集成，編纂理念和選編觀念更加科學，注重學術性、實用性和經典性相結合，并且儘量收入古籍版本研究的新成果，廣泛收集流散在國内外的珍貴典籍。編纂工作中，始終堅持『尊重歷史、尊重科學、尊重規律、尊重專家』的原則，堅持『雙百』方針，對傳統文化中重要的不同學派、不同觀點的資料兼收并蓄，力求客觀、完整和全面。當然，《無錫文庫》不可能包羅萬象，而以文史哲爲主要内容，兼顧其他類别著述，整體呈現出無錫歷史文化的發展脉絡。强化編纂工作的學術規範，提倡實事求是的良好學風，對文庫的整體規模、體例框架、所收書目、版式裝幀等進行反復論證，反復比較，多方聽取意見，慎之又慎，力争使《無錫文庫》成爲一部真正代表無錫文化的綜合性鄉邦文獻集成。

編纂出版《無錫文庫》的盛舉，得到了海内外衆多著名的文史專家、學者教授的熱烈響應。許倬雲、馮其庸、楊天石、李文海、徐中玉、馮遠、胡福明等無錫籍文化名人和劉玉才、程章燦、江慶柏、張廷銀、金良年等專家學者應邀擔任《無錫文庫》的學術顧問，他們扎實的學術功底、嚴謹的治學風範、卓越的學術見識，爲《無錫文庫》提供了有力的支撑。

千年吴地文明，百年工商繁華，賦予無錫人聰慧和靈秀，創造了具有獨特品質的城市文化和城市精神。當我們手捧先哲留下的珍貴文化遺産，不僅滿懷感恩、敬畏之心，更涌動着不負前賢、勵志圖新的激情，去努力創造城市文化嶄新的輝煌，讓無錫文化大發展大繁榮的春天更加姹紫嫣紅、繽紛燦爛！

無錫文庫編輯委員會

二〇一一年一月

凡例

一、《文庫》所收爲無錫籍作家的著述和與無錫相關的歷代文獻，分爲《官修舊志》、《地方史料專著》、《年譜家乘》、《無錫文存》和《近現代名家名著存目》五輯。

二、無錫地域範圍以現行行政轄區爲準。《文庫》立足無錫市區，兼顧江陰、宜興，適當選收江陰、宜興具有代表性的著作。

三、《文庫》所收著作，以史料價值高、使用價值大爲原則，適當兼顧其版本價值。

四、《文庫》主要采用影印方式出版，《近現代名家名著存目》收入作家小傳和主要著述目録。

五、《文庫》所收著作，其編纂年代下限爲一九四九年；《近現代名家名著存目》則不受此限。

六、《文庫》所收著作，原書如有蠹損、殘缺、漫漶不清處，原則上以相同版本予以換頁、補頁，使全書清晰、整齊。

七、《文庫》對所收每種圖書，均撰寫提要，置於每種書扉頁之背面；每册均新編頁碼，自爲起訖。

八、《文庫》編制書名索引和著者索引，以方便讀者使用。

第四輯編輯説明

本輯爲《無錫文庫》之第四輯《無錫文存》，主要收録歷代無錫籍作家具有代表性的詩、詞、曲、文集或珍稀史料。

無錫歷來被譽爲人才輩出、人文薈萃之地，所謂『蒼聖造端，文教聿起，泰伯入吴，肇基梅里，由是人文之盛，冠於南國。碩彦輩出，著述繁富』（高鏷泉《錫金歷朝著述書目考》序）。明代以前，無錫地區就已出現顧愷之、李紳、尤袤、蔣捷、倪瓚等一代名家；到了明清時期，這種『碩彦輩出，著述繁富』的特點得以充分地體現。據對《江蘇藝文志·無錫卷》一書的統計，古代無錫地區（包括江陰市和宜興市）有著述存世或見於載籍的作者，從東漢到元代有一百四十餘家，而明清時期則多達四千四百餘家。其中，尤以詩、詞、曲、文别集爲多，并且湧現了如吴炳、陳維崧、萬樹、顧貞觀、嵇永仁、楊潮觀、周濟、蔣春霖等一大批在全國範圍内廣有影響、知名度很高的作家文人。

許久以來，無錫地區的許多文獻學家，致力於無錫歷史文化遺産的保護和流布。除了刊刻大量的别集外，還編撰和纂輯了許多無錫地區的地方文獻書目、地方文獻叢書和地方文學總集。地方文獻書目，如高鏷泉《錫金歷朝著述書目考》、無錫縣立圖書館《無錫縣立圖書館鄉賢部書目》、無錫市圖書館《無錫市圖書館館藏地方文獻目録》及續編、辛幹《無錫藝文志長編》、宫愛東主編《江蘇藝文志·無錫卷》等；地方文獻叢書，有侯鴻鑒、劉書勛輯《錫山先哲叢刊》，金武祥編《江陰叢書》，謝鼎鎔輯《江陰先哲遺書》等；地方文獻總集，有莫息、潘繼芳輯《錫山遺響》，顧光旭輯《梁溪詩鈔》，侯學愈輯《續梁溪詩鈔》，周有壬輯《梁溪文鈔》，侯學愈輯《梁溪文續鈔》，王直、王鑒輯《錫山文集》，侯晰輯《梁溪詞選》，楊敦原編《江陰詩存》，顧季慈編《江上詩鈔》，謝鼎鎔編《江上詩鈔補》等。而《無錫文庫》的編選，正是建築在前賢們這些努力的基礎之上。

本編收録歷代無錫籍作家的作品集一百多種。所收作家作品的時間下限爲民國。民國以後的作家作品，則進入第五輯《近現代名家名著存目》中，作爲存目處理。

按照經、史、子、集四部的傳統圖書分類，本編主要收録集部的作品；間亦酌情收録少量其他部類的作品，如顧憲成《顧端文公大學通考一卷大學質言一卷大學重定一卷》及《大學意一卷中庸意二卷大學説一卷中庸説一卷語孟説略二卷》屬經部四書類，徐弘祖《徐霞客遊記》屬史部地理類，李浚《松窗雜録》、費袞《梁溪漫志》和李詡《戒庵老人漫筆》等筆記體作品屬子部雜學類或子部小説類。這些著述或因版本珍稀，或因影響廣遠，故而收録。

本編之前數册，收録《梁溪文鈔》、《梁溪文續鈔》、《錫山遺響》、《錫山文集》、《梁溪詩鈔》、《續梁溪詩鈔》、《梁溪詞選》等無錫地區詩、詞、文總集；其餘各册，所收皆爲單集作品。

各總集内的作品，雖然與各單集内的作品會有少量的重復，但其中還收録有大量未選入本編單集中的作家作品，再加上這些作家的小傳，便使得這些總集具有了很高的文獻資料價值。

各册之間的順序，以歷史年代先後編排。所收録的單集作品，如卷帙較大者，則一種編爲一册或數册，如薛福成《薛叔耘遺著十六種》等；篇幅較小者，則或按年代先後，或按文體類别，或按家族關係，由數種編爲一册。

目録

抱犢山房集

（清）嵇永仁 撰

《抱犢山房集》，清嵇永仁撰，爲作者清初『三藩之亂』時難中詩文遺稿，康熙中，其子曾筠編次付梓。凡六卷，前五卷爲永仁所撰詩文：卷一《吉吉吟》、卷二《百苦吟》，係陷獄時與范承謨及同難諸人唱和詩；卷三《和淚譜》，係他爲同難諸人所作之小傳；卷四《葭秋集》、卷五《竹林集》，係其舊作；卷六附録與永仁同難的王龍光、沈天成所撰詩文。

嵇永仁（一六三七——一六七六），字留山，又字匡侯，號抱犢山農，無錫人，以長洲籍入學爲諸生。清初重要戲曲作家。少好從士大夫遊，議論國是。入清後屢試不第，以教館與行醫爲業。康熙十二年秋，福建總督范承謨聘其入幕。次年，靖南王耿精忠反，拘范承謨，永仁亦被俘，脅降不從，投之獄中。囚禁三年，康熙十五年范承謨被殺，嵇永仁自縊而死，年四十歲。嵇永仁以諸生佐幕，尚未授官，而抗節殞身，義不從逆，捨生取義，清廷後封他爲義士，康熙四十七年，追贈國子監助教。《清史稿》入忠義傳，《無錫金匱縣志·流寓》有記，姜垚撰《嵇留山先生傳略》。

嵇永仁具有離經叛道的精神，年青时与金圣叹为好友，他自己説：『僕少不自重，好詼諧雜劇，諷刺平生不當意者，自知獲罪名教，不肯劖心帖括，與二三少年馳騁場屋，獵取聲華』（《與周敷文書》），被時儒責之爲怪誕。然工詩文，善音律，好醫理，尤喜作劇，著稿盈案。著作有《集政備考》、《東田醫補》、《西京雜語》等，作有傳奇《揚州夢》、《雙報應》和雜劇《續離騷》。在獄中，他猶存心救世，晦明寒暑，筆未輟手，《抱犢山房集》前三卷及《雙報應》和《續離騷》均作于被囚禁時，後由其獄友林能任携出并收藏，林氏卒，轉由其甥婿潘宗趾藏存。康熙四十三年，永仁子曾筠徒步入閩，在潘宗趾處找到遺稿，并以誥敕及諭祭文等弁於卷首，與嵇永仁原來的作品匯刊成《抱犢山房集》。

《抱犢山房集》最早有康熙五十七年梁溪嵇氏家刊本，有雍正元年刻本，後入《四庫全書》集部。又有清同治元年長沙重刊本附《續離騷》一卷，同治五年家刻本附《續離騷》、《雙報應》、《揚州夢》。

本書據清雍正刻本影印。

（金其楨）

序

嗟乎此崇世執留山先生之遺集也崇手捧心悸欲開卷眼誦不禁涕泗之漣漣下矣當先少保泰

命總制一閩遭逆藩之變與先生同殉難時崇甫多學先生子曾蒴方離襁褓悲號罔極均未知文書所在以稍長崇得購輯先集而曾蒴苦志訪

求先生手澤者二十年庚申更躡屩赴閩採訪寅卯間已事欲以廣求先生遺草奎天子孤忠不吏湮沒博士潘宗祕出抱犢山房集手題曾

蒴昊遭先生臨難菲撲冀婦翁林能任轉相屬以待先生之後人今曾蒴能求遺集於毀千里外而博世不以孝亡負翁托可謂難矣先生著

述充冨多佚於亂僅存葭秋堂竹林集舊刻若吉〻唫百苦吟和淚譜諸篇皆與先少保同難時作也先生忠義本於理學而發爲文章駸〻

乎遶響風騷不徒追躅韓杜而已先少保絢節蒙

天子寵褒疊膺異數而先生亦受

聖恩贈卹有加也崇與曾葯

所同獨崇乃廢仕歸〻無良而曾葯能不隳先志讀書中秘入侍

講帷先慈早背而裕節母揚太君健飯無恙白首完卓雙

旌忠節也崇之痛較曾葯之痛更深也崇是以於先生遺集觸目愴懷不忍釆讀和淚敘數言志大畧云

康熙歲次戊戌嘉平月

兵部尚書律例館總裁
官前都察院左都御史
欽命總督浙閩巡撫廣東事
通家後學范時崇拜手
譔

嵇留山先生傳

先生姓嵇諱永仁字留山
別號抱犢山農先世常熟
人父諱廷用明季官中書
舍人僑居白下先生少遊
無錫樂其山水因奉中書
君卜居焉就學吴郡補郡
博士弟子員性孝友侍中
書君能以色養懷經世才
慷慨有大節東南賢豪咸
欽稚推服捧珠盤而至者
相接也學富著生蓄凡天

文象緯兵刑禮樂河渠案
歧圖不條分縷析旁及歧
黃濟人之術亦無不精貫
時為詩古文詞皆發於至
性揮毫振紙千言立就奈
艱於一第蹭蹬省門屢試不

傳二

得伸時范忠貞公開府於
浙先生以世交脩謁言頗
直不為翕熱態一見奇之
深相禮范公旋奉督閩之
命延先生為記室無錫令
餞別詩多黯然語先生心

動不欲往中書君曰士為
知己者死制府以國士相
待何憚一行耶於是悵悵
出門楊夫人攜幼子相送
紅橋莊分渡潑潑下晨光
瞑人水雲無際張颿徑去

傳二

亦不自意為永訣時也當
是時
朝議撤三藩雲南吳三桂最先
及靖南耿精忠鎮福
州與廣東尚之孝遙相犄
附蓄謀待發忠貞公至閩

傳四

勢已不可為先生悉心籌畫如請撥協餉補綠旗兵安插遊弁條議屯田皆酌定疏藁俾公入告冀收拾人心撑持賊勢又謀以巡視沿海為名提輕兵駐上游為接背扼吭之計而一時文武大吏及公麾下士皆豫中賊餌彌令格不行賊偽設晏台公錮公於冢宰隨下先生等於獄迫脅萬端屹不為動有同難某

傳五

附賊為顯官製鮮衣遺先生裂而擲諸地若將浼之獄乏楮墨燃炭劃壁盤屈若龍蛇以發其忠肝義膽嶔崎磊落之志間與忠正公相聞輒相和為變徵聲有林能任者亦義士往來探視得忠正公及先生詩皆默識而繕寫之秘不示人先生幽縶歷三載丙辰九月十七日范公遇害先生仰天捶臂曰所以不即

死者欲從公有為也今已
矣死了死耳不可為不義
巫遂自經同時死義者三
人紹興王龍光松江沈天
成瀋陽范承謨明年福建
平督臣上其事給銀優卹

傳六

僕程治以喪歸歲戊子忠
臣公子時榮撫廣東具疏
為先生請贈官特贈修
職郎國子監助教夫人楊
氏先於壬午歲以節婦
賜坊表閭子晉韜丙戌進士官

翰林今荷
皇上特達之知累擢兵部左侍
郎撫我豫州提操衡文之
鑑今又秉侍閣視河決安
集流散委任如斯之專非
先生節義之報與先生顯

傳七

榮褒大荷
兩朝之錫命報忠教孝之典於
丕承倫矣先生遺集則
少司馬未第時徒步入閩
購得之即林能任所藏也
林已前死矣丹心碧血神

物護持杜少陵所謂詩卷長留天地間非先生有關名教之什固不足以當此蕡曰忠正之節偉矣若疊山先生者非有官守之責心感國士之遇困厄幽囚

至以身殉全交誼即以勵士節佩金紫者可以媿矣迄今誦其遺文正氣噴薄如畫吸西江之水而時吐之於肆立萬仞之壑豈屑與區區文墨士染翰抽思作鮮不終歟雖卒不施以昌其詩若先生之大節凜凜固不藉詩文而昌肰詩亦寧能磨滅而不彰耶立言砥行如先生洵不死矣

雍正元年歲次癸卯春平

月上浣

賜同進士出身光祿大夫禮部尚書儀封張伯行頓首拜撰

奉
天承運
皇帝制曰士敦節義列
釁序而克砥艱貞國
重綱常庸章服以弘
敕命
一
昭激勸爾生員嵇永
仁學優經史氣凜冰
霜當逆藩拒命之時
守志士成仁之訓三
年幽縶恒視死以如

歸百苦備嘗卒舍生
而靡悔永惟劾忠於
帷幕用申追卹於泉
壚兹特贈爾爲修職
郎國子監助教錫之
敕命
二
敕命於戲興賢育才
之地義聲式振鐘鏞
褒忠録節之恩祀典
永光俎豆靈其不昧
尚克歆承

敕命

康熙四十七年十二月　日

之寶

勅贈國子監助教留山公殉難敘畧

勅命一道

疏稾

部議

傳

殉難三義士合傳

墓表

廣東巡撫范時崇爲遵
旨具題以廣
皇仁以慰忠魂事竊惟臣父范承謨奉
命總督福建遭遇耿逆之變守節盡忠臣分宜然
荷蒙
皇上宸翰親揮優加卹諡康熙三十四年又蒙
聖恩俞允原任福建撫臣卞永譽之請專祠致祭
御書忠貞炳日扁額輝煌祠宇疊膺
聖眷有加靡已曠古所無捐糜莫報伏思我
皇上教孝作忠常多格外之仁臣受 恩最深蒙
麻更篤不揣冒昧仰乞
洪慈臣父殉難時相隨盡節者共五十三人內有
幕友江南無錫縣生員嵇永仁浙江會稽縣
生員王龍光江南華亭縣儒士沈天成族叔
范承譜同臣父被逆幽囚三載鎖鐐墩房百
端逼脅以冀順從而四人矢死不屈同時盡
遭慘害康熙十九年經原任撫臣楊熙疏請
贈銜部臣以生員無贈銜之例行文閩撫酌

卹銀兩在案臣思嵇永仁等毫無官守之責
或從逆偷生或營求脫死此亦常情乃四人
一腔忠義視死如歸以無職之人而行有職
之節更爲難得查原任廣西巡撫馬雄鎮殉
難有幕友孫成陳文煥等冒險來歸俱蒙
議敘生者尚爾蒙 恩死者更望加卹仰祈
皇上特沛恩綸予以一命之榮得邀陪祀之典俾
忠節幽魂生同患難死同血食則頑廉懦立
莫不聞風而起今嵇永仁之子嵇曾筠已蒙
皇上眷念忠節拔置翰林院庶吉士倘荷
聖恩浩蕩允臣所請不特臣與曾筠感激
天恩圖報於生生世世即臣父與嵇永仁等在九
泉驚聞異數亦啣結靡涯矣臣因未請
聖示不敢即行具疏今荷
聖恩批准具奏謹遵
諭具疏題請伏祈
皇上敕部議覆施行
康熙四十七年九月二十五日 題奉

旨該部議奏

禮部　議得廣東巡撫范時崇疏稱前臣父殉難時相隨殉難者共五十三人內有生員嵇永仁等四人同父被難幽囚三載矢死不屈守節盡忠仰祈

皇上特沛恩綸予以一命之榮於臣父祠堂得邀

陪祀之典等語查康熙十七年浙江巡撫陳因遊擊魏萬侯之子生員魏棟殉難請卹

部議無恩卹之例酌贈國子監助教應撰給

敕命移送內閣撰擬給發在案今生員嵇永仁王龍光俱照例追贈國子監助教其沈天成范承譜俱係白身雖無追贈之例但伊等遭逆不屈與范承謨同時殉難應將沈天成范承譜酌量追贈國子監學正俱照例送內閣撰給

敕命其嵇永仁等四人應如巡撫范時崇之請準入范承謨祠堂陪祀俟

命下之日遵行可也

康熙四十七年十一月三十日　題覆十二月初二日奉

旨依議

蘇州府長吳三學生員尹惟憲褚憲湯萬炳
顧琳張勤光陸鐫朱干郭豐詒汪棐徐天球
范彰弘褚思朱近是陸介黄鄭德城等具呈
爲忠節萃於一門表揚允符年例公籲詳請
題旌以昭大節以維風化事竊有長洲縣十
五都西七啚已故府學廩膳生員嵇永仁妻
楊氏係已故生員楊撰初之室女一十九歲
而嫁二十七歲而孀栢舟矢自青年事長撫
孤兼不愧氷玉已全白首孤忠亮節以齊芳

葢值大中丞范公總制七閩嵇生永仁爰從
賓幕無何逆藩蠢動閩海妖氛制府既抗節
爲忠臣嵇生誓捐軀爲義士閱遍羈囚之慘
三載銀鐺備嘗蜂蠆之威多方脇逼歷刼磨
而不折惟報國以靡他碧血迷漫中丞遂追
踪張許丹忱激烈志士偕盡節南雷風鶴驚
傳刀環永訣楊氏甫聞凶問誓不欲生柰藐
爾孤雛將誰依倚魂飛漳浦眞天昏地慘於
一朝腸斷吳閶謂忠臣節婦共兩盡於是劚

髮自堅履氷彌切典釵鬻珥竭力以事舅姑
不啻婦兼子職丸熊畫荻忍淚而教弱子居
然母代父勞處境既極艱難持家愈彰節操
肅然閨閣一身之荆布何嚴黽勉朝昏手足
之瘁瘏無怨翁姑既歿喪葬務盡其誠節孝
兼隆哀痛曾靡有極荷
皇恩之大沛急扶旅櫬於他鄉蒙
卹典之下頒爰慰忠靈於故土率孤廬墓守制營
丘形影伶仃痛此幼男存一綫孀婺鞠育果

然有母教三遷夜月辛勤機聲軋軋篝燈誦
讀蘖火熒熒幾十年來辣桂貞松天心久格
無一日不茹荼飲蘖人望咸欽子名已列賢
書桂香早發母節正符 旌例柏操宜彰 憲
等伏讀
大清會典開載民間寡婦凡三十歲以內喪夫守
至過五十歲以外者許請題旌今楊氏現年
五十四歲計守節二十八年例既允符恩宜
早降且也夫忠婦節尤徵雅化之漸成士論

鄉評均出公秉之景仰輿情式服事實昭然
恭逢康熙四十二年三月
萬壽恩詔條内開載孝子順孫義夫節婦核實旌
表伏乞備文申送轉請循例早賜題旌俾忠
魂銜戢於泉臺貞婦邀榮於宅里斯草野咸
知感奮芹宫益切歡騰綱常有幸連袂上呈
康熙四十二年六月十五日具
蘇州府學已故殉難廩膳生員嵇永仁妻節
婦楊氏守節事實

今開
一節婦楊氏係已故生員楊撰初之室女生於順治七年七月初五日於康熙七年十二月十六日適蘇州府儒學已故殉難廩膳生員嵇永仁爲室時年一十九歲成婚九載於康熙十五年九月十七日夫故氏年二十七歲守至康熙四十二年現年五十四歲計守節二十八載貞操有如一日
一氏于歸之後未及兩年氏夫嵇永仁即棠前任浙江廵撫都院范諱承謨聘赴内幕嗣於康熙十二年范公陞任福建總督部院入
都
陛見永仁偕往京師仍同赴閩佐贊軍國政務至康熙十三年三月内耿藩叛范公挺節不屈遂遭拘禁氏夫永仁指賊辱詈同被囚縶獄室拷掠備至實主一心矢志盡忠報國於康熙十五年九月内范公殉難永仁亦被殺時氏年二十七歲勵志守節歷久彌堅

一氏聞夫永仁殉難之信晝夜號泣水漿不入口者三日誓欲以身同殉通族親長再三勸諭上有八旬之舅姑下有七齡之弱子事長撫孤全在於汝汝身若殉歿存誰倚氏始醒悟曰吾夫盡忠爲國死難吾當忍死守節畢此未亾人分内事耳聞者皆爲泣下
一氏之翁嵇廷用患病氏乃典釵鬻珥拮据醫藥及翁歿後經營喪葬務期盡禮奉養孀姑周氏寒暑紡績虔供甘旨已則食惟糠粃

衣惟布素氏姑繼歿喪葬盡禮如初里黨宗族靡不歎爲巾幗丈夫能以婦道而兼子道

一氏夫永仁殉難之後經福建巡撫楊　於康熙十六年三月內備叙死難情由具題奉

旨敕部議覆得荷

皇恩賜卹祭葬銀兩其義僕程治扶櫬旋里氏撫棺痛絕救解復甦竭殫力卜葬忠魂得安泉壤仍率孤子曾筠廬墓守制歲時祭掃盡哀盡禮鄉黨咸謂忠孝節義悉出一門此又亘

古所罕見

一氏痛夫英年力學遽以諸生死難未蒙議贈欲冀孤子上進顯揚乃令曾筠執經於名師之門居恒仍課其學業鼓勵嚴切曾不少懈雖沍寒溽暑風雨晦明躬自紡織督兒夜課今曾筠已登壬午北闈賢書共信天之報施忠節確乎不爽

一氏僻處鄉居孤子曾筠肄業成均氏乃支持門戶經理家務閨門嚴肅笑言不苟事無巨細井井有條茹素持齋勤操力作及曾筠北闈中式親黨交相稱賀氏云孺子僥倖微名何足爲異惟是先夫之殉節慘烈生前之苦志未酬不覺更增悲痛耳聞者莫不歎息

查楊氏二十七歲守節現年五十四歲年例允符事實昭著公籲題請　旌表

儒學教諭訓導白　看得節婦楊氏貞逾崑璧操矢栢舟白鶴空歸悼忠魂於已逝離鸞獨守砥苦節於未亡勤紡績以奉高堂存事歿寧

眞孝婦課詩書而提弱子義方庭訓秉孀慈上慰孤忠取義與全貞兩相彪炳克昌令嗣學成而名立早接芬芳宜公論之羣推信維風之盛舉年例既合　旌表允符

本縣陳　看得節婦楊氏食貧知守歷苦彌堅望斷白雲曾誓心於九死泣分明鏡願矢志於一終盡婦道以承顏劘髮典釵不遺餘力痛夫忠之早殉茹荼課子冀報所天以言笑不苟之嚴有刀尺靡寧之瘁子能昌後

香開桂苑以蜚聲母著貞操應與樹風而表
宅年既符乎　旌例請宜慰乎輿情
本府石　看得節婦楊氏乃府學已故殉
難廩生嵇永仁之妻也嵇生殉難捐軀灑碧
血於白刃青燐之地楊氏甘貧勵志矢青操
於酸風苦雨之中奉事翁嫜必誠必敬維持
孤稚克儉克勤教子一經接芳隣於孟氏成
名上國媲模範於歐家婦節克配夫忠秀結
吳山之正氣仰事兼能俯育允垂閨閣之清

芬氷霜久歷青暉旌節宜光宅里
江蘇等處承宣布政使司布政使加三級劉
　看得嵇永仁之妻楊氏心同金石操凜
氷霜夫也殺身成仁不愧常山之長史氏乃
剔髮守志可方衞室之共姜事舅姑以孝聞
婦堪代子撫藐孤以成立母寶兼師勁節孤
忠齊芳奕葉全貞取義媲美千秋急請褒揚
以勵風俗
總督江南江西等處地方軍務兼理糧餉操
江兵部尚書兼都察院右副都御史阿
批據詳已故生員嵇永仁之妻楊氏痛夫殉
難矢白首已完貞教子成名喜青雲之得路
忠節既萃於一門芳徽應流於百世允宜
旌表以勵閨閫仰候　撫學二院核奪具題繳
冊結存
日講官起居注翰林院侍講學士提督江南
等處學政加一級張　批據詳已故廩生
嵇永仁之妻楊氏少賦文鸞早悲寡鵠以貞

婦配義夫之節堪慰忠魂以孀母成令子之
名豈無冥報直道已彰公論　旌揚不宜後
時如詳入冊仍候　督撫二院批示會題繳冊
結存
總理糧儲提督軍務巡撫江南等處地方兼
都察院右副都御史宋　題爲欽奉
恩詔事據江蘇布政使劉　具詳前事等情到臣
據此該臣看得表揚節孝維風勵俗所關甚
鉅茲欽奉

恩詔隨行布政司虛衷採訪寧慎毋濫據實舉報
去後玆據布政司劉　詳報節婦楊氏事實
前來臣查楊氏係長洲縣殉難生員嵇永仁
之妻永仁於康熙十二年間因原任福建總
督臣范承謨聘取入幕旋值耿逆變亂被繫
三載迫脇不從從容就戮氏驚聞夫死卽欲
相從地下親族勸以仰事俯育大義遂孝養
舅姑撫孤成立青年抱望夫之痛白首全從
一之貞取義捐軀永仁既符

卹典茹荼守節楊氏例合
旌揚除將事實册結送部察核外臣謹會同總督
臣阿　江南督學臣張
合詞具　題伏乞
皇上睿鑒勅部議覆施行康熙四十二年十二月
二十一日題康熙四十三年正月　日奉
旨該部議奏
禮部　題爲欽奉
恩詔事禮科抄出江撫宋　題前事奉

旨該部議奏欽此該臣等議得江寧巡撫宋　疏
稱蘇州府長洲縣生員嵇永仁妻楊氏自二
十七歲孀居今五十四歲貞恪守節是實具
題前來相應照例年終彙題俟
命下之日聽本家自行建坊可也康熙四十三年
十二月十七日題本月十九日奉
旨依議

殉難三義士合傳

吴陳琰

嵇君永仁字留山別號抱犢山農江南無錫人少就學吳郡補郡諸生尚氣節以經濟自命諸當事聞其名多延致焉父中書公與故太傅范公友善太傅仲子中丞公撫浙君以通家子謁見奇其才羅之幕下亡何癸丑秋范公擢閩督邀君與俱時逆藩耿精忠將煽亂君與范公預爲防閑如撥餉補兵安插逃弁條議屯田諸疏逆聞而忌之又勸公借巡海爲名調水陸兵據上游制賊定期啓行

軍士以器械未整辭時會城文武官吏皆爲賊所用軍令格不行逆又陽附公數請見君誡公峻拒已又假他事紿公幽閉密室復下君等於獄迫之降以引公降君怒罵不絕口曰吾輩惟有一死以報知已耳因作百苦吟續離騷樂府守者防閑至密紙筆禁弗通君燒炭畫於壁夜燃火照壁上字淋漓飛動朗吟數過復自歌其樂府擊節欷歔如猿啼如鶴唳不自知聲淚之俱下也時范公亦有畫壁自序及武夷歌遥相倡和云有同鄉仕逆者製新衣贈君君裂而棄之其人慙赧去迨丙辰九月十七日聞范公被害君痛哭自誓曰此時不從亡將何待遂自經死年甫四十子曾筠成進士官翰林編修人謂忠義之報云

王君龍光字幼譽浙江會稽人以能文補諸生屢躓鄉闈不得意嗜遠遊嘗徧歷秦中諸名勝多題詠迨年五十餘始倦遊范公撫浙日延之教其子迨遷閩督君念父老不欲往父曰公請蠲請賑有德吾浙者多矣汝義不可辭毋以我髦爲念也至

閩逆藩變作既縶范公波及幕中諸客迫脅草安民檄載誘以官爵皆不從遂械繫之俄有明經李某受逆命以筆墨之役勸駕諸君拒之益堅如是者三年抱犢山農每語君曰予兩人氣誼最合死之日魂魄猶應戀此無相離也君性恬澹不以死生利害介於懷幽囚既久畧無憂愠色其在獄也嘗著養花説及雜詩五十餘首以見志喜讀山農所著續離騷諸樂府每夜闌月落輒高歌數闋與更柝聲相應答後果同殉難如山農言

沈君上章字天成江南華亭人祖籍浙江嘉善姓俞氏後徙華亭年十二父見背遭家難隨母及弟妹匿舅氏沈獲免禍因更姓沈氏伯兄積沛華亭諸生嘗從夏公彝仲遊尋同殉難忠義其家教也君孤貧不能務舉業稍學治生完弟妹婚嫁事遊京師應禮部儒士試將博微祿養親不可得姑托以挂名非其志也既隨范中丞公入閩值逆藩之變與抱犢山農約同死既而君偶以事出外俄傳同難諸子死信從雷雨中潛禱願出踐宿諾遂爲

逆黨所縛獻逆邸時鞫者方窮究章奏事將罪及山農君厲聲曰范公心事可白天日豈陰害人者公且無他志書生更何與焉逆惡其善辯遂并械繫與嵇王二君同獄知流傳凶問皆虛語益以爲快君善卜易嘗卜與難事終不免故志愈堅每聞范公起居無恙輒心喜或聞其疾病減飲食則終宵飲泣不能寐同時有反噬山農者君輒批其頰怒詈之其至性過人類如此後聞范公死信卒與二君同死亦猶乃兄從夏公殉節之義也夫君工詩歌被難後著詩一卷曰聽鵑又纂花譜一卷以自遣未行於世

論曰余聞同時被難有閩人林君能任亦范公客也初欲從公死亦嘗用鐵鎖扼喉頸卒不死既又因九十三歲母在戚黨爲營救得脫於難范公與三義士死狀及畫壁諸詩歌皆賴林君傳述又聞死信旋往郊外收骨含殮付山農之僕程治歸葬故土不可謂非義士也惜范公族弟承譜與公同死其行事不傳又無著作可表章爲闕事耳嗣後

范公長君疏請三義士及承譜贈官奉

旨破格允行嗚呼諸公忠義雖不藉是以傳而

本朝表忠尚義之盛心亦足廉頑而立懦也已

嵇留山先生墓表

嵇留山先生諱永仁以康熙丙辰九月十七日死福建制府忠貞范公之難踰年福建平總督郎公巡撫楊公疏聞畧曰頃者逆豎弄兵八閩煽惑故督臣范承謨臨難拒賊完節授命其幕客諸生嵇永仁等生有贊畫之忠歿有從死之義今督臣贈卹有加而永仁等委骨原野恩命不至臣等昧死以聞事下所司議者以諸生無贈銜例令所在給卹銀若干兩於是先生之僕以喪歸庚申二月葬

於無錫之軍障山時先生之孤曾筠尚在幼稚越壬午曾筠登賢書歸而謁余請表其墓道余惟癸丑甲寅之際疆圉宴然兵革寢息諸藩狃於豢養聞撤藩令下以井蛙之智懷棧豆之私非有鑄山煮海之雄封豕長蛇之勢也守土諸臣昏亂反覆望風迎附一旦形見勢詘賊首爲俘而偷生視息之徒猶靦顏衣冠爲伍先生未嘗被一命之榮膺尺土之寄事變方棘利害較然明哲足以保身委蛇可以觀變而先生不爲至於羈囚僇辱威劫利誘百折不回卒以一死謝知己而後快視向之擁方面饕厚祿者何如而議者顧以名位爲軒輊悲夫先生居家以孝友聞出從士大夫遊好討論國家典故六曹章奏條分件繫爲集政備考凡若干卷諸監司聞先生名爭折節下之而先生父中書君與故太傅善太傅者制府范公父也公撫浙時先生以故人子上謁公一見服其議論曰子天下才也會有閩督之命遂偕之行有大事必諮焉公之初至閩也逆藩耿精忠蓄謀未發先生啓公爲

弭變計如請撥協餉補綠旗兵安插逃弁條議屯田諸疏冀收拾人心殺賊勢又請假巡視沿海爲名提輕兵駐上游制賊方是時會城文武大吏及公麾下士皆預中賊餌公號令格不行賊陽附公數請會先生誡勿往語見公自序中賊果於甲寅三月十五日託故誘公閉密室隨下先生等於獄窘辱備至先生了不爲動有同郡某仕逆爲顯官以鮮衣見遺先生手裂反之在獄凡三年聞公遇害痛哭自經死同死者紹興王龍光松江沈天成

等嗚呼才人志士進不得志於當時退而托知已以自効如古叅軍記室之任亦往往有以表見觀先生所規畫即古人何以過而計弗售於生前名未定於身後曽鈞涕泣請表其墓有以哉先生先世常熟人父諱廷用字覲南弘光時官中書舍人因居金陵先生嘗遊無錫樂其山水留家焉始字匡侯乃更號留山既就學吳郡補郡諸生死時年四十其著述多散佚有絶句百首樂府若干卷傳於世蓋在獄時作也室楊氏青年勵節撫其孤自四歲以迄於成人食貧苦操貞不愧先生婦云余雅與先生善知先生天性過人敦信義重名節生平行事不可勝紀謹述其死難始末鑱諸墓石以告來者

賜進士出身奉直大夫前

日講官記注

起居左春坊左諭德兼翰林院修撰年家眷弟秦

松齡頓首拜譔

抱犢山房集目錄

抱犢山房集卷一

梁谿嵇永仁留山著

吉吉吟并引

吉吉吟者何東田嵇子於甲寅三月同中丞范公罵賊被縶禁錮難所至初冬之夜夢遊東嶽見諸靈異都非恒境已而仙吏降階延佇似皆熟識者仙吏身後各有一役抱一大硯不知何義想亦椽曹之屬供紙筆於殿上天子耶寤後境猶在目知非恍惚之所結搆遂倩人齎香楮

丙神明之我告神示以籤曰石榴花發後此事甚分明至今佩二語於胸臆間耿耿如也越一日又夢仙吏執手板於側余叩之曰自何所來答曰斗部他無所語再叩之不應但以手板默示余凝睇其上有吉吉理侯四字其蓋包藏余之歸期乎人生流浪海中其苦無涯生寄死歸熟計已久時至即行無復痛惜所難忘者垂白之老親耳天或憐念東田子之死非死於貿貿而欲蹈利危疆也非死於懵焉冥焉而不知速去以遠害也乃死於義也死於義則天何忍使義士之老親不得所於家鄉耶此又不可必而可必者也余於積病之中著百苦吟和淚譜續離騷雙報應塡詞又東田醫補十三卷其餘正欲次第闡發奈禁錮已久病患愈深起居之際不能支持著書之事從此寢置余之半生苦心血於鉛槧者亦徒結來世之緣而已矣誠恐形神一離有筆難述尚就可以攤紙吮墨之時隨意所欲吟輒筆之於篇總以吉吉弁其首云

秋夜次蒙谷韻范制府在難中筮得蒙卦別號曰蒙谷

寒衣何處授徹夜紙窗明節近天香遠人稀鬼火生枕書多是淚死國亦無名千水千山路捐軀自有情

缾蘭次蒙谷韻

嗟哉王者香幽谷紛未靜採擷人自喧詎奪山中性春風不入帷秋月照孤境賴此數日妍芳馨彌老勁

雨夜詠袍次蒙谷韻

蕭蕭風雨落花茵海角天南擲此身泣擁牛衣無少婦臥虛布被愧平津寒來空自聞敲練冷到方知有結鶉裘葛與君爲故物未能消受總酸辛

雨齋即事次蒙谷韻

北馬南轅何所圖麟愁鳳泣爲誰拘臥聞嶺上風雲合棲向籠中羽翼枯腐血錐心魂自黯熬形鍊骨氣難蘇壯年贏得成衰老雨後頹唐酒一壺

癸丑秋邑侯吴公餞余於聽梧軒招集秦太史對巖陳進士椒峰暨詞客殳山夫余澹

心諸子同拈踏莎行調末以憔悴二字限韻詞中有孤城殘角夢家山亂帆影裏人憔悴之句余心怦怦動歸述之老父欲不果行老父曰相國舊誼其忍負之遂促余行至幕府日輒病脅痛號欲絕恐屆不祿之辰歸念頗切舉顛末告之蒙谷蒙谷爲余解憔悴之意亦和一詞詞內有云城郭無光村煙失翠黯然一見心如醉停驂暫綬入山期哀鴻待爾離憔悴余讀之驚愕私謂許子九日曰言者心之聲也何爲作此不祥語許子亦悚惕相對咨嗟知將不免因決情而去卒脫於難余緣情勉留遂逮於禍非知幾之暗也情所感激不忍去也不忍去而去非但薄情抑并悖義嗟乎嗟乎禍患有因端倪先兆今日憔悴至於此極余固久知之矣乃作憔悴吟

余本抱犢人東皋有荒田荷鋤將經營課僕耕雲煙天南節度不肯放聘書早到薜蘿邊薜蘿閒挂

處士牆處士一去令君傷招攜賓客置餞觴吐詞製調魂飛揚有心負米戀草堂堂上念舊催治裝可憐離別九迴腸涉嶺逾灘躋險峻一步一望吴天長羈棲伏枕藥罏間海濱倦鳥思飛還好音慰藉情淒婉勸我停驂遲入山好友掉臂行病夫銜淚住張羅設網日月昏冥冥翔鴻去無路雨雪從來霰集成蓍龜四體先分明自是愚忠被束縛休嗤野客迷歸程吟來憔悴看雙鬢只恐秋添宋玉情

被難之日尚挾抄本秘書數冊恐其窮搜因預探而出之

秘書幾卷出懷中委向泥沙黯淡同過目雲煙皆幻物驚心文字亦飄蓬青氈無計偕歸嶺白袷何由再御風若使上林徵著作茂陵詞賦故園空

分啖白石榴

炎方産果物得此朴素質寄來憂患餘分甘口難述結體大如拳含漿潤同蜜備嘗艱苦人離離飽其實我昔夢東嶽靈境天剖出殿上瓔珞垂殿下

冠裳即明發再叩神神語生凜慄盼取榴花後便是分明日花發子既結尚在幽暗室觸景乃迴憶莫非應驗疾禍福不可言上帝重陰隲我公能格天風雷任飈飈生死皆得所慎勿懼斧鑕

從前相依蒙谷者受其恩辜其德盡爲衣冠中之穿窬及受難日此輩皆不與豈奸狡之徒巧於攫金者亦善於避禍歟余與林翁能任王翁幼譽沈子天成皆落落寒素家無儋石之儲堅守硜硜之志與公誓同患難不畏刀鋸不豔勢利逆雖百計挫磨初心不拔彼奸狡者應揶揄呆漢之捨生取義也爲作顛倒歌

顛倒英雄孰是非伯夷餓死盜跖肥太史著書發悲憤問天不應增歔欷寒儒好古艱遇合牢落科場遭踐踏肉眼豈識璞中玉銷魂還逐風前蠟家徒四壁依傍人巧者致富拙受貧憂讒畏譏嘆維谷猶幸知已愁稍伸道義相交澹如水金多交深物所鄙小人有母孰養之千里輕身浪擲死死忠

死義原相成惟有罔極魂縈縈山鬼揶揄誇明哲閭里温飽翻偷生辜恩報恩君莫計世上休輕天下士金烏玉兔疾如梭千秋難解顛倒意請君歎讀顛倒歌英雄英雄可奈何

蒙谷每逢　慶忌辰輒望北再拜詩以紀之

古人每飯不忘君忠孝何曾患難分鐵鏁久嘗心似鐵雲山難阻氣如雲但求北極星辰拱忍對南冠鬼火焚那得因風生感悟盡銷壁壘付斜曛

王翁幼譽夢同登金山寺題樓額以開暘二

字應之醒而詳述

北固高樓俯萬尋往來繫棹一登臨夢中尚作揮毫客江烏江花共短吟

其二

暘谷開時浴火珠渡江春色柳梅俱樓頭收盡無邊景記得分明是此圖

索藥書

我讀軒岐書平日甚了了自謂此中人心目始分曉雖無折肱勤亦既窮要窺危病偶一試庸醫顔

色悄方知神聖徒不在萬物表出門攜藥籠男婦輒環繞頗能去疾苦壺天未嘗小即在禍患餘起痾亦不少誠恐先朝露著書盈寸杪精力日以衰筆墨覺繁擾方帙散與衆冀拯枉共夭公裕濟世懷顛沛尚矯矯視人有痛癢酷似茹荼蓼爲我覓殘書痾瘝謝億兆

寄養生書囑令抄存

余家中散公好習養生言才多而識寡不獲終天年鍛鋏柳樹下彈琴竹林邊飲酒好放浪傲睨權貴前其意薄人世但願爲神仙子孫多修逸猶得讀遺篇仙家書浩瀚精微難以傳所留雖糟粕亦能破拘牽公在蒙難時几席列瑤詮探討如熟悉寄我意拳拳洲島邈難即樓居復迍邅靜觀聊意會恩義等雲煙安能寫黃庭猿鶴相周旋

病中與沈子天成

萬折千磨病體纏秋宵起倒一絲懸勞君燃火炊糜粥夢阻還家半覺眠

其二

藥椀參苓日所須而今伏枕尚躊躇艱難始識天

心好消受平生粥一盂

余輩在難所夜不貼席每晨輒鼾臥難起林翁晨興料理盥水糜粥爲賦辛苦篇

辛苦復辛苦老翁殊太賢鮮衣美食數十年一朝患難自炊煙我輩頓忘服勞義紅日曝腹猶鼾眠翁本宋代文昭後淵源理學名家胄蚤歲投筆慕蕭曹繡衣御史斂容就海隅明末蘿唐藩參軍一官且拂袖擾擾塵氛不可知欲隱山顛與水湄擇

辟下車愧馮婦履尾猶幸脫藩籬裹糧棄家遊方外元戎下士虛左待疆場正值用兵時牖戶綢繆桑梓賴鯨鯢出沒繫安危招徠恢復知爲誰盈庭無如李閣部節制八閩安邊陲運籌決勝視帷幄大半皆出翁所爲樓船勦海紛紛舉請修文德罷師旅紅夸謀入中國巢疏陳養虎詔不許臨終遺草開漁禁欲俾遷黎早得所更是孤兒處危疑老臣有子淚盈楮防微慮遠翁德高交情生死敢辭勞至今每讀樹滋集撫掌歎息人中豪英雄若以

成敗論我曹難免逐泥糞推心置腹伊何流一籌莫展空拳奮鎖聲琅琅柝聲淒與翁起坐聽寒雞勸翁且復就高枕明日敲冰畫菜虀

蒙谷以炭畫壁自云目之爲狴犴聲

孤臣畫壁炭痕香十日熬饑絕水漿叫破帝閽俱是淚嘔殘心血更何傷留題觸手無斑管得句驚魂對土牆只恐他年重拂蘚斷章零落泣斜陽

冬夜夢迴月照孤影聊以誌感次蒙谷韻

憶公趨帝京後車前旄旌祖帳紛絡繹縞紵贈分明握手盡賢喆登堂敘弟兄所重在道義殊覺意氣橫輦下久闊絕卿相猶知名輪蹄日滾滾暗觸紅塵驚外吏縱清貴焉知內崢嶸鴻鵠遭彈射弋者思遠征此鳥薄雲霄網羅安可擎愧彼高蹈蹤出處心交怦聖明未敢負事業殊難成非若太平時張弛無變更從來削藩鎮禍患由茲生君來當其厄飲恨復吞聲報國惟捐軀延喘待時清留取嚙雪志無玷丘園情僕本囊下餘亦復同哀鳴梁谿溪上泉濯足兼濯纓此願不能遂翻身騎長鯨

讀公還家夢英風吹北平

燈前梅影次蒙谷韻

凍蕊苞含霜雪痕吹香散影若生根怕隨籬落沾餘土盡掃鉛華慰斷魂屋角酒杯難一醉天涯紙帳幾同溫無端飄墮成孤質寒鳥啾啾叫破垣

偶成

貧女自村野使君覺姣好不以色事人進退一以道妒者集如蝟視之若蒿草蒿草有時枯金石不可槁迴視眉黛人能得幾偕老區區樸陋姿患難

實爲寶

籠中畫眉次蒙谷韻

夙昔隔人境飲啄自靜好徘徊郊外山棲止雲際鳥撫躬雖渺末氛祲無足惱青鳥傳素書黃雀啣至寶是物各有奇志豈謀粱稻誤墮虛聲中塵垢不能澡生死屬他人禍福奚足道閬苑有瓊枝元圃有瑤草舊時嬉戲場洵墟空在抱此身寄樊籠此心戀野老

覽鏡中白髮次蒙谷韻

漫誇龍鳳大夫姿何似山郊祝壽眉用世自然難避世酬知焉敢效無知三分駿影惟存骨一種顛毛但有絲不分此生憔悴盡旁人猶道是情癡

蒙谷以炭畫紙上書顏杲卿伯夷蘇武三古人相詢欲擇一爲決絕地也但被執大罵求死既不得十日絕水漿求死又不得是杲卿伯夷天已不欲令其繼之也無已請學蘇武爲作擬古詩

常山舌既乾兩耳了不聞聲留白刃間遲迴過陰雲首陽腹已餒薇蕨徒芳芬精氣彌豪放鼎食安足云維彼蘇屬國持節牧羗羵十年如一日冰雪嚙紛紜求死既不得堅志豺虎羣從容與激烈大道原無分上林白雁札終得達　聖君願言勵忠悃天心將罷軍

紀異

香煙繚繞壽亭祠千古衣冠繫所思忍使忠良遭陷溺先教烈火自焚帷（甲寅三月望晨署中關帝祠神幔空中舉火自焚）

鳥雀空靈得氣先知幾無復戀簷前人間兵氣猖

狂甚入屋紛紛似避鸇（是月之內簷雀如驚鼠狀悉避入屋內）

貯水凝空及缶盈朝朝挹注藉澄清無端聲割如冰裂從此兵廚不問羹（廚堂外有貯水大缶容數十汲者忽然寸裂）

扃鑰重門霜較嚴下帷童子絕窺覘如何黑夜聞排闥屋上狐狸影自潛（幕府鎖鑰夜間如有物出入及平明封閉如故）

官扇迎頭舞向風馬前儀衛去匆匆天清日白迴飈急五帝祠邊沙蔽空（蒙谷是日馬過五帝祠其掌扇無風自舞從者竟不能持）

秋夜夢回紀舊事次蒙谷韻

尚方賜藥主恩濃紫禁宵傳出御封刻刻五雲[illegible]慰病盤盤大內撤殊供身當逆難堅金石夢入天家渥鼎鐘自是臣心通北極遥知南望淚千重

初度自嘲即次蒙谷寄祝原韻

人生四十更何爲仗劒天南負所期亂世虛生留氣魄危途迴立見鬢眉關山涕淚庭幃遠賓主伶仃天地悲還憶田間農圃舊短衣破帽也相宜

其二

一到兵廚滋味忘飧茶茹蘗覺尋常萬千苦盡天

心在九十春深馬齒强鬢鬚星霜前歲白形骸土木近來蒼老親倘記兒時事蓬矢桑弧總斷腸

其三

野鳥於人何所圖網羅驅迫阻江湖風波匝地身粗健骨肉全家眼已枯國難到今纏被重塵埋此日壯懷孤青春莫恨無花放留取花開向晚途

其四

買犢將耕溪上田田荒犢老客迍邅誰能泥醉忘千日我獨知非早十年仙佛學來塵劫內柏松歷過歲寒邊何時重整犂鋤具夢想桑麻已隔緣

其五

寄我新詩慰我情遥知義在萬緣輕蒙谷題抱犢吟見贈有義在萬緣輕生死遥相守之句衣冠文物蒙塵垢襆被琴書付亂兵病裏兩年神愈旺歌來百感氣俱平人間若不逢霜雪桃李春風浪得名

其六

撿點年華次第吟清明纔過雨淋侵儒編盡向風塵誤醫學新從患難深幼子愚頑留侍祖孤身陷

溺賴知心古來忍詬還强力世上浮名酒漫斟

有云蒙谷步履難移起立需杖扶之聞而嗚咽與林翁掩面揮淚

公年纔四十憂國髮早白况嬰非常變戈戟相逼迫挺身蹈鋒刃殺者翻愛惜明知不可屈復恐縱羽翮正在危急時天地走霹靂電掣金蛇光雨噴神龍液晝夜晦冥中燈火慘然碧欲操生死權到此亦無策重牆加禁錮遂與人世隔勺水粥半盂精力就枯瘠寸步倚孤笻艱難在咫尺有時肆訕

罵左右皆辟易人生無忠孝何以持氣魄我與諸同儕忝公座上客聞聲而噓唏淚落腸奔圻誅孽與扶良天意方顯赫

月下松濤次蒙谷韻

皎皎窗櫺月照此衣内珠澹泊類禪寂聲沸心常孤淜湃如奔濤萬馬爭須臾已在金戈中何暇慮萑苻誠恐天宇崩衽席無良謨去歲雷雨震陰陽儼合符今歲大風發赤子難藏軀丁男習鼙鼓老弱供役夫十家九出門陰屋走妖狐境外野狼集

境内猛虎驅獰任虎狼食患難不相扶當其處堂時燕雀笑人迂蕭牆佈荊棘決裂暗遠圖神龍一露尾豈能顧頭顱我非明哲材頗稱抱杞徒憂天不卹身未免死道途夏日猶若此冬夜非有殊心骨亦以摧遑復問肌膚憔悴二三子兀坐室西隅寒暑共逼仄何時步通衢死者業速朽生者尚故吾願天早息兵賊首先伏誅逍遥松風前掉頭洗塵污

蒙谷寄心經說義覽之頓覺身世皆空亦火宅中之清涼散也系以詩

齊梁佛教入中國翻譯金經重石刻自此默證西來心便覺塵網縛羽翼名教大端在君父語言文字黜楊墨究竟生死是苦海尋津覓岸此為得遭逢劫火性命輕不空諸有即迷惑鼓山衲子演宗風開堂說義破茅塞髠翁原屬過來人焚香靜悟手一則大千毫髮照鬚眉日月經天何可蝕却掃蒲團向上參此經化作青蓮色

蒙谷見遺雪梨

五内俱煩熱渴飲不得漿雖鄰大道側綆短愁汲長火雲大如輪炙手如沸湯家居名泉里輕身去故鄉夢寐九峰下涓滴生清涼如何墮羽翼陷溺摧肝腸握此香水梨感激意相將平日推食心固結為哀傷曾幾變寒暑遂致成滄桑入口猶唾餘沁骨誠難忘願與同懷子甘苦始終嘗

餉蜜羅柑

藏柑前歲寄高堂三山方物殊清香不得太平同一啖羈囚異地心徬徨徬徨分食難下咽兩載相

思不相見劈破盈盈似淚珠呑聲還復會頭戀此柑漫說甘如言天下酸心未若此

對顛僧

鎮日向魑魅無如對此僧笑來天際闊癡絕道懷增弄腕馳風雨忘機掃葛藤不知奇險地偏自踏寒冰

蒙谷見示云欲寄微物將意守者不從爲之悶絕敬答

東南鼎沸何物有但願骨肉今速朽求死不死天

胡爲欲寄故人遭掣肘鯨鯢作浪風波邊借問幾時安枕眠夢魂各自能來往留取寸心明月圓

贈王龍泉守備

壯士不負心臨難獨慷慨秋霜寒肌膚百折亦何害飲酒飽啖肉豈肯就狼狽平生殺人多此身無沾蒂生死等閒閒主恩總難昧偷顏祈苟活名節將焉賴黃金養健兒大半是狡獪但鼓脣與舌水火成寃會希圖保妻子罔知忠孝大違衆懷抱同君家稱奇最斷葷學佞佛萬事出天籟

侯翁舊將也年已七十矣隨公南來有妾相從紀氏處州人年未滿四十難作之日自經而死一僕婦一蒼頭同時并死噫亦烈矣哉

侯翁徐州之賢豪彎弓遼左筋力熬壯歲馳驅能自立出入營伍多勤勞致身建節貌貅上衝鋒冒敵邊海瘴數十戰陣飽經嘗老年氣槩益精旺甘心閒散歸舊里芒碭有田買耒耜攜家原爲報恩來節度當年恩重哉覆巢生死不可知正是裙釵決絕時臧獲相隨黑夜月耿耿黃泉淚流血

七月二十八夜大風吹瓦自四鼓至次日巳時雨淋淋不止偃立其下冷顫欲死爲賦

怪風歌

大風吹瓦落葉飛天昏雨急穿四圍蓬頭赤脚如鷺立毛羽濕盡無所歸淋漓水深積尺許危檣逆浪爭幾微傾山撼嶽森嚴威金戈鐵馬聲依稀人生患難至此極空羨季女守斯饑季女斯饑巖穴端縱然陋室亦清安任他拔木牽蘿補即有傾盆當瀑看出門正踏危機內何止凍餓稱艱難炎蒸

寒濕疫癘攅蝨蠅蟣蝨紛成團戾氣所鍾餒難觸呼盧使酒生波瀾驚魂未罷驚又起一日恐懼千萬般爲君死豈偷生君尚在死無名百年之内怪風少此風應感天地情

漂母吟贈祝子再賡

淮陰窮餓日垂竿遇漂母進食哀王孫此意自千古僕在瑣尾中蛇鬼混爲伍夙昔廝養兒攘臂亦作武哂穢滿牀頭低聲不敢怒捹此垂盡身輕人若糞土豈知刀砧餘尚復戀故主上天鑒寸心皮

骨未盡腐雖然昏濁時塵外各有取祝子英雄姿冰雪濯肺腑結交第一流賢豪屈指數卓立清白軀不肯傍廊廡以此遭奇禍忌之類猛虎同時受縲絏笑談忘痛苦殷勤識故舊林翁驚相覩性命須臾間且復勸酒脯屋烏轉施愛與僕話縷縷私意竊許可鯫生非狂瞽偪處慰晨昏疾病憐噢咻僮僕日捘飧未嘗間風雨幸免食粗糲充飢安貧窶我非封侯相欲報君何補只此一飯恩緩死力重努

和幼譽早春詩

天時人意想陽春剛到春來笑此身凍雪已消遲暮恨寒花空憶小園貧炎方霽景推今日多難題詩有故人漫道彩鞭喧令節也知亂後各傷神

蒙谷詠牆角仙人掌詩中垂念余病詩以答之

一枝浪擲土牆根道是仙人掌上痕端爲孤臣憔悴裏天開雙蒂説迎恩

其二

不服參苓已兩年每逢入夏痛熬煎憐余間阻殷勤問多少深情毫素邊

訊林翁所覓書

老人覓得幾般書夢蝶乘牛道所居獨有淮南子書好少年漁獵愧生疎

毛子賓留除夕在禁寄饋燭炭

楚冠同戴不同名爾爲官來我捨生親在許人憂轉愧家忘爲國辱偪縈蠟消除夜風前淚炭熱寒宵雪内情善易年來應更進漫持河洛問君平賓留

善河洛數

有人製新服見遺裂而返之

苦煞王孫不受憐側身狼狽意陶然綈袍氣暖顏凝厚短褐毛穿骨愈堅挾策驚聞官況好埋憂甘作楚囚顛升沈異地眞懸絶從此雲泥道路邊

蒙谷眼力糢糊寄詢方書藥物

眼光豈似漆患難總蒼茫淚染糢糊影愁看戰伐場方書還自檢藥物仗誰將何日開眸子浮雲掃太荒

柳絮行

昨日街頭賣菜傭道是楊花滿城郭落水沾泥舞向風嘆惜朱顏賤揮霍東家西舍掩空帷別引春光入簾幙嫁壻莫嫁從軍兒地北天南恩愛薄弓衣箭室壁生塵物在人非惱閨閣前年跨鞍爭出門誓將飲馬黃河源吳嬌越豔生致取區區糟糠安足論事勢蹉跎歲月緩枕戈臥鐵蟣蝨滿天道順逆常分明塞翁得失難預算藁砧志氣多驕矜自家枕畔不曾暖只道鴛鴦易作鄰拆夫散子供笑嗔誰識故園飄柳絮顛狂片片助芳茵生死沙場歸未得翻令家雞亂撲人

搖尾行

搖尾復搖尾毋乃當年之黃耳可憐走街衢三載不得肉沾齒低頭宛轉聽人呼路旁老兵將手指此犬當初遭豢養福寧甲帳曾棲止朝出獵斑馬鳴夕掩圍狡兎死鷹驕隼怒誇得禽捷足郊原無若此虎冠鎭將愛殺商海濱抽刃如屠豕金銀玉帛堆成丘後房子女前笙簇椎牛未肯厚養士狗

欄日食分庖羞春風顛撲白日變昔時部曲今仇讐旌麾錦絡亦已矣蛾眉皓齒隨波流珊瑚既碎珍珠泣煎膏焚齒非無由獨餘此犬少著落蹄寒骨瘦聲啾啾殘漿冷炙便苟就何人拉上南山頭

壬子下第後改治春秋未卒業輒遭禍亂念此事未了仍向友人借書窮研走筆紀謝

鼓篋嘗受書鯉庭重風雅鄉塾所面命埋頭壇坫下窮年問毛公四始理瀟灑偪側走科塲知稀遇合寡清秋嘆濩落匏繫傷草野誰遺數卷來同學

手抄寫云是獲麟篇校定不苟且公穀鑿鴻濛窔定設鑪治時衰而道危此義未嘗假深愧記性拙日夕手重把管窺甫及半喪亂吞聲啞文章棄如土性命擲如瓦喘息今尚存嗜好獨牽惹死生固有分讀書志難捨向君借琅函一了夙業者

李生

李生貌不揚下筆能文章鬢禿尚淹滯資身無一長妻子厭藜藿十日九未嘗寄居市廛中徒手奚所將公來慰流離收拾附宮牆分俸給月餼骨肉

完糟糠此意余獨解鼓勸誠忠良駑者猶不棄駿者感難忘一朝禍患作鼎沸如探湯甲帳走鼪鼯朱簾羅刀鎗驅赴殿角門拷掠先受傷余輩四方客同時遭桁楊維子隸宇下怪悉行與藏極刑聲痛苦大聲呼彼蒼公也念瘡痍開界活羣氓棄地多膏腴屯田在墾荒富國蕪足食庶幾撐海疆立談偶相合被錄受恩光條陳諸機宜事事皆心傷訊驗果非謬加罪眞豺狼鬼薪楓亭驛血淚灑道旁黑獄二三子憂汝攖鋒芒箠楚壞筋骨饑寒鄰死亡近聞里巷傳形骸尚未僵伶仃舊妻孥行乞共一方我家幾千里黯然魂飄颺

劉紀綱

太傅初入關紀綱年少小喘息隨鞍韉待漏驚天曉來往承天門入直五雲表抱裯還進食左右身繚繞從征絕邊塞冰霜凍飛鳥經月無人煙汲水百里少咄哉黃頭郎飛騰類騕褭雖多諸健兒不及此奇矯體會在意先忠厚省煩擾馳策三十年老大心憂悄買馬赴危疆賣價供茶蓼風波赤地

起巢傾類俘殍束縛遭窮究宦橐詎微渺聞言氣激昂口舌休妄掉我主爲清官天下人爭眺撫浙四載餘逋累尚環繞東南財賦鄉未嘗愛寸草況茲閩海窮何忍困億兆請君檢囊橐百金用未了此乃馬價貲蒼天所皎皎籍者意沮喪白圭色愈皦道路吞聲哀重閽冥且杳

祝子再賡贈被

地折天摧雲日黃與君同難各踉蹌網羅開後關心處襆被攜來穩夢鄉落魄無親空慰藉知音賴

㓗識佯狂庭除兒女盤桓足莫憶風波惱斷腸

書寄

炎海春三月傾覆梧桐枝疾飈驚鳳凰誤遭羅網羈昔鳴高崗上今爲羣鳥欺延頸不食粟心記朝陽時生理既斷絶遠與丹山辭早脱塵埃去免爲夔龍嗤

丙辰六月初七日暈

臺上占天禍福端陽烏黑暈盡團圞禁中象緯書難見大抵還從分野看

病中三日不飡矣林翁爲余治羹感而賦贈

老翁傴僂向火鑪離披榾柮煙糢糊手提五味作湯液殷勤勸我傾盤盂腸枯腹槁不知餓病中三日還伊吾生平善病怕伏枕所以形瘦肌骨癯蒙谷關心悉此狀養神切囑遥相呼也知筆墨耗精氣其如思慮無時無暫教揮灑吐胷臆猶得遣愁離斯須感翁厚仗翁扶脱非我翁旁調攝寧待今日歸山隅

七夕前二日爲内子生辰口占遥寄

銀漢迢迢不動波鵲樓兒女指天河明朝未必牛郎渡添得年華愁裏多

小院深秋拭淚頻三年三度好青春白頭吟在何曾負薄倖難爲離亂人

范文肅公神影懸舊署被扃婦女歲時斂錢奉祀感而紀以詩

太傅遺恩在難忘患難中久疎家廟禮猶帶野芹風釵珥雖微值香花幸未空帝庭如不遠陟降慰孤忠

我僕

我僕去何急點兵赴海壖畫旗秋色苦白羽夜光寒問慰今何賴存亡汝更難未能攔道哭愁逐戰雲端

螢火

長夜苦難睡深房飛一螢似猶親故物全愧治專經勢撲燈檠火光凝屋漏星此身輸羽翼出入破幽冥

聞蛩

蛩吟秋共苦伏枕乍爲聽宵柝凄方切鄰砧響未停初寒驚露白將曉厭燈青禁落籬邊菊三年淚總零

多病

秋來復多病何以遣吾情已識形骸累難將寒熱爭攤書頭易眩擁被夢常驚輾轉還需藥持錢付老兵

癸丑秋余婦送至吳門止於外家之紅橋莊是日天色甫明薄霧漫水面乳媪抱兒輩

佇立岸上若不勝慘切生離之狀人非木石孰能無情每一迴思腸寸裂矣因作紅橋莊歌行

秋風蕩漾扁舟早雙槳到門攬懷抱薄霧籠煙水氣蒸雞鳴桑樹催晨興懷中潔白鷺湖綾眼枯難拭淚痕凝良人遠遊意飛騰不知前路多寒冰雖然弧矢分所應臨深履薄生戰兢上有高堂下乳稚養親教子將何憑出門兒女愁葛藤欲語不語長撫膺嬌情揮袂急解纜蕪葭搖落鳧雁升野老滌場將打稻漁翁撥刺亦開罾惟有征夫捨耕釣紅橋莊上畫欄凭

丙辰仲秋初旬值怪風雨

自是天心厭顛狂風雨來幾年頻見慣今日更奇哉落葉飄簷夜光騰起劫灰由來烽火地昏黑不須哀

浪傳

烏鵲何關喜好音總未知大都天下事還在口頭碑厭亂人情劇思安　聖澤垂溝渠甘浪擲忍復

見瘡痍

和幼譽病起原韻時中秋前五日

服食虛良藥蹉跎失意年青氊三載破白髮幾絲鬈瘦骨形尫甚新詩興勃然浪傳天上信桂在月中懸

憶曾筠右丹兩兒

恒居憐稚子繞膝自相親紙筆時偷弄詩篇記未眞長貧今累母急難仗何人想到伶仃處天涯倍愴神

念别

乳媪抱兒出送我里門首舟子舉布帆云俟河濱久繫榜衝鳧鴨解纜離煙柳盈盈岸上淚凄凄杯在手豈不立逡巡業已辭林藪父母促治裝長拜出戶牖丈夫身許人難與妻子守但恐隔別來骨肉得全否眷懷梁鴻溪愁雲結巖岫

憶許子九日過灘詩有六時信歷三千劫一日眞同數十驚之句宛似難中景象不勝歎息

許子先我歸妻東還家猶幸全高蹤口稱婚嫁不曾了更復衰年難從戎記得來時歷灘險驚魂把握溪流中那似江南鼓棹樂布帆無恙乘秋風似此欲前心反却回頭錯愕呼篙工垂老性命付一葉千山萬山愁無窮耽癖愛奇遊亦倦舵樓詩在感微躬往往念及神憂慄謀歸不忍首飛蓬天開地裂遭九死一生未卜將焉終忽憶我友灘邊句風波如此毋乃同

小僮

只有小僮在隨人馬足間經旬看故主信口說時艱甲帳秋方急芻糧夜未閒可憐渠病起征戍隔千山

中秋次幼譽原韻

傷心兒女月明中愁有蠻雲酸有風庭桂露邊頭共白江楓霜裏淚俱紅悲秋想去飄如葉未老頹然衰作翁山海戍兵何日罷一杯潦倒菊香叢

記夢

髮白雙親尚在堂嬌孫習字列肩行抱書問母緣

何哭道是余魂歸故鄉

囑林翁能任爲余珍重殘詩

墨瀋荒唐滴淚殘酸風苦雨未曾乾此身若遂沈淪死留與寒家子弟看

抱犢山房集卷一

男曾筠謹編

抱犢山房集卷二

梁谿嵇永仁留山著

百苦吟 并引

昔人有言蟲生蓼中胞胎悉苦余輩讀聖賢書學經濟事不能輝煌騰達自行胸臆依附得志者以行其道此亦無聊之極思矣廼復顛危窮迫逼處幽覊身體髮膚空乏凍餓心志筋骨勞苦熬煎豈天將有意大降之任耶抑人處憂患之地而後善心生耶茫茫彼蒼莫能窮詰硜硜

一介無惡可爲意者我生不辰適逢其會歟然運數劫火仙佛唏餘悠悠庸妄無可奈何援此諉之於命而主持世道者不敢涉也公詩曰誤國愧虛名余每讀此低回者久之仁人君子之用心誠不因艱難險阻而輟其痌瘝悲憫之素志也春來筆墨久廢迴憶兩年親歷諸景啞然而笑漫然爲之遂成百首用炭屑圖於四壁蓼蟲自語其苦夫復何異同難二三子應聲而和眞情實境不假思索吟者撚鬚未斷讀者觸心即酸聊作患難圖繪可也三家村老樸棗打油尚且流傳閭巷士女謳歌矧余輩之羽翼忠孝砥礪名節者哉故於詩成而系之以引抱犢山農識

颶風

海國年年起大風於今風勢撼蛟宮瓦飛木拔人摧仆驚起覊魂碧落中

瘴雨

蠻煙毒霧雨傾盆濕盡炊煙火不存絕食淋漓捹

禁錮何須行乞學王孫

積潦

水深三尺釜生萊人在圜中水氣埋野鶩如何飛不起波濤平地最堪哀

炎蒸

解愠南風未可期爍膚如火烈風吹炎方豈乏清涼散煩惱場中扇不宜

凍雪

六尺飛花是瑞胎三山盈尺作凶猜連年亂灑鵝

毛片僵煞袁安做一堆

連陰

積霧沉霾深閉扃窺天不放一痕青無端盆覆奇男子愁鎖長空日氣冥

梅濕

作晴作雨孰梅天江北江南氣候連獨有海隅時序改四時蒸透破青氈

泥濘

閭俗風光著屐紅不教誤踏在泥中餘生汩汩泥塗内何日登山倚謝公

昏黑

惱人無賴值黄昏黯黮愁雲易斷魂晩照桑榆還在目衡門此際逐雞豚

昧旦

每到雞鳴睡不安五更心事半生難起來怕見猙獰面一枕天涯夢已殘

瞭燈

半明半滅影蒼黄照盡單衾瘦貼牆一卷維摩猶在手直疑禪舍佛慈光

屋漏

滴滴淋頭似淚懸和泥和水浸衣穿平生爾室原無愧不透天邊透屋邊

濕地

避乾就濕似僵魂枕石終宵氣不温左臂至今成痛痺天留右腕筆空存

負暄

幾時曝背向簷莊背負頻年别棘長凍結鬢眉同北地南邊如此盼朝陽

旱澡

探湯未熱貯烏盆勺水人多攪易渾去垢未曾徧惹垢羨他江漢濯冰魂

蓬首

短髮和愁共作絲鏡中搔首嘆迷離憑誰櫛沐添憔悴結髮春閨知不知

垢面

神瘁形枯霜雪還行年四十笑頹顔何妨面目蒙

塵土自有光明照世間

攣手

誰云醫國補天工盡在凄凉袖手中總怕丹成飛欲去仙人掌上受牢籠

縶足

踏透層冰不怕寒如何寸步一身難却緣愛把滄浪濯留與風波局内看

拘項

木吏無言虎踞憑相看頑鐵骨樸稜書生不是鴛

鴦頸空向星前扣赤繩

枯腸

左圖右史校讐年鄴架名山浩若煙此日著書無半部腹空搜索愧便便

淚眼

吞聲飲恨不曾乾漸覺模糊眼力酸縱有雲山難極望管中偷把上天看

聞柝

鬧煞沿門十甲牌柝聲敲斷喚巡街馬蹄猶自頻頻過攪亂雲山徹夜懷

聽砧

年年不見有寒衣刀尺聲中歲月非戍婦至今猶若此江南淚濕竇家機

鄰哭

白骨如山臥戰場塵羹土飯悼新亡近來巷哭多如許只為清明到北邙

風鶴

亂世如絲性命微驚傳消息是耶非如子聽慣齊

東語鷗鳥真忘禍福機

砲警

捲地奔雷響徹天危城氣勢觸蠻煙縱教掩耳偷餘息鼠穴驚魂已兩年

觱栗

城上嗚嗚畫角聲秋殘春老總傷情千家按籍丁男數一月三迴聽點兵

鼙鼓

馬上鼕鼕道路悲裲襠拂袖助鐃吹商聲奏入軍

中樂只合漁陽奮幾槌

笳吹

蘆管吹來日氣寒邊軍回首望長安海邦也爲防
邊設地北天南恨一般

吏稽

小吏停軒罪籍呈乾坤無罪此身輕令嚴日日來
稽察認作秋闈夜唱名

卒獰

木客山魈結一羣經年耳目鬼紛紜圖將五獄誰

攜佩白澤空中自護君

晝詰

圜牆黑霧罩通衢多少行人悲向隅念舊小奚來
訊主毒拳批頰血糢糊

夜查

傍晚催人鎖鑰閒琅琅震耳套連環龍鍾不似神
蛟怒空費機心鐵樹關

值班

一波一浪送危帆閱盡潮頭踞石巖變態咆哮千
百種直如燕子語呢喃

交更

暮鼓晨梆日夜嘈挨時記刻較分毫關情不似巡
更雁漏盡鐘鳴枉自勞

臭蟲

破柱頹垣黑夜游蘭襟臭味不相投圓圓赤暈浮
如粟螫盡頑肌當石頭

蟣蝨

王猛雄談定霸圖懷中捫出只此須誰教肉相非

王佐只合供他飽餓夫

飛蠅 予耳常苦夜蠅飛入

讒言罔極怪青蠅蒙垢生平觸類憎充耳至今聽
否慣飛來飛去有何能

遊鼠 鼠曾咬予足指

陰房日夜走鼷鼯糞土牀前傾食盂茶味不堪供
大嚼致教蹂踐到寒軀

聚蚊

炎鄉瘴海聚成雷毒口趨時撲又來巾幗鬢眉筋

尚露丈夫體勁不須哀

鬼啾

盡道陰房鬼火森啾啾叫徹五更心欲求雪痛招魂賦我正羈囚痛更深

疫癘

錯亂陰陽氣候乖網羅百口似枯荄霜飛六月知天意傳染如何雪上埋

碎衣 予鄉有貴人哀而醜衣峻拒之

衣裳薜荔未爲貧百結懸鶉耐幾春磨盡生平窮骨健傲他裘馬少年人

破被

買就零星敗絮來遮身此夜凍初回黑甜鄉裏還家夢不信天涯作死灰

砂鍋

甑破何勞顧盼爲搏泥鑽火亦成炊庖犧五味從中別甘苦心脾只自知

泥爐

焚檀炙桂夢徒然爇盡寒灰榾柮煙七十老翁愁足冷三冬夜夜傍他眠

瓦盆

盂水盤飧野老風齏鹽啖盡有時空雖然易破猶能買留作堯衢鼓缶翁

草褥

肌骨相侵冰鐵痕芙蓉溫軟不須論印沙彷彿銜蘆雁偎藉郊原草幾根

敝履

歷盡艱難烽火驕三千里外寄蹤遙芒鞋踏破圜

扉窗畫地空思圯上橋

木枕

削木如拳臥不安驚心何夢到邯鄲曲肱雖是儒風味抛却南窗此地難

簏筐

蟻攢鼠耗攪塵羹食息需人爲掃清賴得竹籬容納便行廚只此挈提輕

竹刀

滅鏑銷鋒傳檄嚴手無寸鐵試齏鹽雖然浪擲庖

丁手抹煞鉛刀削竹籤

草珠

山妻囑付早潛修一串牟尼臂上留難裹衣珠拋失去菩提草粒費搜求

油箑

團扇流螢撲幾星冰肌無汗舊園亭年來溽暑蒸人劇一握芭蕉手未經

惡紙

萬緒千愁訴不成傳心端藉楮先生裁箋零落無

雲母刻劃篇章消幾籠

臭墨

殘瀋如雲碧作藍鮑魚過肆味中含松煙半鋌能多許薰透文心命不甘

敗筆

管城觸處破愁城吐墨吞毫百萬兵掃盡鋒芒猶勝劒誅心斧鉞掌中擎

磚硯

端溪鸜鵒眼朦朧信手磨磚骨易鎔莫謂此田耕不得秋成應報舊山農

殘書 余過嶺時有書一擔今盡失之擾攘中矣童子偶拾得數本見故物爲之凄然

斷簡殘編走蠹魚零星收得當奇書可憐廿載抄手帙半付家藏半亂餘

炭痕 初被繫時禁絕楮墨得句以炭畫牆

得信何嘗不淚垂更兼手漬淚中揮倩人墨婦勞多少清白流傳幾首詩

塵灰

臘月鄉風盡掃塵懸竿縛帚屋梁新兩年度歲仍

依舊不見磨光刮垢人

煙眯

丈地泥爐處處燃霧中七里欲遮天炫人五色元黃戰只道山柴數縷煙

乞水

汲綆求人渴欲烹轆轤金井遠無聲問余家在名泉邑何事虛拋抱甕情

覓火

雪浪銀濤邊海城炎炎赤地祖龍坑此間偏乏桑

揄火借取隣煙煑菜羹

摘菜

剔盡根鬚洗盡泥著來鹽味便成虀飢腸藜藿都相習心手艱勞不用提

執爨

析薪炊火度時艱童子呼來鈍且頑不若親身猶省力寒暄冷暖各相關

食淡

海國煎沙價萬尋持籌恨不變黃金一文羞澀無

從買淡飯春來剩苦吟

縫綻

鍼線臨岐慈母心誰知破碎到於今未曾乞得天孫巧偷學縫裳免捉襟

浣衣

垢膩成團濯者誰一身兼僕更何辭鰥生齷齪心中少不藉除煩清淨池

滌器

潦倒慚無犢鼻褌飯餘滌器到牆根拋殘剩汁皆

愁味若有文君慘斷魂

粉粥

裹腹從軍諸葛糧難途舂粉療飢腸依稀退院山僧粥豆麥成糜木梡香

餕飯

義重難爲接淅行半盂土飯亦何爭嘗來氣味非疇昔難買香從早稻生

柳茶

竹爐煙裏想山家蟹眼烹來穀雨芽一自掉船灘

溜外焙成柳葉當新茶

劣酒

盃中斷絕一年無病裏拘牽筋脈枯欲博微酣沽市上酸漿贏得滿匏壺

缺藥

藥梡參苓夢亦虛買來都是草根餘先生莫道盧扁手嘗煞神農味不如

書傭

翁啾婦唧作家書道是參軍飽蠹魚月月供他閒

紙筆平安兩字漫躊躇

醫匠

口傳病態索醫方虛實難憑氣脈詳總是活人心術在暗中調劑合岐黃

敝蓆

朔風暗襲土牆頭折葦牽蘿禦冷謀孺子柴門遮片蓆不須更爲杞人憂

箍桶

黑漆先生桶破來何勞劈竹作胚胎祇緣要佐缾

罍用肯逐人間廢棄材

糞草

掃來積垢又成堆總似閒愁撥不開惟羨焚香郭有道清風過處少莓苔

穢廁

萬石家風滌廁勤顛危濁氣觸妖氛客卿奇辱身投溷似此何妨捉鼻薰

溺器

交臂聯牀水火情撲人溲氣逼檐楹君非沛上眞龍種頭戴儒冠溺不成

惡夢

一枕荒唐意奈何樵歌牧唱境蹉跎兒家穩踞風波渡喚醒全憑春夢婆

元旦

天時人意想陽春剛到春來笑此身滿地煙塵昏黑裏不堪重問歲華新

清明

昨日禁煙風雨聲今朝霽色屬清明南冠有客離

鄉井空憶家中插柳人

至日

鐵骨寒梅待雪開朔風六管正飛灰老親白髮雲天外長憶兒曹去未回

除夜

慟哭誰憐阮籍窮空將壯志負桑蓬孤燈此夕更籌永腸斷東風聽曉鴻

撫棺

百計偷生君未能我偏求死死何曾君今先逝魂

歸國死後寒儒尚履冰

客俘

繫去牽來盡楚冠向隅飲泣各心酸其間獨有風僧好笑把圜扉福地安時華林風僧亦被繫

老親

斑衣辜負著囚衣白髮親恩報答微未敢許人身固重孤臣寂寞忍言歸

昆弟

秣陵泛宅錫山家一本枝開棠棣花萎被寒温誰

與共誤人多難滯天涯

憶内

抱犢田間夜辟纑於陵偕隱盼征夫堂前怕說南方事腸斷三年侍舅姑

思兒

夢到離家淚欲零大兒五歲次三齡解余手未停批點曾學攜書到父庭

同宗

立命堂中督課嚴讀書心遠地沈潛清修南渡司徒裔對策多奇愛孝廉立命堂謂淑子兄心遠堂謂盤石先伯余皆課業其中孝廉謂羽斯弟也

受業

招攜琴劒別姑蘇恐類名場詩酒徒膏火幾年依別業釣魚臺畔學爲儒銓部張鞠存夫子見余落拓吳門攜至東溪令下帷數載耳提面命成就余學

同社

培園燈火浦雲深江左垂髫便入林吳會羣英名久著梁谿獨繫野鷗心

培園謂張岵思雲子劉膚士諸子公路浦謂盧春卿薄其南孫容斯諸子江左謂王惟夏吳何仲程虎文侶鷙諸子吳會謂蔣曠生傅龍翰申詔生諸子梁谿謂嚴蓀友秦樂天鄒立三呂香令諸子

故恩

白門太史作文翁席上重裘解覆躬更有瀛溪泥水老知希爲我哭途窮白門太史程翼倉夫子出爲廣文時新安富人以講誼來介壽開筵觴之皆戴貂衣狐獨余單衫横踞首席不勝其寒更酌犀觥來勸余量窄故作豪飲狀嘔吐很藉客喧笑余瞋目大呼曰笑其吐酒則可笑寒則不可夫子急呵止之親解重裘衣我泥

水周夫子來爲廣文年已七十餘余之窮柗而同牀抵足晝則買肉供我或偶他出則持肉食餉置厨中待余下箸始愜意時考校余以首當補餼例有雜費始具牒上呈余不能措欲他避胥役恐首名不補則誤其後補者羣而逼余周夫子以頭觸諸胥開篋出十餘金付之始解夫子每至夜披衣而起喚余談遇合之難輒爲余淚下今兩夫子皆作古人余無以報德悲夫

舊遊

巖壑逢迎到會稽偷塘花竹最淒迷溫陵煙雨嚴灘月到處張帆聽鳥啼

少時同羅周師讀書會稽之偷塘束髮知心惟此一人羅子由中翰出爲佐郡余且

沈淪爲難人矣淑子兄司李溫陵爾遐兄司李嚴陵余皆讀書於其署中故及之

祭墩

頑然塊木本無靈相伴文章奎壁星謝爾忘懷從不語一杯灑泣奠椒馨

告神

灑筆成文念頌高獄中神主問臯陶　盛朝刑賞天威在莫使看爲弁上髦

抱犢山房集卷二

男曾筠謹編

抱犢山房集卷三

梁谿嵇永仁留山著

和淚譜 并引

和淚譜者中丞公處患難中以炭畫壁所爲作也何以取諸取諸文信國只恐史臣編不到老夫和淚寫新詩之句也閔難之作或者議之謂公粉飾太平則有餘戡定禍亂則不足此語似是而非甲寅之難非自公始乃軍國醖釀之禍自公而受也公未莅止先有蠢動機及公以孤危之身履盤錯之地文武不相熟兵民不相習孤拳隻掌支撐於虎口狼尾之間雖謀勇百倍人亦莫能有濟而況牽制功令束縛例條安敢輕棄封疆蹈罪履禍而爲行事便宜之輕舉哉公被執時大罵求死不可得餓十日水漿不入口求死又不可得僕輩國勸之堅子卿之節俟天兵聲罪致討目擊賊首受誅亦快心事但忠孝節義操之自我生死禍福聽之於天一旦依稀泯沒不能如草木之留根荄於人間傳聞失眞紀載少實非所以砥世道回狂瀾也故於公詩互相酬和復撰和淚譜紀同難諸人顛末以畧存其梗槩云抱犢山農識

和涙譜一

耶溪先生姓王名龍光字幼謩七世祖居泖水之柘臯村明初隨大將湯和經理東南愛會稽土地秀美擇而居之相傳世有讓德至今里名讓簷蓋以此也高祖家素豐能緩急人鄉黨貧乏者多資之曾祖由明經通判粵中政有惠聲嘗白盜案之寃者却夜金不受其人尸祝公德於罷官歸里日尚匍匐而謝以故子孫忠厚清白皆由家訓所致先生降生時其祖母夢見高曾吉衣冠來家醒而

燈火熒熒視之則坐草矣私卜先生後必貴勉之讀書補博士弟子屢挫塲屋不得售同胞三人伯仲早棄世先生中道喪偶生子三長垂讓邑庠生次垂訓季垂謚悉馴謹工書史滄桑以來家漸陵替先生不樂處蓬巷有四方之志慕秦中山川雄盛古帝王將相碑塚存焉爲驅車遍歷倦而言歸時年已五十餘矣范公撫浙延置絳帳教其愛子課誦講解之外一室寂如先生不與人較長短競得失抱璞守琛如木石然所以儇薄妒害之客多

容之而又性甘淡泊不自言其窮苦於是家道日益窘范公督閩念諸客中惟先生無關行敦迫偕往先生爲嚴父春秋高逡巡膝下父曰范公有德吾越不可悖之老人筋力粗健桑榆無恐汝第往毋内顧也先生在閩視余加厚有故人之誼蓋自浙聚首以至於今耳被難時猙獰者張弓挾矢荷戈執殳驅之而行如就西市狀余與先生攜手緩步雖咤叱不之懼私相謂曰余兩人氣誼頗同死之日願魂魄聚一處先生曰唯唯公撫吾浙請蠲

請賑救活父老子弟億萬口余以一身代越人報之又何憾焉余壯其言而幸死有同志泉下不寂寂也是刻天光慘淡日氣昏濁余輩處亂屍血窪中俄而迫至逆邸擾攘之頃脅余輩草安民檄不從誘以官爵又不從觸其怒而械繫之俄有李明經者受逆命說余輩以筆墨從事余輩極口唾詈又堅拒不之從是以幽囚兩載而至於今先生在獄無憂愠色日惟歌詠怡情著養花説一帙賦詩五十餘首有岑嘉州高達夫丰裁倦即偃臥最喜

余所著續離騷夜則高歌一闋已而四壁有嬉笑者有怒駡者有悄然悲而淚下者以此爲常先生雖瘦損骨立而無疾病亦由其懷抱曠達耳所稱達天知命之君子殆其人歟

和淚譜二

林可棟字能任福州閩縣人宋文昭公裔年六十九寡母張氏在堂苦節五十年今已九十三矣翁長子入庠早世繼娶何氏甲午孝廉琛之姊生季子文熹聘癸卯孝廉徐允登女未娶先有妾姚氏生仲子文熹已娶鄭氏女翁少時棄舉子業學吏事歷練敏幹具活人心隆武時由太學生授以職辭不仕翁知天意有在避跡鼓山欲薙髮從浮屠遊提督楊公開闢閩疆熟悉翁賢寄以帷幄軍興

擾攘之頃翁不得已應之時山海交訌桑梓鼎沸翁居中多所保全總制李公初下車延翁座上諮以機宜翁在軍中至誠區畫瞭如指掌李公亦推心置腹信任不疑讀樹滋堂集其間如却紅夸請居内地罷勦海無益師旅以及開海復界諸條議皆非經生所敢捉筆更難者保孤於遺疏之中翁眞報知已於存亡矣翁與遊左侯公善侯公曾宦於閩與翁從事戎行雅重其人每言於范公公信而禮聘焉許御史視鹽兩浙將備舟車迎之侯公

謂翁曰范公爲救全閩瘡痍而來翁獨不念鄉黨赤子耶翁聞其言感激涙下堅留不去余每見翁條析疾苦事反覆太息嘆爲仁人君子之用心數爲公稱述公不以余言爲謬有忌之者造爲鬼蜮語亦不敢入公耳也難作之後鞫者窮究章奏事將罪余余曰死何懼但願得一見范制府死亦瞑目時翁獨爲主者呼入殿中訊之知余不免慷慨相向曰余老矣死固其分豈忍使目中見殺才士哉願以身代嗟乎嗟乎鼎鑊在前刀鋸在後此時

且有多方卸罪欲苟活其軀者翁獨奮不顧身如此彼人面狠心險惡排擠之徒寧不慚聳汗下乎翁於被難夜密謂余曰公死我輩誓無獨生理不如早相從於地下也陰以鐵鎖捩喉頸舌吐寸許而手軟不自支遂復甦余以手足拘攣逼摺緊密竟無死法邏者張燈火環而察之乃相對哽咽而已翁在難中遺囑其家不作一酸鼻語且以今日之死死於名義爲幸翁眞達於生死之際者哉

和涙譜三

沈子天成與余同幕府但知其爲華亭人敦氣節重名義者也而不知其世澤淵源家聲光大蓋沐浴忠厚之深而負隱痛焉嘗揮涙爲余言曰僕嫡姓俞名積治字端初先世秀州人居武塘嘉禾里九世祖文莊公諱綱以諸生從龍與李善長諸公同入閣有謹厚聲自是代有聞人曾祖諱玉鼎嘉靖朝由明經爲大興縣丞遷松郡司馬防海禦倭有功歿於官留葬城西斜塘橋左郡人德之祀名

宦祠祖父因家焉祖諱仰谿太學生事母孝捐貲賑荒收葬飢殍著十生訓愛周易積善之家必有餘慶尚書愼乃儉德惟懷永圖四句爲子孫命名著家訓垂戒謂寧愚毋巧寧讓毋爭生八子父行四諱香林字雲槐重名節寡交遊晚年好種花蒔學佛生五子長積沛爲夏公彝仲門人豐城鄭公諱澹若宰華亭特薦其文列於庠後緣鼎革夏公彝仲與陳公臥子皆死於難兄從之死舉家星散仲積溥削髮竄四方季積澄從於浙從兄積澍等

俱改姓王以避禍積治年最幼十二齡父見背嫡母王氏沈氏繼亡十三齡遭家難隨生母徐氏攜幼弟妹匿舅氏沈公來家竭資產免籍於官舅氏撫余頂曰今日幸免天所以報善人也他日成立當繼父兄志因改姓沈更字天成拮据家務完弟妹婚嫁遊京師思博升斗祿養母氏伸兄痛慰祖父在天之靈茲從范公罹於難死報知己固其宜豈彼蒼不欲延俞氏一脈耶言訖又淚下余聞其言而不勝嗚咽也仁人孝子不自薄其根本而後

能急人之難不自隳其家教而後能成人之德聞變之日干戈擾攘沈子謂余曰公生死未卜遽以身試鋒芒葬亂軍手中無益姑避之余曰留子在爲余輩收骨歸葬故里未爲不可沈子避三日夜俄聞余輩死信禱雷雨中願出踐然諾爲悖義者所縛獻於逆邸時鞫者正窮究章奏事將罪余沈子厲聲曰范公一生光明正大無陰圖人之念公且無他與書生何涉此細人卸禍之言也豈可憑信逆見其牴牾不屈遂并繫之幽羈一處然後知公及余輩尚存也沈子與余同寢食疾痛關切相依爲命有反噬余者則批其頰而詈之愧之鬼怪乃逡巡辟易膽落而止余輩每聞公起居無恙則私心喜或聞其抱病食息不如常則吞聲終夜飲泣蓋二三子與公爲存亡者也沈子著書一卷名聽鵑集花譜一卷載種植之事甚詳皆在難中所著述元配朱氏生四子善標善棟善棨善棣讀書於家皆稱醇謹沈子善周易卜公與余輩終且沉淪難底嗟乎光前耀後之事不能不有望於其四

子也已

和淚譜四

侯公其近代之名將也哉余生也晚不及見其少壯時而獨於垂老遇之公諱全字維垣遼左錦州衛人明季由世襲任臺頭營東協中軍膂力方剛萬夫辟易試之要地守備冷口漸爲秉鉞所知授劉家口遊擊又調至山海關撫標左營時邊事多警所至披靡望風而遁公獨當一面常匹馬入戰陣中摧堅破敵莫能攖其鋒因好衝突傷左臂撫軍李公見而惜曰此世之虎將也以軍功薦例當

加擢公固貧無所夤緣僅得燕河路參將缺李公慰藉曰毋抱憾知屈汝也俟後當入告公曰武人出死力捍邊疆得知我者足矣功名不足罣也夫當煙塵震動之時得一驍勇善戰之將而報稱不當其功爲要路愛錢者所掣肘亦可悟國家成敗天運去留之故矣　淸初攝政王入關公首先投誠范太傅公時在軍中僉傳頌爲章京一切受撫賞賚皆涖其下公之識太傅蓋自此始也順治己丑年楊公提督閩省公以中軍副將從之征勦攻高峰寨擒新建奮勇獨著七年蕩平山寇生縛劇賊洪國玉張自左等九年海氛逼漳州統軍解重圍十年陞延平副將寄專城之任兵民俱利賴之公自行戎以來挈其表姪守備王天祐斬將搴旗攻城破寨如貔虎之搏平地山林草木皆爲之靡公出入左右未嘗一刻少離而天祐事如嚴父不自有其功十一年公因父年近九十欲奉養暮景力求休致得入籍徐州買牛犢耕種徐當南北衝古豪傑降生之地也先是公有姑表陳公一貫駐

節於此公配爲陳公姊迎公之父養於署敍水未幾遂棄世卜其地而壙墓之公以歲時伏臘便於祭祀不忍去其鄉故家焉徐俗獷悍有司復擇肥而噬遭外侮不能白范公兄都統公力白之當事貪殘者皆奪職坐罪去而家聲以振公世感范氏恩隨學士公來督閩自謂年雖邁尚欵識閩之人情風俗可少備諮諏學士公實倚重之余嘗聽其談遺黎痛苦邊海三十年無一日安衽席言罷淚如雨下聞者心俱酸學士所以汲汲於開海復界

請蘇積困也侯公年逼桑榆齒豁耳聾起坐需扶持妾紀氏隨之來調攝寒暖安慰寢食凡一舉一動皆以意先之而曲體其衷夜則衣不解帶口不言勞瘁甲寅變起侯公適在外紀氏料公必死懸束帛於梁從容自縊死僕王茂偕婦俱從死其子九歲緣繩斷而甦王廚偕婦同縊婦繩斷亦不死當此時也冠帶之倫縉紳之徒儼然鬚眉號丈夫者皆欲全軀保妻子而一婦人女子以身殉節視死如歸甚至臧獲之賤匹夫匹婦亦曉大義所在侯公之家教爲何如哉天祐被執迫之殿堦慕其驍勇以好語款之許以重用祐曰某數千里隨總制來爲報恩故他非所慕語壯激不少挫遂重加囚繫之祐在獄捐軀圖報之念矻如鐵石有欲申救之者祐斥以不義慚而沮故健兒百餘輩皆遣釋去而祐獨桎梏不解蓋其甘心爲之也侯公雖脫難而栖栖海隅茹荼飲冰風聲鶴唳觸目心傷年七十七矣尚冀欲乘間以報制府而危困窮迫無所聊賴有義僕李誠走求故交舊識貸錢養之

公每抄錄往古勇士志士諸俠烈典實事故以示祐堅其患難之志祐每屬余講解以自怡見危授命余敬祐之爲人焉祐生父諱都早世叔諱聘遼諸生也養祐於家聘亡其妻梁氏亦從夫自盡侯公之先屬王氏壻公以中表同居力任祐家殯葬諸事祐感而奉之數十年如一日雖祐之天性勇俠而公之訓誡亦綦深焉侯公其近代之名將而兼義烈者哉

抱犢山房集卷三

男曾筠謹編

葭秋堂詩序

同學弟金人瑞頓首弟年五十有三矣自前冬一病百日通身竟成頽唐因而自念人生世間乃如弱草春露秋霜寧有多日朓遂奄然終歿將細草猶復稍留根荄而人顧反無復存遺耶用是不計荒鄙意欲盡取狂臆所曽及者輒將不復揀擇與天下之人一作傾倒此豈有所覬覦於其間夫亦不甘便就湮滅因含淚而姑出於此也弟自端午之日收束殘破數十餘本深入金墅大湖之濱三

小女草屋中對影兀兀力疾先理唐人七律六百餘章付諸剞劂行就竣矣忽童子持尊書至兼讀葭秋堂五言詩驚喜再拜便欲挐舟入城一敘離闊方瀝米作炊而小女忽患疾蹶其勢甚劇遂爾更見遲留因遣使迎醫先拜手上致左右夫足下論詩以盛唐爲宗本之以養氣息力歸之於性情旨哉是言但我輩一開口而疑謗百興或云立異或云欺人即如弟解疏一書實推原三百篇兩句爲一聯四句爲一截之體傖父動云割裂真坐不讀書耳足下身體力行將使盛唐統緒自今日廢墜者仍自今日興起名山之業敢與足下分任焉

弟人瑞死罪死罪頓首頓首

留山謂余曰童時喜歌詠善選奇字得句則囊之每登山嘗捫蘿躡頂東西肆目搔首問天稍長爲三湘五湖之遊放歌大江鼓掌擊節自是詩懷乃壯既倦復與人飲博投壺傳奇語謔種種爲人間游戲事余歎曰留山之才天才之也留山之才之奇山水奇之也詩之道即寓於奇之中而運乎奇

之外也亦應物而不累於物者也累於物則不得其眞不得其眞則情固蘊而不出矣世之走昌谷者字句之所舉也走杜曲者理勢格律之所舉也留山今爲杜曲之奇山水之事備矣射陵同學弟

宋曹拜題

吾嘗謂詩乃才人之經濟也然非有當機靈變之才則詩迂且拙矣非有名山大川之遊則詩鄙且隘矣非有經子百家之氣則詩膚且薄矣吾友嵇子於文字海中無不龍出蛟沒以盡其奇於古今

秘異無不穿針引線以盡其理於江之南北無不陸尋水討以盡其勝所至輒友其人之賢者若聖歎山期皆其莫逆友也葭秋堂詩雖屬一體而才人之經濟具見吾病不能讀書今得是詩而卒業之謂鄉嬛二酉之藏吾已讀過其可也芝山同學

弟徐增書

抱犢山房集卷四

梁谿嵇永仁留山著

雜詩 葭秋堂舊刻

夜泛西湖同王于一遲翁山不至

日暮歌船歇澄流杳若空倒峰湖氣上孤櫂月明中聽曲憐司馬題詩憶遠公鄂王墳畔樹一夜起秋風

春日上韜光次香山原韻

竹路循危磴神仙此是家樹藏新乳燕徑有未開花池上留苔碣籬根出笋芽暫因僧借憩還試早春茶

少年行

年少嫺弓矢從戎久不歸一朝返故里夾道生光輝馬勒裝金軸魚腸挂鐵衣還看舊相識白首尚寒微

渡錢塘

清曉上江船江空細雨懸落潮沙氣暖擊楫鼓聲連鳥雀銜林起魚蝦出網鮮萬峰纔遶色入望忽

雲煙

越女

越女習勤苦家家盡飼蠶攜筐來道左采葉過城南朝露常多畏春風獨抱慚趙王殊不識妾意比澄潭

石門

落日石門近離懷苦未安人煙爭入浦夕鳥倦啼寒歷歷吳江盡悠悠歲序闌不知霜月下猶作故鄉看

曹秋嶽司農倦圃

愛客司農性花開不閉關構亭秋水曲把酒夕陽間人事無心絕嘯歌恒自閒南湖有鷗鳥應識謝東山

家爾遐兄招過嚴陵

一自之官去翻令會面踈紆迴千里夢驚喜數行書釣渚空啼鳥青溪淺漾魚憑思好風景行李漫躊躕

春日出睦州城遊北高峯寺

淺瀨晝鳴榔春風觸緒長雲中連墖舍山半壓城牆野火明樵路宵鐘下佛堂釣臺何所見煙月晚蒼蒼

富春江

春寒三月盡風雨富春江一線分天影千峯赴海幢重雲飛瀑布巨浪撼蓬窗髣髴精靈過歸心逐此降

送徐子能歸芝山

作客爾先歸還家霜雪飛病中搔短髮歲晚惜斜

暉想到梅花日應開處士扉故鄉有耆舊寂寞尚堪依

吳江夜發

忽覺夜風至開船夢暗驚漁燈猶未滅江月正初生越樹崇朝色吳門昨夜情相憐遊子意過雁寂無聲

寄家放菴兄

達夫眞好學遲暮乃知名莫以戶庭累重牽婚嫁情問年將五十讀易曉生平有子如徇外買田須

勸耕

凉谷

著書常早起春日隱蒿萊山氣不可觸柴門猶未開落花摧細雨啼鳥戀空臺且莫斂懷抱餘寒縱酒盃

曉發燕子磯

風雨亂雞鳴披衣正五更危磯呑水面疾櫓裂江聲塞雁一惆悵沙鷗相送行明時羞獻賦誰與念生平

野火

薄暮微煙起山家辨火光夜珠時上下神館暗蒼黃谷口停樵客溪邊掩夕陽王孫莫歎息春草未曾芳

虞山省楊子常表伯

鄉居三十里城郭不相聞園內馴禽鳥門前足水雲青尊邀入夜白髮喜談文若問謀生事春田草未耘

秋夜

虛堂復何事入夜但聞鐘送客還茆屋攜琴就古松清陰生暗壑凉月上高峰坐覺林香滿巖花開幾重

送顧見山河道赴都門

畫舫出雲間閶亭暫取閒離家前夜月對酒故鄉山赴闕非懷祿乘時欲濟艱長征遥計日秋水正潺潺

秋日再過嚴陵

作客易悲歡秋天又早寒雲山常寂寞世道自波瀾暫住梁鴻里重來嚴子灘風霜羈旅色不敢鏡中看

平望

一氣自蒼灝難分吳越天鳥隨楓葉下帆帶夕陽懸古驛深苔碣横橋鎖暮煙兵戈猶未歇飲馬太湖邊

旱

赤日無雲氣長風四野清祇求凉雨過不敢計秋成簷燕侵晨出山蟬競夜鳴那堪郊外望處處桔

榫聲

休休庵同梵林暨師巢舍弟

月明須放飲難遣是殘冬有弟知艱苦攜僧共懶慵燈昏長對佛霜冷不聞鐘遙憶砧聲裏寒衣授幾重

髯僧述雲臺名勝

戶牖生遐矚登臨說過來兩峰低日觀諸島拜雲臺晝沐魚龍氣宵聞鸞鶴哀老僧親見後三度碧桃開

湖心寺

湖水浮千頃春流沒半篙石屏寒漲汐煙樹障波濤寺有耕田利門無送客勞山厨薄滋味四序翦溪毛

送何大左車還白下時留浙署

湖水沈沈綠煙花泊小船到來春繫馬歸去暮聞蟬親老難爲客心知恨各天也應常送別怕向酒樓前

其二

迴憶家園勝山陰道上多扁舟離越館明月滿吳歌舊事尋桃葉新詩詠芰荷煙雲如落紙換得右軍鵞

其三

九龍峰影下遠遠一帆張敝里當溪岸東城有草堂聽泉還獨過看竹更誰將川陸雲陽便休嗟江路長

其四

白髮江南住年年菽水虛歸囊懸負米截竹慣盛

魚君去麥秋節途逢轆犢車平安賴傳達堂上病將除

其五

年少應徐輩奇才吐夏雲柯亭知者少鹽櫪歎爲羣且重許身節毋求先達聞柴門秋爽下散帙倚斜曛

送唐祖命入閩

煙雨武陵秋相逢上酒樓征車無滯跡明日更行舟星出三山沒雲歸五嶺浮羨君毋白髮物外任

遨遊

王于一自崇川至又送其過江上

山陽同避亂孤棹過崇川家累移湖上詩窮自海邊空城千隊馬落日一聲蟬君問江東路曾留幾井煙

竹外

驚看盈尺筍翠影到柴門出土雲霄氣瀰天風雨痕烏聲如隔澗人跡不成村賴有田間叟乘閒共把樽

東園訪張三牧公

延陵船未泊到即叩東園野客不知路蒼頭方候門他鄉家已破老母齒尤尊艱苦良朋意爲言難黍存

琵琶女

養兒不識字教女學琵琶一撥勝越豔再彈過吳娃日供三斛黛夜買千錢花不願入宮掖願從豪富家

京口訊潘江如

亂後家園在天留處士貧入城看敗瓦居巷寂無鄰水活宜栽柳山低好負薪齊門難鼓瑟歸老著書人

泊舟太湖是日即解纜

預儲今日酒暫歇雨中船湖氣涵煙草人家傍水田石銜垂釣路鳥沒挂帆天聞道越江好此時應采蓮

聞梅杓司歸敬亭

客自白門過知君返故廬鄉關兵火後山色夏秋初雞犬舊司宅田園重買鋤是非江海上避患學潛魚

五更

五更喧市舶伐鼓祀靈祠水急星如掣帆開樹欲隨塔光垂冪歷漁唱起漣漪獨有滄洲思白鷗知不知

晴

閒門多積翠燕雀喜新晴四月榴花滿一天秋水生溪光園破寺草色露東城縱有樵人過牛羊不

受驚

涇溪暮泛至湖口

放船溪水曲引纜問田夫返照上簷瓦秋聲入蟪蛄潮來袁術墓月動范光湖誰爲捕魚往因人呼釣徒

雪霽放舟答雲子見别詩

蹤跡悲浮梗雲山倦采薇離亭一樽酒客路兩重衣雁字霜中斷梅花道上稀淮南風雪後我獨挂帆歸

東皐主人留榻

草堂懸木榻燈照不眠人獨樹聽殘雨寒塘斷比鄰靜知交道薄轉覺酒徒眞明日江東路波濤愁問津

有贈

白髮牆東叟天明獨灌花豆藤牽爨室苔蘚上漁槎月落留殘魄雲晴變早霞此時逢客到尤喜斷鳴蛙

談長益留楚中未還

江聲寒白日環抱野人扉一自出門去空巢有燕歸依槎潭影動投館夕陽微不有登臨者天涯誰息機

拳石臺

天青入孤望怪石臥層臺樹密朝無雨溪深夜挾雷艤船驚白鷺掃地落黃梅遥覺峰巒到東南霽色開

石塔院哭潛江劉學士

著書期後世夫子竟先徂可嘆黃花節傷心白社

孤人間空手澤地下辨歸途蕭寺秋風裏門生泣向隅

買魚

寒月明絲網攜錢買活魚雲歸雙岸出星落一潭虛沽酒誰爲對題詩只贈余風波最安穩湖上可茅居

防兵移至石塔介公過白門矣

石門猶古刹戰馬牧迴廊燕子不成壘春風何處翔上人遊故國錫杖挂空房幾見殘僧在俾鐘麥

飯香

觀獵

青草郊原外黃沙日氣蒸驕風嘶怒馬健臂六飢鷹細柳將軍過窮崖獵士登槖駞垂野獸鞍上月輪升

與寶月庵老僧

三載不來此老僧意尚眞聽鐘無別事沽酒莫相嗔月亂風前柳溪生雨後蘋入吳傷逆旅不信是吳人

家巖若移居峴山

峴山新買宅兒女就桑麻薄日東隣樹寒風處士家力田餘飲食養母惜年華莫更驅城市南方正鼓笳

采葛

何必思公子難忘采葛情宿根在遠澤新蔓過前楹黃鳥復來喚朱顏空後生鄰家女不解月夜獨調箏

周二爲荷亭

醉向荷亭宿荷亭花正妍秋蟬非一處暮柳盡生煙草藉陳蕃榻門通范蠡船主人邀更酌不敢逞高眠

贈龔半千

江南一柴丈破笠伴孤筇邦水且浮宅鍾山無老松挂琴聲滿壁待客黍加春買隱何年事開圖江上峰

野泊

野泊沙堤暮迴風荻港生鳥歸京峴樹山鑠潤州

城石怒潮相狎魚寒夜不驚二更難就枕江月太分明

秋思

落葉滿秋林秋聲不可尋高樓有思婦夜起彈瑶琴越國海雲變吳江煙水深輪臺千萬里何日罷笳音

同孫豹人泛雷塘

沽酒出城外來尋漁父家借船經夏浦帶雨看荷花水漲蛟涎冷風香燕舞斜美人撒錦帳日暮弄

琵琶

同友人出郊外

便作揚州客寒濤不可聞有家皆逆旅出郭喜同羣蜀井前朝蹟隋宮新鬼墳隔江烽火後移駐水犀軍

寄張淮山吏部

遥憶釣魚臺園林向水開清風一下榻明月共銜杯野鶴時相過閒鷗亦往來昔年此風景繫馬獨徘徊

屏風山

寺後山光近通明一竇懸陽烏中外景桂魄往來圓孔雀張雲翼芙蓉列漢天蒼茫靈氣厚知與岱宗連

登影翠臺望泰山

嶽氣撼虛空登臺自不同千峰遥枕北羣阜獨朝東雲落碧霞殿花飛青帝宮還疑霄漢近颯颯御天風

羊流店

風流羊太傅故里至今存日暮思三徑天空問九原雲斂開遠嶂汶水帶荒村父老談遺事林泉細討論

蒙陰

東蒙高在望我欲采靈芝未得江心汲先憑石火炊名泉隨杖湧斜日下山遲且喜乘新爽春風已過期

聞友人村居之樂

勞車何日已羨爾寄青門桑柘栽千樹漁樵住一邨情閒能狎鳥客到即開樽人事如流水山家總不論

青駝寺

津樹影婆娑離亭悲且歌人煙行處少山色路傍多倦馬渴奔水征車怯上坡夕陽明滅内古寺指青駝

半城邨

夏霧野冥冥瑯琊枕北屏迎眸沂水白迴首魯山青老婦賣春繭貧農仗雨靈半城村市罷初地讀

碑銘

懷李青章公車北上

北闕繞燕雲春風獨憶君離憂應共切言笑孰爲羣天路鴻音遠山丘藹氣紛去年相送處門外駐斜曛

宿遷

搖搖心靡定去去路將殘聲入黃河險情隨綠野寬鳩鳴初下樹魚活未離竿待趁風帆過波濤拂面寒

自解

入眼藤花落新詩不禁生登樓當有月聽鳥到無聲年少難摧折情多變老成舊遊知幾處昨夢石頭城

初秋雜詠

葡萄帶雨薦盤時事事驚心遊子悲一點螢光秋草外露濃飛不到書帷

其二

一舠空爲道左留葛衣寒甚不經秋可憐驟雨狂風夜浪打湖干避亂舟

其三

薄薄雲衣淡淡明〻蟬向晚獨留聲池邊綠葉隨風捲開盡蓮花秋水盈

其四

江干有警望飛援羽檄星馳馬足喧二六時辰鐘磬杳秪林反道是桃源

其五

涼風淅淅扇窮途雁未南征少帛書昨問故人家不遠輕帆兩日射陽湖

其六

聞鐘端不是聞笳靜裏秋聲反憶家飯罷老僧相對坐蒲團移近鳳仙花

其七

漠漠一望渚田青禾耳叢生泛野萍自到秋來無好日滿天欲雨亂蜻蜓

其八

散盡珠璣輾轉貧新秋早起看垂綸爲言姓字同

泉石湖上閒鷗識老臣爲劉阮仙前輩

其九

病骨逢秋影亦寒鬢眉常借水中看山僧雖樸能供客親摘園蔬佐曉餐

其十

薜蘿繞屋佛幢清幾日纔秋絡緯鳴不是書生空露坐代籌時事夜談兵

其十一

愁苦迎人便解詩禪窗翻覺夕陽遲秋風吹落梧桐子小鳥銜來復上枝

其十二

煙火蕭然里巷空人家半借鱟湖中淒涼促織喧秋夜織得愁絲幾萬叢

抱犢山房集卷四

男曾筠謹編

抱犢山房集卷五

梁谿嵇永仁留山著

雜文 竹林集舊刻

曆解解

甘氏星經云太昊執圭治春炎帝執準治夏黃帝執繩治四方少昊執矩治秋顓頊執權衡治冬按圭與規同楊升庵解之謂春規圓以應仁也夏準平以應禮也中央繩直以應信信非一定之名繩亦非一定之器也秋矩方以應義也冬權衡輕重以應智也或擬五器分五時冬何故獨有其二楊太史則爲之說曰冬於方爲朔於卦爲艮艮所以終萬物而始萬物也攷六壬家東甲乙青龍南丙丁朱雀中央戊已勾陳西庚辛白虎北壬癸玄武螣蛇有龜有蛇冬亦二獸再攷五運之神重爲春神曰勾芒黎爲夏神曰祝融勾龍爲中央神曰后土該爲秋神曰蓐收修與熙爲冬神曰玄冥有修有熙冬亦二官此其所以有權衡二器也歟即如易四德元亨利貞元大也亨通也利宜也貞正而

固也貞亦兼有二德揚雄作太玄擬易有罔蒙直酋冥之文以配元亨利貞而冬亦兼有酋冥二時其義一也宋蘇子瞻與龎安常書端居靜念人五臟皆止一而腎獨二蓋萬物之所終始生之所出死之所入也一身中四肢九竅凡兩者皆水屬兩腎兩外腎兩手兩足兩目兩鼻皆水之所升降也以蘇言驗之腎之獨有二也毋乃與前説通乎余讀書堯典禹貢每以北方爲朔方寡稱北者注萬物盡於北方蘇而復生也余因思歲序十二月中

獨十月爲陽月周禮六官中獨冬官爲司空理或可思董仲舒曰陰居大冬積於空虛不用之地倘亦近是乎且惟空虛爲能生物曆不曰朔晦而曰晦朔易不曰陽陰而曰陰陽不曰生死而曰死生不曰神鬼而曰鬼神不曰闢闔而曰闔闢生生之謂易陽主生陰主死若曰陽陰則死而不復生矣餘各倣是王純甫有言天地之數常止於九九則行十則止如二九十八三九二十七自此推之直至無窮若二十則二十三十則三十皆是死數向前更推不去矣余更因其言廣之商之歸藏首坤子曰吾得坤乾焉易說卦曰物不可窮也故受之以未濟終焉有能即是解彖之思過半矣楊公又云晝夜漏刻古曆百二十刻用地支數今曆百刻用天干數嘗見元授時曆有長六十二刻短三十八刻者今長短至六十四十爲極余憶正統末年曆偶過六十一刻岳文肅正憂之果兆土木之禍惟明朝大統曆較異若元曆故其嘗耳斯亦治曆家所當知乎其論水火微言云古懸炭測景夏至

水勝故炭濕而重冬至火勝故炭燥而輕夏火旺而曰水勝水在內也冬水旺而曰火勝火在內也驗之人身夏則五臟化水冬則五臟化火夏非水在內則焦焚矣冬非火在內則凍僵矣此陰陽互藏其宅之妙也嗚呼玄矣玄矣古太史氏主天官治律與曆若楊公之曆解精融可謂無負史職矣世徒以淵博名之何耶

呂公以女許高祖

呂公飲高祖酒後曰臣相人多矣無如季幸自愛臣有息女願爲箕帚妾酒罷媪怒曰公始奇此女與貴人沛令善公求不與何妄許劉季季居常不事生産作業生産利養也作業勤本也不利養則破生産不勤本則廢作業是謂游惰游惰者生事季好酒從王媪武負貰久不償致折券棄負丈夫不能完逋累且恣嗜慾不謹爲人憐而罷之何以自立季好色多置外婦曹氏姬已爲季生子外婦生子適庶不能正不事生産作業室家無所賴好酒凍餒妻子不顧好色者恩愛分薄於結髮亭長賤吏孰與令貴愼無妄許劉季呂公笑曰此豈兒女子所知耶卒與高祖

蕭何主進

單父呂公善沛令家焉沛豪傑吏皆往賀蕭何主進令諸大夫曰呂公令重客也辟仇來就令偕媪與息卜居此地其人賢豪長者不賢令不重不豪不辟仇夫囂囂者多嬲官長非瀆利則請事碌碌者不讐人人亦不讐之公去此二者以知其賢豪且沛邑小多椎埋屠狗之人上者矜氣節不文其次弄刀筆公不棄與爲鄰竝通喜慶戚弔之事誠非長者不及此諸大夫來賀無虚文毋飾貌毋吝貨財毋有禮而詐古者會財之禮有主賦斂者爲之帥何主吏當主進進以貝爲禮若大貝若牡貝若小貝貝至二百錢以上爲止至五貝爲朋百朋爲重爾諸大夫有進千錢者坐堂上其不滿千錢者坐堂下諸吏遵令無敢譁者頃之泗水亭長劉季來冠竹皮冠不與諸吏言呼謁者告之曰賀錢萬呂公大驚倒屣攝衣迎之門立談睥睨良久實不持一錢也諸客闋於堂呂公見其狀貌益重敬之引入坐上坐固留竟酒後無所詘

劉章請軍法行酒

朱虚侯章以妻呂祿女得帶劒宿衛入侍燕飲忿諸呂用事思少戢之乃前曰臣將種請以軍法行酒呂后曰有說乎對曰先王制酒禮綴淫也一獻百拜終日飲而不醉備酒禍也猶有慮焉又立司正監之紀過也史以佐之其不拜尊所者有罰軍法畏矯制擅令也呫嗶耳語者有罰軍法重不軌也舍坐遷者有罰軍法戒失伍離次也號呶者有罰軍法銜枚防諠譁也賓筵之詩曰罰出童羖以

無角之羖必不可得示罪在必罰也夫燕禮不行懽愉之心不洽軍法不行朝廷之體不尊誥有之剛制於酒蓋謂剛果用力以制之臣年二十氣力差大既自制又能制人堪勝任焉后微酣許之章拔劒來前口宣約束三令而五申之諸呂心稍餒章歌詩侑酒氣益慷慨有亡酒者章追至殿下斬之報后曰臣按軍法逃者殺無赦一人亡酒臣謹如法治之矣后大驚罷宴諸呂謝罪狠顧鼠竄而退

内史士請益公主湯沐邑

齊王肥入朝惠帝兄禮之呂后怒置鴆酒王覺陽醉去閉齊邸不出内史士請曰王憖然有憂者何哉王足地曰禍至矣士曰人有患病者伏枕而憂乎抑治之王曰病而憂是益病也治之便士曰王不策避禍憂而閉邸何以異於是王笑曰智不及也將奈何士曰臣聞龍之爲物至難馴也領有逆鱗攖者身首糜碎有豢龍氏擾之至於[illegible][illegible]噬人之物也獵者羅之跨項編須翻作蟠下角觝戲焉

此無他投其嗜慾也嗜慾寧雖極凶殘狂暴之物能不爲人害且與人近豈惟與人近且悅而安之凡嗜慾者皆然何足怪哉天下惟無貪者不可餌此智者難之况婦人女子乎太后將禍王王匿處複壁不可逃也太后將不禍王王洞開重門無虞也王見惡太后過執家人禮失在亢王請降心從焉降者於我抑而下之於人尊而上之也以尊太后無名以尊帝帝仁厚不忍愚以術莫若尊魯元公主崇其虛稱貢其實惠濟虛以實其出有名王

今沐浴朝衣冠請於長樂宮曰臣德薄才朽不能享全齊土地敢以一郡益魯元公主湯沐邑尊公主爲齊王太后此計行臣將戒僕夫膏車廐人秣馬以待王旦夕就道王從其言太后心喜可之置酒齊邸飲極樂明日遣歸國

趙美人遺書漢帝

高帝平東垣過趙趙王敖以美人獻帝幸而去之敖逮捕吏并收美人美人弟兼因辟陽侯求呂后后妒不言美人上書曰妾生長邯鄲薄有顏色父母教以郢曲之歌陽阿之舞既工而媚趙王求之將備後宮會且進御於上陛下不遺棄葑菲邀顧盼被恩寵妾幸也已而自知有娠妾更終身幸也陛下既回長安趙王築外宮舍妾於内遇之恭謹卒不聞陛下走一吏御一兩迎而致之宮中乃罹於無辜牽制請室耳聞鈴柝目見狴犴下辱貴人上傷恩德大臣以遠嫌而不肯告小吏以分卑而不敢白天顏咫尺君門萬里可勝痛哉妾揣陛下伺呂后之意旨嬖戚姬之媚順加以列屋而居者飾粉黛弄眉首副玉珈曳綺縠日容悦於前如妾又何足道然而妾乃婦人棄之可也帝王之血引尚在懷胎中者何可斬也古者天子三夫人九嬪世婦二十七人御妻八十一人妾雖不當聖意上不能進夫人嬪婦之列次或退處御妻之末抱衾

裯賦小星分固當也陛下柰何滅枕席之恩絕牀第之愛以爲罪人之孥一切擯斥不理妾恐宮闈之間凡受進御之恩者不安而危而陛下寡恩薄愛之名聞於後世矣詩曰江有汜水有時復入爲汜也語曰心成憐白髮玄髮可以玄也妾則誰望哉妾知不幸者三僻居窮鄉生爲醜女椎髻荊布嫁作庶人妻糟糠偕老幸也顏色不幸也家人不惑於俗惟紡績女紅是問異日操井臼主中饋無非無儀幸也習歌舞不幸也季女守貞十年不字

光華外閟璞玉内堅觀者過而不睨幸也顧盼恩寵不幸也彖曰歸妹人之終始也謂歸者女之終生育者人之始象曰歸妹君子以永終知敝爲始合不正終有敝也妾以趙王進繼以趙王累豈不然乎是故心不病而傷腸不曲而結鼻不逆而酸命不脆而薄子若彌月之期毋恐終天之恨子雖產不知有母毋苟活無益於子生也不如其死也存不爲有室之婦歿不爲有主之魂哀哉慟哉命絕於此謹待圻副災害以死書既成不得上越數日始生乃爲厲王美人恚即自殺吏齎子與書以聞帝大悔令呂后母其子以妃禮葬美人於眞定

圯上老人論

嘗讀漢書至圯上老人命張良進履竊疑而怪焉以爲人情非其所屬則難抑而下之以從予所命何者勢與分兩不在也勢在則畏而不敢分在則强而不能其他即傲然肆然惟意之適呼而不來麾之不去既無生殺以制其命又無予奪以榮辱其身何苦而爲此蹇蹇者乎或曰進履之事加於行路一介之夫必遭其詬罵雖甚盛德掉臂不顧而已耳跪而進之何爲也不知子房蓋學本黃老

者也黃帝學於廣成子親至崆峒訪焉老聃語孔子曰去子之驕氣與多欲態色與淫志誠知降其體者然後入道虛其心者然後聞道子房其亦習之歟矣夫讀其書想見其人願得習黃老者一旦驀遇之也今有一人焉其貌異其行野其言詞倨而侮則無乃精軒轅之業行猶龍之教者歟是故傴僂磬折俛首改容奉教而惟恐後聞命而若不遑也不然違之無損於名從之無益於己豈不徒然召羞取辱也哉又有景帝之世王生老人辱廷尉張釋之結韈釋之亦跪而結焉子房猶下氣於無人之地釋之獨卑禮於廷會之時抑又何爲也以王生固善爲黃老之言者也夫子房辟穀不仕乃持老子知足之計試黃帝不死之術則其受益於老人者不更顯然乎大抵方外之教人也與君子不同方外者不辱以不堪之事則其道不尊不堅以不退之志則其教不切君子獨不然來者不拒去者不追如是焉而已

欒布論

欒布之言曰窮困不能辱身者非人也富貴不能快意者非賢也余以爲辱身易快意難辱身者人辱之快意者自快之也有不得不辱之勢范睢是也當魏齊欲置之死地折脅摺齒置厠更溺佯死而不敢言恐言之速其死耳有不可不辱之時韓信是也少年曰汝能當刺我不能出我跨下信雖弱何難戮一匹夫以殺之無益故終忍之胯使范雎嚼血肆罵觸其怒以死與韓信手刃少年於市

而逮危禍安得位至將相爵列王侯榮於當時顯稱後世報仇雪恥於轉盼間哉然而豪傑之士辱身者千百其間快意者殆無一二以卿相王侯之爵位誠不可以操券而必得也余嘗悲夫士之遭逢不偶智出人下如羊觸藩進退維谷者矣一時威權赫奕之徒既糞土爨之牛馬賤之甚而僕妾奴隸交相戲侮雖或含怒積憤忍詬匿怨裂眦切齒老死長阪廣谷之下而終不獲一洩胷中之氣可勝道哉余是以謂辱身易快意難也欒布始而傭保繼而奴終而囚辱之已甚卒能拜都尉爲燕相封俞侯豈不赫赫然大丈夫乎然布當困阸死亡之日誠不料其及此乃一旦僥倖萬一報德滅怨以是矯語人曰快意快意夫何可爲賢也不知天下富貴之後忘棄故人恐言其情態以德爲怨者有之更且厚遇仇讐博長者名以顛倒是非者有之此皆恩怨不明者也能明恩怨者行三代之直道生則可以賢死則可以神不然布有何殊功茂德輒使燕齊之人俎豆之不祧然則後世立欒

公社者其在斯歟其在斯歟

通濟橋記

金華通遠門外距城一里爲通濟橋舊址壞於兵火修則無基建則費詘每遇霖潦暴發溪湧山髙渡者目駭耳回夔魖坐水底待人而食人多死之或曰鬼實禍焉守憲胡公始至思所以洗民患者獨力未易支也乃捐金倡募合僚屬紳士商販所輸可得萬緡遂精簡廉幹經營相度伐木於龍游鑿石於遂安遴匠鳩工築基肇址時苦春漲人力難施公望洋而嘆俄而風翻水怒如有神物排銀

濤而驅雪浪一時水涸見底徒衆踴躍用命爲立石墩墩成復大雨滂沱水汪洋而盈者如前其所採買山木皆得順流直下若或航之是一涸一盈適遭其會人心勸而天事宜也往者造橋之役誅求大戶督責富貴苛派里夫伐傷墳樹生者不寧死者失所以故經年不成經數年不成雖或成之經數十年輒敗皆蓄怨積怒之所歸也豈能久哉公獨不然輸者獎否者聽力役者給之米薪故其成易易也方橋垂成時有老人夜聞鬼語曰工竣矣若輩無安身所奈何應者曰俟諸來日如是啾啾者久而始散老人心惑之次日渡者六十餘人老人亦附舟俄觸夜來所聞倉皇登岸不敢渡是日天氣晴風亦恬止渡未半湍激回猋風濤迅發須臾舟如敗葉倒景蔽天渡者號哭之聲殷殷雷砰岸人刺船往救而篙如萬石弩不可動人謂鬼力所憑而人舟已沈沒矣觀者舌橋口張嘆息而已因相與酬酒奠之曰使公早來安有此患它日橋成吾儕又安復有此患乎於是樂施者甚多劾

力者愈猛閲三月而告成工始知人定勝天鬼終不能爲禍也已而予用有歎也孫樵曰樵嘗爲褒城驛記恨所在長吏不肯出毫力以利民及覩滎陽公以開新江受譴豈立事者亦未易今幸胡公肯出力利民而不哀於民又樂發民馴呐與公相信不至如滎陽公喋喋教令日白其意於鄞民且喜徭役尚省得便宜舉行既不能病民亦不能爲官憂三月落成無事聞之大府與劾之有司也是均不可無記雖然橋成而記之民意也非公意也

七竹軒記

東陽署之右偏為余授書所庭有隙地半畝種竹六竿余顏其軒曰七竹以余故也竹固樂得余為友而增其一也然而此君之不宜於世也久矣其心空其節勁其質古其色蒼然而秀空者無物勁者自強古則守樸不競蒼然而秀則磊落自好是吾儕不可一日少即流俗不可一日多也余也其敢望乎空山之中多紛紅駭綠之品幽素者弗尚也塵埃之内有淩霄蔽日之姿軟媚者弗樂也我所棄或為人所取我所取或為人所棄是故此君幸而遇余不至鋤而去焉而又與之為伍投分結契歷暑踰寒彼既不孤此亦得偶其不幸而余去也則此軒空存安保後之人有顧名思義者乎於是作記告之曰凡入此室處者幸善遇我同類

蔬枰記

宋子抱幽憂之疾不樂仕於時退隱射陽之濱自號耕海潛夫名其圃曰蔬枰余謂蔬者治生之細務枰者造物之爭端盍取諸宋子曰人病無事耳有入世之事即有避世之事避世者耦耕荷篠荷蕢之類是也余生而衰孱不任力作寤而䝚䝚寐而魚魚一切勤苦煩毒之事弗舉於趾而累於手者久矣然獨愛種植出也抱甕入也灌園不知其志之劬而力之憊也余有老母春秋頗高老人健忘余種菖蒲以益其聰老人多思慮余種萱草以忘其憂老人氣不足余種申椒以延其年老人愛哺孫余種棗栗以佐其飴老人厭淡薄余種葵種薺以甘滑其味至於瓜瓠苴荼則與山妻稚子以為常食是亦可以終其身乎若夫人世之變幻顛倒千百萬億固有不忍言者其形容怪誕如鬼神其肺肝宿㦧如刀劒其言語反覆牴牾如禽獸之呶呶不可聽其朝而胼肩暮而掉臂陽敦玉帛陰擠下石之情狀如山谷江河之險阻而洶湧此其

勢如枰然黑白紛紜勝敗倏忽角智鬬能忿爭莫解詩曰憂心奕奕奕者局之無定者也詩人以憂心擬之余則以鋤刈蓺溉治之豈不脱然無累也哉余曰善存諸心曾七八年偶有所感乃述其言以爲記

與曹秋嶽先生書

桑乾風沙之内曽邀先生枉顧拳拳以生事學業爲問誠哀家貧而憂失學也嗣後某隨大參胡公復過金陵偷暇讀漢書一年讀唐宋諸子又一年王子于一更勤讀尚書於是粗辨古文家數然舉筆臨文則又茫然矣竊歎古人學問有成類皆牧牛耕犢樵山漁水於窮困發憤得之未見有寄人籬下溫衣飽食而能窺文章堂奧者也某棄而之閭里思欲究竟此道堅不出門奈老親弱弟衣食不繼不得已復走風塵爲觀察祖公所留公稔某緣養親而出爲預備父母百年事恒馳寄菽水某感其恩遇條畫治河數策時河苦遷徙口決運梗中外惴惴觀察以策上河憲河憲上大府各嘉納報可不半年功告成某得抽身還吳因念江南文衡客歲有伯樂之顧益急圖下帷恐負知己乃還視故鄉無一枝可棲爲養親地又不得不擔簦出遊輿越中當路稍潤巾缾歸買一畝之宮率妻孥奉高堂甘旨再出餘貲俾弱弟分半耕讀其亦得

不憂饑寒則三十年以後之心思氣力皆可不用之衣食而專精畢慮於文章此其生平之榮願也某到湖上之日即謁林鐵崖先生始知先生讀書客中便期趨侍教誨以足痛未果不意先生折節先枉存我逆旅何前輩愛士急而憐才切也夫軒蓋聲施之地往往奔走貧士有同雁鶩而士之傴僂屈折於其門者仰伺奴僕意色求一登堂尚不可得豈敢望大人先生之就見哉某於今竊自幸矣幸大人先生既不我鄙棄則必以若人或有一

得可節取而造就之故不憚孜孜汲引是以聊自壯也抑聞先生囑鐵崖先生語須勸勉嵇子讀書至諄至切則又何相見之暫而相期之深遂相督之嚴也某思古人學問要皆有得力親切之人如一瓣香專歸南豐者事非一二某待今人詩文頗嚴然亦不肯輕恕古人若時賢中大人先生有類先秦兩漢初唐者則又不啻古人之好好之矣方今海內名碩輒云子雲多而桓譚少某正謂子雲未必多也不過往來稱弟子者一二虛聲傒芭耳芭文不見於世乃以為揚雄之書勝周易殆過誕甚矣某不爾也某於當今鉅公詩若文顧亦曾手追成書矣然每不自量竊欲挈掌奮膝以紹禹功獨於先生詩文未獲全本十年之內或從一箋一箋積累鈔錄合諸體不滿二三十首以此為平生憾常擬負笈躡蹻不計道里修阻從先生小胥私乞縑緗繕寫數帙又苦魏勃無路可効掃門今幸先生駐此則某可省夢寐之勞與風雨郵置之瘁先生顧何惜盡傾所藏稍飫調饑使一介鮿生稛

載而歸淮水也乎伏楮待命可勝發憤

上嚴灝亭先生書

其少碌碌四方余澹心爲字留山梵林圖之越數年秦淮樊圻謝成吳宏高岑鄒喆又續爲圖合肥公官司寇時愛而題曰疎林茆屋步步引入山之夢櫟公覲長安相遇白雲觀中亦有黃塵猶在面辛苦賦留山之句又題曰樹前石背有着雙不借循書聲而來者非他人乃櫟下生見山比部更變爲五湖操艇之圖詩云我慕鴟夷潔期來弔五湖自是江以南北莫不知有留山堂留山堂云然其

實無堂也年來方伯袁公廉使金公贈買山錢始得置屋溪上而四方之轂識其者仍在車塵馬足間卜之而不知其實有堂矣夫豈惟有堂且得名公大人如先生者枉存陋巷足辱蓬門使鄉人知有長者車轍其得稍賢於傭販牧豎之萬一且不至如往日尋聲覓響索其於東西南北萍水無定之鄉不亦大可幸哉其今更有望者先生之詩建幟中原吾黨詠歌已久獨先生畫不多見知先生不爲世作畫某竊擬先生畫當蒼老疎宕全是元人其秀潤圓潔仍本宋人家數夫元畫非别有源派不過脱胎宋人化整爲散化正爲奇化刻畫爲高脱先生蓋眞用此意哉問嘗攷之周時禮明樂備六藝浸淫畫從此始穆王時其臣封膜作畫厥後帝王之家設立畫苑學士公卿間以繪事應制則畫亦非尋常山人墨客小伎薄倆而已也其今請先生爲作留山堂圖其間柴門流水破壁頹楹固不足繪願先生繪其境界峭特者俾其異日短衣犢褌推鹿車載父母妻子入山當以先生一圖

爲今日九柹耳舍弟師巢亦粗學作畫特令齋緘造門長跪以請伏惟教誨不宣

與周敦文書

去歲作書寄足下迫於跂慕誠不能已時觸境造辭中多感慨失之亢激非所以通殷勤致繾綣也深恐足下以鄙妄見病用是慚悼積今彌載比得張子書來知足下意中尚不忘僕幸甚幸甚僕少不自重好詼諧雜劇譏刺平生不當意者自知獲罪名教復不肯劌心帖括與二三少年馳騁場屋獵取聲華長老先生每見余所爲則羣起而嗔責之謂之怪誕比年念高堂垂老乃始撏撦章句謂

可希世干進然廢日趨時而學終無補於古人充棟之書又十未見其一二然後悔此事之誤人而春華秋實之兼隕而落也因遂盡棄其口誦手抄之文復肆力於長老先生前所嗔責怪誕之事又以學識未堅探索未廣漫然行文僅取佶屈聱牙艱澀險僻者以爲差異今文不知其大悖於古文也遠矣近葢爽然失惝然思取五經晝夜讀之更取孟子左國遷固史記晝夜讀之又取唐宋韓歐兩子晝夜讀之方知聖賢文章未有言不見道而能傳於千百萬世者也僕今且未敢言文而先學道道苟一日有成髙可以辨古今治忽善敗人品邪正眞僞如數曆書黑凶白吉黄平碧毒分照天下也即次亦可與少年馳騁場屋獵取聲譽不至如時文輕膭滑利故多其轉折空其字句令人見之亦喜然去之竟不思也僕向往來江淮交遊不乏邇以教授生徒剌蹙尋丈之地盤旋坐臥顧影兀兀又不獲勝己之朋進德之友相與切劘淬勵俾得蚤聞道也可勝歎哉可勝嘆哉僕生二十七

年忽忽悠悠汩沒殆盡往者既往來者將來新者未新故者仍故計人生壽考之年以六十爲準如僕輩鉤深致遠勞形敝神又當少活十年此五十年中已過强半其間進退甘苦行止順逆天時豐歉人事夷險境遇離合情慾悲歡大抵不過如此其後二十年中亦不過如此即推之百年寧復有異誠知生人之趣有盡而見道之日難遲也僕聞足下學道頗力因求所謂勝己而進德者舍足下其誰與乎僕知足下善事老母足不出里閈有歲

時伏臘之樂僕兩親皆白髮待養於僕之一身又以山川阻隔非可朝發暮至每見風俗除夜雖傭販牧竪皆知買魚沽酒宰雞割豚肩羅列五辛跪拜膝下稱觴頌具慶僕士人已蹉跎承歡者六七年而今年又復蹉跎與言及此便已摧心傷骨若受鋒刃此誠仁人所共憫惜也今足下只盈盈一水相見無期僕擬買棹錢塘與足下傾倒數日夜徧歷窮崖絕谷飲醇過日勿復談文章得失湖山有靈其并持此書訂之

寄林鐵崖先生書

每從放庵家兄處讀先生往來手札深到婉摯如託肺腑舍姪輩叨侍几席奉教誨有通家之誼其獨不得從先生遊為可怪也其道經西陵者數數矣食穀於人動止拘攣身無童僕道路茫昧出不知所之行不知所底雖生嚮往輒復坐廢其自結髮讀書以家道中落奔走饑寒學殖荒落無有一是近因老親垂暮竭力不遑私欲退處井閭業於醫卜一終反哺之願但諸弟孱弱耕讀兩失若其

一人朝夕自奉甘旨不如督諸弟成立各能揚名親心懽悅尤甚於養以此怵迫東西手口交瘁乃直道事人動輒得咎能容於大江南北而不能伸於咫尺之地為當代賢士大夫所體貌而受讒邪小人之間沮吾道多窮可勝嘆息自夏徂秋悲傷感憤竊慕古人窮愁著書之旨因撰西京雜語三十篇就正有道以病中書嬾左右又無書之者求教之心逾勃勃今先檢舊文二十首呈覽幸賜批抹倘狂夫之言不悖於道然後敢徐出其有以辱

斧斲否則養羞藏拙而已昔李翺之作不經昌黎指授則不能傳蘇軾之文既得歐陽知己因而大著其之望於先生者豈其微乎豈其微乎

羅舍人入直西清序

癸卯冬余從友人入燕舍館之次日聞舍人文戰不利留長安未去急往訪之塵沙蔽天寒風砭骨夾雜牛馬間輷輷殷殷心目惶惑薄暮始叩舍人扉見其敝帷破簏几榻蕭條僕多饑色是時舍人他出余詢其僕曰爾主人何至是乎此地多貴人長者豈不能惟朝夕是謀乎僕曰主人素自愛每朝懷一剌出門至暮無所投竟返以是潦倒羈棲罕有知者主人亦不求知也余曰夫既不求知矣

盍歸爾田廬乎僕曰主人慷慨離家與主母決誓詞謂當肘懸金印紆朱拖紫拜父母堂上已而拊小主人之頂嗚咽不能聲遂振衣而出挾空囊襆被孤身寄五千里外今雖下第尚喜　朝廷多途用人儻苟且就一官邀升斗祿免嗤於鄉里小兒亦平夙心君何輕言歸也余愀然曰今人作別妻孥歸先計期行先計日擇吉治裝灑酒祖道戀戀不捨短氣於房幃之中爾主人抑何壯也越一日得晤舍人舍人沽酒燕市酣嬉淋漓然後別去越

數日再晤余將放舟南下問舍人何所屬舍人無言但曰東望會稽煙樹蒼蒼雲山漠漠為我殷勤致之甲辰歲秋舍人遂得官余乙巳春復至都門以酒賀之曰子可以上報父母下慰妻子矣舍人於是具述其由而繼之感泣余知舍人向非忘情於家也蓋有大不得已焉舍人尊公作宦淮南士悅民懷久於其職中罹禍變坐逮吏議比法曹白其冤而已狼狽不遑矣攜家東歸僅敝廬數椽瘠田數畝家人耕種力作以為饘粥教子弟讀書益

勤舍人慨然興起曰余少年矜氣節慕交游破貲兩大人資產長為農夫以沒世大人何賴有子哉以故發憤而至於此也今舍人出入金馬門左右宰相給天子筆札戴星而趨日沒而退食凡禁密之地大臣議事之堂中外不得與聞者舍人先習聞之以視偏州下里曲士小儒誦通都大邑條教號令則轉相告語父老以稱道新政者其相去不既天壤哉又見進士初作吏者類起家縣令始仕刑官幾經遷次猶不得望承明之門躋清華之選

舍人可用是自壯矣而猶以出身太學為憾毋乃過歟余與舍人垂髫同學始讀書公路浦舍人年十四已補弟子員余年十五尚寄籬下舍人學舞勺興發時染翰濡墨狼籍几案余好吟唐漢人詩歌樂府及宋元詩餘小說暇則彈碁射覆以成嬉樂繼而讀書滄塘萬山之中雞犬閒寂水鄉屈折魚稻肥美余常濯足溪流櫂歌橫發舍人入長林豐草張弓射雉兔鳥獸駭然驚大笑而返夜歸讀書童子瀹茗剝筍動至達旦自是余列庠吳中隔

兩載復往會舍人於山陽讀書鏡林署中舍人折節好學醞釀老成為文弘通典贍期於自然中節而止舍人素以兄禮事余余得以猶子常拜兄母夫人母夫人曰爾小子幼年結納願始終不渝窮達一致有如古管鮑交因各受命唯唯余今遠不逮舍人矣舍人致身青雲歲食朝廷廩祿給錢若干榮顯二人光寵閭里內擢則為部郎外授則為郡佐人生讀書之願至此稍償其半又況　聖朝用人超軼前代於西掖近侍之臣尤加優異凡有

殊才皆勅禮部應春秋兩闈貢舉登進士高第猗歟羅子雖致用未弘而荷榮斯赫矣獨恨鹿鹿如余者四方餬口舌耕之苦病於夏畦所入不足以養親所得不足以置產時人非之笑之以爲鬢肴長大無資身之策有内顧之憂缺室家之歡絕風雲之望舍人則曰予時不利也非才不售也然則人生知己寧多得乎哉故於其入直也作文以序之

祭海神廟文代

康熙六年丁未秋九月淮海道某謹以牲醴庶羞之儀梨園曲部之樂致祭於河神之靈曰維神司幽維官司明幽明雖殊而治河之職掌則均也神自赫聲濯靈以來率土之濱靡不儼若而淮爲四瀆之一神尤萃聚故俎豆者更衆浦人祀神匪朝伊夕一旦榱桷不修茅茨莫翦神即未嘗過問其如下民失瞻仰何某備員淮海禮當禋祀廟靈未妥某之罪也爰庀厥工以葺斯宇旦晚告成神聿寧止是未妥之靈既將飾廟以妥之在監司可告無罪於神矣至於神之所攝者河若今水失源流堤仍崩決吏遭嚴譴民困力作此獨非神之過乎伏祈威奪黃河恩全赤子俾旁流復歸正道突堤蚤賜成工庶神人交得相安而馨香彌見悠久也否則以數十萬之窮夫當十一二月之霜候胝胼卒瘏皸瘃狼籍臥凍吞饑迎風立仆神忍乎不忍及今惟有急挽逆流速奏安瀾保全萬死之災黎默護千年之疆土使本道無曠其職業爾神亦自

愛其功名毋忽尚饗

辨禽言者説

金華衆山中產幽禽好鳥弄新音怡悅人耳好事者致之盛以雕籠飼以香稻肉食晝貯清水濯之懸洞房簾閣外以爲嘐嘐可聽如笙簧之迭奏絲竹之競響也客有辨禽言者過而聆焉心駭其聲語主者曰此非愁苦無聊羈棲怨嘆之聲乎不然何其哀鳴宛轉而頓失山林之常度也主者曰有是哉子誤也客曰余往者山行見灌木之上豐草之内青溪曲澗之旁有若禽者載頡而上載頏而下或飲或啄且鳴且飛其聲曠逸而清遠疏越而嘹亮幽閑而和平今反是是桎梏之也盍捨諸主者曰噫是何言也余朝擁衾牀上聽其音則欲起食不甘旨聽其音則忘饑暮倦而思休聽其音則節勞而釋困果其桎梏之而哀鳴宛轉耶則余何爲而樂也余固不忍捨也客曰不然天下有在已爲樂在物爲苦者有忘物之苦恣已之樂以爲物亦樂者夫人亦然豈獨禽鳥云爾哉

蛇鬼辨

人情之所惡者莫如蛇鬼以其醜而惡之乎以其傷害人而惡之乎二者兼有之金華郡南城有廢署地頗廣相傳爲宋自公堂荒穢不治叢莢蔓長鬼墟其宅蛇藪其圃人入於中者輒死不死者出云鬼衣冠壯偉乘黑蹇驢陰悍剽賊擲泥弄土塞窒生人孔竅以爲嬉樂有蛇昂首引吭縱尾出樹下蜿蜒丈餘目光爍電騰踊而來如欲搏噬人狀長吏聞而驚戒守者扃鑰非乘傳百人毋縱入余

以偏居暑病擇地而逃攜弟子及童僕三四人就自公堂後灑掃寢處薙蜾蠃除蟏蛸内懸繩牀外置石鼎鳥行於堦蟬唱於樹焚香讀書晏如也倦或登危樓陟荒臺經頹廊弔蕪苑選石而坐清風之來灑濯其心夜則螢火紛如蟲音喧寂幽夢逾清旅懷不溷迺知向者相傳之謬也抑又思之彼其有託而言以鬼之爲物陰也蛇亦陰類陽道不勝遂結而凝陰陰氣太銳復犯而乘陽此君子道消小人道長之象也不然鬼之毒吾人甚矣蛇又濟之以虐人其尚有噍類乎

温寶忠公忠烈傳

温公諱璜，字寶忠，始名以介，浙之烏程人，世居咸里塘。太夫人陸氏以苦節自幼撫之，就塾師讀書塾東舍兒性頑黠，見公據案飲食，輒攘臂睨視曰：吾家案也。公唯唯移匕箸退就坐，兒又嗔曰：吾家坐也。公唯唯就階除食，訖無慍色，歸亦不語。母曰：吾故家貧，摧折乃其常耳，告則恐傷親心也。鄉里諸兒咸以醇謹就公。公赴縣應童子試，謁陳氏外家，衣履垢敝，僕輕之，呼曰：孰者爾主？公整襟闊步洋洋入就坐上，外家萌悔心，公恬不爲意，舉止當禮，氣宇壯邁。後縣試置第一，外家私喜曰：窮兒能文，幾坐失佳壻矣。是歲補弟子員，寠落不能婚，太夫人窮殫晝夜爲紝績，積錢完室家事。公亦出就館穀，歸持束脩悉奉太夫人前。年五十二，積學不倦，舉崇禎丙子鄉試。是年即丁太夫人憂，哀毁盡禮。服闋，例應赴禮部試，時族兄體仁爲相國秉政，朝士嫉之，公慨然曰：吾清白人，何苦坐權要累，進身而犯衆忌耶。避跡不應春官，益下帷，燈火沉酣於先正制舉業。族人有因田屋爭累歲不決，各持券契赴公求直，公裂券碎契投於地曰：叔姪至親，不思引分就訟，乃效市井較量錙銖，寧不爲祖宗罪人哉。族人慚愧而退。公爲孝廉七載，相國致政歸，始上公車。至長安，夢閲榜無以介名，獨温璜籍貫與已同，爲之咨嗟嘆息，俄一老人拊背笑謂曰：温璜即君也。公醒而驚愕，以爲神人指使，不敢違，亟籲禮部題更今名，遂獲捷崇禎癸未科，以二甲授推官，得徽州，偕繼配茅氏暨子女之任所。公下車平反訟獄，得兩造情實，不喜深刻，暇時與都人士敦勵行義，講求學業。會甲申之變，流寇薄京城，懷宗皇帝偕皇后就經，掩面手刃公主，斷傷左臂，次刃貴妃及所御者，然後擲劒悲愴，卒走煤山下自縊殉國難。公聞報，慟哭伏地曰：臣不能從死地下，忍苟活人間耶。欲伏刃死之。茅氏曰：君父大仇未報，徒死無益也，願公稍延性命。俯徇歙人之請，因乃整頓疆宇，防遏土寇。逮　清師掃蕩流氛，下江南，諸郡瓦解，公乃退居瀹坑，曰：君父之仇既報吾今而後可以死矣從弟以中勸之歸公曰吾守土臣義當與此地爲存亡汝護持嫂氏挈姪輩還里門毋以余爲念也弟迫嫂氏就道嫂氏斂袵正色曰夫死異鄉婦歸故里於心忍乎夫願竭忠婦不引節於義安乎指天作誓願與公殉死一處弟窺兄嫂激烈勢難生還唏噓泣涕而別新安同官某某以功名求誘公峻詞拒絕旋手書一紙區分後事攜幼子託居停方養重徐闔戶服朝服北面再拜拔劍手刃茅氏次及長女葆德後迺自刎頸

血淋淋濺地因連刃手怯破喉未死目炯炯不閉其帥憐而救焉俾致醫藥勸飲食公擯不許進遂以忠死於乙酉之九月二十九日年六十一耆民汪正本方時照等具棺衾成禮而殮合殯公暨茅氏淑人與長女葆德復祀公於二賢祠因公故更祠名爲三賢迄今新安歲時奉祀不衰云公元配陳氏生子旨召庠生夫婦先公早歿繼配茅氏生子郊學於田間以承父志季名祈留新安亂定僕人護之歸習舉業應試其弟以中遇余於吳江董孝廉闇家舍淚乞傳余因低徊忠烈之風不敢辭也

抱犢山房集卷五

男曾筠謹編

附刻同難二先生詩文序

會稽王幼譽雲間沈天成兩先生在閩時與先君子同殉范忠貞公之難者先君子被繫獄中作百苦吟和淚譜兩先生互相酬答且成帙遺文炳然忠義凜烈昭昭乎若揭日月而行不可磨泯矣曾筠自束髮至今時時泣下以不得見先君子之全集爲憾幸有同難三山林能任先生當時以孀母年老諸戚黨爲營救出於難凡先君子所著述暨兩先生和章俱能任先生收藏無失曾筠至閩既

求得先君子前後詩文一一編次屬剞劂氏因更閱兩先生百苦吟次韻幽光亮節如同聲同氣之相應焉曾筠業抱無涯之戚莫可如何冀一表章先君子殉節始末暨生平著述之萬一而使當日同難執友俄焉隱没必非先君子意因復掇兩先生詩文若干另刻之次第合成六卷庶後人知一時周旋患難所由竝傒良史昭貣無極區區感舊之私亦少慰先君子云爾曾筠謹序

次和淚譜

王龍光

江左嵇先生名永仁字留山别號抱犢山農其世系通顯具載家乘可考而知也先生少負才華奄有聲稱居恒以救濟民生爲己任家於錫山居里近東林講堂自名其廬曰東田邑侯吳公伯成顏其額曰東田書屋嚴君中翰公與太傅范公周旋京洛爲故舊交比見世多擾攘棲遲田里性恬淡不事經營先生善養志凡父所欲爲與未及爲者皆力爲之先生孝友性成而才足以相濟所由甘

旨自裕而中翰公亦得優游林泉也先生少爲諸生食餼有年噪聲名塲中所爲文章往往爲人傳誦輒取科第已獨屢挫塲屋鬱鬱不得志以親老昆弟未成室出就館穀當世知其具經濟才或聘治河或諏荒政歷有成效爲廟堂所許可先生嫉惡如仇多與小人齟齬而鬼蜮含沙害之者不少先生固無恙也少曾受業於鞠存張公之門張公居江淮所稱東溪先生者是也東溪教先生爲詩歌古文詞手授漢書經史諸編學殖淹博著述日

富有葭秋堂詩竹林集留山堂初刻又好爲塡詞工北曲其遊戲三昧一種詞壇豔稱之若珊瑚鞭布袋禪自以爲少年筆墨不稱意惟揚州夢頗自謂略窺臨川堂奧櫟園周先生擊節其妙云與王漢恭之想當然竝傳爲序以弁之且謂先生風度彷彿樊川慷慨有大志而不拘小節者也先生惡文法之徒叢脞政事出入輕重高下其手刻集政備考一書便於仕宦給諫楊公自西序而行之先生尤精於醫蓋其始祖家本中州石首公諱適爲

主簿於楚有惠政小民俎豆之祀名賢祠宋州公諱穎以學士扈從南渡子姓散居吳越迄今霅川之練市吳門之蓉莊皆有傳派先生乃蓉莊之宗支也蓉莊祖塋白玉蟾爲之卜地云後世當出名醫以是子孫多習岐黃業先生到處負藥囊活人疾病著東田醫補四卷江右李孝廉與偕珍於家欲代爲梓行以傳世先生以數奇不偶將欲退耕梁溪之野賣藥金閶之市隱而不出感范公知遇從事於三山五嶺間束裝之日錫山邑侯吳公偕

諸名流置酒聽梧軒餞之各賦踏莎行一闋以憔悴二字押韻中有孤城殘角夢家山亂帆影裏人憔悴之句先生見而憂戚歸告中翰公曰此行恐不利中翰公曰太傅舊誼何可忘促之行至署輒病以此意達之公公堅留亦和前韻以廣其意有停驂暫緩入山期哀鴻待爾離憔悴句先生勉留焉至春仲先生賦詩曰不知何事春三月剛到清明又憶還公解其意雖許之歸而未果也先生過仙霞時謁關夫子廟盟於神前曰余此行惟以救

民爲務若萌利欲私心願奪我嗣天地鬼神實聞斯語方逆藩潛蓄異圖先生知之每告公曰事勢蹙迫宜早隄防與其爲忠臣毋寧爲良臣又曰神龍見首不見尾屢以危言諭之蓋先生實爲牽情慕義而至於此非昧於幾先者也不意遂及於難豈非天哉被難之日先生握手謂余曰吾輩將從公於地下矣余點首以答之先生神氣自若了無怖懼以一二言懾服諸輩之心同就於繫逆雖脅以刀鋸誘以爵祿毫不爲動在犴狴中先生猶存

心救世晦明寒暑筆未輟手續著東田醫補若干卷求方索診者不一而足先生嘗嘆息曰死無餘恨但醫統廢墮學其術而未大展活人之心耳又著詩二卷一卷和蒙谷作一卷紀變又塡雙報應詞三十齣乃爲揭公重熙死難之事其亡友袁彖嵐託其表章玆聞林翁談報應事云揭公已爲建寧城隍先生感而爲之以報亡友其於患難中不肯負人之託沒人之善如此又爲續離騷四種皆寄友人收藏之其囑友人詩曰此身若遂沉淪死

留與寒家子弟看可喻其意矣嗟乎天豈以是限先生哉先生年甫强壯蘊有經濟爲世大用子二人長曰曾筠次曰右丹皆弱稚未成人然英英已露頭角天之所以報施先生政未有艾也獨是余以暮年同淪難底朝夕飫聞先生之教敷陳大要闡晰至理悲歌慷慨具由天性余之受裨益良非淺鮮謹述大畧以見先生之節義文章並堪不朽誠無負於公亦無負於天也

抱犢山房集附刻卷六

和百苦吟原韻　　會稽王龍光

颶風

澤國秋高信海風年年飄忽吐龍宮風神若解憐忠義吹盡寒灰歷劫中

瘴雨

淋霪瘴雨勢傾盆涼氣無多熱氣存布被一牀霉爛盡謾勞東閣報公孫

積潦

山城土竈滿蒿萊魚鼈經遊草樹堆莫嘆南天多瘴癘江河日下盡堪哀

炎蒸

揮汗成漿三伏期陰房偏受熱風吹如爐長日從銷鑠一片冰心覺自宜

凍雪

滕六天南説禍胎連年飄散浪疑猜信如今日多爭戰骸骨成丘白作堆

連陰

白日經旬長自扃檯頭不放曉天青何時一破重圍怨海國全消毒霧冥

梅濕

梅雨三山瘴霧天陰晴氣候苦相連爛衣一束供高枕淚落殘更透破氈

泥濘

著屐東山座上紅游蹤今試雨泥中喜來屐齒何妨折雙足强爲已是公

昏黑

夜偏油火晝偏昏毒霧凄凄斷客魂生死由來同夢覺自憐棲息遜雞豚

昧旦

中宵無寐枕空安輾轉單衾歸夢難唱徹雞聲天欲曙曉星落落望更殘

瞭燈

明滅寒檠影半黃五更餘燄照頹牆獨嗟短夜無歸夢拭盡啼痕天未光

屋漏

沉沉秋夜雨長懸濕盡衣單和淚穿暗室鑒臨形影對儘教點滴到牀邊

濕地

賓主塵蒙驟斷魂滿腔悲憤土泥溫誰云正氣堪埋滅徹夜雷霆天意存

負暄

當年就業水雲莊今作羈囚閩嶺長歷盡三冬寒徹骨自教含淚向曦陽

旱澡

杯盂貯水即爲盆塵垢麤除色便渾惟有成湯解此意須教日日洗心魂

蓬首

老去空驚兩鬢絲蕭蕭對鏡漫披離婆娑猶足高千丈長嘆中宵恨自知

垢面

消盡儀容老未還愁塵萬斛障頹顏憑教洗出來時面笑破清光天地間

攣手

搦管揮戈事事工鞭雲指日笑談中直教握定擎大手暫作旁觀兩袖籠

絷足

踏盡冰霜歷歲寒邯鄲學步路偏難名駒一息堪千里束縛今同凡馬看

拘項

連環深鎖欲何憑引領青天骨自稜此法豈爲吾輩設書生强項斷長繩

枯腸

筆硯拋殘已數年青緗圖史委烽煙寒儒雖在書遭劫藉有同心叩腹便

淚眼

難裹相憐淚未乾老來無淚但心酸圜扉一入同盆覆常把青天仔細看

聞柝

關吏巡行夜聚牌梆鑼斷續亂長街愁中但覺聲凄絶總向風波惱客懷

聽砧

艱難何處寄征衣未曉家山信是非留得天涯秋意苦數聲刀尺萬家機

隣哭

閩海心傷刀戟場家啼巷哭盡離亡填身溝壑埋無土何用招魂向北卭

風鶴

道路驚傳鬬力微依形竊響是還非先聲草木皆行陣螳臂應須早見機

砲警

萬火鳴雷聲徹天驚聞消息走狼煙海邦莫道無防禦刮地煎砂已數年

鹹粟

腸斷寒宵角數聲天涯凄切倍關情此身不是防邊客莫認羈囚當角兵

鼙鼓

路鼓喧闐動客悲妖聲相隔暮風吹他時若駕歸舟急搖曳中流弄幾槌

笳吹

淒絕中宵客淚寒傷心笳管夢難安征人莫作回頭望南北相思苦萬般

吏稽

難裏羞將面目呈福堂苦盡羽毛輕吏人不用多稽察青史將來識姓名

卒獰

鬼物三年迭作羣畫圖水陸日紛紜他時若現輪迴相只恐閻浮我是君

晝詰

紛紛邏卒守街衢老廢無聊泣向隅舊僕門邊供菜食傷心淚眼看糢糊

夜查

猙獰燃火到牀間叫應分明上鐵環吾輩不爲無義漢儘教狼藉鬼門關

值班

何事同舟趁逆帆往來相對鬼巉巖朝眠暮起多拘束獸語禽聲口自喃

交更

蠻音攪耳夜嘈嘈情面無從假半毫捱得愁中更漏慣犬鳴雞唱笑徒勞

臭蟲

引類潛身浪蕩遊尋香逐臭雜相投已教吸盡人膏血不放餘情到白頭

蟣蝨

捫蝨青山樂可圖談兵定霸亦相須當年壯畧推王猛蠶食今知飽病夫

飛蠅

舊聞沉獄雪飛蠅今見蠅飛倍可憎莫道秋風吹不到腥膻相逐遲何能

遊鼠

唧唧啼饑竄黠鼯虀鹽淡薄罄盤盂誰教白晝爭人食搗穴難存社屋軀

聚蚊

湖傍秦郵草聚雷露筋曾拜廟容來難中莫說今偏苦耳畔聲聲似訴哀

鬼啾

鬼作嚶啼夜氣森難中猶現宰官心蓮花法裏容
超劫不怕沉寃萬丈深

疫癘

災氣流行天意乖形如土木命如荄何當請出醫
王手莫學劉伶死後埋

碎衣

無分繁華原憲貧身僵半褐幾冬春形骸粗足供
顛沛莫問悠悠衣我人

破被

炎方一兩便秋來敗絮蒙茸暖氣回羨却五更清
夢裏還家更熱獸爐灰

砂鍋

鑽燧燃薪勉可爲晨昏饘粥壁煙炊泥砂亦有調
羹用委棄人前總莫知

泥爐

老來事事想安然搗土爲爐爇作煙被底不愁魂
未貼長宵祗足任高眠

瓦盆

泥缶聊存古朴風殘湯冷飯幾曾空有時擊得嗚
嗚響驚起同牀磕睡翁

草褥

肌膚皺疊浪成痕藉草爲茵事可論冷暖不知人
老去飄零一似蔓無根

敝履

兩足龍鍾力不驕雙鳧家製著來遥多情東郭還
相愛送與先生踏灞橋

木枕

一枕羲皇不可安昏昏何日醒邯鄲夜眠莫作繁
華想於我浮雲世路難

篾筐

食物無餘饒菜羹紛紜雜貯未能清此筐聊且充
香積方便兒童荷擔輕

竹刀

寸鐵難持聲息嚴庖童刮竹製魚鹽叮嚀留與歸
途用當作牙檣驛路籤

草珠

緇摩方丈昔藏修遠到三山苦滯留何用牟尼珠百粒菩提方寸内堪求

油箋

燈煙土竈爛如星六月朝昏坐火亭聊藉清凉驅海氣蠅蚊一一手能經

惡紙

著書憂憤事難成欲寫窮愁愁更生何日雲煙供一掃桑皮剪破兩三籠

臭墨

隃麋研透色青藍膠味薰蒸油氣含怕向故人酬白雪煙煤紙上恐難甘

敗筆

羊毛一束價連城信手聊成泣鬼兵拈得新詩同史讀也知直道腕中摯

磚硯

瓦胚作硯墨朦朧煙霧和來泥土鎔鐵石磨穿爲廢棄悔教銅雀代耕農

殘書

竹笈藤箱走蠹魚風塵千里爛圖書縱教攪去戍何用覆甕無多灰燼餘

炭痕

灰蹤焊跡血絲垂珠玉龍蛇和淚揮親手投來同拜讀雷風震疊數行詩

塵灰

三年怨恨積生塵說與誰行整頓新污垢寧教都掃盡不將清白讓他人

煙眯

爨火如星旦暮燃難持怨氣達蒼天耳昏目炷等閒事惟待消除鋒鏑煙

乞水

貧來一勺不成烹坐向爐頭作嘆聲掬得半瓢猶德色文園到此更傷情

覓火

冒突衝煙海國城半天刼火怪秦坑何人爲設伊蒲供重熱爐灰煨蕨萁

摘菜

菜株剔淨草連泥葉葉根根釀作虀爲想遺黎
此色焉能一一手中提

執爨

求人水火亦維艱爨喚千迴童子頑只當老僧棲
破院煨茶啜粥自相關

食淡

年來氣味淡相尋苦菜酸虀亦貴金連月併教鹽
食斷嚼然何意作長吟

縫綻

臨岐無母倍傷心針線全疎耐至今補得冬來春
又破可憐瘦體不遮襟

浣衣

薄澣艱辛訴向誰懷新去故力難辭洗來垢膩湯
如漆錯認烏盆似墨池

滌器

圜扉滌器體無褌司馬情多繫木根留得盤罌滋
味好不教塵土咽饑魂

粉粥

老性安和粉作糧蔗霜調得熱充腸旁人笑問何
方物彷彿胡麻飯味香

餕飯

自笑飢軀汗漫行秖今枵腹向誰爭大烹無福堪
消受隔宿餘糧百味生

柳茶

垂垂綠樹即爲家未到清明摘嫩芽浪說盧仝堪
七椀武彝夢斷雨前茶

劣酒

結伴高陽興不無形骸桎梏酒腸枯故人買得常
分飲一陣酸風透瓦壺

缺藥

嘗來藥味總成虛眞則無多贋有餘試向懸壺頻
盼望看看愁煞病相如

書傭

眼穿三載寸函書那有家鄉舊雁魚童子膝前來
問字寒暄寫就意躊躇

醫匠

破帽殘衫海上方此中眞假費參詳惟君肘後多仙訣今落籬邊菊蕊黄

蔽蓆

寒風淅瀝打牀頭桑土聊爲蓬戶謀折就蘆簾遮半蓆蝶魂栩栩夜無憂

箍桶

器物皆從破裂來竹皮木片有成胎一文不吝還堪用始信人間無棄材

糞草

積汚藏垢日成堆掃到何時掃得開自是亂中羅網密獄無青草也無苔

穢厠

紫姑夜降掃須勤百畝農夫去惡氛但使生民無穢濁何妨野老鼻風薰

溺器

不禮儒冠舊日情朝昏穢息徧牀楹牛溲馬渤非無用醫道於今學漸成

惡夢

凶吉無憑事若何神思恍惚頗蹉跎昨宵夢見風波險只向高牆禱孟婆

元旦

抱悶窮冬望早春依然蒙難一孤身故園最足傷情處此際庭梅花影新

清明

曉起愁聞杜宇聲傷心節候又清明誰知瘴嶺三年別猶作他鄉患難人

至日

陽九艱逢網未開到今候轉一葭灰循環有序春將至遙想家山夢幾回

除夕

牢落炎荒歲月窮鬢華狼藉任飄蓬弋人羅網聞猶密誰作傳書塞上鴻

撫棺

死歸撒手便稱能生寄騰身悵未曾莫向鬼王詐讀律不知何例脫寒冰

客俘

相逢爾汝盡南冠敲骨鞭皮總淚酸何事風波爭入網翻身隨處可平安

老親

八旬窮父病牽衣愁子危方効力微囑道老軀猶健飯三年可待順帆歸

昆弟

無兄無弟久離家棠棣關情悵落花子姪偷看堂上健豈知懸淚望天涯

憶內

絲絃未續舊時爐老病天南嘆獨夫同穴細君無念我殷勤泉下奉慈姑

思兒

毋亡父遠子孤零爾輩無成及壯齡讀我殘書無散失待余魋難到家庭

同宗

永栢家聲清白嚴詩書聚族學深潛當時記得歸家笑道我三年幕府廉

受業

髫時學古習韓蘇許我潛心出衆徒海國三年成夢寐空勞老眼識迂儒

同社

名流帖括揣摩深願比他山感士林同學少年頭白盡浪遊辜負下帷心

故恩

圖維報德老成翁落拓天涯患難躬歲月拋殘無壯志獨留方寸感無窮

舊遊

念舊金陵別會稽雨花臺畔曉風迷煙霞到處堪遊賞莫向三山聽鳥啼

祭墩

枯木從來說有靈仰天貫索豈無星滿腔赤血行將灑苔爾椒卮一炷馨

告神

不怨青天呼應高神靈三尺頌臯陶知君直曲無偏枉何不從公雪俊髦

抱犢山房集附刻

和百苦吟原韻　雲間沈上章

颶風

撼海摧山鼓烈風蚩尤似欲拔蛟宮分明天意同人意好挽危檣黑浪中

瘴雨

朝來驟雨已傾盆城郭煙消幾戶存最是濕衣烘未得老天寧不念王孫

積潦

連宵風雨長蒿萊陰霧迷離丹嶂埋禾黍漫漫愁望裏千村煙冷亦堪哀

炎蒸

爲霖爲雨拂前期馬渤紅塵遍地吹心境清凉揮汗少火雲如蓋總相宜

凍雪

凍裂肌膚煉玉胎炎方風景費疑猜雨晴寒濕渾無定怪指兵荒是雪堆

連陰

海雲日日鎖幽扃不見三山草木青直待薰風來解慍笑看鮫月破沉冥

梅濕

鄉夢難成怫鬱天頹垣赤體夜牀連陰雲熱氣相鎔結暗灑花斑漬舊氊

泥濘

望斷關山淚雨紅不堪蹂踐夏臺中騰身灑脫塵埃去屐齒逍遥訪遠公

昏黑

暮笳悽咽正黃昏無語空憐杜宇魂鄉國不知身尚在清明爲我買雞豚

昧旦

婦子晨興憶問安貧家菽水定艱難鳴雞聲裏空流淚剩有絲絲鬢髮殘

瞭燈

高懸燈火照昏黃瘦骨稜稜倚短牆一枕覺來空憶舊紗窗辜負日頭光

屋漏

宵來點點似珠懸，濕透鶉衣帶淚穿。海國只今多旱槁，如何不灑麥苗邊。

濕地

子夜誰能貼夢魂，如冰似雪臥難溫。餘生糞土尋常事，羸得伶仃傲骨存。

負暄

步簷忍凍憶山莊，空有春風道路長。冰雪久埋憔悴甚，倒扶藜杖試初陽。

早澡

簷溜盛將水半盆，湔除塵垢不嫌渾。泥塗自喜肝腸潔，夜夜清泉濯夢魂。

蓬首

拂面拖肩鬢已絲，短長梳就復支離。愁來尚憶同心綰，兒女閨中只自知。

垢面

癯貌何由得大還，丹砂未轉且鳩顏。憑他冷暖隨時去，面目重光談笑間。

攣手

握槊爭如草檄工，持籌未展笑談中。當場欲吐實王志，袖手偏將雙腕籠。

縶足

立雪棲冰頗耐寒，家山何處夢艱難。平生未着王喬舄，繳纏何勞着緊看。

拘項

榮辱皆忘義足憑，錚錚强項不模稜。艱危百折冰心在，留與兒曹作準繩。

枯腸

半豹徒窺壯盛年，肝腸如雪氣如煙。苦吟只爲消愁病，敢擬邊君話腹便。

淚眼

滴滿春江淚已乾，每逢時序倍心酸。陰房未得瞻天日，昨夜家山夢裏看。

聞柝

刁斗虛張挨號牌，兒童徭役也巡街。亂敲鈴柝無倫次，慣擾思歸夢裏懷。

聽砧

誰家夜夜搗征衣夢裏家山醒又非寄語沈郎憔悴甚腰圍莫織舊時機

鄰哭

赤子何辜暴戰場驅他鋒鏑昧存亡可憐少婦嗚嗚泣空自招魂向北卬

風鶴

寄托乾坤一葉微乘風破浪事全非驚魂已作傷弓鳥悟透人間禍福機

砲警

轟雷新試火連天不斷傳烽徧地煙誇盡戰爭雄海國野人還憶舊豐年

罌粟

曉風吹徹枕邊聲動我家山牧笛情滿地干戈愁望裏問天何日得銷兵

鼙鼓

誰辨宮商音律悲鼕鼕聲響競鐃吹正平若使生今日節奏鏗鏘撾幾槌

笳吹

一聲吹徧海天寒南北征夫豈兩般浪說封侯懸印易萬金難買信平安

吏稽

獄吏尊嚴較簿呈此身萍寄羽毛輕吾曹氣節殊周勃著甚施威高唱名

卒獰

小醜幺麼結作羣揶揄惡態故紛紜懸空雖少軒輊鏡劫火場中半是君

畫詰

網羅麟鳳遍街衢鬼窟南方說海隅草木皆兵防範密晴天好日也糢糊

夜查

恩仇細數笑談間街結都忌草共環惟有夜來查鎖鑰彼呼此應頗相關

值班

天南日日盼飛帆未得長風困石巖黑浪頹波顛簸慣去來鷗鷺枉喃喃

交更

擊柝巡風徹夜嘈輪番交代按纖毫夢中我自還家樂蠢爾蜉蝣何太勞

臭蟲

時候昏黃結隊遊瞷人醉夢暗相投覺來抹煞還餘臭笑爾横行著佛頭

蟣蝨

景畧胷中具壯圖笑談當世偶相須傲他混濁同魚目捫搏誰能識丈夫

飛蠅

尋頭撲面笑飛蠅欲玷連城不自憎逐臭營營惟附熱天涯冷處失君能

遊鼠

啼殘丙夜集饑鼯嚙盡黄虀覆粥盂祇顧貪饕供一嚼跳梁驚夢上人軀

聚蚊

結聚成團聲若雷幾回撲散又飛來芳名千載稱筋露蒙難書生未足哀

鬼啾

沉沉殘柝夜蕭森似訴如悲動我心三載爲隣頻喚與慈航度爾黑波深

疫癘

調燮非關天意乖福基禍兆有根荄明知瘴雨蠻煙地多難多愁志未埋

碎衣

捉襟露肘道非貧憔悴支離已兩春爲憶機中蔴苧婦裁成白袷待歸人

破被

苦雨凄風捲地來摧殘弱質氣難回老翁贈我黄花絮一綫微陽撥凍灰

砂鍋

豆粥虀鹽何計爲壁間土缶起寒炊家居最慕調羹事難裏聞韶味不知

泥爐

鎔成造化火初然泥竅中含數縷煙一枕乍回猶未冷五更霜重不成眠

瓦盆

朴陋堪追太古風滿盛藜藿不愁空行將攜此江南去老作田間鼓缶翁

草褥

髀肉磨穿破薦痕氍毹翡翠那堪論臥薪待畢前生業石上三生話宿根

敝履

天涯空憶馬蹄驕芳草遲遲歸路遥不逐世情輕敝徙好留穩步廣陵橋

木枕

圓木牀頭臥不安空煩攙枕説邯鄲此中若有光明隙倚傍仙家去不難

篾筐

苜蓿盤飧只菜羹愁中滋味亦香清最嫌鼠輩空勞攘筐筥如城莫視輕

竹刀

禁網繁苛獄吏嚴竹刀切菜食無鹽割雞製錦何曾試信手如抽鄴架籤

草珠

恐慚衾影昧身修廿載禁持過少留不是餘生重佞佛恰如瞻母望中求

油箑

赤帝初燃大火星臨風避暑想荷亭元規塵在誰爲障手撲粗紈也慣經

惡紙

紆籌脱稿惜無成欲寄牢騷慰此生十萬錦箋書不盡殺青塗徧已三籯

臭墨

金精玉髓結深藍吞吐虹霓彩氣含猶是當年磨鐵手如何此墨寸心甘

敗筆

偏師攻破五言城淪落羞誇筆陣兵定遠當年非浪擲也因穎禿不堪擎

磚硯

案頭銅雀想朦朧滴露研珠墨氣鎔拋向亂軍何處覓於今瓦礫伴耕農

殘書

卷軸芸香辟蠹魚半生鄭重幾行書亂來手澤輕如土抛盡青緗痛有餘

炭痕

彪炳丹心千古垂纔看煤跡淚頻揮此情天地眞堪老報國憂民一首詩

塵灰

罡風吹動屋梁塵席地千回拂拭新暫學面牆存故我不教蒙垢笑旁人

煙眯

眯且寒灰爐復燃不知門外日升天迷離倦眼開難看認作金爐裊篆煙

乞水

解渴思將蟹眼烹西鄰聞有轆轤聲强爲顔笑從人乞不負殷勤一勺情

覓火

閩南原係祝融城況復沈淪在火坑夜雨炊煙消歇盡向人覓取作調羹

摘菜

不摘旁枝但剔泥青黄造出兩般虀三飧飽啖聊充腹滋味深長莫漫提

執爨

煮菜烹茶豈憚艱三年習得面皮頑問他冷暖旁觀者痛癢飢寒竟不關

食淡

鑄山煑海計千尋商算全操鹽似金淡味畧嘗天地闊不留煩惱只行吟

縫綻

綵線金針教子心素絲易染佩于今臨行多少牽衣意補綴年來淚滿巾

浣衣

滌垢除汚説與誰萬千艱瘁未嘗辭洗來顔色還清白勝入蓮花不染池

滌器

窮途阮籍一竿褌笑傲安能免俗根我欲臨流濯萬里幾時白水可招魂

粉粥

陳蔡當年病絶糧炎方今日亦空腸一甌漫抵回生藥始信農家麥飯香

餕飯

餿酸腐米氣流行撤向庭階鳥不爭耐取飢腸應有日大官留饌待書生

柳茶

千泉泖水足山家柏子初燃試紫芽我愧盧仝耽此癖難途柳葉作新茶

劣酒

破囊羞澀一文無斷酒三年腸已枯昨夜老翁憐我病沽來村釀未盈壺

缺藥

歡少愁多氣脈枯病來藥餌欠贏餘茯陵渴症乍年發説與文君總恕如

書傭

老兵出紙倩爲書欲寄平安雙鯉魚聞道近來烽火急從旁擱管也踟躕

醫匠

醫國空懷海上方順時調氣易周詳甦民自有清涼散能起瘡痍菜色黄

敝席

籧篨繩樞尚白頭資身清蔭愧無謀三年遮得風多少步障如斯暫免憂

箍桶

貯水煎茶買得來需他完節合胚胎補鍋箍桶皆遺老籍手周旋有用才

糞草

暮暮朝朝積幾堆箒笪縛帚掃難開漫誇一簣能千仞肯使污泥覆綠苔

穢厠

呼童蕩滌莫辭勤穢氣能招疫癘氛幾載浮沈同混濁仗誰三沐復三薰

溲器

患難淪胥見世情裸裎氣味逼房楹向人穢褻曾無忌蝨處褌中慢老成

惡夢

鄉國迷漫可奈何黃粱幻境日蹉跎至人清淨雖無夢指點盧生心亦婆

元旦

嬌鳥初啼報早春南冠羈客未騰身淩晨覽鏡餘清淚惟有寒霜白髮新

清明

風送啼鵑不斷聲忍看春仲值清明何時返里依宗祖聊作東郊掃墓人

至日

愁懷萬斛鬱難開誰向人間問刼灰白日今朝添線影履長全擬一陽回

除夕

千磨百折五般窮瘴海沉淪類轉蓬此夜悲涼家萬里夢魂何處返飛鴻

撫棺

哭君共事怪君能報德酬知惜未曾只恐夜臺猶故態悠悠泉路總寒冰

客俘

道路時時是楚冠流離老幼鼻爲酸山僧未免充俘數似我長羈分所安

老親

慈母親縫遊子衣臨岐囑付見幾微倚門淚眼模糊望鱸鱠蓴羹何日歸

昆弟

善養高堂學作家閒時培灌紫荊花更須敬嫂還憐姪切莫輕提海水涯

憶內

菽水艱難藉辟纑不須裁剪寄征夫買書勤與兒曹讀教子承顏善事姑

思兒

想到依依淚暗零汝冠諸弟尚髫齡一經莫把詔華誤侍祖强於趨父庭

同宗

友愛同遵祖訓嚴留餘堂內戒心潛英姿入夢心猶痛彭澤歸來裝自廉

受業

千秋知已説歐蘇愧我才非金馬徒風雨雞鳴情至重傷心隔世嘆先儒

同社

意氣相期河海深九峰初地結文林驪歌共灑臨岐淚敢負垂髫金石心

故恩

鬢髮婆娑念老翁殷勤勉勵佩微躬分貲餉母敎明發報答瓊瑶奈困窮

舊遊

東泛金陵南會稽張帆舊約草萋迷長春宫裏閶王樹滿地凄凉只鳥啼

祭墩

朝看暮守豈無靈也識胷羅斗與星雀角鼠牙收拾去臨岐爲爾薦香馨

告神

氣未飛揚足未高顛危心事付皋陶餘生自分酬知已一任張羅困俊髦

挖犢山房集附刻卷六

曾筠謹編

續離騷

（清）嵇永仁 撰

《續離騷》雜劇，清嵇永仁撰，清雍正刻本。包括《劉國師教習扯淡歌》、《杜秀才痛哭泥神廟》、《癡和尚街頭笑布袋》、《憤司馬夢裏罵閻羅》四種雜劇，均爲一折之短劇，分别寫了歌、哭、笑、駡的人間情態。

嵇永仁是清初戲劇舞臺上佔有重要一席的戲曲家。他多才藝，不僅工詩文，善醫學，而且精通音律，長於唱曲，每引喉放歌，字字圓潤，而且酷愛戲曲，擅長作劇，著有雜劇《續離騷》、《遊戲三昧》，傳奇《珊瑚鞭》、《布袋禪》、《揚州夢》和《雙報應》，在戲曲創作上取得了引人矚目的成就。《續離騷》作於其被囚禁時，故多憤世之音。嵇永仁之所以創作這四折短劇并將其命名爲《續離騷》，正如其自序所云：『屈大夫行吟澤畔，愁憂幽思而騷作。語曰『歌哭笑駡，皆是文章』，僕輩遘此陸沉，天昏地慘。性命既輕，真情於是乎發，真文於是乎出。雖填詞不可抗騷，而續其牢騷之遺意，未始非楚些别調。』也正如同難王龍光跋《雙報應》傳奇所云：『吾友抱犢山農……嘗作《續離騷》四折，以破千古未破之牢騷。』其上司兼難友范承謨稱其『慷慨激烈，氣暢理該，直是元曲，而其毀譽含蓄，又與《四聲猿》（明代徐渭之雜劇）争雄矣！』

《續離騷》見於《重訂曲海總目》、《今樂考證》等著録。今存康熙間抱犢山房原刻本、雍正間刻本及抄本等，其中雍正刻本已收入《清人雜劇初集》。

本書據清雍正刻本影印。

（金其楨）

續離騷

抱犢山農填詞　難中遺稿

引

填詞者文之餘也歌哭笑罵者情所鍾也文生於情始爲眞文情生於文始爲眞情離騷迺千古繪情之書故其文一唱三嘆往復流連纏綿而不可解所以飲酒讀離騷便成名士緣情之所鍾正在我輩忠孝節義非情深者莫能解耳屈大夫行吟澤畔憂愁幽思而騷作語曰歌哭笑罵皆是文章僕輩遘此陸沉天昏日慘性命既輕眞情於是乎發眞文於是乎生雖填詞不可抗騷而續其牢騷之遺意未始非楚些別調云

第一種　劉國師教習扯淡歌

第二種　杜秀才痛哭泥神廟

第三種　癡和尚街頭笑布袋

第四種　憤司馬夢裏罵閻羅

詞目開宗

【滿庭芳】沅芷重新，湘蘭再茂，三閭舊調堪倫。如聞澤畔騷語咽風塵。況值干戈滿地，怎當得涕淚沾巾。填憂憤，英雄百折，抱義叫天閽。　知已千秋僅，以身圖報，鐵骨嶙峋。笑涉灘逾嶺，夢也艱辛。撇下文章粉飾，惟留取血性天眞。漫揮筆，今今古古，都是斷腸人。

扯淡歌青田拍手　泥神哭烏江回首

布袋笑緇衲開心　閻浮罵白面破口

劉青田教習扯淡歌

【點絳脣】（生扮劉伯溫道服上）拂袖山家，濯纓林下，機緣罷，春社秋瓜，娛老乾坤大。

悶向窗前觀通鑑，古今世事皆參遍。興亡成敗多少人，治國功勳經百戰。安邦名士計千條，北卬山下無打算。爭名奪利一場空，原來都是精扯淡。老夫青田劉基是也。自從請致歸來，黃冠野服，到處逍遙，竹杖芒鞋，隨時灑落，好不省了多少是非，避了若干榮辱。誰似咱這等清閒呵。（末扮張顛仙上云）問余何事栖碧山猿猱欲度愁攀援乘興杳然迷出處世上浮名好是閒自家張三丰的便是久别了國師乘他致仕在家不免探訪一遭相見介國師請了生云原來顛仙到此有失迎迓了末云敢問國師家居作何生活生云老夫的行藏顛仙自然儘知眼前境界不過是兩袖清風一輪明月末云國師忒煞看破了生云顛仙你道老夫看破麼還有一篇扯淡歌却把古古今今都看破在内且取酒來與顛

仙一面開酌待老夫說其大槩一面教子弟唱與顛仙聽者末當得洗耳雜取酒上對飲介生云子弟們何在衆扮童子六名上升沉應已定日月不相饒濫竊商歌聽人生何太勞見介生我與顛仙在此飲酒你等將閒時學習的扯淡歌逐段唱來衆童應介末國師那第一段怎生起頭生你聽我道

混江龍從混沌傳留天下三皇五帝大排衙他只爲敦崇了揖讓迴避了征伐没奈何赤烏元公誅管蔡全倚藉釣璜渭叟佐周家

衆童一面照數落腔唱一面拍手作打板介老漢閒時無事幹胡謅幾句將人勸作了一篇扯淡歌遺下留與後人看自從三皇五帝起算來都是精扯淡堯舜禹湯并桀紂文王武王周公旦渭水河邊請太公垂釣只用七尺線扶立周朝八百年算來也是精扯淡唱此一句作一旋磨介末拍手大笑云其實好扯淡也那第二段哩生唱

倘秀才有聖母禱尼山素書麟掛杏壇上講六藝丘也東家要行道遍經過七十二主厄陳蔡絶資糧絃誦裏嗟呀只要得祀千秋文章俎豆不枉了苦栖皇轍迹天涯憶吹簫潛吴市英雄呵乞食洩父恨鋼鞭起神鬼没遮架賜髑髏金閶敵至沉鴟夷胥水濤發長恨付蒹葭

衆童照前唱介聖人三千徒弟子陳國絶粮遭飢險臨潼會上說子胥舉鼎千斤救主難鞭伏展雄來皮豹一十八國都走遍厥後鞭

尸楚平王吳門曾把頭來獻看了春秋這夥
人算來都是精扯淡〔照前旋磨介後段照此〕
〔末笑云〕其實扯淡也那第三段哩〔生唱〕
滾繡毬十三篇隱機妙畧漏洩了鬼神一點英華
齊醜女却安邦多智老將軍善飯無加鎮匈奴匡
扶趙國求拜將忍殺渾家爲天書摧殘朋友償刖
足萬弩交加刺錐時圖謀縱約留舌在要想生發
領秦師雄吞氣槩做客卿也受辱遭踏誰爲王誰
爲帝誰爲霸祖龍把諸侯來席捲奸臣們又把那

二世攬如麻
〔衆照前介〕吳國孫子作兵書十二國出鍾無
鹽李牧廉頗共白起每日南征與北戰孫臏
龐涓拜弟兄刖足爲仇結成怨蘇秦張儀并
王翦三人撥得天關轉范睢遠交近攻謀天
下六國都侵遍至此一統屬始皇天下人民
纔不亂李斯趙高起奸心又把秦朝綱紀亂
南修五嶺北長城東填大海人人怨嬴政死
在沙丘城鮑魚混尸精扯淡〔照前旋磨介〕〔末

大笑云〕其實好扯淡也那第四段哩〔生唱〕
〔幺〕早又見子弟江東將河北打拔山力執矛丈八
紐天機有亞父幇他爲楚的要鴻門宴上行奸詐
爲漢的要烏江撒手纔干休罷美男子定六出計
謀老相國造就律法還有那遭葅醢吃刀劒都智
出留侯下更好笑椒房戚原是舊屠家
〔衆照前介〕霸王會上起雄兵范增早把計來
獻先到咸陽爲皇帝鴻門會上排筵宴子房
席間共陳平二人定計扶劉漢項莊項伯舞

劒鋒樊噲軍中救主難漢王貶上褒州城張
良燒了連雲棧蕭何苦將韓信保築壇拜將
定民亂明修棧道度陳倉席捲三秦真好漢
九里山前只一陣霸王自刎烏江岸英雄彭
越也遭誅蕭何又將韓信賺十大功勞化爲
塵未央宮裏吃一劒看了西漢這夥人算來
也是精扯淡〔照前旋磨介末云〕其實好扯淡
也那第五段哩〔生唱〕
天下樂說甚麼安漢公他弄寡婦孤兒也只當是

耍毒天子寃也麽家漢兵起白水洼齊臻臻上雲臺戰勳汗馬關隴破邯鄲下擊巴蜀江淮怕那鎮年價盼封侯怎抵得桐江釣竿一把

【眾照前介】王莽酒鴆平帝死二十八宿昆陽亂光武七歲走南陽後趕賊臣是蘇現瘖走河北王郎子赤眉銅馬都殺遍子陵垂鈎釣錦鱗李廣開弓能射雁看了東漢這夥人算來也是精扯淡【照前旋磨介】【末云】其實好扯淡也那第六段哩【生唱】

【哪吒令】不爭的召外兵引奸雄駐劄結識箇義兒關上守把各路裏敗下一隊伍掩殺顯桃園奮發生掇出後漢的兒郎上馬接應着會喊的響雷聒

【前腔】拜服了出師表這南陽足下就道是鳳雛也僥倖並駕笑曹瞞狡滑被周郎智壓一把火險些兒掙扎白衣的摇櫓去暗襲了荆州那答恨則恨天水客計不就枉疼熱

【眾照前介】再説三國許多般董卓專權天下亂虎牢關上呂布能又有三人能慣戰先主孫權共曹操諸葛周瑜有神算趙雲軍中抱太子翼德一聲喊橋斷赤壁鏖兵用火攻破了曹兵一百萬呂蒙定計取荆州龐統川中曾射箭六出祁山吊伐勤七擒孟獲眞罕見姜維九次伐中原算來也是精扯淡【照前旋磨介】【末云】其實好扯淡也第七段哩【生唱】

【鵲踏枝】一箇箇掃電堪誇一箇箇緣木偷下掙就了蜀川建業晉朝天下前五代齊梁宋一答并陳隋空費了爭殺

【么】這壁廂隋苑繁華那壁廂太原起馬收拾了洛陽渤海武牢江夏後五代梁唐晉鬧煞漢和周乾折了兵甲

【眾照前介】鍾會鄧艾取西川司馬又將天下佔東晉西晉與齊梁立破苻堅兵百萬隋朝楊素韓擒虎一陣又把江南陷再説神堯唐太宗世民立政龍虎殿李密絶粮金墉城世充洛陽城池獻茂公敬請秦叔寶美良川上曾跳澗仁貴征東他道能黃巢殺人八百萬

存孝力大能打虎朱温三弑椒蘭殿敬塘彥
威劉智遠五代殘唐又反亂看了晉唐前後
代算來也是精扯淡照前旋磨介末云其實
好扯淡也第八段哩生唱
寄生草夾馬營産得香孩詫華嶽山磕睡翁算的
不差兀誰聽杜鵑聲感嘆天津下半部書論語安
邦大更難得焚香誓衆把江南跨澶淵西夏靖邊
笳可惜元豐小人用事以致賊盜横行釀就了靖
康之禍撼不動岳家軍却葬送在東窗話

衆照前介世宗坐在汴梁城希夷康節能會
算一汴二杭三閩廣宋朝太祖眞命現先有
趙普共曹彬扶持太祖平江漢眞宗神主作
帝王寇準韓琦定主難外有宋江與方臘内
有蔡京與童貫徽宗遺貶五國城大金又把
東京獻岳飛父子統雄兵只爲黎民遭塗炭
秦檜朝中定計謀三邊害了忠良漢看了南
北兩宋人算來也是精扯淡照前旋磨介末
云其實好扯淡也第九段哩生唱

幺唾金朝辱沒了中原駕駐斡離受用些玉帛女
娃直殺到吐人言角獸纔班師罷生迫得弃乘輿
夜走雙溝汉最堪憐崖山波浪青城壩暢好是浩
歌正氣忠魂化一般的居庸匹馬咽秋笳這時節
際風雲虎踞龍蟠下
衆照前介大元太祖領雄兵世宗興兵也不
善一趕大金至北塞世祖崖州君臣散止有
忠臣文天祥生不屈膝死不怨後來大明取
大元大下豐登兵不亂我見世間扯淡歌我

也跟着去扯淡早辰扯淡直到晚天明起來
又扯淡扯的錢財過北斗臨死拿的那一件
冷了問我要衣穿飢了問我要吃飯有人識
破扯淡歌每日拍手笑呵呵遇着作樂且作
樂得高歌處且高歌古今興廢及奔波一總
編成扯淡歌末拍手大笑云好一个扯淡的
世界也且待俺浮一大白快活則个醉介貧
道醉也貧道去也生顛仙老夫不知與汝後
會又在何時末大笑介國師却不道又來扯

淡了人生聚散不常光陰有限你東我西如萍逐浪那能學麋鹿之羣居野處哉（生亦大笑介）到是老夫饒舌了（末）

脫却衣冠換布袍　儒風爭似道風高
石鼎漫煎茶味飲　泥爐爛熟煮根肴
（生）寧隨海上尋丹藥　不向名園種碧桃
勘破浮生眞大夢　一枕黃粱睡始覺（平聲）

續離騷　二

杜秀才痛哭泥神廟

（北天下樂）（淨扮楚霸王旦扮虞姬襍扮鬼判上）滔滔巨浪兼天湧洗汰盡多少英雄分明泡影戲魚龍爭王定霸成何用

力拔山兮氣蓋世時不利兮騅不逝騅不逝兮可奈何虞兮虞兮奈若何自家楚霸王項羽之神是也生前百戰功勳死後一抔黃土風雲叱咤再休提往日英豪烟水蒼茫長受用烏江祭賽喜則喜虞姬侍側破咱的千古牢騷笑只笑劉季爭鋒到今呵一塲春夢這也不在話下鬼使們廟外打哨一回看有祭賽的走動麼（雜應出探望回介）禀大王祭賽的通望不見到盼着一箇吃酒醉的酸子脚趔趄的踉踉蹌蹌到廟門口哩（生儒衣冠帶醉態上）野客無心隨白鷗烟波江上使人愁重瞳孤塚今何處人自傷心水自流小生和州杜默是也落魄文場低頭蓬戶那些紛紛肉眼怎知鶴立雞羣恁般碌碌風塵何日龍

續離騷　三

騰魚隊假猩猩詩場酒社東倒西歪實丕丕

悶海愁山朝堆暮積這也付之奈何而已適

來沽酒江村偶然薄醉來到烏江岸邊你看

前面是項王廟宇不免進去弔古一回入廟

半揖介大王少禮了

新水令醉書生瞻眺項王宫恕窮途瓣香虛供寶

鼎內不斷絶千載煙江面上常借助一帆風論霸

業回首成空遺靈爽古殿寒鐘還想像萬人敵威

名重

大王你便在烏江亭受血食却不盼殺了江

東父老也

駐馬聽父老江東眼盼旌旗在目中壺漿担奉淒

淒的魂斷戰場空實指望車如流水馬如龍誰承

想羊欺猛虎鴉欺鳳下場頭誰送終血染丹楓淚

滴波濤湧

當日始皇東巡以厭旺氣大王且避仇會稽

要拔劒而前乘其不備虧得項梁阻攔道是

大丈夫當立名萬世不可效小勇之輩大王

你少年的膽氣却也這般粗豪

沉醉東風學詩書頭烘腦烘學劒術心懶意慵避

會稽藏了銳氣練子弟熟了操縱那怕赤帝梟雄

趂着那輦蹕東巡想截龍小可的攬不碎秦王一

統

小生身邊沒帶得錢不能沽一壺酒與大王

澆一澆千秋萬古的愁悶

雁兒落大王呵你便有金樽沒處捧俺杜默無酒

把神靈奉不記得鷓鴣聲夜醉時虞娘娘虧煞你

擅歌舞也難把愁腸送

俺想大王一生好處儘多此時也難數說得

盡你獲太公而不烹仁也宴漢王而不殺義

也以亞父事范增禮也破釜沉舟而解趙圍

智也屢戰屢勝而未嘗敗北勇也

得勝令似這般本色大英雄煞強似謾罵假牢籠

寧可將三分業輕抛送怎學那一杯羹造孽的種

破百二秦封秉烈炬咸陽慟噪金鼓閙中嚇得那

衆諸侯拜下風

大王你說失着處在那裡自古道得人而興失人而亡又道是用人則哲自用則愚當日謀臣戰將都歸于楚可惜這般人才大王不能用漢王能用楚無將所以不成王業了

【掛玉鉤】把一箇宰肉陳平走脫蹤散黃金反間得你君臣鬩因此上亞父彭城一命終還有那跨下夫多謀勇埋沒做執戟郎送與他登壇用親眼見埋伏九里威風都是你忽畧了帳下英雄

大王你還有一件大錯處那項伯不是好人偏心向漢你卻又輕信也

【川撥棹】那項伯呵賫消息透新豐湊合了漢張良來播弄攬得你耳畔冬烘心下朦朧筵上癡聾劒團團護庇沛公則落得自家人相欺哄

自古道得好當斷不斷反受其亂龍爭虎鬬的時節用不着狐疑當不得姑息大王放沛公還漢中千載而下惟有杜默最服你是一箇好男兒若是那般做事業有辣手的人便道你有些獃氣哩

【七兄弟】酒席上殺風算甚麼勇猛放一線走蛟龍教千秋豪傑知輕重便宜了泗上亭長割鴻溝無恙漢家翁慶團圞呂雉諧鴛夢

大王你自楚漢到今偌多朝代今日撞着杜默也算你一箇知己獨有小生落落人間栖栖牖下前程無路歸隱無山這箇知已今生料尋不出兀的不苦殺俺也兀的不痛殺俺也【大哭唱】

【杏花酒】呀飡藜藿鬢蓬鬆【又】伴四壁寒蛩訴半夜哀鴻泣孤客雕蟲盲世界精金變作銅鬼窟穴熱氣冷呵風呀赴滕王扯逆蓬赴滕王扯逆蓬【踣神座攀頭抱哭介】大王大王宇宙之間虧負你我兩人了英雄如大王而不能成霸業文章如杜默而進取不得一官豈不可哀豈不可傷小生呵乞兒般沒蛇弄大王呵土神[illegible]殺雞供小生呵靠筆硯代耕農大王呵與波浪管梢工小生呵盼青雲黑漆朦大王呵傍烏江晚煙封小生呵萬千苦半生窮大王呵七十戰一塲空小生呵饑驅得脚西東

大王呵粧飾得廟崇嵩呀却不道兩無功〔端詳泥神介〕原來大王也流下淚來了這的是三條銀蠟夜燒紅抵多少单鎗匹馬戰爭中盡做了千秋棋局五更鐘不由你心不慟俺待睁開醉眼問天公〔廟祝上〕自不整衣毛何須夜夜𧬈那箇在此啼哭〔見生慌介〕哎喲原來是一位官人扳着神道的頸子抱頭而哭忤慢神靈獲罪不小〔扯生下生不肯越哭介〕官人這位楚霸王不是當耍的神道你便有眼淚快在別處去利

市〔生愈高聲哭叫大王介〕〔廟祝下背云〕看這酸子要哭一世哩則見他滿面酒氣想是箇酒鬼秀才不免仍將此道哄他下來〔入取酒壺上云〕官人熱酒一壺在此請下來飲三杯潤一潤喉嚨再哭何如〔生稍停哭聲介〕

尾俺幾年間倒盡了黃虀甕有誰箇將咱撥醒窮酸夢生遭了牛鬼蛇神活埋了風虎雲龍暢道是利器盤根聲價迥覷他們食鼎鳴鐘反笑我文無用〔廟祝指神介〕你看大王的眼淚撲簌簌流个不住〔生唱〕感項王眼淚相同〔廟祝〕官人這神道是泥塑的惹他哭壞了如何是好〔生〕你便道哭壞了泥神就是鐵石心腸也淚珠湧

〔扶生下介〕〔鬼判〕請問大王今日之哭出於何典〔淨〕你等有所不知這是愁人莫與愁人說說起愁來愁殺人〔鬼判〕這分明是流淚眼覷流淚眼斷腸人哭斷腸神〔齊下〕

癡和尚街頭笑布袋

淨扮和尚揹布袋笑上云你莫笑呵呵沒來由且問你袋中是何物莫不是那些山河大地三千大千的臭骨董莫不是那些四十九年胡說的幾千卷陳氣息扯破那障眼的爛牛皮看一看也無牟尼珠也無乾屎橛却原來是沿門教化的白拈賊賊便賊破袋兒收將來過去佛現在佛未來佛鑽不出提起這話兒世間的李老君孔夫子講不得便是釋

迦也行不得迦葉尊者也傳不得達摩祖師也悟不得有有有到是那操刀屠醉酒漢淫人夠有些兒真消息真消息大都是地獄天堂窟你如今笑着誰猜得着猜不着猜而自着笑煞人這寃屈猛可的咬鋼牙伸硬手打得你欣欣的臉兒哀哀泣痴和尚這是好相逢惡相逢咄俺布袋和尚整日在十字街頭扯開了沒營的口兒呵呵的笑箇不住你道俺笑着誰來衆老少上揞介你看痴和尚又在街頭笑哩環遶淨介和尚你當真笑着誰淨云聽俺道來

新水令吸西江一口難說爛蒲鞋踏着紅塵半截纔過了花旛元旦節又早是爆竹歲寒夜送兩丸忙日月趕的人年少變做白頭客

衆云天有春夏秋冬人有少壯衰老這是免不得的和尚你笑錯了淨唱

駐馬聽你道俺多口饒舌可知那滄海桑田容易也一似這花開花謝怎奈催花風雨倚欄斜到不

如及早的花下酒杯熱纏金歌管閒遊歇省教那眉皺折幾曾見百歲千秋掌得住的家園業

衆和尚你教我等及時行樂那有錢的便作樂來沒錢的忙柴忙米愁箇不了却從何處樂起淨唱

胡十八想貧富兩般設到得那歸土時沒差別出娘胎哇的哭聲徹便知道苦也怎不會樂也乞兒行醉歡呼那裡管一文沒也

衆云討乞的也會快活我等乞兒不如了敢

則和尚笑那一件麼淨俺也不单笑那一件

衆待我等猜一猜看和尚笑的可有些下落頂着他水土罵無道親生的兒女把忤逆告妻存就另續小登科夫在又要把琵琶抱和尚你笑這一等人麼淨恁般違背忠孝敗壞節義俺也沒口兒笑他

沽美酒恨漫漫正氣絕歪剌剌獸心邪明白白排着綱常把彝倫直在腦後撇忙碌碌空留下業隨身俺覷得慣也任憑他臣悖君與那子逆親爺寃仇般頓忘名德一謎價停妻再娶縱歡悅夢酣酣枕頭兒尚熱悄寂寂西廂去等也窗匝匝恩愛似潑雪孤另另同牀各夢也這其間人世上有甚的干涉

衆前街有箇酕醄漢十日醺醺九日半後街有箇浪蕩兒結識如花手撒漫左隣有箇大富翁銅斗家私鹽吃飯右隣有箇潑喇虎揮拳好似焦光贊和尚你莫非笑這般人麼淨這等戀酒貪花守財使氣之徒俺也沒口兒笑他

慶東原鎭日價醉生夢死將香醪設一靈兒追歡買笑被野花招接看財奴枉守着銅山窟穴拔一毛渾身痛嗟潑皮的趕盡殺絕有一日狹路相逢原被惡人磨折

衆君不見狡兎三窟百般計衣冠也作穿窬輩佮聲竊響巧弄錢引類呼朋作狼狽又不見吮癰舐痔怪兒曹結納内外皆奸豪犬聲吠堯不知止壞人家國如弁髦和尚你笑這等人麼淨如此奸盜詐僞讒諂妒害之徒俺那裡有口去笑他

沉醉東風有多少弄神通黃金暮夜踢筋斗白日雲遮紙老虎將面目朦毒虺蛇把賢良厄這都是壞乾坤小人妖孽可憐李代桃僵悶葫蘆有甚麼分說只一刻到業鏡的臺前管教膽照徹

衆不察輿薪察秋毫你道空勞不空勞不樹芝蘭樹荊棘你道嘆息不嘆息不納忠言納細言你道熬煎不熬煎不塞山河塞溝洫你

道倒置不倒置和尚你敢是笑這等人麼淨這樣陰錯陽差顛三倒四的俺也沒口兒笑他

雁兒落倒把那奸佞座上列一任他屎口吐膿血因此上忠言不中聽禍患來相迫弄得箇殃及滿池魚好一似霜打經秋葉到底是勁草疾風烈肯學那爛繩兒來絆跌把心頭摸者施恩日無分別報恩的何處也

衆和尚你左不笑右不笑端的這破布袋裏藏着些甚麼蹺蹊的古怪笑話麼淨大笑介俺這布袋呵

攪箏琶你道他破碎碎肩頭上曳便有那錦團繡簇的東西怎與他爭賽者自小隨咱到老不撇他也不裝錢米造罪孽俺露宿之時濕了呵直曬到夕陽斜到晚來替俺做遮身被絮絮的星斗環列

衆和尚你在此打謎俺們一竅不懂還請你自家說明白了罷淨你要俺明說麼呵呵大笑念本文云我也不笑那過去的骷髏我也不笑那眼前的螻蟻第一笑我笑的牛頭的伏羲你畫甚麼卦惹是招非把一箇囫圇太極弄得粉花碎我笑吃草的神農你嘗甚麼藥無事尋有事把那萬般兒病根都提起我笑的堯與舜你讓天下湯與武你奪天下他道是沒有箇旁人覷破了這意兒也不過十字街頭小經紀還有什麼龍逢比干伊和呂也有什麼巢父許由夷與齊只這般唧唧噥噥的我也那裡工夫來笑着你我笑那李老聃五千言道德我笑那釋迦佛五千卷的文字乾惹得道士們打雲鑼和尚們敲木魚弄些兒窮活計那曾有青牛的道理白牛的滋味怪的又惹出達摩來把些屎撅的查嚼了又嚼洗了又洗又笑那宣尼氏絮叨叨說什麼道學文章也平白地把那些活人兒都弄死又笑那張道陵許旌陽你便是一箇白日昇天成何濟只這未了的精靈兒到底來也只是一箇寃苦鬼住住還有一笑我笑那

天上的玉皇地下的閻王與那古往今來的萬萬歲你戴着平天冠穿着衮龍袍這俗套兒生出什麽好意思你自去想也麽想痴也麽痴着什麽來由乾碌碌大家喧喧嚷嚷的無休息去去去這一笑笑得那天也愁地也愁三世佛也愁那沓他燈籠兒缺了半邊兒紙呵呵呵這一笑你道畢竟的笑着誰罷罷罷説明了我也不笑那張三李四我也不笑那七東八西呀笑殺了他的咱却原來就是我的你數落畢又呵呵大笑介衆痴和尚也笑完了我等各自散罷試聽笑裡笑知我痴不痴鬧下淨你看這一羣男女都散也

尾俺呵笑一陣無休歇直笑到月明人静者到處裡結不上布袋緣百忙裡補不起地崩天缺

袋内乾坤不記年　笑他笑我總徒然
始知誤踏紅塵路　賣甚機關值甚錢

憤司馬夢裏駡閻羅

末扮烏老上薄薄酒勝茶湯粗粗布勝無裳醜妻惡妾勝空房五更待漏靴滿霜不如三伏日高卧足北窗凉珠襦玉柙萬人祖送歸北邙不如懸鶉百結獨坐負朝陽生前富貴死後文章百年瞬息萬世忙夷齊盗跖俱亡羊不如眼前一醉是非憂樂兩相忘自家烏老便是你道小老爲甚麽道這一篇安分歌只因日前暴亡一靈歸陰不能復轉誰料地府查俺尚有還魂指望但鬼判需索些使用虧俺平昔燒化金銀紙錢堆積滿庫以此佈散打點又得回陽纔悟得萬事虚花一塲大夢從今愈加守分不敢妄想纖毫日來多謝司馬相公曉得小老重生蒙其枉顧不免前去回看便中齋帶酒肴與他消悶則箇生扮儒家上唱

點絳唇造物云何偏虧於我投胎錯苦惱奔波那處覓君平課

詩餘 來時春暮去時秋暮急回頭却交冬暮恁光陰有幾把前程早誤 佛書無數道書無數經史又還無數問何時讀完不虛生一度小生司馬貌西川人氏本道箇飽學秀才到做了窮途落魄磨成修月之斧桂殿無緣打就釣鼇之鈎龍門空返荆釵裙布羨他們舞女歌兒陋巷虀鹽怪到處重茵列几雖則窮通有命其如苦樂不均雪上加霜受無窮之蹭蹬盆中覆日遭異樣之摧殘戀此餘生

敢嗟遲暮正是人生四十不得意明朝散髮歸扁舟末偕童子持酒榼上云剝啄不厭貧壺觴共傾倒回首空茫茫寧得幾時好相見介司馬相公小老荅看來遲休得見罪生烏老聞你魂遊地府虧得金銀紙錢買託回陽此事眞否末千眞萬眞的若不虧金銀紙錢之力今日也不能勾與相公對飲生怒介怪事怪事俺只道陽間人愛錢鈔原來陰司地府也是恁般混濁可知世上窮通壽夭生死

貧富都沒有一定的天理小生一向還信天命默默無言今日便不能忍耐要怪閻羅天子的大不是了正是一陌紙錢便還魂公私隨處可通神富家有力能超劫貧者無緣出獄門指鬼門介閻羅天子你若無靈則已你若有靈也該知道陽間司馬貌在此罵你欠公道哩

混江龍閻浮一座却不道糊塗斷事打磨陀說甚麼明如寶鏡笑比黃河漏網奸回滿世界無辜豪

俊陷風波空垂玉律枉設金科莫須有也不顧其他今來古往公平少萬死千生混帳多太阿倒置下界遭魔

末閻王乃地府至尊相公無故罵他豈不造下罪過小老纔得了命不要又替你作箇干証就此先告別罷不如意事常八九生笑介可與人言無二三末下生烏老已去不免假寐片時入帳作睡介雜扮衆鬼鬧上云我等奉閻羅天子之命道是日遊神傳報陽間狂

生司馬貌訕罵陰曹特地前來勾攝鎖生出帳〈生作拭目驚介〉我司馬貌清清白白書生誰敢來拿我〈認介〉呀原來是這般小鬼作怪〈趕打衆鬼東藏西躲生唱〉

【折桂令】俺待要撼天關星辰聯座搖地軸江海增波侍香案玉皇仙吏犯斗牛織女銀河你等見我是一箇書生便鬼也來欺負了俺未能勾獻文詞金聲擲地取青紫拾芥登科就是那洲邊鸚鵡不經俺脚登翻那怕他樓頭黃鶴也被俺拳搥破一任你人頭鬼面空自佈地網天羅

〈衆鬼諢介〉我等拿千鎖萬憑你有八面威風到俺手內魂也嚇弔了却不曾見這狠秀才〈背云〉你想連閻羅王都要罵的何況我等小鬼還是與他講道理自肯跟我們去〈向生介〉司馬秀才我等不是山神野鬼你莫錯認了乃是奉閻羅天子之命道你訕罵陰曹故來拘拿前去〈生〉既閻羅天子要見俺俺也正要見他一吐胷中之不平正是仰天大笑出門去我輩豈是蓬蒿人〈虛下淨扮閻王鬼判隨上〉善哉善哉人間私語天聞若雷暗室虧心神目如電鬼使們司馬貌曾帶到否〈衆鬼帶生上〉帶到了〈淨拍案怒介〉狂生狂生你睜開眼看俺殿上榜聯却不道是是非非地明明白白天俺陰曹有甚虧負於你却在烏老前題詩訕罵不怕俺拔舌地獄麼〈生唱〉

【鴈兒落】則見恁聲息雷霆劈面呵便有那鐵汁銅丸罪難坐我你道是榜聯上是非明白不差訛怎生的世界上亂翻翻都擔着錯

〈淨〉俺地府陰曹一樁樁一件件判斷定了然後輪迴有甚差錯來〈生〉你道俺書生記不得麼

【挂玉鉤】夷齊讓國却反遭饑餓盜跖食肝有結果顏命夭彭壽多范丹窮苦石崇樂岳少保忠良喪秦太師依舊沒災禍這都是你輪迴錯欠停妥只恐怕辜負了地府君王座

〈淨色和介〉元來秀才胷中有這幾樁不平怪

不得牢騷激烈是鬼使們唐突了下座相見介快取座來與秀才扳話者生告坐了淨秀才那烏老回陽一案他壽命本不當終紙錢授受事屬渺茫不要太認眞了俺這裡是夤緣賄賂一毫也通用不着生唱

滾繡毬俺書生罪過狂放吟哦直恁謙恭下禮上容也不差多纔知道鐵面巍峩冥律條科紙鏹些麼後世傳訛黃泉路金銀無用黑地獄勢焰消磨到這裡案無塵牘無擾葛藤扯破甚相干擊磬搖鈴伐鼓吹螺想超生証果算將來還是我窮措大沒罪業不怕閻羅

淨秀才須知陰陽一理報應分明那元凶巨惡能漏網於陽間不能漏網於地獄善人君子便吃虧於世上終不吃虧於天堂總要平心而觀不可執一而論生小生敬聞命矣但地獄之設以待陽間漏網之惡人此種立法極善至若天堂之設以待世上吃虧之善人尚非確典想一念之善兆和風而集祥雲一事之善格鬼神而回造化眼前有響有應人心也知慕知趨如聽其遭險蒙難不保軀命恁般吃虧僅以虛無身後之天堂了其善果不獨難服善人之心兼且愚人眼目只道爲善無益反懈其相觀好修之念此一條還求天子轉奏玉皇更改一更改令善人現世受報化凶爲吉轉難成祥俾向上者知所效法改過者亦能自新乃萬世無弊之道也淨善哉善哉即當具奏天庭以不負秀才之教生多謝天子費心

梅花酒謝得你通言路挽天和救善類沛恩波表奏靈霄破網羅不枉了名賢俊傑遭摧挫孝子忠臣受折磨便有那天堂身后過爭似這生受用白雲窩

淨秀才難得你到此俺陰曹內尚有幾件大案未完玉帝屢行催結奈事關重大難以剖斷伏望秀才暫停文駕片言折獄以結未完一并將此段功勞奏聞上帝那時再送歸人

間享受榮華遂其福報［生］小生當効半臂之勞只恐有辱尊命惶恐人也［淨］不必太謙喚介左右快取冠帶過來與秀才換過以便臨軒審錄［生冠帶介］

［尾］今日裡紫綬金章響玉珂煞强似在人間掙不脫這臥雲蓑鬼使們你須要洗肝腸肅班彩侯我去攝寶位覽文書殿上森羅任他有積案如山怎轉那不消得頃刻延俄管教把沉冤洗疑團破這便是有一日官來就儘着一日做休道是京兆威風走馬過俺那直窮到底的性兒待要秉燭燃犀照鬼魔

儼然地府號仙官　翻嘆人間知遇難
不是一番開破口　英雄終作等閒看

書續離騷後

慷慨激烈氣暢理該眞是元曲而其毀譽合蓄又與四聲猿爭雄矣捧讀之際具感友誼忠懷不禁涕泗滂沱一見不忍再見想伯約信國覩此必有餘哀也意謂猩猩鸚鵡梟獍獅蟲等類雖屬怪種亦當痛快一擊使後世知有底止畏懼少存人性所廣功德不可稱不可量非特爲麟鳳龜龍吐氣生色已也東田先生以爲然否瀋陽范承謨炭筆識

又口拈一絶

業鏡塵蒙業海遥勞人空染泣鮫綃却聽三棒漁陽鼓勝似焚香讀楚騷

讀續離騷　會稽　王龍光

緣情舒憤道心生舌底青蓮金石鳴鬼佛仙儒渾作戲哭歌笑罵漫成聲騷壇即席逢中散警世當場快屈平此去吳門紙價重周郎不數舊聞名

次韻　榕城　林可棟

往事關情豪氣生懸崖激水自爲鳴歌來喧寂皆

空相哭到淒凉總失聲古佛拈花惟有笑書生憤世意難平流傳詞話描摹筆杯酒消磨千載名

次韻　　雲間 沈上章

未盡顛危已達生午鐘晨角夜猿鳴牢騷不灑黄金淚慷慨猶歌白雪聲賦比三都才獨重詞雄七發病堪平憐君夙有如椽筆浪擲旗亭酒社名

續離騷

雙報應

（清）嵇永仁 撰

《雙報應》傳奇，全劇共三十出，清嵇永仁撰，清雍正刻本。

《雙報應》叙述建寧城隍顯靈幫助知府孫喬昌判斷錢可貴、張子俊兩案的故事。全劇情節兩案雙線交叉發展，結構佈置頗爲得宜，科白生動，尤其是錢妻賣身數出，寫貧民苦况，真切動人。

《雙報應》是作者被耿精忠囚禁時所作，故多憤世之音。劇中顯靈的建寧城隍揭公重熙，是一位『節義昭著』的名將，明察秋毫、公正斷案的建寧知府孫喬昌，是一位『真不愧爲民牧者』的清官，作者正是通過竭力頌揚他們，鞭撻了社會之黑暗和不公，渲泄了滿腔悲憤不平之氣和憤世嫉俗之情。吴梅跋《雙報應》云：『山農此作，非憑空結撰也。記中錢張二事絶不相同，一則得賢婦而琴瑟重御，一則狎淫朋而身家兩敗，足爲世人勸戒，非尋常傳奇以采蘭贈芍爲美談者可比。唯曲中失律亦有數處，與《揚州夢》同病。』

《雙報應》收入《重訂曲海總目》、《今樂考證》、《古本戲曲叢刊》等著述。有葭秋堂原刻本。今存吴梅《奢摩他室曲叢》本，係據原刻本影印。另有康熙刊本，有沈天成序。

本書據清雍正刻本影印。

（金其楨）

序

余友抱犢山農、與醉白主人林子若耶[illegible]吳王子共事園扉、相看朝夕、心傷黃鳥之篇、志薄楚囚之泣、遥遥苦海、都忘鶴唳風聲、壘壘愁城、已悟死歸生寄、詠詩而消白晝、幸有同人、話古以度清宵、惜無旨酒、春秋兩易、書生氣骨猶存、河海中分、遊子家鄉何處、而嵇子抱佐世濟民之才、點鐵成金之手、下筆千言、詞驚風雨、厄茲陽九、益勵堅貞、乃賦續離騷四折、以鳴志林翁、因述建寧錢張二生、一為糧累分釵、一為孌童殞命、賴良守孫公昭雪、余戲言曰、忠孝節義、奸盜邪淫、合而可以勸世、山農復搦管填詞、不旬日而成全闋、目之為雙報應、余閲未竟、掩卷歎曰、滄桑變革以來、地北天南、蕩產傾家、鬻妻賣子者、不知幾千萬戶、錢生甕牖繩樞之士、始也遇孫公之明察、得以鏡合珠還、終也遭山農之默契、被此陽春白雪、天耶人耶、是編一出、足以不朽、洵曠代之奇逢、骨肉之知己也、錢生真厚幸也哉、余憶髫年讀史、至士為知己者死、頗小

序　一

其言、意謂俯仰宇宙之間、潔己修身、操縱在我、何用汲汲人知、迨鼎逐時移、家困兵燹、業儒不售、學劒徒勞、每持直道以示人、屢為熱衷而忤世、送窮而窮不我去、遣愁而愁不我降、投袂自奮曰、大丈夫不能談笑功名、亦當徜徉山水、何棲遲陋巷、與草木俱朽、乃漫然就道、覽姑蘇幽徑、弔白下荒煙、過齊魯之墟、走燕趙之市、長歌易水浪跡金臺、既恥景監之通、每抱仲翔之慨、會因知遇、一見刮目、於是感激、遂許驅馳、詎忘五嶺之高、情障三山之險、席未及暖、罹此鞫凶、雖有昧於明哲、實無忝乎名義、命之不猶、夫復何憾、苐今日之事與他年之筆、又未識能有如錢生之遇山農、不謀半面、慨然為之表揚否、嗟乎、鍾期不作、伯牙之絕調奚傳、鮑叔難期、夷吾之羈囚誰脫、知己之難、直等明珠十斛、信不誣也、讀是編者、可以見山農之風世矣、余輩之立身矣、誠有望於知音者、沈上章天成氏識

序　二

雙報應

上卷目次

雙報應

抱犢山農塡詞 難中遺稿

第一齣 開宗

【鷓鴣天】千山千水一身輕多病多愁兩載零老叟相依談往事其中報應甚分明 神顯赫官澄清陰陽佐理豈留情萬般到底難將去孽障些些影逐形

【滿庭芳】【末上】文學錢生家貧逋累經官斥退前程荆妻周氏生折到張庭秉志堅貞不改能感動隍社神靈失銀後清廉郡守巧斷合娉婷 子俊耽男癖輕雲生意背地調情致妖童入室醫毒堪驚神示與東峰兩字方敗露淫惡遭刑山賊發錢生獻策冠帶顯身榮

錢可貴賣婦得重圓 張子俊遭妻生害命

揭城隍暗地顯神通 孫太守明中斷報應

第二齣 守困

【生扮寒儒上】

【喜遷鶯】儒門依舊奈書不療飢襟不遮肘百畝荒田頻年積賦催科溷我清幽舉案有妻偕老折桂

無香入袖貧厮守幸詩書依賴端的是盼箇開眸

〔集古〕弱冠弄柔翰辛苦無與比退耕力不任涕泣零如雨小生姓錢名可貴本貫建安人也箕裘清白詩禮流傳家無負郭之田徧遭賠累囊少點金之術何計聊生東不成西不就鎮日價奔走飢寒差又繁徭又重那世裏生成罪孽幸虧妻子周氏性耐家貧志同茹苦因此室無交謫反覺庭有餘閒〔旦上〕

〔玉瓏璁〕雞鳴相戒親蠶織勤勞不愧宜家室

官人今日是箇年節爲何在此愁歎自古道貧者士之常眼前家計蕭條不消憂慮但歲月如流時光易過抛擲書本豈不墮了志氣

〔生〕嘆〔介〕娘子你所言雖是爭奈我四壁蕭然一籌莫展目今除夜尚且如此凄凉將來何以度日

〔瑣窗郎〕〔瑣窗寒〕我想除夕呵是人家獸炭香篝酌春酒舉杯滿浮我和伊此際缾罄含羞寒灰撥盡霜風吹透抖擻作寒〔介〕〔賀新郎〕單衣無力難禁受窮徹骨怎措手

〔旦〕奴家聞得蒙正棲身破窰也曾與妻挨年度歲後來博得衣錦團圓

〔醉扶歸〕那古人呵窰中守得宮花湊官人你蓬門還不似破窰頭却不道一年除盡一年愁送窮魔須把高文搆可知寸金難使寸陰留收拾了舊詩書發憤在新春候

〔淨〕扮蒼頭挑盒担〔上〕錦上添花千箇是雪中送炭幾人來此間已是錢相公家門開在此

不免逕入見〔生〕〔介〕錢相公小人是張相公差來送此薄禮在此〔生〕多謝你主人費心〔向旦〕〔介〕原來是社友張子俊送來年糕春酒娘子可收下了〔旦〕官人我們毫無答禮怎麼好受他的〔生〕日後補償他便了〔旦〕收〔介〕〔生〕拜上你家主人道是慶節之時一總面謝難爲你虛走了一番〔淨〕這箇當得〔挑空盒介〕空返纔知奴僕苦全收識破秀才窮〔下〕〔生〕娘子難得他送來你可將糕酒供祀祖先然後守歲便了

旦應介
尾聲鷹栨盤正少新篘酒喜故人贈餽且權收捱
過了殘年且再做計謀
集東望望春春可憐旦郎心何事轉淒然
唐生惟餘思婦愁肴結風景依稀似去年

第三齣 踏春 末偕淨挑酒榼上

一江風步春郊明媚春光好這衫袖輕寒罩望長
堤梅柳爭妍結伴尋歡笑蒼頭你把樽罍仔細挑
樽罍仔細挑擺向芳茵道待臨風浮白舒懷抱

淨應先下介末自家張子俊的便是今日約
錢和卿并小友王文用到郊外踏春如何此
時還不見到望介丑扮姣童麗服擺上
前腔態招搖彩服人前耀賣盡風流調漫逢場憐
愛都生便是花星照只怕前魚淚暗拋前魚淚暗
拋又逐他年少因此上餘桃獻媚要把終身靠
區區王文用便是結契的張兄約在郊外踏
春來此已是你看張哥早則先來也相見作
親熱敘話介末你怎麼此時纔到盼得我好
不耐煩哩
前腔生上幸相逢煙景遲芳草淒絶王孫道齎愁
顏且學閒人也向遊蜂鬧見介原來張兄先在郊
外了欣逢敘故交欣逢敘故交除夕情周到去歲
多謝新正賀節又未得面會愧家寒未把你瓊瑤
報
末些微薄禮何須挂齒生見丑介這位是何
人末是小弟新結契的兄弟叫做王文用快
過來見禮丑揖生介末我們就此踏春而去

便了行介
皂羅袍生原來紫陌紅塵喧笑盡是些仕女們拾
翠逍遥香車寶馬杏花嬌鸞笙鳳管春風鬧末文
人墨士題詩絲毫生孌童妖妓聯翩畫橋丑做風
魔介你看酒旂底下當罏俏
淨招呼介相公酒榼擺在此間了末席地而
坐正好領畧野景蒼頭取酒過來飲介
前腔生且自飲酒高歌凭眺喜的是對春山隔斷
塵囂末陽春難得到林皐歡娛豈惜賠錢鈔生扯

末一邊耳語介淫朋浪友君當慎交閒遊飄蕩人
須見嘲末你良言一席都分曉
雜扮差人里長上懼法朝朝樂欺公日日憂
錢可貴名下欠了條鞭銀兩帶累我們里長
比較如今稟了縣官去拿他正身他家中說
是郊外踏春哩望介那坐着飲酒的不是麼
里長指認生囑差人上前拿介生我是黌門
中秀才甚麼人敢無禮差你欠下條鞭銀兩
大爺立等比較哩生就是比較錢糧也沒有

擅拿生員之例你那縣官好不知事除非硯
退了我的衣巾纔敢來拿我如今不怕你差
鬧介末從勸介列位也要從容些不要造次
錢相公是斯文體面之人比不得平民百姓
自然來交納錢糧便了列位且請回差惱怒
發話介官差吏差我來人不差你便恃着秀
才不怕且看我們回了大爺看你吃苦不吃
苦鬧下生小弟要告辭了少不得稟明縣官
懲治這些狗才末吾兄也不必太急慢慢設

處完納何必與他較量但酒興攪闌不敢攀
留就此散歸便了淨收酒榼依舊挑下
集生花撲玉缸春酒香末與君連日醉壺觴
唐天生我材必有用春日偏能惹恨長

第四齣 宿廟 外扮城隍雜扮鬼判隨上

點絳脣一片孤忠千秋悲慟人間聳上帝恩隆保
障天南重
集唐雙懸日月照乾坤天外禽多杜宇魂野
哭千家聞戰伐身留一劍答君恩俺乃建寧

城隍揭重熙之神是也少忝高科長登仕籍
五經中式與顏茂猷並駕齊驅三載鳴絃似
宓子賤流風餘韻正想天衢馳驟誰知國步
艱難取義成仁文相國之浩歌無愧捐生竭
力張睢陽之烈氣猶新以此仰荷天鑒道是
從前惠愛爲官福寧閩人愛戴敕令爲建寧
城隍之職我想生前許多事業化爲流水許
多同志半逐浮萍衆謀帷幄表忝嵐之國士
無雙監紀經綸譚二雲之才猷第一這也付

之隔世不在話下今日是太守孫公宿廟之
期此人做官清白愛養地方將來政事必有
可觀但恐明不察於覆盆寃每生於漏網吾
神在夢中當指點他一番孫公將到鬼判們
須索要整肅者小生扮太守衆擁執事張傘
鳴鑼上
虞美人金魚緋帶絲鞭控入境懽聲動道傍竹馬
聚兒童馴雉驅狐預卜循良重
集唐東來紫氣滿函關柳軃鶯嬌花復殷緑

筆昔曾干氣象幾回青瑣點朝班下官姓孫
名裔昌表字鹿園山東沾化人也官拜中憲
大夫新擢建寧府尹出身科目無忝清白家
聲歷仕冰霜到處口碑政績但願此邦蒙雨
露豈辭辛苦種甘棠明日上任吉期今晚例
當宿廟左右的供帳可曾齊備否雜齊備多
時了請太爺下馬道士上城隍廟住持迎接
太爺小生入廟叅神介原來牌位上書寫着
揭公諱重熙之神道士過來揭老爺有何靈

異在此顯化爲神道士禀太爺這揭老爺未
曾到任之先便在學中取了四名秀才承值
文案有一位連生員死而復甦親口說出來
的小道也曾得過一夢小生原來如此我必
那揭老先生呵
玉芙蓉他捐身報九重不數朝陽鳳嘆時艱未能
勾志遂英雄一朝社稷成灰燼百戰身家類轉蓬
今日呵下官在此爲郡守老先生又在此爲神凡
事要仰賴了欣相共要黎民祝頌願陰陽護持感

格在太和中
道士請太爺安歇傍設一帳小生入帳内介
正是此心得與神明共清夜無慚香火傍睡
介道士下外起介孫公已經熟寐不免在夢
中相會者走向生帳外介孫公請了
前腔文章識鉅公政事推梁棟奈黎丘變幻得世
界朦朧你須始終潔白懸明鏡俺自提省昏迷報
曉鐘適來見教之言已經默會此後倘有寃情疑
案自當報命便了合前欣相共要黎民祝頌願陰

陽護持感格在太和中
吾神去也（外仍向神座介）（小生驚醒介）下官
朦朧睡去分明見城隍入夢道是此後自然
暗中助我（向外介）尊神多謝你了
【前腔】遲遲更漏長歷歷南柯夢居然是勉勵我兩
袖清風下官呵素絲已飭廉隅聚那貪墨難爲電
目容（合前）欣相共要黎民祝頌願陰陽護持感格
在太和中
（雜上）稟太爺吉期已到請上馬赴任（小生）就

此起行便了（衆執事張葢鳴鑼擁小生下）（外）
鬼判們聽我吩咐孫公乃是一位好官吾神
要暗中護佑傳諭一應社司土地凡有寃魂
俱要與他伸理不得攔阻（衆應介）
【前腔】江河黑浪湧世道寃纏重有多少暗昧的怪
跡奇踪須索空中霹靂常聞響好使案内雲霾現
至公（合前）欣相共要黎民祝頌願陰陽護持感格
在太和中
集　猿聲夢裡長　就我簷下宿

唐　天地何漫漫　萬事如轉軸

第五齣　拈酸　（小旦喬妝上）

【月雲高】（月兒高）紅顏薄命怎得我心兒稱鎮日愁
眉鎖枉自鴛鴦並月老無端説甚的安排定怕看
那芳春徑觸起我傷心病（渡江雲）目送飛花魂暗
驚夜伴寒衾夢不温
（集唐）鴛鴦鬐白齒新齊春半如秋意轉迷忽
見陌頭楊柳色紅顏歲歲守金嶶奴家衛氏
小字輕雲自小聰明識字謾誇刺繡描鸞落

雁沉魚有超羣之姿色乘鸞跨鳳無連理之
良緣雖則嫁與張子俊爲妻奈他性癖龍陽
抛奴不倸縱遇花朝月夕惟有短嘆長吁幾
番要與他相鬧只道奴家不識羞恥如今也
耐不得了正是落花有意隨流水爭奈流水
無心戀落花（末攜丑手上）
【前腔】春游肩並買醉情懷趂一似花間蝶前後相
跟定（末）賢弟我家也不顧耽戀於你不可負了心
也我丟却妝臺愛爾天生俊（丑）也不索星前訂貼

意兒隨鞭鐙只爲君家忒志誠（末）願效綢繆畢此生

到我家去再與你痛飲（丑）夜深了恐不便回去（末）就在舍下草榻何妨（丑）只怕尊嫂見怪（末）這倒不怕他（丑諢介）（末摟丑肩指介）此間已是門開在此怎麼蒼頭也不看守（入介）（小旦作見一面半躲一面發話介）清清白白的人家爲何帶了不尷不尬的人來成甚麼規矩（末陪話介）娘子這不是外人乃是結義的

兄弟王文用（拉丑介）賢弟你過來見了嫂嫂（丑揖介）（小旦佯不保介）甚麼結義的兄弟奴家嫁到你家來不曾見有這個小叔誰耐煩廝見（丑作不安向末介）我且暫別過了正是獅子連聲吼龍陽一溜煙（末留不住丑慌下）（末）娘子你一向性格極好我和你相敬如賓今日何故不留你丈夫的體面（小旦惱介）

【榴花泣】（石榴花）說甚麼夫妻恭敬魚水像恩情平白地把奴輕（漁家燈）却將熱心兒丟冷在凍池冰好青春浪擲虛生（泣顏回）房幃寂冷八字兒合是那孤鸞命這些時眼望銀河好一似線斷風箏枉教人聽簷前鐵馬錚錚數更籌慘澹天明

（末）娘子你不要疑心我與王兄弟並沒甚勾搭（小旦）還是這等嘴硬奴家親眼看見你兩個勾肩携手肉麻光景這難道也好胡賴麼（末陪笑介）娘子你不要見怪了

【前腔】從今約定斷絕此胡行廝守着聽雞鳴（小旦）不要來騙奴家了丟得我冷冷清清捱過了多少

黄昏（末）不負你耐凄凉守盡孤燈補良宵夜月銀屏（小旦）你那假話兒只好哄奴一時見了那廝來魂靈就勾去了偏在奴家身上直恁薄情（末）我非王魁薄倖硬話兒觸犯了温柔性一時間妄逐閒遊怎抵得並蔕前程

（小旦）既是這等下次不許你在外停宿你若是與那廝勾搭一次奴家便要與你尋鬧一次

【尾聲】腳踪兒自此牢拴定浪粉蝶花間休等（末）少

不得應一箇差兒要把鴛被整

集（旦）何人不起故園情（末）願入簫韶雜鳳笙

唐 意氣相傾兩相顧 如此風波不可行

第六齣 虣士（淨扮縣官衆役隨上）

（字字雙）做官要把良心昧畜類以酷濟貪多狠戾慣會秀才豪橫吃咱虧黜退管甚煌煌御製碑昏憒

吸盡脂膏剝盡皮民間糶穀賣新絲但知恣卻豺狼性那惜郊原鴻雁悲下官姓萬名鍔

是也自到建安作令並沒一些德政詞訟就是生涯元寶猶同性命原被兩家騙完不曾饒了干証夾棍拶㪚齊來那怕皮牢骨硬錢粮火耗增添鬻女賣男乾淨像咱這樣爲官休想兒孫昌盛你道下官爲何有這等辣手只因人心不公但揀神道廟前燒香不肯在菩薩跟前點燭所以慈祥惻隱用不着了目今生員錢可貴抗納條鞭銀兩反道本縣擅差衙役凌辱斯文發了許多不遜之言若不

處治他一番只道下官是怕秀才的因此連夜申詳學道已經批允仰學除名正是不懲其一無以警百若論刑名抹殺道德（生衣巾愁恨上）

（遶紅樓犯正宮）（遶紅樓）這樣乾坤偏誤你腐頭巾生被人欺（正宮齊天樂）趲向丹墀訴明怨氣（正宮緱山月）憑鍛煉懲治

小生錢可貴因在郊外受了縣役之氣特地來見父母求他懲治一番你看父母早已升

堂了（進見介）生員錢可貴有事稟上老父師（淨怒介）你就是那錢可貴麼你靠了那秀才之勢道本縣不該拿你今日一般也來見我麼（生）老父師請息怒自古道士者民之望也從來官府皆作養學校敬重斯文豈有縱令衙役任其凌虐之理（淨暗笑自語介）這箇窮酸尚在那裡爭學校講斯文他的頭巾也被本縣弄脫了還在睡裡夢裡哩

（駐雲飛）（生）話不投機俛首哀求總是痴嘆息詩書

輩喪在溝渠內㖩牙爪恁無知斯文掃地來到琴堂又觸咆哮氣猫鼠同眠實可悲淨分明說我猫鼠同眠好箇大膽放肆的秀才你拖欠條鞭銀兩目無功令本縣已經申詳學道革退你的前程尚敢在這裡搖唇鼓舌麼生生員有甚麼罪過要革我的前程淨怒介這定是箇學霸了

前腔詹下低頭兀自嘵嘵强飾非你不思火急錢粮比還起刁頑意左右的把他的衣巾剝下來看他還敢口稱生員麼攤剝生衣巾生憤氣介淨㖩剝却那藍皮如同兒戲擺佈窮酸纔出㬰頭氣抽籤付差介聽差的你可押他限十日之內完納積欠條銀三十兩若不交完照分數比較那時便不留情面了直教你勒馬臨崖悔亦遲

打鼓退堂衆喊掩門介淨指生介笑你不知時勢投鼠也須忌器古云縣令破家下官手段如是生小生一箇寒儒無家可破淨笑介你便賣老婆我也顧不得了笑下差押生下

相公你須回家急早辦納不要自討苦累生教我拿甚麼變賣天下有這樣不明白道理的官府竟不分明黑白無故把我的前程申黜寃哉寃哉差是這樣有天沒日頭的時候生淚介正是任教掬盡西江水難洗今朝滿面羞同下

第七齣　議折　旦上

懶畫眉早起良人赴公堂內顫心驚好掛腸烏鴉喜鵲正相將吉凶未卜艱難狀只得徘徊出臥房丈夫為受了差役之氣要往縣堂申訴奴家幾遍勸阻只是不聽你想欠下條鞭銀兩自然要催促交納怎麼怪得來人恐此去惹出是非來奴家擔着憂心盼得好不苦也差人押生行上

前腔肆虐催科性豺狼踐踏衣冠事反常含羞無奈步周行差你家在那裡生貧家咫尺幽栖巷差宅上還有何人生只有荊釵守破房此間便是旦作避介生與差入介且請坐下

待與賤荊商量辦些粗飯欵待〔差〕這倒不消作速計較辦納錢粮要緊〔生〕入〔旦〕驚〔介〕官人你怎麼這般模樣回來〔生〕哭〔介〕我那妻呵你丈夫直恁地命苦也

孝順歌我身未入他羅已張〔旦〕奴家原勸官人不該去〔生〕道咱倚衿來抗粮暗地動申詳把前程快銷帳〔旦〕縣官没天理難道宗師便依他害人麼〔生〕如今官官相護成何紀綱聽信一偏詞道是斯文劣狀〔旦〕悲〔介〕這却怎了〔生〕娘子你丈夫覷這一頂

頭巾倒也不在心上祇是催納條鞭銀三十兩立鈞限十日催齊倘若遲延呵穩吃無情官棒〔旦〕哭〔介〕有這等禍事老天老天可不苦殺人了

前腔家貧窘無積粮吏逼官催何可當雪上又加霜身家料難望〔生〕現有兩個差人押來娘子將甚麼東西欵待他〔旦〕官人只今厨下缺少柴薪有巧婦也難停當這寃苦對着誰言則好夫妻惆悵〔差〕喊〔介〕相公請出來有話商議〔生〕出見〔介〕有何吩咐〔差〕俺們聽你夫妻言語料是家中一無所有也不想吃你的茶水但錢粮非同小可那十日轉盼便過也要從長想一个完納的法子俺那本官呵

前腔他貪無饜狠異常俺們親眼看見有多少破家蕩産賣男鬻女的哩破家賣男誠可傷道途嘆桁楊遭刑踵相望你難道不聽見本官口中説道就是你賣妻子他都不啻任你拆妻兒只當風吹墻上辦東道料你艱辛這冷落難措窮慌

〔旦〕作竊聽喚〔生〕〔介〕官人進來有話與你講〔生〕入〔介〕娘子想是措辦些茶水麼〔旦〕這倒没有奴家聽得差人口中道是縣官叫你賣妻子若果然變賣得銀兩救我官人奴家又何惜此一條性命〔生〕錯愕〔介〕這是那裡説起此不過是縣官口頭惡語如何當眞起來我錢可貴雖然革了前程這窮斯文的架子還要撑持怎肯壞你名節出醜至此不聽你不聽你〔差〕洋洋出〔介〕〔旦〕官人你還是與差人商量此策

便了正是非奴甘失節此念救夫專[下][差]相
公你不要瞞我等夫妻有甚話說不妨吐露
心腹好替你做主[生]羞[介]羞殺人羞殺人說
不出口[差]事已至此你且說來[生]俺的房下
道
[前腔]難區處沒計量賣身救夫心苦傷[差]難得這
等賢德的既是如此相公便從他罷了[生]搖手[介]
說那裡話我寧死路傍怎忍妻兒把名葬自跟了
我這窮儒帶累他受飢寒說甚麼夫妻情況[差]只

雙報應 議拆 廿二

怕你錢粮又不能納難免血比之苦瘦弱書生怎
經刑法只怕夫妻終不能保不如兩全的好[生]縱
血比搒着微軀忍見生離模樣
[差]相公你且在家中商量停妥若果有此意
我倒有個相熟的媒婆說與他便了[生]這個
使不得[差]我們且暫别正是得他心肯日是
你運通時[生]同衾死同穴何心忍負之[仝下]

第八齣 徵挑 小旦扶末病態上

[西地錦]陡地病魔堪怪連日輾轉香齋料應風露
邪侵害因此頭重難抬
[清平樂][末]殘春病體汗出如流水勞碌一身殊未
已藉此偷安晏起[小旦]平時浪費情痴來家病骨
支離奴身命苦依然不脫孤悽
[末]娘子我在病中乍寒乍熱情緒不堪又不
知何日得愈思量求神問卜無人可託意欲
央求王兄弟因娘子前番着惱他又不敢上
門怎生看你丈夫之面着蒼頭前去喚他一
聲[小旦]奴家曉得你這病根兒原是從他而

雙報應 徵挑 廿三

起如今也不好抝你待奴家呼喚蒼頭你自
吩咐他便了[喚介]蒼頭那裡[淨上]筋力全無
用奔馳敢憚勞見[介]呼老奴有何使喚[末]你
可到王文用家速去請他來道我有事相煩
[淨]曉得了[忙下][小旦]官人你病中該將息身
體爲何還把他作念
[獅子序]幾時價離别纔每常見伊牽縈掛懷甚寃
會後庭戀着花開奴若是割斷你這懽愛便短嘆
息長吁氣病哈哈前生孽債却不道要醫心病等

那人來〔末〕娘子不要取笑王家兄弟極是一個老實人你前次已經見過以後是通家往來娘子也不消迴避了〔丑上〕

【西地錦】好友病中相待教人撥冗前來閨閫森嚴怕他沾蔕幾回脚步延捱

張哥患病着蒼頭來請只得前去此間已是〔喚介〕有人麼〔末喜介〕王家兄弟來了娘子我病體不能出到中堂你可引他進來〔小旦羞

人答答的奴家不去〔末〕只當丈夫央你便了〔小旦〕這等待奴家去來〔出見丑介〕〔丑深躬介〕尊嫂見禮小可前番唐突了休得見罪〔連揖告罪介〕〔旦暗語介〕果然好個模樣兒可知俺那不才耽戀着他〔向丑介〕你家哥哥病體不能出來你可進房相見〔丑〕尊嫂請前行〔小旦行介〕〔丑在後端詳介〕恁般出色的婦人却也罕曾見來〔末〕〔見丑介〕王家兄弟你來了且請坐下〔丑〕嫂嫂在此不敢坐〔末〕這個不妨〔向小旦介〕娘子你也坐了待兄弟好坐〔小旦在末後坐〕〔斜覷丑丑亦偷覷小旦介〕〔丑向末介〕幾時不見便病得恁般了〔末向丑介〕

【太平歌】我精神懨不得相會來逢時厄值年災月晦〔向小旦介〕娘子你可取茶來〔小旦應虛下〕〔末近丑撫摩介〕夢想喬才〔又指內介〕只爲多防礙堆積相思何處說落得個懷抱無聊賴不覺的春病到寒梅你試看瘦骨已如柴〔小旦取茶上〕〔立末背偷看光景暗笑介〕茶在此〔放桌上介〕〔丑接茶飲介〕張

哥你且寬心

【賞宮花】把愁眉且開有日星辰降福來若遇天醫至病鬼怎延捱你索要伏枕耐心休躁急待時痊愈好啣杯

〔末〕王兄弟我聽得本府新城隍是忠臣揭老爺在此成神着實顯靈顯聖你可齎些香燭前去爲我祈禱〔丑〕這箇當得就此前去便了正是且辦求神意爲憐抱病心〔虛下〕〔末〕娘子我倒忘了一件事體你可提回王兄弟來叫

他順便就請一位太醫來看病〔小旦忙出喚介〕王家叔叔轉來〔丑轉見小旦介〕尊嫂有甚見教〔小旦〕你哥哥教你併請一個太醫同來〔丑〕在下曉得了〔粧風魔近小旦介〕請問尊嫂哥哥病從何起説明了好向神前通誠〔小旦怒介〕奴家不來埋怨你就勾了你倒來盤問奴家

〔降王龍〕換頭粧獃將他命催迷花耽酒有誰個蝶使蜂媒生遭伊害丈夫病好便罷若是三長兩短

雙報應　徵挑　三十四

少不得要在你身上追求偶有顛連寃家怎得脫身開

〔丑作懼怕跪求介〕尊嫂在上不干小可的事凡百要尊嫂護庇我王文用便生死感戴粉身碎骨也難報你的恩德

〔前腔〕寃哉將咱葬埋他來尋我又不是自巳招災還求遮蓋就死在黃泉報恩怎肯負裙釵

〔小旦笑介〕奴家作耍取笑你的這般膽小可不羞殺快起來罷〔丑喜狂膝行至小旦前調戲介〕既是尊嫂取笑小可就跪一世也不起來只等尊嫂纖纖玉手攙我一攙纔肯起來〔末喚介〕娘子爲何還不進來〔小旦慌應介〕來了〔向丑介〕你這樣涎臉誰來睬你〔笑入介〕〔丑起大喜介〕俺王文用今日好僥倖也作快活狀〔下〕〔末向小旦介〕娘子你何故去了半晌方來〔小旦〕他巳去遠喚了半日纔轉所以來遲〔末〕這等你可扶我進去睡臥便了

〔尾聲〕病鄉起倒難㑺擺〔小旦笑介〕你見了可意人

雙報應　徵挑　三十五

兒肴眼開〔末〕娘子謝得你幇襯恩情量似海

集〔末〕思駕雙飛燕　蕭蕭愁殺人

唐〔小旦〕何必同衾裯　然後展殷勤

第九齣　逼賣〔生上〕

〔哭相思〕針氊坐立難捱過但終朝淚雨滂沱〔旦上〕奴身何足惜怕見此風波

官人你念夫妻之情不忍將奴遣賣柰十日之限巳過八九既無親故借貸又無家私抵當眼見要吃比較之苦如何是好官人你不

要顧惜奴家了
〔忒忒令〕你一心還思繫女蘿只恐那妒花風惡況
千磨百折又遭了奇禍尚兀自顧戀着恩情夫妻
似同林鳥大限來怎躱
〔生〕娘子你丈夫情願挃他比較怎忍下得這
等虧心
〔前腔〕你苦熬熬撐持了許多并沒有好生生受用
風光過奈家計無有更錢粮難措你道是救兒夫
葬身軀污名節怎不痛殺我

〔差上〕俺們奉本縣之令着押錢可貴交納條
鞭銀兩十日之限將滿分文還不見納他家
中奇窮異苦只有一箇妻子又捨不得拆散
眼見要逾限受虧帶累我等如今也顧他不
得了〔入介〕錢相公你出來〔生出見介〕學生在
〔差作狠狀介〕你不要推聾作啞俺們又不圖
你錢鈔又不吃你酒水總爲憐你斯文窮苦
所以寬容一分如今限期將滿你又不長不
短整日愁眉淚眼難道天上弔下些來也要

自家想箇計較你的娘子倒有賣身之意你
又執意不肯設使比較起來拿什麼搪塞說
不得且鎖起來再做區處省得臨時逃走了
累在我們身上〔鎖介〕〔生哀求介〕〔旦慌出介〕奴
家也顧不得拋頭露面了〔向差介〕長官求寬
恕我家官人奴家情愿賣身決不帶累長官
只要出得三十兩銀子任憑長官做主便了
〔差〕既是娘子這般賢慧我等且寬了你官人
去尋媒婆說合也要說定了不要臨時變卦

〔旦〕奴家主意已定决不反悔〔生〕娘子快不要
如此〔旦〕事到于今還要顧前顧後長官你不
要聽他相煩去尋媒婆便了〔差〕既是這等說
我們當眞去尋媒婆了〔急下〕〔生〕娘子你輕易
出口許了他們公然去尋媒婆教丈夫却如
何處〔哭介〕
〔沉醉東風〕〔旦〕官人你怯書生性命怎那枉受辱越
加上災禍失計較自蹉跎那官非小可經不得萬
千折挫〔合〕問天奈何問神奈何想應是夫妻們前

世罪多

生娘子你丈夫累得你好不苦也

前腔嫁寒門偏受苦磨實指望白頭的唱和盼有日博登科宮花並朶誰料是鏡鸞劈破合前問天奈何問神奈何想應是夫妻們前世罪多

生旦各淚介差同老旦上

臘梅花錢家欠得逋負多乾乾淨淨難竭措明日官比他思賣女娥作成還須仗媒婆

差指介這就是錢家了仝媒人見旦介原來

雙報應 逼賣 廿六

就是這位娘子好一箇端正人材不瞞娘子說我是有名的老實媒人知道你賣身救夫是一位賢婦我決不誤你終身城中有個張貢生因爲斷絃要尋一個塡房倒也不論財禮一向託我急切難得湊巧不想姻緣落在此地旦媽媽只要出得三十兩銀子完得我丈夫的官欠便了媒這個在我身上這是要問明了官人也要預先斷定省得累我的脚步生你若問我今世裡決不肯的哭介倒是

問明白了原來這様作難差攔住介且不要去向生發話介相公你枉自讀書沒有一箇決斷我們辛辛苦苦尋了他來又是這等決撒說不得鎖起來見官去罷旦哀求介長官不要聽他奴家在前已曾說明白了差指生介

園林好你沒存濟夫妻到底要撒科沒存濟終難顧他直恁的牽纏無那纔說定又生波纔說定又生波

雙報應 逼賣 廿七

旦向媒介媽媽只管去應承奴家決不騙你

媒娘子

前腔我做媒人兩邊撮和也要你夫妻斷過假若是臨期顛播却不道枉奔波却不道枉奔波

江兒水旦媽媽我擬作飄風絮相煩執斧柯家貧實實無些箇指生介他意痴尚想蘋蘩佐我骨錚錚甘抱琵琶過非是楊花柔懦要救兒夫惟有慷慨捐身纔可

生長官不是我千推萬阻你想人家一對夫

婦如魚似水又不犯七出之條怎麼生巴巴
拆開了
【前腔】我的田園累怎教婦女磨強從處把家聲隳
窮兩口依賴甘同餓限十日比較偏如火生死關
頭難過命也如何惟有此際雙眉愁鎖
【差】相公你不消慮得這位月老再不掉謊的
你娘子又得所你又不致受比此乃兩全之
美【媒】相公那張貢生是箇好人家【差】【媒】
【五供養犯】【五供養】姻緣不錯貢士張家要娶嬌娥

此鄉非窵遠許嫁莫延俄你的夫妻緣分間有些
跌蹉舉案難偕老再世結絲蘿【月上海棠】試看天
邊月圓月破
相公快些說一箇决斷不要誤了正經【生】掩
面【介】教我怎說得出口【旦】媽媽你不消再問
我官人只要三十兩足數救得我的官人不
管天南地北奴家隨他便了
【前腔】錢粮久拖賅數周全好免催科丈夫雖輾轉
奴意更無他【向生介】你楚囚般怎麼你的妻兒豈

不知失身事大到此全難顧不死亦遭磨【合前】試
看天邊月圓月破
【差】這等看來他官人也沒甚反悔了【向媒介】
我們同你竟到張家議妥來回覆便了正是
看到世間愁苦事無過死别與生離【先下】【生】
抱旦哭【介】我那娘子你眞要救丈夫了
【玉交枝】原來眞箇硬心腸教咱奈何並頭一枝先
拋墮再不得連理同柯梁鴻孟光慚愧他鳳愁鸞
泣淒凉我【合】憶前緣如同擲梭嘆今緣如隨逝波

【旦】亦哭【介】我那官人難道奴家忍心要離你
也只是事出兩難萬不得已了
【前腔】人離家破這衷腸有天鑒呵嫁雞逐雞隨君
過縱分飛難戀他窩【生】難道到了那人家肯容你
守身不成【旦】奴家惟有一死决不貽君之羞但求
我夫超網羅此身雖死魂寧妥【合】憶前緣如同擲
梭嘆今緣如隨逝波
【尾聲】【生】一鞭一馬相慶賀再不料半途拋我【旦】死
别生離其如割愛何

集〔生〕白頭吟望苦低垂　不見湘妃鼓瑟時
唐〔旦〕誰道五絲能續命　從今相接眼中稀

第十齣　湊醫　〔淨背藥箱掛招牌上〕

〔縷縷金〕招牌舊藥箱窮些兒平胃散好通融怕結蛛絲網時常打動便穿街走巷喝西風小子又不是劊子手爲甚的聞名也頭痛聞名也頭痛

自家姓宋名冲家住兩口東峰賣些草根樹屑終日街頭撮空那曉傷寒經絡全然脉裡朦朧去歲發了利市今年藥盡生蟲醫死前街丈母藥殺後巷外公骨肉尚且如此外人越發加功非咱手段不濟原是半路出家匆尷尬箇郎中自家宋東峰的便是祇因餬口無聊説真方賣假藥做一箇草澤醫人爭奈時運平常生涯冷淡吃了正月裡的年糕直跑到清明寒食還沒有一人來下顧此間已是城隍廟不免進去禱祝一番〔入介〕原來廟宇修得簇新了〔謁神介〕連神道也是新塑的尊神求你保佑弟子處處頭疼發熱家家染疫遭瘟兩點一般害病生意纔得上門〔起介〕且向後殿寢宫遊玩一番〔虛下〕丑持香燭〔上〕

〔前腔〕心搖曳步西東因遊神女覷嬋芳踪好似吞針線牽咱情重問何緣接引到巫峰神前把香捧神前把香捧

俺王文用因爲張哥患病託在城隍廟內替他燒香誰知命犯桃花看見他的尊嫂如花似玉着實留情若不是張哥叫喚那調情的勾當已十有九分了如今一事兩用且在神前禱告看我兩人緣分何如此間已是廟門不免進去〔入介〕原來新城隍塑得這等威嚴好不凜人毛髮〔燒香點燭拜跪介〕城隍尊神弟子王文用有兩件事拜求〔淨暗上竊聽介〕〔丑〕第一件是張子俊的妻子蒙他錯愛仰仗神力早得完成心願〔淨聽見私語介〕原來要謀人的妻子〔雜扮判官預立高處執簿登寫隨下〕〔丑〕第二件是張子俊染病在家求神默

佑病人早賜良醫目下痊愈〔淨暗喜介〕原來是求醫的這城隍果然顯應纔求告了就有這樣湊巧的生意〔從後扯丑衣〕〔丑起驚介〕原來有人在此竊聽〔淨〕老兄你要求良醫只小子便是高手〔丑〕你姓甚名誰在下與你平昔不相認〔淨指招牌介〕你不看見招牌上的宋東峰就是小可了〔丑看介〕原來是一位郎中你這箇人也沒正經怎生鬼頭鬼腦來竊聽我的話〔淨陪笑介〕長兄你不要見怪我宋東

峰也是在行的人若有用得着小可處便赴湯蹈火也不辭的〔丑〕這等我禱祝的心事被你聽見了〔淨笑介〕長兄這樣風流人自然想做風流勾當我宋東峰也可以効半臂之力做一箇崑崙押衙只求你舉薦一舉薦〔丑〕原來是一箇妙人小子是王文用有一箇敝友張子俊患病但不知宋先生是大方還是小兒〔淨〕在下是大小方脉更兼婦人在內

【玉抱肚】俺呵神仙作用妙方兒海上遭逢病根由手到能除好岐黃一劑收功〔向丑耳語介〕靈丹不必看春宮揭被香丸透體鬆

〔丑〕宋先生小可便薦你到敝友家去却不可忘了我的好意〔淨〕小弟是極有良心的〔丑〕俺那敝友呵

【前腔】臥牀病重竭精神端爲房櫳補元陽還仗參苓起尩羸要藉蓯蓉〔淨〕實的瀉之虛者補之這箇不勞吩咐但乍會便承厚義何以克當〔丑〕我吹噓豈敢吝春風你且收拾青囊試折肱

就此前去便了正是踏破鐵鞋無覓處得來全不費工夫〔俱下〕

〔判弔場〕萬惡淫爲首百善孝居先孝本和順德淫乃惡姻緣今有王文用陰謀張子俊之妻淫心潑膽輒敢在殿前禱祝圖遂私緣則索奏與吾神以顯報應正是舉心動念處神鬼盡皆知欲要人不識除非已莫爲

第十一齣 病鬧

〔小旦扶末病上〕

【金錢花】求神惟願消災消災如何不見醫來醫來

藥金囑咐早安排論月建破些財病急退暢心懷

娘子怎麼王家兄弟還不見回音小旦自然就來你在病中不要心焦淨背藥箱同丑走上

前腔離了神廟方纔方纔經由幾道長街長街淨延遲索急亂胡猜到那裡藥箱開丑諢介宋先生只恐怕小老鼠鑽出來

淨王兄休得取笑丑指介此間便是同入介宋先生且暫止中堂待小可進去通知一聲

淨住介丑入見末小旦介城隍廟內已經燒過香了待哥病好自去還願一併請得太醫在外可否着他進來末既是太醫在此你便引他進內看脉便了丑出引淨入將藥箱放下見介末病中不能施禮幸勿見怪淨病有幾時了末已經數日淨診脉介丑一面在末背後與小旦調情介

古雁過沙淨這脉息果是難猜那手指下畧有一絲還在貴庚幾何末三旬上下淨算年紀猶強壯看精神緣何損壞末回頭見小旦丑調情狀含怒介丑忙就坐介淨故作大驚介我猜着了末作嚇一跳介先生你猜着甚麼把我嚇這一跳淨細思之酒色全無度因此病作怪

丑宋先生這是什麼症候淨此乃雙斧伐木之症末藥書上從不見有這症候淨你們讀書人不曾看見這一條我們的身體就像樹木一般沒有斧頭劈他自然茂盛若是男色也來女色也來這分明是兩把斧頭在那裡

斲削枯木了小旦掩口羞介丑作愠介宋先生不要囉唣斟酌下藥便了淨開箱丑作驚見老鼠介當眞老鼠鑽出來了想是久不曾開他做窩在內淨笑介沒相干是養熟的老鼠鑽來走進慣的撮藥介姜三片棗二枚水二鍾煎八分另將人參一錢煎湯入藥附末耳喊介第一件要忌房事小旦嗔介有這樣沒正經的郎中末娘子可取藥金來小旦取銀付丑丑捏小旦手末作見含怒介淨收銀

介多謝了末我不能送王兄弟你代我送出去罷淨背藥箱丑送出介多謝王兄作成笑拍丑肩介你眞是有造化的人那一位娘子是有十二分人才還有十一分情義在你身上丑笑介怎見得淨我看他只有一分情義在他丈夫面上罷了只是下次還要老成些適見看病之時你們兩箇如此如此他那丈夫有心覺察連忙回顧若不虧我喊叫起來鬧那病人豈不識破你的行徑麼丑作謝介

多謝宋先生幫襯了淨拉丑介有這藥金和你吃三杯去丑這倒不消淨虛邀了就此告別我還有東門的趙家南門的錢家立等看病不及奉陪了背藥箱故作慌下介丑悄悄入內聽介果然幾乎露出馬脚來不知張哥怎生發付且聽一會不要造次進去討一場沒趣末伏几上忽抬頭嗔小旦介你這無恥的婦人帶累我氣得死去活來頭暈半日了小旦奴家有甚差池你破口罵我末你還要我說出來麼

江頭金桂五馬江兒水尚敢當場厮賴欺我糢糊病裡捱你不顧兒夫活在眼去肴來直將風俗敗柳搖金假饒當眞赴泉臺三朝難待曾甚綱常節義婦德當該眼見得濮上桑間浪作諸桂枝香也須念那閨門難壞結禱恩愛你從今牢結丁香扣莫露春心被蝶猜

小旦奴家原對你說過非親非故原不肯與他相見你道是一家人又說他老實沒規沒

矩引他上門上戶如今又要埋怨奴家末這樣家醜那裡說起

前腔小旦原是籬牢不壞是你勾將那犬來便咬着蘭衿蕙帶想傍妝臺當初淸白在緣何春色入幽齋兒夫休怪自此藏形閨內不下香堦怎肯野草閒花漫地開恨則恨寃家孽債無端遺害就有黃河難洗嬌羞意明月還知皎潔懷

末娘子你若照前守我閨門我做丈夫的自然不來計較你了作暈介奈煩了半日頭又

昏暈起來你且扶我進去則箇〔小旦扶下介〕〔丑作嚇呆介〕倒是不曾進去還討他一場大羞辱哩只是教我又丢他不下捨他不得如何是好〔小旦上介〕門也不曾關得且去關了門來〔見丑介〕你還在這裡好箇大膽帶挈奴家受了許多惡氣〔丑涎臉介〕總是賠禮便了〔末在內叉喚介〕〔小旦作慌欲入介〕〔丑扯住介〕你若是不救我性命我就是死了〔小旦〕丈夫防閑得緊你不要胡纏惹出是非來果然有

奴的心待月明之夜奴家開了後門你那時悄悄進來奴家與你談心便了〔慌下〕〔丑〕且喜約了我的日期正好暢遂心願正是已訂陽臺路徐吟蔓草篇〔喜躍下〕

第十二齣　生離

〔生悲狀上〕

探春令宜家未能笑糟糠却難完玉鏡〔旦悲狀上〕婦人家從一原爲正怎奈艱危光景

〔生〕我那妻呵一離初成誓海深鹿車共挽賦同心可憐家破人離日那得同棲共在林〔旦〕我那夫呵嫁衣初着白頭吟舉案終身豈料今苦樂漫隨難自主羅衫濕透淚淋淋〔生哭介〕媒人昨日來回覆道是張貢生已經依允只在今日來交財禮就要娘子過門兀的不苦殺人也

勝如花啼鵑淚哀雁聲頃刻孤身隻影記于歸井臼持家耐貧寒牛衣泣今實指望綠窗相並〔合〕這分飛教人怎生這離懷教人怎經腸斷飄零嘆夫妻薄命從今後鴛鴦分頸恨漫漫戶外三星恨漫漫戶外三星

〔旦〕官人自古道忠臣不事二君烈女不更二夫奴家雖然去到他家決不失身倘有相犯之處惟有一死以全名節〔生〕娘子昨日媒人來說瞞過我和你的情節只道是夫亡再嫁以此張貢生依允他本不知就裡娘子果然尋死我又與他無寃無仇既得了財禮又陷他一條人命這也于心不安娘子還要三思〔旦〕官人所慮極是但奴家主意已定總在他

究相機而行便了

【前腔】千愁集萬感增中饋含羞陷穽莫道是身去生憚怎肯便名隨破甑少不得魂趂泥濘（合）這分飛教人怎生這離懷教人怎經腸斷飄零嘆夫妻薄命從今後鴛鴦分頸恨漫漫戶外三星恨漫漫戶外三星

（旦）官人你將銀子完了錢粮還是哀求縣官開復前程依舊苦志讀書以求上進不要將你的妻子牽挂了（生）娘子你說那裡話丈夫

從此削髮披緇終身守着空門以報吾妻之德（旦）官人切不可如此

【泣顏回】君莫被人輕也還要勵志寒燈男兒難料雲衢奮力堪登揚名宜早爲妻的便做鬼心歡慶那時節奠酒靈前却依然夫貴妻榮

（生）你丈夫還有什麼心情求取功名

【前腔換頭】悲鳴糞土過餘生那能勾頭角崢嶸終身不娶權表我報答恩情空門學誦經只恐血裹了淚眼難趂證（內鼓樂抬新轎鬧上）聽牆外人語喧鬧好教我肉顫心驚

（二差老旦入介）官人娘子請免啼哭財禮三十金查明收下（付桌上介生抱旦大哭介老旦）新轎到門娘子快些收拾只管哭也無益

【摧拍】（生旦）斷頭香燒了前生折腰釵分開正聘禍事門庭禍事門庭夫在何爲妻出何名會面無由夢想無形（差扯生老旦扯旦難捨難分介生）我那妻你此去不要埋怨丈夫也是無如之奈了（旦）官人你也不要想念妻子了（合）從今後兩地零丁從

今後兩地零丁猿聽取也傷情

（老旦擁旦上轎鼓樂鬧下生往後跌倒介差喚生醒介）相公醒來相公醒來（嗟嘆介）眞可憐人也（生醒哽咽介）

【尾聲】我那妻呵牽腸掛肚刀攢迸聽鼓樂如同催命聲（差）相公不要傷感且將財禮收好將銀付生袖介）明早親自到櫃上交納我兩人好替你銷籤（生）你看我剩枕殘骸寧有幾日撐

第十三齣　全節

（末蒼髯扮張貢生上）

普天樂過頭五十冰絃接房幃冷落今將熱續成鴛夢試新衾却燦爛花燈照者正是喜事精神偏健爽臨門簫管生春色

自家本府貢生張師孔的便是年已半百不幸荆妻先逝持家無人聽媒說合有錢姓之婦改節再醮今乃過門吉期你聽鼓樂早則近也衆吹打抬轎老旦扶旦入介衆索喜酒鬧下老旦請新人見禮末拱旦拜堂旦不理介末這也奇怪怎生再醮之婦尚然如此靦

腆老旦既不肯交拜請就喜筵罷末就坐旦背坐含淚介老旦從旁耳語勸旦介

二郎神末合歡節纔攙下了鸞輿便嘆嗟有甚的心頭周折悶悶無言燈後撇直恁嬌羞難欵貼又不是荳蔻般含春怕也過來客情投意愜正好遂歡悅

向老旦介保山你難道不曾說明白了爲何娶進門來這般愁眉苦臉老旦沒有什麼說不明白向旦介大娘子今乃吉日良辰凡事要和同喜氣些若頭一夜便如此執古將來當家理計日子正長教張爺却靠着誰人快不要如此請吃箇合歡杯送酒向旦旦不接介好收拾做親旦你講什麼做親奴家從一而終豈肯敗名喪節做那無恥之婦末如此說來是一箇不情愿的了這其間必有緣故此事想爲保山所誤娘子倒說明了以解學生之疑

鶯集御林春鶯啼序旦奴本是孀過香車要爲兒

夫爲徹集賢賓露面拋頭顧不得外人說念奴家儒門正配誓同衾共穴簇御林此情堪訴天邊月三春柳你枉用咨嗟不是我的男兒莫饒舌

末原來前夫尚在怨老旦介保山你何苦瞞了做這樣不老成的事體老旦老身原不過要撮和好事都是那廂情愿做的不是老身說騙他們況且受張爺之命老身呵

前腔承囑付代覓良緣耐可嫌低道歎只有娘行姿態別更相宜玉釵重接一言爲定無枝葉做塡

房豈下賤恁推阻太妝喬〔向旦介〕怨則怨是你兒夫自拋撇

〔末〕學生忝列衣冠怎好娶有夫之婦保山你與我討回財禮仍着前夫領回便了〔老旦向旦介〕大娘子你可曾聽見好事要決撒了〔旦背介〕奴家原爲救夫而來若討回財禮豈不多此一番舉動〔向老旦介〕奴家既出錢氏之門豈有復回之理情願死便死在這裡〔末〕這又奇怪了合又不肯去又徘徊尋死之言好

生難解你前夫實係何人因甚遣嫁出來〔旦〕奴家的丈夫姓錢名可貴

〔前腔〕他曾名列黌門只爲田荒歲歉國賦逃亡懸欠者被官差限他十箇日頭完結可憐前程既除又無一錢資藉拚身軀相救切奴情願鬻身軀不是我的兒夫賣妻妾

〔末〕既是賣身救夫出于情願不宜如此尋死覓活了

〔前腔〕却原來兩意相從因甚的今宵轉折想是前生和你緣未結嘆紅鸞命中乖劣漫道是衾溫枕熱被冰人哄賺在藍橋舍既知道覆水難收也須思再醮情節少不得交還你的兒夫我另自覓庚帖

保山他的丈夫既是讀書之人同係斯文一脉不忍生拆其妻我又年過半百原也不爲色慾論起來今日便該着他丈夫領回但夜已深了且待明日再做區處你今夜且伴着與他同睡以表明我之心跡我自去書房内

歇宿便了正是有緣千里來相會無緣對面不相逢〔先下〕〔旦〕且喜他獨自去宿不來相犯明早丈夫完了錢糧〔背介〕奴家再作尋死的地步亦未爲遲〔老旦〕大娘子還是這位張爺做人好若是別人家我做媒的便吃苦不迭了〔旦〕也難爲你了〔哭介〕我那丈夫呵

〔四犯黄鶯兒〕你那裡血淚流我這裡痛苦切兩懸懸沒法和他重歡接雲把月遮風把燭滅直逼得他搗牀搥枕夢魂撇千遍吁嗟萬遍恨徹叫天全

無計策

〔老旦〕我媒也做老了不曾見賣身救夫却又

不肯失身如大娘子的其實罕有

〔前腔換頭〕你夫婦到底兩情睽嫁意兒無半些直

抛得梅花紙帳新郎夜交盞謾設繡衾謾揭俺這

裡乍光光偏伴着新娘歇一箇孤单一箇㧌擘月

老從中怎說

大娘子夜深了請睡罷

〔尾聲〕〔旦〕當年母悅着身貼要完全香名令節怎忍

的結髮夫妻將他抛下也

集〔老旦〕北斗佳人雙淚流　青楓浦上不勝愁

唐〔旦〕誰人不言此離苦　願逐共姜誓柏舟

第十四齣　踐約　〔小旦上〕

〔遶地遊〕雙蛾頻皺只爲傷春瘦憶多情無端僝僽

歌闌子夜月明如畫倚簾櫳芳心暗浮

妾身衛輕雲被那王文用三番兩次挑逗不

覺春心蕩漾難以自持又因丈夫防閑拘束

不便成其好事約他在月夜相會以此打發

丈夫吃藥睡了將後門虛掩待其直達香閨

此時也該來了正是俗子推不去可人期不

來

〔集賢賓〕晚妝纔罷燈下守聽鐘聲萬籟清幽玉臂

雲鬟光照透見虛幌小風穿牖那人呵黃昏時候

向天街幾回拖逗身軀溜似蛺蝶穿花輕就

〔作盼介〕〔丑悄行上〕

〔前腔〕娘行聰俊眞罕有況冰姿玉貌温柔我幾向

花前圖邂逅奈巫嶺雨雲難湊今夜呵銀河清潄

願天孫暫抛機扣良緣逗恰人靜月明更漏

小子蒙張哥尊嫂約在月夜從後門而入此

間已是〔推門介〕原來虛掩在此好箇有心女

子也〔作悄入介〕〔小旦〕脚步響動想是那人來

了〔見介〕〔小旦攜丑手行介〕你隨奴家到這裡

來〔悄唱介〕

〔黃鶯兒〕提挈上秦樓斂輕衣興趣幽氤氲蘭麝馨

香透〔丑〕愛佳人莫愁〔小旦〕喜才郎好逑〔合〕良緣會

合天生就〔丑〕細凝眸陽臺夢裡不信結鸞儔

〔小旦〕此處無人且請坐了〔丑作情急介〕尊嫂不要耽誤了好事〔小旦〕還叫甚麼尊嫂若論稱呼的名分你便不該來了〔丑〕這等倒是小子錯喚了正要請問小娘子芳名〔小旦〕

〔前腔〕奴家呵衛氏本嬌羞字輕雲莫浪求異香溫玉君消受〔丑〕喜魚腮上鈎羨鵜釵並頭人間樂事誠難又〔合〕効綢繆千金一刻暢意擁衾裯

〔末在內喚介〕娘子那裡怎麼不將些熱湯水與我吃〔小旦佯應介〕就來了〔丑急介〕這箇你

去不得〔小旦慌語介〕奴家與你眼前會合終是擔驚受怕草草成歡終久不便你須想一箇長遠做夫妻的計較

〔琥珀猫兒墜〕三生石上恩愛並山丘兩美居然夙世修那堪孽障眼睛頭心憂不願做露水夫妻容易相丟

〔丑喜介〕小娘子既有此心正是天作之合況我又無家無室做長遠夫妻白頭偕老豈不省却驚嚇但張哥現在除非是病死了好遂

我們的心願〔小旦〕急切那得他死〔丑想介〕這有何難那宋東峰最肯幫襯與他計較就在病中下手泯然無跡有何不可〔小旦〕也要做得謹慎〔丑〕不消小娘子吩咐的

〔前腔〕瞞天巧計心上暗藏閻病内安排斷送謀眼釘拔去怎遲留須休包管你脫却麻衣再上花兜

〔尾聲〕我滿腔慾火泥丸透且望靈犀解渴喉〔小旦〕便宜你了做一箇戲水鴛鴦直到頭

第十五齣　神察

〔外扮城隍鬼判隨上〕

〔臨江仙〕朗照乾坤月一圓神糾吏察鏡當前人間善惡本昭然雷霆懸北極雨露潤南天

古人形似獸心有大聖德今人表似人獸心安可測勿以善事小不爲亦虛殖勿以惡事小爲之仍作孽俺自成神以來掌管建寧一郡奉帝德之無私補王法之未逮報應分明陰陽顯赫雖有微善不敢泯其良心雖有微惡亦必誅其隱慝但職掌所在例應考察其間有格天之善滔天之惡必當奏天廷發落

若其餘小善小惡零星案件俱係吾神自行裁決已曾吩咐神吏探訪合郡之人着賞罰二司彙造善簿惡簿仍恐善有遺美惡有漏網或臨時有轉移之局或後事有克蓋之愆耳目不能覺察果報終無定案為此傳集在城在鄉社司土地前來糾對磨勘正是常把一心行正道自然天地不相虧小生扮賞善司執簿上

玉璁瓏嘉言懿行搜求轉芳名登載眞堪羨

叅介啟吾神善簿已經造完謹呈尊覽送案上介自就左位雁翅坐介淨扮罰惡司執簿上

前腔千磨百劫循環現衝冠怒髮難姑免

叅介啟吾神惡簿已經造完謹呈尊覽送案上介自就右位雁翅坐介末扮東鄉土地上行藏虛實自家知老旦扮西鄉土地上禍福因由更問誰生扮南鄉土地上善惡到頭終有報丑扮北鄉土地上只爭來早與來遲相見介奉郡神之命傳集我等磨勘善惡來此已是須索叅見者末叅介東鄉土地謹叅老旦叅介西鄉土地謹叅生叅介南鄉土地謹叅丑叅介北鄉土地謹叅鬼吓介各就位東南土地左設案旁坐介西北土地右設案旁坐介外今當磨勘善惡之期諸神須要至虛至公無偏無黨仰副大典倘有遺漏之處各宜面陳虛實以待增補毋負玉帝一片委託之盛心也衆唯唯介判送善惡簿散左右兩

案上揭看介外諸神試聽俺吩咐

梁州新郎梁州序奸媸世界陰陽靈顯只爲人心改變江河日下何曾體貼蒼天枉自向芝蘭隊裏荆棘群中各把那韶光撚俺在虛空窺屋漏孽因緣多少紅塵障礙纏賀新郎同唱好共歹元神現毫釐千里差如線行賞罰肯遲延

前腔衆春秋筆削幽明大典三尺當頭不遠東西南北難逃電目盤旋也只爲世無公道人昧良心仔細把精魂選似巡方初按簿代天權鐵面冰心

豈愛錢〔合前〕好共歹元神現毫釐千里差如線行賞罰肯遲延〔東南土地出位跪介〕啓上尊神善簿較勘明白只有生員錢可貴之妻周氏賣身救夫守節不變此一件遺漏未造喚賞善司〔介〕你可查明增入〔土地交善簿付賞善司介〕〔外〕周氏始末原由可細細說來〔土地〕聽稟

節節高寒酸爲瘠田受熬煎有司斥辱多凌賤難舒展沒救援生磨煉裙釵願把身軀變分離改設

張庭院全璧依然謝蕭郎這般操節令人鮮〔外〕善哉善哉如此賢婦何忍使他夫妻拆散且待查明因果令其完聚〔土地〕多謝吾神垂救〔西北土地出位跪介〕啓上尊神惡簿較勘明白只有孌童王文用奸騙張子俊之妻衛氏背夫苟合同謀用毒此一件遺漏未造〔外〕怒〔介〕前日掌簿的判官奏說王文用到俺殿前燒香禱祝私情原來有這等淫膽喚罰惡司〔介〕你可查明增入〔土地付惡簿與罰惡司〕〔外〕向土地〔介〕王文用與衛氏作何通姦謀害汝等按實查報不可令其漏網〔土地〕謹遵法旨

前腔孌童膽潑天到神前焚香默祝祈歡戀姦謀展醜態涎調情串楊花有意相隨便監奴有寵通靈顯若使淫徒任施爲人間暗室多狂犬

尾聲〔外〕生靈善惡多查遍彰癉從中黑白懸還有遺漏的因由要造全

集　日慘慘兮雲冥冥　誰家巧作斷腸聲

唐　真宰上訴天應泣　願接盧敖遊太清

雙報應卷上

雙報應

下卷目次

雙報應

抱犢山農填詞　難中遺稿

第十六齣　失物　〔丑扮皂隸笑上〕

吳小四好奇哉命運諸無心得橫財歸把錢神虔禱賽絕似滕王風送來這快活喜滿腮〔東盼西望見無人執銀包笑介〕自古道馬無野草不肥人無橫財不發俺陳黑在建安縣裡當一名皂隸年頭年尾也不曾看見一箇整錠銀錁兒天大造化今日輪當值班就像

神差鬼使的一般天未明亮就來衙門前伺候偏偏櫃邊拾着這宗財鄉〔看介〕原來對面上有字是紋銀三十兩妙嗄且拿回去交與渾家再來承值〔行介〕你看門關在此〔敲介〕開門開門〔老旦扮陳黑妻上〕

〔前腔〕夫命乖當縣差家無米共柴是那箇叫門〔聽介〕原來是這箇天殺的這遭出門回得快〔開見介〕觀看容顏笑口開〔丑遞銀介〕〔老旦驚介〕莫不是打劫來

丑老婆你道造化不造化纔到縣前就在櫃邊拾得這一包銀子三十兩你好生收下恐官坐早堂我要去伺候老旦扯丑介奴家要打股釵兒做套新鮮衣服兒丑諢介且莫性急待完了公事回來再作計較正是我本無心求此物老旦誰知此物逼人來各下生慌上禍事禍事今早來到縣前交納官銀祇因昨夜與妻生別心酸因此起得太早那值櫃的尚未見來在櫃邊打一旋轉這銀子就失

落了尋介那裡見些踪影跌足介這條性命終久活不成也

山坡羊痛寒儒家私窮敗爲賠荒錢粮拖帶責荆妻痛苦心酸趂雞鳴早起完官債上公堦無人值櫃臺回身不遠驚心快誰知兩袖空虛抛遺安在痛哭介丑上指介原來是這箇酸子遺落的在此啼哭終久不便待我且嚇他去喊介甚麼人在此大驚小怪的啼哭官要坐堂快了快走快走趕介不要帶累我們生長官可憐小生失落了完官的銀兩丑啐你自不小心尋也無益或自求箇籤起箇課去不要在此歪纏生長官你也說得是我在城隍廟內問箇籤罷丑背介妙妙且哄他去再處笑下生行介悲哀這銀錢那處來徘徊向神靈且訴懷雜扮道士上

吳小四廟門開香燭排何人賽願來猪首三牲落得在還有香錢袖裏揣那裡管該不該

生入介道士相公何來生來求籤的道士小道極會詳籤請通誠生拜哭介城隍爺城隍

爺我錢可貴呵

山坡羊讀詩書恒心無害受飢寒安貧寧耐恨當權猛虎催科華衣巾逼迫遭危殆累裙釵連枝硬拆開輸將措納完寬債不期失落官銀誰人收在搖籤筒介判官暗上立高處點頭下介生神簽在籤中判出來籤出筒付道士介塵埋藉高明仔細猜

道士看介是第十七籤那籤上說道洛浦珠還日菱花鏡合時兩般歡喜事官斷不差池

恭喜上好的籤主失而復得有兩件喜事必須要經由官府〔生〕小生正為失落官銀道拍掌〔介〕何如這籤上就如活見的〔生〕只是官府那裡肯管這些閒事〔道士〕你莫要錯過了城隍爺再不誤你如今本府孫太爺清如水明如鏡專與民間判斷無頭的公事相公速去控告不可遲延我見你哭得悽慘就是求籤的香金小道也不要了〔生〕小生原不曾帶得來〔道士〕小道也落得做人情你可在神前許

一箇願心包你如意〔生〕祝神〔介〕弟子若得遺金再得當撮土焚香以謝神靈〔道〕笑〔介〕好箇大願心且別過了開門見酸子道士活遭瘟〔先下〕〔生〕寧可信其有不可信其無只得信着神明言語前去控告

〔尾聲〕籤書明白依然在終不似石沉苦海俺也是没奈何了且辦一副哀懇情詞叩上臺〔下〕

〔判官弔場〕人心生一念天地悉皆知善惡若無報乾坤必有私錢可貴失落官銀被皂隸陳黑檢去不還適來求籤已與暗中指撥教他控告陽官業經奏過尊神蒙法旨要在孫太守身上斷還失物令其夫妻會合恐他不知陳黑姓名且到臨行將塵灰驀落茶杯之內攪黑其水使他暗悟陳黑二字正是萬事不由人計較一生都是命安排

第十七齣　憶夫　〔旦上〕

〔霜天曉角〕離群苦雁哀咽棲蘆畔〔老旦〕撮不上鴛鴦枕暖長宵淚眼相看

大娘子你道世上的苦人苦到你的官人身上也算盡頭了那知又有更苦的奇事〔旦〕驚〔介〕媽媽甚麼奇事〔老旦〕今早張爺着家人請你們官人來領娘子回去到得你家門尚鎖閉找尋之時說是你官人侵早去完錢粮去得太早將銀失落如今在太爺臺下告狀你道不是奇事麼〔旦〕哭〔介〕我那丈夫呵你為何這樣不小心兀的不痛殺奴家也倒地〔介〕〔老旦〕慌扶喚〔介〕大娘子快甦醒〔旦〕哽咽〔介〕

【下山虎】人貧志短禍到心酸只爲無頭緒行藏這般早知道難救兒夫倒不如死在一團忍見顛危泣楚冠夫妻輕拆散欠分毫措處難此事空長嘆縱有清官怎得將他故物還

【老旦】大娘子老身聞得孫太爺果是龍圖再世斷事如神告在他那裡有些影響也未可知

【前腔】你神魂莫亂懷抱須寬或者天憐念香山帶還

【旦】如今那有這樣長者了

【老旦】終不然屋漏難堪又值着秋雨夜繁禍不单行鼻也酸提起悶無端要放愁眉且强餐災退如雲散些兒月殘玉兎重輝頃刻間

【旦】奴家有事相煩不知媽媽可肯見憐

【老旦】看你夫妻如此奇苦老身也過意不去有甚差遣當得効勞

【旦】奴家心上放官人不下借重媽媽去府前探訪一箇實落

【老旦】老身便去大娘子有甚分付

【旦】媽媽

【小桃紅】去見夫顔爲言恨滿離別昨宵愁懷無算此際心驚嘆拭羅衫淚未乾你道奴守舊節絶新歡暫緩須臾死也遲早黄泉骨肉團兩地腸俱斷願天開眼拋失黄金暗賜還

【老旦】

【前腔】你囑他悽酸將行又緩只恐他脚踪難見對簿經官空自府塲看女流輩步履艱且代伊通別緒訴愁端務令郎君曉也不負臨岐淚兩斑

【合】兩地腸俱斷願天開眼拋失黄金暗賜還

【老旦】娘子老身就此去也【先下】

【旦】但願尋得着丈夫纔好

【尾聲】虛生浪死遭塗炭怕則怕兒夫見識短好一似地府勾牌逃不過十日限【哭下】

第十八齣　購毒

【丑】近日花星照男貪女更求牡丹花下死做鬼也風流我王文用蒙衛輕雲錯愛成就幽期密約幾度歡娛嫌他丈夫碍眼商量將他斷送好做長久夫妻以此來尋宋東峰計較下一貼毒藥奈此人是一箇利徒必須先與些甜頭纔好勾他上手因向衛輕雲要了一

股釵子在此好去引動他此間已是敲門介
宋先生在家麼淨但願世人多疾病便教藥
架不生塵聽介敲門的來的利害莫不是醫
死了人來討命的且回話他再處揑鼻作婦
人聲介宋先生出去看病不在家了丑作門
縫張看介那分明是老宋待我也耍他一耍
向內介宋先生既不在家可惜這藥金要總
成別人家了淨喜介原來是照顧生意的幾
乎打脫了咳嗽搗鬼介你婦女們不會說話

我現在家裡如何回話別人開門介原來是
王兄請進請進丑宋先生俺的敝友張子俊
吃了你的藥病越沉重如今將要斷氣來與
你算帳哩淨跪介王兄求你搭救則箇我醫
家有割股之心並沒有差池的心腸丑笑介
耍你的淨起介別樣好取笑這麼心拳頭却
使不得丑你爲何妝做婦女聲音耍我也要
還席淨笑介當眞令友連日服藥如何丑宋
先生你如何這般膽小莫說醫死了一箇張

子俊就醫死了一百箇他又無親無故沒男
沒女那箇來向你索命淨說便是這等說我
們做醫家的只願人活不願人死丑宋先生
像你這樣芥菜子的膽兒我便有一主財鄉
也不敢來作成你淨王兄若肯作成我的膽
是極大的丑既然膽大且問你要醫活了人
千難萬難若是要醫死了人這却是容易的
事淨阿彌陀佛使不得使不得丑起介我道
是宋先生命裡沒有這造化淨扯丑坐介凡

事要從長計較我老宋的命運昨日一箇瞎
子推算道是要發財了王兄請見教就是丑
出釵付淨介淨原來是一箇釵兒難道是送
與在下的麼

羽仙歌丑這釵兒你且收這釵兒有話頭要妙藥
相投閻王不用筆勾斷命煩高手何須官裏休謝
儀呵更比家常厚

附耳語要毒死張子俊介淨搖頭介看你這
箇標致小後生不出原來這樣心狠既騙他

的老婆又要絕他性命傷天害理除非一百兩銀子纔與你下手少也不情願〔丑〕這根釵子原是開箱利市錢只要事成送十兩謝儀〔淨〕太少太少〔丑〕你也太作難了一箇病人已是被你醫得不尷不尬只消再下三分催命散就嗚呼了甚麼難事這般妝身分〔淨〕也罷好朋友面上便讓些須寫定謝票不要棺材出了討挽歌郎錢〔丑〕取紙筆來我寫便了〔淨〕取藥箱出拿筆硯紙付丑前〔介〕〔淨〕還有一件事問你那箇雛兒還是短相與還是長相與〔丑〕我要娶他做房下了〔淨〕這等你媒人也是我做再寫上花紅羊酒在外〔丑〕一概依你寫〔介〕立票人王文用今央東峰先生醫治張子俊病體事畢之後謝銀十兩約在文用與衛輕雲成親之日一併奉上花紅羊酒在外此照年月花押都停當了請收〔淨〕重念一遍〔介〕待我且權收藥箱內〔收介〕只是便宜了你〔丑〕就請用藥〔淨〕在藥箱內揀藥〔介〕伸指與丑看〔介〕

〔前腔〕我的指頭鬼見愁我的湯頭命合休教他七孔血流三更管教要斷喉打點吃喜酒安排送喜紬〔丑〕這箇自然不消分付〔淨〕你在被窩中不要把我恩人咒

藥在此請收了〔丑忙收藥作揖謝介〕謝君一貼藥〔淨〕成就兩人歡〔丑〕不敢輕辜負〔淨〕抽頭莫吃酸〔笑別下〕

第十九齣　控官

〔生哭上〕〔哭相思〕何處把針撈大海裏枉尋消耗

小生爲失落銀兩無計可施向城隍廟内問籤蒙神指引又得道士解說教我向孫太爺那邊告理來此已是你看太爺早已升堂理事不免跪向前去〔小生扮太守衆役隨上〕

〔前腔〕守郡敢辭勞理庶事靜懸秦照

〔集唐〕淡然秋水映斜暉金帶垂鞭信馬肥銀燭未消窗送曙何年却向帝城飛下官簽押已畢不免升堂理事衆照常開門〔介〕〔生哭跪

上爺爺救命小生取狀子上來生付狀雜接
上遞小生前介小生看念介被黙生員錢可
貴爲急救寃陷窮追失銀事嗄你這狀子告
得好沒來歷自不小心失落官銀又不曾看
見誰人拾去平空妄控敢則胡混俺本府也
生哭訴介爺爺其實是眞情
紅衲襖嘆年來困寒窗家業凋縱然是叩高門誰
憐悼生遭着狠差人來囉唣又遇那有司官罪抗
撓可憐我革前程把壯志消不能勾應催科去完

粮票只得割愛分情遵限賠納也又誰知災禍重
臨一旦拋
小生那建安知縣却也忒難爲斯文如何追
比錢粮竟自越詳學憲將他前程革去好生
可惱喚生介錢可貴你失落之銀既無影響
又無踪跡教本府如何窮究
前腔你如今望公庭枉叫號怎不去向通衢遍尋
討博得箇抱璧歸重完趙穩盼那救螻蟻渡竹橋
本府呵愛斯文拔俊豪怎能勾汲西江活枯槁況

且是一紙憑空漫告公庭也端的是明月沉潭沒
計撈
生爺爺明察秋毫智窮千里故此特來投生
前腔我這裡訴衷情泣血號實指望鏡懸空幽微
照若不肯撥浮雲將根由討只得要在臺前將性
命拋省得去縣丹墀瘦骨敲那裡有活糟糠重賠
鈔爺爺這三十兩銀子是賣妻之物分明是血淚
澆成得此財物也就便是粉碎身軀沒寸毫
小生你的妻子賣在甚麼人家況有夫婦女

誰敢來討敢是掉謊生哭介爺爺現賣在府
學前張貢生家小生有這等奇事窮書生連
妻子也不能保亦可傷也淚下介喚雜介叫
值日聽差的傳張貢生晚堂相會雜應介向
生介錢可貴你的銀子失在何處生失在縣
衙門銀櫃邊小生甚麼時候失去的生天纔
明亮小生想介平明時節尚無閒雜人等走
動錢粮處所不是納銀里長就是該縣衙役
再無別人揀去喚雜介聽差的聽我分付

前腔你可向縣堂中走這遭傳語那吏和官知分曉迅速的造花名全開報并不許頂名兒胡廝鬧盡都要排列好正身來親投到還有那里長完銀填簿須查也待俺徹底尋源仔細瞧

仰建安縣將本日承值吏書門皂各役花名立刻送府着各正身晚堂赴點并弔里長本日完銀糧簿一并齎來毋得遲違　雜應下向生介錢可貴在外伺候聽候呼喚生多謝爺爺此日龍圖少惟公五馬賢下小生掩門正

是雪隱鷺鷥飛始見柳藏鸚鵡語方知下

第二十齣　合鴆　小旦上

水底魚感嘆嗟呀教奴怕聽他今宵乾淨葬送活寃家

王文用要奴一根釵子前去贖藥天色已黑怎麼還不見來盼望介丑上

前腔頭上烏鴉紛紛叫向咱凶多吉少應在那人家

輕脚輕手作入門介小旦見丑輕語介你來了麼丑我來了小旦緣何此時纔來丑天色未晚不便行走等到黑暗所以來遲小旦附耳語介那件東西討了來麼丑出藥介在此了付小旦介小旦你今宵不要去且躲在一邊恐奴膽小自家收拾不來要你相幫丑小子自然躲在此間小旦這等奴家去煎藥好扶他出來虛下土地帶鬼使繞場一轉介丑顫介今夜爲何這等顫抖抖的

駐馬聽夜靜無譁着甚寒毛遍體喳又不曾虧心

短倖鬼瞰其家總則由他俺只爲鸞交鳳友兩情賒天長地久安排下將伊命付泥沙將伊命付泥沙嬌妻隨我休牽掛

藏介小旦扶末上末娘子難爲你伏侍了

前腔俺只因病勢交加賴你牀頭伏侍咱小旦自家的妻子當得伏侍的末待我精神復舊作謝伊家作心上懊恨介心緒如麻爲甚的魂驚魄散眼兒花精靈鬼怪堂前詫土地又帶鬼使繞場下小旦作驚怕介末娘子我心驚肉跳見神見鬼不知

主何吉凶小旦自古道疑心生暗鬼分明是你病久人虛末異事諠譁又鬼叫介娘子你聽小旦作怕又惱介聽甚麼清門淨戶有這許多疑心末我的病又不十分很狽緣何凶狀教人怕

小旦取藥介藥好了乘熱吃下去醫生說病就好的末多謝娘子費心末作聞藥欲嘔介這藥味不比往常聞着便要作嘔且停冷些再吃罷小旦藥味自然是苦的既要病好少不得要吃冷了藥便不靈你快吃罷

前腔良藥堪誇末進先嘗氣味佳你是箇虛人胃弱湯液相加苦口熬牙自古云要瘳厥疾仗醫家自然瞑眩難禁架背介他既怕吃顧他不得灌下去罷了灌介末難苦介娘子吃不得了剩些罷小旦要吃完的灌介你不必嗟呀你不必嗟呀哀哉今夜干休罷

末作伏几介小旦你看他倦了少頃藥要發作起來不免叫他相幇低喚丑介丑低應作手勢介末忽然大叫疼介疼殺我也疼殺我也抓心頭介

撲燈蛾心頭萬箭攢此藥堪驚詫五內如崩裂兀的怎教人招架也娘子快來救我小旦丑張望遠立亦作怕介末咬牙恨介哦是了是了定被姦夫害殺又遭逢淫婦幇他害甚麼命關天大罷了我也罷了我也作眼珠迸出舌頭作伸亂跳亂跌介我難抓恨不將兩箇活拿下

作死介小旦丑上窺視介土地鬼使繞場作鬼叫下介小旦丑好怕人也好怕人也

前腔毛髮豎如拳怪狀生驚怕眈裂銀牙咬莫不是將咱嗔吒也明日山頭燒化再念些經卷還他也不枉生前結髮恨則恨你整日防閑我們吱喳這時節只好被孽風刮

且和你扛抬在板門上揩抹血跡將紙朦起臉來乘天未明亮買具棺木裝他下去胡亂做箇道場將他去燒化抬下介土地上善哉善哉青竹蛇兒口黃蜂尾上針兩般俱不毒最毒婦人心衛輕雲不念夫婦之情與姦夫

王文用購藥毒死張子俊堪令神鬼疑指蒙城隍尊神查報此案情節不免將張子俊寃魂帶到臺下聽候發落（下）（小旦丑上）兩人算定三更死定不留他到五更（小旦）你幾時來娶我（丑）也等你丈夫出靈之後揀一箇吉日央宋東峰爲媒以便兩人團合（小旦）却不道喜也（合）

【尾聲】這塲勞頓精神乏也爲着陽臺謀下准備下花轎笙歌娶到家（下）

第二十一齣　陰斷

（外帶鬼判上）

【點絳唇】走兎飛烏怨雲愁霧風波渡世界糢糊端藉神明助

積善之家天降祥不善之家天降殃禍福無門人自召如形逐影豈能藏今有西鄉土地申報王文用與衛輕雲因姦毒死其夫惡跡滔天罪條不赦一面塡明惡簿奏聞上帝鬼判們張子俊的寃魂可曾帶到鬼帶到多時了（外）帶上來（土地引末魂上末叫介）好苦也（見介）城隍爺求替寃魂做主小的被姦夫王文用淫婦衛輕雲背地陰謀下藥毒死（外）張子俊你既讀詩書不能以禮持身漁弄男色有傷齊家之化致犯誨淫之條分明自取其死還有甚麼分說

【寄生草】將子都繫戀在迷魂處結髮妻一箇兒守着寡廬又還要敘通家引上偷香路巧相逢暗凑桃源渡盡爲你討便宜折盡風流譜下塲頭藥椀送身軀這的是持家不正誰差誤

（末）小的結識王文用原是不肖之事罪固難辭引他到家以致釀禍但小的知覺的快也曾防閑來（外）正爲你知覺的快所以送的命速你那防閑也遲了

【前腔】他兩人熟透了裏王賦結同心滿意兒背着丈夫到得你急關門賊也偷贓去慣偷摸怎撇甜頭路不想着病伶仃要吃渾家醋他們黃昏黑夜算良圖偏又有那狠心的宋東峰開張一箇催魂舖

末恨介原來毒藥就是那宋東峯所爲城隍爺爺容小的先索了他命來好做干証

前腔外一股叙訂下了寃家路水兩鍾藥味兒怨氣直鋪那裡曾孫眞人濟世千金度陶隱君本草山中註只揀那神農毒藥爲頑具說甚麽心腸割股在懸壺到不如朦朧白受庸醫誤

末城隍爺爺若不容小的索命這一口怨氣如何得伸外待宋東峰受了陽報令世人知些儆懼然後聽你報復末這等那姦夫淫婦容小的索命去罷外尚早

前腔五馬公會决斷陽間務待行香落帽風指引一途少不得黑甜鄉俺去親分付捉東峰狹路難廻護藥箱中那篇供狀藏何處孫公呵冰心鐵面賽龍圖就在這一條藥線尋緣故

末原來姦夫淫婦還要在陽間孫太爺處去受果報只是小的活活一條性命被他斷送了若不顯些靈應豈不遂了淫兇之膽且又顯見小的是箇無用之鬼外也罷他兩箇少不得要到俺殿上燒香還願你於此時出現一番末多謝城隍爺爺正是惟有感恩併積恨千年萬載不生塵先下外鬼判們就此退殿正是積善逢善積惡逢惡仔細思量天公不錯下

第二十二齣　判合

小生偕門役上

北新水令晴川萬壑翠縈廻坐黄堂素風無改琴書親俗吏民社想春臺鶴步庭階鶴步庭堦這是咱二千石冰壺在

集唐城樓四望出風塵建水千峰寄一身聽盡暮鐘猶獨坐金章紫綬照青春下官爲錢生失銀一事憐其賣妻一段苦情幾廢飲食窮想根由因此暫退私衙待等晚堂審理門子看茶伺候雜扮門子應下差抱冊上官吃民間水差騰脚下風太爺已經退入私衙不免就此傳稟傳稟入介建安縣取到花名冊簿呈上縣官并帶領各役在外伺候小生看冊介你看這花名冊里長簿雖經取到但觀

之茫茫知道誰人揀去想介下官當初宿廟
之時親蒙城隍尊神夢中許我折點疑難事
體此事可謂疑難之極難道神靈也食言不
成門子送茶介判官立高處作撥塵灰落茶
內下小生驚呀門子作慌介跪求介小的該
萬死自不小心被塵灰落在茶盞內了小生
與你無干不必驚慌又想介我想此茶纔送
到面前不先不後塵灰就落將下來此中必
有緣故莫不是下官在此禱誦城隍尊神顯

示端倪也未可知閱冊作驚介這花名上有
一名皂隸陳黑敢則應在此人身上麼向差
介分付該縣各役免點单喚陳黑進來差出
傳衆帶丑上稟小生介陳黑帶到了丑叩介
皂隸陳黑叩頭小生陳黑你好造化得了三
十兩一宗橫財了丑錯愕介小的並不曾得
甚麼橫財小生你看他神情驚愕言語支吾
多管有些影響向丑介陳黑你不必抵賴這
宗銀子又不是偷盜之物本府也不難爲你

但係錢生員賣妻完粮之銀關係前程性命
本府勸你做一件好事取來還了他罷丑太
爺在上小的委實不曾拾得無見無証怎麼
指實在小人身上小生怒介哇狗才你不招
認本府就要動刑了丑求介爺爺
南步步嬌怒息雷霆容分解下役輕如芥何曾得
橫財耳目昭彰豈少人在空自費疑猜好似失木
猿遭牽帶
小生你家中還有何人丑只有一箇王氏妻

子小生既不招認且帶過一邊丑下介小生
喚差介原差速將陳黑妻子王氏拘來不許
說明就裡并不得停留在外使他丈夫知覺
差應介小的曉得忙下小生向雜介傳建安
縣進來雜向外傳介淨上不寢聽金鑰臨風
想玉珂入見介建安縣稟見老大人小生佯
作不理介該縣做官也太風厲了淨不安介
知縣不敢小生自古道催科無善政以撫字
爲催科乃稱善耳你摧殘士類申華前程逼

人賣妻以致連遑如喪家之狗成甚麽催科
成甚麽撫字（净跪介）知縣再不敢了（小生）那
錢生呵
【北折桂令】他本是騏驥良材蹇服鹽車困守蒿萊
待圖南未遇風雷只落得含悽飲恨破鏡離釵想
柴門琴瑟和諧到今日鸞鳳分開舉案緣乖覆水
情哀都是你善催科逼得他來因此上袖黃金墜
落在塵埃
（净叩介）求老大人恕過這一次若再如此情

願聽候揭參（小生）快去洗心做官本府不時
覺察若蹈前轍决不養癰以貽地方之害去
罷（净謝起介）在他簷下走怎敢不低頭好惶
愧人也（以袖遮面下）（差帶老旦上）稟老爺陳
黑妻子王氏帶到（小生）王氏你丈夫通盜分
贓你就是箇賊妻要官賣了（老旦慌介）爺爺
丈夫並不曾通盜（小生）你丈夫親口招認分
得盜贓三十兩付你收藏還要抵賴拶起來
（老旦哀求介）爺爺饒命待小婦人說（小生）你

且實說（老旦）爺爺銀子雖有三十兩果是丈
夫交與小婦人是在縣裡拾來的不是盜贓
【南江兒水】承值公門役平空惹禍胎夫銀雖是奴
收在却自縣署持歸快非比盜賄纖毫碍何處寃
仇扳害伏望神明超釋無辜孽債
（小生）銀子既有着落（喚差介）你可押王氏到
家起出原銀速來（安慰老旦介）王氏不必驚
慌本府開豁你的罪名原差不必將王氏再
帶來了（老旦叩謝同差下）（小生向雜介）再吊

陳黑上來（差應帶丑上）（小生）陳黑你妻子王
氏現經供認你還有何分辨（丑忙張介）爺爺
小的該死了（小生）本府也不罪你我想路不
拾遺乃是上古之風還金獲報亦屬厚德之
事你本一介小人也難責備了
【北雁兒落帶得勝令】有一箇助麥舟將柩埋有一
箇到香山還犀帶有一箇積三元辭店財有一箇
種黃金鋤泥蓋呀這都是真盛德恁賢哉怎教你
小人們規模大也思量他忍痛移花向別苑栽（差

携銀上稟老爺王氏招認的三十兩銀子取到了小生陳黑你看見麼喬才非關命裏前生載丟開還去充當皂隸差丑小的知道不義之財原是不該得的了小生庫吏取一兩銀子賞他在本府自理贖鍰内扣算吏取付丑介丑謝太爺小生你從今以後去學做好人丑叩介小的曉得出介正是野草不肥黄瘦馬横財不富命窮人嘆下小生向雜介傳錢可貴進來雜引生進介小

生你銀子已有着落了生喜介謝太爺今生不能補報來世結草啣環叩謝介小生付銀介生領銀哭介

南僥僥令千端寃恨結萬種怨愁堆失物雖還妻何在小生亦淚介原來想起妻子了眞令下官聞之傷心見之淚下生朝北拜介城隍爺爺城隍爺爺你許小生有兩般喜事知甚日得春回知甚日得春回

小生錢可貴你起來你方纔口中說甚麼城隍生不瞞太爺說原因失銀無計意欲尋死向城隍廟内求籤蒙神指引到臺前來告狀所以不敢忘德小生原來如此錢可貴你知道追出失銀緣故麼生正要叩問太爺小生本府取到縣役花名之冊正在那邊展看適值門子送茶不期塵灰落于盞内攪黑茶湯心中觸動機括恰好冊内有陳黑二字喚他追究不肯承認隔别細鞫其妻乃有下落此中信有神助生太爺至誠感格傾動神靈不

知錢可貴有甚造化得叨天人之庇差引末上稟小生介張貢生傳到了末進介郡有神明誦民無絏縲寃叅介貢生張師孔叅謁小生請起末太公祖呼喚貢生有何鈞諭小生錢生員的妻子可是賢契娶了麼末容稟貢生年已半百中饋無主向與媒婆說要續絃原要娶無夫之婦不期媒婆隱匿原情朦朧說合周氏過門啼哭不休情辭哀切生聞掩面哭介末貢生驚問其故方知就裡當夜就

叫媒婆伴宿貢生獨宿書館次早遍覓錢生要他領回誰知他失落銀子在臺下告狀因此蹉跎不曾送周氏回去此是眞情太公祖拘喚媒婆并周氏前來便知貢生心跡小生喚差介喚媒婆并周氏聽審差應下小生向末介張賢契你既不曾與周氏成親那周氏又守節不變本府願捐俸贖其妻子令彼破鏡重圓這也是一樁美事末貢生原有此心不敢領太公祖代捐之俸情願將前銀資助

錢生小生如此更見賢契道義喚生介錢可貴你過來拜謝了生謝介

北收江南小生呀誰似你這般樸道義呵平白地肯捐財虧得那堅貞守志女裙釵不枉了伯勞飛燕再歸來向生介錢可貴炊扊扅分該炊扊扅分該做一箇貧家夫婦白頭諧

雜帶老旦旦上稟太爺媒婆與周氏俱喚到了旦見生共掩面哭介我那夫呵生我那妻呵

南園林好憶離鴻參商痛哀嘆孤猿悲啼愴懷只道是在今生各沉苦海又誰知似萍葉再浮來似萍葉再浮來

小生媒婆上來你如何將有夫婦女朦朧說合致傷風化老旦爺爺錢生員無銀納粮周氏願賣身救夫兩人情可憐憫小婦人沒奈何只得瞞了張貢生撮合成事周氏到底守節不從張貢生得知情由書房別宿是小婦人陪伴周氏的小生這等張賢契你不欺暗

室全其節操可敬可羡今又仗義踈財復還其婦本府即當申聞上臺送匾旌勵請回末不敢打恭介柳下無慚德羅敷自有夫先下

小生向生介錢可貴你的妻子前則捐身相救後則全節完名可稱賢德之婦你可領回將那三十兩銀子做膏火之資安心努力讀書其拖欠一項本府捐俸代你完解還要具由請詳學憲復還前程生旦拜介多謝雲天恩德小生向媒介媒婆本府也不究你了去

罷老旦拜介多謝太爺趙生一朝得解釋兩脚且奔波下

北沽美酒帶太平令小生你夫妻實痛哉斷連環再接來努力青雲步天街似陽春涷九回如枯蕊未全開太平令雙雙的神前再拜奕奕的雲礽後代不負我甘棠著愛俺呵那裡望八座三台鼎鉉鹽梅呀願填還瘡痍窮債

生還要叩求太宗師老爺行文到縣豁除空粮庶免後累小生目下清丈快補情節來替

你行縣開除明白與雜介左右的明日整備香燭酬拜城隍不可有違雜應介小生掩門斷獄片言無里碍舉頭三尺有神明下旦難得這位太爺我們回去設一長生牌位朝夕祈祐生這箇有理娘子我和你重得相逢并斷還失落銀兩俱賴城隍尊神暗中顯應少不得潔誠同娘子去燒香還願

北清江引那神明顯赫真如在暗撥機關快失脫不用尋否極還逢泰合孫太爺孫太爺你的恩德呵似丘山長頂戴

第二十三齣　歡撓

丑扮新郎上入馬風流足虧心命運高淨扮媒人掛紅上不因漁父引怎得見波濤老王你的好事近了謝儀該見惠纔是丑現今匆忙備辦花燭之費你且不要性急遲早少不得送上淨花轎鼓樂俱齊備了麼丑一色齊備專等宋先生同行笑介還有一句相知話兒商量今夜不曾喚得掌禮的要煩宋先生

權做一做淨笑介總是幇襯你到底說不得臨期替你應一應故事丑這等多感了淨我也有一句相知話兒對你說你們吃合歡杯的時節我老宋要做一箇陪席的就是桌子橫頭也不計較丑這等恐不雅觀淨惱介天大的事都作成你這等小可的好處就不肯挈帶我還指望你後來補報哩丑笑介依你依你不消惱得花轎樂人上介丑就此前去淨同衆鬧下生偕雜持香楮上隔日那知明

日事今年不見去年人小生蒙孫公之恩判
令夫婦重合打點今早同娘子到城隍廟内
還願謝神又聞得孫公亦于今日行香因此
中止小生這一向爲錢粮事體攪亂不曾探
訪得張子俊誰知他已作古人去歲蒙其糕
酒之惠不曾酬荅今特備些香楮前去弔奠
一番此間已是不免徑入入介有人麼小旦
着色衣上送舊向北印迎新入洞房此時好
事近氣色已飛揚有人叫喚想是娶親的來

了出見介原來是弔紙的生小娘子想是張
子俊老嫂麼小旦奴家正是背介這箇人好
不識忌諱今日是奴家喜事吉期偏又來蒿
惱向生介丈夫靈已出了不便領受香楮生
小生錢可貴特來作弔的聞張兄死未多日
如何便已除靈背介你看這婦人孝也不帶
穿着一身色衣大可詫異小旦不瞞錢官人
說
憶鶯兒憶多嬌我丈夫呵家計寒人口单半路抛

奴泣鏡鸞死者從來入土安黃鶯兒他山坟已乾
我麻衣且寬生張兄家尚温飽老嫂還該替他守
節纔是小旦無兒靠老終長嘆生再不然也該守
過了三年身屍未寒就便嫁人也于心不忍小旦
恁紅顏孤燈隻影誰與話心酸生
既是這等就將香楮在堂前焚化望空拜哭
一番雜焚香楮介生拜介小旦還禮介生哭
介我那張兄呵
前腔春日閒郊野看笑語臨風意態閒狎友追隨

太逐歡芳蘅未殘黃花乍寒睽違不久人星散對
雲鬟佯揩淚眼骨肉冷無干
花轎鼓樂浄鬧上催小旦上轎鬧下生呆看
介有這等沒廉恥的婦人竟自洋洋上轎而
去張兄張兄你未能盆學莊生鼓一任琴挑
卓氏心嘆息下花轎鼓樂鬧上丑手舞足蹈
介浄掌禮介伏以郎才女貌天生福月老紅
絲牽繫足華堂一對簇新人繡被兩般遮舊
物請新人出轎小旦出與丑交拜就坐喜筵

介轎人樂人索喜錢鬧下淨做涎臉坐桌旁持盃自飲介恭喜你們兩位新人好事已成且待我做媒的吃一箇痛醉

前腔燈下觀花内攢藉酒傳心兩合歡向小旦介這樣小娘子其實人間少世上稀神女麻姑並一般拍丑介老王老王好造化好受用路入天台採藥還你們兩箇從前戰戰兢兢摸摸索索怎及得今夜之樂肉兒作團心兒叫肝停眠整宿誰呼喚小旦作嗔意低喚丑介走來好時好日容他在這裡囉唣成甚模樣快些打發他去丑照會介淨連飲醉介小娘子我是你的大恩人謝也不值得謝一聲酒也不來敬一鍾還唧唧噥噥的嗔嫌麽丑小子代敬何如勸飲介淨嗔介這件事偏不許你代莫刁頑推三阻四老宋呵要說出那其間丑掩淨口介宋先生我跪着央你胡纏諢介淨吐介小旦背哭介我衛輕雲好命苦也指望斷送了寃家來嫁這稱心稱意的人兒第一夜便是這般光景將來還要受氣不了

前腔燈燭殘杯酒闌合巹偏逢惱事攢惡語傷人六月寒淨醉眼看小旦介你認我做箇乾爹罷小旦啐花兒不閒蜂兒妄攀猙獰醉態真難看淨胡罵介丑扶淨跌下丑近小旦介娘子不要惱他醉了我已打發他出去和你效文鸞錦衾繡褥捧定箇滾珠盤摟下

第二十四齣　行香

衆執事擁小生鳴鑼上

出墜子巖封保障玉帛弓勲擁節旛翔鸞臥虎政多方貽格馨聞日月光華固皇圖神道佑祥衆稟老爺已到城隍廟了道士上本廟住持迎接太爺衆起去小生入介道士請太爺上香小生拈香道贊拜介

解三酲謝吾神風調福降荅輿情默佐封疆含飴歌缶黙黎望潔蘋藻報蒸嘗你忠魂捧日還朝帝我蹇德居官愧職方就是那錢生公案呵空思想虧煞了機關天撥洞矚行藏

行香已畢就此打道回府衆擁小生上馬介内作風聲介小生停馬介這也奇怪怎麽霎

時陰雲慘慘冷氣颼颼却是爲何〔小鬼持黑旗作旋風近小生前遮生〔介〕〔判〕官暗上將小生官帽擲地上〔介〕〔小生驚介〕好生詫異這一陣旋風竟吹落下官之帽〔雜〕捧帽呈小生戴〔介〕

〔前腔〕這旋風無端飄蕩馬頭邊挽住絲韁又不是叅軍九日龍山上怪事體費叅詳爲甚的飛廉肆暴車雲黑敢則那妖魅潛形白日狂我空思想莫不是神靈昭報冤獄荒唐

〔衆〕已到衙門了請老爺下馬〔小生下馬介〕執事人役不必伺候了〔衆應下〕〔小生默坐介〕

〔鷓鴣天〕四知三畏凜予心琴鶴無私直到今朔望與神通陟降夢魂是處總蕭森秋水賦素絲吟日審風和治化深今朝落帽真奇絕臥閣尋思問素襟

下官自揣臨民無過潔已無慙降殃示儆未必其然咫尺神明之地鬼怪亦難作祟此事好教人費揣度也

〔太師引〕細推詳又不是糊塗帳欠分明渾無主張攪得我枯腸欲碎抵多少水月空茫料那山魈海魅邪難傍刮黃塵颶母顛狂提頭起兀坐虛堂悄不覺倦神思隱几凄涼

身子困倦不免少息片時則箇伏臥〔介〕〔外上〕人間多少不平事夢裡分明說與知〔向小生介〕孫公孫公不必朦朧要知落帽只問東峰吾神去也〔小生驚醒介〕呀好奇怪朦朧睡夢之中分明是城隍尊神來到跟前他明明說

要知落帽須問東風我想東風二字之內定有一箇根源只是這般啞謎一時却也難解

〔前腔〕隔陰陽多謝神明降料非同無稽影響怕則有盆冤未雪却特地點指昭彰說甚麼燃犀照渚光明槺却不道六月飛霜還須要逐案叅詳諒只在這東風二字邊旁

下官省着了多應是有箇人名叫做東風也未可知不免隨地行拘且看怎生下落叫聽差的〔雜應上〕〔小生抽籤標付介〕速拘東風回

話限你明日回銷不許遲延狗縱差應稟介稟老爺東風是箇無踪無跡的叫差人怎麼樣拿小生唗休得胡講推飾起走介常將已意通民意莫道無神却有神下差吊場介好笑太爺往常極是明白今日沒頭沒腦要我們拿甚麼東風不知是風遭瘟還是我們遭瘟哩副差哥不要心焦且在街頭閒撞撞在風頭上也未可知諢下

第二十五齣　靈現　外鬼判擁上

北醉太平爭龍競蛇世界堪嗟刀兵水火劫方賒看紅塵毒霧遮生民偏造無疆孽寃仇釀就妖氛烈循環天道轆轤車且扶良急殛邪

善有善報惡有惡報若還不報時辰未到俺因張子俊寃魂一案陽間無人發覺以此畧顯神通令風吹孫公之帽又夢中指點一番奸夫淫婦早晚自有報應今日王文用衛輕雲來俺殿前燒香鬼判們雜應介張子俊寃魂出現不得攔擋雜應介領法旨丑持香燭同小旦上

香柳娘喜良緣遂心喜良緣遂心洞房昨夜歡娛恨不把長宵借丑娘子我和你識面之初兩情眷戀誠恐不能到手那時在城隍廟內許下心愿今幸結爲夫婦難忘神德同娘子前去燒香則箇小旦香願是要還的荷神靈轉折荷神靈轉折巫岫雨雲賒陽臺恣情悅丑指介娘子那不是城隍廟麼看莊嚴廟闕看莊嚴廟闕雲霞映遮則索歛容瞻謝

道士上報應神明顯燒香男婦來見介請到殿上來官人娘子還是許願的還是還願的通誠鄉貫姓名好教小道禱祝丑是還願的小可王文用娘子衛輕雲未曾結爲夫婦就許下這願了道原來是新畢姻的待小道燒香點燭替你夫婦通誠丑旦拜介道士通誠介丑還要在兩廊十殿前燒一輪香煩法官指引道這箇當得小旦奴家在殿上等候你自去燒了香罷丑娘子你就在殿上等候罷

道士同丑虛下小旦瞻看介你看殿宇威嚴神靈儼肅好不怕人也

前腔這神威怕人這神威怕人氣森寒冽陽間不亞陰司夜內作旋風介旋風兒打擨旋風兒打擨羅袖未能遮嬌魂敢吹跌神座下掀帷放鬼火介小旦驚介哎喲不好了却成團火烈却成團火烈鬼叫介啾啾叫些分明是鬼聲啼徹

末魂從神座下鬼火中鑽出鬼判一齊助向小旦介小旦望後倒介喊叫介快來救人末

魂又逼上小旦又倒介連跌介道士丑慌上殿上甚麼人叫喊入殿末收魂下丑驚介原來是娘子着鬼祟了慌叫介道士忙介怎麼處待我取薑湯來灌他丑亦作怕介法官你不要去喚道人拿薑湯來罷我也怕得緊了道士向鬼門喚介雜捧湯上丑灌介小旦微出聲介丑好了好了活轉來了法官求你神前禱告一禱告許一箇大大的願心道士前念誦介小旦開眼又作怕介丑娘子是我在此小旦定神相丑介原來是你在此道士好了虧小道在神前加倍出力通誠了許多好話你看死的都活轉來了丑謝天謝地果然多謝法官道士諢介你們少年夫妻要來燒香身體也該潔凈些多敢是昨夜不老成污穢觸犯了神道丑向小旦介娘子你看見些甚麼至於如此小旦低唱介

前腔是前夫怪奴是前夫怪奴道背介原來是前面丈夫作祟這是再醮的貨兒了丑驚介是他作

怪麼將來多做些功果超度他罷了小旦天生寃孽早知不把神香爇丑挽旦頭髮介把烏絲挽結把烏絲挽結扶起靠身些回家養嬌怯扶小旦起行介向道介法官等我娘子病好再來還願作謝道士遲些不妨你且好好扶他行走附耳諢介還有一句叮嚀下次來還願那夜裡的正經少做些不要帶累小道受驚吃嚇丑体得取笑扶行介怕臨風欲跌怕臨風欲跌脚兒慢趄怎得箇香輿招接

生携香燭上娘子這裡來旦來了與丑小旦
打照面驚介小旦丑先下介生那分明是王
文用怎麼扶着張子俊的妻子行走敢則是
嫁了他麼旦官人你閒管他則甚且入廟燒
香則箇
前腔辦虔誠進香辦虔誠進香廟門清潔爐煙頂
上香雲結生娘子就此進廟去入廟介道士窺介
又是一對夫婦來了見介官人娘子身子潔凈請
上殿拈香若是不潔凈寧可不進去罷生這是為

何道士方纔有一對燒香的也是夫婦兩箇被神
明杜絕被神明杜絕生姓甚名誰道男的是王文
用女的是衛輕雲殿上觸陰邪把玉人現磨滅生
向旦這等那張子俊妻子當真嫁與王文用了有
這等奇事道驚介不差不差那位娘子是改嫁的
聽得說是前夫顯靈來嚇他生如此看來那張子
俊之死定有些不明白了旦官人却是為何生娘
子那王文用乃是張子俊之嬖友當時在郊外聚
飲我曾勸他不該相與這等人如今應了我的話

了這先姦後娶不問可知向鬼門介亡友亡友我
良言甚切我良言甚切你身亡痛嗟多因是姦情
周折
道伸舌介原來有這些古怪城隍爺城隍爺
你真箇顯靈顯聖若是小可的鬼魂怎麼敢
在這裡出現生說起城隍尊神的顯靈之處
小生受恩更奇道喜介原來官人身上也有
一段新聞且請燒過香小道好叩問箇詳細
生旦燒香拜介

前腔謝吾神大恩謝吾神大恩許多提挈我夫妻
叩首心誠切還求保佑恩官孫太爺朝金門紫闕
朝金門紫闕福祿享年賒公侯子孫接道端詳作
想起介小道記得了相公曾在廟内求籤來生那
日求籤的正是小生蒙法官指引因在孫太爺處
告狀斷還失物判合夫妻所以今日來還願道當
日籤上原許相公有兩件喜事可見神靈一些不
錯合將情由細說將情由細說不差一些果然是
陰陽通徹

生謝了法官揖道介向旦就此取路回去道
兩般奇怪事一樁顯神靈生旦自此勤修德
難忘啣結情各下外鬼判們你看錢可貴一
對夫婦何等清香王文用一對夫婦何等污
穢世人世人你等學看好樣子莫學壞樣子
也

尾聲囑人心懲勸當頭者各把迴光返照些不信
呵則看報應分明難昧也下

第二十六齣　陽報

正副二差上風風風來無影去無踪我纔朝
北你又向東飄死未為怪吹沙欲蔽空諸葛
臺前祭賽周郎江上稱雄副差哥我接兩句
成話罷正差你且念來副差踏破鐵鞋無覓
處得來全不費夫工正差笑介怎麼顛倒念
了副差哥這叫做押韻而已正差且莫要取
笑太爺着我們拿東風東風拿不着西風也
拿一箇唐塞唐塞副差來了來了快拿快拿
正差認真介在那裡副差笑介這不是刮的

風麼正差啐你倒真箇風了官府只有一日
的限還不作箇計較在這裡胡混哩恐怕那
杖頭風就要風在你屁股上來了副差哥你
也說得是我們今日上半箇日頭在城裡尋
訪下半箇日頭在城外挨查若是沒些影響
指屁股介少不得將此物迎風了正差不要
多話快走罷

金錢花太爺要捉東風東風前街後巷尋踪尋蹤
風頭風腦太冬烘抓不着一場空拿到了便邀功

下

净掛藥箱照前懸招牌上又做媒人又掌禮
喜酒花紅披掛體今朝依舊做醫生三脚猫
兒類如此俺為撮合王文用這頭親事好幾
日不曾做生意不要冷落了本行且在城外
走動一走動雜扮二鬼執槌從後跟打介净
驚喊介不要頑這樣拳頭經不起的回顧介
呀并沒箇人影兒這又奇了豈不是活見鬼
麼不要理他且自行走

前腔買些厚朴川芎川芎醫他發熱傷風傷風鬼
又打介淨驚看介哎喲哎喲又是一拳頭這樣僻
靜的所在真是出鬼了罷罷鄉村裡面賺錢不成
不如仍到城中去鄉村僻靜鬼兒凶城內去莫停
蹤好奇怪轉來就平安了向空啐介啐啐啐我老
宋是不怕鬼的今日呵是活悔氣背衝鋒
二差悄上作看風招牌上介副差哥你看這
箇賣藥的招牌上到是箇東峰二字不如拿
了他去回話正差這箇東峰不是那箇東風

音同字不同不要拿錯了哅氣副差我有箇
道理只做去請他看病騙到府堂上去再做
處向前幫住淨介先生俺們府裡太爺請你
看病哩淨慌介我這樣郎中只好在百姓人
家胡亂看箇病兒不會承應官府副差我們
太爺專喜的是草澤醫人說你們有海上仙
方我且替你背着藥箱淨這到不敢勞差捉
行介淨老天老天今日好端端的出來就遇
見了鬼打此一行不知是吉是凶哩正差你

看着這位先生我先去禀知太爺副差曉得
正差入內傳禀介小生衆擁上
霜天曉角棠陰作誦虎節麟章重恰好是桑麻接
踵多虧畢雨箕風
正差禀介禀老爺東風拿到了小生是何等
樣人差是一箇賣藥的小生沉吟介帶他進
來差出領淨上淨醫人叩見太爺小生你叫
做東風麼淨小的住在兩口東峰所以取此
爲號小生見招牌介原來是峰巒之峰向淨

介你那箱中是些甚麼東西淨是藥小生打
開來看差開箱看介口中亂叫山查陳皮等
藥介這是一箇藥帳這是一箇紙包一股釵
子一箇票兒淨慌奪介這沒相干是我老婆
照樣打首飾的看他做甚麼差不理介小生
背介你看他慌張模樣定有些詫異事體了
向差介取上來看差取上送看介原來是箇
票兒怎麼事畢成親之日謝銀十兩這又奇
怪既做醫生又做媒人其中必有緣故淨慌

抖介小生東峯我且問你這張子俊的病是你醫治的麼淨小的不曾醫他小生胡說這票上現有病體二字想定是你包醫了淨胡應介起初是小的醫他後來小的不曾經手小生這王文用是張子俊的甚麼人淨是朋友小生這衛輕雲是甚麼人淨是張子俊的妻子小生如今張子俊在那裡淨譫語介病故了小生疑介原來病故了問介那衛輕雲嫁人不曾淨已曾改嫁了小生嫁與甚麼人

淨就嫁與王文用小生點頭介原來就嫁與王文用問介那做媒的就是你麼淨小的是他的朋友故此做這一頭媒小生拍案介你可知罪了麼淨慌介小的不曾犯罪小生吔你與王文用通同謀死張子俊這一紙票子就是証據了快快招上來淨爺爺並無此事小生王文用住在那裡淨就住在府前西街小生向差介原差速拿王文用衛輕雲到案聽審差應下介小生東峰你從實供招免得

受刑淨爺爺叫小的招些甚麼小生你不招麼左右的與我夾起來雜用刑介淨叫喊介爺爺待小的實說罷與小的無干

鎖南枝王文用算計通小生他與甚麼人算計淨輕雲女輩商量共小生這等那衛輕雲與王文用先有姦情了淨姦情有無小的也不知道但是那日王文用拿了銀釵一股來他說道要藥劑試開籠銀釵謝儀重小生這一紙票約就是那時寫立的了你如何便依他下了毒藥淨爺爺一念錯利

慾朦送殘生他兩人纔合攏

差拿丑小旦上稟老爺王文用與衛輕雲拿到了小生衛輕雲你如何與王文用通姦後來又謀死親夫逐一供招上來小旦爺爺寃枉小婦人並沒有通姦謀死之事小生拶起來拶介小旦叫痛介容小婦人說了罷

前腔良人呵前魚寵迷戀濃把奴家冷落年華送小生你丈夫有了外好難道你就該背夫行奸麼小旦爺爺也是丈夫引了王文用進門的他引蝶

到花叢憐香愛情種【小生】你既有了奸情也是無恥之婦了如何又起心毒死丈夫【小旦】爺爺嗳他病勢緊漸覺凶就其間將藥用

【小生】鬆了樸下去叫丑【介】王文用拘來【丑】爺爺小人也沒得辨了只得供招罷

前腔冤家種情意通上門湊巧顛鸞鳳那張子俊呵他防範内簾攏捱牀病沉重因此上藥送終做夫妻如一夢

【小生】你既謀他妻子又害他性命好狠心也

抽籤【介】與我着實打打丑【介】【小生】宋東峰你名冒醫人實同狠虎世界上有你這等毒類

抽籤【介】拉下去着實打打【介】

前腔【小生】城隍尊神原來你這樣靈顯冤魂重怨氣沖風吹落帽機關動真箇是那東峰神言足欽頌判斷了這一宗地下人纔雪痛

【衆稟】老爺宋東峰打死了【小生】便宜了他拖了出去衆將凈拖下【介】【小生】畫供判【介】衛輕雲謀殺親夫凌遲不枉王文用主謀搆毒因姦害命依律秋後處決釘杻收監贓票附卷藥箱貯庫衆扮各犯付禁卒先下【介】【小生】就此退堂衆喊掩門【介】

集　人情反覆似波瀾　想像精靈欲見難

唐　不可久留豺虎乱　簏中遺草是琅玕

第二十七齣　妖法

【衆上】萬山阻王化野性不馴良約束從頭目搬刀與弄鎗俺們都是建寧崇安山中的寨民便是一向踞山為巢憑依險阻耕田種地

不納錢粮那些地方文武官員不知地勢無從搜捉因此得以苟安歲月今有寨主賽彌勒乃是活佛降生他能驅神役鬼搬弄紙人紙馬又會洒荳成兵俺們人人推戴箇箇皈依便有百萬官兵正眼兒不敢覷着偏生近來又出一箇勝公孫他要爭為寨主約定今日在平川曠野比較法術强者為尊俺們特地聚集來看鬭法你看寨主賽彌勒早則來也凈僧裝大肚露肩執棍上

點絳唇活佛爲頭英雄入彀堪馳驟妖道邪謀輒敢吞巖岫

自家賽彌勒的便是一向躧住老山之中稱雄爲霸那些各寨之人納咱錢粮頗資用度可恨來了一箇邪道叫做勝公孫不服管轄要與俺比鬬且待他來署佈神通纔顯手段衆見介寨主見禮了淨免禮罷丑道裝步劒上

前腔道氣清幽仙風成就龍蛇湊仗劒山頭操縱

隨吾手

自家勝公孫的便是今來與賽彌勒比試手段你看他先已在此不免冲撞他幾句嗔介賽彌勒賽彌勒你快來納頭稱降便饒你那顆驢腦袋淨怒介氣殺我也氣殺我也執棍鬧介丑劒迎介衆攔勸介總是一家之人不要傷了和氣且自比法或勝或負再做道理淨既然如此且比法便了立高處介勝公孫你看俺作法也執棍念誦介九天之上九地之下諸靈百神隨吾叱咤向鬼門唱介衆扮鬼兵擺陣鬧上衆果然好神通也

滴溜子陰兵鬬陰兵鬬旌旗遍覆寒風溜寒風溜陣中疾走隊隊迷魂輻輳一聲棒喝時諸神拱手喊殺連天迴環前後

寨主請收了法罷淨以棍向鬼門指介衆鬼兵齊下介丑立高處介賽彌勒你看俺作法也執劒念誦介天靈靈地靈靈我奉太上老君急急如律令勅衆扮各鬼執烟筒吹霧滿

場介衆對面不見這樣大霧果然好神通也

前腔風沙驟風沙驟彌天大霧層層厚層層厚移星換斗果然陰埋白晝深山鶴警秋豺狼竄走攪亂乾坤劒花飛透

公孫法師請收了法罷丑以劒指鬼門介衆鬼收霧下介衆我等有一言相告彌勒手段高强公孫神通不小賽主依舊稱尊向丑介你做軍師更好丑既如此便依了衆位之言淨與丑重新見禮介衆賀淨丑介如今又添

了一位軍師我們山中越發興旺了何不騷擾地方一番也見得威武（淨丑）此言有理就此起兵便了（衆鬧介）

【前腔】天時湊天時湊軍師輔佐機緣就機緣就神驅鬼走要與他龍爭虎鬭何方敢逆顔摧枯拉朽縱有官兵也抛甲胄（齊鬧下）

第二十八齣　殲賊

（小生上）

【生查子】緩帶與輕裘不改羊公度山獠偪梗化文治還須武

下官守郡以來一向地方寧謐近有山賊盤踞崇安一帶深巖邃壑之中施逞妖法蹧蹋鄉村已曾申報上臺督令文武搜勦幸喜副戎賈公御兵有法自能與下官同心破賊但地利不諳須憑鄉導妖術驚人必用奇謀仔細思量惟有錢張二生可以備帷幄之用現今具禮聘請待他到來自有計較（雜稟介）稟老爺賈總爺已到教場了（小生）道有請

【前腔】（外武扮上）膂力正方剛好把疆場護振旅向郊圻日月光芒吐

自家城守副將賈繼誼是也奉命勦賊特來與郡守孫公商量起兵來此已是教場了（雜請介）（小生相見介）四郊未寧靜喧呼聞點兵（外）丈夫誓許國萬里可橫行（坐介）山賊猖狂奉檄合勦衝鋒破敵分不敢辭怎奈山穴之中難以用武妖邪之輩非可力擒未審明公何以教我（小生）下官籌之已熟因此延聘本地張錢二生諮以地利用其參謀掃靖幺魔

亦未可知（末生同上）白猿麾劒術黃石借兵符蒙孫公延請則索上前相見（雜稟介）張錢二位相公請到了（小生）快請相見（末生入介）（小生）不必行禮了就此長揖罷過來先見了賈公（末生揖外介）（小生）看坐來（末生）不敢坐（小生）今之幕府即古之參軍有事相商坐了好講（末生告坐了）（小生）目今山賊竊發官兵不識路程賢契生長於斯必能洞悉深淺幸明以告我（末）聽稟

桂枝香那山路呵峰巒迴互箐篁密佈任憑你插翅難飛枉自旌旗耀武小生這却如何好末出畫圖介此乃山賊出沒路徑并盤踞巢穴依此進兵不愁不破小生看介真細心也末試詳觀畫圖試詳觀畫圖照此入山尋路那怕豺狼穩踞笑崎嶇攀崖自有猿能到破竹驚看鳥亦無

外贊介透迤曲折儼然如在目前若非土著之人焉能窮其底裡真天助我等破賊也中軍那裡雜應上總爺有何軍令外携圖付雜

雙報應 殲賊 三十六

介將此圖密示三軍照依路徑直擣賊巢不得有違雜得令小生向生介山賊賽彌勒從前用妖術惑衆今又有勝公孫輔佐演法如虎生翼撲滅實難賢契有何妙策俾獲成功下官願聞其詳生容稟那賽彌勒勝公孫呵

前腔妖人團聚神通駕馭向聞得鬼陣排空近又會與雲作霧小生下官所慮原是為此生出條陳介此乃破妖術之策自古道邪不勝正彼用鬼兵我驅神將自然不戰而勝小生看介果是奇計妙哉妙哉生擺諸天陣圖擺諸天陣圖管教鬼兵懷懼一似冰山失去枉支吾紛紛盡是滄刀輩處處還為就化區

外贊介諸葛武侯昔用此法以取上邽之麥今用此法以破崇安之寇自然決勝不可遲疑喚介中軍聽令雜應上外汝可挑選軍中身軀胖大相貌威武之人着其裝扮諸天神將埋伏營中俟妖人驅役鬼兵即令神將突出多用金鼓旗幟以亂其耳目猪狗穢血以

雙報應 殲賊 三十七

厭其法術不得有違雜傳下介

前腔小生外奇謀天助經綸夙裕自然的擣穴成功況且有開山巨斧指末生介你胸藏戰書你智藏戰書端的是甲兵無數應把那狐羣小覷趁前驅書生莫道無英氣老馬居然會辨途

中軍執令上大小三軍已經傳諭明白調度整齊專候軍令小生外就此進兵便了衆吶喊搖旗介

水底魚兒戰策兵書安排壯帝圖掃清鼠穴山澤

血糢糊山澤血糢糊〔又喊下〕

前腔〔淨丑領衆喊上〕鬼畫靈符旌旗掩日烏上前迎殺誰箇送頭顱誰箇送頭顱〔淨丑〕官兵殺進山中則索上前抵敵汝等不得退後看俺們作法趂勢追趕定教他片甲不回便了〔小生執旗立高阜〕〔外領兵與淨遞戰厮殺敗介〕〔淨丑作法鬼兵上介〕〔外驅神將出介〕〔鬼兵怕退後〕〔外率衆掩殺擒淨丑介〕〔衆搜勦已盡請老爺班師〔小生外〕今日之捷全

賴兩位賢契之力〔末生〕皆是老公祖老元戎文武同心以致奏凱與書生何預〔小生〕下官即具報上臺少不得題敘軍功自然聖恩下逮〔末生〕多謝提挈〔外〕就此班師回去〔行介〕

二犯江兒水〔衆唱〕猿猱偷度真箇是猿猱偷度便蠶叢難險阻看三軍武備二士文謨到山中來獵虎開網釋無辜渠魁始就俘腰佩鋃鐺身掛彫弧逞英雄人爭覩風雷啟途分明是風雷啟途民生安堵從此後民生安堵一霎時唱旋歌威聲震呼〔齊下〕

第二十九齣　陰報

〔小旦帶刑具哭上〕好苦也天有不測風雲人有旦夕禍福早知如此波查悔煞當初太毒奴家只爲一時之錯情欲迷心害了丈夫結識那箇寃家誰料天網恢恢到底敗露出來如今沉淪獄底垢面蓬頭叫天不應好苦也〔禁子執棍上〕囚婦你到了這裡一些情兒也不盡又沒見面禮又沒燈油錢誰是你的孤

老愛上你的這鬼精靈倒貼你些麼〔打介〕〔小旦叫痛介〕長官爺爺可憐奴家

風入松一身狼狽苦難言〔禁子〕難道骨肉親戚也沒箇來看你〔小旦〕有誰箇骨肉相憐〔禁子〕都是你做下那等不肖之事親戚們都沒體面怎肯來看你〔小旦〕悔則悔心腸錯誤迷魂戀帶累了親戚羞慚〔禁子〕你如今悔也遲了自古道夫者天也又道是一夜夫妻百夜恩百夜夫妻似海深虧你下得這樣毒手〔打介〕〔小旦叫痛介〕哎喲豈不知夫妻百

夜恩情善明滅却養身天

禁子你當真没有孝順俺的就要吊起來了小旦哀求介長官爺爺奴家是箇女流教我没處生發就有東西都在家裏還去對那寃家説叫他家中變賣些來送與長官爺爺禁子他也監在那邊插翅飛不到家説也徒然小旦這等教奴家越發難了禁子也罷且叫他出來問一問再做道理喊介囚徒走出來小旦悶在一邊哭介丑帶刑具拐上從前做

過事没興一齊來白日尚難過夜間真苦捱禁子你還叫苦哩快活的也彀了佔了人的老婆又斷送他一貼毒藥你不受苦叫誰人受丑長官大爺是小的該受的禁子你的雛兒説是銀子在你身邊叫你取出來送與俺們哩丑大爺你搜看其實没有禁子打丑介賊狗攮的你難道没有家私不該變賣些拿來還要俺們開口丑叫痛哭介大爺嗄

前腔新婚纔掙小家園兩夫妻此外蕭然禁子你

既是箇窮光棍到不如依舊做小夥兒又受用着他的老婆為何要討這樣苦吃丑長官大爺這都是鬼使神差做下這寃愆好似刀頭甜蜜成姻眷向愛河慾海造下寃愆長官大爺我那妻子監在那裏禁子笑介狗攮的死在頭上還想着他哩指對面介那不是女監麼丑望哭介在深禁猶難見面只恐怕赴黄泉

禁子肚裏餓了且吃飽了飯來磨折你這狗男女虛下丑方纔禁子大哥説對面就是女

監趂他不在此間不免低低叫喚一聲喚介我那衛輕雲的妻嗄小旦作聽見望介我那寃家嗄你害得我好不苦也丑你此時埋怨我也無用當初原是兩下説情願的小旦你道奴家情願麼好生生的一箇丈夫

前腔被你後庭無恥夢魂牽攪良家翠被空懸乘機入室圖姦騙奴家一時心邪遭引逗暗地流連貪伊狎昵把芳心變生結下這場寃

丑娘子你是有情的人至死不變纔是你的

好處
前腔有情人結有情緣遂心兒死亦無言你叨叨
絮絮空埋怨全不似舊日嬋娟小旦哭介天殺的
抗的奴家做鬼也是羞慚丑同衾共穴猶燕婉莫
泣血做啼鵑
末同牛頭馬面衆鬼卒上任你躲難躲須知
寃報寃姦夫與淫婦活捉到重泉來此已是
監中則索拿他去見城隍捉小旦丑作驚嚇
跌打幾遍勾魂介禁子暗上甚麽人在此大

驚小怪見小旦丑魂勾下嚇跌介哎喲原來
這兩箇人都被鬼活捉去了嚇殺我也見屍
介當真氣也斷了有這等怪事青天白日鬼
捉了人去且將病故的稟单報與本官正是
爲人不作虧心事半夜敲門不吃驚嘆息下

第三十齣　榮慶　小生外末生同上

朝元歌山氛盡消草木和光照軍聲唱高凱歌轅
門噪仰荷皇休協同搜勦雞犬依然静好城郭周
遭山川呵大都是陽春徧覃功業洗天驕綸音下

草茅喜氣陶陶穩領取等身封誥等身封誥
雜稟老爺天使到了小生等就此迎接净捧
詔上九重丹鳳詔飛下彩雲來立上面宣介
詔到跪聽宣讀皇帝詔曰循良守郡推鎖鑰
之能臣戮力衝鋒藉馳驅之武弁兹因山寇
竊發地方不寧賴爾文武同心殺賊俱各加
陞三級仍留原任諸生張師孔錢可貴叅謀
方畧出奇制勝授以七品冠帶謝恩衆等山
呼謝介净見介下官王命在身不及奉陪了

皇華馳驛去青鳥帶箋回急下小生張錢二
位賢契請換了冠帶相見末生冠帶介拜小
生介恩師在上請受門生輩一禮小生此乃
朝廷厚恩與下官無涉生合鏡蒙深德成名
賴荐剡末此身何以報長誦使君賢又與外
相見介小生喚雜介着鼓樂執事送張錢二
位回罷末生多謝了小生外全家天祿重此
日戰勳高先下衆擁生末上馬遶場介
駐雲飛門第清高獻策臣時顯俊豪白馬金鞍覃

鼓樂喧塡道嗏平步上雲霄鄉邦榮耀箇箇矜誇
幽戶風光到末錢兄就此分路了生張兄請了從
此銜恩謝聖朝
末先下生到家介衆請爺下馬衆先下旦袍
帶上良人被光寵賤妾有榮輝相見介官人
恭喜生娘子同喜想我夫妻得有今日皆賴
城隍尊神默祐之力就此望空拜謝便了
雙聲子神明道神明道荷靈祐全生造靜裏瞧靜
裏瞧看滿目陰陽報積德高享福遥心機錯用總

雙報應 榮慶 六十四

徒勞
旦我們還該在孫公長生牌位前禱祝一番
生娘子說得有理拜長生牌位介
尾聲長生牌位慇懃禱願你世世生生福祿高做
一箇神仙永不老

集 轉見千秋萬古情 垂絲百尺掛雕楹
唐 新鶯飛入上林苑 手把芙蓉朝玉京

雙報應卷下

揚州夢

（清）嵇永仁 撰

《揚州夢》，傳奇，全劇共三十二出，清嵇永仁撰。

《揚州夢》寫成於康熙十年，得名杜牧『十年一覺揚州夢』句，演繹杜牧在揚州戀愛、娶妓女緑葉的愛情故事。内容大體上本唐人于鄴傳奇小説《揚州夢記》，但情節有所增益；其結構關目，較元代喬吉的《揚州夢》雜劇更爲複雜巧妙；曲詞摹仿元人，以本色爲主。作者通過杜牧與緑葉從戀愛到正式結爲夫妻所經歷的曲折、起伏而複雜的過程及悲歡離合的故事，用戲劇裁體，全景式折射出封建禮教的桎梏和封建社會的種種矛盾，呼喊人間的真情。作者直言『躭紅昵緑，未必非英雄本色』，無疑是在呼唤世人要以英雄氣概、用大丈夫的本色衝破封建桎梏來保護自己的真愛。

嵇永仁所作《揚州夢》，雖故事對以往傳奇小説和雜劇有所依據，但他意在變化，情節安排力求避免雷同，頗見匠心。《揚州夢》填詞精美、用典貼切、韻律和諧，賓白質樸、人物性格逼肖，其藝術價值受到世人的肯定，被推崇爲傳世之作。文官周亮工在《揚州夢傳奇引》中説：『留山此劇，麗復不滯，動復不輕，入元室矣，自當必傳。』此傳奇《重訂曲海總目》著録，誤入雜劇類。《今樂考證》更訂爲傳奇。

是書有清康熙十年刻本、雍正刻本和同治十一年刻本，民國上海涵芬樓印《奢摩他室曲叢》本，係據葭秋堂原刻本影印，無序亦無引言，後有雷厓跋。

本書據清同治刻本影印。

（金其楨）

揚州夢

同治壬申春三月重鐫于永州

揚州夢傳奇引

傳奇家淩虛易摭實難世人勉短其易者不知事幼渺則語多夢囈石巢數種惟忠孝環事小實乃無一語足上人吻則知此老一生惟工走幼渺耳數十年惟吾門士漢恭王子想當然一依本事不復借色世豔稱之實心折非爲蠛蠓名奪也畱山譜樊川事本前聞而略示裁翦遂如入山陰道處處引人勝地至其塡詞規橅元人處在神采而不在形跡尤非香令石渠所能擬議香令主於砌麗而以滯筆運之石渠主於盪運而以輕心出之固無當至專論務頭樂句者合則合矣如諺何今皓首梨園無所事事聚三數人不三數日輒成數十折奏紅氍毹上宮商合拍無出其右者及索其副墨如鬼匿晝此所謂合者也何怪乎玉茗有拗折嗓子之語哉畱山此劇麗復不滯動復不輕入元室矣當自必傳余與畱山交二十年知畱山以古今文字馳騁當世而尤畱心經世有用之學乃鬱不得志至止酒罷劒降筆爲此等以宣洩其無端

之悲夫孰使留山而爲此也嗟夫留山降筆而爲此筆與人咸足悲矣康熙十年辛亥陽月至日雲林老農題於湖上就園

引言

京兆杜舍人才情爛熳往籍豔稱然余每覽其罪言雜著於兵制藩鎮洞悉源委慨然有經世之志蓋非僅佚宕詩酒斤斤以文藝表見者也若其感恩知己夢落揚州疎放半生名羸薄倖或亦有感於世之不竟其用姑濡跡于此要不失爲才人本色惜千年來無有譜其事者即有之不過雜劇短曲已耳嵇子東田以繪風繪月之手含宮嚼徵備極經營淋漓盡致一段風流佳話爲千古才人樹幟特爲樊川兄歟抑亦自況而爲它日左券也乃若言語之妙音調之精則又神明變化于元明諸名人而自成一家當令古人有不見我之恨矣高陽同學弟李琯拜題於梁谿旅次

自題

傳稱杜牧剛直有奇節不爲齷齪小謹可知躭紅
昵綠未必非英雄本色牛僧孺相業史所不滿余
獨愛其待杜一段杜叅軍淮南時牛廉知狹邪事
情條滿巨篋于杜入朝畀篋贈之其成就人如此
杜甯不心感乎虞仲翔云得一人知己可以無恨
若牛可謂知杜矣紫雲一事狂吟驚座而後别無
後緣湖州垂髻亦僅見尋春較遲一詩今皆闌入
闉閣應無不可杜曾謁城南寺長老長老意中不

知有京兆狀頭杜亦翻然而悟底事皆空則凡有
色相便作眘屬正復平常耳吳湖州擬作揚州夢
廣霞君述余捉管遂寢閣數年來餬口幕府未曾
脱稿庚戌殘冬廣霞君客余留山堂中索讀此本
因云湖州願見久矣雪花如掌呵凍口授命童子
寫成湖州单舸梁谿見此本嘆賞嗟乎嗟乎士學
爲有用而徒露穎鍔于聲音之道亦淺矣夫東田
抱犢山農偶筆

揚州夢

上卷目次

揚州夢

抱犢山農塡詞　葭秋堂舊刻

第一齣　標目【末上】

【滿江紅】溪水梁清蓬蒿宅野人閒架拋置殘編牛角本洗磨破硯銅臺瓦筆尖兒搖曳夢中花眞耶假　隨身具劉伶鍤延客處陳蕃榻任批評閒傳消詳佳話雞犬尋常皆熟識煙雲出沒無驚訝汲新泉旋煮洞山茶塡詞罷

【漢宮春】杜牧樊川尋故人霅上水戲喧闐綠葉誰

家麗質預把紅牽東都分守李司徒召赴歌筵題詩句爲紫雲發付巧遣信奇緣　乞刺湖州郡守了垂囊舊約懊惱期愆輾轉煙花深弃折挫嬋娟値叅軍牛幕靑樓重會話及當年揚州夢風流薄倖小杜古今傳

杜牧之半生耽色　牛節度徹底憐才

索紫雲兩行回首　判綠葉一覺贏來

第二齣　訂遊【生紗帽便衣上】

【滿庭芳】瀟灑江湖飛騰廊廟城南杜曲名門樓臺歌板辜負好靑春回首陵陽佐牧掛塵冠苕水煙雲浮蹤過花羞鶯澀無處著寒温

【鷓鴣天】曾上蓬萊宮裏行龍髯不動彩毫輕三山未有偸桃計四海相傳擲果生羅綺色管絃聲一憑春酒醉菰城高人以飲爲忙事浮世除詩盡强名自家杜牧表字牧之別號樊川京兆萬年人也少登龍虎甲乙之榜長應賢良方正之科賦重阿房主試因而心折馬回秦地東都尙未花開三十三人中惟余

年少一年一度過何物情深骯髒煞紫綬金章擔閣起靑衫綠鬢西江團練已曾表作巡官南夏幕僚又復忝爲別駕爭奈宦名冷淡全憑遨興淋漓蘇小門前別過拂頭楊柳吳王城畔來看罨畫溪山且喜刺史崔公能爲小生地主則恐尋花無計依舊載月空歸怎生是好今日崔公邀俺淸風樓上置酒高會待他到來慫恿他舉水嬉之會好待俺批紅判綠一回也【小生扮太守上】

繞地遊五花坐穩江表吳興郡揖故友山川接引
下官湖州刺史崔元亮今邀杜牧之讌會清
風樓上左右的杜爺請到不曾雜應介請到
多時了小生道有請生相見介集唐生君知
小庾甚風流遠道逢春半是愁小生行樂及
時時未晚人閒亦自有丹邱小弟簿書俗冗
未暇攀敘今備水酒盤蔬與牧之兄登樓遠
眺生多謝雅誼了小生看酒過來照常送席
入席介

玉山頹蒼峯北隱近西迤屛嶂承恩謝安塘千頃
迴瀾黃歇壘半樓荒燼記名山東晉到此際風流
煙迅剛受用這烏程醽合醉芳春珠浮玉汎拖逗
下浣花人
生刺史公你看溪通四境岫遶層霄鳥翼簷
飛魚鱗櫂接二千石甯不樂乎小生君固廊
廟中人何羨此一郡守生小弟異日但願乞
守此郡足矣
前腔防風古郡坐黃堂民舍偕春棨連雲功賽殷
堪活蔀屋碑同王蘊羨溪光松韻咫尺裏危樓天
近活占得那淸風盡合醉芳春珠浮玉汎拖逗下、
浣花人
小弟有一言相懇苕溪之閒俗尙水嬉敢望
刺史公下一令俾旅人得瞻勝景便不負此
遊小生小弟分付各社子弟爲牧之兄演扮
水嬉以助遊觀
玉抱肚水嬉波滚大唐家風光展新眼盼他麗日
晴天好轃入兒行女陣則逢場疏散杏花塵怕吹

透了靑衫別樣春
生怎當得刺史公這般費心
前腔西施名品種香臺何處芳芬現叨承下箸忘
憂還指望前溪曲韻看淩波塘上女如雲若箇是
黃金屋內身
酒已微醺夕陽蒼茫而下敢告辭也小生還
不曾暢飮反是虛邀巾舄了
尾聲那裏有烏巾酒幌梨花醽款騂騮則有顧渚
新茶筍生俺則願你做一箇地主鶯花把錦繡分

集（小生）鬱金堂北畫樓東　開掩春花一徑風
唐（生）唯有年光堪自惜　松醪一醉與君同
第三齣　試歌　（末扮司徒上）
（海棠春）歸來林谷風光好　收拾徧琪花麗草（旦隨
上）紅袖侍華堂　賺盡人年少（侍末傍介）
（集唐）聖朝出入紫微臣　重與山林作主人　一
臥滄江驚歲晚　不爭榮耀任沈淪　老夫李愿
向拜司徒　如今罷鎮　教就一班歌伎　與咱消
受金樽音繞梁間　燒殘銀蠟之月　舞迴扇底

嬌憨香鬟之雲　俺秖是娛老林泉　人便道沈
酣聲色　這也不在話下（指旦介）所喜紫雲這
箇妮子慧巧天生　歌場第一　老夫時刻不離
左右　但恨向來樂府陳陳相因　辜負這佳人
俊口　因此訪尋一箇度曲女師　喚做韓歌娘
能唱樊川樂府　洛陽歌兒人人喝采　道他善
度新聲　今日就著紫雲當面拜了　好學他技
藝　侍婢們請韓歌娘出來（雜請內介）（老旦上）
（卜算子）白雪擅香喉　絕伎人閒少　續譜金鍼付女

曹羞步邯鄲道
妾身韓歌娘的便是　李司徒延俺教導紫雲
則索上前廝見（見介）司徒老爺見禮了（末）歌
娘少禮（喚旦介）紫雲過來　就在今日拜了韓
歌娘（旦拜老旦介）（集唐）（旦）繇來此曲和人稀
頓令心地欲皈依（老旦）好鳥迎春歌後院　洛
陽清夜白雲歸（末）看坐過來（老旦）妾身不敢
坐（末）坐了好教誨紫雲（老旦）妾身大膽告坐
了（末）紫雲你也坐在錦墩之上（問老旦介）請

問歌娘聲音之道　如何便稱絕倫（老旦）不嫌
絮叨　待妾身略道幾句（末）紫雲聽者（老旦）
（玉芙蓉）陰陽洞晰高清濁分明好　更知腔識譜轉
音收調　引商刻羽難摹擬　品竹彈絲莫混淆　到今
日呵　周郎笑笑巴人互嘲　那裏來秦青歌曲響林
皋
（末）歌娘探微悉奧　便使老曲師退避三舍　恐
後學一時領會不來　紫雲你試聽我道
（前腔）按拍細推敲　度曲宜分曉　把新聲樂府下簾

勤學桃花扇動邀銀管竹葉樽開倚洞簫娛懷抱
啟朱脣絳桃準備俺朝朝寒食夜元宵
旦老爺分付妾身自當謹記便是歌娘教誨
也能窺其一二
前腔銀屏敢弄嬌白苧能娛老仗明師指引就中
奇奧香雲捲雨朦朧悟寒玉嘶風想像勞何年造
似仙音洞霄到那時高山流水和寥寥
末紫雲你便隨著歌娘一處學習不必侍立
左右了

集外氣吐幽蘭出洞房　暮來翻遺曲悠揚
唐耆畫樓春暖清歌夜　劈破雲鬟金鳳凰

第四齣　薦友

副淨戴大翅矮紗帽素員領角帶跳上西江
月啟事山公門下酒徒畢卓身旁問咱腳色
不尋常堂候官兒模樣　慣向抽籤作弊隨
他印務關防都言飛過海爲強只有區區停
當咱家吏部裏一箇當該的官兒便是今當
大選之期內外文武推陞沒箇不打從俺衙
門經過偏是牛丞相一手握定凡有擬用的
官兒俱要聽他做主咱家因此帶著這選單
來他府前伺候正是不用朝天子還須問相
公內吹打開門眾擁外上外蟒袍玉帶扮丞
相上
繞紅樓家世奇章受寵榮垂燕翼金紫三公鼎鼐
長調衮衣無縫四海頌元功
集唐黃雲捧日瑞昇平百代功勳一日成自
古相門還出相絲綸忝備漢公卿下官牛僧

孺表字思黯官拜唐朝檢校尚書左僕射平
章事俺家自八代祖相隋以來封公贈侯御
書賜田畱在文安沿至本朝子孫竝登顯位
就是下官平章國事也不過無忝家聲但慮
人材不登名士日俞便覺上負朝廷下塞賢
路前日在朝堂之上曾分付銓曹不許濫用
匪類如果材能出眾品望優長不妨破格超
陞以收實效正是朝廷有道青春好門館無
私白日閒副淨報門堂候官引見外介吏部

當該官叩頭〔送選單介〕選單呈上太師爺〔外〕

〔看介〕

〔駐馬聽〕這都是瀚海鵾鵬萬里扶搖得遇風有多少王朝楨幹仕路驊騮草野英雄怕郎官頭白嘆飄蓬怎銓衡玉尺輕搬弄〔副淨跪介〕朝廷爺的法令太師爺的鈞旨本衙門怎敢徇私〔外〕這等纔好俺則願人亮天工後先稟侮皆堪用

〔副淨〕還有一事啟上太師爺前日分付本衙門著查太和二年進士杜牧現居何職查得

杜牧初任左武衛兵曹參軍次任江西團練府巡官如今閒住尚未補用〔外變色介〕這樣名士如何著他閒住你吏部官兒好沒分曉

〔前腔〕錯置魚龍慚愧天官秉至公卻不道塵埋白璧目眩黃金智暗青銅〔副淨〕本衙門道是杜牧資俸太淺於例不合超用〔外怒介〕唗朝廷用人只論賢否那計資俸若提起例之一字不知擔閣了多少有用的賢臣便是杜牧呵他乃燕昭臺下駿嘶風倒做不得磻溪圖上熊飛夢這般頭腦冬烘我少不得彈章直達丹墀鳳

〔副淨〕太師爺請息怒小官即刻傳示台命連夜將杜牧內陞便了〔外〕你且聽我分付東都御史分轄洛陽非大有風力者不能勝任獨有杜牧慷慨不阿堪稱此職傳語你吏部衙門即將此人擬補〔副淨〕唯唯〔叩頭介〕

〔尾聲〕〔外〕烏臺虛左舊詞宗端倚藉滕王風送莫教人嘆時乖薦福轟〔先下〕

〔副淨弔場作詫呆介〕啊喲咱家芝蔴大的官

兒幾乎斷送芥子大的膽兒幾乎詫殺咱如今兩箇小腿肚兒嚇得膀轉筋倒朝著前面走不動哩罷罷爬了去〔罷爬介〕正是丞相既為牛小官權做狗〔下〕

第五齣 惋才

〔憶秦娥〕〔老旦〕湘簾下逗人春色多瀟灑多瀟灑舞迴衣冷歌沈月駕〔換頭〕〔旦上〕寶箏筵上千金價拋來玉果風流話妾心一寸萬愁禁架

〔集唐〕〔老旦〕香閨無主是春光燕得新泥拂戶

忙【旦】幽院妝成花下坐人閒空就楚襄王【老旦】紫雲姐老爺著你演習樊川樂府你誦熟幾調了今日按拍好教你一回【旦】敢問歌娘那樊川樂府字字生香聲聲戛玉是那一位才子著作【老旦】紫雲姐你若問別箇還不知道獨有老身少年時在洛陽地面浪博一箇虛名人都道是韓歌柘舞卻與這般名士相熟這乃天下有名的兒郎喚做風流小杜聽我道來

【桂枝香】那小杜呵瀛洲高跨甘泉增價則剛羨衛玠神清誰續上相如風雅【旦】既是少年才子怕少甚麼絕代佳人作配【老旦】你莫把佳人忒看得容易了歎鸞稀鳳寡歎鸞稀鳳寡那曾見甄妃停駕空待覓瓊英圖畫似你這俊香娃等閒闌入清歌隊卻不道辜負風流女大家

【旦歎介】奴家貌慚西子才愧文君自入朱門已拚白首歌娘不要提起了

【前腔】念奴嬌癡情詫憂愁魂化盡都是慘綠摧紅

併沒箇憐風惜雅似這樂府呵待歌殘玉斝待歌殘玉斝誰念紅兒牽掛枉自花開月下靜窗紗何時淡掃蛾眉面省向紅綃鬭麗華

【老旦】紫雲姐你且不要嗟怨試將樂府檢出一調與你度腔則箇【旦】那有心緒去學他【老旦】紫雲姐這卻使不得老爺為這樊川樂府著老身指引你用心習學你卻無情無緒不肯歌演可不要歸咎到老身麼

【前腔】你看珍珠簾掛沈檀香罷暫將那薄恨試銷且取這新詞日把況清歌侑斝況清歌侑斝趁好吹簫閒暇免使春風狼籍按紅牙須知畫檻魚能聽更喜雕梁燕不譁

【旦】歌娘教誨焉敢不聽只是心事縈迴觸多愁緒看這一本樂府從頭徹尾那一句不惹奴家憔悴那一字不繫奴家思量也

【前腔】仙郎才大香詞無價分明似藻麗雕龍又數甚文淵倚馬笑知音和寡笑知音和寡早令深閨心掛恁風華何須夢授鈞天樂只此歌催院落花

老旦這等天色已晚明早慢慢教你便了
集旦楚歌遺珮怨何窮　迢遞江山夢未通
唐老旦惆悵知音竟難得　芙蓉簾幕扇秋紅

第六齣　水嬉

雜戴頭巾簪花穿綵衣白短鬚手鳴鑼上唐
家黎庶躋春臺刺史風光物色迴雜戲魚龍
紛欲舞一齊波面費安排自家湖州地面一
箇都社長的便是只因崔刺史老爺要演水
嬉著俺喚齊了各都各圖社長攢集在苕水

揚州夢　水嬉　十三

上面演起魚龍雜戲與民同樂你看水張陸
幕游男游女來的好不蜂湧也眾扮各都各
圖小社長金抹額雉尾綵衣各執小鑼鳴上
舞相見介都社長見禮了老小社長免禮刺
史老爺將次到了俺們上前見過須索早搬
演起來今歲不比往常要整齊些好答應官
府眾答應鳴鑼下生同僧道眾人鬧上
洞仙歌鳴金蕩地來遊人擠不開後擁前挨內作
巡風聲喝介巡行刺史牌四處防姦拐肉身軀活

埋太平日風光在眾作挨擠跌倒鬧譁內鳴鑼各
翹首慌下老旦丑小旦共擠上
前腔喧譁震四垓牽連要一迴喚母尋孩搔頭沒
了股釵鬧裏難搖擺氣絲兒打哈惡男女鞋端踹
前僧道生上擠鬧爭譁內鳴鑼眾慌下都社
長鳴鑼上刺史官符水戲開年年近水搭樓
臺百姓們看者這一場水嬉匪容易乃是文
殊洗象下蓮臺虛下內扮菩薩執如意舞上
舞畢登高處雜扮蠻師濃眉凹眼兩耳穿環

揚州夢　水嬉　十四

赤腳赤身穿五綵褙褡牽象上場作諸勢合
掌菩薩前菩薩向內遙指內又扮二海鬼持
各種洗具洗象介洗畢菩薩騎象下眾仝唱
南普天樂曼陀花莊嚴界寶珠聲天風藹文殊也
文殊也步下蓮臺看蠻師白象牽來呀攪銀濤碧
海清流拂面排浴罷增威多少多少山立塵埃
齊下社長又鳴鑼上文殊洗象怕雷同更有
驚天怪異踪百姓們看者這一場水嬉匪容
易乃是孫行者取寶水晶宮虛下內扮孫猴

跳舞作望見東海翻觔斗下內扮巡海夜叉
持鎗抵殺猴接鎗倒刺夜叉踏步殺入龍宮
龍王鞠躬慌上延猴上座猴索諸般器械龍
王命蝦兵蟹將各獻兵器猴持舞嫌輕俱擲
下龍王後令兵將擡金箍棒作沈重擡上介
猴作拏不動介龍王伏耳傳授金言猴作拏
動舞弄得意作謝龍王翻觔斗下介眾仝唱
北朝天子美猴王弄乖鬧龍宮下海把蝦員蟹卒
都驚壞諸般兵器似摧枯拉柴檢異寶爲鋒械鑣

揚州夢 水嬉 圭

花鍼小哉花果山無賴閃開閃開閃閃開接金箍
非嘗光怪光怪打乾坤天神敗神敗
社長又鳴鑼上大鬧龍宮未算奇蕩邪救世
登凡爲百姓們看者這一場水嬉匪容易乃
是許旌陽斬滅白蛟時下內扮白衣秀士摟
一女子作樂許眞君持劍四望作見秀士持
劍直砍秀士用袖拂開抵敵不住以袖遮頭
面舞下旦跪求眞君眞君喚旦下復持劍追
趕立高處哨望秀士入蛟宮水族擁前問安

眞君作望見直入水宮水族迎戰秀士變化
白蛟元身執鐵鍊與眞君交戰內扮四大天
將按定四方圍住白蛟斬殺天將擁眞君白
日昇仙介眾仝唱
南普天樂白蛟精彌天害仗眞君隨風踹幺魔的
幺魔的混上金釵乍追蹤又撇凡胎呀到蛟宮大
海登時水族哀驚動諸神圍繞圍繞窟宅成灰
社長鳴鑼上斬蛟共羨許旌陽古古今今話
正長百姓們看者這一場水嬉匪容易乃是

揚州夢 水嬉 夫

赤壁鏖兵曹操慌遽下內扮曹丞相登將臺
點將作船上掌號吹打搖旗吶喊對岸扮周
瑜統諸軍用火攻各駕快船放煙火廝殺曹
操冒煙火割鬚棄袍奪路逃走眾掩殺下眾
仝唱
北朝天子鬧轟轟戰牌密重重敵鎧鎖連環巨艦
橫江界周郎妙算更南陽祭臺助烈焰東風大火
攻兒猛哉曹阿瞞無柰顡灾顡灾顡顡灾下場頭
鬚袍空在空在大江中逃生快生快

生上回看介你看好一場熱鬧水嬉也小生意欲借觀水嬉選擇嬌姝看來看去士女都只平常則有一箇垂鬟女子將來倒是一位國色因此一路跟來原來是小戶人家兒女且訪問他鄰舍得知姓氏再作道理丑在內喚介綠葉我兒掩上了門進來罷小旦作上場掩門生凝眸看介小旦繁華看不厭蓬蓽靜爲憐下生你看這垂鬟妮子年紀雖小那秋波倒也靈動方纔聽見裏邊叫喚名字分

明是綠葉二字既有這番著落小生卻也不虛走這幾步

尾聲儘流連佳麗無邊界粉姿容盡搭上臙脂賣倒不如嫩蕊含葩還中採

集 驚散遊魚蓮葉東 遺簪落翠滿街中

唐 勸人莫折憐芳早 葉帳陰成始放紅

第七齣 聘鬟

一江風丑上暮雲愁孤苦蓬門舊鎮紡績家常受甚良謀母女經營盼得箇蠶成候妾身齊氏丈夫已故止有一箇女兒名喚綠葉尙未成人每年靠著養蠶度活你看這般天氣綠葉還不出去採桑不免喚他出來向內介綠葉我兒快去採桑罷桑枝陌上采桑枝陌上采你把懿筐急早兜小丫鬟莫倚恃春憨透

小旦攜桑籃應上娘兒來了

前腔罷梳頭檢點妝臺久爲水戲牽情竇丑還牽記甚麼水嬉哩小旦相見介娘兒就去了步田疇桑翦蠶筐次第籠纖手丑你也該去了試聽倉庚

喚不休微行仔細求逗春暉正喜遲遲候小旦下

雜扮公差媒婆二人上紅絲牽白屋綠鬢繫烏紗此間已是他家了入介丑見介兩位何來差在下是本府公差奉本府太爺之命來到你家丑怕介哎喲老身不過背饑偷幾隻雜捉空翦些鄰舍家的桑葉並不會做甚麼犯法的事體媒不是官司事體是一樁喜事在下便是官媒丑妾身這樣一箇花臉有何喜事差來與你令愛說親的丑多大女兒說

甚麼親差向媒介你向他說明白了罷媒老親娘你昨日去看水嬉曾領著令愛同去你令愛小名可是喚做綠葉丑一些不錯媒那時被一位京兆杜牧之爺看見了那杜爺乃是本府太爺的好友見他中意了令愛特將金幣來與杜爺定親著俺們兩人先來逼知老親娘恭喜哩同差人共賀喜介

玉抱肚黃堂故舊暱朋儕摻尋鳳儔演魚龍驀見垂鬟爲伊家綠葉淹留特傳鈞命到河洲納綵牽

羊訂好逑

丑小戶人家兒女沒甚姿色恐中不得貴人的尊意

前腔裙釵醜陋怎生教花枝上頭鎮年來採葉鋪蠶甚姿容楚館秦樓敢煩回報兩君侯另選豪門窈窕流

生騎馬眾披紅持聘禮鼓樂遶場介

青歌兒名珠寶鏐花花彩彩准結丁香扣五馬懃情肯成就一徑策鞭馳驟

眾請杜爺下馬同入介丑拜見介妾身叩頭生如今是親眷以後不消行此禮小旦持桑上厭人投芍藥懷古詠苜苡入見作倒褪介丑領見生介我兒放下桑籃過來拜了杜爺坐介丑這位杜爺是本府太爺的好友昨日水嬉時節看中了你今日特來下聘是你終身大事你意下如何

梁州序小旦兒家貌醜貧居拙守未嫺林下風流兀自垂髫年幼沒福擔伊衾裯丑便是做娘的也

慮你年紀幼小生小生目今原不爽娶只待令愛長成之後那時乞守此郡便來完成好事丑這卻使得全小旦則落得低來高就桂殿仙郎怎續上凡間耦月老前生料想是神祐少甚嫦娥降綵樓逐小戶結婚媾

前腔生雖則羣芳如繡只有嬌姿入彀看上伊眉黛橫秋出落丰神韶秀敢是苧蘿名流不枉我香國窮究算異日旌麾貴郡來出守碧玉簫聲引取步秦樓長大名花譜上收錦簇簇試紅袖

雜扮報人跑馬上五雲頒有慶一騎走如飛自家走報的便是京兆杜爺陞了官一路尋來纔在府裏去報打聽得在此不免徑進見生介報人叩頭恭喜老爺高陞洛陽分都御史送報上生小生貪級到不得這地位敢是報錯了報人探聽得是牛太師老爺舉薦生這等卻又多謝故人了報子你在府前領賞雜應下丑恭喜老爺陞官小女眞是僥倖生小生不日進京還要囑託刺史公照管你母

子就此告別仝唱

尾聲這段良緣天輻輳又喜值皇恩寵優何日裏桃葉桃根作渡舟

集生水翦雙眸霧翦衣　柳絲梅綻正芳菲

唐耆宜小宜雲端自是秦樓壓　錦翅雙雙傍鳥飛

第八齣　武賺　淨戎裝衆擁上

霜天曉角乾坤作耗淮蔡烽煙哨赤腹丹心抹倒軍聲動膽魂銷

集唐白草連天野火燒淮南城外獵天驕暮雲空磧時驅馬秋日平原好射鵰俺家魏博節度使史憲誠是也向爲田布之將窺其懦弱鼓煽將士一時都不用命田布懼罪自殺衆將擁俺爲留後朝廷便詔俺爲節度使俺想官居帥職雖蒙天子殊恩必須爵並王侯始稱丈夫志氣爲此招軍買馬積草屯糧不覺鐵騎連雲端的金戈耀日待時而動直要踢翻李氏江山一往無前管教打破唐朝天下爭柰平章牛僧孺前來鎮守淮揚這箇老

兒頗有機謀未免牽制左右難以下手想介俺如今有箇計較軍士們聽者各帶人馬到淮揚交界地方騷擾一番若無準備就襲取城池倘那邊哨探風聲領兵對敵我軍不可與他交鋒但以打獵爲名胡亂班師回境衆

搖旗吶喊應介

包子令虎豹行程山嶽倒山嶽倒蛟龍離穴陣旗飄陣旗飄疾風掣電浮雲掃鳴䴔列戟忞強豪金鞍銀鐙馬嘶驕下外戎裝領衆上

霜天曉角龍旌虎旐節制淮南道燮理陰陽舊老
登壇後縱奇韜
集唐朱軒迴壓碧煙洲細柳營中著虎裘莫
道古來多計策出山車騎次諸侯下官牛僧
孺奉朝命節度淮南地方昨有探子報來魏
博史節度領兵赴俺疆界俺想此賊攘奪田
布之位自然不肯安分他只道下官是箇文
臣不知武備暗地前來侵擾那知俺連夜提
兵到此吩咐介中軍官傳令旌旗壁壘就在

這高原之上列成陣勢等他到來兵衆搖旗
吶喊應介
包子令賊騎雲屯潛攪擾潛攪擾聞風勒馬駐荒
郊駐荒郊兵機迅速防閑早金湯南國頗堅牢如
龍如虎枉咆哮
淨領兵衝上見外列陣衝突不動介稟淨介
前面一攢人馬擺成陣勢啟節度爺軍令淨
慌介俺曉得那牛僧孺有些鬼見識俺兵行
詭道他卻早已窺破提兵到此以逸待勞卻

如何是好三軍們退後著小校們請他主將
打話雜請介外中軍官傳令把陣門開了待
俺上前衆作層層開陣介淨望見驚介好箇
精嚴陣勢外與淨相見介魏博公請了淨哎
喲元來是奇章公請了外請問提兵何來淨
小弟因打獵至此外笑介但打獵得遠了些
久聞魏博公武藝超羣弓馬無敵下官意欲
求教淨這等奇章公要比試武藝麼軍士們
可持令箭一枝箭上高繫金錢以射中錢眼

者為勝雜得令淨奇章公既要賭射各出采
物纔見輸贏外下官以朝廷所賜玉帶為采
淨小弟將這祖傳雁翅金盔為采奇章公請
先射外下官境上不敢占先淨小弟僭了彎
弓射介
梨花兒猿臂拓弓神箭巧穿楊百步人稱妙些小
金錢偏弄喬嗏金盔一頂愁輸吊外彎弓射介
前腔曾向柳營親射鵰天山蕩定何足道矢發弓
開聲餓鴟射中衆喝采介嗏當場再敢誰胡哨

淨背介俺指望射中金錢先奪其膽然後乘勢掩殺奪取城池如今反輸與他那金盔雖不打緊恐挫去銳氣不免帶轉馬頭竟回本境便了喚介三軍們回兵者衆摇旗吶喊下外你看這廝射不中金錢白賴金盔竟自收兵回去以後軍士們嚴加防守不可疏虞衆得令遶場介

蠻牌嵌寶蟾蠻牌令歌凱展金鐃旋轡奪霞標江南壁壘安堵慶皇朝逐雁陣魚行錦袍羨三河神武名高鬬寶蟾烽煙滚滚旌旗秩秩獵騎蕭蕭

集 豈徒柔伏在淮泥 鵰鶚盤空雪滿圍

唐 威攝萬人長凜凜 掉鞍齊向國門歸

第九齣 露蹤 老旦上

集唐馬跡車輪一萬重西來雙燕信難通不逢蕭史休回首牢合金魚鏁桂叢妾身在李府教歌教得他家人人白雪箇箇陽春偏是李司徒要將樊川樂府教與紫雲紫雲看了那本樂府無情無緒不知爲著何來再也不肯學習妾身直索任他近日聞得杜家郎君分守東都我只得偷空走去賀他一遭來此已是門上有人麽雜扮門役上傳椰多雜事值役頗操心老媽媽何來老旦煩大哥通報教歌的韓歌娘要見雜婦女家怕通報不得的老旦你老爺未及第的時節便與老身廝認乃是平素走動慣的通報不妨雜這等可隨我進來雜向内禀介禀老爺有請

轉仙子生擁節烏臺氣展乍阻隔苕水星煙舊日絲綸將來功業初試東都風憲

下官自奉朝命別過湖州刺史指望拜謁奇章牛公舉薦之恩不期他又出去節度淮南且喜分守這東都地方又早數日了雜禀老爺外面有箇婦人說是韓歌娘要見老爺生好生叫他進來雜領老旦見介久別郎君做了這等大官妾身特來賀喜生韓歌娘別來好麽老旦妾身還是教歌度日生下官往嘗曾託你覓一箇有心人曾覓就來麽老旦耶

君你可知有心人世間那討得幾箇〔金落索〕蹉跎邂逅緣冷落風流院踏徧香閨那討箇明珠獻玉合伴金鈿甚絲牽點綴嬌紅錦瑟邊烏雲夢鎖思髻燕腰柳迷煙憶束蟬天台遠飯胡麻不見桃花片端則是藍橋淹蹇洛浦空懸怪不得蕭郎怨

〔生〕歌娘近來在那家走動〔老旦〕在李司徒家〔生〕聞得他家有十二金釵兩行紅粉可有天姿絕色在內〔老旦〕妾身也不便說

〔前腔〕〔生〕章臺虛掛牽金屋空迴轉你枉寄朱門心事瞞鶯燕他月窟貯冰仙畫屏前多少歌裙舞袖連蜂媒未肯傳春幾神女何憑入夢緣瑤琴展則這求凰一曲銷愁怨葬送著黃昏深院綠鬢芳年

〔老旦〕郎君不要怨悵到有一件好笑的事體那李府歌姬中有一箇喚做紫雲因爲司徒發下樊川樂府要妾身教他他卻看了樂府情牽意惹不住吟哦向著妾身問長問短〔生〕喜介有這般知音的女子你就該把杜牧的生平向他說知纔是

〔金索掛梧桐〕〔老旦〕妾身呵把才郎姓字傳樂府聲光絢說與風流起坐添留戀〔生〕狂喜介畢竟歌娘識趣不知那女子人材何如〔老旦〕似他的人材忒麗妍舞翩躚錦躍踰輕過昭陽燕〔生〕又會歌舞越發難得〔老旦〕櫻脣歌掩桃花扇蓮鞾香生玳瑁筵〔生〕我杜牧卻如何得他見面〔老旦〕蓬萊苑迴屏複幔難會這女嬋娟

〔生〕歌娘你設箇法兒待我偎倚他憐惜他一

番〔老旦〕這卻使不得〔生〕歌娘若是不肯我杜牧要下禮了〔老旦〕你做官了還這等不穩重待妾身想箇法兒哦有了來日司徒大張女樂宴會東都名士郎君若是赴席自然看見紫雲〔生〕他卻未曾見招如何做不速之客罷罷我杜牧爲著知音的女子也顧不得這一張涎臉

〔前腔〕他千金直一筵有眾美聲千囀咱驄馬清威怎顧得垂饞嚥認芙蓉仔細憐怕聞歌嗅舞人空

見甫能勾春雲亂目羅衣轉祇愽得蓮步迴身體
態全老旦必須著人先去逼知纔不失你冠裳體
面生歌娘見教有理俺想李義山温飛卿自然在
座不免託他先去致意老旦這便去得有名了生
院子過來雜應上生你可持我名帖致意李義山
老爺温飛卿相公說是李司徒老爺來日大讌東
都賓客下官也要與席要他先去轉達雜應下尋
詞彥連羣逐隊引領到美人邊老旦只怕紫雲看
見郎君卻不道害煞他哩生還怕害煞俺杜牧拂

烏紗絕早便乘軒且嘲弄神仙眷
老旦妾身告別要回李府去了生歌娘你得
空便來俺還有一事相託
尾聲你尋常莫放過杜樊川老旦我不會遞情書
送彩箋生則煩你透春風兩下通方便
集生坐閒青娥趙國姬　庾公逢月要題詩
唐老旦陽和本是煙霄曲　雙鳳皆當即入池

第十齣　驚座

末上集唐西園一曲豔陽歌暗爲王孫換綺
羅風格只應天上有玉杯瑤瑟近星河老夫
李愿罷鎮閒居聲色娛老今日宴會東都賓
客有杜御史託人致意要與此筵老夫因他
官居風憲恐妨褻瀆再三固辭那杜御史執
意要來則索延他入座便了外官帶上細路
獨來當此夕清樽相伴憶他年下官李商隱
是也小生儒扮上紅珠斗帳櫻桃熟金尾屏
風孔雀閒小生温庭筠是也相見介李司徒
見招就此同入外延入相見介生策馬衆擁

執事上
粉蝶兒妙舞清歌爲他家妙舞清歌不由咱帶青
驄策鞭忙過昨日裏聽韓嫣意惹情魔想姱容摹
麗質巴得到華筵入座飽看那洞府仙娥抵多少
擲車潘果
衆請老爺下馬外迎生入見禮介集唐末小
隱西亭爲客開生夢魂遙斷楚襄臺外前溪
舞罷思回顧小生莫惜芳時醉酒杯入席介
衆旦小旦老旦扮歌姬上四寸橫波迴慢水

一雙纖手語香絃歌伎們叩頭〔外〕上來侑酒〔衆旦侑酒介〕〔末生外小生同唱〕

〔泣顏回〕風景聚煙蘿輳名流飲酒高歌林泉清味貯韶華粉黛婆娑奇花異草列瓊瑤秀入江山座颺游絲佇遏香塵抱銀箏細拂雲和

〔末〕歌妓們一面奏樂一面度歌〔衆旦奏樂唱〕

〔介〕

〔石榴花〕香噴噴金猊煙篆畫堂多繡屛外鳥韻管絃和按譜的移宮換羽在豔場歌不數那西施畫

舸范蠡煙波俺則羨步珊珊俺則羨步珊珊霓裳一派瑤池墮待閒銷玉漏穩駐銀珂又則盼月曈曨又則盼月曈曨照絲竹輝籠幙分明有雲駐碧嵳峩

〔末〕名賢雲集高會成歡務須暢飲以永今夕

〔生外小生〕郇廚兼味水陸倂供覓奏仙音雅歌繼起自然不醉無歸也〔仝唱〕

〔泣顏回〕清歌腸斷醉顏酡活現有蓬萊一座輪杯遞盞趁風光絳燭消磨鸞笙象板列仙階宛轉鏗

鏘和鬭芳菲半闋春生蘸瀟湘六幅裙拖

〔外〕歌妓們試對舞一回〔旦小旦對舞介〕

〔鬭鵪鶉〕態盈盈鳳展鸞迴態盈盈鳳展鸞迴豔晶晶雲偸月躱繡團團綠映紅遮繡團團綠映紅遮氣馥馥蘭薰麝裹端的是珮解酉仙曳綺羅眼挫裏洛女下淩波齊臻臻教演陽阿光閃閃風流滿座

〔生外小生〕翩如驚燕疾若翔鴻來去無端周旋有態眞好舞也〔仝唱〕

〔撲鐙蛾〕乍登場娉婷掌上那疾翻身驚燕簾前過呈杏臉含姿賽花朵嚲臨風柳枝輕皴盤內滾珍珠數顆嬌徹底芙蕖現綠波敢抹煞夷光舞袖對翩躚鐙紅雲鬟影兒傞

〔生外小生〕吸飲如川已拚酩酊酒力敢不勝者〔末〕說那裏話衆姬們再以歌侑酒〔衆旦侑酒唱介〕

〔上小樓〕韻悠揚引秧歌調清嘉連珠和今日裏脯劈麟羞酒溢羊羔殽薦峯駝俺則愛滿院花陰半

簾風寂小山雲破唱桃枝亂紅飛過
生背介俺想歌姬之內不知那一箇是俺知
心的紫雲俺待要問他又不便啟口待不問
他心下好難過者末仝眾樊川公還請開懷
黃龍衮犯生怏怏的歌雲不散脈脈的靈山枉過
得得的戀知音遲遲的終酒筵千紅萬紫名花誰
箇耿耿的牛郎意訛遙遙的織女情多鵲橋沒駕
銀河朗亘鬱鬱的相思啞謎待如何
生又背介俺杜牧再熬不住了對末介司徒

公府中歌妓聞有紫雲者兩行中未知孰是
末指旦介則那妮子便是生移座凝覷旦發
狂介果然名不虛得向外介司徒公宜以見
惠末大笑介眾旦掩笑介桃熟不會君手賜
酒闌枉候妾歌終齊下生酒來雜斟兩爵上
生豪飲起吟介華堂今日綺筵開誰喚分司
御史來忽發狂言驚滿座兩行紅粉一時迴
請了眾喝執事擁生下外小生樊川一向疏
狂司徒幸勿介意末才子情性大抵如此老

夫竝不介意外小生就此告辭了
煞尾管絃一席春風過受用煞紅裙陌上歌好笑
那小杜狂吟倒誆得粉黛躲
集 當筵一曲媚春輝 白雪和煙戀翠微
唐 今日因君試回首 滿車空載雒神歸

第十一齣 種賊

淨扮屠戶鬍子上
普賢歌皮毛剝割骨郎當鬼伯操刀積祖強生涯
靠地陽拳豪沒抵當賣了銀錢開賭場
小子姓陰名萬鶚積貫在湖州市上做一箇

殺狗的屠戶人都起俺諢名叫做活剝皮的
陰大郎俺又會耍的一手好錢只為貪著賭
之一字倒把屠狗生意弄得冷淡趁這閒空
時節好去討些賭帳算來只有齊搗鬼欠的
多還的少他又奸詐不肯吃好草的俺且到
十字街兒上等著他去虛下副淨穿紅綠女
衣藏在內外穿青藍舊衣上
前腔黃昏徹夜要錢忙學得空拳賭博方東穿隔
壁牆西蹲大戶梁偷徧鄉鄰透底裝

作賊腔介自家齊小二諢名偷天手你道小子爲何有此雜號只因生性好賭賭得赤手空拳沒柰何順便掏摸些東西做一兩場賭本遠近人家知道俺的毛病隄防得緊急切沒處下手虧俺姑娘養箇女兒綠葉年紀雖小還有幾分姿色被一位杜官人看中了央著本府崔太守做主將金幣來預先行聘俺姑娘替妹子綠葉做了許多紬絹衣服俺今輸急了偷摸下幾件還去賭場上翻本一回

走介且住俺欠陰大郎的賭帳未清不便到他家戲賭大寬展走到後巷賴蝦蟆家去便了淨尾後作聽見揪住介賊精走往那裏去副淨驚慌作見淨笑介小膽兒被你諕殺了正要造宅哩淨到俺家裏去和你算帳仝入介淨俺方纔聽見你要到後巷賴蝦蟆家去要錢竟瞞門而過今日且把賭帳清楚了放你出門若不還舊帳俺就放出殺狗的手段來開剝你哩副淨俺又不是猪狗畜生任你開剝若囊中有鈔便還清了你其實一錢也無淨沒錢便脫下衣服來副淨哥體面所在這不敢遵命淨你不依從俺就取出家伙來了取打狗筒套狗圈幷繩刀上俺要動手哩取圈套副淨頸介副淨掙扎不過哀求介待俺脫下，便了脫去外面靑衣介淨這件狗皮能值幾文再脫下來副淨不肯淨又套介副淨這一層脫不得的俺裏面穿著蒲包脫下時便露出馬脚了淨俺要脫得赤條條的纔

饒你哩又套介副淨不得已又脫一件露出紅綠女衣介淨好賊精眞贓實據在此捉你去見官繩扣副淨牽行介副淨不要惡取笑淨誰與你取笑

四邊靜這渾身羅綺從何降昨宵敢梁上舉首到公庭竹板與夾棒從頭孽帳一齊發放刺臂作徒囚賊名好學樣

副淨俺不是偷來的不怕你便到太爺跟前去那太爺還要推俺薄面哩淨好大來頭你

不是偷來的又沒有老婆這衣服從那裏得來（副淨）不瞞你說俺姑娘養的女兒綠葉目今崔太爺做主受了他鄉親杜官人之聘許多金幣行到俺家這些衣服都是俺妹子的

（前腔）俺呵賭錢輸得眞無狀偷些好翻帳逐件著裏穿不料露色相如今說不得將衣抵當前逋請讓赦我出屠門報恩犬馬樣

（脫女衣付淨介淨去繩介）俺且問你姑娘既受許多金幣你爲何不偷他大注財物到賭

場上也好梢長膽大單偷這幾件衣裳濟得甚事（副淨）不瞞你說俺也想這一股財鄉但崔太爺主婚俺若起了這歹意姑娘告俺府裏少不得起了賊贓還要吃苦哩（淨）這有何難目今崔太爺陞任等他出境之日你姑娘沒有主兒那時下手偷來包管你賭得稱心稱意（副淨）小弟依命而行便了（淨）和你說話不覺耽閣好一會且同到酒店上吃三杯再入賭場何如正是遇飲酒時須飲酒（副淨）得頑錢處且頑錢

第十二齣 投計 （旦上）

（十二時）歌筵擎玉斝有一箇情傾意愜羨慕鶼鸞提攜囚鳳未識何緣結就根芽教我怎生放下

奴家昨日侍宴之時看見杜御史年少風流人材瀟灑恨不得樊川樂府字字清新後來見他向俺司徒問起奴家來俺家司徒指點與他看他就涎著臉兒竟要司徒將奴家贈與他你想贈妾之事乃豪傑所爲俺家司徒

怎學得來則辜負了杜御史一片癡心也

（集賢賓）入牢籠嬌鸞何處發咫尺天涯憑誰借杵把雲英嫁甚歌喉貽誤韶華那人呵詩句清佳遮莫地逢場作耍笑聲譁羅綺內別是一番牽掛

俺想奴家是歌院女流那杜御史何緣得知想來定是韓歌娘見俺愛他樂府故爾吐露形蹤致他如此顚狂

（前腔）漏春風參詳人面雖俏深閨小字嗟呀算來偷遞昭君畫認分明物色㝃娃忒地材華順口的

好詩吟下沒抓拏則夢境裏與君酬話
〔老旦上〕鵁鶄未知狂客醉鷫鸘先讓美人歌妾身受了杜御史之託不曾爲他效力昨日杜御史赴宴時節硬向司徒要討紫雲爲妾豈不是書生孟浪麼俺卻不知紫雲心事如何且去探聽他一回好回覆杜御史也〔入見旦介〕紫雲你歌舞之名傾動一時以致才人妄想老爺方纔吩咐此後凡有宴會不著你出去承値

〔啼鶯序〕怕桃花扇底蜂鬧衙逗春懷一席搔爬主人呵鎖斷星橋賓客也轉回月駕妾身好笑那杜御史沒來由酒後波查空落得肝腸熱掛如今倒惹得老爺防閑了禁仙葩重施錦幄不許隔牆誇
〔旦〕歌娘俺正要問你那杜御史何由得知奴家多管歌娘與他厮熟說與他知道的〔老旦〕你說得好笑天下佳人才子原是有數的那小杜是有名才子你也是有名佳人兩下自然聞名而知那用妾身饒舌

〔前腔〕儘人閒浪子天上娃選香名幾片春花弄毫便錦豔文江傾國似翠環繡閣意兒中想像窗紗偏珍護千金重價漫矜誇藍田舊種一對玉無瑕
〔旦〕奴家那裏算得佳人枉費了才子們一片好心也
〔簇御林〕可憐俺畫堂下舞袖窄逐燕挨鶯何日罷拾才郎餘唾也光華則墮落污泥敢憔悴殺判生差瑤臺七寶謫貶了一枝花
〔老旦〕俺想你受老爺眷戀不比尋常錦繡叢

中儘堪度日何須怨悵
〔前腔〕你淩波韈去巫廟峽別館高唐難掙扎攪風光歌舞自稱佳看若箇烏雲倚埋鏡匣嘆蒹葭前生倚玉終久竝頭葩
〔旦〕咳歌娘與奴家相聚恁久還不知俺的心事難道奴家便老死在歌舞場中了〔淚介〕
〔御袍黄〕衮裀事勉共他雨雲蹤生強咱追歡買笑居人下抑鬱得魂銷化苧蘿折贈塵埋浣紗天孫巧會河空渡槎把紅顏拋擲風流價淚如麻歌筵

舞席怎跳出五侯家

[老旦]這等看來你的心事妾身今日方知但終身事大決不可委之俗子那杜御史旣鍾情於你何不將終身託他[旦]但侯門如海從何處傳消遞息[老旦]只要你心肯杜御史那裏包管在我身上[旦]悉憑歌娘便了[老旦]這等我有一箇計較在此從今以後就要假裝病態見神見鬼變做風魔一般掩刀弄劍使人不敢近身那時我自暗遍巫婆叫他假託

神言要你躲避災難我自有箇道理便了

[前腔]無明夜病勢加做風魔情態差妝神冒鬼生驚怕暗地裏藏奸詐[旦]只怕奴家福薄無緣到得樊川那邊[老旦]但要你依計而行自然成就好事有緣自會知音漫誇含情待訴懷人未還那樊川樂府先做了漁郎駕你且謝鉛華安排計策好引出錦堂娃

[旦]多謝歌娘費心異日果然有些好處自然不敢忘恩[老旦]

[尾聲]賺的箇人兒驚怪煞則病魔中有些生發[旦]俺怕甚麼捉鬼桃符來劈面打

[集唐][旦]片雲無意傍琴臺　恐失佳期後命催
[老旦]何事不歸巫峽去　相期共鬭管絃來

第十三齣　痛美

[生上]

[遶地遊]聽歌揚杳葬送人年少脈脈此情無靠吹盡鸞簫燒殘鳳腦寄相思因風到絳綃

[集唐]遙想風流第一人與伊相見卽相親可知劉阮欣逢處似近東風別有因俺杜牧自

從在李司徒家見過紫雲之後不覺神迷意失舉止若狂不知那妮子見俺杜牧可也眞心傾倒俺已曾著院子到李府打聽韓歌娘接他到來便知分曉

[山坡羊]特地裏癡魂繚繞沒倒斷良緣消耗則爲那詞句神交赴歡場一霎一霎憐同調怪銅臺把芳春收的早俺是醉狂年少得遇蛾眉淡掃則歸計無聊贈新詩寫情好含嘲這風流痛飲澆難描那姿容淸夢勞

俺想李司徒金釵十二何爭這一箇美人便白送與俺杜牧還落得天下人贊他是憐才輕色之輩那知他直恁慳吝俺則可惜紫雲隨行逐隊有何好處俺若得了這美人呵敢則僥倖煞也

【山桃紅】愛惜盡歌梁音繞舞袖香飄竭意兒焚香禱在紅樓與高掩映這月夕花朝受用著鵝笙鳳簫討得箇鵲在巢鳩在河做鴛鴦叶著于飛兆也則問你綺席華筵那日嬌覺分外增歡笑風光怎抛肯輕信這閬苑天仙雲駕遥

（末）無緣作蜂使端的報春暉（見生介）（生）院子著你去請韓歌娘怎不同來（末）小人奉命到李府去呵

【鮑老催】怎敢向侯門輕造則好在牆兒邊打聽把風聲報那時間尋花問柳增煩鬧（生）你可曾看見韓歌娘麼（末）則見人影招口語傳香閨耗（生）有何音耗（末）小人去時見李府門前簇擁著醫生進去道是紫雲姐病重了（生驚介）果然紫雲有病（末）小人委實聽得名姬恰撞著災愆到有延醫飛走的說根苗禳神退煞正把師巫召

（生淚介）看將起來紫雲這一場病多分爲著俺杜牧害下也

【山桃紅】這病兒雲迷情竅霧鎖眉梢活受春煩惱樽前細腰憔悴煞蕙帶冰綃封疊過湘裙翠翹憶了你歷春山損絳桃幾能句遇盧扁急收效也好現出玉團瓊花掌上嬌覺分外增歡笑風光怎抛肯輕信這閬苑天仙雲駕遥

（末）老爺不必愁煩待小人再去探聽一箇眞實便了（生）你是必上心者

【綿搭絮】月容花貌虛度可憐宵無計紅懨綠褪柔衾淚暗澆致蕭騷病入秋毫怕得你身軀瘦小態度苗條著些兒夢魘情魔幾箇昏朝則是怎熬

【尾聲】膩芳魂無礙耗只待覓神仙絳雪膏紫雲紫雲你病淋侵甚日兒纔盼得好

集　卻恨青蛾誤少年　驪龍春暖抱珠眠

唐　有時自患多情病　難泛鴛鴦水上天

第十四齣　病賺　末上

秋葉香紅粉一朝憔悴聽唏噓情黯魂飛

集唐琴罇空自負年華應是壺中別有家兒女眼前難喜捨怕驚愁度阿香車老夫林下盤桓全賴紫雲侍妾取悅承憐不意日來抱病如著鬼魅百般醫禱全無效驗恐有精祟作耗曾著院子傳巫婆來跳神叩問侍婢們好生扶著紫雲出來雜應下老旦丑扶旦上

玉井蓮盧醫扁鵲嘆音稀病在神情難識

末紫雲你病體如何速速說與根苗以便訪醫療治

八聲甘州旦俺煙霞痼癖再不向歌裙舞扇追隨

末紫雲你若病好之時老夫也再不著你歌舞旦大聲驚慌介好大水也波濤狂沸恰又見水族靈旗又狂喊介火又來也燒天一炬咸陽起好也神仙到也戲海神仙島谷回散髮滾地眾扶起介俺怕哩怕哩丑姐姐怕甚麼旦天兵廝殺了如雷耳畔裏鼓振金催

揚州夢　病賺　四十三

末淚介這卻如何是好

前腔稀奇敢花妖木魅藏形附魄相欺可惜你顏如桃李怎禁得惡病離披這些時呵青天霧鎖鮫綃珮白日香寒獸炭灰悲悽那能句翠繞珠圍

淨扮巫婆上自古受人之託必當終人之事俺乃師婆便是李司徒家紫雲病祟喚俺禱治俺受了韓歌娘囑託要俺口稱家神作祟必須病人避往西南地方纔脫災難俺且依他做作好胡亂得些錢財此間已是不免徑入見末介老爺在上師婆叩頭末師婆你看是何精祟害我愛姬若能驅治平復我當重重酬謝淨婆子當得效力扎神馬頭上口中作念披髮跳舞內打鼓相應介吾神至也吾神至也老旦拜介你係何神淨

解三醒俺不是閒神浪鬼俺本是家宅靈威老旦原來是家宅神靈不知紫雲何事觸犯淨他戳風弄月招精祟有罡煞來往香閨老旦尊神何不驅治一番淨俺權卑怎把囂張制要病去還該躲避

揚州夢　病賺　四十四

宜（老旦）若躲避往那方去好（淨）西南鄙待潛藏七
日始免災危
（又跳介）吾神去也（跌倒半晌醒介）（淨）老爺神
道可靈驗否（末）方纔家神降臨道是風月之
下觸犯精祟必須躲向西南方纔保平安（淨）
老爺你甯可信其有不要違拗神靈葬送了
這一位美人（末）只是躲往那裏去好（老旦）老
身僻居鄉村倒是西南地方老爺若放心待
老身伏侍他一同前去回覆老爺意下何如

（末）韓歌娘你在我門下多年老成可託無論
躲避災難有無未可深信便去蕭散養病未
爲不可（喚介）院子你可取一封銀子賞了師
婆一面去喚香車護送紫雲到韓歌娘家去
（雜應介）（淨謝末介）多謝老爺（仝下）（末）歌娘你
聽俺吩咐
【前腔】他本是生成羅綺則遇著年月災危借伊家
將養嬌身體盼朝夕淸健同回（老旦）老身呵慇懃
藥餌忙調劑老爺呵你拂拭珠簾待麗姬（雜）稟老
爺香車到了（末）歌娘你可偎抱他在車內不要驚
嚇了他院子可隨後護送（老旦同丑扶旦坐車介）
（末淚介）難由己看香車載玉冉冉雲迷
集　綠陰終借暫時行　心仰蓮峯望太淸
唐　春色來年誰是主　玉爐煙盡月華生

第十五齣　離任

（小生冠帶儀仗張蓋鳴鑼上）（集唐）俗吏三年
何足論向君凡在幾重恩省門簪組初成列
何幸含香奉至尊下官崔元亮久任湖州自

慚無狀蒙聖恩不次之擢今日起馬赴都好
榮耀也呵
【新水令】五花頭踏唱雄風化成時錦鞭雙控桑麻
迷四野袵席徧羣氓太守何功也則是祝天子皇
圖鞏
（副淨領丑小旦上）提攜小兒女感謝舊黃堂
（見小生介）綠葉母子來送太爺（小生）生受你
們（丑）小婦人母子受太爺連年照管之恩無
可報答但願太爺此去呵

〔步步嬌〕福澤綿綿絲綸寵茂巽天階重丹墀輔聖躬遠棄寒簷何年星拱我母女受恩濃感懷今後勞魂夢

還有一言奉啟小女綠葉年將及笄杜老爺一去音信杳然未知何時成就好事況太爺陞任京都將來無人照管母女伶仃如何是好〔小生〕婆子你不必憂煩下官此去自然催促杜御史著他就來照管你須放心看視女兒

揚州夢　離任　四九

〔折桂令〕則消停密護簾櫳等蕭郎喜氣眉濃安置下孔雀屛風團圞鏡閣錦繡花叢既訂就天長地永管將來倚綠偎紅早歡慶女壻乘龍俺可待聞聲燕賀折末也夫貴妻榮

你家中還有甚麼親眷可以倚仗得待下官吩咐他一番〔丑〕只有一箇姪子齊小二現在這裏〔拉副見小生介〕過來見了太爺但是這厮游手好閒慣作非爲常盜俺母女們衣服還望太爺懲戒他一回〔小生〕齊小二過來你爲何不學好做下流的句當叫皁隸扯下去薄責他二十板儆戒下次〔雜打副介〕〔副〕哎喲可憐小人呵

〔江兒水〕自小無師訓貪閒不務農嬉遊廢日成虛哄呼盧角技多搬弄狎邪匪類眞狂縱〔小生〕自今以後還敢胡爲麼〔副淨〕扑責相加知痛革面回心禮法從頭遵奉

〔小生〕齊小二試聽俺吩咐者

〔雁兒落〕你須要守分將訓誡通你須要激發得良

揚州夢　離任　五十

心動你須要顧伊行母女蹤你須要知那壁姻緣重呀杜樊川名位不卑庸在東都秉憲驄早共晚朝廷用刺湖州遂素衷遭逢受樾蔭如春夢綠葉母女呵從容你只管鏡臺前攢女紅鏡臺前攢女紅

左右的取白銀十兩付與綠葉母女用度另取青布一疋賞給齊小二〔丑副小旦〕多謝太爺

〔僥僥令〕嘉言心已誦實惠拜無窮感化育茅簷高

厚中則遺愛到釵裙意更濃

〔小生〕左右的就此長行便了〔眾〕鳴鑼執事遶揚介〔小生〕

〔望江南〕呀早則見鴻雁聲歸彩仗中端的是騁長風可知那居官離任一般榮但澄清不媿舊黃龔

〔內眾喚介〕太爺慢行俺們士民焚香來送哩〔小生〕左右的傳語士民人等下官待罪地方不曾有尺寸之勞不勞遠送了〔眾傳語介〕〔小生〕笑虛餐鮮功笑虛餐鮮功甚的是甘棠留愛播寰封

〔眾士民上〕太爺慢行生員們還有功德頌小民還有遺愛碑請太爺展觀一回〔小生〕本府有何好處勞汝士民相愛至此〔眾〕太爺的好處多哩

〔園林好〕操冰霜衙齋素風播德教康衢化工默牖得家絃人誦追五馬過鄰封追五馬過鄰封

〔小生〕俺想清廉惠愛乃守吏分所當為但願你們父老子弟長守下官條教強似造碑刻誦也

〔沽美酒〕清和白兩字中清和白兩字中廉共敏治謨同那裏有竹帛勳名自勒功峴山碑淚滿擧截鞍鐙駐花驄感承你農歌士誦願民閒戶裕家封識王法蒲鞭驚恐臻上理唐虞雍動俺呵便去時無功有功准備著觀風采風呀短長亭不勞多送

〔下〕〔眾〕好老爺竟自捨下我們去了

〔尾聲〕流恩遺愛茗川共看處處夭桃郁李榮好笑那眼前的說鬼瞞神太守翁

集 繡衣行過撲春風 次第儀型漢上公

唐 聖代卽今多雨露 飄飄何處五雲中

第十六齣 拐聘

〔副淨〕

〔吳小四〕苦難撐坐欠甯偷兒變拐精只為黃堂頭上頂怎敢胡為伸縮頸他離任咱橫行

俺齊小二又好哭又好笑平白地隨著俺姑娘妹子去送崔太爺起身被俺姑娘出首道俺偷他衣服准准責過二十板你道該哭不該哭那知弄喬的太爺又憐俺穿得繿縷送俺一疋布做件道袍穿你道好笑不好笑這

也不在話下當初陰大郎原說太爺去後好替俺商量心事如今且去見他看作何計較（行介）此間已是大郎在麼（淨應介）來了

（前腔）狗屠腥賭陣爭心粗膽又猶日上三竿猶未醒醉裏酕醄衣不整（見副淨介）哦原來是齊賊精

（副淨）大郎開口便罵好沒理（淨笑介）得罪得罪（副淨）太爺起身了你的計較還不拏出來哩（淨）太爺幾時起身的（副淨）這等你還在夢裏昨日崔太爺起行俺姑娘同去送他挑唆

揚州夢　拐聘　十三

了一場是非被太爺責我二十大板怏怏商量箇法兒處治俺姑娘纔好（淨）小二你吃虧了如今說不得騙出他原聘之物先與你暖鬶何如（副淨）計將安出（淨）待俺妝扮起來與你看（戴大帽穿青衣著靴搖擺介）（副淨）你爲何著這副行頭（淨笑介）待俺說與你知道

（黃鶯兒）妝扮要峥嶸杜家人奉使令（副淨）扮做杜家的人卻怎麼（淨）一直走到你姑娘家去傳言御史追前聘（副淨）卻如何追他的聘物（淨）道是他年華尙輕姻緣不成當初禮物休藏臏（副淨）追出禮物來怎麼分法（淨）我七分你三分（副淨）是我作成你還該我七分你三分（淨）莫閒爭平分阿堵各自掙前程

（副淨）就此同行便了（淨）卻使不得兩箇人便要露出馬脚來等我獨自行事到手之後那時均分（副淨）這等小弟暫別了（虛下）（淨）小二已別待俺且去扣門（丑旦仝上）

（三臺令）柴門風色凄清啟戶知誰到庭

揚州夢　拐聘　十四

（丑開門見淨介）客官何來（淨）在下無事不敢輕造乃是奉京兆杜老爺之命特地而來（丑）可是杜牧之老爺（淨）正是（丑呼旦介）我兒今日纔盼著音信了（淨見小旦介）這想是小娘子在下見禮了（淨背介）好一箇小娘子（丑）你老爺幾時來完親（淨）俺老爺不來了著在下來退親哩（丑旦變色介）這是那裏說起（淨）俺老爺呵

（御袍黃）（簇御林）他乃高門第美俊英正居官登廟

庭你寒微幼小難厮稱【丑】這親事原是你老爺情愿結下的【淨】如今老爺不情愿了待決撒從前聘

皁羅袍金釵幾股親來問名寶珠多串牽將赤繩笑虛花不實紅顏命快把原聘之物收拾還俺老爺漫留停衣笥鏡篋檢點舊星星

【小旦】俺想杜家便要毀親十年以來竝不曾見他提起況且富貴之人便要退婚也何爭些須聘禮娘還不要輕聽【丑】只是崔太爺已經陞任敎老身那裏去問箇憑據【淨】甚麼憑

據不憑據難道在下來騙你們母子麼【丑抱旦哭介】我那兒好苦也【仝旦唱介】

墜梧枝貓兒墜十年不字苦守待親迎誰料中途改舊盟愁紅悵綠嘆緣輕【淨】怎還不退出原聘禮物來【丑】說不得了梧桐花且把當年原禮聘交還惡少圖乾【淨】【小旦取出遞與淨介】【淨】還有許多物件哩【丑】家內貧寒已經用度了【淨】也罷俺行箇方便回覆俺家老爺便了正是一心忙似箭兩腳急如飛【慌下】【丑旦抱哭介】活分離飄零淚零甚寃愆前生再生

【丑】我兒不要哭壞了隨娘進去罷正是萬般愁苦事無過死別與生離【扶旦下】【副淨】陰大去了半晌還不出來一定著手了且遠遠的候他出來好與他八刀【虛下】【淨笑介】造化造化一騙就到手只是齊小二那厮要分如何是好哦有計了且自藏在帽裏【作褪冠藏物介】【副淨暗上從空中取去介】【淨行】【副淨作迎見介】大郎所事如何【淨】再不要提起你家姑

娘猜破了我的行止幾乎被他扭去見官那裏有分文退出來哩【副淨】大郎你莫要說謊小弟適纔看見日遊神他說陰萬鴞盜拐聘禮天理不容已曾將他盜取之物命五鬼從空攝去【淨驚介】你又說鬼話了【忙取冠細看跌腳介】當眞日遊神從空攝去了【沈吟又揪住副淨介】甚麼日遊神夜遊神就是你這賊精快取出來不要討俺動拳頭了【副淨取出介】小人哉在這裏但是你太欺心我故意顯

一箇手段（淨）小二哥錢財事小你拏去也罷但我有一樁心事要拜託你哩（副淨）甚麼心事（淨）造府之時看見令妹人材果然齊整小弟其實未娶你若幫襯我這頭親事我便將這財物送爲媒資（副淨）你方纔盜騙禮物的時節俺家姑娘妹子都認得你了只怕使不得（淨跪介）這箇所在不是商議之所且到你家去計較（淨）說得有理正是利不害人人自害色不迷人人自迷（同下）

揚州夢卷上

揚州夢

下卷目次

揚州夢

抱犢山農塡詞

蔭秋堂舊刻

第十七齣　討逋　生上

秋蕊香 心緒亂絲縈絆問羅幃消息何端

集唐 碧簾迢遞霧巢空心有靈犀一點通憶事懷人空得句肯令才子各西東俺杜牧憶念紫雲不時探訪未知他病體如何盼望韓歌娘到來討箇實信卻又再不見來好生憔悴人也呵

忒忒令 折挫煞秋風病鸞冷落箇春宵銀管人間事沒處通情窾虛承望月華團倚雕櫳冷淚漫幾時呵巫山暘滿

老旦上 閬苑有書多附鶴女牆無樹不棲鸞老身爲著杜樊川費過一片苦心擔著血海干係賺得紫雲到俺家裏則索前去報與樊川知道來此已是門上有人麼 雜 原來是韓歌娘老爺正盼得好苦快請進去 引見生介 生 韓歌娘俺幾徧著人相請俱不能遇後聞得紫雲患病好生放心不下今日纔守得你來 老旦 郎君你可知紫雲的病爲著那箇害的 生 難道爲著俺杜牧不成 老旦笑介 著也著也

尹令 他病入了膏肓不管爲知音徘徊鐙畔整幾度臨風扼腕悄地香閨打算一霎搗枕搥衾把夢裏司徒在暘上瞞

生 畢竟如何打算有甚瞞過司徒處 老旦 說起話長郎君還不知哩老身自從見託之後

暗中窺探紫雲口吻果然有心於郎願以終身奉侍恐無由脫離李府是老身授計教他假妝瘋病延巫之際俺又預先囑託道是家神作祟須避災西南方那司徒滿腔溺愛果被俺們瞞過竟將紫雲交付老身著領到家中養病郎君趁早商量不要錯過這箇機會 生 狂喜介 這等俺就要去相會哩 老旦 卻使不得郎君乃做官之人舉動關係耳目倘事情敗露反爲不便 生 教俺杜牧怎生捱得過

〔品令〕說甚麽嫦娥影隔在雲端則這仙風吹下彩
飛鸞恨不得憐香偎玉一時春帳暖爲了烏臺鎖
絆穩行藏佳期信緩好一會沈吟喜到星橋霧又
漫
〔老旦〕郎君若要會他也非難事貪夜微行何
妨一往但暫時繾綣反誤卻終身大事還是
從長計較不枉老身作合一番
〔豆葉黄〕乍相逢露水俄頃交歡怎償他離恨秋紈
怎償他離恨秋紈恐埋沒了佳人一段舞裳歌幔

揚州夢　計遁　三

光陰轉丸待學做箇文君的罏畔待學做箇文君
的罏畔守著那相如滌滓
〔生〕依起愚見來歌娘既有這押衙豪舉何不
竟將紫雲送歸杜牧完成一段奇緣若懼怕
司徒跟尋追究俺杜牧情願庇護你侍養終
身你的意下如何〔老旦〕老身既賺出紫雲少
不得歸之郎君獨是東都地面容易昭彰郎
君既不利於官聲老身亦難辭於禍患畢竟
遠出他方老身方可飄然相隨〔生〕沈吟介歌

娘慮得有理
〔玉交枝〕月移星換送飛騰冰綃幌擎則爲的蟾宮
曾結下靈霄伴偷開天窟重垣畢竟是逍遙遁形
壺內蟠入閒天上雲泥判〔老旦〕在東都悄蹤怎瞞
去他方老懷始寬
〔生〕有計了俺明日草成奏章乞守湖州俟朝
廷依允於出都之時俺這裏著精細院子打
發兩輛香車來則說李司徒來迎接紫雲回
府的瞞過你左右鄰舍那時約齊在郵亭相

揚州夢　計遁　四

會可不好也〔老旦〕此計甚妙郎君呵
〔川撥棹〕你移香緩護嬌姝度翠巒說與伊委曲多
般說與伊委曲多般到郵亭雙鏡團〔生〕這機關須
巧瞞怕風聲出短垣
〔老旦〕老身就此告別先向紫雲說知便了
〔尾聲〕俺牽絲繫綵把鴛鴦絆你早准備詩句催妝
來合歡〔生〕歌娘你是必上覆俺的美人道是咫尺
三星照繡幔
集〔老旦〕寂寞春風舊柘枝　寒窗羞見影相隨

唐（生）盟金早晚聞仙語　卻趁襄王夢裏期

第十八齣　強媒

（副淨）（水底魚）好友樗蒱完成竝蔕株酬咱月老花紅酒幾壺

俺因貪取陰大郎重謝要娶俺姑娘之女爲妻今日特將釵聘爲媒說合俺那姑娘倒還容易哄騙則那妹子有些古怪俺有箇道理只哄得姑娘做主那怕妹子不肯（入介）姑娘那裏（丑上）是那箇

揚州夢　強媒　五

（前腔）空室孤雛誰言掌上珠隨他出嫁句銷百歲逋

原來是姪兒你請俺有何話說（副淨）做姪兒的爲妹子年已及笄要與他擇一箇對頭又怕頭醋不酸二醋不辣必須說定人家一面說妥就要娶親纔好不要又像杜家的行徑因此訪就一箇財主一說就要允一允就要花花轎兒撞過門（丑）你且說來是那樣人家（副淨）湖州城內數一數二的陰大郎

（駐雲飛）他名賽陶朱尋徧湖州再也無（丑）人材如何（副淨）狀貌英雄度（丑）多少年紀（副淨）年紀方剛數（出釵聘介）嗏釵幣吉時俱終身毋慮（丑）還不知你妹子心下可肯如何輕易許他（副淨）這樣大事原是姑娘做主何必去問妹子奉命高堂兩姓前生註結就朱陳老景娛包管你坦腹東牀美丈夫（丑）俺做姑娘的終久不放心還著他來面看一箇端的婚姻大事不要草草誤了你妹子終身

揚州夢　強媒　六

（前腔）他雖是小小村姝長在寒門豔色殊指望攀高處誰料姻緣錯嗏相女擇良夫前程難誤面看端詳方好成婚娶鳳凰莫令逐棲烏端的天生合浦珠

（副淨）這等釵聘之物姑娘且請收下待姪兒領他來拜見過姑娘然後聯姻何如（丑）這也罷了

集（副淨）輕盈年在破瓜初　西子元來未得如

唐（丑）祇恐輕梭難作匹　每來花下特踟躕

第十九齣　乞守　（小生朝冠服執笏上）

【點絳脣】花映堂簾日移宮扇瞻龍輦白玉爐邊香噴通明殿

（集唐）拂旦雞鳴仙衞陳何愁不賞萬年春幸同葵藿傾陽早寶契無爲屬聖人下官黃門官的便是皇上陞殿恐有百官奏章則索在此伺候（生朝冠服執笏上）

【前腔】待漏朝天尙衣值殿星燦現景慕忠賢載拜陳愚見

（小生照常宣白）（生揚塵舞蹈山呼介）（小生）有何本章就此披宣（生俯伏介）微臣杜牧誠惶誠恐稽首頓首臣待罪御史治行無狀東都輦轂之下非疎庸所能勝任臣願乞守外郡退養迂拙惟湖州僻在越鄉堪以待命伏望俯允所請不勝激切屛營之至

【耍孩兒】東都吏治微臣鮮東都吏治微臣鮮聖度汪涵赦罪愆山鄉水郡藏迂拙山鄉水郡藏迂拙乞守湖州性所便循職冰霜勉姑容犬馬報効千年

臣雖乞守外郡寸心戀戀朝廷尙有管見三策爲我皇上陳之伏惟內亂不作外患不生長慶寶歷以來中官流毒至改元太和皇上雖勵精好賢其如牽制左右朝政顚危臣今上策以爲莫若自治

【前腔】（換頭）我皇上呵法祖宗親哲彥畏天威答帝眷宵衣旰食宸旒勉屛聲祛色調元燭屛聲祛色調元燭慕義懷仁奏化紘皇極宮闈建恩威竝駕中外安然

臣思亂臣賊子人人可得而誅近如史憲誠鼓煽將士田布自殺穆宗皇帝旣不討罪反詔爲魏博節度聞其招兵買馬意圖大舉淮南節度牛僧孺密陳叛狀皇上又恐多事置之不理誠恐養奸釀禍莫甚於此臣今中策以爲莫如取魏

【前腔】那史憲誠呵買戎行造叛言穩牢籠侵主權當初降詔防生變野心狼子蹤無定野心狼子蹤

無定縱荷天恩亦枉然鋤逆清方甸今如不剿後蔓滋延

臣又想藩鎮叛亂總由府兵廢壞致成偏重之勢此時若置府立衛奪其軍心彼以一鎮之師力終有限我以互援之旅勢必無窮更敕在外忠良節度密授機略內外夾攻臣今下策以爲莫如速戰

【前腔】建旌旗角鼓喧磨犀鎧劍戟全將軍四出連雲戰天河洗盡欃槍氣天河洗盡欃槍氣萬里妖氛靖塞煙武耀乘今繕一朝赫怒百禳生全

【小生接本介】叩頭平身午門候旨【虛下】【生】退立【介】俺杜牧此舉一來乞守湖州欲遂私願再爲時事紛擾願見太平未知聖恩如何且自拱聽玉音便了【小生捧旨】同昭容內官奏【樂上】

【滴溜子】奉皇命奉皇命御敕口宣除外郡除外郡湖州暫遷三策淋漓堪羡明良際泰階亮忠足勸朝宸無私功名砥建

聖旨已到跪聽宣讀【生跪介】【小生】詔曰朕念國家多故寬御外藩覽卿三策痛切時政忠讜既深直言無隱實可嘉賞朕當採擇而行至卿乞守湖郡暫依所請伺候另行擢用謝恩【生謝介】【小生相見介】下官還要繳旨不及奉陪【同眾遶場奏樂介】

【雙聲子】彩雲內彩雲內同宮奏筌璈轉祥霞外祥霞外朝天過旂常炫經濟展經濟展官秩遷君王明聖臣子英賢【同下】

【生】下官僥倖叨荷聖恩俯允先在郵亭得與紫雲完聚再向湖州了當年綠葉之約眞是一舉而兩得也

【尾聲】佳人約會郵亭遠多謝君恩賜曲全俺到了湖州呵還有前度劉郎未了緣

集　即此蓬萊在帝京　諸君何以答昇平
唐　欲除豺虎論三略　願比盤根應候榮

第二十齣　泣嫁　【淨華衣冠上】

【金錢花】光光喜帽臨頭臨頭新郎七夕牽牛牽牛

副淨拍淨肩介你的新郎還欠穩哩**前番馬扁是**
伊傳若相見惡爭眸
淨驚介俺准備娶親諸般停當還有甚不穩
當副淨大郎你當初假扮杜府家人誆騙聘
物姑娘已認得你如今做女壻的又是你他
焉肯干休淨慌介卻如何是好副淨笑介不
難不難只要換一副嘴臉便好遮掩淨這副
嘴臉乃是爺生娘養的如何換得副淨嘴臉
便換不得這鬍子上面還有些商量淨誰不

知俺是鬔鬆鬍子齷齪鬍子奸似曹操的鬍
子出名也在這上面你卻如何商量副淨出
翦刀介除非翦去些纔認不出淨要討好老
婆說不得你來翦只是翦一箇三綹鬍子罷
副淨包管你好看盡將淨鬍翦去僅匿短鬍
椿淨摸鬍不見跳喊介不好了不好了一嘴
的門面都被你翦去了副淨便宜你啞如今
男風盛行像這樣光下頦的好不行時哩淨
鬍子悔氣說不得了你快去報知姑娘道他

女壻就來迎娶哩諢笑下
前腔丑上**單生一女嬌羞嬌羞梳妝送上花兜花**
兜門前結綵慶雲浮賠錢貨叶鸞儔
擬古養男莫心喜養女莫心悲女生心外向
嫁作好門楣老身爲女兒親事許了一箇姓
陰的財主原約女壻到門相看俺那姪兒說
一面上門一面就要迎娶揀定今夜吉日良
時成就大事則索與孩兒說知喚介綠葉我
兒那裏小旦上

海棠春落花流水今生受拼葬送青春苦守阿母
喚聲頻斂袵忙承候相見介
娘何事喚孩兒出來丑俺爲娘的有句話對
你說知杜家姻事既成話柄不便誤你終身
已曾許下姓陰的財主擇就今日迎娶你可
去收拾梳妝小旦哭介娘這是那裏說起丑
兒你聽我做娘的分付
鎖南枝娘廝守春復秋則爲杜家送聘擔延欠他
一旦悖前謀你**三生另擇偶年少女難逗遛到人**

家去供箕帚
小旦孩兒生長寒微頗知禮義婦人從一而
終女子二夫爲恥杜雖負心於兒兒豈忍負
之望母親三思丑好沒來歷杜家與你恩斷
義絕了有甚相干小旦哭介
紅衲襖好苦也燒下了斷頭香不到頭生偪做蕩
春風衰敗柳撇過那如錦繡佳婚媾妄聯上野猿
猱稱好逑則情願茹長齋甘棄帚怎肯去改初情
過別舟既不能生同衾死同穴也枉笑煞楊花逐

水流
淨扮新郎插花披紅眾扮儐相樂人鼓吹仝
副淨鬧上
窣地錦襠綵雲璀璨近花樓一派笙歌逐路悠乘
龍佳壻配明眸負雁盈門喜氣浮
淨見丑介丈母拜揖見小旦作醜態介這是
俺的渾家不要哭壞了小旦哭不理介儐相
屢請小旦上轎小旦不動身淨副淨鬧亂將
花帕暗蒙小旦頭上搶上轎丑哭下眾遶場

鬧介
節節高雄獅滾綉毬暢温柔綺羅到處香風透鴛
鴦扣魚水投鸞鳳湊藍橋玉杵歡成就巫峯雲雨
難消受分明都是惡姻緣恨他月老紅繩謬鬧下

第二十一齣 郵會 旦上

杜韋娘妝臺掠雲鬟香車寶馬聲華近老旦蓬華
荒村喜逗得人離閨閫
菩薩蠻旦無端賺出紗窗裏淩波郊館飛湘
水宛轉押衙情三生夢不驚老旦閒擲彈箏

手去曳仙郎袖怕聽斷腸聲還伊在戶星旦
妾身荷蒙歌娘設計佯病而出將來得事杜
郎終身有託父母生全無此恩誼老旦說那
裏話來老身少年時會些詞曲浪博歌名如
今老大無依不如撮合你們才子佳人倒好
倚傍終身還有甚不足意處雜扮院子領車
上安排七香駕來迎十斛珠此閒已是車子
可停在門外進見老旦照會介俺奉老爺之
命特來迎接紫雲姐同歌娘回府安置老旦

待老身別過鄰舍好隨你上車〔老旦〕向左右鬼門虛喚〔介〕張姑姑李媽媽俺們紫雲姐病好了李府中來接他併老身同去日來聒噪託老身奉謝一聲〔內應〔介〕〕俺們來送紫雲姐哩〔老旦〕不消了〔同旦上車〔介〕〕

【六幺令】東風傳訊怕紅樓未醒香魂軟籃輿盤過苧蘿村花冥冥日勻勻斷重圍續上風流陣〔虛下〕

〔生〕馳馬眾排儀仗擁蓋鳴鑼行上

【前腔】帝都馳駿仗絲綸擁節風塵舊詩囊尚帶禁林春飡野色宿郵雲會襄臺準備弓鞬趁

揚州夢　郵會　十五

〔生〕下官蒙恩刺守湖州出得都門早望見郵亭地面左右的今夜就在郵亭候齊家眷明早同行〔眾應〔介〕〕雜扮驛吏迎入館驛〔介〕〔院〕隨旦老旦推車上〔院先見生〔介〕〕稟老爺家眷到了〔生〕快迎進來〔老旦領旦與生見〔介〕〕〔集唐〕〔生〕誰將醉舞拂賓筵遂羨乘槎雲漢邊〔老旦仝〕〔旦〕織女橋頭烏鵲起玉簫聲徹鳳凰天〔生〕下官李府題詩之後不料狂言竟諧夙願俺想這段姻親眞是不意中之作合好喜哩

【二郎神慢】樽前認綺羅香意中遠近則因歌舞時漏洩下洞房春掩映著花筵赤緊下官那日好一副涎臉兒向司徒出席會面懇怎命兒裏沒半點姻緣分兩行兒早則又被紅顏哂風流盡到頭相聚笑俺紅鸞運

〔旦〕奴家歌院女流郎君玉堂佳客甚慙微賤難奉歡娛但荷提攜永隨琴瑟

【前腔】詞壇俊甚才華墨香玉潤幾從歌譜中錯喚

揚州夢　郵會　十六

你是謫仙人豈比那朝榮木槿侍歌筵邂逅心上肯只難討箇似海侯門信巧中間有一箇渡舟句引桃源近武陵春色闖過東都郡

〔老旦〕莫怪老身誇口你們一箇才子一箇佳人也得老身做一箇氤氳使者團合這場美滿

【囀林鶯】移來玉鏡天上春憶當筵瑟瑟湘裙甚因由渡檝桃根到今雙舉芳樽當得箇夫妻合卺可念我蜂傳蝶訊花內穩補綴上玉堂風韻

生韓歌娘其實虧煞你未知如何酬謝這場勞苦

前腔花開謝伊多幇襯伴高唐握雨攜雲指旦介他是絕世仙娥怎教廝近俺辦副至誠方寸感動你雲軿下引吹一品好玉蕊軟香親近

老旦今夕定情之夜早請安置老身當告了迴避來

琥珀猫兒墜千金時刻愛惜莫逡巡伉儷郵亭風月緊等閒花燭照青春香魂做一對兒比目文魚

綉衾安穩

旦歌娘再請寬坐一會兒

前腔總則夢中緣分顛倒已成眞有甚麼地久天長閒話論生還是依了韓歌娘早安歇罷玉顏銀燭漸生春溫存則一點靈犀陽臺合脗

老旦持燭生執旦手就寢介

尾聲迴廊金鴨爐煙燼行色裏一天脂粉老旦郎君還欠定情篇哩生少不得枕畔拈詞贈麗人

集生夢繞巫山一段雲　爭教容易見文君

唐吰共歡天意同人意旦靜夜名香手自焚

第二十二齣　失姬

末上

夜朝遊錦瑟紅兒離月嶠憶病體枕席魂搖無柰魔君可憐年少放不下起居消耗

老夫爲了紫雲患病徧請醫人了無起色有師婆道是家神作祟宜令躲避災難老夫從來不信神鬼但一時偏愛要他早早病脫只得打發在韓歌娘家裏暫住養病聞說近來病勢較前稍減則願他霍然而起也不枉老

夫教成他絕世的技藝適間又差院子採聽兼送藥餌此時想該回來了院子上底事偏多怪傳聞卻是眞見末介老爺怪事怪事小人到韓歌娘家去

瑣窗郎則見覰門關鎖斷蓬蒿末他家爲何鎖上了門想是人還在內院人影寂烏語嘈末這等眞箇奇怪了可曾問他鄰舍院便是去問鄰舍說來好詫異他道香軿止處傳說吾曹末難道假冒俺府內的人院來迎碧玉共歸仙闔末又說老夫去

接他的那裏有這等事你但找著韓歌娘便有紫雲下落（院）連韓歌娘也被那干人一齊哄去老佳人辭巢同作別枝鳥老爺呵東都地面拐兒騙子剗地都是須四路追尋早

【前腔】（末）悔只悔老夫不是怪明窗放出多嬌把春色直恁抛傾城一去對酒無聊知誰播弄落他圈套也則是人間尤物總難保乘駟馬沒尋討

院子你可約會家人分行四門盤詰出入車子倘若覺露蹤跡一面捉獲飛報老夫便了（院應下）

集　可憐雛鳳好青春　盡出花鈿與外鄰
唐　直以疏慵招物議　相思今日異州人

第二十三齣　偪婚

（小旦懶粧上）

【懶畫眉】無端遭遇惡喬材日夜煎熬苦自捱冤家前世今償債只怕俺薄命虛生實可哀

（哭介）奴家好苦母親聽人說騙坑陷奴家落在陰大這廝手裏他蠢牛一般形狀要偪奴家做親奴家抵死不從連衣而睡如此月餘衣不解帶那廝將奴百般淩賤萬種偪勒幾番要尋箇自盡又想人生一世草生三秋那箇不望好處偏是奴家拆離了一段好結果強拉上這一段惡因緣好苦哩

【前腔】（淨上）如花容貌女裙釵娶到家門喜破財怪他不肯兩情諧怒從心起眞難耐俺只待暮暮朝朝弔打來

（見旦介）娘子見禮（小旦不理）（淨怒介）俺倒下禮於你你這賤人反粧模做樣敢道我沒有家法麼（小旦）甚麼家法不家法要便打死了倒也早生早化（淨）俺偏不就打死要細細磨折你這賤人（小旦哭鬧介）憑你如何磨折奴家也斷不從你（淨取繩弔打小旦介）你且試試俺的手段（小旦哭喊介）

【降黃龍】天呵拚箇形骸月落空梁花謝閒階生生苦偪不揣有甚往因冤害哀哉皮膚寸裂似霎時萬箭盈懷望伊家早些超豁送歸陰界

（淨）你想俺費錢費鈔討你到家爲著何來你

便不肯從順俺也不肯干休少不得打煞你
下半截
前腔安排多少荊柴打得你入地無由上天難擺
不死不生向白日延捱但留人在要你死心蹋地
與俺做夫妻俺當眞與你有仇麽則願你和諧索
性從頭款待還與你插上金釵鎮日價朝隨盥櫛
夜赴陽臺
小旦苦求介你放下奴家來與你好講淨背
介熬痛不起有些順從的意思且放他下來

放小旦介小旦哭介我那娘呵
黃龍滾兒女枉沈埋兒女枉沈埋性命將危殆痛
煞奴家了拜淨介骨痛形傷難禁階頭拜淨娘子
不須行此大禮有話好講小旦放我還家只當超
昇天界淨你肯今夜做親明日便送你回門小旦
保祐你做高官爲鉅宰
如今實對你說奴家今生今世莫想我做夫
妻不若送還我娘家討還你財禮淨怒介俺
大吹大擂娶你進門只怕進得來出去不得

哩
前腔家私都罄來家私都罄來花燭無緣拜急早
依從收拾恩和愛休恁妝𢧐怨山愁海入牢籠甚
法跳圈兒外
小旦奴家生是杜家人死是杜家鬼你當初
原尋差了對頭了淨怒介哦哦原來你牽記
小杜不肯與俺做親那邊親已毀了有甚好
處還要戀他打介
尾聲可知道恩情中斷前夫歹猶兀自癡想那人

來小旦奴家則㸑箇垢面蓬頭鏡不開先哭下
淨弔場你看他哭哭啼啼竟自進去不來俫
保俺罷了罷了花枝般一箇女子當眞打死
了豈不人財兩失雜扮二公差上上命遣差
勢不由己俺們奉新太爺之命來提綠葉一
案人犯此間是陰大郎家裏入見淨介淨原
來是公差大哥何事見顧差新太爺有票喚
你淨驚介喚俺則甚差俺們新太爺是前任
崔太爺的朋友曾到過俺湖州地面他曾聘

定一位女子名喚綠葉訪得被你強娶因此喚你夫婦二人前去審問（淨怕介）這新太爺可是姓杜（差）正是姓杜（淨）不好了寃家對頭到了（背介）俺旣拐騙他行聘之物又奪了他的意中之人况綠葉那丫頭受俺許多弔打他到公堂之上表白自己如何苦守不從如何受俺凌偪那新太爺收了綠葉進內衙處治俺陰大起來卻不是活死哩（想介）俺有計較在此則說明媒正娶現有他母親做主齊

小二做媒娶來已經生子如此說去他自然道是覆水難收料必斷歸區區別無他話（差）你自家嚕甚麼快見官去不要擔閣了俺們回話（淨）難得哥們到此且去酒樓上吃三杯去（差）也罷且吃紅了面孔再講（諢下）

第二十四齣　判緣　（生扮太守上）

【桃李爭放】山風水鄉下車來竹馬奔騰則爲著使君道上

【玉樓春】玉湖春色年年換前度過時渾見慣鴛鴦飛繞浣紗人只道浣紗臨水畔　楊花如雪歌聲緩百戲魚龍兒女看樓臺城闕望依然五馬雙旌來恨晚下官杜牧自從鄆亭得晤紫雲一路琴瑟詩酒頗稱樂事到任之後私訪綠葉一段姻緣那知其母見下官日久不來竟將伊女改嫁他人好生可惱現今提取這一干人犯到案前來審問一番（差帶丑淨小旦副淨上唱名介）（生）先帶綠葉母女上來（丑小旦跪上介）汝女旣已受聘便該堅

守前盟爲何中道改適有乖倫化（丑）爺爺聽稟

【祝英臺】我孩兒雖受聘弱歲頗徬徨窮苦在家粗事蠶桑盼他日射屛仙郎悲傷無端來退婚書（生）誰來退婚都是一片謊詞（丑）追聘財供非謊其實是眞情到後來呵怕男長女大因此重諧孽障（生）綠葉妮子你有甚麼供上來（小旦哭訴介）

【前腔換頭】惆悵空有萬千般都已往（低唱介）難述伊負心狀（生背介）難道反是下官不是（向小旦介）

你若自誓貞節汝母卽以非義相奪便當立志不
從〔小旦〕奴家睡裏夢裏何曾知道及至臨期呵橫
曳倒拖誰與商量〔生〕依你說便落了圈套嫁到別
人家便該依舊貞節起來〔小旦哭介〕奴家正爲如
此所以受苦端爲不從強暴〔指淨介〕受他羅網荆
條鎮日淩夷弱骨渾身殘戲〔生喚淨介〕陰大果有
這般事麼〔淨〕爺爺不要聽他他與小人極是和氣
過得好的生兒生女的夫妻怎麼磨折他〔生指小
旦介〕又是你亂道了〔小旦罵淨介〕天殺的枉口嚼

舌爺爺呵莫聽伊滿口胡柴污衊貞良
〔生指副淨介〕齊小二你是當初原媒麼〔副淨〕
小的是原媒〔生〕俺想綠葉既有其母做主又
有小二爲媒那陰大也無罪〔淨〕多謝青天老
爺〔生〕俺想此一案呵
〔香柳娘〕恨來遲欠美恨來遲欠美等閒拋蕩好花
枝不到籬茵上綠葉依舊著原夫領去〔淨〕爺爺萬
代公侯〔小旦哭介〕奴家便死在這一荅決不跟他
同去〔生〕如今不跟他去䘚也遲了嫁雞飛逐雞嫁

雞飛逐雞覆水怎收場殘春助悒怏本府實對你
說俺既做你地方官長主持人倫焉肯與民間爭
你這失節之婦〔小旦〕奴家便掬盡西江也難洗淸
了〔生〕掬西江不妨掬西江不妨便洗得無瑕玉光
料也難同羅帳
自是尋春去較遲不須惆悵怨芳時狂風落
盡深紅色綠葉成陰子滿枝逐這一干人犯
出去掩門〔衆掩門擁生下丑扶小旦出〕〔小旦〕
呆望鬼門哭介〕

〔前腔〕我除非一死我除非一死泉臺明亮鐵錚錚
對案難廝放虧你還要伸理寃枉辨明曲直則只
奴家的心跡你也審不出來還做甚麼官長這糊
塗怎言這糊塗怎言教我雪上又加霜風狂那禁
浪待奴家回到府堂上剖明心跡再死不遲〔衆攔
阻介〕府門已掩沒處叩訴了〔小旦〕他把情緣不詳
他把情緣不詳說甚麼秋毫察芒原來昏昏迷障
〔前腔〕〔丑勸介〕勸吾兒莫哀勸吾兒莫哀〔小旦〕你女
孩兒總則活不成了〔丑〕你花枝纔放怎遭風便作

沈埋想〔淨〕啟賢妻試聽啟賢妻試聽那壁緣分已
開張不如咱倡隨好情況〔小旦〕啐你還想奴家上
你的門〔丑〕且隨著做娘的去住些時再處〔淨向副
淨介〕央你勸勸渾家〔副淨向小旦介〕你青春正芳
你青春正芳把愁懷且降去尋歡覓暢
〔小旦不顧〕〔哭唱介〕
〔鷓鴣天〕分明是一紙休書一寸腸寸腸割斷向誰
量我冰清玉潔無人識則月缺花殘對鏡傷針攢
刺淚抛長燕雛依舊返空梁天公決斷三生路惡

夢人間做一場
〔丑扶小旦〕〔淨副淨仝下〕

第二十五齣 奉詔

〔眾擁外上〕
〔菊花新〕淮南節鉞獨登壇隻手擎天跨戰鞍蒿目
憫時艱淨掃妖氛國難
〔集唐〕鐵騎橫驅淮海塵金戈直指障天雲不
知南北功多少羞作麒麟第二人下官牛僧
孺節度淮南以來討絕維州之降勇勘興元
之亂百姓不至流殺四鄙漸少侵陵偏那魏
博節度史憲誠心懷叵測久著叛形想他據
眾叛主挾兵請爵目已無君朝廷封為節度
便是養亂之階下官已曾將他近日情狀表
奏過了故人杜牧之慷慨上言亦曾痛陳此
禍才人經濟紙上借籌下官欲與共事幃幄
商量破魏星夜密奏朝廷未知旨意若何正
是欲知漢將宣威日須在風塵淨掃時
〔三學士〕俺想牧之呵胸內甲兵藏十萬陳辭氣拂
龍顏忝為方伯專征伐敢薦終軍代羽翰可也無

勞吉甫清風讚他自文謨辨武略嫻
〔唐多令〕〔小生齎詔上〕丹鶴下雲間綸音天際頒
聖旨到跪聽宣讀詔曰憂盛危明實深宮之
惕勵翦兇鋤暴迺閫外之威名茲者魏博節
度史憲誠桀驁無君漸成禍亂御史杜牧獻
策取魏朕久藏諸中心嘉其忠讜今覽爾淮
南節度使牛僧孺密疏愈見杜牧知言卽著
爾征勦魏博杜牧參贊軍事功成一併陞賞
〔外呼萬歲起介〕〔與小生相見介〕〔小生〕請問節

度公幾時興師〔外〕下官約會隣鎮尅期而動再候杜參軍到來共議破魏一應機略容下官次第陳奏〔小生〕下官就將節度公言語回奏朝廷

〔大環著〕藉英賢畫贊藉英賢畫贊智略超凡仰賴朝廷俯資材幹〔外〕忽見賊氛漸熾烽火交連百姓彫殘〔小生〕但願節度公成功之日焚香祝河清海晏天兵到露布還〔合〕看內致天和外銷邊患〔外〕左右的就送天使大人館驛安歇〔小生〕多

謝了

〔尾聲〕羨元臣制重藩入相何憂出將難〔外〕俺報國龍泉長自看

〔集小生〕欣逢御藻日邊來　自有西征作賦材

〔唐外〕此日近臣將表去　洛陽才子不須媒

第二十六齣　局賣

〔雜上〕扒來復鑽去門戶在揚州阿母名老鴇嬌妻喚粉頭生涯枕共薦本利粉和油最怕從良去平康冷似秋小子淮揚地面一箇樂戶的便是帶了幾百銀子來討行首幸喜湊巧有一箇姓陰的要賣老婆生得人物標致定要二百銀子俺一釐也不少與他約定今日交貨聞得他老婆在娘家還要哄他出門俺移船在他左右以便照會多少是好〔淨上〕時來討妻子運去賣家婆俺自從娶妻進門併不曾做了一日夫妻雖經太爺判斷回來他畢竟不肯順從住在娘家俺也沒法處治惟有賣些銀錢另討渾家恰值揚州一位財

主討妾還俺二百之數約定今日交人你想這箇淘氣的如何肯隨我出來〔想介〕除非去尋小二定有主意〔住介〕他若知道又要分銀怎麼處也罷且自哄他事成了再做道理〔副淨〕易尋無價寶難得不輸方〔見介〕大郎在此何幹〔淨〕正來尋你商量要緊話〔副淨〕甚麼要緊話想是有好主顧作成俺偷一手兒再便是合賭去贏別人〔淨〕都猜不著你想別人家討老婆那一箇不如魚似水偏俺討一箇氣

塊兒朝嘷夜哭不肯同牀連太爺斷下來他
還是那般執定了定要住在你姑娘家裏俺
想這也不是久長之計如今我賣與一位客
人做妾了煩你哄他出門（副淨）使不得俺那
姑娘可是好惹的（淨）有大主財鄉分哩（副淨）
有多少數兒（淨）是二百足紋（副淨背介）平分
我也有一百穀做賭本了（向淨介）我去我去
（淨）你姑娘在家卻如何是好（副淨）俺姑娘今
早門外燒香不在家了正好行事哩

包子令（淨）賺出紅顏全仗汝全仗汝（副淨）還憑巧
舌去支吾去支吾（淨）到手同伊分阿堵上場有與
較贏輸（副淨）俺自有一番機械騙羅敷騙羅敷
你在那裏等我（淨）不過在左右前後（副淨）我
去了（淨虛下副淨入喚小旦介小旦）
番卜算白璧抱貞瑜苦被青蠅污衷腸訴與天知
撥盡愁雲霧
（見副淨介）你喚俺出來則甚（副淨）有箇喜信
報你知道俺同姑娘燒香轉來只見府差來

喚我們重審說是太爺私訪曉得你貞節不
染意欲重續姻眷哩姑娘現坐在船內候你
仝去聽審（小旦）但願如此謝天謝地就此仝
行便了（副淨引小旦出門介淨作瞧見介）
前腔遠見嬋娟離月府離月府（副淨招淨介）快尋
售主引前塗引前塗（淨照會樂介）這樣娉婷人世
少豈愁重價費躊躇（樂點首介）此回得貨賽珍珠
賽珍珠
（副淨）船在這裏了（小旦）娘在那裏（副淨）胡應

攙小旦上船（樂催雜搖船急下副淨）大事完
成該分了（淨）分甚麼（副淨）分二百兩頭（淨）我
賣老婆誰人敢來分銀子（副淨）可笑了又不
是我要硬分你情願分與我的爲何翻悔起
來（淨）你要銀子除非要些拳頭去（副淨）我併
不與你交拳但和你去見官（淨打介副淨扭
住喊介丑上）誰人打俺姪兒原來是你兩箇
（副淨）姑娘來得正好他把老婆賣了二百兩
銀子快扯去見官（丑哭介）當眞賣我的女兒

和你當官去〔扭〕結淨到府前擂鼓〔介〕〔眾〕擁生開門〔介〕〔生〕

〔卜算子〕官舍對明湖朝朝理簿書臣心似水映冰壺借得皇天雨露洒潤澤徧窮廬

誰人擊鼓喊狀著帶進來〔淨〕副淨進見喊稟〔介〕〔生〕原來就是你們這一干逐箇細訴上來〔丑〕哭訴〔介〕爺爺陰大這賊將我女兒賣了〔生〕誰人証見〔丑〕是俺姪兒親眼見的〔生〕齊小二實說上來〔副淨〕

〔駐馬聽〕可恨奸奴昔日埋藏謀娶圖〔生〕你是原媒自然知他謀娶始末〔副淨〕爺爺就是前番毀親一事也是他假扮來的〔丑〕恨打淨〔介〕原來是你用計拆散姻緣坑陷俺女兒〔生〕有這等大膽之徒後來卻怎麼〔副淨〕他囑咐從中說合私估爲妻活葬嬌姝綠葉妹子千不從萬不從被他朝一頓暮一頓磨折得好苦行兒日夜偏歡娛他芳心一點何曾污〔生〕果是這等你們從前爲何不供況他既做夫妻焉有不從之理〔副淨〕爺爺惟其不從所以被陰大銜恨將他賣與外方怪伊潛賣江湖平吞白鏹生奪青蚨

〔生〕這等看來齊小二原不爲公憤乃是因他賣妻不曾分銀與他所以証他〔淨〕爺爺就是青天

〔前腔〕他本盜跖門徒現被前官筆楚餘只因爺爺行聘呵看見釵梳滿篋幣帛成筐問計於吾〔生〕原來齊小二從前原是同謀〔淨〕雖然假冒騙些須分明只當媒錢付娶他來緣分全無因此扁舟遠嫁

重尋內助

〔生〕齊小二同謀拆婚陰大盜賣良婦兩人罪犯重條著枷八十各刺配沙門島安置所賣銀兩追給綠葉之母以俟日後原價贖回〔雜〕責淨副淨訖〔介〕釘肘僉配〔介〕〔淨〕〔副淨〕從前做過事沒興一齊來〔押下〕〔生〕向丑〔介〕汝女既爲人買去下官這裏給批與你緝獲依舊贖回便了〔丑〕多謝爺爺〔哭下〕〔雜〕扮京報人〔上〕報老爺榮遷〔生〕閱報〔介〕淮南節度使牛一本爲密陳

取魏之策事奉聖旨杜牧著參贊軍務原來
下官奉旨參軍報人著何候領賞雜應下
集生聖藻光輝動北辰　叨承舊惠入天津
唐　共言東閣招賢地　錦幕逢迎有主人

第二十七齣　偪穽　小旦哭上

杏花天紅顏不幸遭蛇蝎墮煙花柔腸哽咽
奴家住在母親家裏原圖耳根清淨那知小
二那廝同陰大做成圈套將奴家賣在行院
人家聽說這裏乃是揚州地面與母親那壁

揚州夢　偪穽　三五

相隔迢遠何從知奴家下落他們又偪奴家
做倚門獻笑之人你想當初偪奴改嫁尚且
不從何况做這寡廉鮮恥的句當樂戶上願
伊心肯日是我運逼時在下天大造化討一
箇如花似玉的粉頭可恨要他接客堅執不
肯俺且奉承他一頓皮鞭看是如何光景見
小旦介俺們開門戶的人家經不得冷落全
靠笑臉迎人討你家來鎮日愁眉苦臉鬼也
沒得上門是何道理小旦奴家清白之人斷

不肯做這狗彘的事
憶多嬌我心如鐵操似雪懷抱重重貞共潔任你
門多車轍門多車轍豈與王孫交接
樂俺費了若干錢財難道討你來家吃飯不
成少不得償還我的本利那時任憑你從良
便罷
前腔秦樓月楚館雪多索纏頭歡又悅任你揀擇
那少年佳客少年佳客莫漫輕狂撒撇
小旦你莫認錯了我是良人家兒女要便一

揚州夢　偪穽　三六

死休想奴家改了念頭
鬭黑麻視死如歸視生易訣便魂消骨化實難改
轍可憐我肝腸斷淚流血折挫花殘牢籠月缺盤
根錯節冰霜到底徹莫道奴家呵軟弱垂鬟嫩條
易折
樂你既不肯順從俺也不顧情面了且領幾
下皮鞭看是挨打好還是接客好打介小旦
哭介樂
前腔念我開門望伊接客好攀留紫馬漫歌白雪

有金盈篚玉盈篋樹號搖錢家無餓髓如何決裂鴛鴦沒處結那裏有柳巷花街柏松勁節

淨末扮公差上譙開節度府樂出教坊司入介俺們牛節度府中治席慶賀杜參軍著你們官妓承應那杜參軍是風流子弟出身要你們上好的雛兒伏侍休將歪刺骨去唐塞樂不瞞爺說俺家沒有人手就是這一箇討來的他是不肯做這生意淨末那裏管他肯不肯牽去承應便了扯小旦鬧下

揚州夢 偏笄 廿七

第二十八齣 筵目

外上七娘子功名頭黑思江總運幃籌尙賴英雄生上學愧孫吳才慚梁棟帶劒早從戎相見介

集唐生日銷冰雪柳營春蓮府公卿拜後塵外已有孔明傳將略十年鉛槧好酬身生杜牧向感知己之恩未遑報稱今備幃幄末員正需教誨外說那里話來參軍初到特治一觴申賀看酒過來生多謝大人看席送酒入座衆旦仝小旦扮官妓上官妓磕老爺頭

惜奴嬌外生劒倚崆峒破人間巨浪騁駕長風憑樽俎那怕將強兵重飛熊陰符秘籙鷹揚謨烈驚斷鯨鯢噩夢彤弓待凱歌入奏竹帛一齊欽頌

外官妓們上來承値衆妓送酒介

前腔酒泛金鍾看飛花入席淺黛深紅翟褕上出落彩鸞嬌鳳香濃煙浮寶鼎人在瑤天玉洞有管絃悅耳更帶鳥聲頻哢

生節度公自古竹西歌吹江左繁華這幾名官妓未必搜羅得盡外偶然喚來爲參軍侑

揚州夢 筵目 廿八

酒耳

黑麻序生華蟲歌散簾櫳見兩行珠釧畫堂蜂湧有少鬟掩映怨春愁重見小旦背語介則那年少官妓有些面善心動天長與地永當筵慧帶通想介好與綠葉廝像來泣芙蓉生攪亂江風渚月斷緣無用

小旦指生背語介那客席上坐的好像杜家郎君

前腔音容行止俱同他枉稱才子嘆非情種我拋

貞守白徧嘗驚恐魂夢鶯驚不竝家飄流秪斷紅
今日呵便遭逢還則是依然陌路未能相共
（生背介）若果然是他則可惜墮落此中究竟
是下官詒誤所致
錦衣香 覰芳踪心驚聳覩麗容情牽動昔日生離
半生悲痛緣何落籍到花叢難辭游蝶怎拒狂蜂
（外）參軍還請暢飲鑿銀瓢溯湧醉浮巵金蓮漏永
休爲閒愁鬩但願長城高聳晏嘯南樓遠琛來貢
前腔（小旦）似驚鴻天涯迥如斷蓬煙波弄結伴歌

喉聲藏哀鳳筵前怎訴可憐踪（生）春浮醽醁肯逐
顏紅敢希恩望寵料知音難推懵懂看他金樽低
捧怨氣愁聲兩眸交送
漿水令（外）叵羅杯春纖供奉桂輪光綺席朦朧一
天簫鼓廣陵泓蜀崗花鳥隋苑秋風（衆）征笳何處
煙塵動鐃歌分吹轅門重指日裏指日裏彩毫題
詠賀談笑賀談笑露布豪雄
（生）下官醉酒飽德敢告辭也
尾聲 俺醉鄉潦倒難陪奉多謝美酒澆塵好意濃

（外）看你有無數心期錦瑟中
（生別下）（外弔場介）你看杜樊川見了幾箇承
應官妓便這等目炫心搖情不自禁俺想破
魏之策全在他身上若是如此疏狂如何辦
得行軍的句當俺如今且著探事人役暗地
窺他舉動再作道理（喚介）緝事的那裏（雜扮
緝事人上）緝事的磕頭（外）新到的杜參軍凡
有一舉一動你們細細打探不時打進報單
報入府內不得有誤（雜應下）

集 朝宴華堂暮未休 錦筵歌板拍清秋
唐 咳此時爲爾腸千斷 佐幕才多始拜侯

第二十九齣 青樓 （生巾服上）

霜天曉角 靑春趲破好事難畱箇則恐烏紗賺我
偷從柳巷潛過
（集唐）此生終不負卿卿芳草王孫舊有情銀
燭樹前長似晝聲聲多是斷腸聲俺杜牧來
參軍淮南喜得牛節度故人情分閒宴幕中
那承應官妓之內有一箇像是綠葉模樣可

憐他墮落風塵憔悴至此俺若不去救他便是負心之輩了已曾著人訪問道是住在青樓第一館俺因此改扮秀士潛往平康私訪一囘

【普天樂】這一來像秀才家遮瞞過步花街誰認我待尋他舞袖紅拖可有那垂楊綠鎖碾潘車舊路迷擲果一般弄秦箏燈院火影射著鴛鴦瓦子夜長歌打閧得鸞鳳鋪行雲一夥生踏徧歡樂場風月巢窩

行來行去此閒已是平康你看那家門樓有箇牌額待俺看來原來正是青樓第一館有人麽【樂上】雙扉多繫馬一徑只藏鶯原來是一位相公【生】請你家姐兒出來【樂】俺家姐兒不肯接客相公來也無用【生】你道是故交來相訪他自然出來廝見【樂】相公尊姓好待我通報【生】你聽道來

【鴈過聲】我閒過怎把姓名說破穩尋常組綬銀珂怕傳呼驚你俏樓閣你句攔邊恁忖度則問女嬌娥那心窩舊章臺春柳蹉跎【樂】相公你說的俺理會不來且請出姐兒與你相見【向內介】姐姐有請【生】他鶯兒眠未妥待擎奇銷算風流箇楚楚的淡黃裙簾下躲

【傾杯序】【小旦上】拋墮緊西風打敗荷便是下場花朵【見生介】那是昨日席上的杜參軍如何這樣打扮怪龍鳳姿容衣冠人物秀士文魔【生】請問尊字可是綠葉【小旦】奴家正是【生】這等與小生有瓜葛來【小旦】點點瓜葛畫眉人無他箇【生】小生便是杜牧之【小旦淚介】繳兒家玉果受狂且湯火知何時

好唱定風波

【生】小娘子前番心跡小生俱已明白適纔平頭傳言不肯接客可知你貞節哩

【玉芙蓉】桃花色未磨柏子香難奪恨畱春不早等閒挨過緣來一點貞魂鎖肯再認三生陌路訛恰是跟尋妥在平康住呵早共晚贖文姬偎抱在翠衾窩

【小旦】賤妾此身原是郎君所有惟願早脫陷

坑與娘親相聚便感郎君之德（生）都在小生身上

【山桃紅】（小旦）原是你閨門貨早荅救煙花脫再完成穩貼高堂臥則小裙汊敢附載西施舸望參軍呵念孤根賤質叢蘭弱喜陽春入谷飲的天和

（生）小生有詩一首紀今日之過取筆硯過來待俺畱題壁上（小旦）正要請教（取筆硯送生題壁介）落臯江湖載酒行楚腰纖細掌中輕十年一覺揚州夢贏得青樓薄倖名（樂）酒筵

端正在青樓上請相公入席（生）藉此好與小娘子攀話管絃樓上春應住（小旦）楊柳橋邊日未沈（全下）（雜扮緝事人上）探聽爲長伎巡邏敢住踪俺們奉節度老爺之命探聽參軍爺的行止果不出俺節度所料那參軍爺打扮做秀才光景到妓館走動俺們一直跟來伺候了半日不見出來且闖將進去細看動靜便了（入介）（樂）爺們不要進來俺姐兒有客了（雜）俺正要問你那客人做甚麼哩（樂）指壁介）題了一首詩如今去青樓上飲酒（雜）有現成筆硯在此俺們抄寫此詩回覆去有何不可（抄詩介）無心尋粉黛特地錄風華（下）（生）攜小旦手上

【尾犯序】歡飲玉顏酡喜的葳蕤質嫩豆蔻香多好喜哩羨伊經霜受雪兀自有春色延俄摩娑淡斂綃臙脂染破顴金釵風光軟懦心頭可溫存一處含笑暈腮渦

（小旦）賤妾直到今日一副愁恨心腸方纔放

下

【鮑老催】這錦片前程大斗室裏風情裏且整衣羅開春釀添爐火把君新詩仔細來酬和門掮青樓重閉上鎖要好夢慢騰那憑將薄倖名句銷過

（小旦）夜深了郎君何不就在此間下榻（生）小生也不忍便去

【尾聲】正盤桓繡榻情饑渴（小旦）囑嘶驄且自去長堤臥（生）俺待做戲水鴛鴦花下躲

集（生）會向桃源爛熳遊　一聲歌斷舊青樓

唐小旦相逢仍是雲霄客　莫遣桃花逐水流

第三十齣　巧嚇

雜上牛府番兒手能鑽地下天往來人不識一半似通仙俺們緝事人役探聽參軍在青樓宿娼又題詩一首俺們將此一節事情打入報單到節度老爺府內節度老爺傳命著持此報單夾帶在軍情報單之內送與杜參軍衙門請他速到節度府內會議軍務俺就依此言語前去行事便了虛下

穿花蝶旦上蘭房靜無人羞把花枝竝阮郎年少玉輝珠映

奴家自從郵亭會合隨任湖州如今又赴參軍衙門到此多時喜得與韓歌娘一處得以朝夕報恩這兩日郎君在節度府內尚未回衙不免請出韓歌娘來攀話則箇侍婢請介

前腔老旦上菱花鏡清光雙照風流影暗中調笑助他歡慶

相見介畫堂春老旦吳絲百尺挂柔情全輸寶瑟輕盈茗川篝火竹西燈伴爾淒淸旦十丈芙蓉遮楚帔移來錦作城墻玉簫前世賸娉婷依舊逢迎歌娘我和你數載東都幾年雪水今日又住維揚好緣分纔得恁般相聚老旦老身全仗拖帶掙一箇下半世風光哩

懶畫眉甚因緣流蘇帳外對銀燈端的似仙女窗邊一點螢早則依光附耀過今生那裏管春深蛺蝶天涯信我穩住在桃源隔幾層

雜扮老蒼頭上門前傳不迭堂上報難遲傳梆上探子來報緊急軍情節度老爺立等會議老爺又不在家這報單送進內衙交與夫人再作理會雜接報單照前語旦旦開看介是何軍情這般緊急念介一探得魏博軍馬入犯淮南交界地方對老旦介原來魏博作反又看介又有一箇報單念介一探得杜參軍宿娼青樓留詩題壁念前落魄江湖詩介奴家只信他當眞在節度府內那知依邪青

樓沈吟介如何這報單又投在俺參軍衙門裏來老旦據老身看來這軍情報單原是投與參軍的那一紙報單定是去報節度衙門誤夾在內旦等閒便任他胡行如今軍情倉卒節度府內又等他會議若著院子去尋訪他那疏狂性子如何便肯脫然而來

前腔可知道羽書傳檄到公庭反去浩蕩青樓倚繡屏你不思倥偬戎馬爲請長纓那些箇眠花宿柳尋常慣只怕你捲地征鼙夢亦驚

老旦老身細思報單之上有青樓二字容易挨查除非更靜之時夫人妝作軍官模樣老身妝作侍從著老蒼頭指引前去然後好拉得參軍轉來旦歌娘之言有理奴家依計而行便了老旦欲訪奇男子旦須爲女丈夫下

集唐生上錦衾角枕恣奢華繾綣多情解語花小旦隨上才子乘春來騁望一從烏帽自欹斜生我和你已絕霄壤復聯衾枕三星在戶魂夢皆狂小旦賤妾沈淪苦海飄泊無依得遂雙鶼永償前恨生

太師引看你態輕盈似屬紅顏命初則道殘枝敗英自前夜銀釭低照石榴裙驗取猩猩入污泥蓮花乾淨又羨柏松蒼勁寄青樓尚依然志誠待同伊乘鸞跨鳳話三生

前腔小旦念良家落在煙花弃武陵源有漁郎暗經玉鏡臺少年時相聘遭風雨斷梗飄零從不怨自家孤另總則是赤繩前定幾曾盼前日裏紅鸞好星忽門前繫馬訪舊完盟

旦穿戴中軍冠服持令箭老旦扮侍從執燈老蒼頭前引上

不是路纔離門庭轉過康衢又一程步盈盈淩波小韈皁韡登慢前行軍裝打扮持嚴令不怕旁人問姓名蒼頭這裏便是第一家青樓館了平康境花街柳巷笙歌盛此閒門徑此閒門徑

旦蒼頭你訪得不差麼蒼頭老奴訪得不差

旦這等你去敲門敲介

前腔生小旦誰過蓬瀛夜半敲門暗吃驚小旦平

頭那裏聽前面有人叫門無人應這時節衾窩穩
睡掩殘燈生出開門介說不得了奴家自去開門
須要問箇明白然後開門啟雙扃雖不是棃花雨
打埋幽徑則怕有擲果車回待續情小旦你是那
箇旦你開了門便知道小旦開門見旦軍裝驚介
原來是一位軍官威儀整黃昏到此無恭敬你有
何軍令有何軍令
日旦奉節度老爺令箭著來傳杜參軍會議軍
情事體小旦來錯了不在我家老旦搇出來

時莫嫌俺們無禮直入照介生見慌入桌下
介分明見一箇人你們藏往那裏去了小旦
何曾見來你們敢眼花哩老旦這妮子好生
可惡仝旦
江頭金桂你休得要語言強硬見伊行曾露形小
旦你尋的是杜參軍我留的是客人也與你們無
干旦老旦莫倚恃靑樓行徑抗違軍令到公堂問
罪名小旦奴家不曾犯甚麼罪老旦你容留官府
宿娼飲酒這不是大罪名麼小旦誰証來旦老旦

好笑你全無思省終難乾淨則恐話兒權柄到底
分明如何對眞人說假情小旦我家並不曾留甚
麼官府不怕你來索詐旦老旦縱詞嚴理正暫時
胡應空認滿盤星你便思同衾共枕貪渠愛他棄
職拋官卻爲卿
前腔小旦欺負我娼家薄命上門來相賤輕奴非
比楊花情性狂飛無定秦樓節操貞從不肯濫接
公卿妄求私贈老旦這等說你不是妓女了小旦
因爲兒夫短倖半途改盟老旦你丈夫是何等樣

人小旦杜樊川最有名旦驚介幾時聘下的小旦
自髫齡說定插釵爲聘旦若果有這一段姻緣爲
何不與奴家說知小旦好奇怪聽他口吐奴家二
字口角露閨情早難道紗窗麗質眞巾幗倒做了
虎帳銜符假俊英
生桌下咳嗽介老旦原來躲在這里掀開桌
圍生出頭介老旦當眞是參軍爺旦參軍參
軍你的揚州夢也該醒了生認介原來是你
們我夢便做醒魂卻被你嚇掉了小旦背介

原來是女眷們裝來的

前腔生初道是轅門差令怕昭彰大損名旦你怕節度的中軍難道反不怕奴家生揖介下官若不怕便早鑽出桌下了謝吾妻賢慧寬容多幸旦那裏有爲官的做嫖客浪子生恕狂奴故態盟指小旦介因此女向結姻盟誤沈泥淖旦也該向奴家說知纔是生還慮房闈不聽遂把良緣早成許他後房爲小星旦奴家不會許出口誰敢做主生又揖介望召南樛木逮恩姬媵免使嘆伶仃旦還不

曾問你那桌子下面可是參軍安身之所生笑介則這平康地面也不是夫人出遊之處男兒尚且蒙拘束少婦緣何到此行

老旦有話且回去再講目今魏博入犯節度衙門立等參軍會話一刻難遲快請回去便了全旦拉生出介生下官還不會與綠姬作別老旦再來何妨鬧下小旦弔場介奴家與杜參軍正好綢繆被他夫人扮作軍官硬偪回去想參軍許我贖身接母親完聚未知可能踐言但經這番拆散料應離多會少兀的不誤了奴家的結果也

集　斷送楊花盡日狂　信憑江上去茫茫
唐　愁將玉笛傳遺恨　對鏡那堪更理妝

第三十一齣　殲敵

外戎裝上

點絳脣發憤龍威平吞鼠輩軍聲起斬將搴旗踹殺盤中蟻

集唐海雲明滅見揚州謝傅旌旗在上游鐵馬半嘶邊草去盧郎樽俎借前籌下官牛僧

孺奉詔聲討魏博不料那廝輒敢大膽入犯乘此勦滅罄盡方見手段可笑參軍留戀青樓置大事於度外是俺略用小計今日纔賺得他到來且待平賊之後將那女郎除籍教坊完其心願便了生戎裝持令箭上

前腔綉簇戎衣纓銜鳳觜長城倚戰陣雲低看囊滿陳平計

相見外介外耑等參軍部署人馬便好引兵前去生指揮三軍照常發號令衆遶場介

〔四邊靜〕興師去問奸雄罪奔騰萬馬隊青龍白虎疾如飛光芒閃旌旆但覺雷霆光墜山川鼎沸戈戟入重圍敵人何所避（淨戎裝領衆上）

〔點絳脣〕部領熊羆雲屯鐵騎干戈裏手握靈旗誰敢來吞魏

俺史憲誠久據魏博將勇兵強正思入寇帝都先去踏平外郡今早探子報來各鎮併力攻魏先有牛節度領著淮南一枝人馬偪近俺的營壘他分明來捋虎鬚俺且殺上前去教他片甲不回也

〔四邊靜〕淵淵戰鼓營門擂鎗刀各準備殺他片甲不能回三軍始心遂自古遠行狼狽用兵不利空自布兵威都教做沙磧鬼

（外領衆兵殺上與淨交鋒生立高臺執令旗指揮介淨趕外虛殺下生）魏兵雄銳我師怯弱敗走到震方可知俺預先埋伏兩翼精兵一齊裹殺不怕他不中俺計較也呵（淨趕外上末副淨扮兩員勁將截住殺淨下）

〔二犯沽美酒〕（生）六門上風起風起橫捲得陣腳沙飛呀俺則領全隊雄師來破敵聽響一派砲連珠掃盡那蚩尤氣跨烏騅銀鬣走紅霓那兒徒摶利槊前迎後偪這元戎漸覺不支持則麼在震方助他精兵四圍趕的奔突殺的輪虧大纛飄畫角吹殺得他棄盔曳甲翅難飛呀早救出大災危

（外領衆上生下臺相見介外）下官被史賊追殺幾蹈不測幸賴兩翼埋伏突出奇兵轉敗為勝出其不意史賊望風而退這皆是參軍妙算就此班師便了

〔五馬江兒水〕奮勇施威兼倍賴參軍得勝歸只見齊敲金凳唱凱而回笑螳螂逞狂臂轉眼玉石成齏禍害相隨方顯聖朝福澤自來風行草靡戰馬向南嘶早有道旁父老陳筐篚

集　十萬精兵盡倒戈　紅間碧霽淨煙波

唐　可憐四海車書共　舊路依然此重過

第三十二齣　團圓　（丑上雜背包裹隨上）

〔卜算子〕那答是湖州這答揚州路重逢嬌女問因

由一似逢甘雨
老身爲陰大與小二合計盜賣孩兒綠葉雖
經杜刺史發配奸徒但不知女孩兒去向日
夜放心不下虧得杜刺史做了淮南參軍在
揚州地面與孩兒相會那知孩兒墮落在風
塵裏面又賴參軍高誼許他贖身從良先遣
人到湖州來迎接老身骨肉重聚謝天謝地
也有見面的日子雜前面便是青樓你令愛
住在這裏隨我進來廝見丑入介我那綠葉

揚州夢 團圓 三五

孩兒在那裏小旦出介原來母親到也抱頭
哭介
哭相思無故浮萍浪打分明夢裏牽裾丑一別驚
魂尚未蘇淚流揩拭眼模糊
你別後事情我已問過來人悉知詳細將來
于歸杜參軍始終還是他的緣分只從前一
段飄零苦煞俺孩兒了樂上告姑娘得知牛
節度不知爲著何來竟將姑娘除去教坊籍
貫又賞俺贖身銀兩要迎接姑娘到他府內

去哩小旦奴家此身已屬杜參軍那牛節度
可又多事樂姑娘你聽鼓樂漸近想是牛府
人來迎接了雜扮衆院子簇擁小旦下介丑
老身剛到得這裏又有這一場怪事好不做
美俺且跟他到牛府裏哭訴緣由再作道理
正是心慌不擇路事急且從權慌下
戀芳春生上露布成書鐃歌奏曲鐙花歡結茱萸
旦上顯得能文善武如此兒夫
生牛節度遣人來說道準備喜筵他就送新

揚州夢 團圓 三六

人上門不知此話是眞是戲但下官那討一
箇新人來旦只怕你的新人也不少生又來
取笑了雜稟介外面鼓樂聲喧都道是牛節
度送新人來老爺則索出去迎接旦妾身且
迴避
前腔外上杜曲名儒菰城麗女天台劉阮相俱生
迎介何事喧天沸地寶馬香車
外參軍恭喜賀喜生杜牧何喜可賀正要請
問大人外笑介消停自然知道嘆介儐相那

裏快請新人出轎儐伏以郎又嬌來女又嬌
郎才女貌兩妖嬈不用方巾來葢面兩人原
是舊相交眾鼓樂送小旦上生見驚喜介原
來就是綠姬何從到此外是老夫代爲參軍
將此女贖身除籍教坊還有菲薄妝匳續後
送來生拜介杜牧合當拜謝外不消了老夫
另日來領喜酒先此告別彩鳳無心嫁青鸞
有路通下生夫人快出來相見旦出與小旦
相見介就是那晚在平康見過的倒是娶回

家好免得相公又要去踏青樓生笑介也免
得夫人去裝軍官老旦笑出介還免得老身
去做侍從參軍恭喜賀喜丑闖入見小旦介
我兒原來還嫁的是杜參軍幾乎諕煞老娘
見生介參軍老爺見禮了生令愛于歸之日
你來得正好小生齎詔上龍樓新誥命蘭室
舊風光聖旨到跪聽宣讀詔曰獻策承明久
服幾先之哲計擒戎醜難忘贊畫之勳參軍
杜牧著爲集賢殿舍人兼知制誥妻妾俱封

一品夫人謝恩生與小生相見介原來就是
崔公綠姬過來拜見了舊太守小生可就是
水嬉時定下的垂鬟牧之兄你喜事重重了
生敢屈大駕飲了喜酒去小生小弟王事在
身不敢羈遲異日補賀就此告辭了別下生
旦小旦入席飲介
畫眉序生香國轃芙蕖雲母屛開美人圖看千鍼
繡衩十斛明珠畫牀背帶結同心寶筵上春酣百
福怕東邊日出西邊雨多少芳情就中翻覆

滴溜子旦小旦大歡慶風流事錦團綉簇巧安排
乳鳳彩鸞並宿夜來蓮花漏促星橋炙玉笙鏡匳
照銀燭試看衣褪六銖裙疊八幅
鮑老催生弱水彷彿蓬萊一所風月足麻姑片語
桑海倏良辰到美景攢佳興觸嫁才人宛轉閨房
曲京兆手眉黛綠
雙聲子旦小旦三星視三星視齊拜倒香風撲雙
鳳蓄雙鳳蓄且占盡繁花窟怕天易旭雞易喔要
爲歡急早夜遊金谷

【尾聲】喝好是揚州夢醒鴛鴦福較當初落鬼江湖差免哭更憶那驚座狂言皆䓀成了好骨肉

集　南國多情多豔詞　捲簾巢燕羨雙飛

唐　馳心祇待城烏曉　十二嵐峯掛夕暉

揚州夢卷下

揚州夢　團圓　三十九

防河奏議

（清）嵇曾筠 撰

《防河奏議》十卷，清嵇曾筠撰，清雍正十一年刻本。前九卷爲其長期擔任河督期間所寫的一百二十四篇奏疏，第十卷爲專論，是總結清代治河工程技術的重要文獻。

嵇曾筠（一六七〇—一七三八），字松友，號禮齋，嵇永仁子，無錫人。清康雍乾三朝重臣，治河能臣。康熙四十五年進士，充日講起居注官，提督山西學政，遷左中允，累遷侍講。雍正元年直南書房兼上書房，歷官左僉都御史、河南巡撫、兵部侍郎、河南副總河、吏部侍郎、兵部尚書、河南山東河道總督、江南河道總督、文華殿大學士兼吏部尚書。乾隆命其總理浙江海塘工程兼浙江巡撫，尋改浙江總督兼管鹽政。朝廷屢次加封，予以太子太保銜、一品封典、太子太傅銜。卒加贈少保，謚文敏。曾筠治黄河，認爲『下流受患，上流必有致患之由』，他任副總河、河道總督期間，親自踏勘山東、河南、河北、安徽等省數百里黄河南北大堤，採取引河殺險、建壩挑水、築堤防水、疏河導流等綜合治河方法；治淮河，採取開壩泄水、分水入江海、裁彎取直等有效措施，功績卓著。《清史稿》贊曰：『曾筠在官，視國事如家事。知人善任，恭慎廉明，治河尤著績。用引河殺險法，前後省庫帑甚鉅。』其事蹟又見《欽定國史大臣列傳》。張廷玉撰《墓志銘》，称『黄淮无冲突漫溢之患，是以庙堂（雍正）倚公如左右手』。

嵇曾筠長期擔任河督，對治理水患和興建水利工程具有精深的研究，積累了豐富的治河經驗，形成了一套獨具特色、行之有效的治河方略和辦法，尤以善築壩瀉險出名，世有『嵇壩』之稱。本書第十卷專論河工建築和水工技術，包括挑挖引河、堵塞支河、堤防工程、堤工走漏、石工、盤壩進埽、簽樁壓土、釘橛絆纜、探埽聽樁、埽工走漏、合龍閉氣等，對河工技術總結系統全面，對研究古代治河工程技術有重要參考價值。

本書據雍正十一年十卷刻本影印。

（金其楨）

防河奏議

皇上御極之元年六月
命臣曾筠以兵部左侍郎堵築河南中牟縣堤工
漫口奉
上諭河南居天下之中爲腹心要地爾宜恪勤將
事俾黄流循軌居民安堵速竣厥工毋負兹任
臣即欽遵銜
命星馳赴塌儹築於是年冬月告竣閲明年
上念河臣駐劄淮浦遙莫能馭
簡曾筠爲司河之副凡豫省黄河兩岸堤防一切
修守事宜俱有專責猥以簪筆詞臣未嫻洽

水之道仰蒙
皇上訓諭諄詳儆謹遵奉竭蹶辦理受事以後每
鼓棹於洪波巨浪之中周覽於高原平隰之
壞風雨寒暑勤加巡歷并諭紳士僚屬以及
田夫野老凡有單詞片語關係河防者靡不
採擇以期益
國利民仰賴
皇上德福攸隆敬誠感格河定民安歲登豐稔四

年冬

上天垂象黃河澄清二千餘里實千古罕覯之上瑞

也繼而督理河東遷任江南統計趨走河干

轉瞬十有一年矣竊惟河有呼吸變遷形勢

攸分水有清濁强弱性情迥別所以障其狂

而束其流祛其害而資其利者所關綦重仰

惟

聖祖仁皇帝念切運道民生

翠華屢幸河工治河方略備集大成我

皇上丕顯丕承善繼善述沛如天之仁運如神之

智

指示修防圖維善後其間因地制宜隨機應變或

患在下而先治其上源或患在上而先理其

下游或導之而使朝宗或瀦之而使利運或

事似平易而其機不可須臾緩或勢處危難

而其效可以旦夕奏者平險疾徐因時操縱

凡臣知識心思之所未諳繕摺奏請蒙

皇上披圖覽說

批示精詳抉要指微幾先洞鑒是以

巽命頻頒遵循罔後在河南則修築黃河兩岸之

大堤除汎溢而奏安瀾在山東則清釐運河

夫役之積弊去浮冒以收實効在江南則禹

王臺壩工成而洙水歸墟六塘河故道闢而

駱湖向若黃運兩河加築善後堤工以及保

護江濱瓜洲城郭而民安衽席漕利輓輸至

如高堰石工尤屬全河關鍵我

皇上發百萬帑金謀兆姓奠安之計立千年鞏固

之基蓄清抵黃永垂利賴凡此江淮河濟爲

疏爲瀹爲修爲守皆仰荷

宸謨之廣運

睿算之靡遺是以條分縷晰綱舉目張因勢利導

動合機宜今者黃運河湖安流底定堤埽閘

壩固於金湯歲省度支億萬計而庀材之富

屹若崇墉宣防之事駸駸乎有成矣方愧忝

竊

寵光迄無寸補乃沐

溫綸疊賁旋歷
宮階
予叅幾務勞未宣而寵已懋
恩愈渥而報益難受此
殊榮彌深儆勵不敢畢數年來之仰承
訓示者昭著於天下後世則人但知享平成之福
而不知皆出
皇上啟臣之愚策臣之懦鑒臣之誠信臣之專始
克收此成效而謂樗材淺識敢膺重任而希

底績歟爰就章奏所存有關於河防之大者
裒而輯之使普天薄海共曉然於曾筠所以
經理河工者悉稟
宸衷之籌畫且以徵上下之間一心一德
聖主疇咨臣工宣力其難其慎有如斯也若夫
皇猷巍煥上媲禹功史臣自有載筆書之者奚敢
以不文之辭頌揚
天子之弘烈於萬一謹爲拜手稽首恭紀始末弁
之簡端

雍正十一年九月十八日
太子太保[illegible]

防河奏議目次

防河奏議卷一

[illegible]

堵築十里店漫口合龍

題爲飛報漫口合龍日期恭慰
聖懷事竊臣等於本年六月內欽承
諭旨堵築中牟縣十里店大堤漫口除西口合龍
已於七月十四日
奏報在案其十里店東口水湧溜急施功匪易
蒙
皇上指示機宜臣等凜遵
聖訓詳加審愼相度地勢情形於上下堤頭盤築
埽臺接連進埽率領奉
旨勅發各官並揀選河工諳練人員分投任事俱
各奮力爭先風雨無懈晝夜攢堵自入冬以
來天氣晴和仰賴
聖主敬誠昭格神人協應於十一月初十日申時
合龍斷流現於埽壩背後建築簽壩月堤以
資鞏固所有合龍日期相應會疏

題報伏乞
皇上睿鑒施行雍正元年十一月十一日
題奉
旨先開中牟縣堤口漫决朕念民生深爲軫懷覽
奏中牟縣十里店東口已經堵築合龍斷流知
道了但係隆冬所築工程仍加意防守保固該
部知道欽此

會議豫省河工保固事宜
題爲欽奉
上諭事雍正元年七月初七日廷臣怡親王等傳
旨河南巡撫石文焯奏稱黃河沁河之水六月二
十二日長發漫溢姚其營無堤之處衝决詹家
店馬營口堤三十丈着派出大學士張鵬翮前
往河南會同總河齊蘇勒廵撫石文焯侍郎嵇
曾筠將乘秋水减退永遠保固之處詳加議定
張鵬翮親身持來具奏欽此欽遵臣等齊集河
南馬營工所周覽黃沁交會形勢南岸廣武
山高峙北岸係屬平地沁河之水自西來會
黃於此伏汛時沁黃二水先後迭長則循流
而逝若遇二水並漲南高北卑易致洶湧必
竭盡人力以資隄防其勢然也臣等遵奉
諭旨會議河南黃河馬營等處保固工程事宜仰
見我
皇上軫念河道民生務期安瀾以資永賴至意率
循

聖主敬誠昭格感召
神庥水勢消落馬營等處漸次堵築成功所有
豫省河工應行保固事宜謹擬臣等一得之
愚詳具條議是否可行伏候
聖裁再照條議事宜字多逾格貼黃難盡伏乞
皇上全覽施行
一秦家廠係捍禦沁黃交會之關鍵修防保
固最爲緊要大壩第堤並月堤應再加幫
寬厚均至底寬十丈頂寬四丈高一丈至

一丈五尺不等應照南河例歲修每年聽
河南撫臣估計
題銷仍派本管廳員駐工防守協同千總帶領
河兵樁埽手人等不分雨夜住工修防如
三年著有勞績聽撫臣會同河臣具
題以應陞之缺即用如或怠玩不時查參嚴加
治罪其修工夫役仍照例着地方官僱募
不可遲悞如有遲悞照例參處
一秦家廠大壩北尾堤應築堤一道接連遥
堤底寬十二丈頂寬五丈高一丈二尺加
鑲埽工以護其衝庶溢出之水不致下注
詹家店有頂衝之險但遥堤尚屬卑薄應
再加幫底寬四丈頂寬一丈與舊堤相平
再於頂上加高三尺
一秦家廠南尾堤應接至滎澤縣所管臨河
大堤底寬十丈頂寬四丈高一丈以資捍
禦
一馬營舊有河形且地處窪下一遇泛漲保
固最難應將壩後土堤加幫寬厚均至底

寬十五丈頂寬六丈高一丈至一丈七尺
不等
一詹家店舊堤捍禦沁黃交會之水亦關緊
要應再加幫寬厚均至底寬十二丈前面
於卑窪之處加添埽工以資防護
一沁黃交會之處長有沙灘沁水會黃不暢
今冬水落之後該督撫帶領管河道廳及
地方官親往查看審度形勢如係老灘則

挑空引河俟水長風順開放若係淤泥人力難施則乘長水半淹之際用南河鐵篦子撈疏刷沙隨水去如此則沁水暢流不致泛濫於姚其營一帶卽秦家廠馬營等工亦可資保固矣

一北岸太行堤自武涉縣木欒店起至直隸長垣縣止係奉

聖祖仁皇帝指示修築之工關係黃沁並衛河運道重門保障應令河南撫臣嚴催承修各官作速修築務期堅固一律全完如有遲延聽其指參

一堤工既經修築堅固而防守必須能員臨河各堤仍令管河廳汛官駐劄本汛近堤之處早晚巡防不許仍前遠駐府縣城內衙署以致水發搶護鞭長莫及自今河南廳汛官員應令總河巡撫不拘資格揀選熟諳能員

題補保固工程三年限滿該督撫具

題准其應陞之缺卽用如有怠惰不時查參其太行堤應令州縣官照所管之地不時巡防遇風雨水漲之時嚴加防護不許奸民盜決堤工如有盜決者將奸民嚴加治罪其失於巡防之地方官并隱匿不報之道廳等官俱照例嚴加議處

一河南黃河兩岸臨河大堤修築年久風雨淋漓致有卑薄之處應令河臣於冬間會同撫臣親往逐一查看將卑者加高薄者加厚如有頂衝之處修築月堤其應用錢糧聽其估計會

題工完之日該撫查明核實報銷至河南州縣官原有兼管河務之責如有水發搶修之際應令地方官協同催夫辦料如有推諉膜視者照例嚴參

一黃河南岸中牟漫口二處堵築工完之後應令中牟縣管河縣丞移駐工所加謹防護遇汛水漲發該廳汛官協同該地方官

防河奏議　卷一

盡心保固如地方官推諉膜視照例嚴參
臣等謹合詞會
題奉
旨交與總理事務王大臣會議具奏欽此

請挑倉頭口引河
奏爲欽奉
上諭事竊臣欽承
諭旨會議秦家廠堤工事宜仰見我
皇上注念河道民生務期安瀾永慶臣受
恩深重勉竭駑鈍悉心籌畫伏思河工須審度形
勢以定疏築之宜查沁黃交會姚其營秦家
廠一帶皆屬頂衝但此係下流受患其上流
必有致患之由臣因於本月初六日由武陟

縣至孟縣渡口僱覓小舟順流東下詳勘情
形見北岸孟縣溫縣所屬河道長有沙灘將
大溜逼趨南岸至倉頭口廣武山根以致崖
岸汕刷民居坍卸至官莊峪大溜又爲山嘴
所挑直注東北於是姚其營秦家廠一帶遂
爲頂衝沁黃並漲之時堤工危險端由於此
臣愚以爲下流固須堵築上流尤貴疏通應
於倉頭對面所長橫灘挑開引河一道直接
中泓俾水勢順流由西北徑達東南不致激

射東北則姚其營秦家廠一帶可免頂衝之患再查釘船幫大壩挑水南行甚屬有益但孤立水濆須鑲建鴈翅以資幫護再於大壩上下相度地勢添建挑水埽壩二座庶秦家廠衝激之勢可減堤工賴以保固此臣一得之愚謹繪圖貼說繕摺奏
聞恭請
皇上訓示遵行伏祈
睿鑒雍正元年十一月十九日

奏奉
旨發總理事務王大臣議定另有部諭欽此議覆准行雍正元年十二月初二日奉
旨依議欽此

附紀

雍正元年六月豫省黃河南岸中牟縣之十里店堤工漫溢臣曾筠奉
命堵築遴員隨帶馳驛前往會同河臣撫臣并力搶築旋慶安瀾因思豫河之患全由於北岸武陟秦家廠之決口遂致河心淤高水行兩岸東衝西突其性難馴是則治豫河者必將使武陟上游水勢條順而後振裘挈領始可徐圖下游以次第施功查上游水勢自三門七津建瓴而下歷孟縣溫縣北岸長有沙灘逼水南趨至倉頭口遶廣武山根透迤屈曲而下已成兜灣之勢及至官莊峪則有山嘴外伸形如挑水义由西南直注東北沁黃交滙之區秦家廠一帶頂衝受險以故旋堵旋決頻年為患
聖天子宵旰憂勤多方
指示務期永遠保固曾筠躬承
諭旨敢不悉心籌畫以期仰副

皇上愼重河防至意謹爲之巡歷上源沿流審視露處小於越宿晨興憑高遠望灼見於致患之由端在倉頭口對面横亘之沙灘若不及早疏濬則灘形日長山嘴之挑水益急自南而北注之勢愈甚雖於下游竭蹶堵築終屬無益今議就倉頭口以上之沙灘開挑引河一道直接中泓準對官莊峪下游之水口越過山嘴俾水由西而徑達於東則利導其勢而就下之性已順旣順其性而直行東向矣豈復有漩洄北折之理乎審視旣定據實

奏請奉

旨廷臣會議准如所請 曾筠 凜愼將事遴委朱藻楊守知范昌治等鳩夫擇吉開挑引河工長六百三十丈該地民人咸知衛其田廬踴躍應募畚鍤趨事費帑無幾成功甚易而速伏汛届臨乘水長風順挑開引河頭項刻掣溜奔騰上源黄流湧注東下官莊峪山嘴不能挑水北向大溜全走中泓而引河大成矣引河成則北岸秦家廠一帶安於磐石向之横流激湍至難抵禦者乃今盡入中泓安流無恙而武陟沿河地方桑麻遍野信乎治其本則費省功倍不得其要雖徒勞無益也夫下游受患其上游必有致患之由 曾筠 仰承

聖主永遠保固之明訓惟有早夜圖維審理度勢循流溯源以冀効奔走愚誠至於防河要指實未嘗窺見萬一也

豫備歲搶修料物

奏爲欽奉
上諭事臣竊查黄河兩岸土性虛鬆凡頂衝埽灣
廻溜傍側堤根全賴秫草椿麻捲埽鑲墊若
無預備料物每遇水長工危輒至束手無措
卽當時發價購買未免青黄不接價值既昂
運送需時緩不濟事今蒙我
皇上俯念河工料物關係緊要
諭令動用司庫錢糧仰見保固河工安全黎庶至
意臣愚以爲應用料物與其採辦於後毋寧
預備於先查江南各廳員每歲於冬月請領
銀兩購買料物隨時應用豫省黄河兩岸似
應照依南工每歲冬間該廳員具詳撫臣酌
撥司庫錢糧分發沿河州縣預爲採買堆貯
險要工所以備臨時動用工完核實估銷如
濵河出產有限其近河百里內外州縣亦發
銀兩辦買量給車脚以資運送庶料物應手
修築有資雖有險工不致臨時遺悞臣不揣
冒昧是否可行恭候
聖裁謹具摺奏
聞伏祈
睿鑒雍正元年十一月十九日
奏奉
旨著總理事務王大臣會議具奏欽此議覆准行
雍正元年十二月初二日奉
旨依議欽此

會估豫省黃河兩岸堤工
題爲陽武大堤危險亟宜修防以資鞏固事該
臣等會看得前因陽武大堤危險應添遙堤
以資重障並自豫省至徐州一帶臨河大堤
因年久廢弛應需修築之處甚多臣等恐工
費不貲不敢輕舉前經具疏
題請奉
旨動庫銀修築仰見我
皇上軫念河工重大籌畫萬全之至意臣等遵即
率同道廳印汛等官逐細查勘豫省南北兩
岸堤工歷年久遠未經加幫雨淋風刮日漸
殘削兼因邇年河心淤墊兩岸積高向河一
面地勢卑窪者僅餘二三四五六尺不等一
經汛漲水無容受出漕浸漫隨潰汕刷在在
堪虞亟應加幫高寬方資捍禦其北岸堤工
自滎澤縣起至山東曹縣交界止南岸堤工
自滎澤縣起至江南碭山縣交界止綿亘迢
遞兩岸共約計千有餘里其中有應行幫築

遙堤月堤格堤均關緊要應一例加築以資
重障但因中牟漫溢之後河底墊高水流散
漫而大溜掃游堤上移下之勢靡定俟過桃
伏秋汛水往下刷河有定軌時再爲量勢確
估另行具
題外今擇其大堤最險要緊之處按照形勢分
別段落或加幫南面或加幫北面因地隨宜
酌量估計其北岸應行加幫堤工長四萬七
千三百四十丈除舊土一百九十三萬七千
五百三十九方零應添新土一百七十六萬
四千五百四十六方零共需土方銀二十二
萬九千五百六十兩六錢一分零南岸應行
加幫堤工長七萬六千四百五十六丈除舊
土三百七萬七千五百五十三方零應添新土二
百六萬七千五十方零共需土方銀二十六
萬八千七百四十六兩一錢八分零通共需
銀四十九萬八千三百六兩八錢零查其中
之鄭州中牟陽武所屬有頂冲危險萬難刻

緩之處業經動用司庫銀兩分給疾償修築
茲據署河南管河道楊守知造冊估報前來
臣等覆加親勘核明無異除原冊送部查核
俟覆准之日令河南布政司動庫銀給發各
州縣一例償修外理合具疏會
題伏乞
皇上府鑒敕部議覆施行再照歸德府所屬堤工
今估幫於臨河北面現在均屬旱地可以節
省土方但此處河崖卑矮倘遇汛水出漕漫
至堤根難以取土之時臨期相機改幫南面
可也至豫省虞城以下以至徐州一帶卑矮
堤工屬江南地方其應行加幫之處現在詳
勘丈量俟確估完日另行具
題合併聲明雍正二年三月初八日
題奉
旨該部速議具奏欽此部議准行雍正二年四月
初二日奉
旨依議速行欽此

附紀
豫省堤工因修治之需向無額設而經理乏
人遂致卑薄殘缺日久廢弛曾筠自代匱豫
撫即鰓鰓爲慮洎奉
命堵築中牟決口兢惕於前車之鑒綢繆於未雨
之防益知修治兩堤急不容緩不揣冒昧據
實
奏請仰賴
皇上智炳幾先圖維善後於曾筠未經陳
奏之前已
諭令大學士臣張鵬翮前詣河南會同河臣撫臣
暨臣曾筠詳加定議欽遵
與命條晰備陳兩岸堤工得亟爲修舉維時陽武
大堤最稱險要河臣齊蘇勒
題請先爲搶築其餘應行加修之處恐工費不
貲蒙我
皇上厪念河防緊要不惜帑金大加興築復
命臣曾筠爲副總河專管豫省河務仔肩重大惴

惴小心仰體
皇仁沿堤勘估瀕暑嚴寒必親必慎卑薄者議增培殘缺者議幫補準地形以定崇卑酌水勢而分緩急周行審視相度會計約費四十九萬八千三百兩有奇當與河臣撫臣會疏
題估及分任印河各官給帑承築又復分別稽查量取土之遠近定工程之難易於原估數內覈實減省計實用銀四十二萬三千四百兩有奇由是豫省堤工長虹綿亘屹若金湯矣竊又念夫有堤而無人猶無堤也有人而無其具猶無人也乃為之建官司設兵夫而董理有人矣請歲修製濬船而修防有具矣至於頂衝危險之區或增築遙月格堤以為重障或加修埽壩防風以資捍禦靡不次第經畫先事預防束水歸漕河心愈刷愈深不復有漫灘旁溢之患今者千里長堤崇墉屹峙萬家婦子盡慶盈寧皆由我
皇上睿慮精詳河流底定豈非千萬世之利哉

增設分防廳員汛弁

奏為請增豫省河員汛弁並改設河兵以重修防事竊查河南黃河兩岸堤工綿亘千有餘里地方遼濶舊設道廳汛員甚少往往不能兼顧以致悞事至防守堤工雖有額設堡夫俱係鄉民每遇汛險搶救之事緩急失宜徒費錢糧難收實效查江南黃淮河務設立淮徐淮揚二道分任統轄其沿河廳員並河營兵弁量地遠近畫界分防修守有法工賴其利今豫省河工臣等詳加酌議北岸關係運道民生最為緊要舊設管河道一員應令駐劄北岸專管彰德衛輝懷慶三府河務再於南岸添設巡道一員專管開封歸德河南三府河務查現在開歸道管理糧儲驛站鹽法復令兼理地方事務似屬太繁應止令管理糧驛鹽法其整飭地方歸南岸河道管理庶幾呼應得靈至沿河廳員除歸德府屬已有通判一員毋庸議增外查開封府屬南北兩

岸堤長工險止有管河同知二員懷慶府屬六縣皆係濱河連年水勢漫溢工程險要止有管河通判一員顧此失彼鞭長莫及應於開封府南北兩岸各添設管河同知一員懷慶府添設管河同知一員分轄防守兼司捕務其不係沿河州縣仍聽舊設清軍同知管理再請於大州縣添設千總一員中小州縣添設把總一員每一里分設河兵二名巡守防護所有千把總員缺即於南工熟諳河務効力弁目並椿埽手內遴補令其董率修防練習椿埽庶有堤有人可免廢弛其千把總河兵仍聽本汛該管廳員統轄調遣倘一縣之堤有分屬南北岸者每遇汛水長發隔河防險勢難周顧應令接壤汛弁南歸南汛北歸北汛就近管理其廳汛員弁俱各駐劄險要工所如有疎防河弁與汛官一併照例嚴加議處則耳目近而防守周矣其原設堡夫遴壯健者收充河兵餘俱裁去至新募兵丁恐不習河務不諳椿埽做法應於江南十河營內酌量抽撥拔充頭目教習新兵如果著有成效即行拔補把總以示奬勵所需俸餉等銀除裁存堡夫工食之項動支給發外倘有不敷統於藩庫內撥給再懷慶府屬之武陟縣險工甚多武陟縣丞令其專管黃河并請添設主簿一員專管沁河庶修防各有專司堤工藉以鞏固矣臣等一得之愚是否允協謹會摺

請

旨伏乞

皇上睿鑒訓示施行雍正二年正月初六日

奏奉

旨吏戶兵三部確議具奏欽此部議同知主簿等官應如所奏添設其添設巡道及千把總河兵之處均毋庸議本年三月二十七日奉

上諭稽曾筠所請開封府南北兩岸各添設同知一員懷慶府添設同知一員武陟縣添設主簿

一員俱依所奏添設令伏汛伊邇著交與總河齊蘇勒一面將熟諳河務人員作速揀選補授赴任辦事一面具題保奏著先行文諭知欽此

又於本年四月初三日怡親王大臣等面奉

上諭嵇曾筠已授副總河職銜伊奏請添設河兵一事爾等所議妥甫添設但總河駐劄南河兼管運河於河南黃河相去甚遠猝有緊要工程實難相顧故將河南黃河另著副總河管理若無標下官兵難供驅使總河標下十河營兵數

甚多或令齊蘇勒酌撥分給務期永遠可行爾等詳議具奏欽此王大臣等議覆應就近於河南撫標撥守備一員千總一員把總二員馬兵一百名聽副總河差遣至總河標下十河營弁兵應令齊蘇勒酌撥分給聽副總河就近使用等因本年四月二十三日奉

旨依議欽此

委用協理道員

奏爲錢糧關係重大稽察須有賢員恭請

訓示仰祈

睿鑒事竊惟黃河兩岸堤工荷蒙

聖主軫念有關運道民生

特勅加幫修理預備歲搶料物所費不下數十萬金皆動用正項錢糧仰見我

皇上慎重河防之至意查錢糧俱由管河道轉發各州縣募夫辦料款項繁多支應紛雜該署

道楊守知在工年久亦明晰河務但值此大工興舉之時錢糧關係尤重必得賢員協理方可慎出入而重稽查上年蒙

皇上勅發禮部堂主事朱藻操守謹飭辦事勤敏自到工至今殊見勞績臣擬委令稽察河工錢糧凡一應收發俱同該署道協理庶將來核銷易清於工程亦有裨益是否可行伏乞

皇上指示謹具摺請

旨仰祈

睿鑒謹
奏雍正二年閏四月十三日
奏奉
旨好已諭部存案矣欽此

請建石家橋一帶埽壩等工

題爲亟請建築埽壩加鑲防風以固堤工以衛
民生事該臣等會看得鄭州大堤石家橋迤東一帶上年水勢平緩未經估入歲搶修冊內自入伏以來大溜南趨直射堤根甚屬危險應於迎溜處所下埽簽樁加鑲高厚復於埽灣之處接鑲防風並築磯嘴壩工挑溜開行以資捍禦又中牟縣拉牌寨一帶工程近緣河面寬濶水勢浩瀚黃流逼射衝刷堪虞必須下護崖順埽鑲墊防風仍建磯嘴挑水壩二座挑溜開行再將斷堤一道加幫高厚接至大堤以資鞏固又穆家樓堤工全黃大溜建瓴奔注坐當頂衝危險異常亟應下埽加鑲簽樁堅實方資保護查鄭州石家橋迤東堡房起至牛角灣迤下止計長一千二百三十丈內石家橋工長二十丈東道坐口工長四十丈牛角灣迤西工長三十丈牛角灣工長三十丈四共埽工長一百二十丈其餘

接鑲防風長一千一百一十丈並下水頭接築磯嘴埽一座共估工料銀六千二百九十五兩一錢六分中牟縣黃河南岸拉牌寨鑲墊工長二百五十丈護崖埽工二段共長一百六十丈並磯嘴挑水埽工二座以及加幫斷堤工長二十五丈共估工料土方銀四千三百一十九兩五錢六分又穆家樓埽工長二百七十六丈估銀二千三百四十八兩四錢九分據署管河道楊守知確估冊詳前來

臣等逐一親勘覆核無異因係緊要工程除一面檄行布政司先行撥給發各該印官乘時辦料募夫儹築署管河道楊守知監工督催并原册送部查核外理合會疏具

題伏乞

皇上睿鑒勅部議覆施行雍正二年七月初七日

題奉

旨該部速議具奏欽此部議准行雍正二年七月二十二日奉

旨依議速行欽此

條陳河工應行事宜

奏為謹陳管見仰祈
睿鑒事竊臣一介寒微受
恩深重雖竭盡犬馬莫報涓埃自奉
命管理豫省堤工更加惕勵矢公矢慎氷蘗自持
凡有裨於
國計民生者悉心諮訪有所見聞不敢隱匿前
恭請
陛見原擬據實口奏面請
聖訓祇緣欽承
諭旨未敢擅離謹將緊要事宜具摺奏明伏祈
皇上睿鑒施行

一修築堤工定例每土一方給銀一錢二分內除加一節省外實給銀一錢零八釐臣恪遵定例批令管河道照數給發在案但細加採訪平易工程每方九分六釐可以敷用恭逢
皇上聖明內外並無雜費似應於扣存加一節省之外再扣加一節省留存河庫作正項支銷以裕
國帑倘有難做之工及取土甚遠并買土搶險者責令管河道親加察核酌量加增庶帑項不致虛糜而工程亦免悞累矣

一河工錢糧不比州縣黃流泛漲呼吸變遷有昔險今平今平忽險者有突遇危急所用銀兩浮於原估之數者亦有不及題估而急需價做難緩時刻者事當倉猝勢若救焚不得不多用料物金錢移緩就急竭力搶護以保運道民生若執一而不變通則該管各官恐有賠累或致臨事畏縮貽悞非小如今年伏秋兩汛水勢異漲處處告險備費周章仰賴
聖主軫念河防先幾指示俾得稟慎欽遵幸保無虞臣愚以為凡一切工程或有昔險今平者據實扣除或有今平忽險及水勢汹湧搶救銀兩浮於原估者據實題銷如有緊

急險工難緩時刻者一面題估一面通融接應惟在臨時相機修防管河道嚴加察核毋許冒破庶緊急工程不致坐失機宜矣

一柳枝荻草爲河工第一要料豫省堤園柳株歲久麼枯更兼連年險工取用採伐殆盡至荻草一項原非中州土產舊例俱以穀草秫稭代用入水即腐不能經久臣查黃河兩岸濱河處所多有新淤灘地地方

官逐一淸查其未經陞科之灘地或有種荻一項或有種柳千枝實能成活濟工者驗實詳報咨部官則給予紀錄民則給予頂帶榮身則人皆踴躍二三年間荻柳蕃盛而歲修購料銀兩可以漸減矣至現今一切堤佔地畝并取土挖廢坑塘合無仰

請

聖恩俯賜俯照江南之例俟堤工告成之後行令地方官逐細查丈豁除錢糧仍留充栽柳種荻則所產愈廣在

朝廷普寬大之恩小民免虛糧之累而物料之所出當不減於正供之所入矣

一豫省原額堡夫因臣上年奉差到工往來堤上見其蹤跡寥寥有名無實且不諳簽樁下埽是以議請裁去循照江南之例添設河兵駐工防護庶爲有濟荷蒙

皇上聖明

特諭調撥江南河兵來豫修守隨經河臣齊蘇勒

抽調十河營兵一千名千把總六員赴豫當同臣等擇其險要之處分派安插訖但歸德府屬考城商邱虞城三縣不敷分撥原未安兵今值冬季裁去堡夫則兵夫俱缺乏人防守況水勢上游既經收束則下游自漸湍激尤宜加意防範似應再於南工調兵二百名分令駐防庶工程大有裨益矣

以上各條臣從愼務急公起見於查工之際

細加諮訪所有一得之愚不揣冒昧謹具
摺
奏
聞是否可行恭候
皇上訓示爲此具
奏伏祈
睿鑒雍正二年十一月初三日
奏奉
旨九卿速議具奏前議裁去堡夫之議似屬未妥

不可固執再詳悉斟酌確議奏聞欽此

預撥歲搶修銀兩
題爲遵例
題明仰祈
睿鑒事雍正二年十一月二十八日准工部咨爲
遵
旨議覆事內開該臣等會議得嗣後歲修工程應
於本年十月內題估次年四月內題銷如逾
限不行題銷將所用錢糧着落授受之員賠
還等因奉

防河奏議　卷十

旨依議通行欽遵在案伏查江南歲修工程俱係
上年冬間發銀備料經過本年桃伏秋汛之
後於水落工平之際河臣核實
題估次年造冊
題銷成例已久但豫省從前原無歲搶工程因
近年黄河水勢泛漲兩岸堤工大溜頂冲險
汛林立欽蒙
皇上允臣所請
特勅總理事務王大臣會議照依江南歲搶修之

例按年估修以資鞏固因事屬創始並無額
設辦料銀兩是以河臣齊蘇勒將雍正二年
歲搶修工程先於雍正元年十二月內相度
河勢情形酌量險要處所共
題估銀五萬九千餘兩於司庫撥解購料以備
臨時應用併聲明黃河大溜趨向無常有初
險今平今平後險之處未可預定雖以現在
情形購料分貯嗣後遇有此平彼險之處應
令該管各官就近於平緩工內通融撥用以
資搶護在案今雍正二年分歲搶工程經臣
等按其緩急因時通融撥給料物以濟修防
獲保無虞除將做過丈尺工段現在查核遵
例於次年四月內
題銷外其雍正三年歲搶各工錢糧仰祈
皇上俯照江南估修發帑之例勅部於司庫內先
行撥銀五萬兩移解河道及時分發備料統
俟經過桃伏秋汛之後將用過料物銀兩核
定實數照例於本年十月內
題估次年四月內
題銷如有餘剩料物仍令加謹收貯以充下年
修防之用倘有不敷再行
題明撥給庶工程有裨而帑項不致虛糜矣臣
謹會同河臣齊蘇勒撫臣田文鏡合詞具
題伏乞
皇上勅部議覆施行雍正二年十二月二十一日
題奉
旨該部速議具奏欽此部議准行雍正三年二月
初八日奉
旨依議欽此

議留堡夫並建堡房
奏爲遵
旨確議仰祈
睿鑒事雍正二年十一月二十二日臣於武陟工
次跪接
皇上硃批臣謹陳管見等事奏摺奉
旨九卿速議具奏前議裁去堡夫之議似屬未妥
不可固執再詳悉斟酌確議奏聞欽此欽遵臣
跪讀

聖訓仰見我
皇上至聖至明慎重河防
睿慮周詳無微不照洵非臣等愚昧所能窺見萬
一者也伏查豫省堤工緊要荷蒙
皇上指示方畧得以遵循修築又奉
特旨調撥江南河兵來豫防守簽樁下埽俱能合
法是以今年伏秋水勢異漲獲保平穩茲以
裁去堡夫之議未妥上廑
聖懷敕令不可固執再詳悉斟酌確議奏聞臣惶

悚無地謹悉心籌畫再陳管見恭候
聖裁竊思豫省兩岸堤長一千三百餘里加以近
年新建埽壩并歲搶各工不下數十處在在
需人防守今以調來河兵一千名而裁去九
百餘名之堡夫自難免顧此失彼之虞況河
兵生長江南遠離鄉井千里防河未免人懷
歸志雖經臣等會議一年一換而往返道途
不無曠工廢事似宜兵夫兼用協力修防庶
收實效今蒙

皇上洞鑒及此誠堤工萬世之利臣愚以爲老弱
無用之堡夫可裁精壯有用之堡夫不可裁
相應將堡夫名數照舊仍留嚴飭廳印各官
遴擇年力精壯者充當所給工食亦照給發
兵餉之例包封唱給務使均沾實惠是設一
名堡夫即得一名之用而可免有名無實之
弊矣再查堡夫工食每名月給銀五錢守兵
餉米除朋扣外每名月給銀一兩一錢九分
若堡夫中有能跟隨河兵習學椿埽工程諳

練明白者該印汛官驗實出結保詳即拔作
河兵照例給餉於年終造册報部每年計拔
堡夫若干名即將調來河兵發回若干名其
所缺堡夫另擇年力精壯者充補二三年間
若可得諳練椿埽土著河兵五百名以幇堡
夫之不逮則既有河兵簽椿下埽又有堡夫
負土擔薪修防有賴而南工之兵俱可發回
豫省之堡夫亦人人踴躍於工程實有裨益
至於堤上舊制每二里設立堡房以便棲身

修守因年久坍毁十無一二前南工兵到無
地容身臣令各印官捐搭窩蓬暫爲栖息伏
秋連雨頗受其益合無仰懇
聖恩仍照舊制行令地方官每二里建堡房一座
每座約銀三兩即於飭省項內動支報銷則
一應兵夫住足有所風雨不離長堤蜿蜒燈
火相照聲息相聞縱遇險工一呼即應則搶
護不致失時矣緣係奉
旨詳悉斟酌確議事理不揣冒昧謹抒管見是否

可行伏候
皇上訓示爲此具
奏伏祈
睿鑒雍正二年十二月初九日
奏奉
旨嵇曾筠從前曾奏請將堡夫裁去今復以堡夫
照舊仍留具摺奏請這所奏近是但摺內稱將
堡夫內選拔充補河兵照例給餉將從前江南
調來河兵發回等語今若將堡夫拔補河兵其

調來河兵發回作何著落之處並未議及著將
本並摺交與九卿詳閱如照嵇曾筠所奏可行
即議准行如有未盡處九卿各抒所見詳議具
奏欽此議覆准行雍正三年三月二十六日奉
旨依議欽此

請修月格等堤

題為陽武大堤危險急宜修防以資鞏固事該臣等會看得豫省南北兩岸遙月格堤案准部覆俟桃伏秋汛後確估具題等因奉旨依議欽遵轉行遵照在案祇因上年秋冬南北兩岸堤工千有餘里同時並舉勢難兼顧是以未敢遽為題估今加幫工程竭力嚴催已據各州縣陸續呈報皆已完工所有應築遙月格堤最緊要之處上年秋汛水長竭力搶護幸保平穩今亟宜乘時擇險幫築以資鞏固臣謹會同河臣齊蘇勒親詣該工逐細確勘如蘭陽縣北岸雷家新莊耿家寨四門堂等處舊有月堤二道儀封縣堌陽集前晉子堤一道皆因年久失修殘缺卑矮一遇汛水長發由堤頂漫溢直達大堤汕刷衝激危險堪虞亟應加幫高寬以為外衛又祥符縣南岸一覽亭等處大堤切近省城堤工單薄亟應幫築貼堤以為內戧又姜家莊程家寨舊有月堤二道格堤一段單薄卑矮一經水長漫及堤根甚屬危險亟應加築高厚以為捍禦又考城縣南岸胡家道口本家莊舊埽月堤一道商邱縣南岸蔚家窪大堤一段外月土埽一道虞城縣南岸待賓寺月堤一道俱因年久未修卑矮單薄上年秋汛水發淹過堤根甚屬危險亟應加幫高寬並築子堰以為重障查蘭陽縣雷家新莊耿家寨月堤工長一千八百零一丈估加新土五萬八千八百七十五方該實銀五千六百五十二兩四門堂月堤工長四百六十六丈估加新土一萬四千四百六十八方五分該實銀一千三百八十八兩九錢七分零查儀封縣堌陽集前子堤工長一千五百五十八丈估加新土六萬四千八百二十九方八分該實銀六千二百二十三兩六錢六分零以上蘭儀二縣堤工共估新土一十三萬八千一百七十三方三分每方銀

九分六厘共該實銀一萬三千二百六十四兩六錢三分零查祥符縣一覽亭幫築貼堤工長一千九十一丈共估新土一萬五千二百七十四方該實銀一千四百六十六兩三錢零又姜家莊月堤工長一千五百七十丈估加新土四萬一百七十方該實銀三千八百五十六兩三錢零又程家寨月堤工長一千一百八十九丈估加新土三萬一百二方八分該實銀二千八百八十九兩八錢六分

零又舊格堤一段工長一百九十五丈空缺一段應接築格堤與月堤相連工長五十丈共工長二百四十五丈估加新土七千九百六十方該實銀七百六十四兩一錢六分以上祥符縣堤工共估新土九萬三千五百六方八分每方銀九分六厘共該實銀八千九百七十六兩六錢五分零查考城縣胡家道口石家莊舊壩月堤長四百八十五丈估加新土一萬五千五百七十七方三分該實銀一千四百九十五兩四錢二分零又商邱縣蔚家窪大堤工長二百九十三丈五尺估加新土六千九百五十五方九分該實銀六百六十七兩七錢七分零又外月土壩上加子堰工長二百七十丈估加新土一千五百六十八方該實銀一百五十兩五錢二分零又虞城縣待賓寺月堤工長一千二百一丈估加新土二萬六千九百二十一方七分該實銀二千五百八十四兩四錢八分零以上考

商虞三縣堤工共估新土五萬一千二十三方每方銀九分六厘共該實銀四千八百九十八兩二錢零前據詳估經臣等嚴批核減去後今又據管河道副使佟鎮詳稱委係據實確估並無絲毫浮冒詳請一面具

題一面撥帑募夫挾幫完固庶重門有賴等情冊詳前來臣等復加覈核無異除將原冊送

部查核一面將奉

旨撥支臣稽會銷銀五萬兩內檄令管河道動支

給發募夫興修務於伏汛前乘時儹築以資
鞏固臣謹會同河臣齊蘇勒撫臣田文鏡合
詞具
題伏乞
皇上府鑒勅部議覆施行再照兩岸應行估修遙
月等堤之處因伏汛將臨未能剋期並舉謹
將亟應修築首險各工先爲
題估合併聲明雍正三年五月初十日
題奉
旨該部速議具奏欽此部議准行雍正三年六月
初五日奉
旨依議欽此

留工効力人員
題爲遵
旨具
題事竊惟河工以用人爲本用人以諳練爲先
查豫省南北兩岸堤長一千三百餘里其間
工程遙遠河務浩繁一應奔走往來不得不
收効力人員以供驅使以資防護臣自到工
以來見有佐雜生監各員范昌治等紛紛具
呈情願河工効力臣逐一考驗除不堪委用
者不准外擇其精明强幹可供驅策者共有
五十六人即委令分任督工防險諸事俱能
自備鞍馬出力行走卧雨餐風共勤厥事且
各盡心習練頗見勤勞若令留工一二年則
皆成諳練之才竊思伊等不辭辛苦原爲功
名起見臣亦不敢遽爲代請議敘惟求
皇上洪恩容臣將伊等功績履歷造具冊結咨部
存檔准其留工効力學習俾伊等知進身有
階自能人人奮勉而臣亦可收臂指之效矣

理合恭疏具

題伏祈

皇上睿鑒勅部議覆施行雍正三年九月二十六

日

題奉

旨該部議奏欽此

防河奏議目次

卷二

防河奏議卷二

[illegible]

增修兩岸險工 [illegible]

題爲欽奉
上諭事雍正三年八月初五日准工部咨開奉
上諭今歲入夏以來雨水過多朕心念黃淮伏秋兩汛必然水勢浩瀚甚以爲憂所以從前批嵇曾筠奏摺有無日不神馳黃淮兩岸之語今據田文鏡奏稱儀封縣南岸大寨蘭陽縣北岸板廠後兩處衝開決口各十餘丈此皆朕躬不德或用人行政有缺失之所致返躬惕勵夙夜不安其衝決堤工可星速會同副總河嵇曾筠率各屬河員併力搶築務期永久堅固其一帶危險工程亦當增卑培薄預爲之防至被灾人民着速委能員實心確查應賑恤者即動正項錢糧衝沒田地詳細勘估應豁免者題請豁免朕從前曾命將河廳官員分別議叙今儀封蘭陽兩處既被衝決例應參處但朕自念不德其疎防各官吏止停其議叙不必參處賠修亦着寬免特諭欽此相應行文副總河可也爲此合咨前去查照施行等因到臣准此除儀封之大寨幷蘭陽之板廠後漫口俱各尅日堵築完竣其完竣日期當經
題報在案所有應估增卑培薄堤工隨行各道廳欽遵去後今據造册詳請會核
題估等情到臣據此該臣等會看得豫省黃河兩岸土埽工程荷蒙
聖恩估計加幇幷增歲搶二修業已綢繆未雨緣上年秋水泛漲將儀封大寨蘭陽板廠二處漫溢又蒙
特沛恩綸將一帶危險工程亦當增卑培薄預爲之防臣等欽承之下仰見
皇恩浩蕩慎重周詳隨經行令管河道廳逐細查勘確估幇築臣等復加親勘兩岸堤工原有幇緩加幇之大堤幷有未經估計加修之遥月等堤又有雖經加幇或因地本窪下未能

與兩頭一律平高者更有兩岸堤根被沙淤墊堤身卑矮亟應加高培厚者今據該道詳稱查得開封府上南河廳屬鄭州應增高培厚大堤共工長一千四百六十二丈估加新土四萬六千二百七十七方二分共實銀五千四百八十一兩九錢七分零又來童寨舊斷堤工長二百四十丈估加新土一萬二千八百三十五方五分共實銀一千二百三十二兩二錢零中牟縣應增高培厚大堤共工長一千四百五十五丈五尺估加新土七萬七十九方四分共實銀六千七百二十七兩六錢二分零月堤共工長三百六十五丈五尺估加新土一萬七千一百六十八方六分共實銀一千六百四十八兩一錢九分零開封府下南河廳屬祥符縣南岸應增高培厚大堤共工長七千七百九十八丈五尺估加新土三十一萬四百六十方九分零又攔土埽工長十三丈以上土埽二工共實銀三萬

九百六十五兩一錢八分零月堤共工長五千二百六十三丈二尺估加新土十八萬六千三百五十方七分零共實銀一萬八千六百七十二兩五錢零陳留縣南岸應增高培厚大堤共工長一千八百八十八丈估加新土三萬五千四百六十一方六分共實銀三千六百七十一兩八錢八分零蘭陽縣南岸應增高培厚大堤共工長七百五十丈估加新土一萬九千二百八十二方共實銀一千八百五十一兩七分零儀封縣南岸應增高培厚大堤共工長四千一百六丈估加新土十二萬一千四十九方三分共實銀一萬二千七百八十七兩三錢一分月堤工長二千六百四十九丈估加新土十五萬六百四方六分共實銀一萬四千六百二十二兩二錢三分零歸河廳屬考城縣應增高培厚大堤共工長二百三十丈估加新土一千九百一十方共實銀二百七十五兩四分商邱縣應

增高培厚大堤共工長二千三百四十四丈估加新土八萬七千八十三方五分共實銀八千四百一十七兩六錢二分零虞城縣應增高培厚大堤共工長二千五百二十丈三尺估加新土一十二萬三千七百四十六方四分共實銀一萬二千五百四十四兩八錢七分零懷慶府黃河廳屬武陟縣應增高培厚大堤工長二千三百九丈又塡實釘船幇大壩後月牙池週圍長一百四十四丈共估新土十一萬四千二百二十方七分共實銀一萬一千二百七十六兩九錢五分零開封府上北河廳屬原武縣應增高培厚大堤共工長一千二百六丈估加新土二萬三千三百四十四方共實銀二千八百九兩七錢二分零陽武縣應增高培厚大堤共工長三千七十五丈估加新土八萬八千八十九方九分共實銀一萬二千六百八十四兩九錢四分零月堤工長三百四十丈估加新土一萬二千六百方共實銀一千二百九兩六錢封邱縣應增高培厚大堤工長四百六十丈估加新土二萬六百七十方共實銀二千九百二十二兩七錢二分開封府下北河廳屬祥符縣北岸應增高培厚大堤工長四十五丈估加新土二千三百八十二方七分共實銀二百二十八兩七錢四分子堤工長一千四十三丈估加新土四萬三千一百二十六方共實銀四千一百四十兩九分零蘭陽縣北岸應增高培厚大堤工長四千一十四丈五尺估加新土一十六萬八千六百九十九方六分共實銀一萬八千八百六十七兩二錢五分零月堤工長一千九百四十三丈估加新土一十二萬七百八十四方一分共實銀一萬一千五百九十五兩二錢七分零儀封縣北岸應增高培厚大堤工長一千七百五十一丈估加新土十萬四千五百三十八方七分共實銀一萬二千五百四十五兩六錢

零格堤工長四千五百三十丈估加新土二十八萬八千二百七十方一分共實銀二萬七千六百七十三兩九錢三分零又山東黃河廳屬劉家口曹縣外月堤工長七百五十七丈五尺估加新土四萬六千五百九十九方七分共實銀五千三百五兩一錢八分零以上各廳所屬豫省大堤通共估用土方銀一十四萬五千五十八兩五錢四分零月格堤工通共估用土方銀八萬七百九十四兩四分零二共銀二十二萬五千八百五十三兩五錢九分零俱係據實估報委無浮開等情册詳前來臣等復加覈核無異因係緊要工程照例行令布政司撥發帑銀擇險先修業經遴委幹員分段攢築以禦汛水一面移咨山東撫臣飭令黃河廳將劉家口曹縣堤工一例動帑興築除原册送部查核外臣謹

會同河臣齊蘇勒撫臣田文鏡合詞具

題伏乞

皇上睿鑒勅部議覆施行雍正四年三月十三日

題奉

旨該部速議具奏欽此部議准行雍正四年四月

初九日奉

旨依議速行欽此

增修埽壩防風

題爲亟請增修埽壩加鑲防風以保堤工以資捍禦事該臣等會看得豫省土脉虛鬆一切堤工必須相機修守保護萬全仰蒙我

皇上洞悉河防特頒

諭旨將危險工程增卑培薄預爲之防當經轉飭欽遵現在另冊估報但連年黃水泛漲致將兩岸堤根沙停淤墊堤身多有卑矮兼以堤內地勢甚窪一遇汛水長發大溜頂衝甚屬危險亟應擇其險要處所增修埽壩鑲做防風保護堤工方克有裨今據管河道副使佟鎮詳稱查上南河廳屬鄭州汛內薛家寨上下一帶險工長七百六十丈應鑲防風實估用工料銀五千一百五十三兩九錢六分又來童寨險工長二百四十丈應下埽包褁堤頭接鑲防風實估用工料銀一千六百三十七兩五錢八分零以上共估工料銀六千七百九十一兩五錢四分零下南河廳屬祥符縣南岸程家寨險工長二百三十丈應下埽加鑲實估用工料銀六千六百三十二兩六錢八分零蘭陽縣南岸河渠險工長一百二十丈應鑲防風實估用工料銀六百六十三兩六錢又韓陵寺險工長一百丈應鑲防風實估用工料銀五百五十三兩儀封縣南岸馬家店險工長六十丈應鑲防風實估用工料銀三百九十八兩一錢六分又亓家莊險工長一百丈應下埽加鑲實估用工料銀八百六十七兩八分零又周家莊險工長八十丈應下埽加鑲實估用工料銀七百九十五兩八錢四分又鹿家口月堤東壩險工長六十丈應下埽加鑲實估用工料銀五百六十兩六分零又鹿家口月堤北壩險工長一百丈應下埽加鑲實估用工料銀九百四十九兩七錢一分零以上祥蘭儀三縣南岸共估工料銀一萬一千四百二十兩一錢五分零歸河廳屬考城縣汛內自司家道口起至王

家道口止險工長六百二十一丈內應建磯嘴壩三座順長共二十一丈接鑲防風六百丈實估用工料銀五千一百八十一兩四錢六分零又十四堡險工長二十六丈內應建磯嘴壩一座順長六丈接鑲防風二十丈實估用工料銀六百一十三兩三錢四分零商邱縣汛內自考商交界起至楊家堂止工長七百七十丈內擇險應做防風二百丈實估用工料銀一千六十一兩七錢六分又楊家堂小月堤險工長七十二丈應下埽加鑲接鑲防風實估工料銀三百二十九兩五錢四分零虞城縣汛內張家灘險工長二十七丈五尺應下埽加鑲接鑲防風實估工料銀五百一十九兩六分零以上考商虞三縣共估工料銀七千七百五兩一錢六分零上北河廳屬原武縣北岸胡店莊險工長六十丈應鑲防風實估用工料銀三百一十九兩二錢又朱家莊後大堤兆灣險工長六十五丈應

鑲防風實估用工料銀三百六十五兩七錢五分又柳園村前險工長七十丈應鑲防風實估用工料銀三百七十二兩三錢又劉務村後險工長二百丈應鑲防風實估用工料銀一千六十三兩九錢七分以上共估工料銀二千一百二十一兩二錢二分下北河廳屬蘭陽縣北岸管李寨撑堤橫堤共長四百八十四丈應下埽加鑲接鑲防風實估用工料銀三千七百一十三兩五錢六分零又管李寨圈堤內險工長六百八十丈應鑲防風實估用工料銀三千六百九兩九錢八分零又耿家寨險工長一百六十丈應下埽加鑲實估用工料銀三千五百六十九兩二錢八分儀封縣北岸雷家寺迤西險工長一百二十丈應鑲防風并下裹頭埽實估用工料銀九百一十兩四錢一分零又宋家營一帶險工長六十六丈應下埽加鑲實估用工料銀三百九十二兩五錢四分零又十九堡月堤

險工長五百二十二丈應下防風實估用工料銀二千八百八十六兩六錢六分以上蘭儀二縣北岸共估工料銀一萬五千八十二兩四錢四分零通共估用工料實銀四萬三千一百兩五錢三分零委無浮冒造具估冊詳請會核

題估發帑與修統俟本年十月內將用過工料彙冊

題報次年四月

題銷等情冊詳前來臣等親勘復核無異因係緊要工程除照例行令布政司先行撥帑乘時辦料與修并原冊送部查核外相應會同河臣齊蘇勒撫臣田文鏡合詞具

題伏乞

皇上睿覽勅部議覆施行雍正四年三月十三日

題奉

旨該部速議具奏欽此部議准行雍正四年四月初九日奉

旨依議速行欽此

改估臨河增卑培薄工程

題爲亟請改築月堤並添建戗堤貼堤以保險工以節帑項事雍正四年九月十一日准工部咨開都水清吏司案呈査得副總河嵇會筠咨稱黄河水性變遷靡常惟在審時度勢相機修築豫省臨河增卑培薄工程奉部覆准在案但前項工程皆在去冬今春水勢未長以前約照上年之情形勘估現今河流長發又有變遷若不相機改估誠恐輕重失宜緩急倒置相應咨請改築俟工完之日逐一聲明造册彙銷除一面發帑委員星夜儧築外擬合咨明等因前來査豫省臨河增卑培薄工程前據副總河疏稱關係緊要業經本部覆准修築在案今雖據稱河流變遷應相機改築不便據咨遽議應行副總河具題到日再議可也爲此合咨前去査照施行等因到臣准此嘗經轉行遵照去後今據河南管河道副使佟鎮詳請仍照前册會核具

題准其改築俟工完彙册

奏銷則節帑保工實有裨益等因到臣據此該

臣等會看得豫省臨河堤工蒙我

皇上睿謨廣運籌畫周詳

勅令增卑培薄預爲修防前經臣等欽遵確勘會

核

題估奉部覆准一切緊要堤工俱經遴員分築竭力儧催在案但前項工程皆在去冬今春水勢未長以前約照上年之情形勘估現今河流長發忽有變遷伏査河工先估後做工程有臨修之時形勢更改化險爲平原應移平就險若不因時相機改估誠恐輕重失宜緩急倒置今査下南河廳屬應停修儀封縣南岸大寨北面殘缺舊月堤一道工長二千九十七丈撑堤一道工長一百二丈共原估銀一萬二千六百六十三兩八錢三分零今移於南面改築月堤一道工長七百一十四丈夾埽後幇築戗堤一道工長一百零一丈

又李家莊堤灣起至五堡迤南止幇築貼堤工長七百零七丈又自十六堡迤東起至十八堡迤西止幇築貼堤工長四百丈又蘭陽大堤自陳留交界起至管家木口止幇築貼堤工長六百丈共工長二千五百二十二丈共估銀一萬二千五百五十四兩七錢二分零計節減銀一百九兩一錢零又儀封縣南岸大堤自十三堡東起至大王廟止加幇工長三百一十丈之內應停修工長一百丈計原估銀三百四十八兩八錢八分今移於三十三堡起至趙家埠口東止改幇大堤工長一百丈共估銀二百二十三兩八錢計節減銀二十五兩八分又歸河廳屬應停修虞城縣黄堌埽東自下埽尾起至裴家莊廢堤頭止工長五百九十二丈五尺共原估銀二千八百七十六兩九錢七分零今移於商邱縣自考城縣交界起至楊家堂止並李江莊河夫營天齊廟等處添築貼堤四段共工長一千四百六十丈又虞城縣待賓寺一帶添築貼堤工長二百三十五丈五尺共估銀二千七百九十一兩九錢九分零計節減銀八十四兩九錢八分零以上各工均應相機因時改築前據該道造册改估前來當經臣等會核將工段丈尺銀數一面咨明工部俟工完逐款聲明彙册

題銷一面發帑委員星夜儹築以資保護在案今准部覆行令具題到日再議等因行據管河道副使佟鎮詳覆前來相應會同河臣齊蘇勒撫臣田文鏡合詞具

題伏乞

皇上睿鑒勅部議覆施行雍正四年九月二十六日

題奉

旨該部議奏欽此部議准行雍正四年十一月十六日奉

旨依議欽此

一 條陳河工善後事宜
奏爲大工初竣善後宜詳謹陳末議仰祈
睿鑒事竊照豫省黃河兩岸隄防廢弛年久蒙
皇上拯溺鴻仁發帑興修
宸謨指示底績安瀾今南北大堤加幫完竣歲搶
二修因地制宜一切遥月格堤兼修並舉而
增卑培薄又復預爲防範皆荷我
皇上睿慮精詳所以無微不到從茲遞年修守自
可永慶平成矣臣以菲材謬膺

簡任
隆恩叠被
聖訓頻加菲愧知識短淺寸長未効捫心夙夜感
悚交并唯有殫竭愚誠以冀仰報涓埃所有
芻蕘末議敬爲我
皇上陳之
一歲修埽料宜節減清釐也查豫省大工以
及搶修埽料所需秫稭俱係臨時濟急購
運艱難每百觔實銷銀九分無容置議外

惟題定歲修一項不比從前創始今定於
秋成後即發銀各廳及早購辦每百觔七
分便可置買務於八月內道庫發銀勒限
十月內照額辦足即令管河道查驗如有
短少即以辦料遲延參處除穀草椿蔴臣
逐年體訪額價萬難議減其秫稭一項請
於雍正五年秋辦六年歲修每百觔即照
七分報銷則每年億千萬束之秫稭所節
帑金便可積零成鉅而仍於工程無悞再

查河工埽料柳束爲重河南柳園無多採
用殆盡且園臨灘地每年河水汕塌以致
園額愈少柳束無出秫稭代柳費帑愈多
伏查民間灘地凡有坍塌即將新淤之地
抵補相沿已久獨至柳園此地一經坍損
彼地雖有新淤官無界址民多隱佔亟應
清釐以垂永久合無仰懇
皇上勅下撫臣行令沿河州縣檢查地冊會同廳
汛將現存之柳園丈勘立界已坍之柳園

此坍彼淤隨刷清查撥補完額則無害於
民而有益於公圍額無虧嚴督河員廣為
栽植庶柳束繁多埽料錢糧可以漸次節
省矣
一印河各官宜通融調補也查豫省管河道
以下設有廳汛河員以協佐府州縣印官
但向來定例印官耑司民事係撫臣題授
河員耑理河工係河臣題授不特循資陞
調分為兩途即辦事同城亦不無歧視合
無仰懇
皇上天恩准於定例之外通融調補如沿河府州
縣有才嫻河務者准其陞調河工道廳而
河工廳汛有才守兼優者准其陞調沿河
府州縣一轉移間彼此均有裨益庶印河
各官益勵寅恭而河防吏治互相講究學
習俱當協力同心為地方保障矣
一防河兵弁宜酌增耑設也查豫省堤工業
我

皇上乾綱獨斷調撥江南河兵一千名分派防守
嗣因更番遠涉往返需時經臣條奏請將
兩岸堡夫仍留學習椿埽如果熟諳拔充
河兵二三年間若得土著河兵五百名則
南兵一千名俱可發回已奉部議覆准在
案今查堤工初竣椿埽繁多汛險工長不
敷應用河兵汛弁自應隨時籌畫伏懇
聖恩仍照一千名之數
勅部再行議覆於堡夫內逐漸拔補足額即將南
兵逐漸扣除發回原汛則豫省兵皆土著
以千名之兵守千里之堤庶椿埽嫻熟而
工程鞏固再查河兵散處工所無人管押
恐其偷安多事是以江南撥來千把總六
員用資約束若南兵發回該弁等原各有
耑汛非可久留豫省者請耑設千總二員
把總四員分隸開封府兩岸河廳管轄至
歸德府通判汛內應將原設武陟千總二
員內調往一員分撥河兵一百名移駐歸

德各工交與該弁管領則豫工兵弁整飭
而修防無悞矣
一月堤防守宜增設抽撥也查豫省大堤每
隔二里額設堡房一座分駐堡夫令其修
墊水溝浪窩巡查獾洞鼠穴但重門保障
實倚月堤以資捍衛今歲欽奉
諭旨增卑培薄案內臨河月堤居其大半而堡房
未設防守無人風雨損傷河水漲漫不無
意外伏乞

皇上勅下部議遵照大堤之例每隔二里增設堡
房一座給價三兩着令地方官建造速完
至堡夫一項若再議增恐錢糧過費合無
於臣奏請仍設河兵一千名內酌量調撥
月堤防守則無容增設堡夫而臨河險工
堤埽兼有倚賴矣
一汛地遼濶宜添設微員也查開封府南岸
地方祥符縣堤長八十六里止有縣丞一
員工長汛遠策應維艱況近日險汛下移

祥符一帶工程更爲險要似應添設祥符
南岸主簿一員分段管理再開封府北岸
地方印捕各官俱在南岸且與直隷長垣
山東曹縣等處犬牙相錯民俗刁頑祥符
蘭陽儀封北岸雖有主簿俱耑管河務不
理民事且堤埽綿長奔走窎遠募夫辦料
呼應不靈合無添設巡檢二員一駐祥符
陳留適中之地一駐蘭陽儀封適中之地
如遇工程告險卽着協同廳汛募夫辦料

竭力搶護所有一切逃盜事宜令其盤查
稽察仍聽該縣督率管轄再查祥陳等處
北岸舊有汰黄堤一道以爲後障例係民
修應責令該員督率附近莊民勤加修墊
則寧謐地方而於河務工程俱有裨益矣
一撥料浚船宜循例添設也查江南黄運兩
河凡有歲搶修工程之處卽設浚柳船隻
以資撥運料物所以一呼卽應往來如織
料物湊手今豫省上至武陟下至虞城俱

有歲搶二修而撥運無船每每此工貯料彼工告險不能立時濟急且當汛水長發之際一望汪洋堤外被水居民望救甚迫莫能往援是豫省浚船不但運料兼可濟人更甚於江南也伏乞

皇上天恩勅部查照南工浚船則例寬長丈尺需用工料銀數即於節省項下給發各廳令其每汛造船五隻堅固如式即撥河兵運駕看守照例按年修理勿使朽壞則工程民命均有攸賴矣

以上六條臣親歷河干目擊情形敬抒臆見

上瀆

宸聰是否有當伏乞

皇上訓示遵行雍正五年正月初四日

奏奉

旨着怡親王順承郡王大學士富寧安九卿會議具奏欽此議覆准行雍正五年二月初六日奉

旨依議欽此

清查東省黃河額夫工食

題為清查東省黃河額夫工食之積弊仰請

聖裁杜虛冒以收實效事竊查東省黃河廳屬之曹州曹縣單縣金鄉定陶城武等六州縣額設徭夫一千三百零八名每歲十二個月共工食銀一萬五千六百九十六兩彙解黃河廳轉給該管各官為幇堤之用定制相沿其來已久嗣後將正十一十二三個月共工食銀三千九百二十四兩撥解運河廳庫其黃河廳止解自二月至十月九個月共工食銀一萬一千七百七十二兩向例每歲額定加土十一萬七千七百二十方年終造冊報部銷筭此外又有幇貼徭夫銀錢合計六州縣共幇貼銀七千二百一十七兩八錢一分因係歷年成例曾經河臣檄飭解廳轉發臨河州縣存貯備用在案今臣細加訪查徭夫工食一項雖有額設名數而做工多係總甲承攬臨時僱募其間不無影射虛糜至歷年歲

修報銷雖係按銀計土然未將新舊土方先行確估無憑查考而幇貼銀錢尤屬有名無實半係印河各官之陋規半係胥役甲長之侵蝕其於工程夫役兩無裨益伏思除弊務絶其根而課工貴核其實凡加幇工程必先將舊堤頂底高寬若干共計舊土若干量估明確然後將加至頂底高寬若干應用新土若干應給方價若干一一分晰估算方無浮冒況堤工段落各有長短之不齊土方因之增減而取土又有難易之不同給價遂有多寡今按銀計土斷不能歲歲相同若不計短長不論難易不分新舊懸定土方以符銀數每歲加增如出一轍其中豈無牽混且錢糧款項理應畫一各歸各款庶日後便於

奏銷今以黃河廳屬之徭夫工食而撥入運河廳庫月稽年考一款兩銷甚非釐剔之良法猶恐將來修工不敷應用另行

請撥轉滋煩擾合無仰懇

聖恩請自雍正五年爲始將黃河廳屬之全年工食并幇貼銀兩飭令各該州縣照解該廳轉交曹縣府庫查明堤工有應行加幇之處照例按段確估舊堤高寬若干加至高寬若干除舊土若干應加新土若干旱工每方給銀九分六釐水工每方給銀一錢四分四釐水旱攸分方價又可節省每年先期勘明造冊

題估遴選諳練各官分段修築務期堅固如式以資抵禦倘該廳發銀扣尅承修官有丈尺短少及潦草虛鬆等弊即行指名

題条從重治罪年終統算共加過新土若干共用銀若干仍照舊例報部核銷如工程平穩有可停修之處即將存剩銀兩留爲下年加幇之用如此則上不侵帑下不冒工堤土尺寸皆有着落錢糧絲毫皆歸實用而夫役總甲蠹吏奸胥不得上下其手矣臣從清核錢糧保守工程起見且桃汛在即亟應擇險確估興工不敢因循貽悞相應據實上陳是否

允協臣未敢擅便理合恭疏具
題伏乞
皇上府鑒勅部議覆施行雍正五年二月十三日
題奉
旨該部議奏欽此部議會同總河山東廵撫晝一
妥議具題等因奉
旨依議欽此欽遵會同河臣齊蘇勒山東撫臣塞
楞額合詞具
題奉
旨該部議奏欽此部議准行雍正五年十二月初
十日奉
旨依議欽此

題明免報查工日期
題爲
題明事竊臣奉
命兼管山東黃河工程臣接准部咨隨即遵
旨前赴東省將曹單等縣臨河堤埽工程逐細查
勘所有應修應築之處並一切應行事宜臣
一面審量緩急上緊料理應動帑者即行
題請應備料者飛飭趲辦應察核者現在清查
應估計者按段確估容臣分別先後次第入
告請
旨遵行外但查各省督撫出境回署例應具疏
題報臣在豫四載原無一定衙舍惟視水勢工
程之平險上下遷移防護不敢坐守安居因
上年險勢下移蘭陽儀封考城等縣堤工均
須加緊修守臣已經
題明移駐蘭考適中之儀封縣濱河處所往來
策應在案今蒙
聖恩命臣兼管兩省堤工查濱河埽壩如豫省之

三家莊東省之芝麻莊均屬最爲險要二工
界連接壤即遇汛水長發臣駐劄適中兩頭
策應可以朝往夕還其蘭陽等處險工相距
亦不甚遠俱可隨時查閱非若他省督撫經
年一再出者可比合無仰懇
聖慈俯從臣往來東豫兩省工次免其
題報既可省案牘之煩而亦不致以微臣出入
細故屢瀆
宸聰矣相應恭疏
題明伏乞
皇上睿鑒施行雍正五年二月十三日
題奉
旨該部知道欽此

搶築蘭陽南岸埽壩等工
題爲亟請搶築埽壩防風並創建月堤加幫戧
隄等堤工程以資重障以衛民生事該臣等
會看得蘭陽縣南岸管梁蔡耿四水口一帶
堤工係遠年漫口南臨深潭北靠支河且地
處窪下河勢南趨崖岸日漸坍塌堤根相距
大河僅止里許一遇水長全河大溜直入支
河衝射堤根危險至極今相度情形亟須將
梁蔡耿三水口迎溜處所遞下長椿大埽丁
鑲防風上下接做護崖順埽一律加鑲堅固
再於四水口大堤南面幫戧加高並於堤南
創築魚鱗月堤四道以作重門之障方保萬
全又二堡迤東起至三堡迤西止大堤一段
原於陽武大堤案內加幫但該工堤北舊有
河形地處窪下上年水發沿堤走溜勢甚洶
湧兼之堤南積水浸泡實屬堪虞亟須幫築
貼堤以資鞏固又祥符縣南岸自李盤寨後
起至馬頭北坐口止月堤一道近因黃河大

溜日漸南趨該工單薄卑矮一遇汛水長發湧注堤根危險尤甚亟應加幫高厚以資抵禦又程家寨月堤一道前於陽武大堤等事案內雖經加幫但該工逼近黃河上年汛水長發沿堤走溜洶湧激危險異常亟應再行加幫高厚方保無虞又祥陳二縣舊有民堤一道年遠失修向因伏秋水長將歐家渥蓋家莊等處漫溢缺口以致上下間斷一遇汛水全河之勢直注口門祥陳一帶村莊多有被淹下游一帶堤根頂衝汕刷爲害甚巨亟須將歐家渥缺口下埽鑲填並幫築裹戧接至民堤兩頭仍將王家樓郭家寨等處卑薄民堤一律加幫高厚以資捍衛又陳留縣七八九堡大堤地勢窪下每遇汛水長發直射堤根沿堤拖溜風浪撞擊甚屬危險堤北舊有隔堤一道年久失修卑矮殘缺一經水長漫堤過水雖有重門之名並無捍禦之實必須加幫高厚接至兩頭老堤並將老堤一律增培庶大堤得收外衛之固而迤下一帶堤根可免衝刷之虞查蘭陽縣梁蔡耿三水口邁埽加鑲並上下護崖順埽防風共工長四百三十丈實估料物夫工銀一萬一千八百一十二兩四錢九分又四水口大堤幫戧加高共工十一段長一千三百五十七丈堤南創築魚鱗月堤四道共工長一千七十二丈共需土一十六萬五千八百八十六方六分分別遠近水旱方價實估銀一萬九千三百六十五兩三錢八分又二堡迤東起至三堡迤西止大堤長三百二十丈加幫貼堤需土六千七百二十方分別水旱方價實估銀八百六兩四錢又祥符縣李盤寨後月堤加幫工長一千四百五十丈需土五萬一千二百四十五方實估銀四千九百一十九兩五錢二分又程家寨月堤兩面加幫貼戧工長一千二百八十九丈需土四萬二千六百三十方分別水旱方價實估銀五千二百六十

兩六錢零又歐家潭缺口下埽加鑲並上下
雁翅共工長一百二十丈實估料物夫工銀
一千三百九十八兩二錢六分零又王家樓
加幫民堤並歐家潭塡墊河形接築堤工長
一千一百九十丈郭家寨接幫民堤長一千
一百一十九丈共需土二萬四千八百六十
一方四分實估銀二千三百八十六兩六錢
九分零又陳留縣七八九堡大堤北首加幫
隔堤並接幫兩頭老堤共工長七百七丈需
土一萬七千三百五方二分實估銀一千六
百六十一兩二錢九分零俱係確核至再據
實估計毫無浮冒今據管河道祝兆鵬造册
詳請會核
題估先行發帑乘時興工儹築前來臣等親勘
復核俱係相機緊要工程務於汛水未長之
前及時興工方克有濟除一面檄飭管河道
先於河庫銀內借發該廳辦料募夫遴委諳
練河員上緊督催儹築一面照例行令布政
司撥帑給發還項并原册送部查核外臣謹
會同河臣齊蘇勒撫臣田文鏡合詞具
題伏乞
皇上睿鑒勅部議覆施行雍正五年四月二十日
題奉
旨該部速議具奏欽此部議准行雍正五年五月
十六日奉
旨依議速行欽此

估幇曹單二縣大堤

題爲亟請加幇大堤幷鑲護防風以資捍禦事該臣等會看得東省曹單二縣臨河大堤綿長二百三十餘里乃全河之屏障濟運運道攸關緊要近年以來因險勢下移頂衝埽灣處所更加湍激水長則出漕泛溢沿堤走溜堤工叠受衝刷其地勢低窪之處水落則積水停蓄終年不乾每遇風浪堤身屢被撞擊多有卑薄殘缺實屬堪虞亟須先行擇險確估加幇一律高厚再險要之工所築新土若不鑲護防風一遇水長溜逼堤根勢難捍禦今相度情形必須一面加幇一面相機鑲護防風方免汕刷之患伏查東省止有芝蔴莊埽工一處經臣

題明撥帑辦料歲修其餘堤工向無額設辦料銀兩今芝蔴莊所備料物止足防護該工之用不克分濟別工合無仰懇

聖恩先行撥帑乘時儧築堤工幷預備料物俟加幇工程告竣卽行相機鑲做防風以保萬全查曹單二縣應行加幇堤工共長八千九百五十一丈四尺除舊土外應加新土三十三萬三千九百六十九方據實分別方價共該土方銀三萬六千六百二十四兩二錢九分零又陳家樓前黃奶奶廟等處應行加鑲防風工程二段共長九百九十六丈五尺共估銀五千三百三十六兩三錢一分零以上堤埽等工共需銀四萬一千九百六十兩六錢零第查曹州等六州縣額設黃河修堤徭夫工食幷幇貼銀兩現准工部咨覆令臣會同河撫二臣虛公畫一妥議尚未議覆且此項銀兩不特不敷所估之數又兼徵解不時難以濟急

請於山東藩庫內動撥銀四萬一千九百六十兩六錢零移解兖寧道庫轉給該廳遴員儧築堤工並令曹單二縣預購料物貯工備用所有動用銀兩容臣等將黃河修堤徭夫工

食一項公同議定具
題部覆至日在於本年徭夫工食等銀抵還至
次險堤工臣等酌量情形陸續相機估計具
題則堤工捍衛有資修防得免貽悞運道民生
大有攸賴矣今據兖寧道傅澤洪確估造册
詳請具
題前來臣等復核無異相應會同河臣齊蘇勒
合詞恭疏具
題伏乞
皇上睿鑒勅部議覆施行雍正五年四月二十七
日
題奉
旨該部速議具奏欽此部議准行雍正五年五月
二十六日奉
旨依議欽此

芝蔴莊添設弁兵
題爲循例
題請添設弁兵以重修防事竊照東省芝蔴莊
埽壩工程前經河臣齊蘇勒於請開引河以
保運道事一疏内稱山東河南堤工平時歲
修係用堡夫徭夫遇有大工撥用民夫其樁
埽搶救事宜茫然不曉猝遇緊要工程率多
觀望不前今曹縣黄河大溜北徙之處共有
四工此地切近運道關係緊要請照河南之
例將江南熟諳樁埽河兵選撥二百名遴委
千總一員把總二員帶領駐守修防其山東
堡夫應責令調去河兵教習樁埽事宜令該
管廳員時加考驗如遇兵丁缺出挑選補額
至二三年後堡夫嫻習即可充作河兵將江
南之兵掣回等因具
題經部議覆奉
旨依議速行欽此欽遵在案今查東省芝蔴莊工
程前經南工撥來河兵二百名駐工修防並

教習堡夫已經二載遇來東省堡夫內多有
熟悉椿埽事宜堪以充作河兵者應照原
題於此熟諳堡夫內揀選二百名充補河兵將
從前江南調來之兵盡行撤回本汛修防至
該處千把各弁亦
請照例於熟諳弁目內揀選拔補千總一員把
總一員仍隸黃河廳管轄其芝蔴莊工程應
派千總一員目兵一百二十名駐工修守曹
單二縣臨河大堤工程應派把總一員目兵
八十名駐工修守一應修防事宜協同額設
舖堡夫往來巡查遇有險要工程仍行一體
齊集搶護其江南撥來千總一員把總二員
應一併發回原汛處兵弁俱得專力修守而
於運道民生均有攸賴矣臣謹會同河臣齊
蘇勒合詞循例具
題伏乞
皇上睿鑒勅部議覆施行雍正五年九月二十六日
題奉
旨該部議奏欽此部議准行雍正五年十一月初
五日奉
旨依議欽此

挑挖雷家寺引河

題爲亟請開挖引河堵截支河以保堤工事該臣等會看得儀封縣北岸黃河水勢自南岸之青龍岡迤下由西南掃成大灣河溜直趨北岸致將北岸雷家寺上首之灘崖刷成支河一道沿堤走溜經朱家營刁家樓徐家堂曲家樓狀元口楊家橋等處直至三家莊出口五十餘里之堤工胥受其害每至水勢泛漲激流汕刷勢如奔馬上下搶護救應不遑甚屬險要今查勘形勢必須於雷家寺上首廢堤頭加幫高寬接築土壩一道內外下埽幷鑲墊防風將支河跨斷不使掣溜侵堤再查南岸青龍岡迤下水勢瀠洄紆折將上灣淘作深兜與下灣相對止隔四百一十丈上水河頭有吸川之形下水河尾有建瓴之勢亟宜乘機因勢開挖引河一道導水東行則河身順直水不紆回大河之流既暢支河之勢自緩不特壩工可以經久捍禦而黃流全歸正河自當愈刷愈深河灘亦能漸次淤高俾雷家寺迤東五十餘里堤埽工程得免汕刷之虞實於運道民生大有裨益查加幫廢堤頭接築土壩共需土四千九百九十八方五分每方實給銀九分六釐共銀四百七十九兩八錢五分零又內外捲下埽個幷鑲墊防風計用工料銀一千七百九十兩二錢一分零又開挖引河工長四百一十丈計土六萬一千六百七十方每方實給銀八分一釐共銀四千九百九十五兩二錢七分通共銀七千二百六十五兩三錢三分零據管河道祝兆鵬河北守道朱藻造册詳請會核

題估前來臣等親勘覆核無異一面檄令管河道先於河庫銀內動支給發該廳上緊興工儹挑堵築遴委諳練河員監工督催一面照例在於藩庫內撥銀還項除原册送部查核外相應會同河臣齊蘇勒督臣田文鏡合詞

具

題伏乞
皇上睿鑒勅部議覆施行雍正五年十二月十七
日
題奉
旨該部議奏欽此部議准行雍正六年二月十三
日奉
旨依議欽此

附紀
治水者之開引河乃順其性而導之以水治
水之良法也然非慎重詳審真知確見而率
意舉行往往什不成一二以故司河者於此
每徘徊瞻顧不敢輕以建議苟能分別地形
之高下詳視大溜之趨向乘機因勢而果斷
行之則無不有明效大驗者雍正四年秋汛
平穩曾繪　恭進黃沁安瀾圖上呈
御覽仰蒙
聖鑒就圖指示將灣處取直堤工即可化險爲平
諭令查勘具奏大哉
王猷誠得治河之三昧而洞悉乎因利乘便行所
無事之大指也維時僕封北岸雷家寺一工
因上游青龍岡水勢兜灣刷開支河一道掣
溜侵堤直注三家莊致成五十餘里之險工
該汛員弁築埽攔截水力盛大殊難抵禦會
飭稟遵
聖訓奉有

諭旨親赴青龍岡率同河員之諳練者范昌治等爲之準定形勢立竿標記就形導引順勢開挑是日工程將竣天色初暝風雨驟至河頭一開浪湧波騰勢如奔馬大溜掣入陡刷深通沛然浩然一往莫禦回視舊日河身頃刻沙淤並無行溜兵夫百姓靡不稱奇曾筠與在工諸員額手歡呼恭頌

聖天子愛民之念上格

蒼穹如神之知洞中機宜成功之速一至於此向非

睿慮周詳按圖指示則雷家寺一帶五十餘里之堤工支流衝嚙搶救不遑欲其化險爲平而安流底定也何可得哉蓋黄河之水其性多曲每遇埽灣轉溜非斜趨而北即直注而南以致兩岸堤工或當大河頂衝或被支河汕刷危險堪虞多方搶救試于灣曲之處乘機迎溜利以導之則河身順直水不紆回暢達深通自無旁射此誠以水治水行所無事之大指也然同此黄河江南土性堅凝難於刷動豫地則土性浮鬆易於奏效引河之法施之於豫省黄河尤得地勢之利便者也謹於該工之成志其原委如此若夫測地形之高下以定濬河之淺深或一律開挑順流直下或間設坑塘跌蕩取勢至新河既成仍將舊河首尾築埽攔截不使大溜復趨故道變態難齊事宜不一隨機應變則又神而明之視乎其時與地而斟酌補救引溜入河務在必成而已矣

續留効力人員

題爲循例

題明仰祈

睿鑒事竊照河工務在得人多得一人學習將來即多得一諳練之人今查東豫二省黃河南北兩岸堤工綿長千有餘里欽蒙

皇上不惜帑金

指示方畧將一切堤埽工程修築堅固兩岸黎庶固已咸安袵席永慶平成第堤工雖經告竣

每遇大汛經臨修防吃緊之後除專管廳汛等官之外必得効力人員分投防險奔走贊勷方無貽悞是以臣於雍正二年九月遵

旨具

題事案內

題明奉

旨收錄候補州同范呂治等五十六人留工効力在案今查四年以來効力五十六員之中有已經

題補及委署試用並緣事咨斥患病回籍等員共二十九人現今在工効力止有二十七人每遇汛水長發各處險工需員防守除黃墹賈魯河二處係河臣齊蘇勒差委南工効力官二員分防外其餘兩岸工長汛險差委之處甚多實不敷用因又陸續收有候選州同王定成等二十五人臣細加揀選俱係年力強幹堪供驅策隨即行文各原籍查其家道是否殷實去後今俱取到原籍印結前來

臣復查無異合無仰懇

聖恩俯照江南河工効力人員遇有

題補緣事等項續收補用之例將續收人員亦准留工効力俾各分險巡防庶河工均收得人之效而臣亦得臂指之助矣除將現今在工新舊効力人員造具履歷功績清册並取到原籍印結送部存案外臣謹循例恭疏具

題伏乞

皇上睿鑒勅部議覆施行雍正六年七月二十八

日

題奉

旨該部議奏欽此

修建耿家寨埽壩等工

題為詳請建築埽壩鑲墊防風並幫築內戧壩臺增培裹月堤工以禦頂衝以衛民生事該臣等會看得蘭陽縣北岸耿家寨臨河月堤一道實為大堤外護因南岸長出沙灘河勢北趨全黃大溜直注該工是以本年二月內有漂走埽個塌卸堤工之患經臣親駐工所晝夜設法搶護幸保平穩其下埽失宜之原任同知張近光業經會疏

題參照例議處并將漂走埽料土方行文確查照數追賠在案但查該工內臨積水深潭外當全黃倒注大溜直射勢如奔馬怒濤衝刷堤根水深二丈八九尺至三丈七八尺不等加以汛水踵臨洶湧倍常實屬危險堪虞必須於臨河上水裴頭下水摟崖外邁沉水大埽層層鑲墊簽釘長樁堅築高寬大壩逼溜開行再於堤內積水之中密釘排樁捲紮埽由填實底土上面加幫內戧建築壩臺俾有

捲埽之基兼得內菲之固仍須將埽工東西兩頭堤身再加高寬以禦上下回溜埽灣汕刷之患更宜計圖善後將埽後裏月堤工一律增培高厚以資重障並將裹月堤南坦估下埽個防風庶外堤藉有倚賴得以預保萬全查內戧埽壘並排椿埽由工長一百五丈共估銀一千九百五十三兩五錢四分零內除張近光應賠補舊土銀三十八兩一分六釐外實需土方料物銀一千九百一十五兩五錢三分零又臨河大埽加鑲埽工長九十丈實估埽料夫工銀一萬二千四百八十六兩九錢七分零內除應追張近光賠補埽料銀四百四十二兩七錢七分零歸入該工應用外實需銀一萬二千四十四兩二錢零又埽後裏月堤工一道長二百六十丈實估土方需銀一千五百一十兩八錢八分零又裏月堤南坦下埽加鑲工長二百六十丈實估料物夫工共需銀四千三百二十三兩二分

又臨河堤工埽壘西首加幫工長一百二十七丈實估土方需銀三百二十五兩一錢二分又埽壘東首加幫工長一百二十六丈實估土方需銀六百四十五兩九錢二分零以上土埽各工共估銀二萬一千二百四十五兩四錢七分零內除張近光應賠埽料銀四百八十兩七錢九分零追入該工應用外實需土方埽料銀二萬七百六十四兩六錢八分零今據河北守道朱藻確勘造冊詳請

題估修築前來臣等確勘覆核無異因係緊要工程除一面先行動支河庫銀兩辦料償築保護併將原冊送部查核外相應會同河臣齊蘇勒督臣田文鏡合詞恭疏

題估伏乞

皇上睿鑒勅部議覆施行再照裹月堤南坦雖據該道廳計圖善後預估埽料銀四千三百二十三兩零但水勢變遷靡定如臨河埽工秋汛後大溜南行工程穩固臣等再行相機減

省以節錢糧合併聲明雍正六年八月初四
日
題奉
旨該部速議具奏欽此部議准行雍正六年九月
初一日奉
旨依議速行欽此

防河奏議目次

卷三

防河奏議卷三

[illegible]

恭報起程到任日期

題爲恭報微臣到任日期仰祈
睿鑒事竊臣於雍正七年三月初二日准吏部咨
欽奉
皇上洪恩授臣爲總督河南山東河道提督軍務
欽此臣隨具疏恭謝
天恩訖又於本月二十二日准吏部咨奉
上諭嵇曾筠向來但管山東河南之黃河今既授
爲山東河南河道總督着將山東境內之運河
交與嵇曾筠一併管轄欽此欽遵伏思東省運
河乃漕艘經由要地目下重運遄行一應疏
濬催儧諸事最關緊要亟宜前往查察除一
面移咨江南河臣查取運河案卷外臣隨於
雍正七年三月二十五日由河南儀封縣北
岸工次起程沿途查勘堤埽要工卽前赴山
東濟寧州總河衙門於雍正七年四月初二

日到任訖至一切應行事宜容臣逐一清查
次第舉行惟有竭盡駑駘悉心整理以仰報
皇上簡任洪恩於萬一耳所有微臣到任日期理
合恭疏
題報伏乞
皇上睿鑒施行雍正七年四月初二日
題奉
旨該部知道欽此

續留効力人員

題爲循例

題明仰祈

睿鑒事竊惟河工務在得人而人才尤貴諳練臣

以菲材仰蒙

皇上天恩畀以副總河之職管理豫省河務工長

汛遠一應奔走往來需人委用曾經具

題請

旨收錄効力人員范昌治等五十六名以供驅策

後因

題補委署及緣事回籍等情除去二十九人止

存二十七人在工効力每遇汛水漲發差遣

之處甚多實不敷用又續收王定成等二十

五人復經

題明在案今蒙

聖恩高厚授臣爲總督河東河道兼管運河伏念

豫東二省黃運兩河千有餘里其間工程遥

遠河務殷繁更須差遣多人往來照應方資

防護查雍正六年臣續

題効力人員一疏有行文本籍地方取具身家

殷實印結未齊送到者概不列名今據各地

方官陸續結送前來行候選州同杜官聲等

十一名臣詢經差遣俱係年力强幹堪供驅

策之員合無仰懇

皇上洪恩俯念黃運二河需人孔亟准其一體留

工効力則伊等各知上進有階自能奮勉從

事而臣亦得收臂指之助矣再查候選知縣

蔣祈年原係鑲藍旗漢軍白慈存佐領下人

於雍正五年二月內到工學習河務不辭辛

苦最爲勤慎今已熟諳工程但該旗都統移

送並無假冒過犯等情印結前來查無殷實

字樣理應欽遵

上諭將該員咨回吏部另行奏

聞恭候

睿裁合併聲明除現在造具各員履歷功績清册

并取到原籍印結送部存案外臣謹遵例

題明伏乞
皇上睿鑒勅部議覆施行雍正七年五月初二日
題奉
旨該部議奏欽此

建築諸望壩埽工

題爲亟請下埽鑲護堵截支河圈築裏月堤工以禦頂衝以資保固事該臣等會看得單縣諸望壩臨河大堤坐當河勢兆灣素稱險要緣上年南岸淤出沙灘全黃大溜直逼北岸頂衝塌卸危險堪虞經臣親詣確勘相度形勢亟應價下護埽摟崖外邁沉水大埽上加套埽鑲墊高寬簽樁堅實逼溜開行并將壩工下游舊有支河建築土壩二道使水不致注入再於壩後圈築小月堤一道以資重障今據兗寧道副使呂維炳詳稱查諸望壩下埽三路普面加鑲工長八十丈共估工料實銀一萬一千二百三十一兩九錢六分零又建築支河壩并圈築月堤共工長一百六十三丈共估土方實銀六百一十五兩八錢四分通共實估工料土方銀一萬一千九百四十七兩八錢零委無浮冒因該工關係緊要於上年冬間詳蒙動支曹縣庫存雍正五年

分停工徭夫工食并幫貼銀兩分發償辦料
物乘時興修建築以資保護擬合造册詳請
會核
題估等情前來臣等確勘復核無異除將原册
送部查核外相應會同署江南河臣尹繼善
河東督臣田文鏡署山東撫臣費金吾合詞
具疏
題估伏乞
皇上睿鑒勅部議覆施行雍正七年六月二十七日

題奉
旨該部議奏欽此部議准行雍正七年閏七月初
六日奉
旨依議欽此

恭報秋汛平穩
奏爲秋汛已竣恭報水勢工程平穩情形仰慰
聖懷事竊惟豫東二省黃河自入伏以來我
皇上睿慮周詳特頒
諭旨恐夏末秋初雨水過多河工堤岸之敬慎防
範更當加倍寅畏以從事臣等凛慎欽遵倍
切小心所有南北兩岸應行修守之處時時
嚴飭道廳汛弁督率兵夫將土埽工程增加
寬厚兹於八月初旬因大雨積水黃沁又復

加長至初七初八等日接連異漲掃灣迎溜
之處長至七尺八尺不等緣從前汛水尚未
全消而天雨連日山陜兩省伊洛瀍澗丹沁
諸水滙入黃河並漲遂致平漫出漕一派汪
洋直至堤根全賴兩岸堤工堅厚埽壩防風
俱各鑲築高寬足資捍禦所以此番水長雖
消落稍遲連日浸泡而工程穩固不致疎虞
間有臨河月堤逼近黃流水勢騰湧沿灘而
上所恃料物充足兵夫齊集曉夜搶護並無

貽悞查六月望前臣等欽奉
上諭敬慎防範隨經到處宣揚嚴飭欽遵屆此異
常漲水兩岸員弁兵夫暨濱河父老無不仰
服我
皇上幾先遠見若燭照數計纖毫不爽而臣等更
感我
皇上訓旨預須誥誡諄諄所以先事圖維俾得保
衛蒼生各安衽席廩倉儲蓄閭井熙恬不勝
額手慶幸也抑更有奇驗者如豫省三家莊

原爲首險工程黃流自南而北久成頂衝之
勢以致長樁大埽刻刻加修兵夫員弁奔走
不遑上年曾蒙
聖諭於對岸沙灘相機開挖引河導水東流臣等
細加審視因係曠衍平灘河頭無吸川之形
河尾無建瓴之勢所以未敢輕舉倘河勢稍
有遷移即當乘時開挖乃此番長水之後南
北兩岸沿堤掣溜之河身俱爲淤斷而對岸
大灘之內倏汕深渠中流直瀉成河竟至大

溜離三家莊壩臺約有數百丈之遠竊思開
挖引河非千萬人夫不能趨事亦非盈萬帑
金不能興作今中間自汕河泓奔騰浩瀚百
日之工成於一旦三家莊埽壩俱現淤灘化
險爲平藉非
神力何能至此雖水勢直注東省芝蔴莊固屬
險要但以修防全力保護一工實可無兼顧
之憂而得有專成之效較之險生兩地彼此
分心其爲勞逸不啻倍蓰皆由我

皇上愛育黎元奠安河岳
聖心誠敬上格於
天所以水土治平下孚於地臣等往來河畔目擊情
形驚喜之至愈生寅畏服膺
聖訓更加敬慎謹爲據實奏
聞仰慰
聖懷伏祈
皇上睿鑒雍正七年八月二十四日
奏奉

旨嵇曾筠著交部議敘其在工人員著嵇曾筠分
別等次送部議敘欽此經部議覆雍正七年十
一月十四日奉
旨嵇曾筠著加一級田文鏡總督河東河工事務
雖非專責然年來與嵇曾筠同寅協恭悉心料
理是以堤工完固共慶安瀾田文鏡亦著加一
級餘依議欽此

蘭陽南岸天然自開引河
題爲報明蘭陽河勢取直天然新闢引河順流
東注事該臣等會看得黃河灣曲之處取直
順行堤工即可化險爲平運道民生胥受其
福我
皇上愛育黎元勤求治理誠敬感孚懷柔河岳如
儀封縣北岸三家莊埽壩工程本年八月初
旬汛水長發於對面大灘之內自汕引河水
勢順行百日之功成於一旦臣等已將工程
平穩情形敬謹
奏明在案今蘭陽縣南岸耿家水口自銅瓦廂
以下朱家寨之北河勢取直東西卅透不煩
畚插之勞天然自汕引河一道中泓暢達直
趨而下又復化險爲平竊思豫省要工若蘭
陽縣之四水口河勢兜灣大灘橫亘約有數
十餘里如挑空引河導水東流工大費繁經
時累月今乃自爲開闢中泓取直循軌順流
與三家莊新汕引河一月之間兩呈奇驗人

力不勞成功迅速不特兩岸險工俱臻平穩
而沿堤灘地亦得廣爲耕耨皆由我
皇上軫念河防深仁育物所以平成底績屢著
神庥益信
上蒼之昭格舉念河通
聖德之精純至誠普應臣等愈凛小心彌深忻忭
謹會同河東督臣田文鏡合詞具
題伏乞
皇上睿鑒施行雍正七年十月初八日

題奉
旨據嵇曾筠等奏稱蘭陽縣耿家水口銅瓦廂以
下朱家寨之北自汕引河一道中泓暢達化險
爲平與三家莊新汕引河一月之間兩呈奇驗
等語前因三家莊大灘之内自汕深渠朕感念
河神默佑福庇吾民已降特旨諭令河臣虔敬致
祭以申謝悃今又蒙顯賜靈應着將蘭陽縣自
汕引河之處一併敘入祭文之内該部知道欽
此

酌定運河夫役工食

題爲酌定運河夫役工食銀兩去浮冒以收實
效事竊查東省運河上自德州交界起下至
江南邳州交界止計長一千一百餘里爲漕
艘經由要地所以運河捕河泇河東昌上下
河五廳額設淺溜橋閘等項長夫共計三千
三百三十三名歲支工食銀三萬二千二百
四十兩九錢六分零遇閏加增在於各州縣
地丁項下動用報銷冬春小挑不敷力作則

於長夫之外添設酌補夫一千四百三十一
名間年大挑則於酌補之外又加募夫五千
四百七十名所需工食因各縣夫役遠涉爲
勞舊例按畝輸錢名曰幫貼小挑之年共計
幫貼銀四萬四千一百五十七兩三錢八分
零大挑之年共計幫貼銀六萬二千六百八
十三兩二錢四分零此酌補加募之由總因
運河水勢靡定水小則流緩沙停水大則噴
沙淤積是以大挑小挑乃係運河一定之工

程長夫募夫均係河工必需之力作况力役乃小民分內之事而幫貼則免其遠涉之勞惟當察除額外之浮費不便議減舊有之成規寧留有餘以備不虞無致臨期而或束手所需幫貼一項仍照舊例徵收臣等留心體察不許各該州縣多派濫徵廳汛員役短扣官銷外惟是各夫工食有舊額多寡不同而慣夫積役有包攬虛冒等弊甚有已支工食而重索幫貼者其應添跨夫應用器具又令長夫自行雇覓購辦者不但影射侵漁冒銷分飭難以究詰抑且同一夫役而工食互異苦樂不均今擬按其力作通盤核算酌定工食以爲常則

請將淺溜軍橋徭壩等夫每名歲給工食銀一十二兩量給器具銀八錢閘夫啟閉辛勤每名歲給工食銀一十四兩四錢量給器具銀八錢兵夫仍照兵餉之例每名歲給工食銀一十四兩六錢四分亦量給器具銀八錢以上各夫共需銀四萬六千五百六十四兩六錢七分零除各州縣額編工食銀三萬二千二百四十兩九錢六分零外其不敷銀一萬四千三百二十三兩七錢零在於幫貼項下照數找足遇閏加增至於酌募等夫自築壩戽水以至起壩放水內有需工三十日以至六十日者此乃暫時募用與長養之夫不同且時當冱寒力作亦苦應每日量給工價銀六分每名量給器具銀二錢亦於幫貼項下照數支給仍令各該濱河州縣催募交發河員將到工名數冊報道廳轉報臣衙門即遴選幹員分投查點務使名名着實按工計夫按夫給價則因地制宜工程既有定限分查總核夫役亦難虛冒其節省銀兩俱令解交運河廳庫報明存貯以爲河工緊要工程之需臨時仍

題明動用報部查核至於水勢有大小淤沙有厚薄酌補募夫多寡原難預定設有應添應

減之處臨期責令道廳據實詳報以憑酌核
務期無悞運行所有一應夫工確數盈餘銀
兩統於冬春挑河竣事後臣等核實
題明另造清册咨部備案如有扣尅短發妄肆
使漁或捏少報多希圖浮冒或於幇貼之外
另立名色再爲科派臣等即據實糾叅嚴加
治罪庶帑不虛糜工收實效夫食無偏枯徵
輸有定額運道民生均資裨益矣再查泇河
廳屬有新建閘夫三十名下河廳屬有軍夫

六十名橋夫二名均係例不協挑塘河共工
食銀七百五十九兩八錢零又捕河廳屬壽
張縣臨時協濟夫五十五名淸河縣臨時協
濟夫一十二名共工食銀八十七兩九錢零
均可毋庸另議增減仍令照常支給外臣等
謹會同河東督臣田文鏡署山東撫臣費金
吾合詞恭疏具
題伏乞
皇上睿鑒勅部議覆施行雍正七年十月初八日

題奉
旨該部議奏欽此部議准行雍正七年十二月初
七日奉
旨依議欽此

添設豫省河營守備
題爲請
旨事雍正七年閏七月二十日准兵部咨開職方
清吏司案呈兵科抄出本部題前事內開議
得河南山東河道總督嵇曾筠疏稱懷河營
千總王經文歷俸年滿例應開缺但汛內有
經管武陟秦家廠馬營等處埽壩工程全賴
修守得人今已俸滿可否授以守備職銜仍
管懷河千總汛務等因具
題奉
旨王經文著照該督所請准授守備職銜仍管懷
河千總汛務豫省河營從前原未設有守備之
缺着兵部酌議添設守備幾缺以爲武弁効力
河工者上進之階該部知道欽此除俸滿千總
王經文已奉
旨准授守備職銜仍管懷河千總汛務行文該督
欽遵外查豫省河營南北兩岸原設千總四
員把總四員並未設有守備員缺所以千總
內卽有熟悉椿埽勤敏盡職之員毋無陞用
之路今欽奉
俞旨令臣等酌議添設守備幾缺爲武弁効力河
工上進之階此誠我
皇上軫念河工鼓勵人材之至意臣等遵
旨酌議擬於豫省懷豫兩河營內添設守備二員
將一應堤工修築事宜令其督率千把總晝
夜防護其所添守備員缺有專司河務之責
應令該督將河營千總內在工年久熟悉河
務諳練椿埽勤勞素著之員揀選題補照例
送部引
見應給守備關防俟該督將分管事宜擬定營制
到日移咨禮部鑄給可也等因雍正七年閏
七月初七日題本月初九日奉
旨依議欽此抄出到部爲此合咨前去欽遵施行
等因移咨到臣欽此欽遵該臣看得河南黃
河南北兩岸蒙
皇上飭部議添守備二員令臣將河營千總內在

工年久熟悉河務諳練椿埽勤勞素著之員
揀選
題補仰見我
皇上軫念河工鼓勵人材之至意伏查河南懷河
管千總王經文前因該員歷俸年滿例應開
缺但汛內有經管武陟秦家廠馬營等處埽
壩工程全賴修守得人經臣將王經文以守
備職銜仍管千總汛務具
題請

旨已蒙
皇上俞允授以守備職銜今河南懷河營黃河北
岸應添守備一員仰懇
天恩即將王經文補授實屬銜缺相當再有河南
黃河南岸應添守備一員臣於河營現任千
總內細加遴選查有山東芝蔴莊汛千總焦
夔昌熟悉河務諳練椿埽在工年久實係勤
勞素著之員仰懇
聖恩准其補授洵屬人地相宜修防有賴而該弁

等感沐
天恩自能益加鼓勵矣再查河營千總惟以諳練
椿埽為重其於弓馬原非所長今王經文焦
夔昌二員原係河兵出身力役工程俱各三
十餘年一切修守機宜皆所慣習而弓馬騎
射原未嫻熟合併聲明除將懷豫兩河營添
設守備二員管制事宜移咨兵部請
旨遵行外謹將王經文焦夔昌二員履歷造册送
部查核並給咨該員等隨本赴部聽候引
見臣謹恭疏具

防河奏議　卷三

題伏乞
皇上睿鑒勅部議覆施行雍正七年十一月初八
日
題奉
旨王經文着補授河南懷河營守備焦夔昌着補
授河南豫河營守備欽此

孟縣主簿應歸河鈌

題爲黄河上游河員緊要恭請揀選

題補以固修防以收實效事竊惟豫省河工仰

蒙我

皇上愛育黎元愼重河防不惜百萬帑金加幇兩岸堤工邇年以來工程鞏固共慶安瀾沿河億萬蒼生疊逢稔歲儲蓄豐盈久已安居樂土咸登衽席矣惟是全河形勢下游之去路既已順軌安流上游之門戶尤須周詳愼固查黄河自三門七津建瓴而下南岸有北邙廣武一帶山岡高阜足資捍禦北岸則爲溫孟二縣地形平坦土性虛鬆容易汕刷向來孟縣沿河地方險要之處俱有民堤以爲護衛例係民築民修但須董率有方小民始克急公趨事其一應修守機宜尤須熟練河務之員勤加相度如式修防方無貽悞除勸諭民夫鳩工修築仍令印官循照舊例加謹辦理外所有孟縣管河主簿一員向由部選誠恐不諳修防致滋貽悞似應循例請

旨選員

題補專司修守之責仍令該員駐劄孟縣堤工兼理溫縣河務其武汛修防事宜交懷河營千總管理幷酌量派撥河兵在於孟縣堤工防守仍飭懷河同知守備不時巡查庶上游之門戶修理周密則下游之去路愈加平順全河水勢振衣挈領工不煩而效更遠運道民生均有裨益矣臣等謹會同河東督臣田文鏡合詞恭疏具

題伏乞

皇上睿鑒勅部議覆施行雍正八年正月二十四日

題奉

旨該部議奏欽此部議准行雍正八年三月二十二日奉

旨依議欽此

堡房造入交代

題爲堤岸堡房上動

國帑下資河防關係匪輕詳請飭入交代以定

考成事該臣等會看得豫省黃河南北兩岸

大堤並月格等堤經臣先後條

奏建蓋堡房共五百一十二座俱蒙

皇上恩允動用司庫節省銀兩令臨河各州縣修

蓋如式造册

題銷在案惟是防守堤岸全恃兵夫而兵夫寢

食惟藉堡房第恐間有損壞必須隨時修整堅固方可棲息前據河北守道朱藻詳以堡房照倉厫交代之例造入交代册內同厫座一例交盤如有損壞不修照例議處等情當經臣等批令管河道會同布政司妥議詳奪去後嗣據署河南布政司事按察使陳世倕管河道副使祝兆鵬詳稱會查得堤工全恃兵夫以修防而兵夫惟賴堡房爲棲止堡房完固俾得在內存身庶可朝修而夕守至臨河州縣雖各仰體軫念河防撫恤下役之德意時加修葺不致滲漏頽圮然章程不定則責守不專北道所議固益河防但倉厫乃糧儲攸繫堡房爲兵夫所棲立意雖無二致輕重自有不同未便一律而論者也查河工錢糧已於雍正四年奉准部覆照依倉庫錢糧定限兩月交代遵照在案再查定例內開官員修造砲臺邊界烽墩等項不速行修造完結遲延者降職一級修完之日還其所降之

級不催之上司罰俸一年等語今議將堡房如遇州縣官陞遷事故令其造入工程錢糧項下交代接任官親詣堤工驗明完固造册具結申送河廳核明加結轉呈如有破壞者接任官即行揭報轉請咨參比照砲臺邊界烽墩等項不修例議處着令前官賠修完日開復如該管之廳員徇縱不加督察者經道揭報照不催上司例議處如接任官因循接受即着接受之員賠修如堡房完固接任官

故意捐勒照新舊交代前官已將錢糧徹底清白造册交代而新官推諉不接者罰俸一年例議處如是則臨河地方各官咸知警惕時加修葺兵夫既得所棲河防更有攸賴等情當經臣等會同督臣田文鏡咨明工部在案今准部覆應令具題到日再議等因相應會同督臣田文鏡合詞恭疏具

題伏乞

皇上睿鑒勅部議覆施行雍正八年正月二十九日

題奉

旨該部議奏欽此部議准行雍正八年四月十四日奉

旨依議欽此

開挑荆隆口對岸引河

題爲亟請開挑引河以順水性以保險要堤工事該臣等會看得黄河北岸封邱縣荆隆口素稱險要近因黄流北趨南岸淤灘日漸增長河勢從黒堽口而下自南至北三十餘里大溜頂衝直注荆隆口奔騰浩瀚勢若建瓴衝塌河厓離大堤僅五六十丈不等一帶堤埽工程俱關吃緊密邇運道尤須先事預防前據該道廳詳請備料建築埽壩防風並加幇裹戧以資捍禦經臣批飭多貯料物償幇戧堤相機加謹修守在案茲查該工乃舊時決口與古黄池緊接內臨深潭形同釜底外當頂衝大溜直射今籌畫萬全必須於荆隆口對岸開挖引河一道導水東行以爲一勞永逸萬年鞏固之計經臣親至該工乘舟上下細加查看南岸河勢從黒堽口直注而北荆隆口正值頂衝由古黄池繞灣南向至柳園口迤東曲折紆廻激流洶湧若於從中避

灣就直引溜順行甚爲利便況今黑堽口迤下大灘掃溜之處正在塌崖已經刷成兜灣天然自立河頭大有吸川之形其下游之柳園口自高而卑現有坐灣應在陡崖處所安置河尾更得建瓴噴瀉之勢形勢既成急宜乘機開挖引河一道俾水勢順趨大溜直注中泓不特荆隆口險工可保無虞即古黃河一帶要工均得久安穩固運道民生實有裨益查引河頭自黑堽口迤下至柳園口陡崖

河尾止計工長三千三百五十丈共計土三十四萬四千七百三十七方五分每方實給銀八分一釐共該土方銀二萬七千九百二十三兩七錢三分零行據河北道朱藻冊詳前來臣等覆核無異因係緊要工程除一面先行動支管河道庫河銀給發該廳分委幹練河員興工僱挑務於伏汛前完工俟河水大長乘機開放并飭委河北道朱藻監工督催仍照例

請於司庫內撥給還項並將原冊送部查核外相應會同河東督臣田文鏡江南河臣孔毓珣合詞恭疏

題估伏乞

皇上睿鑒勅部議覆施行雍正八年三月二十二日

題奉

旨該部速議具奏欽此部議准行雍正八年四月

二十一日奉

旨依議欽此

幇築祥陳二汛臨河月堤

題爲亟請加幇臨河月堤以資保障事該臣等會看得豫省黄河南岸祥陳二汛月堤因節年汛水長發沙淤卑矮先據管河道造册詳請

題估加幇經臣嚴旋批查駁在案今查祥陳二汛月堤等工俱當臨河險要從前原有暫緩未修亦有節次加幇者但修守工程全在審視乎平險平則雖係卑矮之工可以暫緩險則雖加幇數次仍應興修決不敢以不必加幇之工冒昧估修更不敢以已經加幇尚未准銷之工稽遲貽悞祗緣節年汛水長發直抵堤根水退沙停淤埋卑矮現在臨河北面堤身僅存四尺至六七尺不等一遇汛水漫灘之時在在有汕刷浸滲之虞若不亟爲加築高厚難資捍禦隨行該管道廳逐細確估去後玆據該道等詳稱遵查祥符縣南岸上下二汛月堤等工共長六千六百八十五丈應普例加高二尺幇至頂寛三丈底寛十丈需土十三萬二千一百四十二方九分共估用銀一萬二千七百六十三兩一錢八分零又陳留汛南岸八九堡月堤二段工長三百八十三丈應普例加高二尺幇至頂寛三丈底寛十丈需土七千九百九十五方一分共估用銀七百六十七兩五錢三分零以上祥陳二縣月堤通共估用銀一萬三千五百三十兩七錢一分零俱係據實估計並無絲毫浮冒理合造具估册詳請核

題等情前來臣等確勘復核無異因該工關係省會爲大堤之重門保障甚屬緊要批飭在於河銀欵内先行通融動發銀兩乘時上緊儧築應請仍於司庫撥解還項并檄該道親詣監工督催外相應會同河東督臣田文鏡護理江南河臣康弘勲合詞具疏

題估伏乞

皇上睿鑒勅部議覆施行雍正八年五月十六日

題奉
旨該部速議具奏欽此部議准行雍正八年六月
十二日奉
旨依議速行欽此

加修程家寨埽土

題爲詳報工程極險情形亟請遵埽鑲墊防風以禦黃溜以衛城社民生事該臣等會看得下南河廳屬祥符縣南岸下汛程家寨月堤地勢窪下逼近省城誠關緊要雍正四年因河水泛漲於增估案內修做埽工長二百三十丈每年循例歲修加謹防護雍正七年自夏徂秋淋雨連綿八月內河水長發洶湧異常全河之勢趨向南岸大溜滾射該工埽外水深一丈八九尺至二丈一二尺不等根底埽料朽腐不堪水勢搜刷情形極險先據該道廳造册詳請
題估遵埽加鑲經臣嚴批查駁在案今查該工現在水勢上提大溜奔騰埽下水仍深一丈八九尺至二丈一二尺不等竊恐河性靡常伏秋踵至斷非單埽所能抵禦隨經批發銀一萬六千兩儹辦各料於七年十月內下埽加鑲抵禦凌汛又經飭令續辦料物於八年

正月內節次加鑲抵禦桃汛是已做工程凌
桃著有成效其未做工程伏秋尤須經理應
仍估邁埽二路照前鑲壓高寬惟相機籌度
將下水頭長二十丈暫緩修做又於埽個每
路減高一層共估工長一百八十丈邁埽一
路三層二路四層計應下長十丈高一丈埽
共一百二十六個苦面加鑲長一百八十丈
仍寬三丈高一丈三尺庶足以資捍禦而堤
工可保無虞計邁埽加鑲工長一百八十丈

共估用料物夫工銀二萬二千四百四十三
兩一錢二分茲據該道廳造冊詳請會核
題估前來臣等復核無異因該工逼近省城最
關緊要批飭在於管河道庫存陽武大堤易
工節省銀內通融動支先行酌發乘時辦料
貯工相機修築除飭該道監工督催幷將原
册送部查核外相應會同河東督臣田文鏡
護理江南河臣康弘勳合詞具疏
題估伏乞

皇上睿鑒勅部議覆施行再照前項邁埽工程據
該道廳册估下埽二路套埽三層四層不等
理應先行備齊料物堆貯工所聽用如伏秋
二汛水勢稍平臣等再行相機減省以節錢
糧餘剩料物留爲下年別工之用合併聲明
雍正八年五月十六日
題奉
旨該部速議具奏欽此部議准行雍正八年六月
十三日奉

旨依議速行欽此

防河奏議目次

防河奏議卷四

[illegible]

恭報接印到任日期

題爲恭報微臣接印到任日期仰祈
睿鑒事竊臣欽蒙
皇上天恩
特命臣以吏部尚書管理南河總督印務臣隨遵
旨將河東河道總督印信於雍正八年五月二十五日委員賫交河東督臣田文鏡掌管并自起程緣由具疏
報在案今於六月初九日行至江南清河縣地方准護理江南總督河道印務管理河庫道參議兼管淮徐道事康弘勳差委署河同知夏建德暨葛營參將劉延廣等賫送
欽頒總督江南河道關防一顆
王命旗牌十桿面副
聖諭廣訓漢字書一本
御製朋黨論清漢書二本

上諭一卷恭錄
上諭六本硃字
上諭一卷人臣儆心錄一套
上諭清漢書十一本
御賜瑞穀圖一幅
上諭一本
御賜覺迷錄一部朱用火牌十七張幷書吏文卷
等項到臣臣隨恭設香案望
闕叩頭謝

恩接受於雍正八年六月初十日到任其河工一
切修防應行事宜容臣查明另疏具
題至
欽部案件遵照定例展限完結外所有微臣接印
到任日期理合恭疏
題報伏乞
皇上睿鑒施行雍正八年六月十一日
題奉
旨該部知道欽此

恭報堵竣漫工
題爲恭報河湖水勢消落漫工堵築完竣據實
陳明仰慰
聖懷事雍正八年七月初三日奉
上諭據河道總督嵇曾筠奏稱六月二十六七等
日風雨連綿晝夜不止東省蒙陰沂州鄒費滕
嶧各地方山水暴發直注邳州貓兒窩迤下幷
荆山口上接微山昭陽諸湖之水一時滙聚於
駱馬湖激成過額在山之勢溢入運河漫入黃

河浮堤越岸奔騰南注滙歸洪澤一湖據邳州
宿遷桃源一帶沿河官員陸續詳報相同臣已
飛飭該道廳等星赴漫溢處加謹保護一面親
赴高堰將天然二壩滚水三壩督率開放以洩
異漲現今黃運湖河水勢方定淮揚居民安堵
其邳宿各工過水之處現有露出崖岸已嚴飭
各廳汛裹頭保護無使蔓延等語覽奏甚爲駭
愕今年春夏之交北方雨澤畧少朕卽慮夏秋
之間雨水必多屢諭河臣加謹保護工程以防

伏秋之汛今觀湖河漲溢情形冇非人力所能
捍禦者朕惟有修省戒懼以凛
上天示儆之深恩更念邳州宿遷桃源等處水勢驟
長禾稼室廬必遭淹沒深可憫惻著差往江南
清查錢糧之侍郎馬爾泰彭維新御史安修德
等星赴被水地方動支藩庫銀數萬兩速行賑
濟其應行帶往散賑之員著馬爾泰等遴選廉
幹者帶往分派各處會同地方官悉心辦理勿
稍稽遲勿令遺漏務使窮民人人安堵寧居咸

得其所其被災之處今年額徵錢糧著悉行蠲
免倘有已經完納者准作明年額徵之數聞山
東水發之處民間田舍亦被損傷著巡撫岳濬
遴選賢能官員前往查勘動支庫銀速行賑濟
勿使一夫失所其應行蠲免錢糧之處著一併
確查奏聞請旨欽此欽遵竊惟今歲伏汛水勢
安瀾嗣因秋雨連綿東省山水驟發一時滙
聚於駱馬湖盈堤越岸溢運浮黄奔注洪澤
以致各工在在報險經臣

奏明蒙
聖主愛民念切大沛
恩綸四野蒸黎歡聲雷動河工員弁感激難名臣
與蘇州撫臣尹繼善悉心商酌往來各工督
率搶護竭蹷料理仰賴
皇上至誠昭格黄運各工水勢消落或沙淤掛口
或截閉斷流俱各化險爲平其水勢湍急如
宿虹廳屬之孟誠菴朱衣城外河山安廳屬
之沈家圩陳家社等處漫工臣等親身督率

星運料物調集弁兵相機進埽俱於八月初
八初十十三等日合龍告竣所有上下中河
間段殘缺堤工現在修補囘空漕船毫無遲
悞淮揚一帶運河因閘壩宣洩水勢平穩高
堰大堤蒙我
皇上智炳幾先發帑幫築雖湖水盈滿足資捍禦
幸保無虞現在濱河兩岸城郭人民依然安
堵堤堰埽壩次第完工詢之年老居民僉稱
今秋水勢甚大而旋即沙淤掛口從未有如

此神速等語皆由我
皇上慎重河防如傷在念一
聞民罹水患即荷
恩膏飛下蠲賑弘施比之堯咨舜儆已溺已饑更
為迫切而
精誠所感呼吸可通所以偶逢水漲而一過即消
尅日施工而旋經奏績億萬兵夫百姓異口
同聲莫不頌
聖主之至德深仁奠清寧而贊化育實有潛移默

契非人力之所能為也今次湖河漫溢各工
道廳營汛員弁雖經竭力搶救星速堵築合
龍未曾奪溜但疎防之咎實所難辭應將各
職名分別造冊另行咨部聽候查議所有堵
塞漫工以及修復各堤錢糧據淮徐淮揚兩
道冊呈共計銀三萬八千二百餘兩臣等復
核備造細冊另行咨送統聽部議責令分賠
至臣等忝膺河務不能防患於未然適遇山
水驟漲堤岸漫溢以致上厪

宸衷實屬奉職無狀均祈
勅部議處臣等愧懼交深悚惶無地惟有益加敬
謹協力齊心將一切事宜詳確商酌辦理務
期永慶安瀾以仰報
聖恩於萬一也所有水勢消落漫工堵竣情形臣
謹會同蘇州撫臣尹繼善合詞恭疏具
題伏祈
皇上睿鑒施行雍正八年八月十三日
題奉

旨據河道總督嵇曾筠等奏稱黃運兩河水勢消
落其湍急諸處竭力修築於八月初八初十十
三等日俱已合龍告竣所有上下中河間段殘
缺堤工現在修補回空漕船毫無遲悞其高堰
大堤因今年奉旨發帑幫築是以湖水雖大足
資捍禦幸保無虞兩岸居民依然安堵父老僉
稱今秋水勢甚大而旋即沙淤掛口從來有如
此神速等語朕前聞湖河水勢漲溢附近地方
罹於水患宵旰憂慮不釋於懷發帑遣官星馳

賑恤兼命河臣等竭力堵築務期早慶安瀾今
水勢消落迅速計日施工卽能底績此皆
神明默鑒朕衷俯垂護佑故化險爲平奏功若此
之速也朕心深爲感激着照上年之例敬謹致
祭南河北河之
神以申報享之典祭祀應行禮儀着該部查明具
奏所有疎防大小各員着免其查參其修復各
堤錢糧亦免分賠該部知道欽此

附紀

自古之言塞決者詳矣大概經時累月奏功不易假使河流漫鈌或僅在一隅或水勢陸續加長司其事者縱不能防患未然猶及徐圖抵禦若乃各路山水陡發汪洋浩蕩平湧而來雖有智能無所措手此豈尋常人力所能堵築耶雍正八年七月東省山水異漲匯歸駱馬一湖湖不能容溢運浮黃河湖合一報漫鈌者以數十計一時河工員弁稱諳練者望洋心悸莫知所措臣曾筠初莅南河方巡閱各工未遍聞報卽於途次具摺以
聞一面親赴各要害處審形度勢籌所以捍禦之策行至桃源工次目睹夫滔滔之勢奔注洪澤乃恍然定計曰是不可不爲水謀一去路也遂策馬飛馳卽赴山盱周橋以南舉天然南北二壩刷開百數十丈復委員盡啟高江寳一帶閘壩分流洩入江海譬如人之一身患脹滿者尾閭通利則疾去半矣會巡撫

臣尹繼善自蘇馳會宿邑相與寢食舟中口咨手畫鳩夫衆運料物躬率員弁分投堵禦仰荷
聖主恩綸飛下獨賑頻施費以百數十萬計並舉本歲民間已完賦稅抵明年額徵凡自道府廳縣將備以下聞者靡不感戴以泣而兵夫百姓歡呼於河兩岸者聲如雷焉於是負畚秉鍤益踴躍奮興爭致其力與馮夷相搏而水勢亦遂日退沙淤掛口比比皆是且有不

煩一夫不動一料而決口自合者咸詫為奇異即勢至險要如宿虹之孟城莽朱家城外河之沈家圩三處水亦旋消得以逆力堵築不彌月而竣事從來堵漫缺者每於霜降後視勢減方敢進埽未有若斯之神且速者信
天功非人力也至今回憶斯時人盡張皇勢甚洶湧嚮非
皇上如天之仁挽回造化昭格
上穹則數十處漫工毋論積日月之久耗水衡之錢不知凡幾而二麥失種民之薦饑者更復何如蒙我
皇上誠敬感孚洪施普被上契
天心水勢驟退閭閻安堵如故維時奉
命董賑務者侍郎臣馬爾泰臣彭維新御史臣安修德沿郵散給帑屋均沾濱河諸州邑得蒙
聖主之賜盡力於南畝不特河流奠定而民困皆賴頓甦然後知禦災捍患誠能以至誠之心格

天則雖異派如是不難立致又安天人相應顯而有徵臣曾筠與大小僚屬奔馳工次不過竭蹶趨走未有尺寸之補迺蒙不加譴責
恩諭優叙益滋愧恧唯有感激奮勉倍存寅畏以仰報
國恩祈求永慶安瀾而已

預備各工歲搶修並上游料物
題爲
題明預備工料仰祈
睿鑒事竊照河工料物全在及時備辦貯工濟用
方資修守臣　掌
皇上天恩前在河南副總河任內
奏請每年八月內道庫發銀購料物限十月照
額辦足並請動支帑銀另行購料堆貯上游
倘遇新生險工立即順流搬運以濟急用有

備無患仰荷
聖明俞允是以豫省歷年修防叨被
皇恩安瀾有慶今臣調任江南還閱黃河自徐屬
之碭山以至山安海口兩岸綿長一千六百
餘里堤埽工程非迎溜頂衝即掃灣拖溜在
在險汛如同鱗集兼之邳宿桃中尚堰淮揚
一帶湖河工程攸關運道民生均屬緊要每
年歲搶以及新險費帑數十萬兩需料億千
萬束方能敷用從前河臣每年除額運葦營

蕩柴一百五十萬束之外俱於河庫通融發
帑於年前預給辦料銀兩購貯料物但所備
之料不過十分之二三工多料少分貯難遍
一遇水勢長發購辦維艱緩不濟急且查江
南柴束產自海口一帶守候風信挽運更延
時日若非先事豫圖恐致臨期坐悞以臣愚
見請照豫省之例每年於九十月內即預爲
約計各廳來年需用之料通融動支銀兩預
備十分之七酌量工程險易分貯各工限以

本年十一月內運工一半次年正月內務令
全運到工其餘俟次年視工程之緩急再行
辦運實爲妥便所有各廳承辦料物責令道
員嚴催照限辦運貯工詳委就近州縣盤查
出結備案如有虧少及辦不足數該州縣據
實揭報由道查明即將該廳以侵蝕錢糧例
揭報嚴參倘委盤之員扶同瞻徇其短少物
料仍照盤查倉庫之例責令分賠該道如有
瞻徇情面不行據實揭報一經查出將該道

照徇庇例一併參處再各廳緊要工程處所
除前預備歲搶料物之外再酌發銀三萬兩
亦照豫省之例每年辦料堆貯上游遇有新
險即可星飛協運濟用如無新險工程即准
入於次年歲搶工程動用仍於酌發下年預
備料物銀內照數扣銀發給另行購易新料
堆貯上游庶得年年有備無患如此則辦運
及時料物充足修防得以緩急有濟更可預
爲稽查清楚一舉數善實與工程錢糧大有

裨益除照例通融河庫存銀動支預辦外臣
謹會同蘇州巡撫協理河工事務臣尹繼善
合詞恭疏
題明伏乞
皇上睿鑒施行雍正八年九月二十九日
題奉
旨該部議奏欽此部議准行雍正八年十二月初
二日奉
旨依議欽此

估築山盱束水堤工
題爲遵
旨議奏事該臣等看得滚水壩下南北兩岸束水
堤工荷蒙我
皇上軫念蒼黎誠恐天然等壩洩出之水溢浸田
廬
特命前河臣孔毓珣相度動帑於壩下修築束水
堤工爲保衛民生之計嘗經前河臣
奏請將南甸以下王家巷等處改濶另築新堤

一道其南北兩岸堤尾各建築新堤一道再
將南北兩岸舊堤按其段落分其平險遞爲
增減一律加高培厚俾兩堤夾束水勢湍流
自無旁溢之患接准戶部咨開大學士等議
覆應如所議令該督動支河庫銀兩遴委賢
員即速將堤工分段修築剋期告竣堤成之
後交與地方官選殷實老成之人令充堤長
遇放壩之時率領附近居民輪流巡邏防護
閉壩之後仍令民間照例修補地方官會同

河官看驗幷嚴禁豪强包攬胥役勒索等弊
其修築丈尺及需用銀兩完工之日造報工
部核銷等因奉
旨依議欽此欽遵移咨到前河臣准此當經轉行
遵照動支河庫銀兩遴委幹員分段修築去
後續准工部咨開准戸部咨照相應行文將
前項應築應幇各工丈尺及需用銀兩細數
照例據實確估造册具題等因亦經前河臣
轉行遵照確估造册詳報嗣據淮揚道白鍾

山詳稱遵將滚水壩下改濶加幇南北東水
兩堤並堤尾接築新堤細加丈量共工長一
萬九千六百五十六丈逐一確估共用土方
銀一十萬五百一十八兩一錢六分零造册
詳送核
題等情經前河臣孔毓珣核明照數動支河庫
部撥鹽課銀兩分派各員儹築委淮揚道監
工督催在案臣到任後即值湖水盈漲將山
盱各壩開放宣洩壩下一帶新築堤工雖間

有被水汕刷然藉以束水歸湖順流東注此
誠我
皇上洞燭機宜先事預圖之明驗也日今各壩已
閉現在飛飭該道查明將被水汕刷以及雨
淋殘缺之處逐段挨查責令承修之員上緊
儹築俟一律完竣之後即將用過銀兩核實
題銷一面交與地方官選殷實老成之人令充
堤長嗣後遇有放水之時率領附近居民輪
流防護閉壩之後仍令民間照例補修地方
官會同河官看驗並嚴禁豪强包攬胥役勒
索等弊理合先行會核
題估除原册送部查核外臣謹會同蘓州廵撫
協理河工事務臣尹繼善河東總督掌管北
河總督印務臣田文鏡合詞恭疏
題估伏乞
皇上睿鑒勅部議覆施行雍正八年十月二十九
日
題奉

旨該部議奏欽此部議准行雍正八年十二月十九日奉

旨依議欽此

廳員分管黃運工程

題爲廳員管轄黃運兩河難於兼顧

請將工程酌量調管以專修守事該臣等看得江南黃運兩河工程關係運道民生設官分職必須因地制宜庶便隨時修守若駐劄窵遠不無鞭長莫及之慮查前河臣孔毓珣以邳睢宿桃宿虹三廳所管汛地工程黃運交錯兼顧難周

奏請分調管轄接准部覆應令該督會同尹繼善會題到日再議等因奉

旨依議欽此欽遵到前護河臣康弘勲移交到臣

臣蒞任後同撫臣尹繼善於查看邳宿工程之時相度機宜公同商酌查邳睢同知一員所管黃運兩河工不綿長路不窵遠照管甚易所有邳睢同知舊管黃運兩河工程似毋庸更改惟宿虹同知所管黃河兩岸一百四十餘里險工林立若再兼管運河實覺難於策應又宿桃中河通判所管中河兩岸子堤

二百五十餘里既屬綿亘又兼管黃河葉家莊竇家林等工照應亦甚難周應將宿虹同知一員令其專管舊管黃河兩岸一百四十餘里并宿桃中河通判舊管之黃河葉家莊竇家林等工歸併宿虹同知一並管理其宿虹同知舊管運河兩岸堤工共長四十八里零應改歸宿桃中河通判管理其宿桃中河通判舊管中河兩岸子堤共長二百五十餘里若仍令照舊全行管理又難兼顧應自宿

遷至古城運河兩岸子堤共長九十餘里連歸併宿虹之運河兩岸工程四十八里零俱令宿桃中河通判管理將該廳改為宿遷運河通判以專其責至宿桃中河通判舊管古城以下至三岔運河兩岸子堤計長一百三十餘里查有安清中河通判一缺原管運河自桃源三岔起至清河縣楊家莊止兩岸子堤不過五十餘里又管運鹽中河一道自運口鹽河閘起至安東縣止道路雖長其緊要

工段俱在運河兩岸五十餘里之內應將古城至三岔一帶運河兩岸子堤工程歸併安清中河通判管理將安清中河通判改為桃源安清中河通判以專其責如此分調管轄實於工程大有裨益再 臣等更有請者山安外河揚河三廳所管黃運兩河工程俱各綿長二百餘里險工林立亦難兼顧查有海防同知駐劄廟灣並無緊要工程應將外河廳南岸工程之內自新港工頭起至山安交界

陳家社止計工長一百五里六分零又山安廳南岸工程之內自陳家社起至陸家社竈工堤尾止計工長六十一里八分二共工長一百六十七里四分零分歸海防廳移駐童家營適中之處就近管理仍可兼管沿海各州縣墩臺并海鹽二州縣蝦䗺二溝河道請將該廳改為分管山安南岸河務海防同知又查江防同知駐劄瓜洲止管江口并三汊河遶南河道二十五里所管地方甚近應將

揚河廳工程之內自邵伯運北高江交界三十里舖起至三汊河止兩岸各工長八十里分歸江防廳管理請將該廳改爲揚河江防同知自此分界之後則外河廳所管工程自高家灣起至新港工頭止計工長一百四十九里零山安廳所管工程自四舖溝起至六套堤尾止計工長一百九十五里零揚河廳所管工程自黄浦起至邵伯運北高江交界三十里舖止計工長一百三十九里九分工

段既屬停均修防亦易照應再查分歸海防廳之新港工頭起至葉家營止工長六千零二十七丈六尺原屬外河廳屬之上河汎內工程今既歸海防廳分管應請添設巡檢一員把總一員令其管理其上河汎內舊管工程除分歸新設巡檢把總管理外尚存工長二千八百六十九丈七尺應仍令舊管汎員管理庶各有專守而修防不致貽悞矣再查各廳既分調工程關防必須更換宿桃中河

通判應換給淮安府分管宿遷運河通判字樣關防安清中河通判應換給淮安府分管桃源安清中河通判字樣關防海防同知應換給淮安府分管山安南岸河務海防同知字樣關防江防同知應換給揚州府分管揚河江防河務同知關防其葉家營新添巡檢一員應請鑄給查管司巡檢印信庶分管地方與關防字樣脗合而各員之職守分明復行據淮徐道副使呂維炳淮揚道僉事白鍾

山各詳議前來與臣等查核無異除新添巡檢一員把總一員俟奉

旨允准之日容臣等揀選分別咨

題補授再照沂郯海贛同知一缺經管山東沂州郯城縣并江南海州贛榆縣河道工程因該員駐劄山東郯城縣之大興鎮是以分隸北河但所管郯城縣禹王臺工程甚爲抵遏沭水不使漲歸江南之駱馬湖而設修防職守攸關綦重請將該員舉劾事宜應聽河東

河臣并臣衙門一體考察臣謹會同蘇州巡
撫協理河工事務臣尹繼善合詞具
題伏乞
皇上睿鑒勅部議覆施行雍正八年十一月初八
日
題奉
旨該部議奏欽此部議准行雍正九年三月十五
日奉
旨依議欽此

估計高堰山盱土工
題爲恭謝
天恩事雍正七年十一月二十四日准工部咨開
都水淸吏司案呈雍正七年十一月初五日
工科抄出江南總河孔毓珣題恭謝調補江
南河道總督一案奉
旨朕思治河之道惟有使黄水暢流無所壅滯則
永慶安瀾然欲使黄水無所壅滯必須保固高
家堰堤工使淸水力能敵黄且以助其暢流之
勢則河工永遠無慮是高堰堤工關係最爲緊
要從前齊蘇勒雖將石工稍加幇修而朕以爲
不若多費帑金於堤工險要之所及單薄之處
俱加修石工務令堅固高厚以爲久遠之計庶
於河道民生大有裨益前孔毓珣在京陛見時
朕以此論之伊亦深以爲然又曾將治河之道
降旨詢問田文鏡而伊之所奏與朕意不謀而
合可見高堰堤工乃必應加增修理者也着發
戶部帑銀一百萬兩交與孔毓珣尹繼善籌畫

相度有應行預備料物之處卽於歲內採買早
爲預備再着汪灝對琳張坦麟吳昌祚前往淮
上協同河臣等悉心辦理該部知道欽此相應
行文江南總河孔毓珣仍轉行知照蘇撫尹
繼善一體遵照
旨內事理遵行可也爲此合咨前去欽遵施行等
因到前河臣准此當經檄行遵照去後今據
淮揚道僉事白鍾山詳送高堰山盱幫戧土
工估册到臣據此該臣等看得高堰山盱二

廳一帶石土堤工捍禦洪澤全湖巨浪保護
淮揚二郡民生昔淸敵黃利漕濟運最爲緊
要仰賴我
皇上聖神天縱洞悉全河關鍵
特發百萬帑金務令加修高厚以爲久遠之計此
誠千百世未有之功億萬年無疆之業也前
河臣孔毓珣當卽行令淮揚道將石土工程
逐細確估並節次發帑分委承修各員一面
幫築土工一面造船分赴各山採辦石料臣

蒞任之後復經疊檄嚴催辦石各員作速運
料開工適值今夏六七月間汛水驟長是以
挽運維艱除現在委員押催陸續僱運開工
另取估册核．
題外茲據該道詳稱修砌石工必先於工外建
築越壩攔水然後可以施工今小黃莊迤南
湖面寬濶水勢浩大每遇風浪勢若排山一
壩孤懸安能抵禦再四思維惟有借舊石工
連土留寬二丈暫爲外障以代越壩卽於後

身堤面開槽釘樁砌築石工俟新工築定根
基再將舊工拆起選石添建方資捍禦但於
堤面開槽則舊堤單薄應先於堤後幫築裏
戧加培寬厚以還舊堤再堤內多有積水坑
塘應塡墊馬路以便取土今查高堰廳屬自
六堡起至小黃莊止應幫戧堤工長三千四
百九十六丈六尺八寸又自小黃莊起至高
良澗禹王廟前止應幫戧堤工長二千四百
七十四丈九尺八寸共工長五千九百七十

一丈六尺六寸連塡墊馬路共估用土方料
物銀一十萬六千二百五十六兩五錢七分
零山旰廳屬自高良澗禹王廟前起至古溝
東壩北止應幇戧堤工長三千三百五十六
丈七尺四寸又自古溝東壩南起至滚水北
壩止應幇戧堤工長五百八十丈八尺九寸
共工長三千九百三十七丈六尺三寸連塡
墊馬路估用土方料物銀七萬九千二百二
兩一錢三分零以上高堰山旰二廳應幇修

堤工共工長九千九百九丈二尺九寸共估
用土方料物銀一十八萬五千四百五十八
兩七錢一分零並無浮冒所有幇戧土工理
合造冊先行詳送
題估等因前來臣等親勘復查無異除原册送
部查核外相應會同蘇州巡撫協理河工事
務臣尹繼善河東總督掌管北河總督印務
臣田文鏡原任內閣學士臣張坦麟原任戶
部右侍郎革職臣汪漋通政司右通政臣吳

昌祚御史管坐糧廳事在任守制臣程仁圻
合詞具
題伏乞
皇上睿鑒勅部議覆施行雍正八年十一月十八
日
題奉
旨該部議奏欽此部議准行雍正九年二月十四
日奉
旨依議欽此

建築清口挑水埽壩

題爲亟請建築挑水埽壩以保要工以衛運道事該臣等看得清口西壩爲黃淮二瀆交滙之區全河門戶攸關恭重康熙三十八年恭遇

聖祖仁皇帝南巡閱河駐蹕該工相度河勢親定方所

命立樁建壩挑水北入陶莊引河清水暢流黃水不致倒灌迄今民人稱壩爲

御壩樁爲

御樁歷年修守已久近因對岸長出淤灘比前形勢迴不相同入秋以來異漲洶湧大溜南趨衝厓刷岸以致大壩迤下一帶堤工直接清口西東水壩之後尾悉成頂衝之區水勢盤旋洄洑甚屬危險前據該道廳稟報到臣經臣於八月十六日自宿遷工所合龍告竣之後由黃河東下乘夜駐宿堤頭一面飛撥料物接濟該工一面率領員弁相度機宜於

御樁亭大壩雁翅之下接築埽工長九十五丈上護壩工下衛堤岸並於工尾接建挑水壩一座計長十丈下築雁翅長三十丈挑溜開行誠恐大溜復迴又接前工再建挑水二壩一座計長十丈並築上下雁翅長六十丈又於雍正二年黃河澄清蒙

皇上致祭

河神建造

御碑亭前再築挑水三壩一座計長十丈並築上下雁翅七十五丈再接前工建築護厓埽工長九十八丈四尺所下埽工一帶魚鱗順埽中間間段築壩挑開大溜歸入中泓既順水以護厓復迎流而挑溜使其工段聯絡形勢互倚節節順挑重重捍禦實與

御樁亭相爲表裏共資鞏固伏念該工前蒙

聖祖仁皇帝指授修建更蒙

皇上法

祖敬

天為民防河於
御壩一帶工程
特諭前河臣孔毓珣預為籌畫仰見我
皇上丕顯丕承大孝大德永垂千古臣等欽承
聖諭時刻敬謹留心緣值今秋大水一時衝刷至
險至緊臣等率領員弁星夜儧辦一律平穩
現今大壩巍然雙亭輝映長堤完固運口深
通清黃滙合和流並濟循軌朝宗安瀾有慶
在工員弁兵民莫不懽呼踴躍頂戴

皇仁茲據該道確估各壩埽個鑲填共需工料銀
三萬九千七百七十一兩六錢三分零造册
呈送前來臣等復核無異因係緊要工程除
照例先行動支部撥鹽課銀兩給發該廳購
辦各料上緊興修儧築完固並行淮揚道白
鍾山監督及原册送部查核外臣謹會同河
東總督掌管北河總督印務臣田文鏡蘇州
巡撫協理河工事務臣尹繼善合詞恭疏
題估伏乞

皇上睿鑒勅部議覆施行雍正八年十二月初八
日
題奉
旨該部議奏欽此部議准行雍正九年四月初二
日奉
旨依議欽此

附紀

修防之有埽壩乃救險之急務也然而工有首險次險之不一則埽壩亦有長短大小之不同勢尚可緩而率舉大工則爲妄費帑非得已而因循不斷則又每致悞工唯斟酌夫時與勢之必行者而行之斯爲至當而不易雍正八年秋曾筠自宿遷堵築漫工竣事由黄河東下沿流審視方有事於善後之舉至清口西壩以上則見對岸沙灘日漸加長逼

溜南趨堤根直受衝刷自

聖祖仁皇帝御壩迤下直接清口東水西壩之後尾一帶堤工悉成頂衝首險非建壩挑溜別無搶護之策誠時與勢之亟不容緩者也躬率道廳親加相度先爲之測探水勢詳閱溜頭以定築壩之基址纔則熟視溜之大勢必挑出若干丈以外方可開行以定壩身之寬長埽尚之大小雁翅之長短又恐挑行之溜去而復迴再於所建頭壩之下離數十丈建挑水二壩接連再挑又恐二壩之下溜仍不能遠去更建挑水三壩至順勢開行而後止其三壩相隔之中間接排雁翅順埽連比節節開挑重重捍禦以至下埽之層次路數樁橛繩纜高下尺寸莫不一一詳究計筭靡遺蓋如此則雖有洶湧之勢而防之既密無隙可乘將見水之恭者以馴怒者以息順流而下不復肆其衝齧矣相度既定即飛調兵夫備運料物遴委將備中之熟諳椿埽者專司其事刻期興築不三月而竣工舉一時之至險

至緊者順勢循軌遂致乂安伏念

聖祖仁皇帝睿謨指示興築挑水大壩一座逼黄溜北注陶莊引河俾清水暢出至今二瀆合流貽萬世之利我

皇上敬

天法

祖萬幾之暇廑念斯工曾筠欽奉

諭旨遵循舊章接築三壩易險爲平永資鞏固埽壩之所關鉅矣哉若夫魚鱗磯嘴小大異形沉水摟廂緩急異用上水下水之斜排雁翅係安危於尺寸逼水順水之盤築馬頭爭利害於微茫以及障廻瀾而象形扇面禦汕刷而鑲墊防風名以形殊用隨時異莫不各有至理存乎其間高談形勢者忽視而不詳求躬親操作者泥近而忘遠照必也詳覘全體大勢運籌於一心洞悉樁埽做法不遺乎微末斯鉅細周知措施各當修防能事其庶幾已

挑濬駱馬湖下游六塘河

題爲湖工亟循舊制水利先濬下源敬籌一得

仰祈

睿鑒事竊照水性就下必須因勢利導俾脈絡疏通分路朝宗於海方可永慶安瀾伏查宿遷縣駱馬湖一承東省運河之水一承蒙沂諸山之水一承荊山口資洩各湖之水滙爲巨浸且與運河僅隔一綫孤堤若蓄洩失宜易致壅積成患賴有湖之南岸洩水口門名十字河引湖濟運兼以刷黃歷年久遠有利無患其湖之尾閭有六塘河一道以資宣洩歷宿遷桃源清河安東沭陽以至海州歸海嗣值湖水微弱誠恐黃水倒灌將十字河口門堵閉又於西寧橋迤西高阜之地建築攔湖堤壩因此湖水不通尚資黃水濟運以致中河之水由劉老澗挾沙而下將舊有入海之路淤墊淺阻今秋東省山水暴漲合流而下全無去路浮溢堤岸關係匪輕臣等悉心籌

黃亟應將十字河口門仍復舊制俾駱馬湖之水流入中河刷深運道兼敵黃流其西寧橋迤西攔湖堤壩酌量開寬俾湖水由六塘河迤下分流入海則上游有餘之水庶有歸宿不致壅滯浮溢如慮開放之後湖水或值微弱應於十字河口門建築草壩一座伏秋水盛開放暢流冬春水弱仍行堵閉其西寧橋迤西亦如前法建築草壩視水盈縮以爲潴洩至六塘河迤下河身在宿桃境內者尚

屬流通在清安沭海境內者間段淤墊亟宜大加挑濬即以挑河之土幫築子堰以資收束當經檄飭淮揚道白鍾山淮徐道呂維柄查勘確估去後茲據該道等議詳駱馬湖三合土壩之下頂衝中河廟灣頭埽工應改挑引河長六百一十三丈導水東注其六塘河至清河縣之朱家莊河分南北二股北股自清河縣朱家莊起歷沭陽至安東之謝家莊入碩項湖由海州龍溝義澤河入潮河歸海

應挑濬河長六千七百九十四丈南股亦自清河縣朱家莊起歷安東之蘇家蕩至沭陽之孟家渡武障河入潮河歸海應挑濬河長六千零八十七丈每方照例給銀九分約計共該土方銀五萬一千餘兩即以挑河之土運於河之兩岸各離河十五丈外築成子堰約攔水勢導引朝宗所有宿桃安清海贛三屬應請加兼管水利職銜以便不時查察如有淤淺即令該地方印官督同佐貳率令田

頭夫於農隙時隨加疏濬其挑河之土並可增培子堰將見河日寬深堰日高厚水勢暢流無虞壅滯舟楫通行漁鹽利涉由安東沭陽至邳宿一帶不惟河防攸賴抑且水利無窮等情前來臣復親詣該工詳看形勢審度機宜查核無異誠爲宣洩湖流要工民瘼河防急務爲此仰懇

天恩俯賜俞允開挑俾異漲之水得有宣洩則黃運河湖兩岸隄防均資鞏固矣除土方細數

俟春融水涸逐一確估造册送部外臣謹會同河東總督掌管北河總督印務臣田文鏡蘊州巡撫協理河工事務臣尹繼善繪圖貼說合詞恭疏具

題伏乞

皇上睿鑒勅部議覆施行雍正八年十二月初十日

題奉

旨該部議奏圖併發欽此部議准行雍正九年四月二十五日奉

旨依議欽此

附紀

考之禹貢淮沂其乂蔡沈集註載其川淮泗其浸沂沭是治沂者必兼治沭 竹絡 於禹王臺築竹絡壩所以遏沭水之西流俾從故道由沭陽濫泥洪入海於竹絡壩附紀中言之詳矣但蔡註又載徐之浸莫大於沂沂又則自沭而下凡爲浸者可知是治沭者又必先治沂查沂水山蒙沂諸山千支萬派南至下邳會合荆山口所洩微山駱陽諸湖之水而總滙於駱馬一湖湖之南岸有洩水口門名十字河乃中河未闢以前駱馬湖洩水入黃之徑中河旣闢卽從此口引清濟運與黃水口門竹絡壩相對亦一清黃交滙處也中河横亘其間形成十字故名十字河湖之尾閭又有六塘河一道宣洩歸海嗣值湖水微弱於尾閭西寧橋築三合土壩以塞其歸墟之路又恐黃水倒灌并將十字河口門堵閉另於王家溝迤上建閘引水以便啟閉惟是閘

基高阜水不能出運河水小之年轉資黃水
由竹絡壩流入中河濟運以致劉老澗挾沙
而下將湖之尾閭六塘河舊爲歸海之道淤
墊淺阻散漫民田六州縣咸病之雍正八年
駱馬湖沂沭並漲水無去路汎濫爲患嗣有
鑒於此遂决意開十字河并舉六塘河挑濬
爲時值嚴寒乘舟艇於湖蕩之間沿流溯洄
過淤墊不能行復舍舟而陸歷地形水勢迂
廻者取直之湧注者分濬之自宿遷直抵海
濱閱明年更遴員張其智胡士圻等逐細確
估分其任於所司州縣俾各經理疏濬於是
駱馬湖歸海舊渠滔滔東注慶協朝宗而沂
水之會合諸流以滙瀦於駱馬湖者不復有
汎濫之患矣蓋沂沭二水爲青徐巨浸合之
則同挾其過顙在山之勢分之則各安其就
下之性今沭則遊之沂則導之同於入海而
各有其歸塗庶有當於其乂之旨也與是役
也鮮不以爲力矯前弊意專主宣洩不知水

勢靡常旱潦不一前之人處湖水不足之時
議堵築兹值湖水有餘之日議開挑其事不
同其揆一也而況乎因時而用相機而行水
大則開放宣洩水小則建壩瀦蓄操縱由巳
節宣有制既無汎濫之虞且得濟運之益斯
屬兩全無弊若以爲可蓄而常蓄之可洩而
常洩之其治水也鮮不敗乃事豈獨駱馬湖
然哉故備書之以告後之治河者

修濬文華寺閘下河堤

題爲遵

旨查議事雍正八年二月初八日准戶部咨開內閣交出大學士等議覆河道總督孔毓珣奏前事內開臣欽奉

聖諭淮安府城逼近河濵爾到任時可詳細相度城外堤工舊有石工單薄者加修高厚無石工者建築石工等因欽此臣親赴淮城沿堤詳看查得淮安府城西門一帶乃係兜灣頂衝素稱險要於康熙三十八年間建有石工長三百六十丈現在堅固其自西門以至南角樓止堤長二百二十丈水勢平緩非係迎溜之處是以當年止做柴土工程遞年歲歲修防臨河添下埽個堤身培薄增卑現在高寬堅厚足資保障似可不必再築石工伏查淮郡城西舊有淩城河一道自運口迤下文華寺閘起至白馬湖止計長八十餘里原屬分洩運河暴漲之水以保淮郡堤工並備暵乾之時涵洞分達利濟西鄉田畝實屬緊要今河身淤墊堤埂日漸坍頹一遇開閘宣洩水無收束漫衍橫流西鄉一帶田疇悉被淹浸且暴漲之水宣洩不暢仍歸運河請將此護城一河再行挑濬深通并將兩岸堤堰加修寬厚凡值汛水暴漲即將文華寺閘啓放以六分入運四分歸湖各循軌而去堤工自可鞏固約計挑濬此河淤墊並修補兩岸殘缺卑矮堤工需銀三萬餘千兩等因奉

旨大學士議奏欽此臣等查得淮城險要既有堅固石工其柴土工程之處皆屬水勢平緩無容再添石工其自清口入運由惠濟閘折北而行至文華寺折東而至淮城每當淮水暢盛之時浩瀚之勢全賴支河旁洩以分其漲今孔毓珣請疏濬護城河從文華寺閘瀉出達於白馬湖以保固堤工應如所請速將河身淤墊之處即行挑濬深通其兩岸堤堰加修寬厚飭令河官將文華寺閘座視淮水緩

急以爲啟閉其挑濬修葺銀兩於河庫動支
工完之日造報可也爲此謹
奏請
旨雍正八年正月二十二日奉
旨依議欽此交出到部相應行文河道總督遵照
議覆施行等因到前河臣准此當即轉行遵
照確估造報去後今據淮揚道僉事白鍾山
詳送估册到臣據此該臣等看得文華寺下
引河一案經前河臣孔毓珣遵奉
諭旨親赴淮城沿堤逐一詳看因該處河身年久
淤墊
奏請挑濬深通并將兩岸堤堰加修寬厚奉准
部覆以挑濬加修銀兩於河庫動支工完之
日造報奉
旨依議咨行到前河臣孔毓珣欽遵轉行檄飭河
庫道動支部撥鹽課銀兩給發裏河同知夏
建德僱夫併築挑濬委淮揚道監工督催在
案續准工部咨行前項應行挑濬河身并加
修高厚各工丈尺需用銀兩照例確估具題
等因亦經前河臣轉行遵照確估造報旋據
該道册估到前河臣孔毓珣尚未核
題臣到任之後即值秋汛水勢驟長臣相機飭
令將文華寺閘開放賴此河挑挖深通得以
宣洩裏河工程保固平穩水落之後隨令堵
閉並檄飭該道將各工逐一查驗修築並令
再行核減去後今據該道詳稱遵即逐段確
估加修兩堤自鍾鼓墩起至洪家圩堤尾止
共長一萬六千七百七十七丈五尺挑濬河
長四千八丈又撈白馬湖邊淤淺二十丈共
實估銀三萬四千五百六十二兩二錢二分
零造册詳送核
題等情前來臣等復加查核無異理合會核
題估除原册送部查核外臣謹會同河東總督
掌管北河總督印務臣田文鏡蘇州巡撫協
理河工事務臣尹繼善合詞恭疏具
題伏乞

皇上睿鑒勅部議覆施行再照臣因出勘河工沿
堤辦事難副定限業經臣
題明展限在案合併陳明雍正八年十二月十
五日
題奉
旨該部議奏欽此部議准行雍正九年四月十二
日奉
旨依議欽此

停止荊山口水道工程

奏為事關兩省民生工係全漕運道詳勘情形
據實備陳仰祈
睿鑒事案准戶部咨內開前署山東撫臣費金吾
奏請開挑東省河渠以洩濟寧等州縣滙入
魚臺之積水因各州縣應開河道俱在江南
必須查明出水處所會同疏浚等因經部議
覆彭口以下河身非極寬廣今昭陽微山諸
湖之水盡流入運倘雨水過多諸湖滙流而
下或致運河急不能容應令費金吾會同河
東總督臣田文鏡北河總督臣嵇曾筠前署
總河臣尹繼善詳確妥議具奏奉
旨所議甚屬妥協依議速行欽此欽遵移咨到前
河臣隨經檄行兗寧淮徐兩道會同覆勘議
詳欽遵在案竊惟興舉水利俾兩省沮洳俱
成沃壤誠屬亘古未有之
隆恩但事關重大臣等仰承辦理必須通盤審慎
事出萬全方可上副

宸衷今臣調任南河自邳宿上下以至桃清沭海各地方凡屬水道察其地形之高下河湖之遠近親身查勘除六塘河迤下歸海之道有關駱馬湖承上啓下之關鍵原係至要之工現在

題請疏濬外其自山東濟寧各州縣以至江南荊山口一帶疏導千支萬派之水一併下注南河關係重大實有難於舉行者伏查山東泉河原有本境歸海之路而湖稱水櫃蓄水

濟運以防旱暵設遇水勢過大汶濟以上則有鹽河馬頰徒駭諸河導流歸海其魚沛以下則由張谷山荊山口洩入駱馬湖與運河今山東上游蓄洩機宜尚有應行籌畫之處乃遂將各州縣故河積潦之水全注江南竊恐地處下游勢難容受況徐州黃河北岸李道華家樓接連蘇家山寬衍數十餘里向來不議築堤每黃水出漕漫灘之水從岡頭河十字河荊山口輾轉東注而荊山口橋下尚留山麓坡陀勿使墊閼深廣者誠恐黃水入運挾帶濁沙古蹟昭然具有深意今議開濬荊山口所有漫灘之水濁流併注淤墊堪虞即使挑挖深通而微山昭陽諸湖之水合流而下誠如部議不入於運即入於黃開濬之處甚有關係此江南水道上截之形勢也又自徐塘口三岔河迤下運河窄狹今再益山東河泉坡窪之衆水奔騰驟湧而來運河西岸以及邳州唐宋山格堤均難保固至運河

東岸湖中一線孤堤雖有馬莊萬莊減水石壩但增多減少萬一河湖通連則漕艘縴道安能飛越況駱馬湖添納諸水自必倍加漲湧水勢高於黃運其患有不敢言者矣今秋山水驟漲仰賴我

皇上精誠昭格

天意潛孚是以驟漲之水雖溢入於黃河仍歸洪澤湖因此各工沙淤排口旋堵旋浚遇此希有之事而水性靡常萬一全歸黃運誠如部議

諸湖滙流而下或致急不能容此江南水道中截之形勢也至駱馬湖既承受諸山各河之水湖之尾閭勢必宣洩不及且宿桃清安直至龍溝歸海計程綿亘自應一律加築長堤但兩省之水同歸并注安得有綿長千里之工程以資捍禦况沭邑又增沭水一道海州又有海湖上游倘遇伏秋大汛河海相抵不能順下雖有高大之堤恐撞擊散漫六州縣之城社民田所關匪細此時山東水源未

闢已覺壅積為患所以微臣現在

題請挑濬不過安其就下之性順其歸墟之勢所費無多卽以挑河之土培成子堰約攔水勢導引朝宗水大則聽其溢歸湖蕩可保相安無事若大闢來源滔滔浩浩遽恃新築之土堤可以約束恐水勢未能循軌此江南水道下截之形勢也今春該道等議估除山東另核外江南需帑銀三十餘萬兩伏念我

皇上如天之德固不惜多費帑金然事必求其有濟方可功垂永久臣蒙

皇上隆恩異數捐糜莫報如少有一得之愚而附和因循臣罪益滋難逭在前河臣孔毓珣據詳移酌已屬躊躇未能遽議而微臣親身查勘積慮深思權其輕重相其緩急委屬未能舉行可否請停伏候

睿裁不揣冒昧謹備列情形據實

奏陳仰祈

皇上訓示遵行雍正八年十二月二十日

奏奉

旨所奏甚爲明晰應停止者該部知道欽此

附紀

仰惟我

皇上痌瘝民瘼己饑己溺凡臣工敷奏有關閭閻

休戚者即令舉行惟恐不及雍正七年署山

東撫臣費金吾條

奏請將東省積水由江南荆山口宣洩歸海部

臣議覆行令河東督臣南北河臣詳勘妥議

時曾筠總理北河即遴員之諳練者分往查

勘明年五月恭膺管理南河

恩命履任後舉江南境內上自徐邳下迄沭陽海

州水道慎重詳審靡不躬親閱歷知其勢有

必不可行者是年秋適遇異漲邳宿諸州縣

皆罹水患幾為運道憂究其來源俱由東省

諸水匯注而下假令荆山口已貿然開闢不

知更作何景狀矣曾筠既遍涉諸川親加籌

度何敢知而不言謹將上下形勢詳細縷陳

仰蒙

乾斷即准停止運道民生均被乂安夫欲舉魚濟

諸州邑歷有之坡窪積水一旦悉令歸海洵

出膏腴之壤俾民耕鑿其意何嘗不善但積

水之在東省已非一日其病小而江南急不

能容其害大求利民而先病民所繫非輕既

病民而且妨運所繫不更重乎大小輕重之

間尤宜深思而熟計之也

估計高堰山盱石工
題爲恭謝
天恩事該臣等看得高堰山盱臨湖一帶石工業
我
皇上睿謨弘遠發帑大修不獨使洪湖之水得以
暢出敵黃而淮揚一帶漕運民生永慶安瀾
之福當經前河臣孔毓珣發帑分委承修各
員一面幫築土工一面造船採辦石料臣嵇
任之後復又疊檄嚴催除幫戧土工前據該

道造冊估用銀一十八萬五千四百五十八
兩七錢一分零臣等業經勘核
題估旋據各員俱已呈報完工現在飭令查勘
另行造冊咨部外茲據淮揚道僉事白鍾山
詳稱堰盱一帶石工欽奉
特旨發帑加修屢蒙檄飭查勘相度湖河水勢情
形悉心確估加增高厚以垂久遠今除石工
之內現在完整止須每年照例於石上鑲柴
搶修足資捍禦無庸加修外共有間段底樁

腐朽石塊欹斜原隔順砌卑矮者應建築越
墻拆修加高一律堅實又有年久風浪撞激
灰縫剝落底樁腐朽歪斜脹裂傾圮者其中
雖間有完整但向係順砌之工襯裏甎石單
薄若於舊石之上再加新石上重下虛勢難
撑立應行通身全拆重修另換馬牙梅花等
樁丁順間砌始能垂久至於新砌石工必先
築越墻攔水然後可以興工今湖面寬濶水
勢浩大一遇狂風巨浪力若排山一墻孤懸

安能抵敵工段綿長實難保護況查舊工根
基樁空之內向經墊滿碎石今則舊樁難起
新樁難下徒費人力不能施工惟有借舊石
工連土留寬二丈暫爲外障於後身開槽釘
樁砌石俟新工築定根基再拆舊石選用其
舊工底石因新工灰汁未老應留二層以防
風浪撞擊保護新工再消水潭一墻裏越未
建石工今應一例創建以期鞏固所有高堰
山盱二廳屬應行拆修并創建石工通共工

長六千三百四十二丈九尺四寸共估用料
物夫工銀八十三萬二千三百九十一兩八
錢五分零並無浮冒再查上任工程二項共
計估銀一百一萬七千八百五十一兩五錢六
分零除部撥銀一百萬兩之外共餘銀一萬
七千八百五十一兩五錢六分零應在道庫存
庫銀兩內動支給發理合造冊詳送會核
題估等情前來臣等親勘覆核無異除原冊送
部查核外相應會同河東總督掌管北河總

督印務臣田文鏡蘇州巡撫協理河工事務
臣尹繼善原任内閣學士臣張坦麟原任戶
部右侍郎臣汪漋御史管坐糧廳事在任守
制臣程仁圻合詞恭疏具
題伏乞
皇上睿鑒勅部議覆施行雍正八年十二月二十
日
題奉
旨該部議奏欽此部議准行雍正九年四月二十
二日奉
旨依議欽此

歲加五寸堤工
題爲欽奉
上諭事該臣等看得江南徐州以下一帶黃運兩
河堤工荷蒙我
皇上聖明洞鑒念及額設河兵只能修補水浪衝
激防備臨險搶護之用至於堤身一年之內
風雨淋漓車馬踐踏恐漸至侵蝕欽頒
諭旨逐年加增仰見
聖主治益求治安益求安之至意經前河臣孔毓

珣
題請堤工去河甚遠現在高厚者可以緩其加
修其頂衝迎溜勢甚險要風雨淋漓堤身卑
薄之處先將統加五寸之錢糧詳細勘估加
高培厚次年再以統加五寸之錢糧修次險
之工再次年將可緩者一例增修以後總酌
分緩急輪流加培庶堤身可冀一律高厚永
資捍禦約計每年培修黃運兩河堤工需銀
二萬八千餘兩等因部覆應如所題酌分緩

急輪流加增務使堤身堅固以資捍禦但江
南黃運兩河工段繁多逐年題估題銷先後
不一今欽奉
諭旨將堤工加高五寸該督題請輪流加增誠恐
承修各官不無以上年已修工程捏作新修
希圖冒銷等弊應令該督除每年歲搶修各
工仍照例估銷外所有黃運兩河應行加高
各工逐一確勘將地名工段高寬丈尺需用
銀兩數目以及應動款項據實分晰另行造

冊具題等因奉
旨依議欽此欽遵移咨到前護河臣康弘勳准此
當即轉行遵照在案今據淮徐道副使呂維
炳淮揚道僉事白鍾山將所屬各廳黃運兩
河應行加高培厚堤工通共估用土方銀二
萬八千八百八十一兩九錢三分四毫二絲
逐一確勘委無浮冒各造清冊詳送核
題前來臣等復加親勘查核無異除動支河庫
銀兩給發各廳併修并原冊送部查核外相

應會同蘇州巡撫協理河工事務臣尹繼善
恭疏具
題伏乞
皇上俯鑒勅部議覆施行雍正八年十二月二十
二日
題奉
旨該部議奏欽此部議准行雍正九年三月二十
五日奉
旨依議欽此

防河奏議目次

卷五

防河奏議卷五

太子太保兵部尚書兼吏部尚書總理南河道總督事務加級臣嵇曾筠

題署淮揚道員缺

題爲欽奉
上諭事該臣等看得淮揚道一缺管理黃運河湖堤岸工程并分巡各屬地方事務吏治河防均關緊要必須才能敏幹人員方克勝任欽
奉
諭旨江蘇布政使員缺着淮揚道白鍾山補授淮揚道員缺着嵇曾筠尹繼善於屬員內揀選委署俟秋汛後送部引見欽此欽遵臣等在於屬員內詳加選擇惟有淮安府裏河同知夏建德於上年秋月水勢漲發之際殫力修守用心防護汛內工程得保平穩且於理事職任更能整飭稽查既嫻吏治復熟河防實係辦事幹練才堪肆應之員所有淮揚道印務臣等遵
旨請將夏建德暫行委署現今桃汛甫過伏秋大

汛接踵而至令其督率廳汛加謹修防辦理賑務彈壓地方俟於霜降後給咨送部引
見伏候
聖裁除將該員履歷實蹟另冊送部查核外臣謹會同蘇州巡撫協理河工事務臣尹繼善合詞具疏
題明伏乞
皇上睿鑒施行雍正九年三月二十七日
題奉
旨該部知道欽此

建築禹王臺竹絡石壩

題爲請

旨事雍正九年三月初五日准工部咨開都水淸

吏司案呈雍正九年二月十九日內閣交出

江南河道總督嵇曾筠奏請修復郯城縣禹

王臺竹絡石壩工一案奉

旨照所請行該部知道欽此欽遵抄出前來相應

抄錄原奏行文江南總河并河東總河可也

爲此合咨前去欽遵查照施行計粘單一紙

竊照東省郯邑禹王臺一工原以抵遏沭水

俾其東由江南沭陽海州入海不容其會合

蒙沂白馬諸山河之水入駱馬湖以爲運道

民生之患所關綦重自明季郯令拆移臺石

修砌城垣水遂西行爲患滋甚康熙二十八

年恭遇

聖祖仁皇帝南巡閱視中河前河臣王新命以中河

之水全資駱馬一湖而湖受沂沭白馬諸水

時常泛溢於是請修土石兩壩堵截沭水江

南數十年無上游水患者職此之故後經前

河臣陳鵬年於土壩之南越築圈堤一道前

河臣齊蘇勒又於臨河設立防風埽工更建

築筏堤子堰以爲重障誠有見夫土石兩壩

維繫江南數百里之運道千萬戶之民生愼

之重之而年年修守者也不虞上年秋汛東

省山水異漲將禹王臺土石埽壩各工全行

冲塌僅存竹絡石壩二十七丈壩之南北殘

缺土堤二百餘丈沂沭諸水一時滙注於駱

馬湖盈堤溢岸莫可抵禦仰賴

聖主誠敬格

天水勢旋消漫溢各工得以堵閉底績而東省郯邑

壩工實爲目今要務若上源一日不治則下

游一日不安辦禹王臺隸在北河應聽北河

河臣經理但此壩之興廢關係江南黃運兩

河之利害況南北原爲一體事機尤屬切膚

臣前已兩次咨商北河河臣業准咨覆檄飭

委員勘估第兩省文移往返稽遲且值新舊

河臣交代接替輾轉耽延竊恐會
題部覆爲時甚久急切不能竣事萬一山水驟
發或致措手不及徵臣愚昧身膺重任不得
不鰓鰓過慮也伏念駱馬一湖乃衆水滙歸
之地今又益以沭水并諸山積潦建瓴而下
直注駱馬湖地尤逼近而勢更騰湧查禹王
臺現係沂郯海贛同知所轄沂郯則屬北河
海贛又屬南河南北交界均有責任現今臣
等於請定廳員管轄等事案內會

題請聽南北河臣考察在案今臣酌量該工圖
堤防風等工目前尚屬可緩惟將最要壩工
乘此汛水未發之前卽令該廳會同郯城縣
於舊石工以上現存殘缺石工二十七丈之
處接築壩工共長九百餘丈誠恐土堤不堅
山水性猛難於捍禦應令通身建作竹絡石
壩俾水從壩過而壩不動搖沙至壩停而壩
復堅實愈資抵禦此壩一成沭水可以東分
駱馬湖不致盈溢縱有白馬沂河等處之水

亦可相機宣洩江南之運道民生庶保無虞
矣前項壩工土石分築但頂衝緊要之處必
須多用竹絡石壩并挑濬沭水舊河口門約
需銀三萬餘千兩統容臣親赴該工相度機
宜詳加核算再行確估但工程緊急竹石等
料備辦宜早其所需銀兩可否卽於南工河
庫內動支給發臣未敢擅便伏候
訓旨遵行臣現今江工查勘已畢復由邳宿一帶
前赴該工親身查勘所有禹王臺壩工急應

修復事宜合先恭摺請
旨伏祈
皇上睿鑒施行謹
奏等因到臣准此當卽檄行遵照確估去後今
據山東兖寧道副使王鴻勳淮徐道副使呂
維炳淮揚道僉事白鍾山會勘造冊詳送到
臣據此該臣等看得山東郯城縣境內禹王
臺一工原以抵遏沭水俾其東由江南沭陽
海州南行入海不容其會合蒙沂白馬諸山

河之水入駱馬湖以爲運道民生之患所關綦重因上年秋汛東省山水異漲將禹王臺土石埽壩各工全行冲塌僅存竹絡石壩二十七丈並壩之南北殘缺土堤二百餘丈難資抵禦是以臣於本年二月内將急應修築情形以及約需銀兩恭摺具

奏并聲明容臣親赴該工相度機宜再行確估其所需銀兩可否即於江南河庫内動支給

發荷蒙我

皇上念切運道民生

欽頒

俞旨照所請行該部知道欽此欽遵隨即轉行確估去後今據該道等會詳稱遵即帶同該管印河各官親勘確估查禹王臺應建竹絡石壩共長六百四十丈其接新石絡以北應創築土堤長三百丈壩南應補築漫缺土堤長四十八丈外坡包鑲石絡至所存舊堤石土壩工長三百八丈三尺内二十七丈係石絡舊壩兩肩陡坦應以碎石一律壘砌補平又十四丈外坡原係石絡鑲邊水冲石塊現存應揀取修整又五十八丈三尺外坡原有雁翅石絡挑水開行妨容加絡鑲邊其餘二百九丈應於堤之外坡包鑲石絡以資捍禦再將沭水進口轉瀉歸故河道淺阻之處疏濬深通以資暢流以上通共計新築石土壩工長九百四十丈又補修舊石土壩工長三百五十六丈三尺并開挑沭水進口河道一百

丈共估用工料土方銀三萬八千六百四十三兩七錢零相應轉詳

題估再該工經前河臣王新命創建原案一切夫工均係撥用徭夫不計錢糧今查徭夫一項業經

題明歸入黄河廳曹單二汛每年加帮大堤力作歲修工程萬難調撥且石絡工程較與從前多至二十餘倍需夫甚多但係據實確估並無浮冒等情造冊詳送前來臣復親勘查

核無異除動支江南河庫銀兩給發該廳縣
辦料興修俟工完之日會同河南山東河臣
查核
題銷并原冊送部查核外相應會同河南山東
河臣沈廷正河東督臣田文鏡山東撫臣岳
濬蘇州巡撫協理河工事務臣尹繼善合詞
具
題伏乞
皇上睿鑒勅部議覆施行雍正九年五月十五日
題奉
旨該部議奏欽此部議准行雍正九年八月初一
日奉
旨依議欽此

附紀
沭水由穆陵關而下會莒蒙諸山水合流東
注抵馬陵山相傳大禹治水時鑿山口導水
西流復建臺障之俾由東南入海自明季鄭
令毀臺取石以繕郯水遂西流會合沂河白
馬河諸水湧入駱馬湖湖不能容漫入黃運
兩河沂郯邳宿諸州邑歲有淪胥之患且為
運道梗康熙二十八年
聖祖仁皇帝南巡狩詔河臣王新命治之爰建竹絡
石壩二十七丈以抵遏沭水復由東南故道
歷紅花埠峒峿沭陽海州歸海厥後河臣陳
鵬年接築土堰河臣齊蘇勒增修茨防區畫
備至雍正八年六月曾筠欽承
恩命調任南河甫及旬日即遇山水驟發淫潦異
漲駱馬湖水盈堤溢岸越運浮黃勢莫可遏
因念駱馬湖雖為諸水滙歸然非沂沭合流
其暴未必至此上源禹王臺土石工程必有
漂淌之虞隨赴該工查勘一望瀰漫盡成沙

渚臨河堤埽杲蕩然無存惟舊時竹絡石壩二十七丈巋然無恙循沭水而東即係馬陵山山後層巒疊嶂千谿萬壑勢若建瓴而沭水進口處巉然中峙形如斧劈其下深不可測水勢自東徑西盡失其入海故道若不亟思所以修治之則下游州邑罹水患者終無底極而歲漕轉運亦復可虞但山水性猛頂衝直激非土堤椿埽所能禦即大發帑金如高堰之甃石而地係浮沙基不堅實亦無所

施其功若夫水衝不損而又能隨沙坐實足資捍禦則惟竹絡石壩爲至計況山中多產碎石取材富而易因議從舊竹絡壩接築六百四十丈審地形以扼其要害蜿蜒綿亘自西北漸之東南又於新壩北首接築土堤三百丈枕山坡爲依據其舊壩之南殘缺土堤三百零八丈下迄民堰止槩用竹絡石鑲邊一律修砌完整又於沭水進口之河頭挑去砂石俾舊河深通暢流計費三萬八千六百

四十兩有奇

聖天子軫念民瘼俯允所請不待下其事於部議即准江南河庫動支帑項隨分檄海贛同知蔣祈年郯城知縣馮爲桐縣丞張杞承築飭委原估官胡士圻等監工督催從事斯役者咸知運道民生之重鳩工庀材踴躍奮興始其事於雍正九年之二月至六月即告竣是年伏秋山水又大發壩工抵住不能西注仍由沭河東南故道入海沂郯邳宿之民恃以

無恐黃運工程亦安流無恙則是工之興廢關於江南利害較東省爲尤鉅司河者愼毋隳厥成功也哉

開挑正人洲引河建築夾江大壩

題爲敬籌大江形勢請開分溜引河以固城垣
以利漕運仰祈
睿鑒事該臣等看得瓜洲大江西南正人洲潮沙
淤墊日益寬長數年以來洲尾長有翅膀定
業等洲挑激大溜直射瓜洲花園港一帶以
致歷年歲搶修工程旋修旋墊不能抵禦江
岸日漸塌卸逼近城垣危險堪虞經臣具摺
奏請將高資港河頭之浮沙暗灘力爲疏濬再

於正人洲開挑引河其翅膀等洲長出河嘴
老灘并油沙稀淤處所照例設立犁船二隻
并令舊設之救生船協力同施用混江龍等
器往來刷滌等因奉准部覆應如所請作速
動支銀兩給發募夫儹挑仍將應挑河道工
段寬深丈尺并設立犁船動用銀兩款項數
目一面動工一面題估造冊報部查核其花
園港等處應令該督詳細斟酌量爲修護以
資防禦等因奉
旨依議欽遵轉行確估在案今據署淮揚道夏建
德冊詳前來臣查瓜洲大江南灘上源有高
資港一道形似夾江而河頭不暢應將高資
港之浮沙并正人洲邊上舊有港汊之處力
爲疏通以暢其流又於正人洲下截頂衝迎
溜舊有河形之處挑挖引河一道長四百三
十丈引水南行以分江溜接此河之尾又生
開引河一道長二百一十一丈使上源之水
滙流直注夾江減其北趨之勢庶瓜洲一帶

城池運道得以保護又恐引河之水從夾江
仍向東北逼溜直注瓜洲今相度形勢應於
夾江內築夾土壩一座長一百五十丈五尺
兩面下埽鑲埽簽釘大樁於夾壩中間塡土
以攔水勢又恐伏秋大汛漫灘水高數尺復
於壩上壓土高七尺兩頭接築土壩二百五
十八丈以防夾江之水漫灘四散又於定業
洲邊下挑濬支河一道長三百六丈俾引河
大溜順流從支河宣洩直抵南岸大江至於

高資港河頭江心套港口以及正人洲翅膀
洲長出磯嘴挑溜之處督率河兵閘夫乘駕
犁船用鐵篦混江龍等具併力挑切犁爬務
俾疏通暢流分引江溜保護瓜城以上挑河
築壩造船共估用土方工料銀四萬九千七
百七十七兩七錢八分零相應
題估發帑興挑工成之日請照康熙五十五年
間
奏明事案內創建江工之例入於歲搶修案內

修理至於瓜洲花園港一帶迎溜之處相機
下石護崖鑲埽以衛城社因係緊要工程除
動支河庫存貯各欵銀兩給發該廳等償辦
料物將引河分段挑挖夾壩併力堵築完竣
相機開放并將原冊送部查核外臣謹會同
江南總督臣高其倬總漕臣性桂河南山東
河臣沈廷正蘇州巡撫協理河工事務臣尹
繼善會詞具疏
題估伏乞

皇上睿鑒勅部議覆施行雍正九年五月二十四
日
題奉
旨該部速議具奏欽此部議准行雍正九年六月
二十四日奉
旨依議速行欽此

附紀

瓜洲濱大江北岸其城與南岸京口相爲犄角控扼江海乃沿江之要地漕運之咽喉也因江之西南有正人洲廻溜沙淤日漸增長挑溜北注直薄瓜城洄漩汕刷崖岸塌卸於康熙五十五年建築埽壩添設歲搶修工程用資抵禦然江流猛烈激湍震撼埽工隨下隨蟄大江逼近城隍危險堪虞曾筠數往查勘乘舟徧視知受患雖在瓜洲而致患之由

則在上游沙渚若不分其北注之勢導其南趨之路則金山以上之旋溜積沙正人洲以下之翅勝定業等洲挑溜愈急兼之中有大江南有夾江兩水並衝瓜城勢不能支此時欲以長樁大埽敵千尋之巨浪以保護洲城戞戞乎其難哉昔人有言曰以水治水以水攻沙實探本窮源之論今亦惟以水治之而已乃於上游對岸之高資港則設船疏擴以分其勢於正人洲則挑濬引河順注夾江以暢其流又恐夾江之水仍逼東北則於夾江尾閭搶築大壩一道以遏其衝俾浩瀚江流奔赴於五公灘引河旋繞於南岸山根以直達大江而北岸瓜城之勢減矣至于翅勝等洲老灘則挑切之新淤則梳爬之皆所以平上游之患也夫而後審察瓜洲沿江崖岸於廻溜則下埽崖埽以護之於頂衝則下沉水埽以禦之而其間之或用挑水或用磯嘴悉因地相機以資防護獨是大江之水與黃河

不同黃水挾沙而來遇埽即停沙停則埽固大江水清性烈潮汐晝夜不停凡遇埽工不能汕擊于上即往埽根淘刷久之埽底淘虛工程下蟄而崖岸之坍塌隨之是以黃河埽工在在可恃而施之江工則又有未可全恃者曾筠籌畫再四終無善全之計因思古人治水之法除疏濬樁埽而外兼用土石然竹絡旣虞費帑又恐兜水今變化其用石之方凡於埽根汕刷之處多下石塊以護之庶

水力不能淘刷埽個得以穩固審度既定遂

親臨工所命廳營汛弁卽挨埽下石試之豈

知石下之處汕刷之勢果減埽工依然無慮

遂繕摺

奏請仰蒙

皇上俞允于是疏築並舉樁埽兼施而且設犁船

以梳爬沙骨下碎石以防護埽根數年來瓜

之城社民生俱得保全無恙當是時議論紛

如謂碎石護岸之法前人未用且夾江大壩

孤立江心勢不能存不知苟能熟察乎水之

形勢詳審乎水之性情卽古人未用之法而

變通用之亦未始無濟者豈必拘拘刻舟以

求劍耶惟我

皇上聖明洞燭機宜由以

乾斷

巽命風行俾瓜洲數萬民生盡免阽危而登袵席

恩膏普被浩蕩難名是又紀述之所不能盡者矣

留工効力人員

題爲循例

題明効力人員以資河防事竊惟修守機宜得

人爲重江南地卑工險河務殷繁一應差委

需員甚多臣荷蒙

聖恩調任南河蒞任之始卽經查明通工効力人

員自前河臣及署河臣尹繼善各任內

題明留工共計百有餘員以供驅使惟是歷經

兩載更番差遣除委署叅革丁憂事故之外

爲數漸少目今高堰石工押催僨砌瓜洲溢

工挑空引河修復駱馬湖上游禹王臺壩工

挑空駱馬湖以下六塘河河道以及協辦黄

運兩河各汛緊要工程同時具舉在在需員

委用加以三汛防險各廳查料催漕報水一

切工務分派調遣之處甚多所有從前

題留之員實屬不敷臣查前河臣陳鵬年齊蘇

勒孔毓珣署河臣尹繼善各任內尚有久經

收錄留工効力未及

題明弁臣因上年汎險乏人新經收錄各員皆
於水勢長發之際同在工所效力行走其中
有不避危險協同搶救工程者有派防險汎
加謹保護平穩者有委辦委催緊急工料尅
期催運接濟者俱竭蹷辦公殊為出力伏念
上年秋汎有功人員仰荷
皇恩議敘臣等將現任各員弁及已經
題留人員分晰等次造册咨部而此等人員因
未經

題明不便一例造入册內均沾
曠典但旣在工趨事實難泯其勞績今臣於各員
內擇其年力精壯勤敏小心取到殷實印結
者選有候選州同楊惠春等四十一員又有
未經取到印結同在上年搶護險工勞效昭
著及現今委辦要工勤謹出力者候選州同
于廷紹等七員據該道廳等保詳請循例留
工効力臣復歷經差委試看才具皆有可用
一倂附入疏內通共計有四十八員仰懇

皇上天恩俯念河務需員准其一體留工以敷差
委以示鼓勵則各員自必益加感奮努力而
臣等亦得收臂指之使自留工以後倘有敗
檢踰閑臣等不時察訪參處再此內有江南
籍貫者例應廻避但查歷次投効人員惟江
南最多他省及旗員不過十之二三若悉令
廻避本省人才愈難况江南人員生長河干
素悉堤工河道今該員等差遣已久伏籲
聖恩請照前署河臣尹繼善

題留江南籍貫効力知縣陳儒等十六員之例
仍留南工俟有勞績以專管河務之缺補用
或咨北河酌量
題補除循例開列各員職名履歷功績造册送
部外臣謹會同蘇州巡撫協理河工事務臣
尹繼善合詞具
題伏乞
皇上睿鑒勅部議覆施行雍正九年六月十三日
題本

旨該部議奏欽此部議覆准雍正九年十月二十
二日奉
旨依議欽此

設立堡房堡夫

題爲循例
請設堡房堡夫以助修守以固隄防事竊照河
工要務全在堅築隄防尤貴專人修守有堤
而無人則與無堤同有人而不能使其常川
在堤盡修防之力則又與無人同此豫省所
以有堡房堡夫之設南河亟應循例
請行者也查江南黃運兩河堤岸縱横綿亘二
千三百餘里險工林立要汛繁多比年以來

荷蒙
皇上發帑興修凡屬卑矮之處靡不增培高厚每
歲應行修理事宜亦莫不仰邀
睿鑒先事預防雍正七年復荷
聖明念及河兵只供搶險未能概令修防着將黃
運堤工逐年加高五寸仰見
皇上弘謨遠畧超越千古爲隄防計者至周且密
矣所有修守事宜臣等敢不早夜講求務期
鉅細靡遺以仰荅

聖主慎重河防之至意竊見江南十河營兵丁雖
係沿河設立有修防之責然下埽簽樁是其
專司南工埽墻繁多・處搶險各處調撥若
遇汛水長發恒苦分身無術誠如
聖諭河兵只供搶險未能槩令修防也況長堤原
無堡房做工夫役每逢大雨遍體淋漓既無
容身之所又乏炊爨之處風餐露宿亦難責
其晝夜不離伏查豫省河兵之外設有堡房
堡夫使河兵聚集於埽壩堡夫殫力於修防

業已著有成效今江南事同一例仰懇
皇上俯准照豫省每二里蓋一堡房每堡一座設
夫二名歸於該管文武汛員管轄令其駐宿
堡內常川巡守無事則搜巡獾洞鼠穴修補
水溝浪窩每日堆積土牛可多得土方之用
設遇有警則鳴鑼為號上下兵夫齊集協力
搶護如此則江南黃運堤工汛堡沿排聲援
互倚修守綦嚴而隄防實資鞏固矣今查各
廳黃運兩河堤工蓋造堡房共需一千一百
五十四間每間估銀三兩共需銀三千四百
六十二兩堡夫共需二千三百零八名每名
每月工食需銀五錢以一年總計共需銀一
萬三千八百四十八兩如蒙
俞允
請將堡房銀兩動撥藩庫存留款項給發各州
縣會同廳員就近於堤上預為建設其每年
工食俟各該州縣招募堡夫到日統於藩庫
按季撥發州縣貯庫於每月會同廳員唱名

給散庶幾印河各官互有覺察而錢糧不致
有那移扣尅等弊除現在另造細冊送部查
核外臣謹會同蘇州巡撫協理河工事務臣
尹繼善合詞具
題伏乞
皇上睿鑒勅部議覆施行雍正九年八月初三日
題奉
旨該部議奏欽此部議准行雍正九年十月二十
日奉

旨依議欽此

預撥鹽課銀兩

題爲

題明事竊照江南黃運湖河一切埽壩工程每年需料繁多必須乘時購辦預爲堆貯方堪濟緩急而資修守臣於上年水長之時親見臨時辦料挽運維艱無補急需是以循照豫省之例

題請在於年前九十月內約計購辦十分之七限以十一月內運工一半次年正月內全運

到工其餘視工程緩急再行辦運荷蒙

聖明俞允接准部覆遵行在案茲查河庫錢糧俱係按年撥解今既於年前九十月內預爲購辦來年料物則來年應用錢糧亦須於年前九十月內預爲撥解河庫始足以供支給之用查河庫錢糧除別項難以預撥者無庸置議外所有雍正五年間經前河臣齊蘇勒

題請每年撥解河工鹽課銀三十萬兩原爲辦料修防之用但此項銀兩歷年俱於歲底及

次年正月內始行解交河庫不克有副預備
之期伏思各工料物旣定於每年九十月內
預爲購辦則前項鹽課錢糧亦須於每年九
十月內早爲撥解庶得給發無悞仰懇
皇上天恩俯念修守機宜工料綦重
請將每年撥解河工鹽課銀三十萬兩內先撥
解銀一十五萬兩預於每年九十月內解交
河庫其餘銀一十五萬兩仍循向例於該年
正月內撥解以便督令河庫道給發各廳備

辦料物如限貯工照例責成該管道員嚴催
運工詳委就近州縣盤查出結備案一轉移
間則錢糧毫無增加而料物早得預備實於
河工大有裨益除移咨兩淮鹽臣將應撥雍
正壬子年鹽課銀三十萬兩內先行撥解銀
一十五萬兩以資給發預備料物外臣謹會
同署江南總督印務蘇州巡撫協理河工事
務臣尹繼善合詞具疏
題明伏乞

皇上睿鑒施行雍正九年九月三十日
題奉
旨該部議奏欽此部議准行雍正九年十二月十
九日奉
旨依議欽此

黃運兩河善後堤工

題爲遵

旨查議事雍正九年三月十五日准工部咨開都水淸吏司案呈大學士等奏覆江南河道總督嵇曾筠奏請修築黃運兩河堤岸工程一案雍正九年二月二十六日奉

旨依議欽此欽遵於本月二十七日內閣交出到部相應抄錄原奏行文江南總河并劄行兩淮鹽院欽遵

旨內事理遵行可也爲此合咨前去欽遵施行計粘單一紙內開大學士等謹

奏爲遵

旨查議事據總督江南河道嵇曾筠奏稱竊照江南黃運兩河道里綿長工程繁劇 臣於上年甫到江南境內見江南堤工迥與豫省不同一則地勢本卑再則衆流畢集水勢益高堤工愈險查江南黃河上自虞城單縣交界起下迄安東海口止兩岸工程共有二十四萬一千七百三十餘丈運河上自臺莊交界起下至瓜洲江口止兩岸臨河縷堤工程共有一十九萬二千一百三十餘丈兩河通共計有四十三萬三千八百六十餘丈從前修理兩河大堤并月格等堤共止修過十五萬四千一百八十餘丈實不過十分之三四 臣上年初任寓目驚心正思逐一經理上請

訓旨未及奏陳不虞邇遂秋漲水勢盈溢荷蒙

皇上軫念河防民瘼

諭旨諄諄旣

勅加謹保護復

諭善後事宜是以各處漫工仰賴

聖謨堵築久經告竣殘堤業已修補 臣遵

訓諭復又鑒此前車敢不殫思補救以圖善後以期鞏固又竊念徐邳以下各州縣瀕河被水

小民荷蒙

聖主賑恤兼施不致流離失所但當此麥未成熟之候覓食維艱合無再懇

皇仁以工寓賑令其就食亦可資生再本案工程應令濵河印官與河官公同修理庶牧民之吏倍切民瘼管工之員益勵河防互相覺察協同辦理責成又易爲力臣一面檄飭淮徐淮揚二道將現今黄運兩河工程逐一查勘據實確估會核題請如蒙

俞允請照例先撥鹽課銀二十萬兩乘此青黄不接之際給發買土募夫尅日起工等語查黄河堤岸所關甚鉅而運河之堤上年經東省

山水漲漫之後亦當急爲修築况值此青黄不接之時動興大工俾沿河數十萬之民就工謀食亦補助賑濟之一法應令署兩淮鹽政伊拉齊將雍正八年鹽課銀二十萬兩作速解送總河衙門令總河嵇曾筠將黄河堤工險要之處先行買土募夫尅日起工其運河殘缺之處卽行修補餘亦次第修築務期堅固幇厚以抵異漲將各處之工程交與濵河印官會同河員分段管理互相稽察以專責成仍令嵇曾筠將應修工程據實確估核題可也爲此謹

奏請

旨等因到臣准此該臣等看得江南黄運兩河堤工經上年秋水盈溢之後荷蒙我

皇上指授方畧

諭以修守善後事宜臣謹遵

諭旨

奏請興修以期鞏固並懇

皇仁以工寓賑令瀕河被水小民得以就食准部議覆應令兩淮鹽政伊拉齊將雍正八年鹽課銀二十萬兩作速解送臣衙門令臣將黄河堤工險要之處先行買土募夫尅日起工其運河殘缺之處亦次第修築務期堅固幇厚以抵異漲將各處工程交與濵河印官會同河員分段管理互相稽察以專責成仍令臣將應修工程據實確估核題等因奉

旨依議欽此欽遵當卽飛檄印河各官卽日領帑

募夫分段買土僱修一面嚴飭淮徐淮揚兩道逐一確估造冊去後今據淮徐道副使呂維炳署淮揚道印務夏廷德詳據各廳估修黃運兩河善後堤工挑穵河道并護堤板工等項共估用土方料物銀二十萬三千五百二十五兩四錢六分零各造清冊詳送前來臣等親勘復核無異因係緊要之工照例先行動支原撥解鹽課銀二十萬兩外又動支河庫存庫銀三千五百十五兩四錢六分零給發濱河印官與各河員分段照估僱修除將原冊送部查核外相應會同河南山東河臣沈廷正署江南總督印務蘇州巡撫協理河工事務臣尹繼善恭疏具

題伏乞

皇上睿鑒勅部議覆施行雍正九年十月初七日

題奉

旨該部議奏欽此部議准行雍正九年十二月十七日奉

旨依議欽此

附紀

雍正八年秋邳宿河湖異漲

皇上廑念民瘼蠲賑頻施

大沛洪仁如天如地曾筠於搶築工次督令河員募夫力作每聞在工夫衆羣相告語今歲偶逢水患仰沐

皇恩蠲免錢糧復又遍戶查明賑濟我儕無以仰報廼區區擔土負薪之勞顧又日給以値不但一已果腹闔家老幼俱得免於饑餒用是

歡欣踴躍爭先趨事加高培厚克有成功夫寓賑於工原屬救荒之策況南北兩岸堤工歲久剝蝕更遭異漲益多殘損增修尤不容緩今以水衡必需之帑爲補助灾黎之用一舉兼善澤弘利溥皆由

聖主俯允奏請始得飛檄印河各員分投買土興工二十萬兩之帑金全活者豈止億萬戶計自八年之十一月始至九年四月迄工積半歲之久濱河兆姓老幼男女無不攜筐荷鍤

盡一手一足之力爲仰事俯畜之資出於阽危登之衽席而兩岸隄防已屹若金湯矣曾筠於工完勘丈時目睹夫二麥盈疇閭閻安堵如故向之鳩形鵠面者盡易爲含哺鼓腹相忘於荒歉之餘然後知

皇恩浩蕩變霜雪爲陽和直指顧間事恭逢

堯舜在上雖有灾眚不能爲患洵億兆庶民之幸也夫

防河奏議　卷五

淮徐道員移駐宿遷

題爲請

旨事竊照江南淮徐道一缺管理黄運湖河堤岸
工程并分巡徐邳二州兼轄桃源縣及徐州
潼安二衛地方事務吏治河防均關重大必
須駐劄適中緊要之地上下巡查殫力築應
方無貽悞查該道從前兼管河庫錢糧駐劄
清江於雍正七年經前河臣孔毓珣以該道
有工程地方事務不能兼管河庫

奏請仍循舊例分任職掌荷蒙
聖恩俞允須到
勅書令其駐劄徐州欽遵在案惟是徐州雖爲江
南河道上游但與宿桃一帶緊要工程之處
相隔寫遠文移往返動經數日汛水長發之
時不能一呼即應今臣查宿遷縣地方界於
黄運兩河之間爲淮徐所屬南北適中之地
且駱馬湖切近宿城上接蒙陰沂泗諸山之
水併流滙聚一帶堤岸險汛最多上年湖水
漲發幸賴
皇上至誠感格
洪恩浩蕩旋即保護平穩本年伏秋二汛臣前往
宿遷督率文武各員搶修工程細察駱馬湖
水勢已有禹王臺新築壩工攔截沭水分路
入海但蒙沂諸山以及荆山口微山湖等處
之水滙流而下勢亦浩瀚似宜將淮徐道員
移駐宿遷庶得朝夕相機料理時刻加謹修
守較之駐劄徐州大爲有益至於分巡地方

事務該道衙門既駐適中之地則上下查察
更覺便易而文書往返亦得迅速辦理不致
稽延遲悞再查該道徐州舊署久已坍塌現
在估修如蒙
聖恩准其移駐宿遷請即以徐州估修之費在於
宿遷縣地方創建一轉移間吏治河防均有
攸賴矣臣謹會同署江南總督印務蘇州巡
撫協理河工事務臣尹繼善合詞具
題請

旨伏乞
皇上睿鑒勅部議覆施行雍正九年十一月十四
日
題奉
旨該部議奏欽此部議准行雍正十年二月二十
六日奉
旨依議欽此

添設標營將弁整飭營制事宜
題爲欽奉
上諭事雍正九年十二月初五日准戸部咨開雍
正九年十一月十六日内閣交出大學士張
廷玉等奏前事内開雍正九年十一月初六
日大學士張廷玉蔣廷錫内大臣戸部侍郎
海望都統管理藩院事務莽鵠立奉
上諭山東登州乃濱海重鎮所轄地方遼濶查該
鎮本標及所屬兵丁除水師外額兵六千餘名
似不敷用再自添設河東總河之後將南河總
河標兵歸於河東總河管轄而以漕標兵丁一
千餘名改歸南河總督於是兩河標兵及漕標
操防之兵俱覺不敷此四處兵丁應否酌量增
添之處爾等詳查定議具奏欽此臣等查得登
州一鎮所轄汛地跨濟登青萊四府南北東
三面臨海延遠二千餘里洵屬海疆重鎮而
所屬文登等十營兵丁祇五千餘名汛廣兵
單且本鎮標兵除水師外馬步兵僅一千三

百餘名又有貼防分汛之用在城之兵僅數
百名實屬不敷臣等酌議應添兵一千名駐
劄鎮城以實行伍再總河標下原於濟寧州
設立馬步兵一千九百六十八名分防河汛
嗣於雍正七年添設總河一員分任南北河
道遂將濟寧之河標兵一千九百二十一名
俱隸河東總河管轄而以漕標之徐州宿遷
城守三營兵一千七百五名幷抽撥葦蕩兩
營濟寧河標兵各四十七名改隸江南總河

查北河統攝河南山東兩省前項標兵祇可
分防河汛其在城守者僅濟寧衛一營實屬
不敷南河標兵祇一千八百餘名於內派出
一千六百名分防徐州宿遷等處河汛江南
總河駐劄之清江浦僅有兵丁二百餘名甚
覺單少再漕標舊有兵六千餘名已將徐州
等三營撥屬總河本標祇存兵四千五百名
各有催漕儹運之差使存駐淮安者寥寥無
幾臣等酌議請將漕標及兩河標兵各添設

一千名與添設登鎮陸路之兵共四千名交
與總漕總河幷登鎮總兵官精選技勇壯健
之人照馬四步六之例召募充補毋得潦草
徇庇將老弱無能者應數濫充倘有此等情
弊查出時將召募之員交部嚴加議處此項
兵丁入伍之後遴選員弁勤加訓練務使技
藝精熟行伍整齊至一應馬匹盔甲軍器各
項務製備齊全一有調撥數日之內即可起
程倘平時怠於訓練及軍裝等項不能齊全

將管轄之員交部議處再查登鎮水師原額
兵一千二百名趕繒船二十隻康熙五十二
年將水師兵丁裁歸陸路其識水性海路者
移於奉天金州幷將趕繒船十隻一幷發往
金州登鎮只留水師兵五百名趕繒船十隻
後經總督田文鏡條奏添設艍船七隻兵三
百五十名共兵八百五十名但所轄海面島
嶼甚多往來巡哨之用尚覺不敷似應再添
艍船三隻兵一百五十名以足一千之數此

所添兵丁務選擇熟於海道及通曉水戰之人召募充補其船船一項行令山東巡撫委員監造至各處添設兵丁其應加守千等員及應建營房令總漕江南河東兩處總河登鎮會同該督撫詳酌妥議具題其應需糧餉等項令各該督撫照例支給入於兵馬奏銷冊內造報可也爲此謹

奏請

旨雍正九年十一月十五日奉

旨依議欽此交出到部爲此合咨前去欽遵施行等因到臣准此該臣等會看得江南河標中右蕭三營共兵一千八百八十九名內除分防徐邳豐沛蕭碭山睢寧宿遷桃源九州縣汛地兵一千六百九十一名外其近臣駐劄之淸江淸河二汛兵丁止有一百九十八名分防操演誠屬寥寥蒙我

皇上睿慮周詳

特諭廷臣應否酌量增添經大學士臣張廷玉等議添兵一千名令臣精選技勇壯徤之人充補遴選員弁勤加訓練務使技藝精熟行伍整齊至一應馬匹盔甲軍器各項務製備齊全其應加守千等員及應建營房令臣等會同詳酌妥議具

題臣等遵即將添兵丁充實營伍以敷操防但江南河標原係漕標改撥營制尚未詳備今召募之兵旣多卽應添設管轄官員專司約束伏查中營副將一員現領守備二員千總

二員把總四員兵七百四十九名兼轄蕭營守備一員把總一員兵二百五十一名巡防徐州豐沛蕭碭山睢寧等六州縣汛地環圍一千五百餘里右營遊擊一員現領守備二員千總二員把總五員兵八百八十九名巡防邳州宿遷桃源淸河山陽等五州縣汛地環圍亦有一千五百餘里該副將遊擊之職司固繁且鉅矣若再將所添之兵一千名俱屬該副將遊擊管轄誠恐約束難周今相度

機宜應另設一營分轄新兵六百名駐劄清江浦隨標操演第非守千等員足以彈壓且查中營副將駐劄徐州城內離清江浦五百餘里右營遊擊駐劄白洋河鎮離清江浦亦有一百五十餘里相隔窵遠策應維艱今應於清江浦添設副將一員以爲河標中軍官聽候調度統轄清江新舊弁兵護衛清江衝繁重鎮專司操演勤加訓練庶管轄近而約束自嚴約束嚴而訓練自精於新添兵丁大

有裨益至清江原設守備一員照例改爲都司以爲副將中軍官聽候提調新兵六百名照依營制每兵二隊計兵一百名應加管轄官一員今應加千總二員分爲左右哨把總四員分爲左哨二員右哨二員左右哨內又各分爲頭二司分領兵丁協力操演屬副將統轄都司兼管以爲河標中營其右營原防清河汛把總一員并清江清河兵一百九十八名統歸中營管轄原漕標徐州營改爲河

標中營者今應改爲河標左營合之右營統成三軍則河標營制從此整飭再查左營副將雖現領兵一千名右營遊擊除管轄清江清河二汛舊兵一百九十八名歸中營管轄外雖仍領兵丁六百九十一名但除分防汛地之外其實副將駐劄徐州城內止有兵三百二十二名遊擊駐劄白洋河鎮內止有兵二百六十名俱覺單少今應將新兵分二百名駐劄徐州城內隨副將操演查徐州協標

守備千把除分防外隨標止有守備一員今應加千總一員把總一員專司操演如是則徐州重地營伍亦得以整齊再將新兵分三百名駐劄白洋河鎮隨遊擊操演查該遊擊所轄守備千把除分防外防營止有千總一員今應加千總一員把總一員專司操演如是則白洋河重鎮營伍亦得以整齊統計河標添設副將一員千總四員把總六員守備改爲都司一員均有訓練兵丁之責必須才

堪勝任者方可補用其副將都司等員如蒙
俞允伏乞
皇上天恩准臣等就近在於江省各標營內詳加
考察調補千把總一體挑選調用分別咨
題請
旨庶得人地相宜於營伍有濟第清江雖設立副
將以資管轄而新募兵丁臣等仍督率訓練
務期兵丁技勇嫻熟以實營伍再查營房一
項每兵一名應給與二間馬兵每名應另給
與馬棚一間各照依駐劄處所按名建蓋至
添設官員亦應各給與衙署一所得以棲止
再清江原屬漕標分防汛地未有演習兵丁
教場今既添設中營官兵六百七員名合原
防清江清河二汛官兵二百一員名共官兵
八百八員名應設教場一處以便率領新舊
兵丁勤加訓練以備調遣除召募兵丁臣等
凜遵細加挑選業已遵照馬二步八戰守各
半充補齊全現在勤加訓練務使技藝精熟

行伍整齊馬匹亦已購足盔甲軍器官署營
房教場等項俱現在確估另行會核具
題外相應會同署江南總督印務蘇州巡撫協
理河工事務臣尹繼善署蘇州巡撫臣喬世
臣恭疏具
題伏乞
皇上睿鑒敕部議覆施行雍正十年三月十八日
題奉
旨原議之大臣等議奏欽此議覆准行雍正十年
五月初七日奉
旨依議欽此

遵例自陳

奏爲遵例自陳事竊臣係江南蘇州府長洲縣
人現年六十三歲由康熙丙戌科進士選翰
林院庶吉士於康熙四十八年考授翰林院
編修康熙五十二年癸巳科充會試同考官
康熙五十六年充日講官起居注本年八月
提督山西學政康熙六十年陞授詹事府左
春坊左中允又陞授翰林院侍講雍正元年
正月奉

旨入值南書房本年二月奉
旨補授都察院左僉都御史
特命署理河南巡撫事務隨奉
旨典試河南本年六月欽蒙
特恩陞授兵部左侍郎奉
旨差往河南堵築中牟縣十里店漫工十一月內
合龍斷流雍正二年二月蒙
聖恩念切豫省黄河堤工關係重大畀臣副總河
之職本年十月十三日准工部咨爲恭報秋

汛水勢情形等事一本奉
旨加三級雍正四年遵例自陳不職蒙
皇上格外優容着臣照舊供職雍正五年正月又
蒙
聖恩念切東省河務甚屬緊要
特諭廷臣議奏將黄河東省堤岸等工交臣管轄
本年三月准吏部等部咨爲請
旨事內開准禮部咨稱恭奏
聖世河清普天同慶一摺奉

旨加一級本年閏三月奉
旨補授吏部右侍郎本年十月准吏部咨爲恭報
秋汛水勢情形等事一本奉
旨加一級雍正六年正月奉
旨轉補吏部左侍郎本年三月奉
旨補授兵部尚書仍着辦理河工事務本年五月
奉
旨補授吏部尚書仍辦理副總河事雍正七年三
月欽蒙

特旨授臣總督河南山東河道提督軍務雍正七
年自陳不職蒙
皇上恩綸特沛着臣照舊供職本年十一月准吏
部咨爲秋汛已竣等事案內奉
旨加一級雍正八年四月欽奉
上諭署理南河總督印務本年五月欽蒙
聖恩着以吏部尚書管理南河總督印務本年十
一月二十四日准吏部咨爲恭報秋汛等事
案內奉

旨加一級雍正九年十一月十四日准吏部咨爲
恭報八月水勢等事一本奉
旨河道總督嵇曾筠初任北河時尙覺拘謹後因
歷練多年識見開展竭其心力與田文鏡和衷
共事凡所辦理皆甚妥協自總理南河以來公
正明達經理合宜不負朕倚任之重甚屬可嘉
著交部議敘具奏欽此應照例將嵇曾筠准其
加一級等因雍正九年十月二十六日奉
旨嵇曾筠着加一級欽此伏念臣才本庸愚識尤

淺陋荷蒙
皇上知遇隆恩殊膺拔擢洊歷卿尹之班
簡畀宣防之任十載以來無一時不叨沐
生成無一事不仰承
訓示惟兹江南河務坐當黃運下游爲淮歸入海
之區最稱險要邇年長堤鞏固二瀆安瀾皆
蒙我
皇上敬誠感召指授精詳俾得遵循恪守臣實知
識愚蒙寸長未効仔肩重大悚惕難安兹當

澄敘官方之際正宜菲材引退之時在犬馬
戀
主之心葵忱時切而駑駘報効之力岐負堪虞何
敢虛縻廪祿戀職自咨伏乞
皇上將臣即賜罷斥另簡賢能庶河防要務獲有
裨益矣臣不勝惶悚待
命之至爲此具本謹
奏請
旨雍正十年四月十六日

奏本

旨卿老成練達廉慎和平簡畀銓衡總督河道正
資料理着照舊供職該部院知道欽此

添設河庫道俸工

題爲欽奉
上諭事雍正九年八月十九日准吏部咨開雍正
九年八月初三日內閣奉
上諭據總河嵇曾筠廵撫尹繼善奏稱揚州府知
府張師載克勝河庫道之任着照所請將張師
載補授河庫道揚州府知府員缺甚屬緊要着
湖廣總督邁柱等於通省所屬知府內揀選一
員調補其所有知府員缺着將永順府同知趙
侗斅補授永順同知等缺亦着該督撫遴選具
補欽此爲此合咨前去欽遵查照施行等因到
臣准此該臣等看得河庫道印務向係淮徐
道兼管其官役俸工未經另爲添設今淮徐
河庫二道既經分任管理所有河庫道官俸
役食必須另行編給查現任河庫道張師載
係知府陞授道員應照副使職銜編給俸銀
一百五兩嗣後如奉除授道員係僉事職銜
即照銜支給餘銀扣存河庫至河庫道衙門

各役照經制設立典吏二名快手十二名門役四名皂隸十二名轎傘扇夫七名舖兵二名與淮徐道衙門相同應照數編給又查該道衙署設立清江浦五方雜處非有城郭可比應設立庫丁八名以資防護以上各役除典吏二名例無工食外其快手等役共四十五名每名歲支工食銀六兩共銀二百七十兩通共官役每年共支俸工銀三百七十五兩統於該道河庫河銀內按年支給役食以

庫道分設之日為始官俸以該道到任之日為始在於歲報冊內銷算再該道專司庫務有出納錢糧之責理合一併

請給傳

勅一道以專責守茲據蘇州布政使白鍾山詳請

具

題前來除將送到原冊揭送吏部工部查核外

臣謹會同署江南總督印務蘇州巡撫協理

河工事務臣尹繼善合詞具

題伏乞

皇上睿鑒勅部議覆頒給施行雍正十年五月二

十九日

題奉

旨該部議奏欽此部議准行雍正十年九月初六

日奉

旨依議欽此

建築四套月堤

題爲亟請建築月堤收束水勢以資捍禦事該臣等看得阜寧縣黃河北岸四套五套一帶地方坐當黃河尾閭諸水滙歸入海之區地形最為危險堪虞前於雍正八年秋汛水勢驟長人力難於保護致將四套埽工衝塌經臣

題請着落承修之員照例分賠在案今因南岸長出沙灘溜勢日漸北徙四套上下甚屬危

險若再搶築埽工則臨河地勢虛鬆不特難於保護且錢糧需費浩繁臣親赴該工逐細確勘必須寬築隄防以禦汛水於三套以下高阜之處建築月堤一道庶上下包護兜灣俾水勢循軌東注不致有出漕旁洩之患查三套以下接連新善後工尾起至五套止建築月堤一道長一千八百丈估用土方銀九千一百一十六兩六分茲據該道確估造冊詳請核

題前來臣等復核無異因係緊要工程照例動支部撥鹽課銀兩給發該廳募夫修築並行署淮揚道印務夏建德監工督催及原册送部查核外相應會同河東河臣朱藻署江南總督印務蘇州巡撫協理河工事務臣尹繼善合詞恭疏

題估伏乞

皇上睿鑒勅部議覆施行雍正十年五月二十九日

題奉

旨該部議奏欽此部議准行雍正十年七月初六日奉

旨依議欽此

挑濬鹽河

題爲亟請築壩挑河以濟鹽柴運行以裨河道

事該臣等看得桃清中河廳屬清河縣楊家

莊鹽河閘迤下舊有鹽河一道原以分洩中

河異漲之水濟運鹽柴船隻前因河身淤墊

中河水勢不能暢洩鹽柴船隻運行阻滯經

臣等

題估築壩挑河統計共銀三萬八千二百九十

二兩四分七釐五毫援照康熙四十年舊例

移咨鹽臣先動運庫錢糧令商人挑浚分爲

五年捐還歸款接准部覆應如所題業蒙

俞允欽遵在案祇因

題估之後即値汛水驟長准前任鹽臣伊拉齊

來咨據衆商稟稱請俟水退之後再行挑濬

臣恐有悞鹽柴運行隨經飭令該管道廳將

鹽河閘越河頭備料募夫僱築壩工收束水

勢裝護堤頭并將越河門閘設法挑撈引清

水由鹽河下注以濟鹽柴運行今水勢已經

消落急應挑濬一律深通俾中河異漲之水

得以暢洩但鹽河現在寬深丈尺較比原估

之時汕刷不同若照原估恐滋糜費臣復委

員會同廳汛逐細確估應挑處所去後今據

署淮揚道印務夏建德詳稱查丈自鹽河閘

越河頭壩起至舊河形止開挑河長四百五

十八丈又自鹽河閘起至山安交界小朱元

莊止疏濬河長七千一十七丈又自小朱元

莊起至新安鎮止疏濬河長二萬二千二百

丈以上共應挑濬河長二萬九千六百七十

五丈共河頭築壩仍照原估修建以新定濬

規科算料物價值計挑河築壩今復估共用

土方工料銀二萬五千五百九十兩一錢零

至於舊鹽河閘金門內攔水壩工係動用堤

園草束并令河兵挑土鑲壓不動錢糧所有

原估銀兩相應一併節省以上照原估共該

節省銀一萬二千七百一兩八錢零再查挑

河工段之內有張家莊平旺河新安鎮一帶

水工照新定灣規例應每方加戽水銀一分五釐共銀八百三十八兩一錢零又查鹽河閘迤下王營草壩之北向有鮑家營引河頭築壩一座原備水勢長發宣洩之用因雍正八年黃運兩河並漲開放宣洩俾水暢由引河入海今鹽河既估挑空寛深應仍照舊築壩截攔黃水不致旁洩其遥堤所缺之處亦係河頭重門保障應補修與舊堤一律以資捍禦築壩補堤應用銀一千四百五十五兩

六錢零以上二共計用銀二千二百九十三兩八錢零應在於前項節省項下動用以上挑河戽水築壩補堤復估通共應用銀二萬七千八百八十三兩九錢零較之原估實節省銀一萬四百八兩零共節省錢糧應令解繳運庫毋庸衆商捐補又查鹽河下尾一段自平旺河堤尾迤下起至新安鎮止計程三十餘里兩岸向無堤堰夾束所以每當伏秋水大之年鹽河之水即從此處散漫安東沭陽海州一帶附近民田場竈多有被淹今相度形勢令挑河人員即將河內挑起之土離河十丈築成子堰兩岸共築子堰一萬一千二百餘丈不費錢糧而堤堰完備從此水無散漫不特民田足資保護抑且鹽河賴以刷深實爲一舉兩得裨益良多沿河居民歡聲載道咸謂濱海之區皆成沃壤靡不焚香頂祝感頌

皇恩今據該道將改估情形另造清冊詳請具

題前來臣等復查無異除一面飛咨鹽臣飭令該商等購料募夫星速照依復估工程乘時挑築臣一面多委幹練河員分工儹催如式完竣并估冊送部查核外所有改估緣由相應會同河東河臣朱藻署江南總督印務蘇州巡撫協理河工事務臣尹繼善管理兩淮

鹽政布政使臣高斌合詞

題明伏乞

皇上睿鑒施行雍正十年閏五月初十日

題奏
旨該部議奏欽此部議准行雍正十年七月二十
七日奉
旨依議欽此

移建天妃石閘

題爲亟請移建閘座挑河築堤建壩以濟漕運
以衛民生事該臣等看得清河縣運口舊有
天妃石閘一座與越河石閘互相表裏以資
啟閉誠爲淮揚一帶漕運之咽喉最關緊要
祇緣天妃石閘自康熙四十九年間拆修至
今二十餘載兼之運口水勢湍激建瓴而下
衝刷異常以致閘底樁石節被侵損金門雁
翅相繼傾圮據該道廳呈報到臣當即親往

查看檄飭上緊煞壩償修又恐運口水勢全
歸越河滙流湧急復飭另於越河鉗口壩上
挑挖引河一道以資分洩去後今據署淮揚
道印務夏建德詳稱遵於雍正九年冬回空
漕船過畢之後即將天妃閘正河上下煞築
攔河土埽壩工車水斷流以便拆卸修建又
恐運口水勢全歸越河滙流湧急另於越河
鉗口壩上挑挖引河一道以資分洩是以今
歲重運糧船俱得由越河閘并新挑引河兩

路並進御尾巡行惟是新挑引河雖資宣洩
而無閘座啟閉恐遇黃水驟長不無內灌之
虞亟應仍循舊制在於正河內建築石閘以
資啟閉查天妃舊閘基址虛鬆石墻倒卸實
難補葺必須通身拆起另選堅實地基重新
修築方可垂久以資捍禦若仍在舊基修建
不惟朽壞樁木難以起盡即閘基地勢愈空
愈深水勢愈低愈急船隻往來更難挽拽今
相度運口一帶地勢情形惟有二草壩迤下

北岸大堤之內地勢堅實堪以開塘建閘應
於此處上下挑通引水河道并兩岸修築東
水堤工將舊閘拆舊添新移建於此與越河
石閘互相表裏以資啟閉則漕運民生兩有
裨益查建閘挑河築堤建壩共估料物土方
夫工銀二萬九千九百八十八兩一錢零相
應造册詳請核
題等情前來臣等復核無異除照例先行動支
河庫銀兩給發辦料與修委淮揚道監工督

催并原册送部查核外相應會同河東河臣
朱藻署江南總督印務蘇州巡撫協理河工
事務臣尹繼善恭疏具
題伏乞
皇上睿鑒勅部議覆施行雍正十年閏五月二十
二日
題奉
旨該部議奏欽此部議准行雍正十年八月初七
日奉

旨依議欽此

防河奏議目次

防河奏議卷六

太子太保[illegible]

高堰山盱石工告成

題爲恭報高堰山盱石工告成仰祈

睿鑒事欽惟

皇上

德溥堯仁

功高禹迹

平成永賴萬方沐清晏之庥

底定與歌億兆被盈寧之福

聖謨弘遠籌一事而必計及萬全

睿算精詳建一業而定垂諸永久以高堰爲黃淮之關鍵甃砌宜崇大堤乃民社之屏藩增培須固

特頒

諭旨發百餘萬最多之

內帑擇吉興修

簡命卿僚舉數千年未備之大工秉時監築一夫

一料不動民間寸石寸工均銷正項匠役應
期而雲集工員趨事以星馳惟是購辦紛繁
既轉輸之不易洪湖浩瀚亦濟渡之維艱仰
蒙
聖主敬誠兩載西風寧靜因荷
神祇默佑頻年汛水安瀾是以鼓檝揚帆載花
山呂梁之石爭先飛輓編簰結筏下荊湖豫
章之木協運儲需萃千里百里之良材備千
夫萬夫之工作陶人塼埴堆垛崇墉冶氏鑪

錘鈎聯作錠椿排馬齒櫛比深根石甃龍鱗
縱橫峭壁金錢給賞夫役懽騰令甲綦嚴旦
明儆辦臣等或按時查閱或常川督修料物
極其精純筍縫極其脗合汁漿極其充足土
戧極其堅凝曲者環灣肖波流之迴轉直者
矢棘循岸勢之斜飛磚工土工底四十餘仞
面二十餘尋從未有如此之寬厚順砌丁砌
纍十有五層高十有八尺從未有如此之崇
隆高澗以南周橋以北迤邐六千餘丈延袤

四十餘里從未有如此之綿長經始於庚戌
之秋告成於壬子之夏四時料物遄行再歲
工程竣事從未有如此之迅速皆由我
皇上軫念運道民生體效
天地之心以為心斯感召山川百神奉若
皇上之事以為事會陰陽風雨之協相成水土金
木之功能由是束洪湖千頃之波而敵黃有
力濟運愈見其深通護淮揚萬塍之田而循
軌無虞居民得安其康阜共慶

皇圖鞏固兩河均沐
鴻庥咸賡
聖壽無疆萬世常霑
愷澤茲准
欽差原任戶部右侍郎臣汪漋等會咨高堰大工
已於雍正十年六月十七日一律告竣等情
到臣并據署淮揚道印務夏建德詳報前來
除移咨督臣尹繼善會勘收工并飭淮揚道
將工程丈尺用過銀兩造冊另疏具

題外所有大工告竣日期理合會同署理江南
江西總督印務蘇州巡撫協理河工事務臣
尹繼善原任戶部右侍郎臣汪漋原任內閣
學士臣張坦麟通政司右通政降三級調用
臣宋筠御史管坐糧廳事在任守制臣程仁
圻合詞恭疏
題報伏乞
皇上睿鑒施行雍正十年六月十八日
題奉

旨洪澤湖爲東南諸水總滙之區全賴高堰大堤
以爲保障朕特發帑金命河道總督欽差大臣
等指示督率建立石工以爲久遠之計乃二年
以來風濤恬靜汛水安瀾工作易施成功迅速
此皆
湖神默佑之力朕心深爲感慶理宜虔誠展祀以
申報享之忱其湖神廟宇或重加修葺或擇地
建造着總河嵇曾筠等確查定議具奏此次修
築堤工之大臣官員及効力各官悉心辦理俱
屬可嘉着分別議敘具奏該部知道欽此

附紀

嘗攷淮自桐柏發源挾七十二山河之水歷千有餘里經鳳泗以滙入洪澤淼茫浩瀚一望無涯西風驟作銀山湧地雪嶺界天若非約束狂瀾逼使湖流盡出清口敵黄東注刷沙歸海何以保障淮揚護衛漕堤而高寶興鹽七州邑之廬舍田疇難免胥溺則是高堰一堤誠淮南之門户黄運之關鍵也自漢陳登創築以後明陳瑄大葺之潘季馴復加修治然土石間築且格於時議未能悉力經理

迨至我
朝歷任河臣仰承
聖祖仁皇帝廟謨指示增修加築易土以石堅閉六壩而敵黄有力建置滚水而宣洩得宜留南北天然二壩而異漲有備章程亦大畧定矣惟是洪湖風浪不時易於震撼且石工舊制旣卑上用草土加鑲終非經久之策我
皇上繼
天縱武洞悉全河形勢機宜
廑念高堰一工爲南河第一險要雍正七年十月
特頒諭旨大發帑金百萬兩
簡命卿貳來淮監理凡工之卑矮殘缺者概
命加修石工一律高厚堅固以垂永久誠
神明乎黄淮强弱之機洞燭乎借助分合之妙雖
大智如禹莫能過也前河臣孔毓珣撫臣尹
繼善等欽承
聖訓率同淮揚道白鍾山詳加審度若者重修若者拆砌遴委人員預備工料正擬興修適臣

命筠調任南河首詣工次審察諮諏道廳具冊以對覆爲斟酌詳核物料之漏估者加增入冊承修之罷玩者斥易其人度樁木之徑圍較磚石之尺寸驗米汁灰漿之濃淡稽鈎聯錠鋦之重輕夏秋水長帆檣雲集預儲料物冬春水落工作齊興及時甃砌事事恪遵
諭旨與監督諸臣往來經理開誠曉諭俾承辦工員殫心趨事應役夫匠奮力赴功務期永遠

鞏固以仰副
皇上慎重要工保惠黎元之至意更賴
聖主誠敬感孚
神靈默佑兩載以來西風不作舉凡運送木石等料由江入運由黃入湖素稱險阻者波浪無驚舟航利達物料應手工程亟備經始於雍正八年十月至十年六月告竣緻密高堅迥於基制蜿蜒綿亘屹若金城收束淮流既暢出敵黃而黃治黃水循軌則永無倒灌而

運治黃運河湖共慶安流
國計民生長資利賴淮揚億萬姓額手歡呼共沐
香頂禮齊祝
聖壽無疆環額代爲
題謝臣會筠與在事人員恭逢
盛事目覩輿情懽忻抃舞作颺難盡謹拜手稽
首以紀
聖德神功傳誦永永無極而已

開墾版荒柳地

題爲請墾版荒柳地以裕工料事該臣等看得江南臨河各堤內外向有官地栽植柳株以濟工需雍正三年經前河臣齊蘇勒
奏明飭令官民捐栽年底造冊報部分別議敘在案除熟地及新淤地畝種柳皆得長成外其年久舊園所栽之柳不能茂盛兼之從不一施芟鋤以致日漸枯息柳根盤結地內竟成版荒前河臣孔毓珣會經飭行各屬查

明版荒地畝應行開墾者分別造冊詳報祇因地畝未得查清是以未經具
題臣到任後復又查案飭催旋值雍正八年秋汛水長難以查勘今復通飭各屬逐一確查去後茲據署淮揚道印務夏建德淮徐道副使呂維炳會詳稱遵即確查各屬柳園地畝除現在長柳蕃盛之地毋庸墾種外共徐邳宿桃山安外河等各營汛內現在共有版荒地八百六十九頃六十六畝零募民領墾因

係在官地畝墾熟之後仍要歸公彼此觀望不前查新設堡夫雖有防守堤工撞積土牛修補水溝浪窩之責但伊等住居堤旁家中又有餘丁若將版荒地畝若令就近分領耕種甚屬便易其毎年開墾所獲籽粒聽其收取以償工本稭草令其交工以充公用五年之後地内盤結柳根俱可悉行剷淨仍將所種之地責令守備千把督率兵夫全行栽柳如此則沿河一帶柳地俱得轉荒爲熟將來

栽植柳株自必發生榮長草束亦皆暢茂適用有裨工需良非淺鮮矣其堡夫毎年應分給地畝若干統俟奉

旨允准之日另造細册報部外所有各營版荒地畝確數并應給堡夫領墾五年後責令守備千把率兵栽柳之處相應併

題伏乞

皇上睿鑒勅部議覆施行雍正十年八月初三日

題奉

旨該部議奏欽此部議准行雍正十年十一月十四日奉

旨依議欽此

修建劉老澗減壩等工

題爲亟請修築閘壩埽工以利蓄洩以資捍禦事該臣等看得宿遷運河乃分黄河駱馬湖及東省諸泉之水濟運最爲緊要舊時湖之對岸黄運交滙之處有東西竹絡石壩二座康熙六十一年經前河臣陳鵬年修築東竹絡二十五丈西竹絡一十五丈中留口門一十五丈以作湖河關鍵祗因年久不修竹絡損壞無存且當湖水頂冲之所碎石冲淌沙

淤現今止存壩形共三十七丈若不照依在壩形加修添建竹絡石壩難以收束水勢又運河西岸内有黄墩一湖上受徐邳睢宿州縣唐宋山等處會歸之水因岸繞堤環水無去路遂致日積日盈每遇風浪撞激堤岸查運河堤岸舊有民間傾圮涵洞石堤應拆取添新於西岸建造小石閘一座宣洩湖内積水不特堤工可保無虞即濟運民田亦資利賴工費無多甚有裨益又中河北岸舊有

劉老澗九孔八礮心減水石壩一座以備伏秋汛水長發開放宣洩水勢保固兩岸堤工康熙五十七年經前河臣趙世顯

題請移建之後歷今一十四載每遇開放勢若建瓴下口三合土歲受冲激遂致跌塘石壩下雁翅底石上口寬二十丈下口寬三十一丈直長八丈以及舊釘樁木悉皆冲損查此壩乃中河蓄洩關鍵若不及早修砌將來冲動礮心必致工費浩大又安東縣黄河北岸

劉周二莊正當黄水大溜掃灣頂冲之處河岸日漸塌卸一線沙堤難資捍禦必須建築埽工方保無虞以上各工臣於秋汛之前查勘情形即飭淮徐淮揚二道復勘估修去後兹據淮徐道副使呂維炳詳稱宿遷運河與黄河交滙之處應修竹絡石東壩新舊共長二十九丈西壩長十二丈共估工料銀一千三百零九兩八分八釐又西岸應修小石閘一座除需用裹石底石查有民間舊涵洞年

久傾廢石塊選用以節錢糧外計估工料銀
一千零三十九兩六錢九分零又北岸拆修
劉老澗減水壩石底并三合土共估工料銀
六千三百八十八兩八錢三分零又據署淮
揚道印務夏建德詳稱安東縣黃河北岸劉
周二莊建築摟崖順埽外邁沉水大埽計工
共長一百三十丈共估工料銀六千九百五
十兩五錢七分零各造清册詳估前來臣復
勘核無異除一面照例動支河庫銀兩給發
各廳辦料募夫興修派委淮徐道呂維炳督

淮揚道夏建德監工督催併原册送部查核
外臣謹會
題伏乞
皇上俯鑒勅部議覆施行雍正十年九月初四日
題奉
旨該部議奏欽此部議准行雍正十年十二月初
二日奉
旨依議欽此

附紀
江南運道自開闢中河以避黃河之險東南
歲漕數百萬石輓輸利便上達
天庾厥功甚鉅嗣以中河尾段逼近黃河復自桃
源之盛家口起改挑六十里名曰新中河又
慮新中河河身淺狹不足行運更於三義壩
以下用新中河之半以上仍舊中河之半合
爲一河漕渠之制幾備復蒙
聖祖仁皇帝改運口於楊莊俾糧艘順流渡黃輓運

更易
創千古未有之模垂萬世無窮之利尤爲盡善盡
美統計運河自黃林庄以及瓜儀爲道千有
餘里其間涵洞閘壩蓄洩機宜雖有已定之
成規尤貴因時而補救如宿遷運河之駱馬
湖口乃黃運二河交滙要區操縱盈虛權衡
消長全賴於此仰承
聖祖仁皇帝特諭開通黃河口門東西建竹絡壩以
爲河湖關鍵法良意美欽遵罔斁第歷年既

久竹絡毀壞碎石冲淌曾筠往來查勘未雨綢繆每思善後亟請增築荷蒙
聖主洞悉情形仰
賜俯准從此湖河吐納互相挹注以資利涉千檣啣尾兩岸盈寧
國計民生均有裨焉再查運河西岸內有黄墩一湖乃銅邳睢三州縣及唐宋等山諸水會歸之壑祇緣岸繞堤環水無去路每遇風浪汕刷堤根因查堤內原有民間廢棄涵洞石

塊現存應拆舊添新建築小石閘一座不特消洩湖中泛溢積潦田廬可免淹没且運河水小之年並可資其利濟至中河東岸又有劉老澗減水石壩一工原設以洩伏秋異漲瀉入六塘河歸海此與清河境內之鹽河閘呼吸相通一遇汛水漲發上下開放庶水有分洩上游不致爲患此皆運道喫緊要工修舉刻不容緩者蓋運河之水少則易竭多則易盈固貴廣引其來源又貴疏通其去路兄

宿遷一帶運道來源甚廣其勢易盈使宣洩失宜則窄狹河身不能容納必致漫溢是又不可不審察者也至于挑濬之工尤爲運河要務如桃源古城之砂礓溜係山根餘氣砂磧成灘横亘河心流分兩股水小則膠舟水大則壅潰糧艘經行每以爲慮論者皆曰河底礓砂人力難施且運河舟楫往來如織難以築壩興工故歷來未敢輕議疏濬曾筠則驗勘砂性審量水勢决計挑挖於河之一股

築壩斷流仍留一股通行船隻更番挑浚兼工疾價不旬日而向之阻梗者轉爲利涉矣可見事貴因時變通不可狃於成說又如此兹因修劉老澗等工而連類記之俾司河者知所留意焉

覆部駁堰盱戧工

題爲恭謝

天恩事該臣等看得高堰山盱一帶幫戧堤工前

經臣將用過銀兩核明

題銷奉准部查冊內就近取土每方銷銀一錢

三分查徐屬廳雍正四年分亟請下埽等事

案內近處取土每方止銷銀一錢二分五釐

今每方多開銀五釐又積水坑塘遠處取土

每方銷銀一錢八分查外河廳雍正四年分

亟請幫築等事案內遠處濘地取土每方止

開銷銀一錢五分今每方多開銀三分應令

查明核減再河工需用草束向令河兵開採

不計錢糧今冊內核算數目用過草束至三

十四萬九千六百餘束之多因何不用兵採

草束全行購買即或用草繁多兵草不敷亦

應將購買緣由逐一聲明以便查核至僱募

夫工一項臣部查堵閉瓜洲運口等工案內

將每日用夫名數做工日期及每日給價若

干之處逐欵開註分晰今前項工程需用釘

樁拉埽等項夫工並不將每日用夫若干逐

欵分晰總以籠統開載再需用樁木五百三

十五根冊內祇有圍圓徑寸並無長短丈尺

殊難查核事關錢糧均難遽准應令該督等

將土方多開銀數並不用兵草之處據實核

減并樁木長短丈尺及需用夫工等項數目

逐細分晰聲明另冊具題到日再議等因奉

旨依議欽此欽遵移咨到臣當即轉行遵照分晰

聲明據實核減詳報去後今據署淮揚道印

務夏建德詳稱查堰盱二廳幫戧堤工內有

塡墊馬路之土雖係就近取用實從水內撈

取並無路徑是以每土一方實用銀一錢三

分有難與徐屬廳雍正四年分亟請下埽等

事案內就近取用乾土止用銀一錢二分五

釐之例可比者至遠處濘地取土查別工未

有積水坑塘夫役挑運俱從直路即可到工

今堰盱一帶堤裏因多積水坑塘必須遶灣

越徑方可到工較比別工遠處濘地取土之路不當兼倍是以每土一方實用銀一錢八分亦難與外河廳雍正四年分題請幫築等事案內遠處濘地取土止用銀一錢五分之例可比再查填墊馬路與堤裏下埽所用購草乃在二三月間開工價做本年尚未有兵草是以全用購草因係循照河工通例購用故未於冊內聲明至需用人夫自應遵奉部查照依堵閉瓜洲運口等工之例將每日用

夫名數開造但查堵閉瓜洲運口工長僅[illegible]一十五丈按日計算共用人夫二千七百五十名今該工因係積水不敢比照黃運兩河與修大工之例按日計算故每工一丈止用夫十名共工長一百六十丈五尺二寸共用夫一千六百名照例每名日給銀四分俱係實用再冊內開用尺七樁木五百三十五根祇有圍圓徑寸並無長短丈尺查歷來報銷舊例俱係照依圍圓徑寸之大小核銷價值之多寡從未照依長短核銷所以當日亦照例止開載圍圓徑寸未經開報長短丈尺前於擬定成規等事案內會詳請照現在購買樁木酌定長短丈尺造冊報部核示頒行以雍正十年爲始凡有歲搶新工照新定長短丈尺之例估銷著爲定例遵行等情

題明在案今堰盱戧土工程所用樁木乃係未定成規以前其長短丈尺未便照依現在購買丈尺朦混開報相應詳請

題覆仍照原冊准銷等因前來臣等復核無異相應會

題伏乞

皇上睿鑒勅部仍照原冊准銷施行雍正十年十月初二日

題奉

旨該部察核具奏欽此部議應令該督等飭令承修之員逐段分晰道路遠近乾濘土價據實核減確查保題到日再議等因雍正十一年

二月二十六日奉
旨這本部駁是但嵇曾筠所奏朕可信其無浮冒
之處且嵇曾筠辦事勤明屬下承修各員亦不
能朦混著照該督所奏准銷欽此

恭請
御製高堰碑文
題爲
聖主鴻功普慶濱湖億兆情懇恭請
頒賜碑文以垂萬禩事欽惟我
皇上
功侔禹迹
德峻堯年
手奠平成于九州以樂利
心參造化致萬國之盈寧既治既安一勞永逸
或疏或瀹百谷朝宗因已瑞應河清福如川
至乃猶念洪湖爲黃運兩河之樞紐首重宣
防高堰乃淮揚二郡之屏藩尤須培護垂諸
永久
殊恩出自
宸衷計及萬全
乾斷不由
廷議爲運道謀奠安之計籌維何啻再三念民

生立永固之基
發帑動盈百萬庀材悉備萬役歡呼趨事維勤
羣工踴忭尤喜
天心感格頻年日麗風和加以
神力昭靈再歲波恬浪靜慶奏功之迅速兩載
告成遵
聖訓之勤惓一夫不擾從此輓輸攸利隨時總慶
安瀾因之耕鑿咸寧是處均沾
愷澤衢歌巷舞靡不擊壤以騰歡華祝嵩呼俱

切焚香而頂戴仰惟
皇上爲民創建之
鴻烈功奠山川
皇上爲民保護之
聖心光昭日月恭懇
堯章丕煥以誌
天庥
羲畫弘開以彰
神應欣睹千尋萬丈之金堤玉堰一律告成務
俾萬載千秋之磐石苞桑遞相保固謹據輿
情籲請伏祈
御賜碑文永飭河工官守天下臣民瞻
睿藻而敬悉
至誠大德之精衷覲
宸章而愈圖鞏固隄防於悠久將見勒岐陽之石
應地無疆峙岣嶁之碑與
天同壽茲據署淮揚道夏延德轉詳前來相應恭疏
具

題伏乞
皇上睿鑒施行雍正十年十一月初二日
題奉
旨該部議奏欽此部議准行雍正十年十一月二
十七日奉
旨依議欽此

修建湖神各廟
題爲湖神特荷
聖恩遵
旨確查定議據實奏
聞以光祀典事竊惟洪湖巨浸滙七十二支之水
力制黃流高堰長堤鞏百千萬載之基永安
淮甸欽惟我
皇上聖智周而德同無間平成奏而功溥咸寧奠
流峙以興舉

鴻猷並升恒以永昭
丕烈特發百萬兩之
國帑與修千萬丈之石工一從經始恬浪無驚
兩載迅成安瀾有慶迺我
皇上彌隆謙德歸功於默佑之明神特展
聖誠復沛以報功之盛典其湖神廟宇或修或建
命臣等確查定議具奏臣欽遵
諭旨矢誠矢敬悉心查核高堰湖堤各廟宇內有
禹王廟一座昭隨刊於四乘莫嶽瀆於萬年雖
祀享遍於東西南朔之方而尊崇尤切於河
濟江淮之會亟應聿新廟貌以沛
皇恩茲據淮揚道確造估冊現經發帑興修尚有
盱眙縣淮瀆廟棟宇傾圮應與堤頂之關聖
廟黃堤寺一體遵
恩重加修葺再查專祠洪澤一湖向有許諱二廟
許神名遠共張巡而史稱唐室忠良守睢陽
而功作江淮保障爰稽鄱陽血食張巡已著
於西江今此洪澤荐馨許遠尤昭於淮右謹

神名易義彰明代靈著
熙朝每示兆於湖風欲發之先諸父老之傳聞最
確常保安於堤岸瀕危之際前河臣之記載
甚詳以上二神均於洪澤湖堤彰靈默佑濟
運保工最爲顯應仰蒙
聖主攄虔復據輿情懇懇臣備查經傳望於山川
徧於郡神又曰有功德於民者則祀之能禦
災捍患者則祀之允合禮經兼符祀典伏乞
溫綸特沛並錫蒸嘗則此洪澤波恬悉荷

恩光普被瞻
禹王之廟貌翬飛鳥革長昭沐日浴月之區
錫庶祀之馨香鳳誥龍章永護億載千秋之會
矣除將估修各廟工料銀三千八百餘兩清
册并許譚二神事實册一併送部查核外理
合恭疏具
題伏乞
皇上勅部議覆施行雍正十年十月二十六日
題奉

旨該部議奏欽此部議准行雍正十一年三月
十一日奉
旨依議欽此

石工人員補用沿河州縣
題爲請
旨事竊照高堰石工荷蒙
皇上特頒百萬帑金
命往効力多員來工分段承修現今一律告成萬
世永賴復荷
恩綸議敘通工感戴
皇仁莫不懽忻鼓勵伏念錢糧工程均關重大承
修各員俱有保固之責未便遠離查雍正五

年經前河臣齊蘇勒
奏稱黃運兩河攸關緊要沿河州縣同心共濟
呼應靈而成功速是以河南定例遇有濱河
州縣缺出將通省熟識河務之州縣調補而
山東沿河州縣亦蒙
聖明遠照
特旨俱着揀選賢能之員補用現今印河兩官合
而爲一共相協濟甚有裨益查江南徐邳豐
沛蕭碭靈璧睢寧宿遷虹縣桃源清河安東

山陽寶應高郵江都等所屬沿河十七州縣
爲黃運兩河必經之地百川總滙之區甚爲
緊要嗣後遇有此等沿河州縣缺出仰請
皇上勅令江南督撫亦照東豫兩省之例於所屬
現任州縣內揀選會同保
題引
見調補如州縣內難得其人即在佐貳各官內揀
選保
題補授再查豫省奉

旨定例沿河府州縣有才嫻河務者准令河臣會
同撫臣保
題陞調河工之道廳其河工廳汛有才守兼優
者准令河臣會同撫臣保
題陞調沿河之府州縣通融調補更於河防有
裨等因奉
旨照該督所請行欽此欽遵在案仰見我
皇上愼重河防愛惜人才之至意今承修石工人
員內有候補知府知州知縣以及在部學習

并佐貳等官業已工完事竣念其趨事大工
勤勞三載且辦運木石遍歷黃運河湖河務
甚爲嫻習合無仰懇
皇上天恩准臣於此等人員內除遵
旨送部各員外擇其明晰河務而又謹愼勤敏堪
膺民社之員如遇沿河州縣缺出詳加選擇
咨送督撫各臣驗看會同保
題恭候
欽定補用如此則不必於現任州縣內另諳熟悉

河務之員以省更調之繁而伊等向係經修
高堰石工亦可就近保固呼應得靈其於重
大工程更爲有濟將見得人而共効循良保
工而彌增鞏固民事河防咸沐
聖恩於天高地厚矣再查沿河自徐邳以迄淮揚
各府州縣暨新分之阜寧甘泉二縣外其盱
眙泗州地方坐當洪澤大湖今新建高堰大
工修防保護攸關綦重盱泗二缺自應比照
沿河之例一體揀選合併陳明理合恭疏具

題伏乞
皇上睿鑒勅部議覆施行雍正十年十月二十六
日
題奉
旨該部議奏欽此部議准行雍正十年十二月二
十二日奉
旨依議欽此

稽查工料條例
奏爲敬陳稽查料物之法仰祈
睿鑒以垂久遠事竊照江南黃運湖河險工林立
所賴者修防而修防全在料物之充足庶不
虛糜帑項工程得收實效是料物實爲河工
第一要務臣抵任南河以來日擊汛險工多
歲需物料帑金較之豫東二省不啻數倍誠
恐稽查不實上負
聖主委托之重是以臣殫心竭力設法嚴查并
題請照豫省之例在於霜降後卽將次年應用
工料預爲儲備令沿河州縣盤查出結在案
又將廳庫外解河銀一項
奏明不許廳員指稱辦料擅自動用近來各廳
亦知畏懼不敢那移虧空惟查料一事款項
繁多卽如葦柴一項內有領帑新辦之柴有
舊日用存之柴有葦蕩營額派應用之柴有
緩工轉運險工之柴有預備上游新工之柴
有各廳協濟搶險之柴在州縣止知見料卽

盤不能分晰孰爲某欵某料誠恐不肖廳員
以舊作新彼此牽混若物料不能核實則工
程必致虛浮今 臣悉心籌畫謹將查料之法
行之有效者四條敬爲我
皇上陳之一各工物料當酌量預儲數目以便查
察也大凡各廳每年需用之料雖多寡難以
預定但工程之平險情形可以預爲測度請
銀購買之時即當酌定工程首險次險各應
貯料幾何預爲呈明以便飭知委員按數稽

查至臨期或有昔平今險昔險今平之工即
可將緩工物料轉運險工濟用如此則各工
緩急有備而查察分明亦瞭如指掌矣一各
工收到料物當編號標記以憑稽核也凡到
工之料誠恐廳汛以少報多彼此牽混等弊
今 臣俱派委効力官公同查收挨次編立字
號插立號橛前面書明某欵某料某日到工
續到者挨次堆梁至臨用之時在於號橛背
面書明某月某日修做某段工程用去并載

明存廠册籍以便不時查對至霜降後各工
用存物料查明數目算入次年項下工用則
指舊作新希圖冒帑之弊自可杜絶矣一於
運料要地設立總廠以杜多寡虧缺也各廳
內除山安海防二廳柴束毋容運至清江并
各廳採買秫稭椿橛纓纜草束俱於該廳本
工設廠委員秤盤丈量分別查收外其餘所
用葦柴概由清江經過各廳向日亦俱設有
料廠在浦堆貯陸續轉運本工是清江既爲

各廳辦料總會之地即應在此查其辦料多
寡之數 臣思河庫道一缺祇管收發帑項尚
無工程地方之責况物料即係帑項所關理
應該道稽查 臣擬酌派効力官數員交與該
道督率稽查各廳辦料數目凡係長船裝運
到工者俱令赴該道衙門掛號該道督率委
員將所裝柴束查驗出給驗票交明船戶即
日開運赴工令常川收料之員照票查收如
係短裝運送清江總廠之料即無容掛號俱

令在廠委員秤收該道親自查驗之後發票轉運各工再行秤收明白仍將原票繳該道衙門查核如此則船戶家人亦不敢中途盜賣致有揑報交工之弊矣一派委常川收料之員應分别公私勤惰以定賞罰也查向時查料之員俱係隨時差遣既不常川在工則廳汛易於欺誑今臣擇其勤慎明白者每廳酌派二員令其常川駐工遵照

題明勅重折正秤收并令稽查號檄分晰欵項庶各廳辦柴不致牽混短少而委員既親在要工下埽加鑲又得不時學習如該員果能勤慎秉公則一年之後容臣量才委用以示鼓勵若有不肖之員通同作弊一經察出將該員一并嚴參治罪如此則賞罰嚴明而廳汛効力各員亦俱知奮勉自勵矣以上四條俱臣分所當爲本不應瑣瀆

宸聰但工料所關甚大現今行之有效誠恐法久易弛仰懇

睿裁著爲定例則物料充實修防鞏固全河各工

永賴

聖恩靡旣矣理合繕摺敬謹陳奏伏乞

皇上訓示遵行雍正十年十二月初二日

奏奉

旨所奏是當妥協照所請行該部知道欽此

建築龔家營徐家莊月堤

題爲亟請修築月堤以固河防事該臣看得山陽縣黃河南岸龔家營地方坐當黃水入海門戶最爲緊要祇因舊有縷堤臨河太近大溜汕刷河崖坍塌入裏致成埽灣險工若下埽修防工段綿長需料浩繁且全黃之水建瓴而下埽刷埽根更難保護急應在於縷堤之南圈築月堤一道避其激湍之勢以順其就下之性又阜寧縣黃河南岸徐家莊地方

去海更近雍正八年大溜日漸南徙經前

臣孔毓珣

請建月堤一道自徐家莊至陳家浦止計長一千九百八十丈原估止高八尺頂寬二丈底寬六丈續經臣等會疏

題修在案迄今復歷三載北岸沙灘日長頂冲大溜直射南岸而該處地形窪下前次所築之堤殊屬单薄恐汛水長發黃水下注海潮上湧難資捍禦亟應加幫高厚以固隄防查

山陽縣黃河南岸龔家營上自邵家莊後起下至吉家莊後止創築月堤一道長一千一百五十五丈估用土方銀八千七百三十四兩六錢八分零阜寧縣黃河南岸自徐家莊起至陳家浦止加幫月堤長二千九百八十丈估用土方銀一萬三百四十一兩八錢三分零二共估銀一萬九千七十六兩五錢二分零茲據該道確估造册詳請核

題前來臣復核無異因係緊要工程照例動支

部撥鹽課銀兩給發該廳募夫修築并行署淮揚道印務夏建德監工督催及原册送部查核外相應會疏

題估伏乞

皇上睿鑒勅部議覆施行雍正十一年三月初七

日

題奉

旨該部議奏欽此部議准行雍正十一年五月十

四日奉

旨依議欽此

恭報秋汛水勢平穩

題爲恭報秋汛水勢平穩情形仰祈
睿鑒事該臣看得今年秋汛黃運河湖水勢長發
臣仰遵
聖訓敬謹修防多辦料物督率道廳營汛并分委
効力人員住宿工所將一切險要工程無分
晝夜上緊加修一律高厚以資捍禦各處閘
壩涵洞飭令相機啓閉以資宣洩仰賴
聖主至誠感格邳睢王家堂頂冲之處

天賜引河大溜直趨中泓通工化險爲平全河暢達
實爲
聖朝上瑞今已水勢消落各工平穩黃淮二瀆循
軌安流直達於海淮徐淮揚一帶運道民生
安瀾有慶茲據各廳呈報黃河自徐屬以至
海口陸續淨長水九尺八寸及一丈四寸不
等邳宿桃清運糧中河陸續淨長水八尺五
寸及九尺不等淮揚運河陸續淨長水九尺
四寸及一丈三寸不等洪澤湖加長水九尺

八寸各等因前來時值霜降水落工平皆由
我
皇上軫念運道民生時勤
宵旰所以朝宗順軌屢著
神庥益信
上蒼之昭格舉念可通
聖德之精虔至誠普應臣率同通工員弁殫心修
守喜睹休徵感忭交深益加敬愼所有秋汛
已過各工保固平穩情形相應恭疏
題報伏乞
皇上睿鑒施行雍正十一年九月十六日
題奉
旨據奏今年秋汛黃運湖河水勢長發臣等敬謹
修防竭力捍禦並將各處閘壩相機啟閉以
資宣洩仰賴
天賜引河化險爲平全河暢達實爲上瑞今時屆霜
降水勢消退各工保固平穩等語
河神福庇羣生朕心感慶前已降旨虔誠祭祀

以答
神貺今年直隸豫省河堤均有潰決之處而江
南地處下游各工平穩無恙顯係南河大臣官
員殫心職守感召
神庥之明驗河道總督及在事各員俱著交部
分別議敘具奏欽此

增定葦營柴束

奏為葦營柴束繁多謹請立法清釐以濟工需以節帑項仰祈

睿鑒事竊照江南葦蕩營原係出産工用葦柴之所康熙五十九年於蕩地淤墊不産葦柴等事案內將葦營裁汰由是河工柴束盡皆購買料價每致騰貴雍正四年經河臣齊蘇勒

奏請復設葦營將從前額柴一百二十萬束之外又加增三十萬束并於額柴之外搜採盈

餘中柴十萬餘束折正柴五萬餘束每年葦營共採額餘正柴統計一百五十餘萬束俱分撥各廳運貯要工照依各廳濟規柴價解繳河庫以為發給葦營兵餉之需立法誠善但前項柴束原於各河營濬船之內調撥赴蕩令河兵撐駕儹運祇因柴束繁多止令濬船裝運九十萬束堆貯清江之王營洪福二廠再令各廳運回本工其餘額柴六十萬束并盈餘柴束俱令各廳僱船自行裝運遂有不肖之員往往吝惜運脚延挨推諉遇有要工臨期購料緩不濟急而葦營柴束採完堆貯水口日久不運又有霉爛缺少并海潮漂淌并兵盜賣之弊及至各廳僱船到蕩則又無柴裝運互相推諉是以應繳柴價經年累月拖欠不清自臣到任之後立法嚴查將從前未清柴價逐一查出

題參勒限追繳今年海灘一帶雨水調和蕩地所産葦柴豐茂臣隨飭令葦營參將黄正元

督兵竭力搜採在於每年額餘柴束之外又多採出盈餘中柴四十餘萬折算正柴二十餘萬束俱令營兵濬船裝至清江王營洪福二廠同額柴一併勒限令各廳全數儹運交工濟用是以本年柴束不但修防及期無悞且得多採正柴至二十餘萬於工料不無小補伏思我

皇上至聖至明一應工需皆歸實濟今葦營額餘柴束若不乘此清釐之日遽立章程以垂永

久恐日久又滋弊混臣請葦營額柴自雍正十二年起應加增正柴二十萬束令左右二營分採運舊額每年統計一百七十餘萬束永為定例令各廳照舊僱船自運六十萬束其餘一百一十萬束仍令濬船及期儹運交王營洪福二廠分撥各工濟用繳價務令按年清楚如有採不足額并兵盜賣并不行即速裝運到工等弊廳員令淮徐淮揚二道查察揭報營員令葦營參將揭報容臣分別嚴

參議處勒令賠補不許堼束短少延挨至此外再有盈餘俱按年查明據實報部不容侵隱設遇風潮損壞以及雨澤稀少額柴虧缺之年亦即查明據實報部免其追賠如此則葦營柴束得以年清年額而應繳柴價亦不致有拖欠日久之弊矣臣因濟工飾帑起見用敢據實陳

奏伏乞

皇上訓示遵行雍正十一年十一月初一日

奏奉

旨工部議奏欽此部議准行雍正十一年十二月

二十日奉

旨依議欽此

兵夫積土章程

題爲請定兵夫積土成例以固隄防以收實效事切照江南黄運兩河堤岸綿遠祇有河兵看守埽壩一遇汛水長發各處調撥分身乏術以致長堤之上防護無人臣於雍正九年八月內

題請循照豫省之例每堤二里添設堡房一座召募堡夫二名每名按月給工食銀五錢共歲需銀一萬三千餘兩卽令堡夫常川防守挑積土牛以資修補堤工之用荷蒙

皇上洪慈

恩准照例添設欽遵在案今臣嚴加督率按堡稽查除寒暑兩月免其積土外其餘每月黄河一堡二夫責令積土十五方運河一堡二夫除犢船往返修補犁溝櫬眼外責令積土十二方以一年合筭通共積土十五萬餘方已收費少工多之效惟是堡夫有勤惰不齊該管汛官亦有賢否各别若不嚴立章程恐日

久法弛難於查察臣請核定成規以雍正十二年正月爲始責令該管汛官將所屬汛內堡夫從前積過土牛逐堡挨查確實作爲舊土報明備案卽於正月起照依前定數目每名按月如數挑積仍將挑過之土每月造於新土册內彙報筭入交代以專責成若不能如數挑積者將該汛文員罰俸一年該管廳員罰俸半年倘或挑積不及一半卽將該汛文員降職一級暫留原任戴罪償挑該管廳員罰俸一年自此章程一定則廳汛自必上緊督率如數挑積矣再查河兵舊例每年桃伏秋三汛俱在埽壩力作其鋪捲埽個防風之暇理應按時積土預備鑲墊之用至於霜降後工務稍閒計筭兩月日期亦應照堡夫例每二名一月積土十五方堆積堤工備用今查黄運兩河除椿夫埽手撐駕浚船并各該將弁養廉之外實在力作河兵約計五千餘名共應積土七萬五千餘方亦應將所積

土牛查明造册入於該備弁交代項下以專
責成若該管備弁不勤加督率致有土方缺
少者仰照前定罰夫積土之例分別查參議
處從此各汛兵夫自無閒曠錢糧不致虛糜
既資防守之益復成積累之功伏查雍正七
年荷蒙
皇上軫念河堤每年加修五寸沿河黎庶莫不頂
頌
聖恩安益求安之至意今復設有堡夫嚴其課程

而於水勢緊要堤工單薄之處多積土牛霜
降以後即將本汛兵夫所積之土增培本汛
卑薄之堤止須酌給潑水行硪之費在於每
年歲修加高册內據實聲明以節錢糧務令
該管員弁盡心董理修築堅固工完委員核
實查收彙册
題報如此遞年添用兵夫積土幫堤則加高五
寸各工亦可遞年逐漸減省而堤工得免殘
缺卑薄之處但

因念堤工攸關重大誠恐奉行日久或致玩誤
廢弛相應仰懇
睿裁著爲定例則日久見效錢糧既可節省工程
又復鞏固實荷
皇恩於億萬斯年矣相應恭疏具
題伏乞
皇上睿鑒勅部議覆施行雍正十一年十一月二
十八日
題奉

旨該部議奏欽此部議准行雍正十二年二月二
十四日奉
旨依議欽此

防河奏議目次

卷七

恭賀日月合璧五星聯珠

恭賀黄河澄清

恭賀滇省慶雲

恭賀

景陵瑞芝

恭賀黔省慶雲

恭賀萬鼞瑞繭

恭賀　闕里慶雲

恭賀登萊彩雲

恭賀晉省保德卿雲

恭賀遵化鳳凰翔集都匀石芝挺生

恭賀臨晉卿雲龍日文水河渠自成

恭賀

景陵産瑞芝三本

恭賀瑞穀

恭賀河州河清

恭賀

景陵産石芝一本彩芝四本

恭賀　闕里慶雲再見

防河奏議卷七

[illegible]

恭賀日月合璧五星聯珠

題爲

聖德同天七政呈瑞恭申忭賀仰祈

睿鑒事雍正三年二月二十二日准禮部咨開本

年正月二十九日奉

旨據欽天監奏稱雍正三年二月初二日庚午日

月合璧以同明五星連珠而共貫宿躔營室之

次位當娵訾之宮爲從來未有之瑞應請勅付

史館等語朕惟日月五星運行於天本有常度

是以從古曆元可坐算而得然古稱高陽時五

星會於營室漢帝時五星聚於東井宋祖時五

星聚於奎璧史書皆紀以爲祥矣七政會合數

雖一定而適逢其時者實海宇昇平民安物阜

之會也若以爲德化所致朕方臨御二載有何

功德遽能致此嘉祥皆由我

皇考六十餘年聖德神功蟠天際地爲千古不世出

之君爲

上天第一篤愛之子所以純禧駢集曆數綿長錫祚

垂光至於今日覩此難逢之嘉瑞朕嗣統以來

兢兢業業率由舊章惟以

皇考之心爲心以

皇考之政爲政宅中圖治罔敢稍越尺寸故邀

上天垂鑒仍如

皇考之御宇綏猷而錫以無疆之福也朕幸逢嘉會

不但不敢自居亦且不敢自謙總由

上天申眷

皇考朕與天下臣民同在福祐之中當與天下臣民

共慶之所奏著付史館并頒示中外該部知道

欽此欽遵移咨到臣跪讀之下不勝忭舞欽

惟我

皇上

德協重華

光昭復旦

敬五事而五行克正

齊七政而七曜交輝
龍飛歲在旃蒙景運啟雲翔霞蔚
鳳曆初回斗柄嘉祥兆璧合珠聯星涵太史之河
雙懸明鏡曜映文昌之府環聚中樞誠千古
氣運之隆實萬世綿長之福伏思
聖祖峻德開
天久矣凝承而篤祜恭逢
皇上文明協
帝猶然謙讓以禔躬

至孝至仁愈廑
宸衷翼翼
欽承欽若欣瞻
詔命煌煌將見
日升月恒玉燭叶三靈而薦祉從此
星輝海潤璇穹徧六合以迎禧臣恭聞
天瑞踴躍懽欣緣辦事河干不獲同在
廷諸臣隨班拜舞謹繕疏題
賀伏祈

皇上睿鑒施行雍正三年二月二十九日
題奉
旨該部知道欽此

恭賀黃河澄清

題爲恭報

聖世河清昌期嘉應事切照豫省黃河自雍正四年十二月初九日起漸見澄清至十六十七等日尤爲清澈臣在祥符縣北岸工所視此奇瑞隨委員各處查驗去後節據河南管河道臚萑山東兖州府黃河同知陸續詳報到臣伏查黃流循軌原爲

盛世之休徵河水澄清更屬

聖朝之嘉瑞稽之史冊千餘年僅見一書考之輿圖數百里已稱奇異未有千里之遥彌月之久澄明清澈一氣綿長如今日者也欽惟我

皇上天地同心乾坤合撰

至誠上格

蒼穹快覩平成底績異瑞炯昭黃瀆欣看清晏呈祥水由地中喜瀅光之如練源從天上慶朗鑑之無翳歷境彌長爲時甚永父老歡呼閭閻喜慶皆由我

皇上位育清寧奠安河岳之所致也臣目覩奇徵躬逢盛事溯河水之漣漪益思

聖德鑒平波之皎潔愈感

天庥踴躍彌深歡忭倍切理合會同河臣齊蘇勒恭疏題

賀伏乞

皇上俯鑒施行雍正五年正月十九日

題奉

旨該部知道欽此

恭賀
萬壽節雲南呈現慶雲
題爲恭逢
聖誕瑞洽慶雲敬申賀悃仰祈
睿鑒事雍正七年三月初二日准禮部咨開本年
正月初九日奉
旨朕治天下以實心實政爲務不言祥瑞屢頒諭
旨甚明今據雲貴廣西總督鄂爾泰摺奏雍正
六年十月二十九日恭逢萬壽令節雲南四府
三縣卿雲呈現光燦捧日經辰巳午三時之久
又奏摺內引孝經援神契之語曰天子孝則慶
雲見朕之事
親不敢言孝但自藩邸以至於今四十餘年以來誠
敬之心有如一日秖此一念可以自信而鄂爾
泰援引典籍以慶雲爲朕孝之感朕每承
天眷昭示嘉祥感激慶幸之中益加儆惕茲逢慶雲
之瑞實愈增朕心之敬畏鄂爾泰公忠體國實
爲不世出之名臣數年以來節制滇黔化導所
屬官吏人人奉公盡職懷忠君親上之心是以
於朕萬壽之辰
天錫慶雲於滇省正所以表著該省官吏敬恭協和
之忱悃也此則朕心深爲嘉悅俟鄂爾泰題本
到日另降諭旨令諸王大臣等奏請宣付史館
朕之允行者非欲誇示於衆也蓋以天人感召
之理捷於影響該督正已率屬有忠愛之丹誠
則該省受福迎祥有光昭之瑞應朕願內外大
小臣工均以鄂爾泰爲法且願遠近各省官民
等聞風慕義興孝勸忠人人共受
上天之福佑乃朕心之所謂上祥大瑞也欽此移咨
到臣欽惟我
皇上
堯雲廣被
舜日重華
開壽域於八埏清寧合撰
轉洪鈞於一氣宇宙同春
大孝格

天會見天庥洊至
深仁育物聿彰物釆休明恭逢
聖誕良辰歡騰華祝適遇壽星分野慶洽雲蒸越
兩日以彌鮮合兆民而共覩鸞翔鳳舞照耀
三時岳峙川渟輝煌萬里恭覩金柯玉葉彌
昭
聖德之光昌敬瞻瓊蕊瑤葩益仰
皇猷之丕冒積遠近休嘉之氣過化存神會
明良喜起之風重熙累洽太平有象兆協屢豐

萬壽無疆光添上瑞臣職司河務欣看黃水澄清
幸際
昌期共仰慶雲爛縵昭回於上燦如璧合珠聯澤
潤靡涯渥若醴泉甘露卜億萬年之
景運郁郁繽繽登千百國於春臺熙熙皞皞民安
物阜同瞻
化日之舒長大法小廉咸感
恩波之浩蕩臣不勝踴躍懽忭之至理合恭疏慶
賀伏祈

皇上睿鑒施行雍正七年四月初十日
題奉
旨該部知道欽此

恭賀
景陵瑞芝
題爲
聖孝格
天疊見太和瑞應神芝特產欣逢
萬壽昌期恭疏申賀永慶嘉祥事雍正七年十一
月初七日准禮部咨開本年十月初五日奉
旨據領侍衛内大臣尚崇廙等奏
景陵

聖德神功碑亭儀樹之右產瑞芝一本於石上長九
七寸祥光煥發觀者無不欣喜等語朕從來不
言祥瑞屢頒諭旨曉示臣民惟是建立
景陵
聖德神功碑今年甫經勒石告成而瑞芝即產於碑
亭之右仰見
上天特賜嘉祥表揚我
皇考功德之隆盛朕心不勝慶慰該部知道欽此抄
出到部相應移咨該督可也等因到臣欽惟

我
皇上
大孝光昭
至誠丕應
德並乾坤而合撰二氣宣和
化周品物以咸亨五行順序花騰瑞藹表
聖朝化育之功彩燦卿雲昭
盛世文明之治乃
一人孝思不匱屢徵秀毓山川俾萬類兆應靡涯

頻覩榮敷草木九莖仙種五色神芝既獻瑞
於
景陵彰奕奕
勳華之應復呈祥於碑右顯巍巍
功德之符玉葉金柯借瑤草珙花並茂丹紋紫蓋
與蒼松翠柏爭妍惟淑氣之涵濡致奇英之
炳煥臣賡颺復旦歌咏昇平
聖祖治冠古今謨烈昭垂於萬世
皇上孝通造化敬誠感召夫千祥荷

聖訓之頻頒仰見
淵衷時儆喜休徵之洊至欣逢
景運維新良由積厚以流光自是重熙而累洽
堯天浩蕩寶曆綿蓂莢之春
舜日舒長福祚同苞桑之瑞臣不勝踴躍懽忭之
至理合恭疏題
賀伏乞
皇上睿鑒施行雍正七年十一月二十八日
題奉
旨該部知道欽此

恭賀黔省慶雲
題爲
聖德光昭祥雲疊現普天同慶恭申賀悃仰祈
睿鑒事雍正七年十月初十日准禮部咨開本年
八月二十一日奉
旨據總督鄂爾泰奏稱黔屬思州及古州之梅得
等處自七月初八日至閏七月十一日有五色
彩雲光輝燦爛呈秀爭華歷時經久一月之內
七見嘉徵等語朕嘗言天人相感之理捷於影
響督撫大臣等果能公忠體國實心愛民必能
感召
天和錫嘉祥於其所轄之地即如鄂爾泰頻年駐節
本省祥雲三見於滇南今年以公事前往貴州
慶雲即見於黔省又如今歲岳鍾琪領兵甘肅
而甘肅禾稼豐登田文鏡節制山東而山東秋
成大稔又如李衛總督浙江比歲以來境內農
田豐熟今年甫離浙境而衢屬山鄉即有蛟水
泛溢之事舉此近事數端仰見

上天昭示顯然欲使君臣共知儆惕也朕素不言祥瑞所以屢年以來從未曾因嘉徵而受慶賀而敬慎之念日益加虔想中外臣民亦共知之矣夫
上天示人君以災祥一如人君加臣下以賞罰也人臣受君上之賞固不可侈然自足放逸驕矜若並無欣慰之心而不以爲慶則受君上之罰亦不知畏懼悛改此非矯情違衆之人即胸無忌憚之流矣人君之於

天其理亦復如是至如鄂爾泰之屢次奏報慶雲者蓋以滇黔地方有此瑞應萬目共覩在人臣之心無不願國家之蒙福兆庶之凝禧州縣申詳而督臣陳奏此皆出於情理之不能自已倘有心懷不肖之人或且議其爲迎合或且譏其爲諂諛此皆藏奸樂禍之邪心不止於春秋責備賢者而已惟是滇黔遠省荷
上天之垂象加恩如此則大臣以及官弁兵民宜何如之敬謹虔恭以承
天貺是則所當夙夜加勉者也該部知道爾併發欽此欽遵到部將圖存部外相應行文直隸各省督撫轉行駐劄該省之提鎮文武各衙門可也等因移咨到臣欽惟我
皇上
覆載同符
清寧合撰
治開凝命光昌上達乎紫微
化洽弘文巍煥遙連於黄道太和洋溢臚

景運而凝庥
至治感乎眷
聖人而垂象期當
萬壽即著祥光地屬遐方頻昭瑞靄五星二曜奇呈璧合珠聯兩珥叄環輝映上承下戴茲逢銀漢澄秋之候又覩流霞捧日之休叄井之交拱北辰而絢彩黔滇之會依南極而增輝郁郁精英萬姓同瞻麗景紛紛慕瑞一月七
著天章

一姬美唐堯麗日協重華之慶
同揆虞舜卿雲奏復旦之歌加以物阜民安登
八埏於
壽域時和歲稔躋六合於春臺凡茲繁祉之誕膺
悉本
聖誠之昭格乃我
皇上聖不自聖時致警於
天心安益思安毎
勤求乎吏治
申一誠之有感呼吸相通
昭兩大之無私纖毫不爽臣欽承
天語益仰
皇猷矢志涓涓勵公忠而罔懈存誠旦旦凛敬畏
以加虔從茲倍竭丹忱與億兆同依臨照愈
勤修守歷萬年永慶平成臣不勝踴躍懽忭
之至謹繕疏恭
賀伏乞
皇上睿鑒施行雍正七年十一月二十八日

題奉
旨該部知道欽此

恭賀萬蠶瑞繭

題爲

皇仁廣育瑞繭呈奇慶洽羣生恭疏申賀事雍正七年十一月初十日准禮部咨開本年八月十八日奉

旨前據浙江署督性桂署撫蔡仕舢等奏進湖州居民王文隆家萬蠶同織瑞繭一幅長五尺八寸寬二尺三寸父老皆稱爲從來未有之事朕恐小民圖利望恩或用人力造作而成亦未可知因令性桂等詳細體訪務令確實勿爲所欺昨性桂蔡仕舢等於本地詳加驗看訪察實係自然成就並不由於人工具摺覆奏前來廷臣等以蠶桑織紝乃衣被之大原養民之切務今浙省有此瑞應則小民溫暖可期咸爲國家稱慶奏請宜付史館昭示萬世朕素不言祥瑞數年以來每遇休徵必倍加乾惕儆戒所頒諭旨至再至三想中外臣民共知之矣朕愛育元元務期普天率土之人同霑實惠一時希有之物不足以禦饑寒倘蒙

上天俯鑒悃誠錫福黎庶蠶桑普盛衣食充盈乃朕心之所謂祥瑞也朕命卿等觀看理應具奏然宣付史館之處可不必行欽此欽遵到部相應行文直隸各省督撫轉行駐劄該省之提鎮文武各衙門可也等因移咨到臣欽惟我

皇上

光被寰輿

恩周品彙

春臺廣闢集萬國之冠裳

仁域弘開沛八方之雨露

重農時而豐亨豫大嘉穀盈疇

飭蠶事而茂育繁熙柔桑匝野

太和翔洽敷蒼生衣被之原

大化旁流煥繡壤珍奇之盛旣已休徵洊至抑且福應駢臻復有湖郡桑村苕溪蠶舍沐

聖朝之膏澤歲獲豐收彰

帝世之光華瑞呈栩見萬絲巧綴織文勝碧海鮫

綃巨幅精瑩麗色比銀河雲錦不事機杼之
製出自天成莫尋經緯之端非由人力仰
淵衷之鴻鑒
特命體訪加詳採輿論之咸孚具見化工丕著在
昔堯時霜繭惟問徑尺之長即如仙圖香蛾
僅得百枚之數茲合蔥蠶吐秀誠爲亘古奇
觀臣幸遇休嘉欣瞻毓瑞聆煌煌
聖訓屢
九重宵旰之經綸萃奕奕

天庥運百物生成之機軸自是人歌殷阜千秋
玉燭長調家慶豐亨萬世
金甌永固臣不勝踴躍懽忭之至理合恭疏題
賀伏乞
皇上睿鑒施行雍正七年十二月二十日
題奉
旨該部知道欽此

恭賀
闕里慶雲
題爲
聖主文治光昭曲阜慶雲瑞現臣民歡洽恭申賀
悃事雍正七年十二月十二日據分守濟東
道副使張體仁詳稱恭報
闕里欣睹慶雲等事詳報到臣欽惟我
皇上
道貫高深

治隆宇宙
闢四門以籲俊
宸衷接泗水文瀾
崇五教以作人
聖化闡尼山道脉瞻杏壇氣象
錫寶翰而光耀八紘溯麟紱源流加玉藻而爵隆
五代乃復發金錢於帑藏重營植檜之庭美
輪奐於宮墻廣映列槐之舍聿徵瑞應感脅
佑於

天心爰著祥符表虔誠於
帝德敬諏吉日將駕
聖廟之梁忽現卿雲須展璇霄之彩繽紛五色
儼如舞鳳翔鸞璀璨千層宛若奇峰秀嶂歷
午未申三時而吐艷遥捧赤日於中天合東
西南三面以廻環高拱
紫宸於北極
法宫虔格誠爲亘古靡加雲物揚輝洵屬千秋盛
事臣欣逢上瑞願賡復旦之歌幸際昇平仰

沐
重華之治瞻晝棟雕楹於
闕里永佋
聖德之輝煌覩金柯玉葉於蒼垠共慶
皇猷之巍煥從此三垣凝瑞億萬年
景運常新九有呈祥千百國車書並集臣不勝踴
躍懽忭之至謹繕疏題
賀伏乞
皇上睿鑒施行雍正七年十二月二十二日

題奉
旨該部知道欽此

恭賀登萊彩雲

題爲

聖德日新瑞雲時現普天洽慶恭疏申賀仰祈

睿鑒事雍正八年二月初二日據山東登萊青道副使孫蘭芬呈據萊州府知府王榮賜登州府知府楊弘俊詳稱雍正七年十二月二十八日亥時仰見西北彩雲旋繞夜明如晝更歷亥子丑時之久各等情到臣欽惟我

皇上

撰合乾元

道弘坤載

備中和以行健緝熙隆參贊之功

廣化育以敦仁格被茂栽成之績

聖敬躋而丹霄應瑞疊燦榮光

皇極建而紫洛呈奇頻昭朗象緬彼濵黔迎壤絢爛祥光今茲齊魯名區彌綸異彩煥綺霞於泗水尼山之上恍適逢

文廟重光凝瑞靄於方壺員嶠之間復咸仰首春嘉兆繡文與錦章並麗紉縵中霄金柯共玉葉交輝繽紛午夜儼五色之翔鸞翥鳳渤海光聯恍千尋之高觀重樓岱宗彩映惟

帝德之感孚彌至斯

天心之福佑加隆特彰照夜奇觀益著

聖朝上瑞臣恭逢盛事忝荷殊榮仰

至治於平成期殫修防之職感

鴻庥於清晏方賡喜起之歌乃瑞叶重華益覩

皇猷之巍煥祥符復旦永昭

帝業之輝煌從此

玉燭長調綿億萬年之寶曆

金甌鞏固握千百世之璿圖臣不勝踴躍懽忭之至謹繕疏恭

賀伏乞

皇上睿鑒施行雍正八年二月二十二日

題奉

旨該部知道欽此

恭賀晉省保德卿雲

題爲

帝德格

天卿雲捧日寰輿洽慶率土騰歡恭疏申賀仰祈

睿鑒事雍正八年二月十二日准禮部咨開雍正

七年十二月十九日奉

旨據山西巡撫石麟奏稱本年十一月初二日保德州地方忽覩卿雲捧日外繞三環光華四射萬民歡慶以爲從來未有之嘉徵等語山西民

風由來淳樸今年辦理軍需其踴躍急公爭先恐後一片忠君親上之忱悃實爲罕見朕已降

旨褒嘉並免其額徵錢糧以示恩賞乃不旬日之間該地方即有卿雲捧日之瑞天人相感之機捷於影響又如湖南風俗澆漓致有曾靜張熙輩懷藏逆志犯上作姦是以屢年以來水澇爲災收成歉薄即二省近事觀之仰見

上天善惡之報絲毫不爽若但朕心宵旰焦勞思欲移風易俗而百姓不肯洗心滌慮改過於隱微而欲上感

天和錫以福慶此必無之理也朕之屢次曉諭者並非推卸其責於臣民也但實有見於天人感應之道確然如此而朝乾夕惕將此弗忘億萬臣民果能體朕此心各自儆醒則上下交修安有不受

上天之福佑者哉總之朕爲天下萬民主民風良善乃朕教化之所當然而民俗乖張必朕轉移無術之所致在朕則實無可諉也着將此旨並諭

湖南官民知之該部知道欽此欽遵到部相應行文該督轉行駐劄該省之將軍提鎮文武各衙門可也等因到臣欽惟我

皇上

化日長融

薰風普被

鼓太和於禹甸峻德茂昭

錫多福於箕疇繁禧協應祥符輻輳彰異彩於九垓瑞兆升恒耀殊輝於八極即如冀州舊

壤晉水名區俗樸民淳克服尊親之訓赴功
趨事常懷愛戴之誠我
皇上
諄切勸忠
隆施賞善
紫綸飛下千村喜氣風生
丹詔擎來萬井歡聲雷動擊壤歌衢之衆共沐陽
春含哺鼓腹之儔同沾膏雨於是天人適協
感應旋昭

至德輝煌雲興五色
鴻猷燦煥日拱三環恍同舒艶之金柯娟娟秀麗
儼若凝華之綺繡奕奕鮮妍允昭昌熾休隆
益著文明景象臣河防忝職嘉祉欣逢展瑞
氣於蒼垠悉本
湛恩廣被著榮光於碧落皆由
愷澤覃敷從此一道同風處處胥成
仁域飲和食德人人共入
春臺河嶽休祥叶千百國

聖壽無疆之頌苞符上瑞永億萬年
皇風有道之徵臣不勝踴躍歡忭之至謹繕疏恭
賀伏乞
皇上睿鑒施行雍正八年二月二十四日
題奉
旨該部知道欽此

恭賀遵化鳳凰翔集都勻石芝挺生

題爲彩鳳來儀金芝挺秀

皇仁應瑞寰宇騰懽事雍正八年二月十二日准

禮部咨開雍正七年十二月二十一日奉

旨連年以來雲南地方屢有卿雲醴泉之瑞蓋因

總督鄂爾泰公忠體國以善政化導官民人從

其教和氣致祥是以仰蒙

上天疊昭瑞應朕之所以宣諭臣民者蓋欲使天下

之人共知天人之道有感必通黽勉爲善以共

受

上帝之福佑也今覽沈廷正所奏朕言益可徵信朕

從來不言祥瑞如尙崇廙奏報遵化州天台山

有鳳凰翔集鄂爾泰奏報都勻府苗疆有石芝

叢生朕皆未宣示廷臣天下之人勿誤以朕爲

誇張祥瑞而忘自修之道也沈廷正所奏知道

了該部知道欽此欽遵到部相應行文該督轉

行駐劄該省之將軍提鎮文武衙門可也等

因移咨到臣欽惟我

皇上

化溥八紘

恩周萬彙

播聲教於南朔東西之壤匝地薰風

茂生成於飛潛動植之倫普天甘雨

堯雲舜日啟景運之光昌

禹鼎湯盤鼓太和之洋溢是以兩間之大並著

繁禧六服之遙皆呈嘉兆茲者朝陽丹鳳翔

集

皇畿毓瑞神之叢生黔域翩翩舉翰特昭

聖治之光華奕奕敷榮仰荷

恩光之格被峻嶺崇岡之上群瞻六象雲儀蒼松

黛柏之間共覩九莖仙種惟我

皇上道備中和而建極萬方向善以同風功參化

育以施仁百物蒙休而咸若是以來遊神鳥

望

丹闕以揚輝兼之疊產奇英拱

紫宸而舒艷允矣天人適協誠哉感應交孚臣幸

際
昌期欣逢
盛世滎河溫洛頌揚之微悃方殷膏露醴泉拜獻
之慶裒實切乃復嘉祥洊至上瑞駢臻
聖德冠乎古今振威鳳九苞之彩
帝治孚乎遐邇耀石芝三秀之奇從此金檢玉符
偕澤馬器車並表
一人之有慶丹紋紫蓋與琪花瑤草同祝

萬壽之無疆臣不勝踴躍懽忭之至謹繕疏恭
賀伏乞
皇上睿鑒施行雍正八年三月十九日
題奉
旨該部知道欽此

恭賀臨晉卿雲麗日文水河渠自成
題爲卿雲麗彩頻昭汾水
神功丕應
聖治光昌普天同慶事雍正八年二月十二日准
禮部咨開七年十二月二十一日奉
旨昨據山西巡撫奏報本年十一月初二日保德
州慶雲呈瑞今又奏報十二月初一日臨晉縣
卿雲麗日歷午未申酉四時五色繽紛霞光萬
道又據布政使蔣洞摺奏從前汾河形勢惟文

水縣地勢低窪河身淤淺是以議開引渠二道
正河一道今年六月內汾河水發河道改流文
水縣白青高村至尹家社各開引渠二道舊時
漫流已爲沃壤而東城村欲開之河現今寬闊
十餘丈或數十丈衆水會同河身長二十五里
直達歸漕經年累月人力不能成之功天然疏
濬等語朕思晉省民風由來醇樸是以感召
天和屢歲皆登豐稔卽如近日預備軍需民情踴躍
爭先恐後悉出至誠覩此尊君親上之念則其

孝親敬長克敦行誼可知而地方官員平日訓導有方亦卽此可見是以仰蒙
上天昭示瑞應以奬官民之善朕心深爲慰悅着照河南例通行所屬府州縣將人材品行可倚任使者不拘人數資格秉公舉出該撫再加遴選具題奏聞送部引見并令各州縣於常例歲舉老農外再各舉一人給以八品頂帶以示朕褒嘉善俗廣沛恩膏之至意該部知道欽此欽遵到部相應行文該督轉行駐劄該省之將軍提鎮文武各衙門可也爲此合咨前去查照

施行等因移咨到臣欽惟我
皇上
德合淸寧
功參覆載
堯雲普廕萬方昭格被之光
舜澤單敷四海頌平成之績祥符慶靄屢徵
聖德輝煌瑞應甘泉共沐
皇仁浩蕩兹者雲與臨晉繼方州而復現光華地接汾河汕深渠而自成形勢煥彩歷四時之久咸仰昭回歸漕會衆派之流無需利導儼若翔鸞翥鳳彰
景運之文明恍如溫洛榮河溥
太和之膏潤紛綸萬象亘古希逢灌注百川生民有賴乃率土頌聲交作
宸衷謙德彌光年歲順成嘉美士民忠孝閭閻樂善
特宣綸綍褒揚誠哉

至治靡加允矣
隆庥莫媲臣河防忝職幸沐
洪恩上瑞欣瞻敬抒微悃雲霞吐色由
聖人之大德格
天川瀆循流本
元后之至仁育物從此輝騰九野永凝瑞氣於薇垣波静三門長應休符於德水金泥玉檢億萬年固
寶鼎之基澤馬山車千百國拱

泰階之運臣不勝踴躍懽忭之至謹繕疏恭
賀伏乞
皇上睿鑒施行雍正八年三月十九日
題奉
旨該部知道欽此

恭賀
景陵產瑞芝三本
題爲
聖孝昭格
天心福地疊呈芝瑞恭申賀悃仰祈
睿鑒事雍正八年三月二十四日准禮部咨開本
年二月初六日奉
旨
景陵寶城山上首春產瑞芝三本諸王大臣等奏稱

爲朕純孝之所感召朕撫躬自問生平事我
皇考不敢當純孝之名但誠敬之心數十年如一日
此則可以自信自御極以來不但一言一事皆
仰體
聖心而後見諸施行即夢寐之中一念乘發從無有
知其不合
聖意而敢存於胸臆者諸王大臣等稱朕以
皇考之心爲心此實朕之悃忱至云朕以
皇考之政爲政朕之才力遠不逮我

皇考舉凡宣猷敷治之間雖黽勉效法究不能企及
於萬一何能致芝草之嘉祥諸臣以此歸美於
朕朕不居也實因我
皇考之聖德神功際天蟠地深仁渥澤積厚流光
上天特欲顯示天下臣民是以數年之中三見芝英
於
陵寢似今之歷霜雪而挺生當首春而呈瑞稽諸史
册更屬罕聞朕感
上天昭示之弘恩叨

皇考貽謀之景福慶幸歡欣不敢不宣布於衆庶使
天下之後世臣民知
上天之眷佑
皇考與
皇考之垂裕萬年者即瑞芝一事明顯昭著信而有
徵固如是也著照所請宣付史館欽此抄出到
部移咨到臣欽惟我
皇上
大仁大孝

至聖至誠
履中蹈和裕參贊經綸之治
存神過化溥蕩平正直之風惟
紹衣而永涵精一於心源斯
繩武而式煥勲華於治統修和府事九州樂頌
昇平感應天人萬葉駢臻嘉兆庥凝慶集月
盛日新山川秀毓奇英特表
一人之純孝草木榮敷異彩聿彰
元后之精誠恭遇

景陵寶城之上挺生五色神芝仍於
碑亭儀樹之旁蔚產九莖仙種芳含瑞雪艷吐
青陽色比雲霞形呈綺繡金柯奕奕偕瑤草
而競麗丹臺紫蓋森森共珙花而增妍蓬島
宣昭史冊萃彤管之光華佇播寰區壯黃輿
之氣象率土臣工溢慶普天兆庶騰歡臣幸
際
昌期欣瞻上瑞伏念
聖祖治道極隆峻業永垂於萬世

皇上孝思不匱
蒼穹因錫以千祥聆
明訓而共仰
淵衷印
心傳而益崇
帝德自此重熙累洽源遠流長
舜日凝輝玉葉並扶桑而永耀
堯雲煥彩瓊枝同瑞莢以長榮臣不勝踴躍懽忭
之至謹恭疏題

賀伏乞
皇上睿鑒施行雍正八年五月初四日
題奉
旨該部知道欽此

恭賀瑞穀
題爲瑞穀敷榮顯昭
帝德繪圖刊布仰沐
皇仁亘古奇逢普天同慶事雍正八年十月十八
日內閣頒發
皇上欽賜瑞穀圖到臣隨恭設香案望
闕叩頭謝
恩祗領訖欽惟我
皇上

九德當陽
六符御極
堯雲布濩徧九州藹藹春臺
舜日溫和合六宇融融樂土休徵屢現嘉兆頻
彰璧合珠聯兩昭回於乾曜波澄浪靜忻獻
瑞於河淸卿雲糺縵以凝輝芝蓂繽紛而煥
彩翺翔威鳳來儀首善之區汪濊甘泉漸被
遐陬之地皆木
一人之有道聿臻萬福之攸同

聖主軫念民依日勤宵旰
上帝咸孚
至德永錫豐穰誕降嘉禾產生瑞穀直省之屬既
歌多黍多稌偏徼之區復際如墉如櫛種凡
四十有六穗計一萬八千維秬維秠維穈維
芑大有特書實穎實栗實好實堅屢豐與頌
上瑞自遐方進獻繪圖從
內府刊成
鳳藻遙頒
綸綍沛仁風化雨
鴻章廣布縹緗煥萬寶百昌以
聖不自聖之
淵衷名此康年之景象以安益求安之
睿慮致茲多稼之祥符萬方粒食騰歡四海農夫
胥慶臣欣逢
盛世幸覩庥祥修守維般冀登蒸黎於衽席永
淵是惕敬承
宵旰之精勤俯聆
聖訓煌煌益加黽勉快覩瑞圖奕奕彌切拜颺從
此
玉燭長調
璇衡順序五風十雨處處青疇翠畝稷翼黍與
二稻八蠶村村白叟黃童含哺鼓腹比戶可
封千百國共樂
昇平之有象嘉祥並集億萬載永歌
景運之維新臣不勝踴躍懽忭之至謹繕疏恭
賀伏乞
皇上睿鑒施行雍正九年正月十九日
題奉
旨該部知道欽此

恭賀河州河清
題爲
聖治光昭河清瑞應普天慶溢率土歡騰事雍正
八年十一月初五日准禮部咨開本年八月
十八日奉
旨王大臣等以河州地方黄河澄清合詞奏賀朕
從來不言祥瑞諒王大臣等久已深知朕心朕
之祗事
上帝神明惟以公誠一念爲昭格之本果蒙

上帝垂鑒頻年顯示嘉祥觀公誠之感通神捷如此
則懷不公不誠之心者豈能逃於
上天之譴責乎朕心不但不敢矜誇且因此倍加乾
惕更願天下臣工士庶各矢公誠之念以受
上天之恩著照王大臣等所請宣付史館俾世世子
孫臣民恪遵朕訓以綿福澤欽此欽遵到部相
應行文該督轉行所屬文武各衙門一體遵
照可也等因移咨到臣隨恭設香案望
闕叩頭慶

賀訖欽惟我
皇上
道配乾元
德符坤厚
沛彌綸之愷澤績底平成
溥汪濊之恩波功弘漸被
堯雲舜日仰
帝治之光華
周露商霖沐

王風之熙皡百昌集慶載玉管以書祥萬象凝禧
捧瑶牒而紀瑞稽九河之既導並四瀆以稱
尊探星海而銀漢遥連溯崑崙而龍門直下
名傳德水旁潤靡涯瑞啟榮光聿彰有道我
皇上
含弘大化
保合太和
睿慮周詳切防川之咨警
宸猷淵廣隆治水之功勳度地經營因時裁制合

南北以施
疏濬兼疏築以顯
弘模浪靜三門共覩安瀾於
聖世波恬九曲咸瞻厎定於
熙朝
大德感孚已驗澄清之嘉兆
至誠昭格復彰湛澈之鴻庥積石名區河州勝地
淵泓中外湛碧源流朗映氷壺照雲霞而動
色光開寶鑑涵日月以生輝豈惟慶溢圖書

洵足光昭史冊臣河防恭職
聖訓祗承幸遇
昌期鼓舞與悚惶備至欣逢
上瑞拜颺共黽勉交殷虔展葵忱敬申燕
賀自是袤延萬里永溢貝闕之瓊沙襟帶百川
常靜蛟宮之玉浪
彤廷受祉神魚出水以呈庥
紫禁傳圖龍馬凌波而獻瑞矣臣實切踴躍懽忭
之至謹繕疏恭

賀伏乞
皇上睿鑒施行雍正九年三月十八日
題奉
旨該部知道欽此

恭賀
景陵產石芝一本彩芝四本
題爲
聖武布昭
天庥滋至
孝誠感召瑞應靈芝恭疏慶
賀仰祈
睿鑒事雍正十年十一月十二日准禮部咨開本
年十月十九日奉

旨朕從來不言符瑞時時訓諭天下臣民屏虛文
而務實行是以數年來各處奏報慶雲嘉穀等
事朕悉降旨訓勉未嘗宣示於外以爲祥瑞也
惟是今歲秋間準噶爾賊人侵犯北路深入我
境我師奮擊大獲全勝殲戮賊萬餘而我官兵損
者僅六十餘人行間軍士及邊外蒙古無不額
手歡呼以爲從來未有之大捷非荷
上天
皇考默佑何能至此朕心方深感激而瑞芝恰產於

景陵天人協應信而有徵仰見
上天
皇考福國庇民特錫嘉祥以昭示天下之臣庶也朕
與諸大臣等同此慶幸歡忭之悃忱所奏知道
了著照所請宣付史館欽此等因移咨到臣隨
恭設香案望
闕叩頭慶
賀訖欽惟我
皇上

治協纘承
孝隆繼述
漸仁摩義被文德以覃敷
大烈耿光揚武功而耆定洽
天心而彰上瑞萬國咸孚弘
祖德而召奇祥四方來賀是以存神過化靡一人不
荷栽成動植飛潛無一物不蒙化育惟
聖主之精誠愈篤斯
昊蒼之眷佑益昭比者塞外餘氛師中

大捷仰賴
天戈遐鬯六軍揚萬里之威
廟畧弘施一怒建三驅之績龍堆雁磧雲霞耀鎧
甲之光瀚海流沙雷電鼓鉦鐃之氣殲兹烏
合用整鷹揚溯天河而挽洗甲兵普滋雨露
遍巖岫而震驚草木永靖烽烟
天地合謀山川効順是以奏膚功於荒服枯朽咸摧
昭符應於
景陵芝英疊見仰惟

聖祖仁皇帝
道全德備
治定功成
敷上蟠下際之鴻猷丕基永奠
顯紹往開來之駿烈景運綿長今兹符瑞之榮昭
悉本
孝誠之感格蓋
聖祖貽謀有永致
上天嘉貺頻臻我

皇上昭格惟虔
寶域休嘉協應伏覩金柯煥彩因知積厚流光敬瞻
玉葉敷榮咸被太和元氣歷稽史册端由
聖孝之徵載考圖經實荷
仁慈之瑞九莖煜煜適見於欃槍掃蕩之時五色煌
煌疊數於
福地凝庥之日感通一氣現三秀之菁英瑞著兩儀
徵萬年之枝幹歡騰中外喜溢臣民臣躬際
昇平欣逢

聖訓自憐弱植備掌
培養深仁忝任宣防久誌澄清大慶伏願
堯風普被
舜日常依
瑞協河山異彩媲琪花而更麗
光昭寰宇靈根同瑤草以長春臣無任踴躍懽
慶之至理合恭疏題
賀伏乞
皇上睿鑒施行雍正十年十一月二十八日

題奉
旨該部知道欽此

恭賀
闕里慶雲再見
題爲
聖朝上瑞光昭
闕里慶雲再見恭疏慶
賀仰祈
睿鑒事雍正十年八月十三日准禮部咨開奉
旨據山東巡撫岳濬奏稱曲阜縣六月二十五日
午時皎日正中有慶雲捧於日輪之下五色俱

備寶光燏煌又於日之西南有霞光三道絢爛
增輝歷午未二時絪緼不散正值林園工竣之
時上瑞疊臻千秋罕遇等語朕素不言祥瑞惟
有朝乾夕惕感
上天垂象示儆之恩何敢冀嘉祥之疊錫已屢降諭
旨訓敎天下臣民但自信生平尊
師重道之心至誠至敬闕里爲
聖人之鄉尤切羨牆之慕乃前歲文廟重新慶雲
湧現今者林園工竣復覩嘉祥或者朕誠敬之

衷爲
神明之所歆格故顯示以象用昭日監在茲之義
歟朕感慶之下倍增虔悚爰諭天下臣民共知
之欽此相應行文該督轉行通省之文武大小
各衙門一體欽遵曉諭可也等因移咨到臣
隨恭設香案望
闕叩頭慶
賀訖欽惟我
皇上

濬化洽萬方
光昭四表
懋崇高之至德比峻尼山
沛浩蕩之深仁承源泗水
道隆參贊集羣聖之大成
治協中和邁百王而首出是以昭囬著象聿彰
文治之益隆豫順徵麻共荷
恩光之普被維茲
聖廟尤厪

宸衷內帑
特頒實屬
九重之盛典泮宮
勅建更新三代之弘規前此宮牆丕煥之時喜見
慶雲之應瑞今茲林域竣工之日復呈捧日
之殊祥亘萬丈之榮光遠環
紫極絢一輪之彩色朗映丹霄爛熳金柯接古
檜靈薔而挺秀絪緼玉葉蔭泮芹渚藻以交
輝後先三載之中兩經湧現午未二時之內

萬姓欣觀仰茲璀璨之天章實喜文明有兆
臻此頻仍之
繁祉益徵曆服無疆慶溢羣工懽騰兆庶仰惟
皇上敬
天法
祖因之屢召休徵加以
重道尊
師用是疊彰嘉慶
睿懷欽翼猶乾惕之彌殷

聖德感孚致光華之益著臣幸逢瑞美願倍切於
瞻雲忝任宣防心實虔於向日瞻依曷極忭
舞難名惟祝
皇圖昌熾於萬年萬國慶重華之盛
帝業輝煌於萬世萬民興復旦之歌臣實切踴躍
懽忭之至理合恭疏慶
賀伏乞
皇上睿鑒施行雍正十一年正月二十一日
題奉
旨該部知道欽此

防河奏議目次
卷八
恭謝補授副總河
恭謝
欽賜陸贄奏議
恭謝
欽賜删棠論
恭謝秋汛議叙加級
恭謝
欽賜上諭清漢書二本
恭謝免賠蘭儀二縣漫工并免參疏防
恭謝兼管山東黄河工程
恭謝河清加級
恭謝轉補吏部左侍郎
恭謝補授兵部尚書
恭謝
欽賜子史精華
恭謝補授吏部尚書

恭謝欽賜古今圖書集成

恭謝欽賜音韻闡微

恭謝欽賜御製人臣儆心録

恭謝管理河南山東河道總督

恭謝欽賜律例

恭謝秋汛議叙加級

防河奏議卷八

[illegible]

恭謝特授副總河

奏為恭謝天恩敬請聖訓事竊臣一介庸愚至微極陋荷蒙皇上天恩授以副總河之銜嵩管豫省河務臣自揣庸才恐難勝任具摺陳情復蒙勅下王大臣議覆仍照前議奉旨此事依議著部行文將嵇曾筠奏摺一併發去欽此工部備咨到臣隨恭設香案望闕叩頭謝恩訖伏念河工關係運道民生豫省堵築甫竣隄防尤屬緊要臣知識短淺膺兹重任實切悚惶敢不矢慎矢勤力圖報効惟祈訓示方畧俾有遵循得以黽勉趨事上賴聖誠昭格河流底定永慶安瀾庶幾仰報

皇上洪恩於萬一耳謹具疏恭謝
天恩敬請
聖訓伏乞
皇上睿鑒施行雍正二年閏四月十三日
奏奉
旨該部知道欽此

恭謝
欽賜陸贄奏議
題爲恭謝
聖恩事雍正二年閏四月初十日蒙
皇上恩賜臣陸贄奏議一部到武陟工所臣隨恭
設香案望
闕叩頭謝
恩祇領訖欽惟我
皇上

德懋勳華
功隆謨烈
秉乾敷化立誠致參贊之原
啟震膺圖主敬裕治安之本
宸衷肅穆勤披覽而金鏡常昭
聖學淵深廣論思而玉編早鑑緬維唐臣陸贄實
爲前代名賢本學問而爲事功既有裨於當
日竭忠誠而陳奏議可昭示於來茲迺蒙我
皇上御製序文垂治平之典則

特行頒賜勵中外之臣工煥
睿藻於行間節目綱維悉著冠
王言於篇首精微廣大胥陳臣學愧疎庸深有慕
於酌古準今之用才慚弁陋當益勉夫忠
君愛國之忱謹口誦以心維什襲奉爲至寶務躬
行而力踐就將仰答
洪慈謹具疏恭謝
聖恩伏祈
皇上睿鑒施行雍正二年閏四月十九日

題奉
旨該部知道欽此

恭謝
欽賜朋黨論
題爲欽奉
上諭事雍正二年九月十六日准兵部咨奉
旨頒發抄錄
上諭一道
御製朋黨論滿漢書共二本扇面連四紙裱的一
張提塘官捧齎到豫臣隨跪接至武陟工所
恭設香案望

闕叩頭謝
恩祗領訖欽惟我
皇上
萬善攸同
一中建極
化隆大順彌深咨儆之忱
道合至公仰見都俞之盛盡忠補過儆聞
天語之諄詳大法小廉凜對
王言之誥誡乃靖共夙夜宜共矢夫忠誠踰蹐班

聯或易流於朋黨爰抒
宸翰直窮比匪之隱微載煥
天章永示臣工之法守遵道遵路躋斯世於蕩平
無黨無偏肅官方於正直臣欽承
聖訓益凜旦明敬佩
鴻文彌深惕勵秉一誠以自矢瞻依惟注
楓宸勉三事以在公寤寐亦傾葵悃
金章愷切祇服膺為几案之銘
聖藻光華願什襲為子孫之寶謹宣揚而率屬咸
恪守以持躬所有奉到
上諭並
御製朋黨論緣由理合具疏恭謝
天恩伏乞
皇上睿鑒施行雍正二年九月二十八日
題奉
旨該部知道欽此

恭謝秋汛議敘加級

奏為恭謝
天恩事雍正二年十月十三日准工部咨欽蒙
皇上批臣恭報秋汛等事一本奉
旨據奏黃沁二水經過秋汛工程保固平穩知道
了稽曾筠率領各官於黃沁二河堤工保固修
築雖河水泛漲俱各無虞可嘉稽曾筠著加三
級仍行令稽曾筠會同齊蘇勒將河工實在効
力行走勤勞顯著之員察明造冊送部議敘該
部知道欽此欽遵移咨到臣隨恭設香案望
闕叩頭恭謝
聖恩訖欽惟我
皇上
道隆參贊
功著平成
四海敉寧尚勤求夫民隱
兩河底定每加惠於臣工徧庶職以蒙
麻靡一夫之不獲臣忝膺重任未效寸長惟茲

秋汛之湍流偶逢泛漲仰賴
聖恩之廣被得慶安瀾至率屬修防原以靖共夫
職守而頻年經理並無獨出之謀猷乃奔走
微勞亦荷
九重之厪念
絲綸特賁幸邀三級之
榮加敬宜
德意於河干懽呼丕徧遠戴
恩光於
闕下感激難名受此
隆施刻圖仰報惟有率循僚屬益盡力以盡心鞏
固工程倍矢勤而矢慎庶以仰酬
高厚於萬一耳除會同河臣齊蘇勒將河工實在
効力行走勤勞顯著之員察明造册送部議
敘外所有微臣感激愚忱謹繕疏恭謝
天恩伏祈
皇上睿鑒施行雍正二年十月二十日
題奉
旨該部知道欽此

恭謝
欽賜上諭清漢書二本
題爲欽奉
上諭事雍正三年三月十八日奉
旨頒發
上諭清漢書二本到臣隨恭設香案望
闕叩頭謝
恩祗領訖欽惟我
皇上

智周六合
德冠三才
百度維新允矣禮明樂備
萬幾協一森然綱舉目張作
君兼以作師官箴
親製保民如同保赤
聖諭弘宣昭
德化之大原廣
敷思於

盛世伏念
聖祖光前啟後六十年之大烈丕揚恭逢
皇上敬
天勤民千百國之
深仁溥被自
朝廷以及邦國靡一人不愷切提撕由庠序以至
郊圻無一事不周詳
指示
誡朋黨而登俊乂言言廣大精微

揆國用以沛
恩施字字纏綿諄摯良由至誠以立體本
仁育義正之
聖心是以吐辭而爲經垂
覺世牖民之至教用彰
令典普示羣工臣仰荷
恩頒恭承
寶訓惟有公忠益勵永奉萬年法守之
良規更期敬謹宣揚咸歸一道同風之

至治謹繕疏恭謝
天恩伏祈
皇上睿鑒施行雍正三年四月二十四日
題奉
旨該部知道欽此

恭謝免賠蘭儀二縣漫工幷免參疏防
題爲
聖主恩施浩蕩微臣感激難名敬陳謝悃仰祈
睿鑒事雍正三年八月初五日准工部咨開本年
七月二十二日內閣抄出奉
上諭今歲入夏以來雨水過多朕念黃淮伏秋兩
汛必然水勢浩瀚甚以爲憂所以從前批發嵇
曾筠奏摺有無日不神馳黃淮兩岸之語今據
田文鏡奏稱儀封縣南岸大寨蘭陽縣北岸板
廠後兩處衝開決口各十餘丈此皆朕躬不德
或用人行政有缺失之所致返躬惕厲夙夜不
安其衝決堤工田文鏡可星速會同副總河嵇
曾筠督率各屬河員併力搶築務期永久堅固
其一帶危險工程亦當增卑培薄預爲之防至
被災人民着速委能員實心確查應賑恤者卽
動用正項錢糧賑恤衝没田地詳細估勘應豁
免者題請豁免朕從前曾命將河屬官員分別
議敘今儀封蘭陽兩處旣被衝决例應參處但

朕自念不德其疎防各官吏止停其議叙不必
叅處并從寬免其賠修特諭欽此相應行文副
總河遵行可也爲此合咨前去查照施行等
因移咨到臣隨行布政司管河道廳一體欽
遵外今據河南管河道府廳縣詳請代爲
題謝等情到臣等欽惟我
皇上
德隆覆載
勳著平成

發帑興工固隄防於九曲
捐租賜復普樂利於千秋業已咸登衽席共慶
安瀾矣伏念臣等猥以庸材承乏河干智識
短淺防護未週以致蘭陽北岸板廠儀封南
岸大寨兩處堤工各漫塌十餘丈此皆臣等
奉職無能一時疎忽所致理應照例處分賠
修荷蒙我
皇上覆育弘慈恩施格外
溫綸特沛恕宥臣工

諭令疎防各官不必叅處併免賠修
軫念被災人民動帑賑恤淹沒田地錢糧估勘豁
免
異數殊恩逾於堯舜
深仁厚澤浹於臣民萬姓歡呼百官踴躍臣等跪
讀之下感激涕零愧汗無地查儀封縣南岸
大寨漫口已於八月十一日合龍二十二日
告竣蘭陽縣北岸板厰漫口已於八月十二
日合龍十八日告竣臣等惟有殫心竭力夙
夜黽勉率同印河各官加謹防護凡有危險

工程俱應禀遵
聖訓相機增卑培薄務期永久堅固上慰
聖懷除被災人民及淹沒田地錢糧聽撫臣田文
鏡動帑賑恤估勘豁免外所有臣等感激微
忱及道府廳縣等官詳請恭謝
天恩情由理合會同河臣齊蘇勒撫臣田文鏡合
詞具
題伏祈

皇上睿鑒施行雍正三年九月十三日
題奉
旨該部知道欽此

恭謝兼管山東黃河工程
奏爲恭謝
天恩仰祈
睿鑒事雍正五年正月初三日准工部咨開雍正
四年十一月十二日吏部奉
旨近年豫省河務險工下移堤岸完固平穩山東
河務甚屬緊要向係山東巡撫管理但巡撫有
地方責任恐不能專理河務山東與河南接壤
作何令副總河嵇曾筠兼管之處著九卿會議
具奏欽此欽遵於十一月十六日吏部移送到

部該臣等會議得山東與河南接壤皆黃河
所經兩省堤工最稱險要近年豫省河務荷
蒙
皇上聖謨指示預籌鞏固
特發數十萬帑金令其增卑培薄并將從前暫緩
之大堤以及應修遥月等堤一概興修是以
豫省河工得以完固平穩乃
睿謨深遠復

須諭旨以豫省河務險工下移山東河務甚屬緊要巡撫有地方責任不能專理河務河南與山東接壤作何令副總河嵇會筠兼管之處著九卿會議具奏欽此臣等查河工事宜本係總河專責今河南既設有副總河現駐河南武陟等處與山東地方接壤兩省河工原屬一體其山東巡撫既有地方專責若一兼管河務不無顧此失彼之處理應欽遵

諭旨將山東與河南接壤之曹縣定陶曹州單縣

城武等處附近黃河地方凡一切修築堤岸等工應交與副總河嵇會筠就近管轄至萊蕪泰安新泰等十七州縣泉源幷柳長河魏河商津趙牛等河湖閘壩一切挑挖修築工程及膠萊民田陂水已經臣等於內閣學士何國宗等覆奏案內議准添設管泉通判一員令其稽查疏濬查各處地勢遠近不一且挑挖修築多係地方官經理相應仍令山東巡撫作速與修再徒駭河自山東東昌府聊

城縣起經濟南府至濱州入海計五百六十八里共歷十三州縣馬頰河自東昌府博平縣起經德州至海豐縣入海計四百九十二里共歷十州縣俱附近濟南副總河駐劄武陟相去濟南千有餘里若至濱州海豐等處則更覺遼遠前已於雍正四年七月十三日

奏

旨交與御史尤清王之錡各管一處聽山東巡撫調度遵行在案應仍令山東巡撫管理俟

命下之日行文總河副總河幷山東巡撫遵行可也雍正四年十二月十九日題本月二十一日奉

旨依議欽此抄出到部爲此合咨前去欽遵施行等因移咨到臣隨恭設香案望

闕叩頭恭謝

天恩訖竊臣一介寒微才庸識短仰蒙

皇上特達之知非常之遇畀以河防重任報稱無能愆尤叢積屢荷

聖慈高厚教育矜全臣身遘怙冒之
深仁心凜諄詳之
訓誡時深惕厲方切悚惶迺蒙我
皇上新恩再沛委任有加特頒
諭旨軫念山東河務緊要將附近黃河地方凡一
切修築堤岸等工交臣就近管轄臣仰承
恩命清夜捫心感愧交併伏念東省黃河經行曹
單等縣地方密邇運道所關尤重臣菲材忝
負夙夜戰兢豫省堤工善後固不敢少懈修

防而山東河務經營伊始更當黽勉辦理惟
有益加奮勵殫竭駑駘務期小心修守鞏固
長堤以仰報
皇上天恩於萬一耳除臣於正月初七日前往曹
單等縣查勘堤埽工程一切事宜另行陳奏
敬請
聖訓外所有微臣仰荷
新綸感激蟻忱理合具疏恭謝
天恩伏祈

皇上睿鑒施行雍正五年正月十九日
奏奉
旨該部知道欽此

防河奏議　卷八

恭謝河清加級

奏爲恭謝

天恩事雍正五年三月初一日准吏部等部咨爲

請

旨事雍正五年二月十八日本部等部奏前事內

開准禮部咨稱雍正五年正月十三日恭

奏

聖世河清普天同慶一摺於本月十七日奉

旨覽諸王大臣等奏稱河水澄清二千里期逾兩

旬爲從來未有之瑞懇請陞殿慶賀朕嘗言天下至大庶務至繁斷非人主一身所能經理必賴內外臣工協力贊襄然後可以成一道同風之盛若上有涼德之主而下皆皐夔稷契之臣則工虞水火佐理有人政務亦不患其不舉若上有堯舜之主而下皆共工驩兜之輩則耳目股肱無所資藉政務亦必至於廢弛故人君之道以得人爲要而人臣之道以奉職爲先此一定之理也朕統臨萬方雖刻刻有勵精圖治之念然必賴內外臣工共矢公忠各殫才力然後有實政實效及於吏治民生方可以感

天和而錫繁祉不然則朕雖有勤政之念豈能事事躬親辦理之也今見數年之中荷蒙

上天

皇考默佑叠錫嘉祥茲又有河清之上瑞朕細推天人感應之理自非無因應是內外臣工能體朕宵衣旰食之懷洗陽奉陰違之習分猷効職有數端之善上合

昊天

皇考之心是以錫茲福慶以勵將來爾等試再思之人事甫修僅有數端之善即邀

上天

皇考之嘉貺若此倘能益竭忠誠事事皆善則其獲福又當何如或由此而侈然自足怠惰前修則其獲譴又當何如可不慎乎可不懼乎況天道惡盈朕心方且因此益加戒儆所請慶賀典禮朕必不行朕念君臣之間實爲一體

上天
皇考既垂訓於朕朕即以此訓及諸臣
上天
皇考既賜福於朕朕即以此福及諸臣凡屬京官自
大學士尚書以下至事以上內大臣都統前鋒
統領護軍統領步軍統領以下參領以上凡屬
外官自督撫以下知縣以上武官自將軍提鎮
以下參將以上俱着加一級其王公等管理部
院都統事務者應如何加恩之處着宗人府議

奏自茲以往內外臣工當益加黽勉精白乃心
和衷共濟矢勤矢慎秉公去私凜
天鑒之匪遙念感應之不爽以至誠至敬仰承
上天
皇考之眷佑則受福孔多永永弗替矣勉之勉之欽
此欽遵移咨前來查文職京官內閣部院各
衙門堂官詹事府中贊以上翰林院講讀以
上并各部院衙門之郎中員外主事及與主
事對品應陞員外郎等官外官自督撫學政
司道以及知府知州知縣正印官俱遵奉
諭旨加一級其六科給事中各道監察御史雖係
七品多由各部郎中員外主事補授其稽察
巡查各有職任應亦准其加級至翰林院修
撰編檢雖與科道品級相同並無專司職掌
應不准其加級在外佐貳等官以及布按二
司首領概不准其加級以上應加級現任各
官除初任及補任之員在奉
旨以前到任未及三月者俱不准其加級其新經

陞轉調補各官雖未及三月在前任內應加
級者俱准於新任加級恭候
命下臣部等部行文各部院等衙門并八旗都統
直隸各省督撫順天奉天府尹將軍提鎮將
應加級各官註明到任日期造冊送部查核
存案等因雍正五年二月十八日奉
旨翰林院修撰編修檢討亦准其加級餘依議欽
此為此合咨前去欽遵查照施行等因移咨
到臣隨恭設香案望

闕叩頭恭謝
天恩莅欽惟我
皇上
堯文炳煥
禹迹遐通
勲德覓隆文武聖神由廣運
聲教遠莅東西南朔慶平成
七政齊八風協民安物阜本宵衣旰食之勤
三事備六府修上清下寧增川至日升之盛固

已瑞麥嘉禾連珠合璧苞符叠至福祉駢臻
矣兹値三陽開泰恭逢五省河清皆由我
皇上大孝格
天至仁育物朝乾夕惕敬承
聖祖之鴻庥圖治求安上感
穹蒼之默契是以兩河獻瑞九曲呈祥祚鞏昆崙
堯堦永奠於九有波恬宿海
舜衣垂拱於萬年誠爲敬嘉應而報
昌期洵屬大休徵而呈

上瑞適
聖心敬躋
睿德謙冲
命辭朝賀之儀
恩逮臣工之級寵施車服喜動班聯逾常秩以增
榮鵉序鴛行齊拜舞感
洪仁之特沛山陬海澨盡騰懽臣供職河濵欣沐
滂流之
膏澤蒙

恩霄漢凜遵
訓誡於氷淵惟有殫竭微忱長視澄清之景運率
先匪勉愈圖鞏固於金堤臣謹繕疏恭謝
天恩伏祈
皇上睿鑒施行雍正五年三月十三日
奏奉
旨該部知道欽此

恭謝轉補吏部左侍郎

奏爲恭謝

天恩事雍正六年正月初十日准吏部咨開雍正

五年十二月二十日奉

旨嵇曾筠轉補吏部左侍郎劉師恕補授吏部右

侍郎錢以塏補授禮部右侍郎欽此查本部右

侍郎嵇曾筠現任副總河相應行文知照可

也爲此合咨前去欽遵查照施行等因到臣

隨恭設香案望

闕叩頭恭謝

天恩訖竊臣葑菲庸材至愚極陋欽蒙

皇上高厚洪慈拔置卿貳復緣豫省山東堤岸有

關運道民生特奉

上諭命臣管理河干五載深慚蚊負幸賴

聖謨廣運

睿慮周詳

指示遵循安瀾永慶惟是才微任重未効寸長中

夜捫心方深悚惕乃蒙

皇上恩綸特沛將臣轉補吏部左侍郎聞

命之下感激無地伏念昔秋幸登銓部已邀逾格

之

隆恩遷階得亞天卿尤屬非常之

曠典臣生何幸荷此

殊榮縱竭涓埃難酬

恬冒惟有事事恪遵

聖訓時時殫竭愚忱修守加勤隄防永固以期無

負

皇上拔擢深恩於萬一耳臣謹恭疏叩謝

天恩伏乞

皇上睿鑒施行雍正六年二月初八日

奏奉

旨該部知道欽此

恭謝授兵部尚書

奏爲恭謝

天恩事雍正六年三月十三日准吏部咨開本年

三月初三日奉

旨嵇曾筠補授兵部尚書仍著辦理河工事務欽

此爲此合咨前去欽遵查照施行等因到臣

隨恭設香案望

闕叩頭恭謝

天恩訖竊臣一介愚陋樗櫟庸材荷蒙

皇上不次拔擢洊列卿貳因河南山東黄河堤岸

爲運道民生所關特頒

諭旨授臣以副總河之職奔馳數載報稱全無夙

夜氷兢恒深儆惕上賴

睿謨廣運

聖訓精詳得以黄水安瀾河流順軌乃蒙

温綸疊沛

寵命頻加

命臣補授兵部尚書仍著辦理河工事務驚聞

簡任感激涕零伏念臣識淺才庸備沐

殊恩異數六年之内屢荷超遷兩省之中復叨統

轄兹復

畀以樞機重寄仍兼水土是司臣顧何人邀兹

寵遇分愈榮而責愈重

恩愈渥而報愈難慚悚交并不知所措惟有勉竭

駑鈍永効馳驅益殫蟻忱時勤修守以期仰

答

皇上始終策勵洪恩於萬一耳臣謹繕疏恭謝

天恩伏祈

皇上睿鑒施行雍正六年三月十九日

奏奉

旨該部知道欽此

恭謝
欽賜子史精華
題爲恭謝
天恩事雍正六年三月初六日内閣交出
皇上欽賜
御定子史精華全部到豫臣隨恭設香案望
闕叩頭謝
恩祗領訖欽惟我
皇上

德盛文明
孝隆繼述
聖神天亶周萬幾於一日午夜觀書
學問日新垂大訓於千秋酉山啟秘惟
宸謨之懋著斯
祖學之彌昭恭讀子史精華一書仰見
聖祖仁皇帝
治定功成
敏求好古
萃羣言之義藴而用其中
得一貫之指歸而握其要已纂修於館閣將宣布
乎寰區我
皇上
纘武維殷
右文倍切
聖以繼
聖乘勅幾之暇以蒐羅勤益加勤分宵旰之餘而鑒
定爰梓後先之史集用

頒中外之臣工俯察仰觀圖疇皆備廣稽博考
襃括靡遺加以擷芳藻於藝林兼收華實涸
文瀾於學海悉合淵源臣自愧空疎幸蒙
寵賜仰誦輝煌之
御序儼同日照月臨敬披璀璨之頁函何異雲蒸
霞蔚將見多士登百家之堂與益彰
帝業光華羣黎得萬世之津梁永頌
皇猷彪炳臣揭任感激懽忭之至理合繕疏恭謝
天恩伏祈

皇上睿鑒施行雍正六年四月三十日

題奉

旨該部知道欽此

恭謝補授吏部尚書

奏爲恭謝

天恩事雍正六年五月初六日准吏部咨開本年

四月二十五日奉

旨稽曾筠補授吏部尚書仍辦理副總河事欽此

爲此合咨前去欽遵査照施行等因移咨到

臣隨恭設香案望

闕叩頭謝

恩訖竊臣謭陋庸才遭逢

盛世荷蒙

皇上特加任使不次超遷由詞垣而洊歷卿班未

有涓埃之報以武部而兼司河務慙無尺寸

之長上賴

聖訓頻加俾得恪遵無斁是以河防永固隨時俱

慶安瀾堰畔畢修堤處皆成樂土在臣工竭

誠趨事固屬職分宜然我

聖主懋賞酬庸尤極古今未有六年以内乃蒙六

晉官階兩月之中復幸兩膺

寵命疊垂

宸眷特

賜恩綸命臣補授吏部尚書仍辦理副總河事敬

聞之下愧悚交深伏念銓部冰銜乃六曹之

長冢卿重寄居百僚之先臣何人斯膺茲

異數縱殫心竭力莫報

高深即刻骨銘肌難名感激惟有事事欽承

訓旨永爲服官之箴時時加謹修防仰副

簡畀之重庶以上報

皇上弘慈於萬一耳謹繕疏恭謝

天恩伏祈

皇上睿鑒施行雍正六年五月初十日

奏奉

旨該部知道欽此

恭謝

欽賜古今圖書集成

題爲恭謝

天恩事雍正六年八月初一日蒙

皇上欽賜古今圖書集成全部到臣隨恭設香案

望

闕叩頭謝

恩祗領訖欽惟我

皇上

道集大成

孝隆善述

範圍有象文章丕煥於堯天

漸被無疆聲教聿周於禹甸伏念

聖祖仁皇帝

法剛健於乾行

配含弘於坤載萬幾餘暇久昭刪定之功羣籍授

羅更極圖書之盛我

皇上紹聞無斁纘緒惟勤

特命臣工重加編校首天文而次地理經緯靡遺
明庶物而察人倫紀綱畢具金聲玉振脈絡
貫通璧合珠聯光華爛熳統六千部之赤文
綠字廣大精微萃一萬卷之碧簡縹題羣分
類聚是惟
聰明睿智作君而兼作師所以齊治均平善政由
於善教本
敬承之至意裁鑒彌精布嘉惠之
深仁洪纖備舉臣昔依侍從曾觀石室之藏近事

錫溯詞源於學海往者過來者續用彰古往今來
宣防屢拜琅函之
匪
聖澤於恩波河出圖洛出書普洽滎河溫洛貫三
才而包六合典章總備於
皇章邁千聖而冠百王
文治原兼乎孝治珍逾鴻寶弘開奕葉之光感切
葵忱長戴
重華之運臣無任踴躍懽忭之至理合恭疏

奏謝
天恩伏乞
皇上睿鑒施行雍正六年九月二十日
題奉
旨該部知道欽此

恭謝
欽賜音韻闡微
題爲恭謝
天恩事雍正六年十一月初二日據提塘官齊捧
內閣交出
皇上欽賜音韻闡微全部到豫臣隨恭設香案望
闕叩頭謝
恩祗領訖欽惟我
皇上

運啟重華
道隆善述
大一統車書之盛同文不異於同倫
開五音聲教之先爲律實兼於爲度伏讀音韻
闡微一書仰見
盛朝文治與政治以偕隆
聖主教思不孝思以廣運歷十年而竣事纂修已
極周詳會四海以同風平仄惟期畫一開齊
撮合別呼法於輕重之中齒舌喉唇辨收聲
於諸言之表貫古今而包南北經緯分明參
天地而洽神人洪纖具舉合聲切法
國書之義類無窮按韻分音字母之標題有等
薈緩讀則成二字急讀則成一字提其要聿
彰綱切之大綱乃律感吕而聲生吕感律而
音生遡其原足悟精微之妙蘊臣備掌
寵錫仰
鳳藻之輝煌深愧顓愚奚裒之感惕採精華於
子史璧合珠聯探律曆之淵源乾旋坤運圖

書之富已集大成傳說之精俱由
欽定乃諧聲會意直窮造字之原將制樂審音更
極永言之盛
帝卿遐燭雲漢爲章天籟齊鳴宮商迭應備四聲
於一語徵陳
聖哲之詞垂三重於萬年長藏
文明之運臣不勝感激懽忭之至謹繕疏恭謝
天恩伏乞
皇上睿鑒施行雍正六年十二月十二日

題奉
旨該部知道欽此

恭謝
欽賜人臣儆心錄
題爲恭謝
天恩事雍正六年十二月十五日蒙
皇上欽賜
世祖章皇帝御製人臣儆心錄滿漢文各一本到臣
隨恭設香案望
闕叩頭謝
恩祇領訖欽惟我
皇上
覺世功隆
教忠恩溥
惟精惟一揆十六字之心傳
丕顯丕承垂億萬年之聖教伏讀
世祖章皇帝御製人臣儆心錄訏謨弘遠箴切堯咨
舜儆之忱制作輝煌常昭禹範湯銘之訓我
皇上奉揚
祖烈用肅官方擬

誥誡於一編申著公私之辨統規箴於八則特申
誠僞之分蓋惟事有殊途美惡都由心造道
無中立忠良祇在躬行必須先正其心斯克
靖共爾位黨援朋植惟臣節之是致實效宜
崇勿虛聲之是鶩識明守定公爾忘私大法
小廉義以爲利氷淵自凛每深盈滿之防夙
夜不遑務竭悃忱之獻此皆臣子在公之
令典即爲
盛朝勵俗之良模臣自愧顓蒙常存警惕荷
聖明之洞鑒感切葵衷仰
謨制之遐頒珍逾鴻寶惟時時以捧誦雖寤寐亦
用儆心且處處以提撕俾僚屬皆知滌慮矣
公矢慎敬承爾啟之
王言一德一心幸際郅隆之
聖治都俞吁咈
明良喜協於虞廷南朔東西
聲教覃敷於禹甸臣不勝感切凛遵之至理合繕
疏恭謝

天恩伏祈
皇上睿鑒施行雍正七年三月二十二日
題奉
旨該部知道欽此

恭謝管理河南山東河道總督

奏爲恭謝

天恩事雍正七年二月初二日准吏部咨開本年

二月初五日大學士等奉

上諭齊蘇勒練達老成深悉河工事務是以將嵇曾筠爲副總河專管北河而令齊蘇勒兼理南北兩河之事今尹繼善新管河務朕意欲令尹繼善嵇曾筠分任南北兩河又思治河之道必合全河形勢通行籌畫方可疏導安瀾若分令

兩員管理恐有推諉掣肘之處著怡親王大學士等會同署蘇州巡撫王璣及九卿內本籍江南河南山東之人通曉河務者詳悉速議具奏

欽此臣等查得河務關係重大河流自河南至江南入海數千里間緊險工程之處甚多實非一人所能經理雍正元年

皇上特命嵇曾筠爲副總河專理北河齊蘇勒仍兼管南北二河之事數年以來河水安瀾堤工完固茲奉

諭旨尹繼善新管河務欲令尹繼善嵇曾筠分任南北兩河又思治河之道必合全河形勢通行籌畫方可疏導安瀾若分令兩員管理恐有推諉掣肘之處著臣等會同詳議具奏欽此臣等謹議河之南北因地而分其源委通流本屬一貫是以上流勢緩則下亦舒徐上流勢緊則下即奔激修治之道必合全河形勢彼此關照方可堵築疏導是河臣雖分兩員而辦事應如一體請將尹繼善爲總督江南河道

提督軍務嵇曾筠爲總督河南山東河道提督軍務分管南北兩河其有江南河南山東修理工程令尹繼善嵇曾筠公同商酌會稿具題期於兩處均有利益倘有緊要搶修之處即一面堵築一面知會亦不得借會商爲名以致遲悞工程至遴補河員及奏銷錢糧等項則各歸各管庶南北既有專司而河工亦無推諉掣肘之事恭候

命下交與禮部鑄給關防等因雍正七年二月初

八日奏本月十六日奉
旨依議欽此爲此合咨前去欽遵查照施行等因
到臣隨恭設香案望
闕九叩恭謝
天恩訖竊臣一介庸愚至微極陋荷蒙
皇上殊恩不次拔擢授以河南副總河之職又復
仰承
恩命兼管山東黄河堤工任事以來皆上賴
聖謨廣運

睿慮精詳所以黄流循軌彰
盛世之休徵河水澄清應
熙朝之上瑞臣幸邀
天庇得奉安瀾敬謹遵循悚惶倍切
迺蒙
特頒諭旨令尹繼善與臣會銜分任南北二河之
事又以治河之道必合全河形勢通行籌畫
方可疏導安瀾若分令兩員管理恐有推諉
掣肘之處

特允廷臣議奏授臣爲總督河南山東河道提督
軍務其有江南河南山東修理工程令尹繼
善與臣公同商酌會稿具題期於兩處均有
利益其有緊要搶修之處即一面堵築一面
知會亦不得藉會商爲名以致遲悞工程至
題補河員及奏銷錢糧等項則各歸各管仰
見
皇上聖明天縱洞悉河防
指示機宜無微不照伏念臣司河漸久負罪愈深

清夜捫心彌增感愧今復荷
洪慈疊邀
曠典總督兩省之職任豫東幷千里之修防臣
何人斯受茲重寄惟有益加謹慎詳求疏築
之宜勤事奔馳勉竭駑駘之力和衷共濟倍
凜小心務期河道深通金堤鞏固以仰報
皇上天恩於萬一耳所有一切應行事宜恭候
勑書印信頒發到日凜慎欽遵次第舉行外臣謹
繕疏恭謝

天恩伏乞
皇上睿鑒施行雍正七年三月初三日
奏奉
旨該部知道欽此

恭謝
欽賜律例
題爲恭謝
天恩事雍正七年五月十三日准律例館咨奉
旨頒發律例一部到臣欽此隨恭設香案望
闕叩頭謝
恩祗領欽遵訖欽惟我
皇上
剛健執中
聖神立法
持平愼罰登兆姓於春臺
準義揆情保羣生於壽域藹陽和而兼秋肅四
海同倫飭大法而謹小廉八方循矩雍熙有
象本
祖訓以弼教明刑莅正咸宜體
天道以裁成輔相剛柔乂用沐生全者同遊化日光
天偏黨潛消大合規者共識依和食德是以
王言屢沛炳日月之照臨

帝德弘敷參宇宙之化育惟律例爲制刑之本而
科條乃聽斷之原恭逢
聖主乘乾御命詳加釐定復荷
帝心淸問務期考核酌中曰重曰輕協權衡於至
當有倫有要愼出入以無差化洽萬邦會見
祥刑有慶風同六合胥歸至善無私臣學愧
刑名忝膺河任仰
帝光之漸被詠
聖治之蕩平講讀維勤願祇承於夙夜欽遵罔斁
矢服習於在公條敎丕宣綏甸要荒馴致風
清俗美準繩既定勞來匡直咸知向化傾心

慶
一人以洽兆民
令典昭垂千載享安和之福敬五刑以成三德
鴻鈞廣運萬方臻仁讓之休矣所有奉到
欽定律例緣由理合恭疏
題謝伏乞
皇上睿鑒施行雍正七年閏七月十七日

題奉
旨該部知道欽此

恭謝秋汛議敘

奏爲恭謝

天恩事雍正七年十一月二十六日准吏部咨爲秋汛已竣等事文選清吏司案呈吏科抄出本部題前事内開議得河東河道總督嵇曾筠疏稱豫東二省黄河水勢消落工程穩固三家莊大灘之内𠀤汕深渠埽壩俱現淤灘化險爲平等因具奏奉

旨嵇曾筠著交部議敘其在工人員著嵇曾筠分別等次送部議敘欽此欽遵查雍正五年十一月内原任總河齊蘇勒等恭報秋汛水勢平穩一疏經臣部遵

旨議敘各准其加一級在案今河東總河嵇曾筠督率河員悉心防護秋汛平穩河工保護完固永慶安瀾應將嵇曾筠照例准其加一級其在工人員俟該督分別等次報部到日議敘可也等因雍正七年十一月十四日奉

旨嵇曾筠著加一級田文鏡總督河東河工事務雖非專責然年來與嵇曾筠同寅協恭悉心料理是以堤工完固共慶安瀾田文鏡亦著加一級餘依議欽此抄出到部爲此合咨前去欽遵查照施行等因移咨到臣欽此欽遵臣隨恭設香案望

闕叩頭恭謝

天恩訖欽惟我

皇上

德邁唐堯

功高神禹

和恒景運洽流峙以凝禧

光被鴻庥娩清寧而合撰惟是導河

碩畫殫

黼座之經營治水

弘謨廑

彤廷之咨儆應疏應濬

天語叮嚀宜築宜修

王言諄誡溯黄河萬里豫東實爲要區遇汛水三

秋捍禦尤為急務循原及委
睿算精詳發帑鳩工
湛恩汪濊
心參造化普錫福於臣民
手畫平成致懷柔於河嶽此誠曠代所無實屬生
民未有茲者河流循軌險勢皆平中泓刷汕
成渠兩岸長堤堅固益穩不藉遍野共慶之
異卉以呈祥河黃沁碧恬波映攏日卿雲而
獻瑞皆由我

皇上至誠感召因之默佑
天心
大德昭宣是以顯彰
神應何意
温綸褒敘遍及羣工薄劣微臣倖蒙加級伏念臣
職忝宣防才慚紛拙
欽褒忠節雙親邀旌表之
龍章
德厚生成累世受栽培之

愷澤祖孫父子感泣難言身糜髮膚捐糜莫報乃
復
恩加晉級榮更非常
寵賜頻頒受而滋愧臣惟冰淵矢志偕督臣而益
凜寅恭胼胝施工率作力而彌勤修守俾沁
黃諸派永歌底績之休豫亮名區長頌安瀾
之慶以期仰報
聖主洪恩於萬一耳除將在工人員分別等次造
册報部議敘外所有微臣感激悃忱謹繕疏

恭謝
天恩伏祈
皇上睿鑒施行雍正七年十二月初四日
奏奉
旨該部知道欽此

防河奏議目次

卷九

防河奏議卷九

[illegible]

恭謝調任南河總督

奏爲恭謝

天恩事雍正八年五月十五日准吏部咨開本年

五月初二日奉

上諭嵇曾筠著以吏部尚書管理南河總督印務北河總督事務著范時繹前往協同田文鏡辦理其河道總督印信仍著田文鏡掌管凡一切防汛稽查及督率河員之處俱係范時繹[illegible]其調度工程舉劾屬員等緊要事件悉聽田文鏡定奪嵇曾筠久任北河諸事甚爲熟練今調任南河相隔不遠若有預爲應行詢問商酌之處著范時繹寄信諮商欽此爲此合咨前去欽遵查照施行等因到臣欽此欽遵隨恭設香

案望

闕九叩恭謝

天恩訖竊臣猥以菲材毫無知識荷蒙

皇上天恩特命署理南河總督印務蚊力負山時

深惴惴今荷

溫綸再沛著臣以吏部尚書管理南河總督印務

聞

命自天益滋惶悚伏念南河地方襟帶黃淮控扼江海工長汛險地窄民稠諸凡思患預防先

事綢繆之處蒙我

皇上軫念民生大發帑金廣爲修築臣仰蒙

高厚刻思勉竭駑駘力圖報効而才識疎庸艱於肆應竊恐機宜未諳獲咎匪輕惟有仰[illegible]

聖恩多方指示開導愚蒙俾臣凛遵

睿慮之精詳得以戒慎於幾先敬佩

聖謨之弘遠更可圖維於事後庶幾疏築尤宜修防妥協保黃運之安瀾奠金堤於鞏固以仰

報

皇上洪慈於萬一耳臣謹繕疏恭謝

天恩伏祈

皇上睿鑒施行雍正八年五月十六日

奏奉

旨該部知道欽此

恭謝臣子嵇璜

欽點庶常

奏爲

聖主加恩愈重微臣感激難名謹陳謝悃仰祈

睿鑒事雍正八年五月十五日接閱邸抄臣子嵇

璜荷蒙

皇上天恩

欽點翰林院庶吉士臣跪恭設香案望

闕叩頭恭謝

天恩訖竊臣一介單寒至愚極陋欣逢

聖主逾分邀榮洊列卿班畀以河防重寄寸長莫

效蚊負滋慚乃荷

天恩高厚弘開錫類之

深仁又沛生成之

大德捫心感泣嗚咽難言伏念臣父嵇永仁殉節

閩疆我

皇上恩予旌揚附列忠烈祠內俾得春秋陪祀又

蒙

恩贈尚書職銜光垂臬壤
御書忠節流芳匾額榮及家祠
隆恩
異數希世難逢今臣子𥡴璜樗材淺植初學未嫻
上年應試北闈
欽賜舉人一體會試
恩賜二甲進士隨班引
見又蒙
欽點翰林院庶吉士荷書中秘祖孫父子三代邀
榮

聖恩稠疊既表揚其忠節復錄用其子孫聞者尚
知興起受者如何感戴不特臣之一身宜矢
報於畢生即臣之子孫氏族亦當共切其忠
誠不特臣子一人宜奮厲以學習即臣之捐
縻頂踵亦何能稍効於涓埃所有微臣感激
悃忱敬謹繕疏恭謝
天恩伏祈
皇上睿鑒施行雍正八年五月十六日

奏奉
旨該部知道欽此

恭謝免條疎防並免分賠修復各堤錢糧

題爲恭謝

天恩事竊臣於雍正八年九月初十日接准工部咨爲恭報河湖水勢消落漫工堵築完竣等事一疏奉

旨據河道總督嵇曾筠等奏稱黃運兩河水勢消落其漫溢各處竭力修築於八月初八初十十三等日俱已合龍告竣所有上下中河間段殘缺堤工現在修補回空漕船毫無遲悞其高堰

大堤因今年奉旨發帑幫築是以湖水雖大堤資捍禦幸保無虞兩岸居民依然安堵父老僉稱今秋水勢甚大而旋即沙淤掛口從未有如此神速等語朕前聞湖河水勢漲溢附近地方罹於水患宵旰憂慮不釋於懷發帑遣官星馳賑恤兼命河臣等竭力堵築務期早慶安瀾今水勢消落迅速計日施工仰能底績此皆

神明默鑒朕衷俯垂護佑故化險爲平奏功若此之速也朕心深爲感激著照上年之例敬謹致祭南河北河之

神以申報享之典祭祀應行禮儀著該部查明具奏所有疎防大小各員著免其查參其修復各堤錢糧亦免分賠該部知道欽此抄出前來相應移咨禮部并江南總河河東總河俱各遵照

旨內事理欽遵施行仍知照吏部可也爲此合咨前去欽遵施行等因移咨到臣欽此欽遵臣跪聆之下當即率領在工文武員弁恭設香

案望

闕叩頭恭謝

天恩訖當經轉行各該道欽遵去後兹據道府廳營印汛各員額請代

題恭謝

聖恩情由會詳到臣該臣等看得今秋山水驟發

恭荷

皇上法宮咨儆宵旰勤求蠲賑洪施沛

九重之雨露修防

明訓貽萬姓以生全是以
愷澤旁敷
精誠上達兩儀同撰躋
聖敬而一氣感孚四瀆朝宗展
睿謨而百川奠定
神祇黙佑造化潛移因之各工掛口沙淤旋堵
旋竣是皆荷
皇上之天功實非人力所能爲也臣等大小河員
不能未雨綢繆煩勞
聖慮處分嚴譴分所宜然伏荷
特恩宥過
曠典矜全至於各堤修復鉅萬錢糧更沐
鴻慈咸予豁免欽惟我
皇上
德洽生成
功參位育
恭寛信敏惠裕全備之深仁
水火木土金協修和之景運迺沐
恩施下逮亘古特隆體恤羣工有加靡已臣等戴
德同天感
恩無地自今以往臣下之身家既沐
皇上保全之賜而頂踵僉切捐糜應賠之帑藏復
蒙
皇上賞賚之仁而修守尤宜飭慎詠歌浩蕩仰
至德之難名
指示遵循賴
聖功之無間惟有彌增寅畏倍凜氷淵協力修防
務期鞏固抒誠奮勉永慶安瀾仰報
洪恩於萬一今據各該道轉據各員感激情由
請代
題前來臣謹會同蘇州巡撫協理河工事務臣
尹繼善合詞具
題恭謝
天恩伏乞
皇上睿鑒施行雍正八年九月二十二日
題奉

旨該部知道欽此

恭謝秋汛議敘

奏爲恭謝

天恩事雍正八年十一月二十四日准吏部咨爲

恭報秋汛等事内開文選淸吏司案呈吏科

抄出本部題前事内開議得兼理河東河道

總督田文鏡疏稱豫東二省秋汛水勢已過

各工平穩情形理合題報等因具題奉

旨田文鏡嵇曾筠尹繼善各交部議敘南北兩河

官員在工防護有功者着該總河一一查明送

部分別議敘欽此欽遵查今年南北兩河水

浩大兩河總督等督率河員搶護修築各工

平穩得慶安瀾應將總督田文鏡嵇曾筠巡

撫尹繼善照例各准其加一級其南北兩河

在工防護有功官員俟該總河查明報部到

日分別議敘可也等因於雍正八年十一月

初三日奉

旨田文鏡嵇曾筠尹繼善俱着加一級餘依議欽

此爲此合咨前去欽遵查照施行等因移咨

到臣隨恭設香案望
闕叩頭恭謝
天恩訖竊臣一介庸愚仰荷
皇上高厚隆恩畀以南河重任今年水勢浩大竭
蹶辦理深虞蚊負迺以搶護修築早慶安瀾
特旨勑部議敘俾微臣獲邀晉級之榮聞
命自天感激無地伏念南工實爲湖河交錯之區
防護攸關運道民生之計蒙我
皇上法宮咨儆

綸誥星馳
天心昭鑒於
聖心
聖德允符乎
天德是以百川奠定二瀆安流况河員既蒙
曠典以矜全工帑更沐
鴻慈而賞賚
隆恩下逮至渥至周迺微臣彌切悚惶忽荷
温綸褒敘正深感激又叨晉級榮加刻骨銘心賡
頌宣勞
天語淪肌浹髓涵濡浩蕩
恩波仰
覆載之無私實有加而靡已荷
寵榮之逾分殊内省以多慚惟有殫盡血誠彌增
敬謹竭茲駑力益愼修防身叨
聖主千百倍之
恩施捐糜難補頂祝黃運億萬年之底定衍慶無
疆以期仰報

高厚於萬一耳除將在工防護有功官員效力
蹟臣等查明分別造冊報部議敘外所有微
臣感激愚忱謹繕疏恭謝
天恩伏祈
皇上睿鑒施行雍正八年十二月初七日
奏奉
旨該部知道欽此

恭謝
欽賜書經傳說彙纂
題爲恭謝
天恩事雍正九年五月初六日臣於宿虹工次蒙
皇上恩賜書經傳說彙纂一部到臣隨跪迎道左
恭設香案望
闕叩頭謝
恩祇領訖欽惟我
皇上

防河奏議　卷九

德媲堯文
功敷禹甸
作君兼作師之極治統與道統交隆
丕承昭丕顯之謨孝思介文思廣被
光華懋著
興學方殷仰惟
聖祖仁皇帝
建極綏猷
崇文敷教以尚書記載爲治法綱維垂十六字之

精微開千萬年之統緒研性道於典謨訓誥
直接心傳溯淵源於虞夏商周益隆德化既
編成夫解義晉
示寶區復集說於諸家折中
聖鑒仰賴煌煌
鉅製俾成奕奕
鴻文我
皇上繼述功宏表揚念切當校刊之竣事弁
御序於簡端

防河奏議　卷九

闡發心源顯著精華於萬世
昭宣道法彌彰蘊奧於千秋勒金石以珍藏香
生
玉殿布笥函而俯
錫露湛
楓宸恍聞孔壁金絲儼睹堯天雲日臣欣逢
復旦幸際
文明受
恩賜以拜颺益仰平成之治捧金編而敬讀愈深

寅亮之忱自兹河洛呈祥
駿業與鴻篇並永車書獻瑞麟章共
寶曆常新臣不勝惶忭感激之至理合具疏恭謝
天恩伏乞
皇上睿鑒施行雍正九年六月十三日
題奉
旨該部知道欽此

恭謝照舊供職
奏爲恭謝
天恩事准吏部咨開遵例自陳事考功清吏司案
呈吏科抄出江南河道總督嵇曾筠奏前事
等因雍正十年四月十六日奉五月初七日
奉
旨卿老成練達廉慎和平簡畀銜總督河道正
資料理著照舊供職該部院知道欽此抄出到
部爲此合咨前去欽遵施行等因移咨到臣
隨恭設香案望
闕叩頭恭謝
天恩訖竊臣樗櫟庸材荷蒙
聖眷列卿尹之崇班寄宣防之重任
生成教育
高厚難名久沐
國家豢養之恩未盡人臣犬馬之報雖早作夜
思不敢須臾稍怠而汲深綆短常懷蚊負堪
虞是以恭逢考察據實自陳乃蒙

皇上格外優容著臣照舊供職復荷
溫綸寵錫策勵有加俾臣自凜幽獨之微罔得仰
邀夫
聖鑒卽臣時惕冰淵之素志幸上沐乎
主知臣跪讀之下感愧交併捐糜頂踵難酬
知遇洪恩惟有恪矢丹誠愈加奮勉一事不苟一
刻不懈殫竭臣心臣力以期仰報
高深於萬一耳謹恭疏
奏謝伏乞
皇上睿鑒施行雍正十年五月二十九日
奏奉
旨該部知道欽此

恭謝高堰山盱石工告成
題爲高堰石工告成萬民感戴情殷懇請代
題恭謝
天恩事據署淮揚道夏建德詳據淮安府知府于
本宏揚州府知府尹會一據山陽江都等縣
詳稱據士民安瀾成永慶祝純嘏樂萬年等
呈稱欽惟我
皇上
德合清寧
功隆位育
湛恩洋溢同源水之盈科
渥澤滂流若江河之行地慶會同於禹甸頻年
海晏與歌奏底績於堯封比歲河清獻瑞旣
世登乎袵席猶
念切乎痌瘝本宵衣旰食之勤布激濁揚清之
治玆以河淮二瀆漕運攸關堤岸千尋民生
重繫欲導河以入海必束清以刷黃惟淮泗
合注乎洪流而保障全憑於高堰雖歲加增

築豈患鯨波苐久築全湖保無蟻穴爾乃
治益求治恆儆溺之如傷
安愈思安時綢繆於未雨務培夾北墩南潤俾
一綫固於金湯庶垂之萬禩千秋使億姓安
如磐石川
頒巽命沛百萬之帑金
特簡重臣策庶僚以襄事萬夫雷動尅日功成千
畈雲興指期報竣崇岡屹峙何憂乎巨浪長
風玉鑑澄空止覺其恬波靜影七省之糧艘

利涉三河之澤國生春是惟
聖天子深軫民依知人善任遂得諸大憲仰承
睿算竭力抒公建萬年鞏固之弘圖俾萬派朝宗
之大烈此清黃之分流合注總無强弱之殊
而淮揚之下隰高原永受平成之福在兩郡
黃童白叟被恩蒙澤固無不望
日以懽呼即四海赤子蒼黎食德飲和亦無不瞻
天而慶頌安瀾等躬逢
盛世感

雨露之頻加於近河濱識
恩膏之普洽愧涓埃之莫報恭熙皞於汴口洛月
之中抱悃忱以求伸爭鼓舞於華祝衢歌之
世爲此連名具呈伏祈俯賜轉詳代達輿情
激切上呈等情由縣詳府由府詳道轉詳到
臣據此欽惟我
皇上
道隆參贊
績著平成

昭瑞應於堯封河清海晏
慶安流於禹甸嶽峙淵渟萬方共沐
恩波倍切民依之念億兆咸霑
沛澤猶深已溺之懷顧惟高堰中界淮揚貫兩邦
之保障近連淮泗乃二瀆之巨津蓄清以敵
黃各省之糧儲利賴淮河而注海衆流之脈
絡攸通運道所關民生重繫仰蒙
皇上
宸衷獨斷

恩命特頒
發百萬鎰之帑金建億萬年之砥柱
簡大員而監築欽承
聖訓之周詳集僚采以鳩工各殫職司而策勵庀
材既足力作齊興帆檣載木石以如飛畚鍤
歷春秋而弗輟一從經始風浪無驚迨至成
功平安有慶仰惟
聖主至誠感格因之黙契
天心

大德丕昭是以顯彰
神應增其舊制百倍重修幸此大工兩年告竣
洽清黃而交濟永利輓輸障淮海以安瀾咸
資耕鑿民心悅豫年年可慶西成清口暢流
處處悉從東注總由
廟謨廣運俾分流合注以朝宗更兼
國帑豐頒奠玉堰金堤之鞏固臣等查閱工次
備悉輿情多士拜稽懽聲雷動羣黎額手喜
氣雲興巷舞衢歌沐率土咸周之

聖澤萬呼華祝頌與
天同壽之
皇仁茲據署淮揚道印務夏建德詳據淮揚兩廳
士民安瀾等感戴情切籲請代
題恭謝
天恩前來臣不敢壅於
上聞相應會疏恭謝
天恩伏乞
皇上睿鑒施行雍正十年六月十八日

題奉
旨該部知道欽此

恭謝
欽賜
上諭
題爲恭謝
欽頒
上諭事雍正十年七月二十二日內閣
頒發
上諭一部到臣隨恭設香案望
闕叩頭謝

恩祇領訖欽惟我
皇上
勳著堯文
功宏禹烈
爲經爲緯煥兩大之文章
如綍如綸布萬方之典令
申誥誡於幾康之內至敎昭宣
示箴規於乾惕之中弘謨丕著凡
德音之渙發悉

仁政之覃敷固已
澤遍羣生靡一夫之不獲
治臻上理致萬彙之咸亨乃猶
體物不遺益切勸求之念
誨人不倦彌深廣濟之懷恭逢
皇上御極以來備蒙
訓諭提撕莫不淪肌而浹髓茲當
御集告成之日凡屬臣工拜
賜尤當惕目以警心綱舉目張悉是敦本明倫之

要道條分縷晰無非牖民覺世之宏規立義
禮之大綱匡直乎人心風俗敷漸摩之雅化
覩感於吏治民生用熙庶績於虞廷咸興樂
利復敘九功於禹服永慶平成是皆
睿畫之周詳益仰
聖謨之弘遠良由我
皇上敬
天法
祖一本於至孝至誠并以

大聖人訓俗型方悉出於惟公惟正群工敬佩億
兆咸遵臣九叩欽承益凛
天顏於咫尺三薰夜讀載賡
皇極之會歸鉅細畢該行倫有要化裁咸善無黨
無偏洵足與商盤周誥而媲隆並垂久遠誠
可賡堯典禹謨之末備尤極精詳自七年傳
至億年朝野共昭夫法守由一集纂成萬集
臣民永奉為章程臍
睿製而被
榮光如日月之經天無微不照涯
文瀾而成
愷澤如江河之行地無往不周從此隨在宣揚
逐條講誦不特通都大邑之蒼黎赤子皆望
日以懽呼抑且山陬海澨之白叟黃童亦同
風而嚮道
嘉謨廣播千百國咸沐
皇仁
寶訓昭垂億萬世永沾

聖化矣所有臣領到
欽頒
上諭理合恭疏
題謝伏乞
皇上睿鑒施行雍正十年九月十五日
題奉
旨該部知道欽此

恭謝
特加宫保銜
奏爲恭謝
天恩事雍正十年十二月十三日准吏部咨開本
年十一月二十六日内閣奉
上諭吏部尚書管理河道總督事務嵇曾筠秉性
居心恪勤襄事數年以來勞績懋著甚屬可嘉
著加太子太保銜以示恩眷欽此爲此合咨前
去欽遵查照施行等因移咨到臣欽此臣隨
恭設香案望
闕叩頭恭謝
天恩訖竊臣一介庸愚遭逢
聖主特達之知教育生成有逾常格臣於雍正元
年奉差中牟縣河工卽承
恩命擢授副總河繼遂
眷畀總督北河調任南河洊陟崇班歷膺重任十
載以來
隆恩異數疊沛頻頒已屬至優極渥方愧涓埃無
補蚊負堪虞乃荷
恩綸加秩特畀宫銜聞
命之下臣受
寵而驚惶莫措感深而跼蹐靡寧伏念臣叨任河
防一切運道民生仰賴我
皇上如天之仁先幾之智多方
指示誥誡精詳俾臣得以敬謹遵循竭蹶辦理雖
歷經就緒質乏寸長自劝伏蒙
皇上既錫臣以厚秩崇階而又灼見臣之居心襄
事是微臣隱微之地
天鑒常昭奔走之勞
皇恩必錄雖自古君臣知遇未得有如此
高深如此肫切臣何人斯仰荷
殊榮至於此極惟有捫心感愧矢竭愚誠修防葦
固永奠安瀾以期仰報
洪慈於萬一理合恭疏
奏謝伏乞
皇上睿覽施行雍正十年十二月十六日

奏奉

旨覽卿奏謝知道了該部知道欽此

恭謝

特授大學士

奏爲恭謝

天恩仰祈

睿鑒事雍正十一年四月二十日准吏部咨開本

年四月初四日內閣奉

上諭吏部尚書嵇曾筠忠孝傳家才猷卓越自簡任河道總督以來公正廉明正己率屬實心實政懋著功勲久欲用爲大學士因河務正需經

理遂爾遲遲今著授爲大學士仍管理江南河道總督事務吏部尚書員缺著刑部尚書劉於義補授仍署理陝西總督事務刑部尚書員缺著左都御史涂天相補授左都御史員缺著刑部侍郎張照補授刑部侍郎員缺著副都御史馮景夏補授禮部侍郎員缺著內閣學士鄧鍾岳補授兵部侍郎員缺著光祿寺少卿高起補授倉場總督員缺著奉天府尹楊超曾補授奉天府尹員缺著順天府尹焦祈年調補順天府

尹印務仍著張照兼管楊超曾俟焦祈年到奉
天後再行回京赴倉場總督之任楊超曾未到
任之前倉場總督印務仍著涂天相管理其刑
部尚書事務著張照暫行署理欽此為此合咨
前去欽遵查照施行等因移咨到臣隨恭設
香案望
闕叩頭恭謝
天恩竊臣一介庸材忻逢
盛世荷蒙

皇上簡畀宣防重任凜承
睿訓精詳所以兩河循軌彰
至治之休徵百谷安瀾協
熙朝之上瑞臣叅司水土未効涓埃清夜捫心方
深惶悚迺蒙我
皇上優頒懋賞疊沛
溫綸
特加宮保之銜已屬非常
榮遇再
錫鈞衡之職尤為至渥
隆恩自顧何人膺茲
異數聞
命自天措躬無地伏念臣生長單寒少無依倚臣
父以忠義而膺
曠典臣母以節操而荷
旌褒仰承一忠一節之遺緒欽沐至高至厚之
皇仁殫力宣勞惟恐有違親訓夙興夜寐祇懼未
報
國恩我

皇上念臣家世忠孝流傳憐臣趨走駑駘竭蹶
眷存彌切
獎勵頻承
超擢之榮雖夢寐未敢希冀
知遇之盛即捐糜尚屬難酬此臣所以撫膺感泣
跼蹐靡寧者也惟是臣奉差河務十載有餘
暌隔
天顏時深孺慕茲蒙

恩命
簡侍綸扉將來入覲
闕廷欽承
聖訓叨沐
太和之洋溢得申依戀之悃誠又不禁慶忭蟻衷
歡忻舞蹈臣惟有益加敬謹倍矢盡勤宣力
皇輿長祝河山之奠定敷揚
聖化載賡日月之升恒以祈仰報
皇上洪恩於萬一耳所有臣感激微忱理合敬謹

繕疏恭謝
天恩伏乞
皇上睿鑒施行雍正十一年四月二十二日
奏奉
旨覽卿奏謝知道了該部知道欽此

恭謝臣子稽璜授職編修
奏爲恭謝
天恩仰祈
睿鑒事雍正十一年五月十二日接閱邸抄臣子
稽璜荷蒙
聖恩授翰林院編修欽此臣隨恭設香案望
闕叩頭恭謝
天恩竊臣子稽璜樗材淺植初學未嫻荷蒙
特旨賞拔舉人中庚戌科進士學習

國書茲又邀
恩授職編修臣感忭交深莫能名狀伏念臣父稽
永仁以生員殉難荷蒙
聖祖仁皇帝贈銜賜卹表著幽光又蒙我
皇上親灑
宸章旌揚忠節入祠從祀
恩禮優加臣職司河務敬承
聖主逾格之
鴻慈慶厯亘古難逢之

曠典今臣子嵇璜又叨
恩命
簡昇編修祖孫父子三代邀榮
聖恩稠疊旣表章其先世復擢用其後人臣叩生
生世世捐糜頂踵實難少報涓涘于子孫孫
銘鏤銜結亦未得仰酬毫末臣惟有殫竭血
誠奔走河干圖維鞏固并勉臣子勤勵讀書
小心學習以祈仰報
聖主高厚生成於萬一耳臣謹恭疏

奏謝伏乞
皇上睿鑒施行雍正十一年五月二十五日
奏奉
旨該部知道欽此

恭謝
欽賜
大清會典
題爲恭謝
天恩事雍正十一年八月初六日臣跪接
皇上頒賜
大清會典一部當即恭設香案望
闕叩頭謝
恩祗領訖欽惟我

皇上
德合清寧
化隆位育
統百王而立極祖述憲章
執一中以宜民仁規義矩
法制定人倫之紀咸遵有物有恒
敎養會王政之全永爲世法世則伏讀
大清會典仰見
世祖章皇帝開天出治膺世覺民訏謨垂萬禩之丕

基制度定一朝之大統
聖祖仁皇帝文明累洽聲教覃敷六十年文德武功
光比經天日月千百國禮陶樂淑默成覺世
範圍我
皇上治協中和功高作述道隆時泰尤崇
列聖之章程化與俗宜尊重
熙朝之法守爰本
敬承之至意
特宣頒賜之

恩綸兵農禮樂燦若星辰服物采章昭如雲漢爛
諸仁而藏諸用無一物不歸裁制之中遠不
槩而近不遺舉斯世悉臻化神之域仰觀俯
察綜成致治之鴻編際地蟠天莫磬無名之
廣運皆由
皇上聰明睿知實本法
祖以勤民所以齊治均平上駕虞書與堯典一時臣
工拜
賜八埏道路同遵臣館閣趨承曾窺緗帙湖河奔

走屢拜瑱函兹荷
隆恩
寵頒會典焚香捧誦畢瞻
聖治之精詳盥手開函敬仰
維皇之極則是知太平有象畢昭禮度文章更卜
悠久無疆永奉典章謨制臣惟有望奕禩而
加勵對官禮而心虔珍同絲字願山陬海澨
聲教同風欽若赤文祝金簡玉書詠歌長治
臣謹繕疏恭謝

天恩伏乞
皇上睿鑒施行雍正十一年九月二十日
題奉
旨該部知道欽此

恭謝

欽賜孝經小學

題爲恭謝

天恩事雍正十一年八月初六日臣跪接

皇上頒賜

欽定孝經一部

欽定小學一部當即恭設香案望

闕叩頭謝

恩祗領訖欽惟我

皇上

孝隆至德

學集大成

闡經義於倫常光昭日月

勤編摩於養正功振鐘鏞葢

聖孝出乎性成志隆纘述而

聖學由於天縱道協纘承敦忠敬孝以範民彜是

聖祖仁皇帝

訓是行以弘雅化仰惟

崇儒重道

稽古右文

蒐輯孝經推廣人倫之本

牋疏小學弘敷大化之原我

皇上

篤念永言

精思無逸聿昭

祖訓特開館闈以纂修刊示臣工徧布閭閻而誦法

冠以輝煌之

御製比隆帝典王謨光兹璀璨之瓊編媲美聖經

賢傳深微廣大經剖晰而人知法行法言本

末精粗仰

宣示而咸能有德有造萬方感被四海儀型臣學

愧迂疎孝慚奉養當年僕直深荷

聖明教誨之恩此日宣防豐拜

天府圖書之賜兹復仰蒙

寵注

頒賜經書敬啟瑱函如承

寶訓自茲逐條體認用資事
君以事親敬謹宣揚兼藉敎民以教士惟願率土
昭明倫之要道六合同風普天奉覺世之訏
謨萬年恪守臣不勝感激凜遵之至謹繕疏
恭謝
天恩伏祈
皇上睿鑒施行雍正十一年九月二十日
題奉
旨該部知道欽此

防河奏議　卷九　四十三

恭謝秋汛議敘加級
奏爲恭謝
天恩事雍正十一年十一月二十七日准吏部咨
爲恭報秋汛等事內開議得工部咨稱大學
士仍管理江南河道總督事務嵇曾筠恭報
今年秋汛水勢已過各工保固平穩情形一
疏奉
旨河道總督及在事各員著交部分别議敘具奏
欽此欽遵查雍正九年十月內江南河道總
督嵇曾筠恭報秋汛平穩經臣部遵
旨議敘准其加一級在案今南河大臣官員殫心
職守各工平穩得慶安瀾欽奉
諭旨議敘應將江南河道總督嵇曾筠照例准其
加一級其在事官員俟該總河查明報部到
日再行議敘雍正十一年十一月初九日奉
旨嵇曾筠著加一級餘依議欽此爲此合咨前去
欽遵查照施行等因移咨到臣隨恭設香案
望

防河奏議　卷九　四十四

闕叩頭恭謝
天恩訖竊臣備員河務荷蒙
皇上隆恩異數疊沛頻須自分率屬修防毫無報
効茲以本年秋汛保固平穩迺荷
隆恩特賁仰邀晉級殊榮感激難名悚惶彌切伏
念江南河工地處下游襟帶黃淮上賴
聖謨廣運稟遵
睿訓周詳各工得以保護且河水長發之時又於
睢寧地方仰蒙
天賜引河地呈上瑞全河暢達化險爲平
嘉應休徵皆由我
皇上大德精誠感孚默契所以兩儀同撰昭
聖敬而一氣旁流四瀆會歸拱
皇輿而百川奠定
凝庥錫福河定民安臣以庸愚重蒙
嘉勉感荷宣勞之
榮眷
天語諄諄涵濡浩蕩之
皇恩臣心惴惴自顧十年以內業叨
聖主稠疊
恩施茲於一歲之中復荷
溫綸再三
錫命受
恩愈重圖報愈難惟有益矢捐糜愈圖鞏固長頌
安瀾之慶永臻底定之休以期仰報
高厚洪慈於萬一耳除將在事各員効力實蹟容
臣查明分別造册報部議敘外所有微臣感
激愚忱謹繕疏恭謝
天恩伏祈
皇上睿鑒施行雍正十一年十二月初一日
奏奉
旨該部知道欽此

恭謝一品

誥封

奏爲恭謝

天恩事竊臣於宿遷工次接閱邸抄欽奉

上諭大學士嵇曾筠敬慎居心忠勤襄事自簡任

河道總督以來整理有方調度合宜即如今年

直隸豫省河工均有潰決而江南地處下游不

但各工平穩且有自開引河之瑞此實嵇曾筠

殫力宣勞之所感召且江南河務今年工程較

多所用物料加倍而所費錢糧轉較從前減省

茲又奏請將葦蕩營每年出產柴束立定章程

償運交工濟用具見實心實力鉅細不遺深屬

可嘉朕念伊父之忠義伊母之節操雖已贈卹

旌褒尚未膺一品封典今特沛殊恩著給與大

學士應得誥封以示優榮欽此臣跪讀之下當

卽恭設香案望

闕叩頭恭謝

天恩訖欽惟我

皇上

堯仁溥被

禹績丕昭

康阜咸登尚勤求夫民隱

平成永慶每加惠於臣工臣猥以庸材忝膺重

任仰賴

神謨廣運隨時得奏安瀾更由

聖敬昭孚遍歲頻臻瑞應惟

皇上宸衷乾惕因之屢名

休徵而微臣殫力宣勞祇有靖共職守敬沐

優頒懋賞疊賁

溫綸受此

隆恩已爲逾分迺更荷

皇上推恩之大典錫類之

弘仁憫念臣父殉忠臣母守節

特加一品封誥用彰三代榮施發潛德之幽光

錫龍章而益著表貞操之苦志賁

鳳誥而增輝

聖訓煌煌勵世以褒忠教孝
王言藹藹聞風而懦立頑廉況臣身受
洪慈刻骨鏤膺感激難名萬一親邀
曠典涕零心惕悚惶何啻再三
表揚之典至優犬馬之報何在即時時奮勉致身
竭力莫副如天如地之
皇仁縱世世子孫銜環結草難酬無盡無涯之
聖澤惟有盡誠永矢慶河山奠定於千秋感頌加
虔祝日月升恒之

萬壽庶以仰報
皇上鴻恩於萬一耳所有微臣感激愚忱謹繕摺
恭謝
天恩伏祈
皇上睿鑒施行雍正十一年十二月初二日
奏奉
旨該部知道欽此

防河奏議目次

卷十

防河奏議卷十

李[illegible]

挑挖引河說

嘗攷黃河自潼關以下無山麓束水河流漸肆激湍奔放東衝西突遂成掃灣頂衝之勢兩岸險工多由於此從來黃河夏月走灘冬月行灣每歲冬初及春河流類皆掃灣廻溜侵刷堤根水緩沙淤灘形漸長如水射北則灘在南射南則灘在北此一定之形勢也至

夏秋水長河勢浩瀚前此侵刷之處遂成頂衝當此之時必須於險處做磯嘴下護埽并創築裏月堤以保固萬全但河勢灣曲太甚漸成一往之勢恐滋漲漫之虞萬不獲已計莫善於開引河爲效旣速且河成之後化險爲平誠一勞永逸之計也但貴乘時尤宜審勢黃河掃灣之處其大溜必直走險工一岸沙灘上游盡屬漫灘難以施工若不遠尋河頭有吸川之勢縱一時告成終不能掣溜及

經開放立致淤墊是以相度河頭惟在迎溜如其溜勢衝擊塌岸即於頂溜處所安立河頭放開口門納溜自然頃刻成河但黃水倏忽變遷往往有冬春水落勘定河勢迎溜及至夏秋水長河形忽又改易者斯時或於上游迎溜處所開挖深溝引溜入河或於新河對岸作挑水壩挑溜入口雖多費帑金恐難收效不若預先審定河頭爲善也河頭旣定當依形順勢相度河尾河尾不可太低低則

引河以下之水倒灌而入河亦難成是河頭旣有吸川之形河尾尤貴有建瓴之勢斷斷不可移易者也至於河身宜在老灘上開挑不致水大易漫首尾定而地勢得然後講究挑河之法統計引河長者二三千丈其次千餘丈數百丈不等但其中高窪不一若不分別高下一槩若干深將來開放之時高亢之處必患淺阻卑窪之處必虞淤墊故估計之法先於應挑河身內封土作堆以記丈尺次

於封土上各插長竹竿一條使河頭至尾一律調順然後用水平或三十丈或五十丈挨次逐記某段較高若干某段較低若干照依高低科算土方通核錢糧庶免浮刻估計既定又必按段分委人員頭尾兩段必擇夙昔諳練之人方可委任蓋河之頭尾關係通工且河性無常消長莫測苟非熟悉工程不知利害一經暴漲或有坍塌則河未全完水一内注頃刻漲平前工盡棄故河之頭尾須

寬留灘地一百丈或五十丈如逢水長則用挑河之土叠作土埂攔水仍量貯柴草以備不虞方爲萬妥此分工委員之又宜審慎者也至發帑募夫尤應慎重如發銀太少則遠募之夫盤費不敷多則恐致花費日後便有累工欠帑之弊假如河身一丈該土若干每方計銀若干共該銀若干先酌發十分之四每名先得若干每夫每日除陰雨停工約挑土七分每日每丈内可挑土幾方劃後計工

續發可無賠累之虞矣又人夫到齊不許先挑河土令承挑各員諭各夫頭如分工三百丈者先撥夫四百名於河身兩岸各離十五丈之外順長先挑小溝一道面寬四尺深二尺段段相接自首至尾普例溝完仍令夫頭於小溝上搭橋爲路凡所挖河土俱令挑過溝外從遠處堆起依溝順長堆至各段之土兩相連接約至高四尺後方令其再往上堆不許一筐棄置河邊可杜奸民做假崖墊高

之獘開河之日亦無積土卸下之患節挑河未成之先倘遇河水暴漲外有積土阻攔可免漫淹或值大雨下有小溝通流積土亦不致卸入河内此興工之始所當措置者也至於開河其中更有先後次第不可普例全開除去河頭灘地百丈外如第一段長二百丈第二段亦長二百丈各段内間一百丈開一百丈其間與開之交界處各留土埂一條約寬四五尺俟所間之百丈通身挑完然後挑

去土埂蓋河上甚多工非計日可竣如遇連陰積雨不免淹沒土塘故於二百丈間段挑挖則雨水有所容不致浸塘且可省車戽之費其於交界處仍留土埂者恐後挑之土遇雨積水難以施工有此土埂無水固妙縱有水即可以現挑土塘之水戽於已完土塘之內費省而工便可免曠工賠累之患矣全河既已挑完必待汛水長發溜急湍洶然後迎溜開放河面寬二三十丈者頃刻八九十丈

坍塌成河將開之時先須挑去河尾平地十分之三然後挑空河頭兩相照應蓋河尾無溜不能衝刷尚易收拾若河頭先開河尾未完則河水一進便易淤塞開放誠不可不慎也總之挑空引河不可太窄窄則受水無多遂難挽溜不可太淺淺則水不全趨勢緩沙墊不可太短短則水流不舒毋為正河所抑洄漩易淤如引河長者又不可太直直則水平溜緩必中間坑潰相間怒濤跌蕩日衝日

刷河乃深濶再於河頭下唇築挑水壩約攔水勢入裏此皆一定之機宜也引河既成雖向之被禍最烈者不數年間皆化為沃壤禾麥盈疇桑麻徧野如河南之倉頭口雷家寺豈非明效大驗歟然此尤宜於中州者以土鬆而河易成也若徐邳以下土性膠粘則又當審形度勢不可一律論矣

堵塞支河說

論治河者莫不以分殺水勢爲言然㧞河患於其漲之時誠不可不分其勢若預先防其淤墊慮其横決則貴合其流而歸於一蓋黄流甚濁沙居六七合則汛溜水急挾沙而行水行沙刷河流暢達分則水勢散緩緩則沙停河塞而奪溜潰決之患未有不相因而至者則支河之應堵亦彰明較著矣獨是堵之之法不可執一而論如有一種支河上有河

頭下有河尾一當河水長發水由河頭流注遠者數十里近者十數里夫以黄河洶湧之水奔注於狹隘河形之内其勢倍急激湍廻旋撞擊堤根日刷日深爲害非細堵之之法當擇河頭高阜有崖岸處所約離大河百十丈或數十丈之内堅築夾土壩中心填土兩邊用埽由防風加鑲高厚以斷其衝若溜勢甚湧則連築夾壩一二道重門保障庶無意外之虞至于沿堤串溜之支河須於一帶河身中各擇淺隘處間段築束水壩或相隔一二里或里許形如石閘各留口門寬者丈許窄者數尺仍使通流不致激怒水流遇壩停蓄泥沙頓積即有涓涓細流不致刷深河形一遇河水平漫串入支河有束水小壩間段約攔河水慢流漸淤漸積歷伏經秋盡成平陸更有支河上源並無河頭祇因内地低窪當河水出漕之時滙潴於此自高而下聚而成溜衝刷成河雖繞堤遠近不等究歸大河

但堤根沿流浸汕如不急爲堵截恐年復一年日漸深闊堵塞更難其法又當先於河尾内靠河崖高阜處堅築内外大坦土壩一條截其去路兼於河身淺隘之所亦間段築束水小壩各審形勢以留口門寬窄至近窪地之第一束水壩口門須寬庶窪聚之水不致跌蕩以下束壩遞遠口門遞收河水漫漲水束沙淤日漸墊平雖有細小河形不足慮矣昔人有言曰黄河無十年不變之形此就大

勢而言若夫支河治之得宜一經伏秋即淤
爲沃壤可計日而待也

堤工說

隄防束水由來舊矣然隄名宜辨隄之形勢宜審且修築之法宜詳未可視爲粗淺漫不講求也一曰遥堤遥堤之制離河二三里外就高堅築正如設險者遥爲控制之意以防汛水長發俾得寛容游衍即至平漫及堤其勢已殺不復衝激爲患前人所云遥堤約攔水勢取其易守者此也一曰縷堤沿河順築條直如縷束水歸漕日刷日深不致渙散停蟄是以不拘黄運及淺水河渠槩有兩堤夾水前人所云縷堤拘束河流取其冲刷者此也一曰格堤遥縷二堤之間地勢寛衍脱遇縷堤有警則恐漫溢之水騰波掣溜刷成支河所宜酌量遠近間段築堤如横格然前人所云決水順遥而下亦可成河欲其遇格即止也一曰月堤水性遷移靡定如舊堤漸近河身則溜勢日益侵射難資捍禦下埽修防工大費繁相機建築月堤以爲重障前人所

云縷遥河流難免冲突欲其過月即止也他如河湖相連之處建堤隔截則曰隔堤水櫃四圍周遭環築則曰圈堤汛水長發勢機危急於堤頂搶築小堤則曰子堰石工以內埽工以裹於後尾用土塡築則曰裹後彙凡湖堰海堤以及圩塍塘埂雖名異而用同可即小以見大總在條理得宜建制如式而已若夫築堤之法不論工程之大小難易先分別乎剏建加幫如工之剏建者首在相度形勢

抵水而不與水爭然後酌量地形之高下詳審起訖之憑依或裹陡而外坦或由高而漸卑胸有成算斯動能中矩如工之加幫者或年久失修而形勢不改則修殘補缺丈尺止還其舊制或建築未幾而形勢異宜則裹收外出規模又貴乎變通增培雖無異致而機宜各有攸分至於坯頭不可過一尺取土離堤十五丈潑水夯硪用簽探試肋土貴乎豐盈收頂貴乎圓滿地係浮沙則遠取膠泥搭

面四圍木佑則急圖周埂成功船裝車載所以節人力之勞馬路浮橋所以利夫工之便取土既有近遠之分方價又有乾濘之別修補者先將原堤夯實草根芟盡新舊土斯能合一保固者須知塡補浪窩搜尋獾洞伏秋汛方可無虞此乃不易之章程修防之定制也茲因修築善後堤工之役爲之分別著明焉司河者其先準形度勢分明乎緩急之用斟酌乎制度之宜而後如法行之斯得堤工

之三昧矣夫

堤工走漏說

諺云千金之堤潰於蟻穴穴之不可不慎也所貴平時巡查嚴密有則填築其汛水長發乃可無患如堤內積水之區色泛微黃必臨水坦坡有進水之穴洞查勘得實即用鐵鍋扣住勿使走氣周圍用土填壓堆成高厚土坵切勿腳踹杵夯致令洩氣恐有意外之虞斷水之後或於堤頂或於堤腰挖至患處尋其過水之洞層層填土夯築堅實此截築法也又如河水漫灘堤根滲漏洞穴難以尋覓裏堤過水即令會水精細人在外坦逐細踩尋凡過水之處抽氣必大易於覺察踹尋着實萬勿用碎石草把填塞越塞越漏恐成大患須量洞口之大小或塞以棉襖或塞以棉被便可堵住設或洞口寬大必使一人赤體將洞口坐住一面飛集人夫於所坐之下周圍填土離人二三尺圍繞成圈築成井樣寬七八尺高出水面二三尺俟外水不入即令塞穴之人扶竿速起立將井土填實若恐頂衝汕刷加以護埽防風斷不致潰裂此外堵法也更有一種井穿獾洞外面似無大壞不知堤內已屬空虛一遇水長忽然走漏勢如泉湧不可復救則非覆鍋塞絮所能奏效者須細看堤外之水如淹堤二三尺堤內平地比外地低窪一二尺過水不大宜飛調人夫即於堤內走漏處緊挨大堤買土急築小月堤一道攔定走漏之水勿使伸腰透氣聽其流滿月堤內外相抵則不過水矣然後從月堤兩頭挨次用土貨填築成裹戧一道可資鞏固切勿先於漏處用土加幫夫少則不能立成夫多則蹂躪塌卸反損大堤此內堵法也倘或堤外水深五六尺堤內之地又較外地卑矮倉猝相乘焉能築此高厚月堤以資捍禦則宜星速軟草於隄外坦坡下挨次鋪鑲細土層層加壓加至出水則漏自斷俟汛水消落當築裹月堤一道內外兼治方可永

因大抵獾洞鼠穴不在堤之外坦而在裏陡不在人跡常經之地而在幽僻荆棘之間嚴飭各汛文武員弁修補於平時自不貽悞於倉猝巡查之責屬之兵夫催督之任寄之官弁實爲閘中之當急小中之最大者也司河者幸毋忽視焉

石工說

石工之要第一先審水勢如黃河水性雖常沙土虛鬆除山陵岡幾土性堅凝並爲建築石工以資捍禦其餘概難壘砌又如清水頂冲之處建閘若遇山水大發全力冲動必致潰裂難支惟熟察夫來源之清濁爲頂冲爲拖溜擇地建造方能堅久是水勢之貴於斟酌者一也一在先據根基如根基不能堅實雖審釘長樁層壘巨石平整下座必致塌陷

務須選擇土性堅凝之處然後施工則久而不敝即至歷年既遠間有損傷基址永固易於修理是根基之貴於堅實者一也至於壘砌之法首重底樁毋論馬牙梅花務必株株實在方能着力一有虛鬆則力難勝重上實下虛通身受病即全體俱堅間有一二樁根不能到地倘遇石縫接筍之處立致敧斜偏側是以按照清規估計有二截三截之分而測量地勢簽釘務以着實到地爲要是底樁

之貴於實在者一也一重石塊不拘丁砌順砌務須六面琢平方能穩固倘一面不平即一處不穩每有任聽匠作草率了事鑿鑿不平用碎石襯墊迨至壘砌既高其力愈重所墊碎石難支工完未幾旋有蟄裂是石塊之貴於平整者一也一重對縫石縫不密則縫隙可慮易於滲漏即使灌以濃漿而灰縫粗疎不能鎔成一片串水之患勢不能免凡關筍接縫之處務必琢磨細緻參差壓縫勾抿

合式方資鞏固是接縫之貴於緻密者一也一重灰汁灰有真贋之辦汁有濃薄之分少不留心察看則動多虛假苟至計及錙銖希圖節省即有匠工牙儈乘機舞弊灰則攙和沙泥汁則半多清水豈能融洽膠粘充盈飽滿徒飾外觀其弊不可勝言是灰汁之貴乎察核者一也一重丁石不拘大小石工如得屑屑丁砌自當格外堅固否則屑丁層順間砌皆能垂久如非喫緊大工則估計順砌居

多每層順砌一丈例用丁頭石三塊每塊長三尺六寸庶與襯裏磚石裏外牽扯方資鞏固如謂壘砌在中無可考究所用丁頭石長不如式則牆裏二石兩不相蒙倒卸之虞半多由此是丁石之貴於照估者一也一重襯磚牆石之後接砌裏石裏石之後復襯河磚並土石性殊難於聯屬以磚貼土誠有妙理如或聰明自用更改成規動謂磚性不堅不如省去不知土石性難融洽分而不屬大有

疎虞是襯磚之貴乎如式者一也一重尾土石工背後用土填築土石相接最難聯屬夯杵不密每致成患務須砌石一層即填土一層用粿木夯杵百鍊千錘方能堅凝貼合如壘砌既高方始填土以及任意堆積先後失宜雨淋水灌非虛蟄塌卸則脹裂傾欹均爲石工大患是尾土之貴乎堅密者一也一重月𡑞凡修砌石工必先築月𡑞攔水法用兩面排樁襯以笆席中填土心擋潏閉氣不使

少有滲漏以便施工此不易之則也然於洪波巨浪中一壩孤懸勢難屹立如徒囿執舊章不知變通萬一工程將半壩有疎虞前功盡棄所損實多又在因地制宜如水淺則用月壩水深則留存舊工一二層以爲外障退進一二丈空漕釘樁壘砌是月壩之貴於相機者一也他如淌槽戽水抑錠安鍋集料庀材鳩工利器事無巨細貴周備而不遺時有後先毋臨期而滋誤若夫金門雁翅之須詳磯心畧頭之有別迎水跌水在長短之適宜減壩滾壩實同工而異用閘洞無分乎大小堤堰總貴乎高堅形制雖殊施工則一要須熟習於平時方不致周章於臨事也謹於高堰工成爲志大畧於此

減水滾水閘壩說

束水莫如堤然堤有常而水之暴漲無常於是相度地宜築閘壩以減之滾之而後堤可保也夫黄河自武陟滎澤迤下全恃兩岸大堤約束惟豫省土性虛鬆并無岡巒依附難立閘壩基址至江南碭徐以南土質堅凝山岡林立上有毛城鋪石林口下有王家山峰山大谷山等閘壩以洩其漫溢有餘之水而大溜仍走中泓是以水勢安行堤工鞏固迨至宿虹廳則有竹絡壩以分減黄流外河廳則有王營減壩以宣洩異漲以及駱馬洪澤等湖上下運河水小則謹閉以蓄水水大則開放以減水權衡消長吐納盈縮全賴於此其間制度有不可不講者蓋閘之底深於岸其寬不過二丈四尺至三丈而止壩之寬者至百丈窄者亦六七十丈其底與岸平者爲減壩高於岸者爲滾壩滾之過水少減之過水多滾洩緩漲減洩不滯制雖不同減則一

也但建造必須周詳審度斟酌萬全如剛壩基址務擇地形得勢且內有舊河或相隔不遠附近湖蕩者挑河通流庶易爲力其外灘離大河甚近須用水平測量平準方可施功再查歷年水漲時此地水高若干大抵水深一二尺者即可用如太窪則洩水過多矣其最要者察土性之堅凝度壩基之長短審水勢之淺深酌口門之廣狹量消納之多寡一或不愼必致下淹民田上奪河溜甚至水漫跌塘旋築旋潰爲害又何可言耶至於築基甃砌之法前人已備載矣無俟贅述

順水挑水壩說

黃河當頂衝埽灣溜湍水洶正堤岸危險之際急於上游下摟崖順埽上用裴頭埽以下一路魚鱗又恐不能挑水則盤築磯嘴壩以挑溜淵行然後危可安而險可平也夫河溜之緩急淺深形勢不同則挑壩之長短濶狹制度亦異如過溜急水深必須盤築大磯嘴壩或三四路不等倘大溜水深底埽不能出水則上加套埽一層上下雁翅下水宜長十分之三酌量斜長均勻埽個方爲平穩若溜緩水淺又當減去埽路上用散鑲雁翅之長短高寬亦須酌減務期妥貼堅固設或建挑壩一座挑溜不遠則於頭壩之下相去數十丈或十餘丈再築挑壩一二座接聯挑遏水自開行其兩壩相接中間空處俱須下摟崖順埽至溜緩處乃止則堤根鞏固永無廻溜之虞矣又有一種埽灣上游來勢甚猛先宜下順埽護崖略帶魚鱗若挑水過急溜難舒

展必致盤旋瀠洄汕刷堤根宜築扇面壩以挑之蓋扇面則水不激怒逼溜使開庶爲穩便若夫魚鱗壩者即小磯嘴也用於絞邊拖溜直河爲最宜重叠遞接形如鱗砌亦間用於攔崖順埽之間以保堤岸然須審水勢之上提下坐以爲接應不可概用也更有一等挑水大壩自岸至溜全用埽個臨溜門埽寛十丈者靠堤起手之埽先下寛二十丈高一丈爲一路逐路遞減一丈下至第十路門埽

恰寛十丈統計直長亦符十丈之數臨溜水深底埽不能出水更用套埽悉照底埽之長短爲則兩旁俱用邊埽至上下水雁翅均用順埽上再加鑲高厚以資挑溜然此等大壩惟用於掃灣決口或因口門水勢洶湧急難進埽飛築大挑壩一座逼溜使歸正河口門溜減庶易堵築又或決口已經堵築恐河勢流順仍由決口故道運道民生關係匪輕者復於上游建築大壩挑之逼溜盡歸正河以杜後患總在相水勢以定機宜可耳

堵塞決口說

漢武宣房而後堵塞之事代有傳述但專事茭薪楗竹者不省川源之大勢專言支分派別者不知埽理之機宜欲堵築之稱善難矣蓋河流漫決形勢難定先須裹頭護堤固守一面購齊料物俟水落時堵築苟不能相形度勢籌畫周詳而遽圖遏截則人方盡力以制水水亦必騰湧以勝人彼此牴牾變態百出曠日持久難與爭衡必詳悉地形領會水性然後定謀決策立見施行於挽逆之中而仍得順遂之理然後操縱得宜趨避得法事半功倍工可告成如決口之由於頂沖者其溜必直大溜全入口門正河立見淤墊不得不開空引河以分其溜第河之大溜必走中泓口門對岸自無迎溜吸川之勢須於直河上游轉灣之處尋見引河河頭以挽之蓋口門在北其上游轉灣之溜必在南口門在南其上游轉灣之溜必在北也今引河開濬將大溜分去幾分則口門之勢必減而堵塞易爲力矣如決口之由於掃灣者其大溜不在其左即在其右正河與口門兩相行溜則又不必開空引河止於口門之或左或右上游相去數十丈建大挑壩一座挑溜使歸正河則口門水緩埽自易進如地係浮灘壩無靠身即於壩後建戗堤一段接至老堤前用順埽魚鱗埽保護便可無虞倘或初係掃灣及後漸成頂沖則於初變之時飛即接長挑壩或於埽臺上首連築磯嘴挑溜遠行斯亦補變之一策也如決口之由於漫灘者既非頂沖亦非掃灣或緣堤工年久單薄卑矮或因獾洞鼠穴罅隙虛鬆被水浸泡致成潰漫灘水勢洶湧異常究與大溜有別俟汛水退後其流自緩不難立堵且有自行掛口不煩閉合者惟外灘舊有河溝串入堤根急須於灘上多用草土堵塞溝形以斷其來路則決口不勞工力而易塞矣若夫埽臺不可參差相

向下埽不可緩急失宜或上水下水溜勢不齊先於上水加功或新決舊堤激湍難合則從裹越盤壩以至功將半而忽有他虞思在防微之不容龍巳合而變生意外至資料物之充盈與夫盤壩下埽簽樁壓土釘橛絆纜探埽聽樁埽工走溜合龍閉氣各有法則分著於篇庶後之司河者竭離婁之明而運工輸之巧大綱節目兩相需而兩相得也

盤壩進埽說

堵決埽壩先宜相度地勢則自始至終不煩更改埽亦安穩如決口之水從中泓直下者則兩邊埽臺所出馬頭受水之力亦相等庶挨次前進各無輕重如溜自左來或從右來則當溜一邊其勢急其水深必先出埽俟出埽三兩個之後大溜必稍稍直下然後於不當溜一邊亦挨次前進埽個則兩邊上下長短相等受水之力亦相等及至合龍自無貽

悞若夫兩邊埽工堵至八九分光景倘有邊門埽之下因深水洄漩湍狀不能上齊進埽以至邊上邊下兩不相對難以合龍急於水深溜漩一邊在門埽上水下長十丈順埽兩路卽於順埽上另出馬頭往上一提對定彼岸進埽則深溜在下龍口亦對而易合也總之壩臺必須三面壓實方可往前進埽水淺則埽上加鑲水深則騎馬套埽其捲埽之法爲邊埽爲門埽爲沉水埽爲馬頭埽爲魚

鑲埽埽個不同譬之兵家列陣攻守異宜戈矛弓矢各得其用而已矣不然恐欲速圖功冒昧臨事蟄墊門埽之上或濕空蟄陷或漲裂攲斜或蟄身折腰或門埽垂頭其患可勝言哉司堵決者不可不加之意也

簽樁壓土說

埽用柳草爲之其性輕浮簽樁以使其不移壓土以使其着實則簽之壓之殊無難事雖然未易概言也簽樁須看水勢水淺則早簽水深則看埽蟄至七八分方可簽釘如有舊埽在底新埽必壓到新舊接聯始可簽樁水緩樁頭不必斜纜水急樁頭斜纜方爲得力至於簽釘之法水淺埽中木深裏四外六如再深裏三外七惟於簽下之埽不宜太直樁頭須稍稍向裏一二尺脚繩須要收緊以防埽未着底樁尖向外致有推埽離襠之患與夫雲梯天秤脚繩立索器具務要精良不然十餘樁夫施工用力於岑樓之上而下臨不測之深淵工程民命寧不兩關綦重耶或者謂簽樁固其難之工壓土猶爲易事殊不知壩臺之上廣土人夫易於雜亂若不派委諳練之人勤視指撥或倒土邊重邊輕以致埽個傾側或壓土太輕過薄以致埽個不沉均

爲失宜且正當合龍之際惟知積料而不知積土倘遇龍門告警雖有積薪苦無貲土每致張皇失措必也預積土於龍門十數丈之後頃刻就近移用層層加壓以資鞏固以收全功始知制水之道原以土爲用也

釘橛絆纜說

凡埽已沉水過半即當普面加鑲壓土但此時埽個尚未到底若揪頭滾肚未曾標記明白即加土料掩蓋無論此埽必不能穩即欲收放從何處尋覓貽誤匪輕務將各繩根根提出各掛一木牌於繩頭之上註明第幾埽揪頭滾肚俟埽個到地後方可一槩掩蓋至於有一揪頭有一滾肚必有一橛木埽個之力全仗此繩此繩全仗此橛是以綑繩之後必須於橛後各再釘橛一根於前橛之上用繩絆於後橛之上方穩橛木宜稍長不宜過短總之埽浮水而比諸不繫之舟泛駕之馬有橛有纜收管周匝則舟可維而馬可勒矣

探埽聽樁說

埽臺進埽人情大抵欲速兵弁類多鹵莽殊不知機伏於隱微患生於俄頃所係安危甚大是以進埽之時務將已下之埽壓土鑲塡探明着地穩實方可前往再邁但口門水深溜急難以探量即探量亦未必確實人有以揪頭之寬緊爲準者此法祇可探埽個之是否着地不能知水底地勢凹凸倘地勢有高有低所下之埽擱於高地之上揪頭亦必不緊詎知低處尚屬懸虛如信爲平穩往前再邁及至再邁之埽將近着地時懸虛低窪之處兩埽相夾勢必逼溜更緊漸汕漸深釀成大患惟有聽樁之法最爲確實俗稱於堵央大工每邁遴精細河員派於樁橛之旁晝夜監守驗得所下之埽揪頭已經稍寬復於所釘各樁之上逐一用耳細聽若下有坑窪過水之處深者樁必顫聲必大淺者樁雖不動亦必聞水聲仍須再加土壓務以毫無聲息方爲妥貼或壓至格格作哽咽聲亦可不致汕跌成患總之埽不離樁樁不離埽樁埽實寓至理露於形者必先發於聲人力致勝幾先覘於目者尚需聽於耳微乎微乎難言之矣

埽工走漏說

合龍未經蟄定之時其埽牆柳草纓纜微有隙罅之處或滴如屋漏水或溉如珍珠泉層壓層鑲自然貼伏均可無慮其最可慮者樁埽施工受病於先發病於後變態百出倉皇震動誠不可不設法以治之也如走漏之處或因樁頭未剅而遽套埽者或剅而未尖者漏水不致成溜其水自半腰流出但於漏處掘開深三四尺必見此樁剅尖掩蓋便可平

穩如漏處有溜但窄細而無翻花此壓土離稽之故但於漏處加鑲緊守揪頭多爲壓土自然塡塞如漏有大翻花者其翻花離埽尾遠漏必大必係埽未落底加鑲壓土俾其墜實如翻花近而溜大必係埽下有深坑因坑短埽長埽個橫擔於深坑之上埽雖落底而水流入坑內盈坎上冲從新自埽尾流出若不速治深坑漸冲漸長及至與埽相等則懸空下陷其埽立走急須於埽工上水先護邊

順埽或長十丈或二十丈兩路鑲塡如式釘樁壓土然後將漏處用利斧砍斷直折到底摸見深坑層層用草捲土埽塡之以塡至漏斷爲度總之水從上滴其下必有空隙況塞決合龍大溜初過其勢難馴必須尋源補救防維周密若涓涓不息遂成江河可不懼哉可不愼哉

合龍閉氣說

堵閉決口至合龍時正河尚未寬通旁流又復阻塞全河水勢進退兩難屈不能伸之日此時苟措置少有不周必致尋路奪門乘虛潰陷盡棄前工故堵合決口築至祗寬十餘丈之時務將從前已下各埽凡揪頭滾肚以及樁橛等項一一撿點明白更驗明積料積土若干然後每邊各再進一二埽鑲墊極穩方可捲下合龍埽倘其埽或用單用雙俱可不拘既下埽閉合之後一鼓作氣竭力鑲填層層加壓着地隨卽簽樁至埽尾溜斷爲率至從前做過各埽須自靠堤起至龍門口止通身壓土三四尺加鑲又不可一律鋪填如埽面寬十丈者止於埽頭埽尾各鑲寬一二丈其埽面中間多用土壓埽上壓土愈重埽側愈穩將來蟄陷亦少若夫堵合決口之後河流亦必去埽工數十丈之外似乎足資鞏固但近埽之處不有河形卽係窪地水勢一長仍必分流倘不早爲防備則外口嫩沙見水便消壩下埽工倘或朽腐一有更變便無從下手亟須於龍門外口約略長短再下順埽數十丈或二路二層或三路一層以護之如龍門裏口跌塘倘淺則於裏口建貼心壩以爲內衛更若緊晝夜搶築裏越大堤一道方爲萬全無失蓋以論水者氣勢二字本屬相連勢之所趨氣必隨之今裏衛外護而又圈以越堤俾其氣無所透而其勢亦隨以退阻淤沙掛灘可跂而待司壩工者其可不急爲之善後耶

雍正元年我
皇上膺圖纘緒加意河防於是虞廷咨儆
簡在帝心命今
宮保大學士錫山嵇公以兵部侍郎乘傳至豫奠
定中牟河患隨即開府駐節經而分任北河
調任南河事歷十年之久功成三省之遠今
兩河底績裒其前後章疏彙為一集壽之梨
棗以小子昌治　志巖昔曾執經問字而河干
之役又嘗親侍鞭鐙朝夕於

公之側也命志名卷末小子受而讀之竊嘆明
良遇合之奇利濟匡扶之大易之泰曰上下
交而其志同屯曰雲雷屯君子以經綸惟
公有焉是應運而篤生名世者蘊而為忠藎發
而為文章懇懇肫肫琅琅炳炳誠足以信今
而傳後也嘗攷記曰江淮河濟為四瀆禹貢
曰沿江達淮亂河浮濟則四瀆即古之運河
而今之運河則自瓜儀逆流而上渡黃淮入
中河運口由中河至山東閘河轉運各省數

百萬石之糧以達京師亦猶之乎古之運河
以達其貢賦然是運河也未始不以四瀆之
通塞為利害焉蓋四瀆襟帶運河相為經緯
治四瀆即以治運河第蓄洩異宜分合興用
其治較古人為尤難也雖然有
聖主斯有賢臣有治人斯有治法自古皆然於今為
烈彼夫古之言治河者漢推賈讓為遂次之
但議者以為祇崇空語無裨實用唐世河患
頗息議論亦希宋則如廬陵眉山頗見讜言

碩論而史冊所載二股六塔由於因循寡斷
迄無成功可見不得其人則不治即得其人
而不得信任之耑亦歸於不治則是漢之宣
房宋之滑臺投壁沉馬增埽繕堤亦河之一
隅成功於一時耳求其上承
聖哲之鴻謨下竭匪躬之偉績由是四瀆著清寧之
象兩河垂奕禩之休盱衡千古詎能數覯也
哉伏念我
公以邃學詞臣洊陟卿貳其初膺河務也親秉

鼛鼓於畚鍤間凡河務機宜悉稟
睿慮周詳竭力宣勞以除旁挺橫溢之患嗣是疏築
並行築長堤而兩岸夾峙疏引河而千里一
瀉上游下游均資其利其所以治黃者至矣
洎乎移節東來萬目會通一河實為河漕命
脉肇夫役之積獘釐節宣之良法其所以籌
濟水者至矣更且南河初涖奉
命經理高堰上體
聖天子如天之仁下念全河關鍵之重意匠經營工

良心苦兩載告成安瀾普慶其所以乂淮者
至矣至其挽北徙之江溯通注江之去路於
瓜洲殫相度之勤於金灣芒稻等閘講節宣
之制其所以導江者至矣若夫築禹王臺竹
絡壩而洣水安流向若疏駱馬湖尾閭而六
塘順軌朝宗其所以吐納黃運蓄洩河湖者
又至矣蓋惟胸有全河故能提綱挈領縷晰
條分而黃運江淮濟汶沂泗胥受治焉然則
治效者幹濟鴻才也端本者淵微懿德也惟

公之才本於德是以出其傳家之忠孝布為體
國之謨猷運道民生凡所措施皆治實而不治名
治本而不治末故於其所急者不敢泄泄以
隳工於其可緩者不敢張皇以糜費勿以遺
艱投大而為難勿以謹小慎微而為易十年
黃運其精神之所嵩注有真積力久之功有
篤實輝光之德侍其側者每見飲食寤寐無
時不仰體
皇上之心為心兩暘寒燠無日不念切斯民之事為

事存誠主敬盟山川而貫金石尤為古名臣
所莫及者猗歟休哉竭慥慥之悃忱樹煌煌
之勳業何其偉歟伏荷我
皇上聖眷優隆晉秩
宮保旋登台輔
盛典酬勛天下臣民莫不慶為亘古難逢之盛迺
頌書至說命爰立作相之文若濟巨川用汝
作舟楫則又知勲著濟川允洽作相自古有
傳之者而況安瀾久奏調鼎方新霖雨蒼生

正未有艾也昌治 志巖才識愚昧闇於經世大略今手是編而廻環捧誦直以一函而挈兩河之全局為疏為築若者為未雨之綢繆也為障為防若者為苞桑之鞏固也抑且樸忠性植格議天生詳慎懍摯之氣溢於言表繫辭曰修詞立其誠惟

公足以當之較之潘印川之一覽朱國盛之南河以及問水敬止通考輯略諸篇知人論世者必有起而軒輊其偏全者矣而況親炙之近追趨之久中心誠服識有不能自已者乎今日者剞劂告成傳世行遠固陋卮言幸得附名簡末此則小子之厚幸也第恐高深莫並掛一而漏萬識其小而不識其大此又小子之隱愧也夫

雍正十一年歲次癸丑九月中浣之吉

山東兗州府沂郯海贛同知范昌治
原任河南開封府北河同知徐志巖　仝

熏沐拜手敬跋

師善堂詩集

（清）嵇曾筠　撰

《師善堂詩集》十卷，清嵇曾筠撰，清雍正十三年自刻本，收録其撰寫的五百七十餘首古近體詩。

嵇曾筠是清康雍乾三朝重臣，官至文華殿大學士。不僅對治理水患、興建水利工程具有精深的研究，而且文章、詩詞、書法亦造詣精深，以學養深厚獲任翰林院侍講，又以才品兼優入值南書房，晚年還曾主持纂修《浙江通志》。他一生治水辛勞忙碌之餘，先後作詩數百首，詩作在清代文學界頗有地位。沈德潛《清詩别裁》録其詩三首，徐世昌清詩總集《晚晴簃詩匯》録其詩十一首。由於他在中國水利史上貢獻卓越，他的詩名反被他的政聲所掩蓋。

嵇曾筠從政三十年，『雖居揆席而未嘗一日立朝右』，始終站在治水抗災第一線，寫詩亦以經世致用爲先，極少捲入上層的政治旋渦。他的詩作冲淡自然，内容多憫民勸農、述志自勵，憂先樂後，體察民情。許多作品抒發對山河大地的深情厚愛，其中也不乏他自己的治河體驗。間接反映出他的爲政之道非常重視導情悦性與民以心相通，表達他以民爲本的思想和勤政愛民、嚴以自律、廉潔奉公的品德。

《師善堂詩集》有清雍正十三年自刻本、清嘉慶三年刻本和清同治元年刻本等多種刊本，近年其八世孫元照據石印承元本出了點校本。本書據清雍正十三年刻本影印。

（金其楨）

師善堂詩集原版初印

壬戌冬修直得於都門

嵇文敏公師善堂集藏之篋衍忽忽十餘年矣南北奔馳所存古玩書畫散失殆盡急檢出以贈吾邑圖書館保存藉留文獻於萬一亦後生之責也

壬申秋八月修直記於海上

師善堂詩集

曾筠生四歲先君子應范忠貞公聘館於制府幕中次年遭耿逆之難被脅不屈幽囚三載作百苦吟如解子手未停批點曾學攜書到父庭又此身若遂沉淪死留與寒家子弟看皆念筠之詩也筠時以煢煢孤稚不能讀父書逮少長束髮奉先太君慈訓負笈從師學爲舉子業時藝且不能工安能以其餘力學詩耶嗣後飢驅四方風雨寒暑跋涉關河偶有感發然皆隨意率成東塗西抹不復存稿至三十有七始舉春

闈館選乃從事詞章而語氣未馴格律未細捃拾浮華了無真趣尚得謂之詩也耶迨奉
命督河經歷豫兗徐揚十有餘年手口卒瘏心力交瘁無暇爲詩雍正癸丑季冬先太君見背力辭督河篆仰荷
聖恩深重得歸里經營喪葬值伏秋大汛仍在黃河工次綢繆陰雨保護運道民生每念先太君六十年苦節教子一旦音容長謝心如劍割刃刺不能自解哀痛迫切流露於詩而句麤意澁欲仰趨先君子之堂奥戞戞乎其難哉適翁子朗夫在幕凡筠悲泣之餘間有口吟一一檢存并追溯曩時舊作僅存百一彙爲一編蓼蟲自語無意爲詩而強名之以詩詩雖不工亦猶之乎勞人思婦各言其情緒云爾

雍正乙卯仲春曾筠謹述

師善堂詩集目錄

師善堂詩集卷一

梁溪　嵇曾筠　禮齋

秋杪泛舟

山翠逼丹楓，扁舟入鏡中。禾成兩岸白，霜落一溪紅。清嘯流餘爽，虛襟淨晚風。輕帆葭菼外，驚起有歸鴻。

獨立

獨立頻搔首，心空有萬端。晚秋還蘊暑，未臘已防寒。負米神猶怯，招魂淚暗彈。恐增堂上戚，力疾且加餐。

寄天津范自牧觀察二首

悵望津門鴈不歸，尺書迢遞雪霏微。每懷甘旨塵生釜，豈爲行吟帶減圍。天地有情人落寞，雲霄無路夢依稀。山公應念遺孤幼，寄與愁心問繡衣。

有母常看獨倚閭，顯揚無計愧何如。南溟鶴唳歸華表，吴地氷霜逼歲除。儻憶通門重啟事，定教伏闕上遺書。忠魂已化萇弘碧，雪涕

君恩浩蕩初

寒夜

攤卷寒宵欲二更風檐獵獵雨聲聲間關空作岐途泣牛斗應知劍氣生北鴈有書何日到南山無地買春耕驌驦典郤匏壺滿笑剔銀釭獨自傾

津門觀察席上持螯分韻

秋裝纔卸菊花叢郭索盈提狀最雄望去霜螯沈水黑解來玉甲墮鐙紅飽嘗乞與鹽梅和持

取頻催竹葉空高會瓊筵瀛海曲底須尊鱠憶江東

丙戌館選恭紀

薄質元非萬選錢何當蕊榜聽臚傳
龍光鳳彩瞻今日潛節奇忠訴往年
特念遺孤須館俸暗驚凡骨立花磚承
恩感激還嗚咽
旌拔幽淪荷九天

癸巳九月迎

鑾宿慧照寺次韻

竝馬穿楓葉疏林返照紅卸鞍蕭寺裏得句夕陽中信宿心旌動依微角吹通明朝瞻
鹵簿聽徹五更風

送友人歸省親迎三首

十八成名作史臣三年芸館每思親祇因
中秘搜研久未得朝昏定省頻
北闕邀
恩旋故里南陔侍養及新春離亭執手翻惆悵

長憶慈幃鶴髮人

慢舉吟鞭指落暉輕帆還逐水雲飛路經江漢詩囊富人渡瀟湘鴈影微到日方知眞愛日朝衣今郤勝斑衣椿榮萱茂蘭叢秀況復夭桃花正菲

繡盤綵勝叶佳期才子初吟郤扇詩自是金閨通籍早非關璇閣掃眉遲問安視膳年華盛鼓瑟調琴晝錦宜回憶紅梨編纂日會須催赴鳳凰池

燕山八景詩八首次李西涯韻

蘆溝曉月

飲馬桑乾水半枯碧琉璃浸一輪孤秋空露白濃猶滴曙冷霜清澹欲無鑒物自來同止水照人俱幸到通途舉頭恰見
恩輝近五色雲開指
帝都

西山霽雪

到處晴光潑眼新層巖疊巘漸消銀空林無月

亦如畫老樹有花都是春一水拖藍微作界萬山抹黛未全勻朝回拄笏渾忘冷愛看凝輝晃落曛

居庸疊翠

第一雄關拱禁城接天嵐彩散空明峽調琴筑原無操山走波濤若有聲萬載崇基森氣象四時仙吹樂昇平
聖朝德化流沙遠載道共球萃
玉京

薊門煙樹

銅馬無由覓故蹤繞關疎樹自重重地高未覺風煙冷
天近因霑雨露濃一逕緑深藏小苑半林黄落見他峰到來頻使塵襟靜風外微聞送午鐘

金臺夕照

莫羨燕昭築此臺賢關
聖代喜頻開徒聞駿骨千金售爭及鴻儒萬國來聲教獨逢 今日盛賡颺盡挽古風回憑高

攬勝斜陽外豈復山林有剩才

玉泉垂虹

跨空渾似彩虹懸吐液流膏不計年萬點晴飛青嶂雨一泓冷漾碧溪煙洗心合貯氷壺内盥手曾呈
玉鑑前魚鳥咸知霑
聖澤朝來游泳滿平川

瑤島春雲

纔從膚寸起遥岑糺縵俄看滿禁林漫道無心

能捧日應知有意學爲霖輕陰直接蓬池遠虛
影斜籠柳苑深會向此中歌復旦簪毫鵠俟
翠華臨

太液晴波

暖旭初升漾冷煙文漪萬疊緑浮天柳含曉潤
抽偏早花被春溫放獨先夾岸魚鱗翻細浪環
橋雁齒截奔泉小臣幸沐
恩波久池上重賡在藻篇

賦得輦過百花中

爲布陽和令
宸遊洽
聖衷金輿來上苑玉輅繞芳叢柳學春旗緑花
迎曉仗紅
九重臨咫尺萬卉發光融萼潤初承露枝輕欲
舞風近
天常煦嫗得地倍菁葱生植資姸景栽培仰化
工鸞鳴清吹外鶯語暖香中複道紆徐度華林
宛轉通小臣葵向切幸侍日輪東

詠荷八首

淨植逈殊菱蔓弱清芬卻勝牡丹濃芳心不染
澄潭澈彷彿拈花座上逢詠荷之潔

朝舒暮卷任天機夏雨秋風香更霏自是美人
淹日月不隨羣卉謝芳菲詠荷之久

釀花爲酒不聞香花氣何如酒味長惟有碧筩
杯在手花香酒味一時嘗荷筩

貼水金錢漾早暉肯同榆莢逐風飛鮫宮貯得
盈千萬欲買花王錦韍歸荷錢

翠蓋凌波十畝連渾如水底蔚藍天魚依清蔭
閒游泳白鷺徘徊曲沼邊荷葉

五更雨霽朝霞絢萬顆明珠眯眼時望去寶光
驚瑞鵲流將泡影戲魚兒荷珠

溥溥玉露冷西池悵望紅衣落盡時莫道秋來
無結實房房有子綻漣漪蓮子

碧幢風捲鏡還明花落香殘聽雨聲猶有根源
在銀漢潄將靈液滌煩情藕

京華元夜

一片笙歌動遠天九門燈火慶華年梅因佳節樽前綻月爲春宵雪後圓鴛瓦漸融正臘凍金貎欲拂酒壚眠昇平風景堪圖畫遮莫銅龍曉箭傳

題蔚州試院孤松

何代孤松鎖院深蔚蘿蒼翠暎逕岑空亭獨立誰知已古韻無人自賞音直幹欲參雲外勢夜濤還沸歲寒心我來于役分清蔭相對忘言思不禁

暖泉

邊方林壑逢迎少喜見空亭覆暖泉水鏡同於心鏡淨春風似與朔風連清溫不用丹爐火沖瀹全消湯谷煙只此結茅堪駐足一瓢一鉢更何年

山行新霽

山翠撲來濃欲滴山花放出艷初驚衹緣雨過嵐添嫩自覺神開眼倍明張蓋溪邊魚潑潑曳裾柳外鳥嚶嚶一天新色供幽興敲鐙行吟趣

早晴

廣武道中

早是黃梅暑雨天那堪沙磧薄行旃敝裘重戀五更後白袷初更半午前寒暖變遷鄉國外風煙起滅塞垣邊誰云此地堪娛夏水榭雲亭思渺然

恒山禱雨

莽莽雲中盡石田炎威炙手晝生煙昨從靈嶽攀龍鬣忽覩甘霖潑馬鞴六月重耕無草地千

邨預卜有秋天黐嫌使節巡行晚父老扶犁喜欲顛

凌井溝三首

一逕青莎染客衣四圍新翠淨蘄暉吟來面面風塵遠只少花當洞口飛

但開眸處足煙霞誰識羊腸鳥道斜登頓不辭頻涉險帽簷敧過樹杈枒

山當好處玲瓏見水到幽時屈曲生見說邊隅山水樸今朝也爲客將迎

七月四日小店口占

冐暑長塗且蹔停茅檐低接黍苗青遍觀野老餘眞趣瓢笠勞人自苦形獨樹陰中思汲井亂山堆裏早披星明朝欲試萊衣舞（翌日值家慈誕辰）數問郵籤盻驛亭

步周汝泉岢嵐試院雙松韻

閒庭清絶晉涔州蝘蜷雙松勢若虬相對寒心暎霄漢各標古韻占山樓連朝風雨龍鱗潤六月炎蒸鎖院秋翠蓋陰陰堪唱和吟情更比蔚

蘿幽

岢嵐鐵塔

象教西來近此邦浮圖山頂迥無雙擬扛鐵筆凌霄漢爲鼓洪爐鑄寶幢雨後孤青羣黛擁天邊聳翠衆峰降高寒色相空諸有雲影風鈴滿碧窗

沁州道中

峰回路轉似山陰不見叢篁與茂林亂石猙獰當道立寒枝料峭趂風吟鋤雲有隴勤耕業樵氷無魚冷釣心日午爨煙猶未起酒帘何處與招尋

早行即事

柝聲未了車聲驟朝氣何如暑氣薰幾點疎星猶戀月半明高嶺尚棲雲塗長小病人眈卧夢醒閒愁緒轉紛堪歎帶圍消瘦盡近來詩句總無聞

遼州道中和周汝泉韻

二月餘寒澗道陰東風曾不到山亭遠巖殘雪

猶堆白踈柳含煙未放青磴滑藍轝還軋軋泉開氷洞自泠泠當春花事無消息鶯弄新聲故苑聽

素馨

空庭鎖斷三春色點綴清芬愜素襟潔比瓊枝無俗艷香生白雪有氷心攤書欲睡憑君醒倚幌無言伴客吟零緑瓢紅誰得似一枝掩映酒頻斟

盆檜

誰把淩雲就翦裁虬枝低向小窗栽還餘岱頂煙霞護似接杏壇風雨來冷暖不移松柏性屈伸應合棟梁材非無百尺龍文勢蟠鬱何年待展開

九日晉陽赴上黨途中有作

使節朝來指太行喜無風雨黯重陽澄幽澗水紋深碧疎爽園林葉淺黃桑落正濃郵吏促菊花方綻馬蹄忙懸知上黨連天脊此去登高引興長

歲暮喜顧倚平至

兩年京洛音書少老大情偏念故人詩擔解來盈白雪征鞍拂卻已陽春短檠昨夜生花綻好句今朝到眼新從此唱酬堪永夕歲寒松竹自相親

和倚平立春韻

山雲猶凍草方荄卻喜君攜春共回雪後詩囊探警句燈前離緒引餘杯辛盤淡薄無兼味花事稀踈憶早梅老友襟期知益壯莫將心跡委蒿萊

鴈門關留別諸生

采風代郡喜窺斑持節淩晨出鴈關豈有氷壺能遠照卻勞縫掖向前攀飛揚似快乘風易離沓幾忘度嶺艱爲語諸生休悵別舉頭仰止盡高山

五臺山

昔人一攬五臺勝謂可不須五嶽遊把詩令我輙神往春裝欲發仍勾留郵知山靈有深眷銜命太原償此願見山已自開心顏況復驅車到

天半摩霄跨漢何嵸龍呼吸直與精靈通疑是媧皇此煉石化作五朶青芙蓉聞說東臺特奇玅拾級先登縱遐眺夜半湧出硃砂丸海外天鷄猶未叫山僧復導過西臺舉頭正喜鴻濛開陰晴凉燠變俄頃颯然萬里邊風來遥指南臺高幾許蹈虛躡險如霞舉上方歷歷見星辰下界冥冥自風雨欲往北臺更飄瞥分明引入水晶窟陰崖高疊萬古氷幽澗長流千歲雪中臺

宛在山中央云是文殊舊道場馴虎何曾避行客伏龍猶自依空王飛泉宛轉當檐落注入清池長不涸鏡中大可印禪心惟見一泓開澹漠小憩剛逢梵課餘妙香冉冉飄衣裾到此能令衆緣息祗有夙好猶難除因之餘勇更一鼓直上蓮花嶺頭坐兩丸日月足底生百道煙霞腰下褁一峰萬狀難具論諸山環侍猶兒孫置身合在最高頂俯瞰一氣渾無垠假令獨往心不猛奇勝何由得全領乃知萬事須造巔賴得兹

遊發深省朅來幸值公務閒閒情暫寄水石間幽吟頗得清淨理遐賞適在清凉山郤爲王程難久住揺鞭又入紅塵去回看一片出山雲不識爲霖向何處

晉祠

晉國山巒雄且長峰頭秀出數晉陽雖無杉松蔽谿壑逶迤圓潤同峴岡山下坡陀夾幽澗淵泉觱沸鳴笙簧恍惚炎天坐氷雪澄泓照見鬚眉蒼春流百道注溝洫撥穀達屋催耕桑香稻長腰湖口勝脩鯿縮項槎頭強廻溪曲洞依山轉風景沖澹疑江鄉桐葉故封表明德千秋廟貌留烝嘗遺祀樸茂有古意至今風俗餘醇良聞道移山經刼灰坤靈默運時還康惟有原泉湛清泚蒼巖終古流湯湯車塵到此成小憩濯纓何必尋滄浪絶巘躋攀縱憑眺石室遥青連太行

辛丑九月懷柔迎

鑾歸途次沈恪亭韻

綵仗度雲岑

鑾廻翠靄深覲光留日馭薄暮返煙林野草荒於海秋星爍若金莫教歸騎疾戀

主更沉吟

壽華亭王相國二首

鳳紀龍編六十春袞衣霑得瑞蓂新貞符叶慶逢千載大耋調元見幾人治際昇平神以靜心緣啟沃道含真三槐紫氣籠黄閣不老今看百歲椿

政府從容壽域開清和仙侶集蓬萊石渠花萼
聯燕許香案爐煙羨頊瓊松柏生爲扶日健蔦
蘿長喜倚雲栽平津高並南山色欲須清風愧
尹才
雍正癸卯春奉
命署豫撫篆賑恤民饑恭紀
帝念中州
詔撫綏口宣
綸綍慰流離發倉豈止盈千萬轉粟應須迅指

麾清洛東西雲復旦大河南北雨乘時羣黎競
道來何暮
聖澤敷天敢後期
奉
命中州典試
搆葺秋闈甫落成何期開府典文衡高懸燭照
三條朗深恐紗籠五色生洛下多才嚴藻鑒卷
中眞賞貴鼇清求賢顧俊儒臣事祇有氷心荅
聖明

中牟工次曉起述事
未旦呼燈起河聲逼枕坳心惟終夜警詩向五
更敲殘月沉洲尾濃雲歇柳梢率先羣力早畚
鍤徧荒郊
寒空莽蕭瑟霜露尚盈疇蓬勃飛黃土丁男訝
白頭渚昏淒曉日風凜失征裘竭蹶酬
宵旰牟陽息漫流
河干口號
濁浪黃沙氣象森

簡書可畏質丹心周防百慮還千慮敬事分陰
與寸陰擘畫河瀾思底定服膺
宸訓儼臨深機宜祇在爭呼吸桑土綢繆未雨
尋
夜月
露坐吟懷似水清虛堂萬籟總無聲星當夜半
依稀澹月到天中轉輾明每羨南雲環北斗頻
看銀漢想瑤京玉繩耿耿渾無寐露灑涼波秋
思生

鴈

萬里來何遠多應爲稻粱江湖雖可戀繒繳絶須防警夜聲千疊悲秋字幾行高飛天外影風雪信行藏

壽督河齊司馬

河嶽鍾靈屬巨卿巋然砥柱報平成會同滄海千支赴陶汰黄流萬里清海鶴健摩天際翩喬松獨立歲寒情瑞凝棨戟稱觴處遮道壺漿父老迎

蘇門山

太行何蒼莽削出天地根餘支東北來窈窕惟蘇門蒼然一拳石奇秀不可論五丁鑿其腹了無神斧痕瀑流乃不竭萬竅交相噴大珠和小珠瀉入玻璃盆滌我看山眼頓覺開眵昏於焉上層碧弔古澆芳樽緬懷無言子弗返千秋魂清芬勒短句庶共茲山存

清暉閣

芳溪淨如拭嫩荻紛成叢津崖互環峙結宇於其中危闌敞空碧萬象虛玲瓏覽勝怡遠目憑高暢幽衷嘉時屬蕭爽霽景開寅濛晚山澹逾靜秋水清若空流杯漱蘭雪撫絃韻松風意適物亦閒境幽人罕通清暉洵堪娱延賞何能窮徙倚發遥唱悠然懷謝公

安樂窩

道在則身安德充則心樂是窩因以名真意益有託內聖而外王可以覘其略儻出致君術豈徒起民瘼占著值遯爻因與世緣薄遂爾謝徵

求于焉守沖漠就中究精義關閩及濂洛得續道之源萬古永不涸斯人嗟已邈天地久寂寞故址欣尚存巋然照巖壑我生百代後未得歸矩矱再拜誦遺編清風滿寥廓

洗心亭夜憇

疏泉歷山麓昨夜宿淇竹平明到蘇門洗心清可掬臨溪坐忘返愛此一泓渌的皪迸跳珠琤琮漱寒玉時爲疎泛聲幽聽如不足疑是孫公和隔水駐靈躅手攜一絃琴奏出太古曲餘音

將欲沉遠吹復相續處宣得眞寂懷清遺衆俗
枕流松栝中冷然秋影緑

白雲寺

遐勝忽忘遠曠然塵外心言過白雲寺乃陟青
霞岑山色自昏曉水聲無古今公餘成獨往于
此一招尋

雍正乙巳蘇門山開鑿新泉邑人建亭誌
喜三首

嵐嫩羣峰疊翠屏浮金噴玉水泠泠新泉鑿得

蒼厓湧山縣驚奇說地靈
靈液何曾擇地生郤因疏鑿使澄泓荒蕪一片
荊榛裏誰識仙源香更清
雲氣池光共窈㝠清暉閣攬衆山青春畦百道
添飛灑父老新成志喜亭

勑賜靈源晧瑞
御書匾額恭紀
蘇門靄靄五雲飛
賜額輝煌擁翠微
帝念靈源膏露廣民懽沃野醴泉肥一天星斗
懸明鏡百谷淵泓達曙暉銀甕金車雖獻瑞何
如川澤湧珠璣

濟源雨後望諸山出雲

循流溯濟源一半風與雨朝來得新霽看山山
更嫵列嶂乍糢糊遥峰尚吞吐流雲千萬狀因
之莫能數須臾嵐影沉空碧斷如縷清眺愜宗
秋幽尋到亭午終年事于役夙願今乃補
王程又相催隔林響津鼓

秋夜柳湖泛舟

移舟入渺瀰川廻路多昧稍歷沙上邨俄遵渚
邊寺鵲翻微月出鴈引輕寒至巡行有餘暇偶
焉得幽憇彷彿香山翁湖中畢公事

中秋後一夜

羽衣雖奏罷天上總秋期桂魄初生夜菱花尚
滿時高樓思婦切綺市蹋歌遲斟酌團圞意姮
娥知未知

比干墓

一死扶殷祚千秋仰太師因過埋骨處更憶剖心時地有風雲護名同日月垂宣尼遺墨在再拜讀殘碑

題任城太白酒樓

子儀起汾陽先生可以退季眞歸鑑曲先生可以醉只有先生是獨醒故向長安酒家睡縱飲斯樓亦偶然後之好事爭流傳我來何處呼謫仙山空水冷月在天

琴臺

棲霞山色眞佳哉馬頭空翠橫飛來我欲憑虛展清眺卸鞍特爲登層臺窈窱已往不可遇寂寞猶存鼓琴處恍聞空外有遺音謏謏松風自來去緬懷作宰單父年金徽手撫心悠然能以絃歌宣雅化子游子賤同其賢古人爲政有如此太和布入冰絲裏乃知彈者不以指更知聽者不以耳導情悅性聲洋洋曲終盡日不下堂一邑因之稱大治早看兆姓游羲皇星移日換幾千載民俗敦龐猶未改援琴我亦播聲詩奏向當今諸茂宰

己酉十月初一日蒙

恩賜臣父嵇永仁

御書忠節流芳扁額恭紀四十韻

聖朝立教首忠節二者實爲風化端無徵不彰有美錄況乃大烈昭人寰先臣奇蹟足千古捨生取義空衣冠幸荷

天家疊褒卹

恩予祠祀忠勳閒（康熙癸丑先大夫應制府范忠貞公聘入閩值逆藩拒命

被執不屈幽縶三載卒同殉難已丑蒙聖祖仁皇帝卹贈修職郎國子監助教）小臣感泣涕交下爲溯疇昔增悽酸當年逆藩據閩嶠實同豨突訌江關官寮瞻顧或苟活婦孺駭竄遭摧殘無諸城上鼓聲死少微一星凌霜寒獨與制軍炯相對甘學獄劍俱泥蟠孤城誓與滅洪殉西臺豈作謝翺看噫嘻拘係至三載鬢毛同白心同丹詩吟百苦迭賡和以炭畫壁如鴉盤（先大夫著述等身難中散佚殆盡百苦吟乃獄底以炭畫壁之作今載抱犢山房集中）從容赴難成勇決乃驂箕尾相追攀維時孤也

甫七歲悲深孺慕思承顏向母問父母不答含
淚南望恆潸潸久之始知死國事走覓骸骨摧
心肝手除馬革封馬鬣鸐簪更爲栽檀欒嗚呼
父節炳天壤母也廚下無完餐一燈午夜勤課
讀勉以遠大親調丸先太君守志撫孤督勵嚴切曉夜紡織備歷諸艱
高鳳暴麥屢漂失季路負米常迴還母也荼茹
子蓬轉出謀甘旨良多艱一從對策幸通籍頻
年珥筆趨
金鑾丙戌通籍蒙

聖祖仁皇帝眷念忠節之後拔置詞垣先烈得
書太史氏郎階猶列脩職班恭逢
聖主隆作述
推恩錫類矜愚孱篤念前徽錄後嗣
九重寵命驚頻頒微材叠膺水土寄風餐露寢
心力殫周廷三百領冢宰先臣
晉贈如其官雍正元年癸卯蒙
恩名入
內廷侍直旋擢都察院左僉都御史署撫中州
再遷兵部侍郎會中牟十里店堤決復
命搶堵工竣授副總河六年戊申補兵部尚書
轉吏部尚書總督河東河道先大夫仰蒙
特典晉贈如之
聖心崇奬更無已
親灑
宸翰輝碧山己酉蒙
賜
御書忠節流芳扁額式煥家祠又蒙
特恩允入忠勳祠
春秋得邀祀典雲騰五色互繚繞中有翥鳳
隨翔鸞小臣九叩敬摹勒特建棹楔當巑岏恭
懸
寶額示激勸足使立懦兼廉頑邦人里士競瞻

仰互相觀感咸嘉歎先臣銜結在泉壤如聞嗚
咽聲潺湲幽光潛德賴昭揭名香竹帛永不刊
歿存俱幸荷
殊典亟圖報稱知尤難因之益自凜先訓承家
許
國母懷安手胼足胝董畚鍤倍勤脩守河之干
梁兗徐揚悉底定洪濤是處歌安瀾民氣已舒
民俗治似水就下隄防完仰懷
聖德與先烈感激奮迅如驚湍

蠟梅

東閣吟猶緩南枝艷已舒乍看金蕾細斜映玉
牕虛正色蠶難學幽香麝不如也堪傳驛使勝
寄一丸書

詠荷

誰鑿瑤池鏡澄涵君子花中虛條理貫根淨發
生華風去香留檻雲消水戀霞伊人今宛在且
莫賦蒹葭

六月廿四日相傳荷花誕辰詩以爲壽

種向瑤池駐景光鸞飛鳳舞進荷觴座中色相
盈千佛鏡裏妍華笑六郎碧藕絲牽長命縷紅
衣綵裹誕眞香流年似水顏如舊金液丹成貯
綠房

夜坐

冰蟾彩溢生紅暈瓊宇秋澄漾素華此際吟懷
清似水三更坐到一輪斜

師善堂詩集目錄

卷之二　古今體詩六十七首

師善堂詩集卷二

梁溪　嵇曾筠　禮齋

洪澤湖石工告竣奉
勅重修　禹王廟敬上
御書德垂萬世匾額恭紀二律

爲藉洪湖抵黃水故憑高堰蓄清流帑踰百萬崇墉舉堤倍千尋襟帶周澤國黿鼉讓耕稼中原輸輓富春秋聖人謙德歸神佑　禹廟重新報祀優

鼇得湖堤勝石渠天功捷奏降天書龍章特賁輝煌日鼇柱欣同奠定初四載昔曾紆聖迹五雲今爲護神居帝王前後精誠貫明德馨香萬載餘

宿遷述事

馬陵山麓紆坡陁鍾吾城郭俯黃河後通舟楫利輸輓閭閻比户枕清波河自西來作襟帶南接長淮與海會東北穆陵下羽淵鑿山通道疏畎澮禹王臺障沭水東送過郯城海贛外西北瀰汶並沂泗瀦成落馬湖爲滙湖水清漣河水黃清黃瀰運走帆檣但須沂沭兩分流蓄洩以時民乃康前年霪雨連旬降山東諸水欻望洋沭河不得趨沭陽沂水不得歸六塘遂令千支萬派齊奔放黃運湖河同一漲（沭水由沭陽入海沂水由六塘河入海故道久湮余甫任南河適逢異漲）堯舜在御切咨儆蠲租發粟恩波廣大臣恪恭小臣惕賑恤修防道相望黿鼉斂跡龍蛇菹水由地中安土居九年澒洞七

年旱爭如一月轉華胥良由聖君格天心沛澤覃敷宵旰臨九叙賡颺六府治七絃琴譜太和音不才何幸丁明盛每過下相歌高深

昭陽湖

夜分催換柂遂達昭陽湖如行菱鏡中滉蕩涵菰蒲跳波月一丸散作千明珠天水浩相接湛然纖翳無五千五百頃一色琉璃鋪空際下漁舟點點疑飛鳧倚舷獨凝眺心曠神爲舒我嘗

考圖誌信美惟此區勝薛既合流黃運仍分趨詎徒資蓄洩兼可濟輓輸所嗟水鄉窪民力思其蘇幸逢清晏日濊澤長涵濡九重殷軫念衽席霑
宸謨

微山湖

捧
勑赴江南一望湖山廓年來疲烏驄今喜駕青雀凌晨風欲生片片帆相錯擊楫入空濛快若魚縱壑是時六月交炎羲方的爍洲荻已成叢渚蓮齊吐蕚奔濤濺寒雪遠翠當窗落延佇神已清不覺暑氣卻峰巒與黿鼉隱現交噴薄湖河分一線小築補疏鑿風便下韓莊遠睇都約略

彭城懷古

巡行偶得停征驄選勝一上雲龍峰重巘沓嶂互廻伏濁流中貫連長洪徐方古是大彭國神禹作貢爲疏通九州分域此其一遠接海岱青

冥濛由來玆地經百戰劉項自昔爭銛鋒并吞囊括四海一力役累歲爲高墉詎知沛公起亭長逐鹿却在長城中雲氣乍騰芒碭白火德方熾咸陽紅三章約法萬姓悅入關先王除元兇衆心早已屬隆準勇力空復矜重瞳戲馬築臺洶足鄙沐猴著冠難爲容亞夫縱善出奇計旋行反間烏能從玉玦徒持玉斗碎直至北走知其忠遂令美人殉垓下爭如帝子歸新豐翠華煥爛映黃屋赤幟飄拂遮蒼穹沛中讌樂話當日臺上慷慨歌大風衮衣不忘布衣好徧勞父老兼兒童較之晝錦炫鄉里喑嗚叱咤寧相同順存逆亡由此判匡佐況復多英雄蕭曹韓彭暨平勃何似留侯能讓封報韓既賴圯橋叟翊漢更致商山翁功成遂訪赤松子隨時隱現其猶龍王侯將相俱已往後人歷歷懷遺蹤我甞憑弔趂公暇不嫌步屧穿幽叢荒臺故宇靡不到殘碑欲讀都迷蒙勛名雖並列青史轉頭郤歎羣豪空惟有桓山一片月至今猶掛彭城東

韓蘇祠二首

有唐文章雄獨推韓退之深得六經藴能起八代衰才名滿天下執宰猶未知乃依徐州牧幕下常棲遲建封雖薦達參佐何能爲奮筆三上書鳴號固不辭於君則敢諫於友亦善規平生凛名義實爲百世師

繼起得髯蘇早歲亦不偶晚廼持一麾幡然重出守是時黄流溢諸吏咸掣肘公獨能制之狂瀾障以手欲弭鯨鯢災甘爲牛馬走水患乃立

平前此實未有天子嘉其功上表特稱壽至今被遺澤民物慶康阜跡與昌黎殊文行均不朽我來叢祠下再拜酹杯酒俯仰千載間二賢堪尚友

清口西壩

淮黄爭挹注清濁勢瀠洄激浪花生雨團風響應雷茭長挑水健土擁當山培扞禦憑忠信蛟龍去不來

清口望黄河

桐柏由東注周防逼向西會黄趨海若合泗下雲梯輸輓風帆㨗蒼茫煙樹低時清俱劾順底用水分犀

公路浦

黄淮稱扼隘吳楚盡浮槎流駛通湖氣波澄吐鏡花魚鹽連萬井煙月畫平沙滲淡經營日何心覽物華

淮南雜詠九首　壬子秋日

桐柏東歸天漢和分趨合注靜滄波自從鍵籥

收清口無復渾流到內河

韓信城東漂母祠吳頭楚尾重驅馳不因親歷宣防久水政何由得備知

長淮作帶第連雲開府聲華自昔聞今日駐來公路浦春風秋雨只辛勤

淮陰城外水灣環時淺時盈蓄洩艱疏濬文華一渠瀉好從白馬注潺湲

清溪幽洞水泠泠脂壩洪流勢已停幾載桑田耕澤國射陽一望海天青

涇澗西堤寶應湖自來煙水帳菰蒲長淮不下秋成好紫稻紅秔滿願無

南瞻界首賽社連丁男休息長堤邊歌凾飲蜡垂楊裏誇酒書旗說稔年

年年此地浩煙波幾見黃雲覆綠坡今歲淮南米價賤謝公埭下酒船多

凉風颯颯夜蕭騷鐙火蕪城水一篙擊汰揚舲赴瓜步何心去聽廣陵濤

瓜洲二首

瓜步城邊白浪飜望洋常訝勢騰掀不因三載綢繆後誰見閭閻煙火繁庚戌辛亥間皆言瓜洲被江水衝刷不如棄之余百計圖維至今三載城社民生依然無恙

爲傳飛溜嚙江灘保障何人不畏難破釜沉船千慮得滄波皎日寸心安

舟行望金山

煙波浩淼一峰存孤立中流品最尊萬里奔濤憑底柱四圍飛翠撲山門浮圖白日江豗拜絕頂廻風海燕飜望裏樓臺天際遠張帆忽已到雲根

瓜步歸舟

風捲晴雲作雨雲秋帆斜逐怒濤分飛揚忽送千峰過回首南徐鴈幾羣

露筋祠三首

矯矯堅心不可磷蠢雷毒口葬青春香名巾幗流彤史羞殺鬚眉失節人

一刻眞堪抵萬年捨身剜肉亦徒然貞魂不散留天地化作湖心潔白蓮

于役悤悤未拜瞻今來特地瓣香拈不教人惜教人敬颯颯靈風動葦簾

氾光湖

秋漲微消見舊痕鵁鶄鸂鶒弄朝暄氾光湖上浮深翠的的紅蓮向客飜

舟中曉望

晴波曉旭自清華一望空明未有涯水到朝山圜似帶雲能捧日蔚成霞白知堤面蘆飛雪紅見湖心芰落花塵慮不淆平旦氣恍從霄漢學

浮槎

風阻秦郵

星槎欲泛浪花飛淮海風流剩落暉湖畔文游荒草合驪珠詩卷自光輝

舟行得風索翁朗夫和

孟湖颯颯晚風催水驛兼程亦決哉徐孺榻懸乘月下林宗舟共濟川來騎鯨破浪餘豪氣刻燭敲詩藉雋才幾度石尤成小滯今宵吹得片帆回

朗夫和韻

底用郵籤絡繹催中流捩柂自悠哉征帆欻遇長風送使節方隨皓月來敷土久霑霖雨澤作舟眞賴濟時才却慚庚杲依蓮幕得侍清吟日幾回

癸丑午日

競渡遥聞鼓吹闐荷亭小甜意悠然四圍秧水連晴色一本萱花喜晝妍午日放衙容我醉公餘覓句倩人聯北堂稱慶酬佳節願進蓮峰玉井蓮

六月廿四日壽荷三首

色有仙凡君第一香能清遠世無雙蘧喧翠幙鶯啼榭共和薰風醉玉缸

葉侵柳眼天然碧花漾波心分外紅今日雲容偏掩映粉光猶膩彩霞中

眞人太華峰頭擁龍伯擎將靈鷲來七寶裝成香世界億千仙佛會蓮臺

荷灣

秋滿西園不可扃雲容水態幻瓏玲桐陰深覆空亭緑柳色斜分遠岫青一榻荷灣香入夢半簾花韻酒初醒芙蓉塘外襟懷靜風弄疎林作雨聽

秋夜偕翁朗夫納凉

林塘清蔭露華涵氷玉心情捉麈談雨散金風澄宇宙星從銀漢下西南宵分聆月催詩急暑後迎凉著意貪愧我塵襟猶未淨多君佳句激秋潭

秋池

澹澹秋光漾淺沙空明一鏡絶纖瑕碧天有意留雲葉翠沿無聲落水花茗味品來清晝永桐陰吟到夕陽斜臨流默坐沖襟遠蛙鼓公私總不譁

淮陰夜棹

微風澹月迎凉早柔櫓輕舠覺夜分虛白一天窗外景遠樓吹笛静中聞

湖上

蒲帆葉葉漾朝暉日射平波烟氣霏鸂鶒弄晴相對浴鴛鴦狎水習雙飛漁人曬網垂楊隱賈客呼風返照微盡日淹留湖上艇鏡中花草漫忘歸

舟中即事

一溪新漲懸明鏡兩岸秋容列翠屏波漾蓼花紛遠艷風翻蘆葉舞空青香秔早報湖田熟鼛鼓無聞水邑寧流火詩傳方七月豐年歌詠滿滄溟

旱雨

商飈昨夜减餘威侵曉凉生雨色霏榜火濛濛漁艇暗陂塘瀲瀲黍苗肥窗間欹枕鐘聲遠籬外凌波燕子飛遥睇迷離煙水際釣魚臺古尚依稀

漂母

獨憐國士少知音進食曾無望報心一飯眞堪拜漂母千金何必重淮陰

舟晚

風弄輕帆趂晚凉清溪容與意悠揚憑闌默坐秋聲起底事忉忉促織忙

即看珠斗明蒼宇無復纖雲點絳河此際吾心同止水不知人世有微波

中秋十三夜月二首

碧海青天早繪雲圓靈猶自欠三分蓬池清淺波光動曲試霓裳喜預聞

流輝冉冉步廻廊静碾氷輪更不忙丹桂開時須次第應知後夜滿庭芳

十四夜月二首

玉宇秋中已近期南樓勝賞莫嫌遲世間美事知何限都在將圓欲望時

銀漢潛消星亦稀上清宮闕轉霏微綺霞片片籠珠彩留待來宵盡放輝

十五夜月二首

雨洗高天𪒠翳無初升海嶠一輪孤千門共仰清秋鏡萬古長懸不夜珠

禾黍登場汎水消十分明月起衢謡淮南淮北

颺歌板勝聽簫聲廿四橋

十六夜月二首

瑟瑟雲璈昨夜聲露華清切不勝情水晶簾外金風冷一曲商歌斗柄橫

灧灧銀蟾宛似前河山一色總澄鮮不知何故樓頭翫看到團圞意爽然

十七夜月二首

拂拭菱花薤露餘娟娟素影戀秋渠尋源我亦浮槎客須趁金波上太虛

連宵掩燭詠瑶光星斗闌珊興未央借問廣寒宮裏樹幾時斟酌待吳剛

荔枝二首

挹取清芬助酒巵當筵却憶少陵詩今宵不是披丹纈紅顆酸甜那得知

種向楓亭倩側生昔年月旦數端明飽嘗自哂麄豪甚不辨妍媸譜上名

梧桐

一葉迎秋落秋深落幾多清陰還掩映白髮爲

婆娑月影寧輸竹雨聲先奪荷羨君高格調雲采共嵯峨

桂

虎頭金粟誇神妙爭似空階的的生雲外香飄花有信月中子落露無聲開時閬苑秋應滿種向瑶臺斫不成直幹凌寒餘翠色伴將松栢砥清貞

晚晴

柳絲桐葉颭風鳴人步空林見晚晴天碧于藍

秋意滿水紋如縠客心清蟹行沙渚流琴韻雁度江樓起笛聲落日煙凝餘爽籟珠湖隱現一鈎生

三汎安恬喜而有作

三汎驅馳煙雨中慇憂宵旦每忡忡胝胼却勝移山檄籌計頻看報水筒漲歛鯨波澄素練堤編竹揵豆長虹安瀾有喜天顏霽愧乏微勞荅聖衷

小春海棠著花詩以紀之

桐葉霜清猶戀樹海棠露冷更開花謁來吟興添多少一朵芳菲媚晚霞

翠袖飄蕭粉態寒美人斜日凭闌干遊蜂寂寂歸房去蝶使何心爲探看

風雪連宵暗月窗窗前特地引紅妝嶺頭消息雖然早輸與仙葩殿衆芳

靜觀

夕陽乾鵲聯翩噪新月潛鱗潑剌鳴不是靜中觀物理那知魚鳥現行生

雍正十一年四月初一日蒙恩賜御用眼鏡一副恭紀

壺冰同潔水同清御案親須荷聖情玉音此朕案邊親用之眼鏡隨便拈來賜卿者閱到簿書逾朗徹照將經史更鮮明榮光幸藉

恩光注爽氣旋隨喜氣生何待金鎞重刮膜身依日月自晶瑩

八月初六日蒙恩賜臣母楊太夫人金佛九尊紫檀木龕一座兩過天晴玻瓈花瓶一對黃玻瓈乳罏一座廣紗二疋寧綢二疋葛布二疋人參十觔武彝茶一簍鄭宅茶一簍克食二匣恭紀三十六韻

聖孝隆千古

推恩似海寬
深仁昭錫類
寵賚洽承歡母氏知相念孫兒遺問安捧珍來
闕下宣
命到河干蒙
恩珍賜
命臣子賛親賚到淮普濟同諸佛森羅若九宮
駢頒從
秘殿移供入雕盤幸禮黃金相如登紫貝壇博
山紛燦爛沉水篆彌漫法座翔龍護軍持彩鳳

師善堂詩集　卷二　七

蟠光涵紅瑪瑙影漾碧琅玕棐几三珠照花龕
百寶攢爲曾嘗苦蘖
特許傍旃檀更荷榮巾幗加優賁綺紈斑衣分
異彩翟茀改常觀紋隱雲中鶴絲縈月下鸞
榮光欣疊被
天味幸分餐瑞氣鍾朱實靈苗
錫紫團賦形羣品上具體四肢完膚學吳萸縐
肌仍楚鞠乾劚來千嶂裏作貢五雲端拜
賜偕茶餅濃煎譜藥單自堪培淑氣兼可啟忠

肝鬢髮應重黑心顏喜並丹因之思往事屢共
發深嘆姜蓼常同茹韋參每自丸繙經千卷熟
課讀一燈寒幸表凌霜節頻蒙
湛露溥艱辛甘備歷
珍異幾曾看感極言翻咽歡多淚轉彈一門霑
寵渥四代話團圞任鉅憂彌切
恩深報愈難惟將慈訓凜仰効寸心殫治水芰
頻疊隨山木久刊永期敷
聖澤萬禩頌安瀾

師善堂詩集　卷二　六

蒙
恩賜臣曾筠法瑯墨牡丹酒圓一對法瑯芍藥
花飯盌一對法瑯青山水酒圓一對瀚海
石盒硯一方活底東小刀一把紅地白梅
花法瑯鼻煙壺一個青馬尾帶一條鑲亮
藍玻瓈帶頭一塊瑪瑙圈紅皮蛤蟆一副
廣紗二疋屯絹二疋葛布二疋武彝茶一
簍鄭宅茶一簍克食二匣恭紀
九譯來同貢

尚方每蒙法物
賜琳瑯
御珍滿貯金盤璨秘製遥分玉篆香疊雪輕羅
都熨貼臨風雜珮助輝光彩磁縹字俱鐫遍爲
紀
堯年萬祀長
孀閨已喜
賚便蕃又荷
榮施賁一門

錫類加優堂上母
寵頒特
勅膝前孫黄封捧到光華滿
紫綍傳來笑語温報
國承家惟凛訓益堅晚節答
深恩

十月海棠

寒色催來春色賒海棠十月欵韶華池塘芳草
都銷歇報答三春有此花

下河舟中步翁朗夫韻

淮黄歷徧到河隈秋淨雲舒霽色開兩岸嘉禾
渾似錦千村社鼓隱如雷總因風雨調和力莫
道川源疏滌才今日一樽堪慰勞湖山好處挂
帆來

師善堂詩集目録

卷之三　古今體詩七十九首

師善堂詩集卷三

梁溪 嵇曾筠 禮齋

哭 先母楊太君十六首

早時孤露最堪憐南望招魂閩海邊康熙癸丑先大夫應福建制府范忠貞公之聘次年被難三載幽羈卒同殉節時曾筠生甫七歳人痛幼男存一綫天留貞母教三遷

典衣脱珥營新塚翦草爲廬守故阡丁巳先大夫旅櫬歸里先太君挈曾筠迎於舟次一慟幾絶迺典鬻簪珥營葬於本邑龜山之陽仍率曾筠廬墓守制以時祭掃辛苦丸熊勤五夜幾回含淚授遺編

炎方氛祲鴈書遲堂上尊嫜慘怛時百苦鋃鐺餘翰墨先大夫著述等身什不存一惟難中百苦吟續離騷諸稿具載抱犢山房集中

頻年桂玉費機絲承歡白屋貧猶富送老青山婦作兒先太君事大父大母至孝供奉甘旨悉出紡織嗣後相繼下世喪葬盡禮能以婦道而兼子道宗黨咸稱歎之三世一身憑負荷未亡心事有誰知

繡佛長齋萬慮刊高樓風雨一燈殘經聲喚醒書聲續貝葉光分楮葉寒先太君自守志以來奉佛長齋曉夜梵誦一燈課讀訓勉維嚴點首翻教頑石易轉頭猶覺鈍根難訓勞規逸過文母績苧庭中是杏壇

百里千里嘗負米朝出暮出時倚閭朱門彈鋏違定省北闕上書誰起居年荒税逼百憂集霜冷風淒一室虛遊子遠行不得志長貧累母心何如既長謀食四方仍累太君拮据家事

丁年猶未綰華簪煙雨征囊賸苦吟棘屋虛邀名士目雲山實繫老親心幸因通籍揚先節癸未先太君舉節孝蒙特旨旌門得遂陳情入禁林丁年屢躓場屋壬午始舉北闈越四年幸叨一第感荷聖祖仁皇帝篤念忠節之後拔入詞垣

聖主殊恩憐碧血孀閨破涕展泥金

芸館雖貧旅館強思親曉夜夢江鄉扶輪得到京華喜愛日始知春晝長

恰遇表忠初錫爵正思介壽好稱觴闡幽抉隱徵名彥金管標題大節光已丑迎養太君於京邸恭值六袠壽辰先大夫復荷聖恩卹贈國子監助教諸名彥製詞稱慶不下千百餘篇如澤州相國陳公表忠有喜到慈幃京江相國張公命服山河報母慈之句尤爲愷切捧

勅銜文赴三晉諄諄毋命重提撕汝從寒畯露
頭角莫任冬烘乖品題化雨殷勤裁棫樸冰心
子細辨黃驪丁酉奉銜文之命復迎侍太君於晉陽署中每出巡輶以廣拔孤寒表彰節孝爲訓終身佩得慈幃語何事趨庭
舊路迷庚子校士畢先太君南歸

特頒新命撫中州旋總宣防理上游仰荷
聖人心膂任敢懷母氏雪霜憂幾年版築抒丹
悃千里綵轝迎白頭濟上團圞官舍裏寧親惟
感

主恩稠雍正元年癸卯蒙
恩名入內廷侍直旋擢都察院左僉都御史出撫中州隨奉
特旨即於本省典試本年六月遷兵部侍郎會中牟十里店堤決復銜命搶堵是歲工竣授爲副總河丁未補兵部尚書轉吏部尚書總督河東河道復迎太君至任城官署時戊申五月也

詔移豫兖鎮淮揚涵泳
恩波奉北堂民訴河湖愁汎濫親言疏瀹迅隄
防指揮敬藉神明力籌畫端由訓誡詳庚戌荷
恩調任總督江南河道太君得依本省就養喜動慈顏時值邳宿河湖異漲策勵曾筠加謹搶築幸藉神功毋訓旋奏安瀾今日尚如聞謦欬勞將百谷示
歸王

廻翔館閣別經時扇影鑪煙久夢思忽訝黃麻
天詔畀先聞萱座老親知曾筠使命屢膺寸長未効乃荷
恩綸疊賁獎勵有加既錫宮保崇銜復畀鈞衡重寄先太君追憶疇昔悲喜交幷惟勉曾筠益殫藎誠仰酬
高厚
君恩已極高深典臣職將何靖獻資撫背叮寧

期報
國感深嗚咽喜生悲

早是
天家雨露頻
貤封一品太夫人癸丑十一月先太君病劇適蒙
恩給一品誥封初一日捧到玉音初三日遂爾長逝不先不後猶及仰邀盛典於生前咸謂完福之徵亦苦節之報云飛
來彩誥無多日夢去重泉便隔春命服山河鷩
到眼先太君苦節善行屢蒙

天語褒嘉溫綸存問凡奎章寶佛文綺嘉饈靈苗珍果佳茗名香什器之屬靡不絡繹宣賜備邀錫類之恩華門荼蘖痛傷神哀號擗踊渾無補
負皋椎心土木身
愴然回首叫蒼旻白髮兒啼白髮親七歲伶仃
誰愛惜八旬磨勵飽艱辛氷霜黷結如長夜溫
凊周旋得幾晨侍養未能虧子道衣冠慙愧列
人臣
素旐翩翾雨雪寒淮壖東指惠山看

千金賻典
天恩渥百屬郊筵
聖澤寬甲寅春敬遵俞旨奉靈舟回籍仰蒙給帑治喪加恩賜祭特諭沿途有司送奠并准柩櫬入城異數殊榮至於此極帶水添將雙淚湧甘泉不解寸心
酸驛程遮道羣瞻望命婦銘旌節母棺
故園無復見春暉俯仰庭前手澤非自昔親縫

慈母綫於今負郤老萊衣憶昔飢驅遠出太君必爲紉綴征衣恩勤顧復數十年如一日今曾筠歸里痛慈容之已杳悲手澤之徒存每瞻機上斷痕輙爲隕涕
白雲慘澹空凝睇孤鶴飛昇竟不歸此後寒暄
誰顧復尋思淚灑孟家機
雙親忠節高千古
聖主旌褒炳萬年祠屋泉巖邀
鳳藻己酉十月初一日仰蒙恩賜御書忠節流芳四大字敬製匾額恭懸惠山家祠又蒙特恩先大夫牌位入都中昭忠寺供設復崇祀本邑學宮忠義祠奠樽靈几賁

鸞牋自
天題處氷霜顯
命使宣時金石傳先太君復蒙御製祭文遣官致奠志堅金石操凛氷霜耶諭祭文中天語四世子孫羅拜泣音容翟茀儼生前
送葬千人地一區龜山松柏蔭生芻黃泉今有
吾賢母碧落應隨先大夫節義相逢開口笑劬
勞未報斷腸呼請看捧日淩霄樹盡出霜幃手
卒瘏先大夫營兆之初僅有坯土先太君嘗以纖布易穉松手植之今已鬱然成林矣

有感

賜金邸第敞雲霄癸丑秋蒙恩賜帑改建院署落成未久即痛先太君謝世誰道垂成繐帳飄春水梁溪歸素旐秋風淮浦駐征橈甲寅春扶櫬歸里旋蒙恩准終制仍命經理河工霜鴻孤嶼啼偏急蟋蟀虛堂聲漫驕回憶萊衣稱慶日錦屏空疊雨瀟瀟

不寐

飄風發發念缾罍不寐遥聞漏點催長夜有懷敲短句北堂無復詠南陔神傷豈爲悲秋黯腸

斷寧關惜别摧天際白雲猶在望霜前孤鶴幾時回

曉坐

披衣獨坐雨侵晨獵獵風聲繫慮頻十載驅馳慚利濟一生鞭策凛君親籌維水部堂前事依約芸香館裏人露電不須還入夢平安端的藉明神

渡河

雲外疎鐘聲漸杳月墮西灘天欲曉扁舟解纜渡滄波一片征帆疾于鳥

黄河二首

黄河曲曲來晝夜流不已胡不直如弦一瀉可千里地險路且長岐途判彼此苟萌躍冶心汎軼踰常軌中道欻紛馳散亂難爲水惟屈乃能伸屈伸存至理不屈則不伸禍福多伏倚紆廻而漸進東海終當抵

黄河風勢順孤篷不敢翥激湍趁狂飈恐觸暗灘淤有時風景逆半帆隨水去溜湧故遲遲沿

波且容與豈不審緩急徐行庶無慮豈不知順逆失勢何所據濟川道縱賒登岸終有處慎重以安行何必求風助

回浦感述

息息河上返樓船隨意哦詩總漫然莫道郵傳增羽牘都因心戚減吟牋聖恩允制三年内臣職輸勞九曲邊待得霜髙理歸櫂愴深終誦蓼莪篇

西園

風靜雲閒花榭宜荷香欲拂茗甌遲黄鶯數囀柳深處白鶴一聲亭午時河海無波公事簡山林有約故園知蕭然官舍清於水坐到忘言只詠詩

池上

無多屋宇有方塘疎樸園林引興長千柄新荷擎曉露一雙靈鵲噪斜陽莫嫌到眼雲山淺祗覺怡神草木香鈴閣聲閒人意靜鳶魚于我亦相忘

初秋夜月

晚霽步空亭廵檐露欲零雲鮮都映月天碧自稀星白袷新涼入黄粱舊夢醒酬
恩終夜切心計付滄溟

南亭

炎氣全消灝氣伸一天霽彩正宜人池中露渥瓊枝挺蓮裏花殘翠蓋匀風捲餘霞迎曉日鶴盤新爽破秋旻虛亭面面通幽籟清曠何來半點塵

述意

不才何意久宣防水鏡寅清政事堂百世可知循禹迹岐途莫誤作周行意平自覺河山靜人澹渾忘歲月長雨雨風風甘況瘁十年贏得滿頭霜

秋荷二首

碧琉璃淨曉霞鮮色相空明自灑然兩岸芙蓉雖吐艶降眞曾不駐金仙

惟有瓊枝藴妙香拈來笑影現滄浪金風慢使天花散須識芳池即道塲

蟬

渺渺凌虛化宇生泥塗脱却御風行一呼一吸九霄露非鳳非鸞千仞鳴每向曉窗清客夢頻依秋月和砧聲知君孤介超凡響高柳疎桐自寫情

西園偶興二首

釀酒原非飲酒客栽花豈是看花人西園今日還游泳矯首高吟信有神

急雨打荷荷不碎疾風吹水水還平檻前會得
忘機妙始識風風雨雨情

甲寅八月初十日蒙
恩賜荔枝恭紀二律

憶昔中州
賜荔枝庭前戲綵正含飴何當
墨勅頻仍日不見萱幃笑語時丹穀猶涵新雨
露黃封復拜舊
恩私河壖僚寀分甘後懷裏芳馨忍自怡

生自炎方禁籞來絳囊香滿鬱初開
九重每念勞臣篤中使遥
頒貢果回皺護紫霞團琥珀脂流白雪暎瓊瑰
拜嘉正值氷輪滿勝飲金莖露一杯

秋中雜詠五首

觸近秋心爲雨聲粉紅零落漲初平相風竿上
雙靈鵲噪向垂楊報晚晴
斗柄西橫碧漢斜半規新月透窗紗鈎簾移向
空階坐一任秋衫濕露華

蚌胎依約尚微虧仙桂初生未滿枝珍重天香
含玉液秋光萬里盛開時
廻憶春燈雪正霏何如秋半滿輪輝朱門白屋
通宵賞碧榭紅橋若個歸
月光如水水含情九曲勞人眼倍明乘槎莫問
支機石祇乞河流歲歲清

待月

倚遍闌干望玉繩中秋已過月遲升未離海嶠
星猶爍剛到樓頭露欲凝丹桂香霏千界栗白

榆冷浸一壺氷宵分闔韻延清景幾對虛檐詩
思騰

詶鹺使高東軒

鬢絲易改過難除三省捫心六十餘才藻魚魚
慙後乘聲華衮衮視前車羨君公暇猶躭學顧
我神慵未讀書枉贈新篇勤展味冲襟遜志有
誰如

淮陰夜發

晚照紅霞流素渚新磨明鏡淨長淮千檣兩岍

魚鱗集北雁南天錦字排風颭酒旗燈影亂月浮歌管水聲諧校臯堤外秋成後畫舸清宵自詠懷

秦郵

風露蕭蕭水驛程朝暉初射碧波明望中荇菜疑蓮色聽去蒹葭似雨聲莘老夜珠餘照遠少游秋玉吐詞清輕帆鷺射湖邊落俯仰徧深弔古情

將之瓜步舟次述懷

同是長淮帶水清往來歷歷溯吾生阻風中酒當年事冒暑衝寒此日情任重似山慙力薄恩深如海覺身輕扁舟東下憂心切願乞江河與鏡平

書懷二首

宣防便合持麾展讀禮還宜解印歸祇爲君親恩並重征衣不卸疊朝衣

河山千里總機宜寄雨斜風揮汗時敬荷穹蒼深眷佑黄淮兩岸穀雙岐

九日

霜前祇有菊香黏人到重陽愛景暉萬頃碧澄風乍冷半林紅染葉初稀江樓曉起聞啼雁淮浦秋深憶授衣我亦登臨懷古客不堪佳節痛孀幃

迴瞻

迴瞻屺岵重追尋不用登山淚滿襟人世有時開笑口天倫惟我黯傷心鵑啼瘴海忠魂遠鴈叫滄江婺宿沉扇枕卧氷慙未効枉教拖玉與圍金

和翁朗夫韻

無山可縱穿林屐有水堪供滌硯池除却菊花誰遣悶坐當桐葉共題詩氷心似我秋逾澹椽筆如君老更奇落帽忝軍成底事訓風唱雅總相宜

秋夜

滌盡煩歊夜景鮮清風送爽到亭前一行白雁橫秋水幾箇疎星點碧天覓句巡檐忘露冷捲

簾得月倚窗眠靜中幽趣通宵領趺坐深山獨味禪

畫舫齋

彷彿扁舟繫釣磯瀟湘煙景是耶非燕泥黏棟疑圖畫石筍穿林學翠微露冷蓮塘花意靜風遲竹逕雨聲稀齋中便作羲皇想蝸角蠅頭蝶夢違

夕陽

蒼茫獨立望秋原幾片餘霞雁影飜暮靄林閒

風力倦夕陽人散水聲喧月明有意窺虛沼雲淡無心度小園撫景留連幽興愜清吟何必怨黃昏

即事

署齋蕭淡秋思賒柳老荷枯雲水涯不望白衣爲攜酒更無黃菊供吟花淮南婦懶暮砧杳河畔子來鼛鼓譁夜半簿書鞅掌息憑軒琢句氷蟾斜

晚步

晚來公事畢步屧向溪邊返照留紅日餘霞戀碧天歸舟丸下坂暮鳥箭離弦萬物皆知止勞生幾息肩

月夜

天碧星稀鵲影過霜前吟興指銀河一輪明鏡澄秋峡九奏清商落大羅雲薄豈能遮皓魄風微猶自湧金波月華五色樓頻倚人在氷壺發浩歌

東望

非潛非見是行藏親德
君恩結願長金印不懸鳴珮劍蓼莪時切計苞桑氷心敬事承忠節努力酬知報顯揚東望白雲河漢濶一羣新雁落江鄉

深秋暮雨

重陽過後無風雨河畔黃沙擁樹深冷氣颯然淒浦上寒雲不覺重淮陰晏裘初展奇溫驗江筆全拋舊夢沉梧葉瀟瀟送秋去勞人何事亦哀吟

中宵

秋水亭臺夜景清澹然疎樹遠煙橫月明空見啼烏影霜冷不聞擣練聲逸興南樓輸庾亮高吟江渚羨袁宏古今何事情偏異風木中宵百感生

枕上偶成

少時塗抹學題襟風雨閒關歲月深舊事依稀閒處省新詩斟酌夢中吟杜鵑啼徹催雙鬢蝴蝶飛回遣寸心舟楫江湖隨去住一囊秋水付

瑶琴

感興

鎮日勌于役秋深兩鬢絲偷閒穿落木感興動新詩得句花應笑沉吟雲去遲溪山楓葉好若個釣竿垂

自箴

改過年來矢願深如何仍與過相尋伐毛洗髓工夫細撒手懸崖魄力沉莫倚韋弦偏夙尚須調律呂協和音新知舊學隨時勵檢點樞機只寸心

自嘲貽翁朗夫二首

少年不作生花夢老去誰能洗筆塵風月江山雖領略推敲對屬讓清新

蓮幕才華孰與京芙渠出水逞風情何郎得意聯新詠郤笑東陽太瘦生

朗夫和韻

槐堂得侍風騷主不向齊梁步後塵夜半傳衣授詩律歐陽舊事喜重新

託跡偏容傍玉京聯吟早喜滌凡情憐才若不逢裴相甘向香山老一生

小春

風廻疎樹增寒色水落平沙減漲痕白露釀成楓葉醉小春留得太陽溫芙蓉池淺魚爭躍秫稻場空雀噪讙農事已成工務舉長堤鉦鼓晚來喧

池上漫成

不妨官舍似山家寂寂空亭水弄霞十畝蓮塘

澄曉鏡數枝楓葉敵春花近人魚鳥情彌洽入
蟄蛟龍靜不譁江海安瀾動吟與五湖蝦菜底
須誇

初冬

忍寒徐步送斜陽柳葉全疎桐葉黃近水芳菲
都寂寂故山松柏自蒼蒼江河雨後眞如練黍
稷霜前信有香十月薦新心未遂虛拋愛日夢
中長

風雨吟

初冬號北風急雨鳴疎桐輾轉盼明發慈母在
夢中憶昔薄遊日岐路泣西東黃塵裹青衫襆
被棲孤蓬或越關與山母念摧霜楓或涉江與
河母懷寄征鴻當此寒暄屆驚心每忡忡況值
風雨時牽腸百慮攻荏苒六十年兒鬢已成翁
回瞻母氏顏白雲天際濛繐帳暗蛩咽孀幃寒
月空機杼聲希微謦咳猶朦朧安得手中綫縫
衣被我躬有祿不能養劬思昔困窮撫膺愧犬
馬承懽追稚童太息起中夜無計呼蒼穹惟餘
雙淚眼滴向五更終

冬夜

五湖煙景正淒清誰遣扁舟泛遠汀報
國敢言雙鬢白痛親長見一燈青老來省過心
彌熱睡去尋詩夢不寧剛到初冬寒意懍啼鴻
東下雨冥冥

冬曉

鵲噪高枝寒夢醒煙浮曉鏡曙光流蓮塘寂靜
渾如拭翻勝離披暮雨秋

述懷

祇爲養親成祿仕何當逮養老親辭兒行項領
來俱長堂上音容去幾時雲氣蒼茫歸夢繞風
光冷暖旅人知征衣密密縫猶在欲報春暉隔
世期

偶

淮海勞人萬種情酬
恩無計付東瀛一心轉轂馳千里三汎持籌到
五更葭澤龍蛇容易伏塵寰谿壑最難平防維

㦖潳眞成拙琴鶴悠閑漫得名

白洋河曉發

浪捲北風舟似葉煙浮南浦樹如薺水雲一片總蒼茫漠漠霜天飄鶴唳

仲冬堤上

仲冬冬官工務成點檢儲需堤上行馬躅白沙雪未淨鵶啼老樹風初生朝暾射雲雲不散寒氣著水水無聲眼看崇墉環九曲來年天保還重賡

黃河

黃河塗如駛達若泉之始正流欻變遷廻溜復觸抵激湍互喧豗澎湃驚雷起故寧搏虎畏馮河顧公無渡恐溺死詎知河勢雖難馴相機擘畫惟所使防維兩岈走中泓條貫百川瀉千里周緪客楗簇魚鱗櫛比蒼杉排馬齒鯨鯢控制毋旁潰驊騮駕馭俾循軌高築崇堤由地行長約狂瀾到海止神龍固是天矯物因勢利導由人耳秦晉豫兖下徐揚沃壤連雲繞流峙朔方溉田幾萬頃吳會作貢憑帶水天漢經行溥利濟坤維潤澤大豐美古來論河如聚訟畢竟平成何者是地勢高卑有定形疏之則泰壅之否水性平險無常情逆之則怒順之喜體認性情審形勢行所無事有至理我事黃河如弟子河當引我爲知已

一片

一片浮雲不繫舟布帆舒卷豈無由歸思杳杳非緣別旅鬢蒼蒼自有憂千里晴光映天漢十

年陰雨倍綢繆龍門百曲 心逾折幾爲洪源愼去留

郜伯埭阻風遇雪

西風栗烈凍地坼舟師刺舟前復郤四垂雲失衆山青一片花飛五湖白誰家深幕共圍爐此際驚沙斂盈尺莫言愛聽廣陵濤寒塘猶滯揚州客

擁鼻

蹤跡水雲邊空懃香案仙黃沙虛歲月皓首學

詩篇律細吟難穩情深黷自憐況滋風木痛擁鼻五更前

南徐道中

帆下南徐夜景澄扁舟清泛昔年曾鄉音聽去歸心愜吳詠飄來逸思騰鐘響催沉千嶺月櫓聲搖裂一河氷自來信美惟吾土指點溪山是晉陵

師善堂詩集目錄

師善堂詩集卷四

梁溪 嵇曾筠 禮齋

甲寅十二月蒙
恩諭祭臣母楊太夫人臣曾筠由淮浦馳歸里
門恭紀

雪蹔征蓬日照臨寒澌初泮渡江潯
宸章捧自天邊賁
聖澤流從地下深俎豆馨香彌感戚冰霜節烈
詎銷沉煌煌典禮哀榮備

君德親恩勸寸心

苦憶

卄年苦憶為家園今到吾廬更愴然堂上繐帷
遮愛日樓頭梵唄隔寥天憑將几杖精靈降跪
捧珍羞淚點懸菽水承歡難再得茗罏空爇慧
山泉

舟抵蓉湖二首

遠望西神眼倍明芙蓉湖上故山情霜楓掩映
紅遮寺練帶灣環緑抱城帆落平橋歸鳥急杯

浮曲水客心清讀書堂在幽篁逕曾苦鄉思夢裏行童稚依依解笑迎問來一半不知名故園初返疑新客先進全稀剩後生松作龍鱗凝翠古柳銷螺黛淡烟橫竹爐吟好誰能覓且汲山泉對月烹

白門祭掃　祖塋敬述

不拜先塋已卅年　王程得間展靈筵櫛風沐雨歸非易春露秋霜倍黯然贔屭已逃荒草路

松楸猶結故山煙奠樽敢乞曾孫慶丙舍何時設墓田

龍潭山寺

先皇南幸日曾此駐霓旌雲暗離宮色山餘警蹕聲攀髯千界遠印佛一燈明暮靄龍潭合松風謖謖鳴

乙卯春前五公山書事

壁樹寒雲靜早鴉藍輿氷磵逐風斜山因雪霽微添翠梅爲春遲故斂花水國經營當歲暮驛亭巡歷任年華五公灘下重疏濬五公灘引水南注北岸瓜洲賴以穩固乘臘底水消親督疏濬瓜步生民幸有涯

正月十一二日北風大作昏暮至京口急催飛渡風浪頓息即抵瓜步閲工詩以紀之

北風狂吼蹴銀濤夜渡瓜洲敢憚勞鐵甕城邊雙櫓疾金山寺頂一輪高澄清蟾窟消陰翳忠信鯨波息怒號鼙鼓宵分催力作懸厓堅壁此江皐

贈趙芸書制軍二首

純忠篤孝至情流早建旌旄擁上游三十郡依唐使相二千石統漢諸侯政兼釐剔官箴肅詔奬清勤主眷優此日即眞齊溢慶歌聲楚尾洽吳頭

兩江風俗羨淳還坐鎮能令萬象閑澹飲祇供彭蠡水清吟常對秣陵山照人旭日同氷鑑坐我春風爲霽顏碧海鯨魚椎鉅手躋堂今得一窺斑

早春

征裘曲岸冷風森消息誰知木帝臨除夕花飛凝臘雪上元燈暗結春陰但教澤灑青畦潤敢惜寒生素幔深欲濟江河重理楫艱難去住祇丹心

壽趙制軍

江海澄清喜晏然九重新賁紫鸞牋欣逢烏府懸弧節恰值青陽啟泰年忠貫日星頻

奬勵文成氷雪久流傳清名何物堪相況鄉國攜來有惠泉

春寒二首

浦前洪澤後黄河春氣爭如水氣多二月林梅猶未綻儘教風雪惱維摩

衝寒躡屐步虛亭寂寂方池冷鶴汀餘霰未消氷未泮昏鴉啼徹繞冬青

二月望日

花事全無信春光半已經凍餘池水碧雪後麥田青瘦骨風能入征衣淚總零思親還報主老鬢日星星

春日感賦四首

春光曾繞北堂來戲綵看花得幾回蓦地西園春又至疎枝冷蘂向誰開

百計何能留愛日寸心只有戀春暉軟茵芳草扶笻遍鶴髮婆娑坐石磯

笑指寒梅色相翀孫枝繞竹一亭圍無端雪霰摧萱景打疊萊衣老淚揮

東風剪剪朔風驚不聽鶯聲聽雁聲迴望白雲人去住河干煙雨逼清明

鳳陽廠新河告成二首清江浦運河龍汪閘蟄陷修建另闢新河

言念儲胥重經營闢一川咄嗟旬日内畚鍤萬夫連飛棹資行旅揚帆發貢船聖朝膏澤厚疏築子來駢

流曲眞如帶潮平好問津不愁舟楫阻祇覺往來頻坎習行無事渠成信有神輓輸連夜達驚喜任波臣

寄前輩高制軍三首

滇黔閩粵遍經臨父老懽呼望作霖四省昔常邀樾蔭兩江今又接棠陰宫階特晉官資顯制府頻登

主眷深更羡碧紗詩句好輶軒到處入清吟廉聲早喜達

宸居屢錫麟符并隼旟萬姓謳歌唐僕射百僚表率宋尚書雲霄

黼座封章切煙月吴山坐嘯餘爲念宣防通帶水不辭稠疊寄雙魚

記曾儤直侍編摩一别俄驚十載過玉節更番數

聖澤沙隄指顧浩

恩波共知報

國丹心在却爲憂民白髮多河海幸逢清晏久

虞廷拜手載賡歌

春遲三首

天因置閏連旬冷風爲催花特地狂二十四番吹不徹肯教容易洩春光

探梅梅信故愆期莫怨開遲願落遲他日暗香狼籍後翻憐此際是芳時

草茁初齊柳欲絲花房未坼蝶生疑東君次第吹噓到桃李無言知未知

春日西園三首

清明已近梅纔放移得寒枝入豔陽春水一池花萬片暖風吹落碧波香

小桃垂岸杏依牆寂寂林亭春晝長燕語雕檐鶯囀樹不勞絲竹叶宫商

黄河曲裏韶光度便擬窺園不自由淮海一身頭似雪却慙江左擅風流

三月三十日旋浦

淮黄巡歷到雲梯九十韶華送馬蹄去日梅梢遲凍蘂來時花片落成蹊鳴鳩乳燕頻過院細雨斜風正繞隄傳語春光還小住綠陰如帳好留題

壽高東巖鹺使四首

早歲承

恩侍玉除研經五夜趨公餘爲藩屢晉周官秩持節頻乘漢使車肘後聯翩蒼水篆掌中稠疊紫泥書揭來一誦輶軒什綺思清華錦不如行處常教寫作圖風流端不異髯蘇天章自是由心繪地軸還須藉手扶祇爲轉輸關至計每從綜理見嘉謨久知執事多謙德問訊偏勞到老夫

一從銜

命瀵黃流自念奔馳已十秋推轂昔曾邀並駕

濟川今喜託同舟東歸幸有朝宗慶南顧期抒

聖主憂好舉一樽相慰勞恰逢海上報添籌

節近天中景倍妍戟門喜見彩弧懸祥徵杜佑三遷後生占田文一日先（誕辰五月初四）忠以孝成公

望重賞因功懋

主恩駢笑余無物堪持祝指點河清叶大年

秦郵晚眺

寧波樓迥倚湖山萬頃蒼茫落照閒春草綠於春水碧晚霞紅入晚雲殷聯翩遠近風帆疾下上飛鳴燕子還覽社珠光乘月現凌虛欲向斗牛攀

春暮

韶光流轉景霏微紅漸闌珊綠漸肥忽暖忽寒逢歲閏亦風亦雨送春歸紫茸已脫猶存篋白袷初成未試衣鶗鴂一聲驚晼晚惜芳亭外又斜暉

舟中春望

晴雲遥漾楚天低水態嵐光入望迷無限江山

平野接有情花木暮春齊風和遠岸偎鳧鷁暖泛芳汀喚鷓鴣景物憑欄都領略襟期滉淨碧玻瓈

途次言懷

含桃紅綻麥初黃江北江南驛路忙曾得幾時春欲去不知何計老能忘淮陰煙月清波瀁吳會鶯花暮雨長心緒渾如抽獨繭片帆今日指家鄉

京口東下五首

江分京口帶河灣北固東來漸遠山明日晉陵
煙際望九龍峰擁翠微間
綠染丹陽兩岸齊柳垂風靜囀黃鸝蒲帆百幅
清波漾絶勝紅塵趁馬蹄
今年四月月當閏此際三春春更賒寒暖互乘
裘袷換薰風遲放石榴花
扁舟曲岸去徐徐吳詠悠揚曉夢餘想到鯨噴
鼉吼夜驚濤駭浪意何如
雨殘紅日淨暉暉燕語帆檣送客歸向晚二泉

亭下宿一泓清澈透征衣

五月袁浦禱雨

入夏已月餘薰風色猶齊時雨偶愆期誠恐垂
調劑朔日詣壇壝籲天沛嘉惠仰承
宵旰殷何當有歉歲淮壖不降康職在臣之戾
率同文武屬辦香肅禋祭越三日昧爽疾風颷
且噎忽聞雷始鳴廿霖懽既濟龍鬣恣噴溥雲
林結霾翳日中繼以夜雨脚還成泥詎徒五穀
蕃百昌原隰蔽惟誠氣乃通陰陽互開閉靈澤
應誠求神明有默契屈指盛秋成納場歌斂穡

午日

長淮清澈戟門前不見笙歌競渡船停午錦葵
爭向日耐暄修竹已忘年紫金丹藥璇霄賁時蒙
聖恩頒賜紫金錠藥冰雪心期絳闕懸似火榴花何處豔
方塘荷葉自田田

水檻

隹節慈闈水檻臨兒童繞膝欲牽襟靈符仙艾
親裁潔疊雪含風

聖澤深癸丑夏蒙恩賜臣母細葛文綺萬草虛生傷蓼蓼
鶴巢何處和陰陰天中萱景今銷歇敬捧蒲觴
淚點涔

喜雨

忽訝炎輪轉俄驚石燕翻雷鳴萬象肅雨急一
燈昏霑灑匀淮甸謳歌到海門天心終愛物膏
澤幾曾屯

舟次雜詠六首

觸熱揚舲風色微水雲搖曳意遲違鳧鷖湖面

閒游泳却傍征篷故故飛

柳外高懸列宿明銀河隱見暑初生晚涼水驛乘風露兩岸新蒲學雨聲

湖畔叢祠澹夕曛野煙荒草惜羅裠秋蚕若不埋香骨千古何人識露筋

三伏炎蒸汎水連淮南淮北積郵傳持籌揮汗親巡歷爭似東山屐齒穿

鳩工每望和風霽插蒔還期廿雨零日月無私躔正度不辭風雨爲從星

萬株柳暗宜消夏一路蟬聲欲報秋畏此簡書成信宿臨風慙愧濟川舟

舟中苦熱

暑逼窓櫺淺鮫宮火欲然便攜寒水玉不解赫炎天風靜長林直雲銷落日圓柂樓貪露坐蚊力葛衣穿

又戲爲絶句二首

敢畏炎風赤日天江河波浪寸心懸試看水榭雲亭裏一枕荷香太靜便

畫舫薰蒸欲爍膚茗靡頻啜氣難蘇不知舴艋舟中客促膝駢肩揮汗無

邗溝

錦帆漾入清淮柳綵纜牽成紅粉隄拋却紫淵宮闕壯邗溝樓上夢偏迷

大暑乍雨乍晴

蛟龍戲水時時雨杲日穿林忽忽晴新蒔秧針看浡發可知全是爲蒼生

捕蝗行

蝗蝻產自大澤陂角長股勁能食禾今年夏令月逢閏暑月節候違南訛遂致旱乾幾匝月湖田涸出魚子多子生九十復有九一絲糾結團青莎濕熱氣蘊爲異物數日鼓翅距如戈層霄萬彀恣噴薄平原五穀遭切劘農夫終歲力勤動不敢飛蝗一飽過我來于役周湖濱見此嘈聒爲傷神上天嘉惠降嘉種忍令摧折戕吾民爰伐鼛鼓鳩丁壯掘壕千丈截河滑羽翼未成早撲滅掃除蝻子委坑塹就中躍躍有飛動大

嚼穎栗如雲屯白晝攢芒昏夏日晚来抱葉栖風晨五更饕飫露黏翅秉畀炎火快焚薪須臾昊天沛霖雨餘孽溝壑空紛淪人力盡時天意格老農何必嗟艱辛

書懷

不論平坦與嶔嶔安分循行莫外侵妄想只應看白髮神方曾幾變黃金炎歊時候清涼散緋紫頭銜氷雪心妍醜揔須憑水鑑垂堂惟有誡臨深

夜坐

星斗疎明暑欲徂夜涼默坐興偏孤却思滄海塵勞久得到清虛玉宇無

遣興

力矯浮華只飲氷本来澹泊不須矜門前晝戟羸新客廚下蔬盤似老僧草滿公衙官舍冷案無塵牘吏胥憎水清莫謂游魚少河海安瀾萬象澄

納涼

光飛月彩天河澹涼送風颸暑氣消但使轆轤心內靜清風明月不須邀

驟雨

箕畢依稀望已睽何期雲合覽湖西濕煙風捲飛簷溜密雨雷驚翻燕栖點滴遠勝珠玉貴陰森遥覺海天迷從今好卜秋成稔不向青霄盼絳霓

紀夢

大江揚子濶来往夢魂間報

國籌黄水懷鄉望碧山春秋霜露愴拜掃歲時艱昨夜慈闈降如親色笑還

雨前

奇峰迴日表雷殷動軒窓雨勢来雖緩炎威竟已降落帆人寂寂歸浦燕雙雙今夜滂沱足飛蝗委漲江

師善堂詩集目録

師善堂詩集卷五

梁溪　嵇曾筠　禮齋

遣興

清風不生紈扇遠香時送雲汀柳外夕陽西嶺桐陰小憩南亭虛舟自超濵漲古井不設轆轤用拙耽吟杜律忘機厭覆吴圖

聞蟬

似與勞人暗有期爾鳴秋月我吟詩蟬聲和入詩聲裏清峭風情兩得知

立秋日祈雨

先庚已覺清商轉末伏仍餘溽暑侵一葉飄風動涼色三時少雨望秋陰巨川學濟勤操楫久旱宜蘊慰作霖珍重瓣香虔致禱安瀾多稼鑒臣心

立秋日觀落葉四首

三伏郵塵撥不開西園花草委莓苔清風見說秋光轉試看梧桐落葉來

蟬唱高枝日景長午秋不似早秋凉石欄點筆
舒吟興瑟瑟金風下夕陽
鶴在青霄魚在淵水平如鏡葉田田蓮房似識
商音奏盡展紅衣白露前
穠陰誰與報秋期綠尚垂檐翠滿帷燕子未歸
鴻雁遠樹頭消息最先知

祈雨口號四首

六月徂暑暑未散一葉驚秋秋欲流不爲凉颸
迎素景惟祈解澤潤西疇

但聞蟋蟀緣莎響不見蜻蜓著水飛豈是天工
故盈縮定知人事有乖違
若教膏澍初秋降還勝甘霖三伏期呼吸有關
民命重兩師龍伯故應知
蒼蒼昭鑒是精誠不在壇壝在旦明試問紆青
拖紫客可能俱學東長生

再詠初秋落葉

但覺濃陰合誰知黃葉生舞風如有態著地尚
無聲燕豈歸思動蟬應作意鳴張琴桐覆几心
與境俱清

蓮塘垂柳四首

綠房閙向綠陰中羽帳深垂護粉紅倒影試看
明鏡裏翠眉香靨笑春風
金穗明珠漾水中遠山浮黛簇朝紅纖纖舞態
亭亭立澹掃濃粧總下風
相逢新月曉霞中波面葳蕤碧映紅紫燕弄陰
魚戲藻迴塘幽意欲生風
煙含露浥曲池中拂水青青出水紅忽聽商聲

鳴夜半絲絲柄柄怯西風

南亭分韻

蟬和砧聲斷續聞感時凉燠氣潛分一亭爽籟
銷三伏碧樹清陰駐白雲風葉弄秋迎扇落渚
蓮烘午透簾曛軒楹敞處堪憑眺北望吟懷入
雁羣

蓮葉

六月蓮花飫眼紅賞花誰復憐蓮葉不將翠蓋
扇清波紅衣縱豔花心怯護香生怕風姨妒含

珠惟恐鮫人拾向日擎將曉露承望雲宛與朝霞接提攜羅襪竦輕軀掩映朱顔開笑靨翠綃步障幾千重碧紋仙裳看萬疊窺塘柳眼輸黛螺解語鶯梭織腰衱浣紗莫刺西施手傾城綫受潘妃屧香筒滿飲勝頗黎青錢浪擲羞榆莢蔭垂鷗鷺浴時涼罩卻鴛鴦歡意浹輝輝明鏡懸琅玕拂拂輕風散蝴蝶雨聲清欲占梧桐煙色濃將迷桂檝翩翻燕子驚蓬飛撥刺魚兒穿荇唼倒影渾似蔚藍天駢肩近倚芙蓉頰初榮

三伏景田田晚節九秋光曄曄維持紫菂到秋成灑掃綠房歸輿愜花葉雖多蓮葉香莫教一任西風獵

池上二首

朅來千徧繞方池愁煞紅衰綠減時偏是秋風能解意吹將雨點慰淒其

花殘雨蓋尚含珠披拂餘香入檻無鐘鼓聲中傳晚霽白雲黃葉送陽烏

七夕宿高良澗

今夕何夕風瑟瑟洸瀁湖光新月出一鉤倒挂水晶簾雙星直射鮫綃室蜿蜒萬丈綿金隄青龍褭窕碧落低微雲漠漠銀漢西幽期密意無端倪合時相悅别相望每羨燕子雙栖玳瑁梁豈知鵲羽仙橋不再駕一年一度同天長巧須用乞拙用讒愛學蛛絲暗布網蟲圍豈知天孫織錦無奇異祇憑拳石作支機懽會何能久久便生離别靈巧何當乞巧極翻成拙感此勞人夢覺時湖干良夜獨吟詩

水道述略七首

舟車輶欙八年心數土規模尚可尋除卻導山與導水更於何處覓金鍼

疏瀹崑崙一派流九河北泝逆河收當時祇爲尊天子雍豫迴環達冀州

萬壑朝宗趨海若黃流還徙會清淮東南此日思明德神力當年早決排

馬陵鑿斷水西來壘石爲屏障復迴開導沭河通海贑至今人頌禹王臺

汶沂魚沛半沮洳駱馬湖寬大澤瀦幸有六塘宣洩去俾從碩項暢歸墟

西南桐柏源胎簪七十二溪溪澗深淮泗合注滙洪澤仍復西流繞帶襟

洪澤湖波萬頃平折從西北又東行高加石堰長淮捍半畝黄流半入清

秋夜

白髮逢黄落蕭條思不禁遥天驚雁響獨夜厭蛩吟風急鐙逾閃雨緐秋更沈但求清晏永淒絶亦甘心

遣懷

徙薪曲突慮偏深誰與綢繆及未陰城郭金湯自安堵江河風雨獨驚心中孚頑鱷應知格利涉蟠桃尚可尋滄海桑田寧有意人間波浪幻浮沈

南亭聯句

雨後流虹帶碧梢永叔鳥銜暝色劇歸巢禮齋煙迷秋柳疎還密永叔風散晴霞斷復交禮齋十畝花殘空色相永叔一亭詩興互推敲禮齋故山猿鶴休驚怨永叔不用移文我自嘲禮齋

苦雨

闇闇復冥冥秋分雨不停星河久陰晦秉穗恐漂零坐聽檐聲碎宵聞水氣腥漏天何日霽凝睇遠山青

連陰

商羊舒翅舞檐前八月連陰黯澹天剥棗誰能爭上樹授衣未屆欲裝緜箕風畢雨非無意夏旱秋霖詎偶然急治隄防勤蓄洩水平如箭固淮壖

中秋前一日晚霽二首

連宵密雨響梧桐欻捲殘雲淨碧空一派清商回爽籟數行賓雁趂西風

雨聲厭聽聽秋聲卻喜濃陰見晚晴想是霓裳仙樂近姮娥應放桂香清

盆桂

自是清淮種連蜷植玉罌新叢團嶺翠曲榦發

金英子向窗前落香從月裏生夜來和露白仙客下蓬瀛

中秋無月

莫道清輝還寂寞強於秋雨日纏綿樓頭煙靄雖如幕雲裏嬋娟自在天桂葉香濃迷色相蚌胎光滿會團圓人間何事殷勤望贏得通宵去穩眠

中秋後一日雨

宵來未放蟾光出曉起重聽霤雨淋盼過中秋

無霽色勞人徹夜自長吟

披衣重問夜何其每訝郵籤報水遲淮海揚州皆澤國長隄千里夢魂知

烹葵穫稻喜逢年誰道連陰八月天場圃築成鼉鼓聒河干三復憫農篇

河漢微茫望玉京魄生今夕更淒清知來乾鵲枝頭噪坐向雕檐報晚晴

秋霖

秋色終朝晦秋霖永夜傾征鴻空見影歸燕寂無聲詩思餘殘夢愁懷似宿酲江河摧白髮波浪莫崢嶸

中秋後祈晴

金精耀圓靈清輝滿蒼顥何來雲氣蒙秋半滋淫潦三伏苦炎蒸西成歛傾倒陰晴係豐歉毋乃非常道淮南多圩田七月刈秔稻種菽委沮洳收穫原不早被此經旬雨恐難登萬寶況值仲秋天汎水繫懷抱騎馬泥活活泛舟波浩浩我行閱長隄鞍韉沒深草江河有黿鼉郡邑列

城堡夜半檐溜飛中心惄如擣陰霾翳陽烏凉飈何時掃輾轉念蒼生齋心禱穹昊

雁聲

入夜萬籟息嘹唳雲中鳴悽然發悲思誰能知我情秋風吹不散秋月照還清高樓不成寐關山應倦征顧此黃河曲沙岸紛縱橫空外聽逾切河聲激雁聲勞人自有感罔極哀吾生

晚晴

久雨晝沈冥晚晴雲絮擘啅雀喜巢乾歸燕迎

風劚柳老眼逾青荷殘蓋猶碧我欲趂秋陽披襟縱雙舄

西園晚步聯句

蟬聲寂寂燕翩翩禮齋鐘鼓新晴暮景鮮永叔柳葉淡黃斜映日禮齋雲衣淺碧半浮天永叔吟酣風雨中秋後禮齋興占紫桑重九前永叔齋晚園林同步屧禮齋巡檐乂手句還聯永叔

詠桂

今日秋光太清澈午曛卻爲木樨蒸筵前綴粟

丹霞映樹下銜杯甘露承開處一枝幽意迴落時千界古香凝好從月殿探仙友花放瑤臺第幾層

師善堂詩集目録

卷之六　古今體詩三十八首

師善堂詩集卷六

梁溪　嵇曾筠　禮齋

奉
命總理海塘閱工恭紀

海濵重慮狂瀾倒

特勅宣防副懷保雨中駐馬望殘塘驀見橫沙莽迴抱閒聽耆舊說滄桑沙尾今年新漲好海復揚塵見豈遲誠能動物回天早塔鈴不語相風恬冉冉晴雲起蓬島

秦駐山

波濤簫管沸瑤觴秦駐山頭賽始皇驅石若能過海去九州以外盡阿房

偶感

石可補天疑誕幻鳥能填海信虛無豈如疏鑿勞神手盡使山川服禹謨舊迹尋來新可印巧思輸與拙為奴安蛇畫虎紛紛是畢竟平成有要圖

荔枝酒和沈楚望韻

愁陣吟懷不肯降暫憑尊酒度雲牕誰將瓊液傾氷盌絶勝梨花撲玉釭釀就君誤疑未品飲教妃子笑無雙一觥滿泛滄波淺與擬長鯨會吸江

鎮海塔

海色微茫金碧浮矻如砥柱鎮洪流佛光炳耀馴龍藏仙觀高寒俯堞樓新堰萬尋平野障遠山一髮暮潮秋諸天賴倚崇墉乂絶勝東坡玉帶留塔峙海濱屢被潮齧欲圮今築石堤拱護遂得永鎮東溟

赭山

滄江括地維瀛海包天根赭山駕長虹校與他山尊秦王昔驅石一一皆東奔鞭此不為動骨立餘皴痕祇今數千年獨喜巋然存潮汐靡不由終古相吐吞伊余董疏導出入宜窮源拏舟涉洪波周歷驚心魂幸使井里安夷險非所論努力凌絶頂列宿高可捫大江自西來潮勢互飛翻坡陀觸瀠洄水石聲相喧於茲悟治理扼要先蛟門登頫跨龍脊不覺煙嵐昏

龕山

龕山亦秀拔遥與赭山對兩山束一水江海為之滙是曰南大亹衆流貫乎内不知自何年滄桑迭相代莽莽連平沙揚塵應已再陸陵蔽桑麻水道幾茫昧我来一延覽早已得其槩山徑雖不深綿延足塘埭浩浩日夕流誰復患壅潰龍飛鳳舞交峯峯無向背溜乃趨中泓四野都霑溉曩時慶安流是處歌康乂何當挽天吳包舉憑坤載

禪機山

水以山為屏山以水為鏡山乃開生面水亦見本性就中適合并故得擅奇勝今晨探水道陟巔俯澄瀅擊汰入空明巉石跳珠映谷口吸百川中亹衆流迸是時潮始落動者亦能靜煙中弭輕棹風外傳疎磬到来群慮息當機堪一證何年老瞿曇於斯常入定至今雙趺跡仿佛在蘿磴我緣治水来登茲發清興禪理本入虛水勢亦何競機忘則易安流東則不横旁竇何可

乘馴行途乃正天門頫洞開峭壁河莊並江海順軌趨鯨鯢頑跡靖大千歸一粟萬派無岐徑永永息洪濤法護
皇圖慶

河莊山

滄波互吞吐出入無偏向玆山禹鑿餘峽束同扼吭自昔稱海門禪機作對仗兩峯憑鎖鑰百川資保障水由中泓行南北空倚傍耕種賴以安閭閻永相望惜乎迳路仄滙流欠宣暢遂致

遷徙頻縱橫難臆量陵谷幾變更室廬遭蕩漾天道詎渺茫赤子誰綏養余心實怦怦何計迴鯨浪將欲求安全必先端所嚮挽之趨故道人力通消長真宰愛蒼生引領祈神貺

巖峯山

秀骨莽寒峭特出摩蒼穹眛爽登層巔極目天宇空羲輪吐岜角奇彩流殷紅須臾動陰雷海底聲隆隆久之覺潮上來自蜀山東奔騰舞雪練衝突何豪雄萬丈恣湔湃玆山當其鋒昔時薄海昌北岸環飛潨蕞爾一丸邑幾作龍蛇宮南瞻巖門勝雲際青芙蓉余承
九重命饑溺仰
宸衷發帑建金堤荒度水土工形勢須審量扼注回鴻濛南沙俾蕩滌北塗成蟠蝀逆則使之順陘則使之通因勢以利導水行由地中顧玆巖巖石波面浮瓊瓏是皆禀
聖訓何莫非神功轉移臻底定庶慰憂心忡憑虛俯羣動灝氣咸沖融豁然始一粲快若凌天

風

蜀山

五更雨滴征篷響清曉籃輿衝霧上南天遥指巖峰高東眺廣洋神惚怳就中惟有蜀山卑平灘徼從堪乘欙嶔焉變幻入蛟室孤嶼旋向水中移江海迴環恣噴薄波濤滉瀁懸琉璃非關天工乃人事切沙引水沙隨劘遂令拳石立蒼范不得登臨空悵望昔時北岸走狂瀾今從南徙仍耕桑鹽官築塘長蜿蜒田廬保護磐石堅

此消彼長形勢遷以水治水其信然

尖山

一葉淩漭滄復達尖山下廻看萬里流至此輒激射石汉貫百川曽不停晝夜巖腹雖未穿塘身已頻卸圮疊多驚湍風雲恣叱咤波神蹈空来窔欲乗其罅匪惟沒田疇亦且損廬舍
帝心軫黎元星軺命夙駕来鳩萬役工須趂三農暇捍禦宜何先崇墉增締架海道漸遥遷淤沙遂延蹲自昔皆

菰蒲於今遍禾稼旋轉存乎人要在通變化民物幸安恬勞臣足慰藉灘尾日夕長水向東溟瀉何庸更鑿山絙石築横壩

塘工曉望

横沙繚繞水瀠洄百仞堤邊放眼来波静光揺滄海日潮平聲隐越江雷繞看歳晚鳩畚鍤旋喜陽春遍草莱自是
聖朝多
溉澤防川非有濟川才

自箴

未諳偃仰况詼諧直幹貞心趣向乖柏挺寒姿天與勁桐標孤韻俗應排慮須洞札才難赴老愛吟詩句不佳每到秋來渾漫興滌塵風雨頓攄懷

芙蓉

寒叢艷曉暾卻自遠春温浣女秋江淡濤牋蜀錦翻拒霜偏有態照水欲無言十月芳菲度應思晚節存

黄菊

青女手中裁秋深著意培清姿更無偶正色莫相猜霜逼天然傲風狂我獨開戒寒芳草歇曾未委莓苔

漫興

山容水態移晴晦海市蜃樓幻是非說與浮鷗休見訝虚舟雖觸已忘機

直道敢云男子事反躬嘗誦古人書也知雲雨多翻覆一碧天空任卷舒

雨中吟

蛟龍窟裏鹽官城水氣渟滀雲氣并耳中時聞雨點聲深秋不得一日晴咄嗟慘淡方經營我來于役難為情昨從馬上看潮生奔騰萬騎心怦怦風起水石相琮琤山當鐘鼓發鏗鍧一呼馳突霹靂驚一吸疾捲沙嶼呈正流迴溜紛縱橫江海搏擊誰能平歸來萬慮倚檐楹沈沈急霤階前鳴漏天偏向東南傾白晝如晦陰霾成陽侯醉倒何時醒眼看龍伯騎長鯨安得西風

迅五更掃除昏翳渤澥清踆烏飛出逾光晶銀濤雪浪空崢嶸

喜晴

秉火催工作流輝徹遠空江雲秋更白海日夜先紅暖愛時光轉晴徵歲事豐從茲歌永乂為障百川東

董築海塘漫述四十韻

鴻濛本一氣水性惟就下若不利導之厥患乃滋大茲邑枕江海衆流實交匯粵稽唐宋明一綫殘塘跨壘土迭周章旋復見頹卸歷歲鮮成效如築道旁舍致多橫溢憂寧止損農稼蒼生盡赤子其魚吁可怕余幸捧
敕来睹此輒深咤海溢諸窮黎衝寒遠相迓共言被漂徙已歷幾春夏洪瀾自喧豗指點尚悲訝有若萬馬奔孰能馭泛駕變遷每不常毋乃天吳詐
宸衷切飢溺詎恐自休假臥聞驚濤聲恍從枕函瀉矍然復披衣往往起中夜未雨先綢繆百

計思補罅行其所無事志定則心暇飭屬庀羣材懈者不汝貰巨石旣廣採大木更高架力作趨子来泥深總没胯帑錢頻厚給董率不少罷暄和工易施斯實天所借豎同雁齒排橫似魚鱗亞金隄亘萬丈咄嗟舌驚咋潮頭遂壓捺不俟强弩射蜃氣由茲消無復現樓榭羣生慶安全億禩得憑藉渚田仍黍稷村壠復桑柘淨碧涵平沙晴波滑如砑搴帷甫三月綜理亦云乍豈惟平米值亦漸減踴價仰承

睿訓周胥得沐
釀化頃復奉
明詔積賦悉裁赦老穉咸騰懽謳歌雜呼詫今
秋穫豐收處處欣飲蜡海若俱効靈亦應薦燔
炙因之佐清酹東向酹一斝他年贊成功余當
額手謝

長至後一夜道院小集

雪後晴開月半輪罘罳清迴燭輝銀繞從海上
迎長至喜見陽回續小春潮起歘催詩思湧橘

香徐引酒杯頻靜聽鐘鼓傳仙樂星斗高寒近
玉真

對雪

凍雲凝不流餘雪紛欲墜漸聞碎玉聲寒空起
遥吹環瞻江上峯一白掩千翠沙水互迷漫銀
海成平地年来患狂瀾滕六貽美利應知萬户
歡南東盡霑被

雪霽

海壖行復變桑田雪霽星軺薄暮還梅信欲催
春早動燭花偏向醉餘妍樓臺浸月浮金碧鈴
鐸含風韻管絃彷彿十洲三島近蘧然一枕夢
遊仙

乙卯初度

瀕海客逢初度日薄寒人愛晚晴天占先春色
紅梅綻耐久風稜翠竹妍但使沮洳成沃壤敢
將歲月悵林泉白鷗萬里隨容與指點榑桑勝
大年

雨中紅梅初放

窗前春色暗相催破臘寒梅巳自開詩興不知
東閣遠香風忽引故人來此邦地濕饒陰雨于
役囊空只舊醅一琖酹花花亦笑豔中清致恰
堪陪

海昌當江海匯流屢遭水患奉
命經理見塘外沙塗綿亘鴈鶩雲集敬占志喜

睿算恬滄海
宣綸
御宇初潛虬去此土陽鳥遂攸居潮擊南山湧

沙迴比岸淤轉移胥効順天意合歸墟

雪後紅梅

春在踈枝密蕊邊迴風吹動舞瓊仙雪花妬煞梅花豔不道紅鮮分外妍

紅色霏微粉色韶暗香浮動覺春宵水仙院宇勞人住索笑巡檐慰寂寥

庭梅正放驟聞雪珠淅瀝詩以慰之

雪花纔歇雪珠摧傲雪寒梅强半開刪却穠華標冷豔未容蠭蝶趁香來

雪欲壓梅梅更綻梅能受雪雪還消半杯松葉呵餘凍梅雪爭春我為調

綴得明珠嫩蕊攅寒光欲動珮珊珊依稀仙女闕窗夜迴雪流風玉一團

綠蕚籠雲渾欲臥紅英著粉不勝嬌太清合有仙葩放掩映松筠伴後凋

紀事

上帝嘉惠水土平功成不易紛經營三冬盡得畚鍤力一日不聞雨雪聲渙汗恩波寬似海蜿蜒隄岸堅於城卒瘏手口余不惜期慰宵旰甦編氓

十二月十八日蒙

賜克食五種恭紀長律二十四韻

圖呈龍馬久昭祥河海安流瀸澤長共仰

一人敷化育能令萬物總蕃昌梯航處處通

王會筐篚年年達

帝鄉禹甸脩和輸職貢

虞廷愷樂洽詩章

上饍給自

天廚內僎脯擕從

御案旁幸荷

九重頻眷注駢

頒五味競芬芳鹿鳴尚記歌苹野雉獻緣知産

越裳腥

賜腊肥宜熟薦榮分鱻羹幸烹嘗自饒麈尾堪充炙不羨羊臑似截肪奉到黃封纔敬啟未登

翠釜早流香細分碧縷添吴葅小點紅芽配蜀
薑鄭重祇緣承
玉饌芳腴眞覺勝瓊漿禮求合度須如法義取
調和信有方正席未輕投匕箸當餐先自肅冠
裳嘉珍疊拜增銘刻厚禄虚糜實悚惶身處脂
膏羞自潤腹充麄糲率爲常大官羮捧來東淅
慈母悲深念北堂封鮓芳規期永佩丸熊遺訓
記偏詳七牢自享心先戒三豆承懽志少償禄
養久曾霑

寵渥推甘復幸被
榮光半生臣職終何補一飯
君恩每不忘爲咏伐檀慙素食益思乘橇謹脩
防平成總賴
宸謨運清晏長歌
聖德洋喜溢羣黎咸歡舞願同鼓腹賀時康

賦得月光如水水連天

溶溶風漾波中月灩灩光揺水底天一氣空明
澄萬象太清何處著雲煙

乙卯除夕二首

霜華留我駐星軺笑指東瀛識斗杓歲月已新
胼胝舊白頭海國禦春潮
一片冰心堅竹節十分春色藴梅苞海神廟裏
屠蘇酒父老分甘咏樂郊

師善堂詩集目録

師善堂詩集卷七

梁溪　嵇曾筠　禮齋

丙辰三月十二日奉

命總制兩浙恭紀

本為東濱籌保障復加

新敕總樞機制軍控馭紆丹悃報

主辛勤惜寸暉白筆封題澄吏道青疇勸稼慰

民依越甌父老相期切江海安恬井里肥

恭聞兼理督撫鹺政感惶敬述

銀章三

錫命問夜敢從容皓首羞明鏡憂心急曉鐘未須探禹穴只是慕堯封卿月惟星好車前兩意濃

任有

任有佳山水公餘未一過敢云拈翰墨隨意託吟哦羅剎春濤靜雲居風日和幾時停小隊親製勸農歌

登葛仙嶺

蓬瀛咫尺足勾留勝境真誇甲九州寶叔塔飛鍾嶺錫湖心亭漾武陵舟看山偶許舒青眼治水渾忘到白頭欲覓丹砂仙跡杳數聲清磬碧雲流

恭送　先大夫神主入忠貞祠因詣韜光訪求遺什即導元韵愴然敬賦

攀蘿尋手澤陟巘到僧家雪涕瞻遺草流芬過浣花竹林深碧蔭鍛竈認黃芽賴有揮毫處低徊想試茶

湖上晚歸

纔下韜光日已春波紋微疊晚溶溶玉鈎倒挂湖心月霞綺斜飛水底峰翠荇綿聯帆勢緩白鷗涵泳浪花慵何當公事催歸棹擬學香山力不從

重葺忠貞祠奉安　先大夫神主即次石溪廉使韻

巋然祠宇倚巘屏陟降還應聚此亭自昔捐生存大義至今配食仰先靈三年熱血凝寒碧百

代香名照汗青瞻拜恍如聞謦欬松濤風韻自泠泠

萬峰遠抱一峰青鶴馭無由識故形尚想孤臣留聖水重尋處士到空亭爲芟石髮開春徑共擷溪毛過晚汀遺跡賴君能表著不辭載筆出郊坰

初夏

晴霞萬縷曙光浮山擁旗門翠欲流花信將闌風轉疾柳綿初脫露旋收吟船未放銷梅夏行

帳頻移省麥秋見說三眠蠶候好今年絲賤錦機稠

五月四日喜雨

天心仁愛浙東西挿蒔方殷雨送犁野外歌謡勝鼓吹海邊喜躍指雲霓榴花欲臙胭脂濕柳葉全垂翠帶迷明日蒲觴應小泛溝塍水淌緑秧齊

五日

不待郊壇禱自傾連宵達旦水田平天中好雨知時節山縣江鄉盡發生

雨緊風和敬誌一律

久晴見說土紋坼大汛却虞風勢狂每月初三十八日係大汛豈意雨傾沃犀槁更無潮激鹵新塘農夫語笑桔槔冷水部晏恬畚鍤忙五穀順成百川障海邦有喜歌平康

臨平道中即目

漸漸麥壠雉雙飛節候清和物不違桑葉貴酬絲價賤秧針多蒔稗苗稀農疇忙後公堂靜廨

吏閒來比戶肥耕織圖成恬海國可知治行未全非

咫尺

咫尺湖山勝浮生何太勞鶯花空爛熳江海足風濤豈是無舟楫多因惜羽毛孤鴻天外遠誰與析秋毫

枇杷

香輸紅杏春先熟色比黃梅味不酸藥譜神農曾入選欵冬花下露珠團

楊梅五首

江臯五月濕雲飛新熟楊梅帶雨肥小艇何人傍岩隝樹頭新摘滿園霏

綠陰叢裏暮霞鮮火齊珠光箇箇圓比似荔枝饒潤澤輕紅未擘色香妍

含桃綻日終輸瘦梅子黃來卻遜甘不待釀成香酎美露腴纔沃已清酣

離離朱實總如丸瑪瑙般紅碧玉盤味備酸甜能止渴飽嘗絕勝蔗漿寒

底須河朔避炎威一騎青絲滿貯歸可惜楊家好紅顆幾曾馳貢笑唐妃

梅雨誌喜

正是甘霖梅汛時湖山踪跡到何遲樓臺煙景誰當惜自愛秧鍼與麥岐

野叟披蓑枕犢眠水車閒卻綠雲邊五風十雨知人意始信農家自有天

環翠樓漫興

遥岑積翠環海東樓開面面凌空濛芭蕉葉展雨聲碎梧桐樹高風力雄萬頃新苗綠上下四圍濃蔭青玲瓏江城五月不知暑潑墨行吟瀟灑中

五更

不覺潮音枕上生萬家憂樂五更情夢餘月白天難曙節近梅黃雨易成獨繭抽絲迴百折狂瀾砥柱祇孤撐才微歲晚將何補東海先邀旭日明

六月十三日勸農值雨

伏日瀟瀟暑氣清新苗抽葉浡然生濕雲壓樹風無力驟雨飛泉澗有聲蓑笠歡呼占歲稔桔槔閒挂喜秋成殷殷慰勞勤芟柞滴透簷帷莫問晴

雲林寺樓

當暑凌空曠遥屏擁翠微峰奇雲不下樓迥雨先飛客坐誰揮扇憑闌欲解衣臨風還小住襟袖帶秋歸

海塘閱工歸途述事

海國生成總化機和風甘雨耐征衣迎凉葉落
知秋至當暑蟬鳴送夏歸花匝水田苗已秀黄
垂洲樹橘初肥邨邨農圃皆閒適何用煩君問
是非

署齋對月

行雲落跡陰暝色澹將夕悠然理素琴林端吐
華月萬象含餘清空齋湛虚白越鳥棲乍安吳
牛喘初息靜對浣秋心流輝滿瑤席

乾隆元年十月十一日扈從

聖駕恭送
世宗憲皇帝梓宮奉安
泰陵恭紀八律

奉引
龍輴出
帝閽
一人仁孝念
深恩何當辟踊瞻
塗屋猶想
音容在寢門吉從鵷鸞如霰集祥徵象鳥總雲屯
班聯匍伏皆潛泣不敢陳情慰
至尊
慶延
福地鎮中天永妥
皇靈感
聖虔春禴秋嘗千萬祀朝乾夕惕十三年納言
尚記懸鞀鐸述
德難名叩几筵到日

寢園滋白露蕭森草木亦淒然
御道恭隨
法駕登鬱葱佳氣徧升騰初冬易水融春澤積
秀郎峰繞
泰陵鳳舞龍翔長拱護駿奔鵠侍効趨承鼎湖一
自攀髯後常抱遺弓慟不勝
晨光肅穆集羣僚霜際頻驚淚雨飄
玉座衣冠千仗列
珠邱旌節萬靈朝山川封濬紆

宵旰
帳殿號呼徹泬寥最是
宸心哀愴處寒空一片白雲遥
典儀繁重儼神明
至孝纏綿達
至誠
陟降在庭瞻有象涕洟霑路聽無聲
地宮親爲攜燈布
天步頻勞掖

輦行激切從容皆中節每循大禮罄哀情
鑾輿回睇向穹蒼咫尺巖坰
睿思長
禹穴千年留祕檢
橋陵萬古仰垂裳綢繆陰雨金甌固覆幬
恩暉玉宇光更憶黼屏
遺訓在唐虞心法是幾康
絲綸稠疊布春温
德化都由

錫類敦優見愾聞純孺慕奬勞振乏總
君恩
九重作述
新猷煥萬國謳思
舊澤存將事小臣瞻戀切松楸土濕盡啼痕
自綰麟符遠鳳池頻年
王事任驅馳丹心久荷
先皇鑒白首還邀
聖主知靖職益思堅晚節酬

恩深幸際
清時
神軒昭告應嘉悦萬紀方開
景運期
恩賜貂冠狐裘袍褂恭紀
清冬早喜轉陽春
特錫冠裳出
紫宸職愧珥貂温勁好
禮優飾豹采章新

高深永戴頻加額長短攸宜恰稱身
聖德如天蒙廣覆豈徒衣被及微臣
蒙
賜哈密瓜恭紀
虎掌名瓜
錫尚方九州職貢萃梯航芳腴勝沃金莖露清
冷猶含玉塞霜幸荷推甘霑
帝澤未須消渴覓仙漿綿綿願得如芳瓞億祀
欣歌

聖祚長
連日蒙
賜克食恭紀
寶幄初開曉吹寒又邀
宸睠聽傳餐
溫綸特布勞中使珍饌頻教領大官久凜氷兢如
茹蘗忽霑玉液似調蘭
九重旰食方憂惕捫腹深慙報稱難
恩賜內廐馬一匹恭紀

倚山
行殿曉霞開
特敕圉官選逸才褰劣幸容依豹尾趨隨忽荷
賜龍媒爲憐
王路驅馳久疊受
天家翦拂來幾度長鳴緣戀
主臨風欲去更遲回
蒙
賜御製十月二十五日得雪詩恭紀

六花呈瑞早彌漫處處瑤林襯玉巒夜色轉明
渾似晝春陰廣被不知寒尚勞
睿慮周茆舍
特賁
奎章煥彩紈
天貺遍賡由感召嘉禾芃看九莖攢
恭和
御製燕山八景詩
瓊島春陰

瑤岑聳秀望嵯峨隔水飛来濕翠多乳燕庭陰聲宛轉養花天氣影婆娑霏霏綠潤金隄柳漠漠青連玉壠禾黛色煙痕如畫裏璿題閬苑喜賡歌

太液秋風

蘋末涼颸水面生縠紋微縐綠縱横流雲過樹忽無影清露滴花如有聲魚躍晚香分翠扇鶴盤新爽下崐瀛緒風習習恩波湛

睿藻高懸鏡物情

玉泉垂虹

飛流遠挂似飛虹瀉入靈池廣澤中一片輕雷清曉聽萬絲晴雨灑秋空龍涎迸出珠光白蟾彩浮来玉暈紅聖代醴泉頻獻瑞豈徒潤物百川同

西山晴雪

層巘面面散空明望裏俱成白玉京積素尚凝千嶂冷斜陽忽露數峰晴花融琪樹春先到鳥悅瓊林夜亦鳴餘凍漸消流澤遠屢豐有兆洽時清

薊門煙樹

蒼然平楚樹如浮銅馬銷融剩故邱雙阜風花雲外颭十門煙柳雨中稠黍苗蔥翠鳧鷖集藻荇參差鵷鷺遊地接堯封邀御製春光輝映在龍樓

盧溝曉月

趨程欲趁曙鐘鳴起視河梁片月横珠斗已低千點落玉繩猶挂半輪明客辭茅店雞初唱人渡桑乾馬不驚朗照通衢天闕近青袍早慰昔年情

居庸疊翠

雄關鎖鑰萬峰連近拱神京遠控邊山走波濤千疊湧澗紆襟帶一泓穿龍沙地迥平秋色雁字天低入暮煙屏嶂重重蒼翠滴堯民陟巘早耕田

金臺夕照

雅化涵濡雨露濛羣瞻

離照慶方東空聞禮士金臺上何似程材

玉鑑中原野蒐羅来鸑鷟康衢謡咏到兒童遍

聽 復旦興歌處萬國於今總嚮風

謁孔林敬紀長律四十韻

德準乾坤大靈蟠海岱長勝區迴地軸秘殿拂

天閶日月扶原廟風雲護講堂五倫惟奠麗萬

世不滄桑龍繞金環甲麟遊玉吐芒丹陵呈異

彩元鳥衍奇祥天縱空涯涘心傳接混茫六經

研矻矻四教語煌煌氣備中和美年隨憤樂忘

鑄顏情不倦夢旦志方剛卓立三才極森羅十

哲張集成卑尹惠拔萃過羲黃觀海眞難測登

山詎可量衮衣歌未久篋席暵何嘗緬想周流

遍曾勞接淅忙津邊煩詰誡磬底寄悠颺道大

通元宰功高協素王攀躋階自絕祠禴算無疆

累代加崇奬

熙朝叠表揚

龍輿親釋奠

鳳藻錫輝光榱桷千秋煥輪囷五色翔

嘉苻良有以

至敬自非常薄海尊親戴群黎秩叙彰裁成同

造化陶冶媲陰陽

聖聖相承繼乾乾更邁皇

治追文思盛學到緝熙强數政咸周洽崇儒競

頡頏尼山心獨契闕里典尤詳夙昔勤鑽仰平

生勉就將依稀窺美富祗肅遂趨蹌履道瓊霄

上穹碑璧水旁暈飛深穆穆虬幹鬱蒼蒼未用

采恩寵能教羽翮藏車旗陳法物禮樂具彝章

看檜青霜古尋蓍綠雨香儀型留劍舄音響挹

絲簧砥行先忠孝知微判聖狂尚無慚屋漏始

可對宮牆有恥懷遺訓無欺凜大防杏壇如許

問何以輔虞唐

丙辰臘月奉

命告祭 海神廟恭紀六十韻

昭代恩膏溥涵濡徧八紘懷柔周典盛疏濬禹

功成
德化三才協
勳華七政明敎敷先令甲道濟合由庚顯佑徵
神力脩和洽
睿情褒封崇廟貌輪奐美堂閎漾日深朱箔摩霄
列紫甍
奎章頒鄭重
寶翰發光晶
聖主承丕烈含生總向榮一中欽允執九叙喜

重賡共荷平成福咸欣品物亨滄溟歌底定薄
海慶寧盈乃作千川障堪爲萬世程衆流皆向
若景貺遂頻呈于以修明祀因之展
聖誠函香來
北闕捧
敕到東瀛敬率祠官祭欣逢父老迎輕飈吹虎
節嫩旭映霓旌黃道方諏吉元冬恰放晴燎烟
飄棟宇篆靄裊欞楹祝史將陳𥙊充人早告牲
祥光凝爓炬和氣浹簪纓肅穆珠宮啓端恭玉

幣摯齋心通肸蠁拜手奉粢盛蘭俎珊瑚飣椒
漿琥珀觥華驂臨鳳幄雅奏叶鸞笙陟降羣靈
集交孚一德并正辭宣
上意祝嘏爲蒼生川后欽忠信波臣受使令魚
龍俱屏息鳧雁亦和鳴往者洪流泛曾聞億兆
驚蜃樓淩滉瀁鯤壑瀉砰訇津闊犀難照潮飛
弩莫抨聲疑排巨嶽勢欲撼孤城肯使虛舟觸
惟憂斷岸傾禽塡終渺渺蠡測總硜硜自荷
溫綸賁從無駭浪爭菲葑蒙

帝簡黽勉副輿評帷不施山㩴錢常節水衡百
工紛力作庶職佐經營持滿先垂戒防微在始
萌不知雙足繭祗覺寸心縈未雨綢繆切披星
往返輕邨喧聞夜織土沃勸春耕麥待抽三穗
禾將秀九莖封圻勤煦育比戶有餘贏山繞屏
千疊波澄鏡一泓井閭安衽席倉廩等坻京此
地饒鹺利沿郊布粉英霜華明野竈雪滷徧寒
阬忽覩新洲出旋看舊坎更淤沙頻北漲水道
漸南行綿亘金隄固崇㙮石堰橫濤頭迴白馬

江面絶青鯨得奏安瀾績皆由
廟算精良辰申報享昧旦復嵩征將事叨成禮
興觀慰庶氓霞蒸騰喜氣雷動溢歡聲海爲凝
庥晏河應獻瑞清萬年流
瀸澤永慶泰階平

師善堂詩集目録
卷之八　古今體詩六十一首

師善堂詩集卷八

梁溪　嵇曾筠　禮齋

丁巳立春喜雪

三冬望雪雪更稀五日立春六出飛瑞啓新年有豐兆澤霑大地無啼饑早看穲麥吐葱蒨驀見老樹回芳菲伏虎巖前虎跡瘦放鶴亭邊鶴翅肥青女翦綃連旦夕萬壠千塍欻盈尺浩蕩乾坤絕點塵吳山一片梅花白斗柄東旋喜氣生和風甘雨潤無聲麵市積成供大酺鹽英貯

足備和羹得藴久早歲初收未屆上元流月彩綠萼紅苞盡粉裝春林處處如香海

早春

鶯未弄聲花未足忍寒躡屐西亭曲雨隨梅根幾點紅雪淨梧桐千尺綠老來嗜酒怯難勝興至哦詩澀還續早春不及仲春長少得偷閒須秉燭

東軒早梅數枝忽放余相別已久詩以贈之

經年不見梅花笑，此日窺園意灑然。一片冷香潄詩骨，俗塵消盡湧春泉。

蕭踈老致略寒暄，驀地清芬入小軒。宛似故交重識面，相逢一笑更無言。

人日漫成

白髮已盈頭上雪，青春莫放掌中杯。浪傳老態衰逾健，肯信流光去復來。北闕新恩同歲積，東瀛佳氣共潮回。試看煙景陽和布，綠遍錢塘齊色開。

上元雪

爲卜千箱瑞，欣看六出盈。霏霏籠月影，寂寂躧歌聲。插柳勻飛絮，調梅糝落英。湖隄紅燭暗，青入麥疇縈。

春陰

元夕連陰翳，流雲罨遠峰。燈閒珠錯落，裘冷玉蒙茸。老悵飛花疾，春遲健筆慵。不知南陌上，桃李爲誰穠。

詠梅

臘日抽條春日放，雪中能豔雨中香。氷心鐵榦清無敵，擺落浮華是擅塲。

踈影微吟記昔年，孤芳別久尚依然。白頭相見如新客，氣味清真爾最賢。

春寒

春風作意吹春色，向人垂鈴颭花飛急，簾深燕語遲。爇香繙舊簡，呵凍改新詩。莫怪朝參晚，譙樓雲未移。

春雨

待旦披衣坐，寒生雨氣濃。流膏漸長養，潤物覺從容。曉饁遲村婦，春犂慰老農。湖山雖暗澹，新翠幾千重。

雪中探梅

竹外斜枝好，流輝照眼明。春遲花有態，雪靜鳥無聲。凍合扶笻滑，泥香曳屐輕。莫嫌來往數，曾締歲寒盟。

花下又得二絕

春風氷泮碧羅新，無那花飛減卻春。雪片舞時

花片捲封姨妒殺洛川神

春嫩那禁寒意重梅衰偏覺冷香清連宵不是風兼雪誰識臞仙下玉京

落梅二首

新葉何曾發故枝暗香欲謝已先期久要幽賞惟松竹肯向穠華住少時

冰心貞白遠磷淄迨吉何緣揔自持願與夫君諧鶴夢羞隨西子逐鴟夷

偶占

壯志幾曾休星星怕白頭今朝頭似雪白了更生愁

紅梅著雪

昨夜東皇新賜緋珠環瑤珮暗生輝雲迯錦帳浮香月風翦氷綃護彩衣楚女腰痕應更瘦太眞頰暈故添肥侵凌寒色知難受春到南枝麗早暉

吴山

山以吴地名浙西乃其宅南岡枕錢塘明湖在右腋峨嵋列屛障石鏡懸几席鳳凰山名翔羽儀鷺鷥嶺名振毛翮蕭然伍相祠英風動松柏香凝古鼎寒氣炳靈旗赤大觀臺已荒第一峰逆碧俯瞰十萬家江海沃膏澤紆折達富春憑陵送潮汐城隍踞虎林粉堞跨龍脊攬勝邇芳蹤捫碑辨遺迹秀句滿湖山披襟挹藕白

正月十六日赴海塘閲工

新詩新釀尋常負元旦元宵荏苒過雖有湖山兼有月郤無絲竹也無歌褰帷江海惟先事霖

雨桑田揔太和幸際重華全盛日老臣宣力敢婆娑

早春舟行

梅花雪後謝山茶雨前芳春澤既霑足浮舟下餘杭湖面映寒綠草色帶微黃氷殘浣紗疊岍冷釣緡藏魚驚祭淵獺燕懶渡江航氤氳見嵐嫩瀲灧挹鏡光餘凍應漸解條風欲迴翔撫時思煦育轉瞬屆豔陽余膺保障寄念切江海塘及此小潮汐于焉早修防綢繆桑土計信宿水

雲鄉物華雖黷澹郵程去不遑

雨中四首

懸旆搖搖雨夜馳風聲偏急棹聲遲夜闌點滴誰能寐剩有吟懷獨詠詩

曉來風轉片帆張水漱雲飛引眺長雨岍春畦送新翠菜花贏得麥田黃

三冬稀見雪紛飄春到連旬雨澤饒歲事已終農事舉天教野老壽唐堯

問雨多時又課晴茆檐百計想寧盈果然愜得

蒼生願水泛紅霞海色明

二月二日

不見鶯花隨使節但聞雪霰灑行舟甘霖海國長露潤春日還將冬日留

鮑郎場

千疊迴峰落大洋水天曉霽露春陽盈灘白雪堆煙竈滿畝黃雲覆稻粱蠶罷女兒圍鬭草耕餘野老聚稱觴海濱饒有桃源趣花片紛披記鮑郎

二月四日蒙

賜成憲折衷恭紀

煌煌墳典重天球萬古堂廉謹校讎治秉一中涵道法材兼九德協剛柔

宸衷獨闡精微蘊臣職咸遵法戒周四海康衢歸正直

瑶編敬奉賛

皇猷

三月初一日蒙

恩賜臣父臣母

御書人倫坊表匾額恭紀四律

聖朝敷教重倫常潛德幽徽荷表揚不是

九重加異數何由百世被

榮光

毫飛玉檢風雷護

翰灑金泥雨露香一自

奎文昭揭後頑廉懦立共扶綱

先皇睿藻煥台躔五色雲中
賜額懸
虞陛都俞昭
錫類周家作述重推先
君臣一德交孚日父母雙
褒孝治年共仰
璇題輝暎處龍文鳳彩互騰騫
三薰拜手捧球琳先烈追思痛轉深五夜白頭
常訓勵千秋碧血不銷沉幸邀

録節旌忠典即
示型方範俗心存歿總教膺
寵渥感
恩惟有淚霑襟
特新棹楔俯清流璀璨
宸章在上頭靈爽亦欣輝俎豆靖共何敢墮箕
裘職居重地維先訓治際中天奉
大猷報
國承家丹悃在長將忠孝作詒謀

米鹽述事

向聞浙西米價貴海邑煎鹽亦煩費天時不與
人事諧民計豈難良可畏三伏望雨杲日生小
汛望晴積雨傾暵潦何嘗因地力煮海不易田
難耕年来
宵旰切咨儆調燮陰陽為閭井欣逢時雨復時
暘穀價減来滷價省唱籌量米似量沙問俗農
家間酒家南薰解愠風濤靜咸池鹺滿日光華
昔時減竈今添竈人負囊槖驥伏車共指畧中

成樂土回看潮起是生涯安瀾廣致熬波利多
稌豐收富倉積六府三事臻允治萬年景福如
川至
聖澤汪流江海寬長荷平成在天地

撥悶

節鉞儲胥併一身江海閭閻寄車裀捍衛金隄
息鯨浪了當公事聽雞晨有酒不醉減飲量有
書不繹愧知新有月不邀虛五夜有花不賞辜
三春鎮日披閱惟簿牒旁午推敲决訟嚚遵路

多障如觸藩進賢難徧如積薪杯裏弓蛇那復校疏中疾苦終須陳佩弦佩韋旼其故爲高爲下從所因行政但願平如水顧影當知監于民曙鼓三撾三自省官箴一誦一驚神南塘北塘勤問渡東浙西浙勞周巡不見馬蹄踏鶯嶺誰乘雀舫浮湖濱六橋桃李朝朝豔笑爾才迂任重人

雨中春望

煙鬟抹黛深深色露萼流脂點點香燕子學飛

斜掠雨銜紅穿綠渡寒塘

祈晴三首

終朝朗誦祈晴疏長夜沈吟苦雨詩靈澤高天太洋溢翻令草木訝春遲

圖將水墨暈千峰雪湧新潮疊幾重箕伯要思排霧障龍師底事遣雲封

立春以後連陰晦直過春分雨不開二麥青青將吐秀時暘應向海東迴

新晴

雲銷霧捲見紅缸花意人心揔發生簇隊騮嘶歡乍暖爭枝雀噪説新晴壠邊蒨色千叢翠湖上春容一倍明攬轡出郊游化日和風吹動鳳凰笙

玉蘭

似從雲裏見瑤光玉更無瑕雪更香仙掌高擎羣鶴舞欲攀春島浥天漿

湖上喜晴二首次胡石溪廉使韻

匝月濃陰久未消桑麻猶自斂寒條爲勤致禱

來三竺不是尋芳到六橋霧障纔看收碧落曦輪旋喜擁丹霄晴嵐影入湖心翠沐浴陽和詠
聖朝

回鑣一賞白隄春雨後繁花照眼新夾岸香濃頻駐馬衹園茶嫩欲留人山屏乍敞皆環越水鏡初開轉勝秦對此韶光同點筆空明何處著纖塵

聖祖仁皇帝聖誕日恭紀

聖因寺裏留

鑾蹕萬壽山仍擁翠微今日鵷班爲瞻拜碧桃修竹想恩暉

寧邑閱工見沙北漲海南遷喜而有作

鹽官頻水警沙漲滿蛟宮詎有移山力誰成倒海功循流徐導引因勢轉鴻濛一片丹心在精靈雨岍通

安穩桃花汛熙恬澤國情老夫還命駕童稚揔懽迎簫鼓朝来沸魚龍夜不驚底須驅石過躡

足海中行

霧

莫道湖山面目移偶然蜃氣海天彌煙中蔽樹春何損霧裏看花老最宜豈有少微徵隱士定因元豹晦奇姿紅霞歘起騰霄漢共識黃雲報稔時

暮春

紅斂桃初實青垂桐欲花繡叢浮積靄錦障散餘霞向夕猶躭賞留春何處賒自憐頭已白一任擲年華

紅薇

桃李無言虛晝永薔薇有意欵春長花欺粉壁紅逾豔葉覆蘺陰綠更香朝露浥時盈笑靨晚霞飛處襯慵妝擬窺宋玉何由見風月撩人悵隔墻

鏡裏

鏡裏樓臺豈是家鶯啼燕舞鬭繁華三春風雨淹游屐閒殺西湖十里花

惜春

爲籌民務覺春遲悄悄憂懷暮雨知亭冷未聞修禊事江寒空詠落花詩從容願展陽和令晚休驚爛熳時戴勝降桑蠶正浴東風吹暖好繅絲

輓高安相國朱可亭二首

天眷蒼生切君何不少留孤忠懸諫草清節滿輿謳食儉無重肉箱空有敝裘靈車經故治淚湧越江流公昔撫兩浙至今遺愛在人

中外皆
王事追隨志未酬戴星趨
鶴禁捧日仰
龍樓梗泛紆河洛箕乘入斗牛十年覊一面挂
劍竟何由

明聖湖

到來靈境忽開顔方丈蓬壺遠近間可有山川
能比秀更無冠蓋不偷閒煙痕翠黛屏千曲波
影樓陰月幾灣天作地成臻絶勝東南佳麗等

塵寰

贈翁朗夫

今朝今夕復聯吟風雨高樓愜素襟公事畢時
敲句穩春花落處寄情深少陵詩骨愁中鍊吏
部詞源老去尋鳳噦蓬山清韻遠絃膠鮮合賴
知音

紫雲洞次張宗約方伯韻

攀蘿尋乳穴仙洞咼成三金鼓無門紫雲三洞甲秀棲霞危石
懸僧舍飛泉濺佛龕晚過雙嶺址劍門棲霞舊名雙嶺秋

在六橋南好是新晴後山山疊嫩嵐

七月初二日立秋

秋期荏苒佳期後涼氣依微暑氣流幾見緒風
曾拂簟偶因疎雨且登樓月澄碧宇銷河漢露
白滄江濕斗牛金令已乗華漸實老夫計日望
豐收

秋陰

萬種愁絲并一心江城無那對秋淋已籌國事
如家事誰許長吟復短吟風雨中元悽未息黍

苗東土喜偏陰調和祗在天工手霜鬢勞人卻
不禁

三郎廟觀潮

潮勢迎秋信有神支祁從古服庚辰雖然江海
爭潆激幻出銀山落富春

秋夜

水國西風動早涼熏籠初理裌衣香簿書纔謝
吟牋展雨和蕉聲秋思長

中秋夜雨

昨夜風颸星漢收雲屏施設在瓊樓盡將沆瀣
蘇羣品不覺瀼瀼湛露流
滄海珠涵那有淚蟾宮囪洗絕無塵太清合赴
霓裳會不遣姮娥碾玉輪

燈下折桂

中秋月過桂方榮夜靜天香露氣清秉燭一枝
親折取嫦娥應不妬閒情
蕊珠纍纍影婆娑燈下仙姿認大羅彷彿小山
叢樹裏膽瓶相對醉吟多

師善堂詩集目錄

師善堂詩集卷九

梁溪　嵇曾筠　禮齋

八月十八日蒙

賜御製樂善堂集恭頌有序

欽惟我

皇上

敦敏性成

緝熙學懋

心根理義早涵大化於一原

德盛光輝悉萃群言於萬有當

邃養青宫之日元良德備乾元正沉潛黃卷之

時典則文先堯典立誠明理既得

宸居授受之惟精志道依仁尤兼衆善會歸之至

樂

啓牙籤而研玉軸天人性命皆竟委以窮源

握金管而擘瑶牋高下洪纖胥披文以相質

蓋

沖齡已擅生安之譽好古惟稽古是求而

養正早儲天縱之資分陰與寸陰並惜六經四子合內聖外王二酉五車統春華秋實靡不手披心繹縱千行一目猶深望道未見之思惟期尊聞行知覺執兩用中俱有逢源自得之趣本躬行以著作言言雲影天光抒性道為文章字字春風沂水蘊蓄於十餘年之歲月發皇為千百卷之球圖頒自九重珍逾雙珙

堯文炳蔚體例周而宜古宜今孔思湛深情文備而不偏不倚編次則首揚聖訓猶十傳之冠以聖經辨論必昭揭天心知五常之貴為天爵和情順性說獨契乎復来舍已從人箴更先乎虛受直入庖犧之閫奥早符大舜之精微序一事而深切著明至理因至文益顯記數言而渾淪磅礴元音輔元氣偕行跂亹亹以連篇羨墻如見書涵涵以盈幅砥礪尤深讀書貴在發明迥出唐箋漢疏擬古用彌闕漏無非物則民彝四聖十臣贊自孚於一德聯珠合璧頌悉協乎升歌兩表揚泗水之輝金聲玉振一銘接湯盤之緒日盛月新養既極其精純文自昭夫粹美王唐瞿薛終慚草野之詞章屈宋班楊莫企天家之麗則況有得於三百篇之旨怡情當山水笙簧更常懷乎十五國之風動念皆祁寒暑雨温柔敦厚律吹大地春生廣大精

明樂奏鈞天響徹凡散行之鉅製理則菽粟而文則珠璣及諧韵之奎章采則元黃而質則易簡盖誠中形外修辭在基命宥密之先而本身徵民檢躬於中道從容之候今日四方風動群瞻帝德覃敷當年五夜編摩端自聖心精進裒成全集煥如日月經天昭示千秋沛若江河行地臣識慚蠡測學愧管窺昔

侍

内廷欽

文明之天亶茲膺外任荷

教誨之日隆盥手而誦

皇謨功莫先於克己研心以求

睿思治貴在於宜民片義单言皆為慎獨謹幾之要摛詞掞藻俱屬感人淑世之規愧未

能探

聖學之高深望若泰山渤海竊幸得開臣心之

蒙昧奉為木鐸金鍼紬繹終身涖政與飭

躬交勉留傳後裔矢忠随報

德彌長矣臣昌勝感激懽忭之至謹拜手稽首

而為之頌曰我

皇之德逌聖逌神我

皇之學惟一惟精丹陵天啓青宫日新直温寬栗緝熙光明孳孳取善矻矻好古上溯羲軒下逮鄒魯逢源理窟漱芳仁圃體信達順目張綱舉維帝於穆象示三辰維

皇宥密文垂六經裔裔皇皇炳炳麟麟道惟覺世義在牖民乃遊於藝則陶斯咏五色文成八方風應曰當山水瀛海嶽鎮曰當宫懸媯簧禹磬虞書渾渾元氣鴻濛商書灝灝萬象春容周書噩噩百度肅恭三代異曲我

皇同工翳抒性天匪躭藻翰翳示王猷匪同河漢因言檢行夕惕朝虔

聖人首出重光是宣編之輯之

皇允蹈之旉之布之民咸好之豈惟蹈之大猷

允升豈惟好之百姓與能昔直承明曾忝侍從

銅壺漏遲銀釭影動六籍横陳雙鈎縱送

聖心無逸

聖功互用惟四十卷典謨雅頌惟億萬年治法

道統小臣拜

賜謹效嵩呼何以擬之天球河圖

重陽

秋老西風滯雨聲今朝重九報新晴曉霞海色明吳甸飛翠嵐光入越城百尺凭樓堪送雁數

竿戛玉滕吹笙紫萸黃菊何心覓香稻連疇足晚成

曉泛

曉涼小艇遶林垌縹渺湖天漾曙星粉堞譙樓雲漠漠紅墻梵唄露泠泠一泓秋水涵深緑千疊晴山透遠青名勝有餘風俗儉不教歌板沸烟汀

題藴文忠公字卷

史評坡老良不虛第一人無第一書片紙流傳

亦堪寶見者肇節咸欷歔光芒閃閃射眸子五十五顆明月珠心正筆正卓千古真似天門跳龍虎直應胎骨脫蘭亭餘子紛紛何足數剞檀為匣璓琄裝子孫永誡深弆藏自来物必藉人重端在風節非文章

漫興

滿目湖山負登眺隻身江海贅昇平臣心祗合清於水時論惟應忌此名簿牒塵中度佳節封章燈下聽秋聲關心正值西成候風雨重陽特地晴

歲時豐稔民物恬熙即事喜成

好風好雨四時酬浙水東西徧燠休春繭絲緐白於雪木棉花盛煖如裘畦鋪翠浪來麰遲壠覆黃雲穲稏秋吹簫迎神報先嗇歌豳飲蜡撥新芻金牛月靜飛盧泛羅刹潮平射弩收沙漲漸迴滄海勢堤堅已慰比閭憂魚鹽處處霜華滿桑柘村村煙火稠橘柚採來嘉實早蒓芽封就嫩香浮東南庶彙皆成熟

聖德誠和奠越甌

重九後三日偕同人謁岳忠武王于忠肅公祠墓還憩並湖僧舍次少司寇劉延清韻二首

虬松溜雨欲成霜靈籟森然灑面凉古殿鐘鳴時享肅穹碑蘚蝕歲華長撼軍不動逾山嶽烈火猶輝見衮裳南北峯高神馭降齋心拜手薦蘋香

振鷺翩翩柳外迎湖光摇緑上蔥衡日街螺黛

千峰紫水拭菱花一鏡清仙侶同舟欣得句僧寮掃石認題名登臨好在秋成後處處歌傳擊壤聲

又次胡石溪廉使韻二首

英風蕭瑟儼靈關少保名俱重似山蹋破賀蘭虚壯志議遷宗社總慙顔墓前華表忠魂聚祠外雲旗樹影閒𨕖復中原同一轍丹心炯炯照人間

公餘爲展重陽節整儀蘭橈叩竹關傑閣凌雲

居泛水禪房倚壁卧遊山洞開心處皆堪悟石點頭時卻化頑幽境引人俱入勝棲霞宛在畫圖間

泛湖登棲霞嶺

無邊幽意頗相關曲曲湖環面面山秋宇水光舒老眼夕陽煙色媚孱顔四時已喜三時順百日方偷一日閒試問棲霞深處憩何如心瘁簿書間

無門洞 并序

無門洞者宋慧開禪師退院也在錢唐棲霞嶺北纓巒帶岫下瞰湖光風景幽奇與洞天埒師字無門故名無門洞洞後有黃龍潭最靈異宋寶慶淳祐間大旱民岌岌師爲致禱雨輒應秉軸者以聞召對問所以致雨者曰寂然不動感而遂通旨哉斯言非師道行精到烏能得此夫道無他聖之無妄佛之眞性聖之博施濟衆佛之苦海慈航聖之功用佛之法力固無二致楞迦經以無門爲法門蓋

無者衆有之宗師之愛國澤民正於無造作無取舍無凡聖中度無量衆以視儒者萬理皆備誠動機應而其體則根於無極又何如也師以賦形獨藐迺就石鏤一巨像於洞中前明時院廢居民於湖濵見一偉僧跡之至洞忽不見撤去瓦礫像巍然存遂相與泣拜重新梵宇嗣郡有旱魃輒詣洞禱雨靡不立沛甘澍龍固神實靈光有以感之余公餘偶泛聖湖登而訪焉丈六金身隱現青壁摩碣

諦誦竊歎師之道在祖庭而功在下土也今
聖天子建中立極仁育兆民暑雨祁寒惓惓軫
切撫是土者問民疾苦罔敢懈而師以大願
力行大慈悲其必有相余不逮者昔慧可事
達磨曰願開甘露門濟度衆品師豈徒作壁
上觀耶因推廣無門之義得詩三十韻如左

本無無門洞何以無門名衆山環俯仰一石壁
立成緬昔慧開師於茲悟無生相不逾三尺石
高數十桁上登絶梯級下瞰臨澄泓中有聽法

龍作幻來逢迎慧眼已先覺降伏不敢攖安禪
善制毒幡然從効令維時値愆陽土圻妨農耕
國人勤致禱望雨心怦怦奉勅詣壇壝甘澍三
日傾師固神於法龍實鑒厥誠拂衣還故山面
石仍無聲一朝欻示寂圖形石上呈無相乃有
相傴僂翻崢嶸踵事搆數椽棲眞架一楹乃知
師之道利在周群氓無量卽無極足與儒理并
至今禱輒應歷祀昭精英龍亦藉以著靈濟邀
褒旌淳祐間龍封靈濟侯洞外有護國龍王祠
聖主炳離照幽谷皆光榮雨暘慶時若永使萬
彙亨余忝撫是土政得持其平旱潦幸不逢屢
歲歌豐盈茲來際公暇坐久心骨清云是無門
洞洞留門亦更豈知眞面目片石猶孤撑法門
空洞開穿鑿皆拘礙不從空處想頑石何由明
徒瞻大人像頂禮咸怖驚

弔岳忠武于忠肅次石溪韻二首

黃龍痛飮戰方酣忽名班師衆豈甘遂使將軍
埋獄劍空令狻相玷朝簪幣修河壮輸逾萬潮

避江東日有三總爲偏安無遠略九原相見定
懷慙

寒山影裏弔忠魂往事哀涼那可論欲慰衆心
安社稷曾憑隻手拄乾坤朝章三命沈寃雪廟
食千秋祀典尊回首鄂王祠墓近英靈來往碧
湖昏

閏月重九對菊

金英開不謝况値兩重陽老愛逢秋閏杯遲戀
菊香霜酣稠疊翠風透淺深黃續續題詩贈疇

躤三徑荒

祈晴

納稼時已届森沈雲未解小雨輒連綿承流積畎澮緊余念秋疇穫稻何由曬若竟委原塲浞塗恐沾蒂蘡穀不入倉垂成而欲敗感此心如焚惕然致齋戒上帝本降康亮工毋乃懈中夜起徬徨詰朝申誥誡精白矢天良潔蠲去機械視聽自下民陰晴職上界但使濁氛銷何慮陽烏邁海國慶西成寅餞晚霞快

喜晴

霧塞寒江迷蜃氣雨荒深院碎蕉心不周憑仗來驅掃半夜西風簸積陰

更勞青女釀林紅霜旭高懸萬象融遍壠香秔俱刈了競擱土鼓樂年豐

十月十一日海塘閱工

閱工冷覺霜欲濕觀海早乘潮未來黃霧歘迷西嶺晦紅日正照東溟開鳩夫清曉誠趨事壘石壘土何崔嵬削木成林紛插架鑿山飛雪爭鳴鎚追琢銖積兼寸累耶許驚雷復般雷櫛比齊如馬齒列參差燦若龍鱗裁萬丈疊梁幾時駕長虹欲下方徘徊我行檢點趂晴旭瞥見沙水相瀠洄少焉潮退水亦涸廣隰平原土宇恢漁箭蝉斷滿洲渚陽鳥爰居去復回牛曳滷車人負薪龜入泥蟠魚曝顋煙浮鹽舍杳無際遥灘莽莽連雲堆年來見說新淤長何期一望揚塵埃褰裳舉足履平地昔時洪濤今草萊陸陵變復數千載眼底倏忽看桑栽鞭驅不動狂瀾阻秦皇蹴橋安用哉乃知徐福徒虛語乾坤旋

轉由靈臺

小春雨中

小春希見有春光簾幕垂垂繢爐香心緒畏聞寒夜雨頭銜難入少年塲百花開謝西湖冷萬井豐登東海彊人意差堪相慰藉濃陰直欲透晴陽

十一月二十四日蒙

賜乾隆

御窯彩碗一對茶杯一對恭紀

恩宣天上錫珍奇鳳舞龍翔永護持湧出翠珠臨月殿（李師式瑞石椀賦圓若翠珠月殿承朗）擎来紅玉琢花瓷（東坡詩定州花瓷琢紅玉）方圓仰戴思相效（韓子為人君者猶盂也人猶水也盂圓水圓盂方水方）斟酌遥承總合宜（淮南子聖人之道猶中衢而設尊耶過者斟酌各得其宜）願與羣生長獻頌飲和食德樂昌時由中達外著光明幸荷甄陶罷始成質與金甌同鞏固品如銀甕致豐

盈（孝經援神契銀瓮不汲自隨不盛自盈）恩波早喜霑濡久御座頻叨任使誠宸羮寶花環拱處鴻文永紀萬年清

寒夜

濤起蒼松韵粉竿檐聲滴瀝漏聲殘雨〻省憶修名晚枕上躊躇補過難治水三條師賈讓扞江千里學韋丹朱門冰雪心期在遥夜偏躭布被寒

偶思

不敢放懷多冗積偶思琢句少情閒何日碧溪容我泛卻教吟遍越中山

沿郊

霜老催成烏桕子雲穀重簇石楠花沿郊一望農場滌歌板樓臺十萬家

題西子湖長律三十韻

疊巘層厓互鬱盤中涵朗鏡宸團圞東南佳麗清無敵巖壑璿瓏秀可餐增減一分非本色澹

濃千變總奇觀鬟雲斜捲宜朝霽眉月低横愛夜闌嵐黛週遭翠屏幔女墻繚繞玉欄干白浮遠浪紆襟帶碧剪輕漪曳綺紈清滙渟泉應見底源從乳竇幾曾乾嶺疑舞鳳翩翻下澗肖游龍宛轉蟠南北峯高捶天迴白蘋堤亘截湖寛六橋花簇春常在九里松深夏亦寒桂亍灑風香愈遠鶴孫印雪凍将殘四時不斷笙歌沸萬古常如錦繡攢坡傍琳宮稱瑪瑙樹籠瑶圃畫琅玕家家柳綫牽吟棹處處蓴絲譜食単信美

客中成故土偷閑怅裏送跳丸有心欲遂羣生願無計能圖半日歡賴得使傳梅信息每憑僧問竹平安盈杯綠飲亭前水隔岸青來雨後巒久欠登臨惟意注弗加點染更神完語詩尤物原非妄詩到驚人始不刊詎肯匆留追往哲恐因唐突笑籛官芋蘿面目雖頻接木石肝腸祇自歎常苦牒書盈案側誰分飛彩落毫端虛廊題壁留桐蔭野寺橫碑剩蘚瘢遺搆未瞻唐棟宇孤忠僅拜宋衣冠舟憐夕照庵邊泊琴想秋

芳閣上彈井里豈能周澨澤滄溟猶幸息鯨瀾屢豐但足蒸民粒自秘何須葛令丹恰羨靈區當咫尺方知仙路不彌漫溪山只有臨安好除卻蓬瀛比擬難

師善堂詩集目錄

師善堂詩集卷十

梁溪　嵇曾筠　禮齋

戊午正月二日海昌閱工

蘊釀深冬雨既零土膏叢發麥田青陽回澤國氷初泮春透寒枝蕋更馨捍海巨工勞歲月障江新築盛藩屏經營尺寸無非事檢校司空敢暫停

途次漫述

不共梅花笑驅馳江海濵凍雲渾似暮殘雪早

知春閭黨椒盤古溝塍菜甲新經過時序轉宇宙一勞人

和林南溟西園即席韻

風吹花圻嫩寒天簾外霏香入綺筵梅蕋亂飄脩鶴舞辛夷初賦白雲妍浮樽引興山河滿闐韻分題錦繡綿獨有飛卿才思敏八义沉出座中傳

玉蘭

天生香骨古杈枒白璧玲瓏絶點瑕元氣渾成

梅太瘦高柯峻潔杏偏斜丰容秀出迎朝釆素豔濃將賽晚霞仙向峰前乘縞鶴人從雲裏見瓊葩無風不笑芳盈類有月同光影透紗減粉與桃紅欲亞流脂映竹翠交加採綃剪作王恭氅團雪烹來顧渚茶彷彿管城稱木筆未須五色夢江花

小園

濃淡仙姿爭笑日淺深芳氣欲籠雲小園樹樹矜名貴不得清詞麗句聞

湖上雜興八首

鈐齋似水心逾靜吏牒如山手未空校與樂天肩荷重敢云公事了湖中

白傅藕仙總逸才登臨當放好懷開佳山佳水留題處那得詩人管領來

嫩日微暄宿雨消清漪溶漾撥輕橈東風吹送蘋香遠春到西泠第一橋

月地花天宛轉通往來雲氣總空濛樓臺金翠知多少人在陳屏李鏡中

湖心亭淺偎春草素檻虛闌水一湄沖澹祗教留本色肯將脂粉涴西施

嬌絲脆管競繁華水調風流自昔誇可惜白公堤築後但栽桃李欠桑麻

使軺終歲久驅馳靈境虛懸未一窺湖上梅花江上月幾曾領畧入新詩

導山引水自歸墟不射潮頭患已除聖代百川俱順軌吾將舉酒屬靈胥

謁錢王祠四十韻

史稱五代傾三唐群豪割據紛鴟張於時草竊各拒命誰矢臣節扶人綱有功社稷與黎庶守先王法惟錢王

聖朝用是錫

殊典載新廟貌山之陽巍巍

賜額卓霄漢龍鸞拱護爭廻翔（有祠聖祖仁皇帝御書保障江山賜額）更蒙

封號錫誠應

絲綸特賁何煌煌（雍正五年）

世宗憲皇帝勅封誠應武肅王江山自昔賴保障緬懷駿烈烏
能忿一從當日起屠販即申大義誅強梁巢郢
宏昌遞殲雞奮梃一擊咸安攘王於乾符二年擊破王郢復率十餘勁卒攻走黃巢乃引兵趨八百里八百者地名也告道旁媼曰後有問者第曰臨安兵屯八百里矣巢衆聞媼語不知地名皆曰嚮十餘卒尚不可敵況八百里乎遂引兵還後劉漢宏與董昌搆兵王斬宏而昌尋叛復擊取之兵屯八百出奇智州擁十
四開雄疆弩射潮水水為卻陽侯遠遁靈胥藏
疊膺封爵被褒美錫以鐵券兼金章乾寧四年錫王鐵券
長江作帶山作礪申此信誓殊該詳分茅列土

令永守乃持三節還故鄉錢漊留喜尚相識車
前迎拜陳壺漿王還臨安一鄰媼攜壺漿迎拜曰錢漊留寧馨長進王下車謝之蓋王生時光怪滿室父欲不舉媼強留之故名燕諸父老起為壽一
王駟馬歌慨慷三節還鄉掛錦衣吳越一王駟馬歸天明明兮愛日輝百歲荏苒兮會時稀王燕父老時所作也凡所遊處衣以錦山林亦幸
蒙休光王童時所嬉大樹及石鑑山悉衣以錦因以衣錦名之代易開平
迄乾祐冊尊尚父加褒揚開平二年冊尊尚父洎乎有宋
開大統強藩以次遭摧戕富推吳越甲天下獨
能奉朔安其常小心事大最來裔家風恐墜嚴
周防不忍群生就殘戮卒歸地籍朝天閶諡嘉
肅穆獻遜懿一門五世皆忠良熙寧十一年詔以王子文穆孫忠獻忠遜忠懿配祀善始令終矢一節改封仍得居偏方
忠懿王納土後改封鄧王編氓老死免兵革東南被澤真悠
長視彼諸國悉殄滅賢愚迥判難差量廼知上
宰示明鑒與天順逆分存亾至今袞冕有生氣
奕葉俎豆留馨香穹碑百尺誌功德抃言軾序
俱琳瑯茲因展祀肅瞻拜歲時牲醴恒相將海
邦血食著靈爽應知默相貽嘉祥奠我烝民俾

永乂歷千萬禩同烝嘗

二月二日夜風

喜無驟雨摧花片綽有條風刷柳梢二十四番
今夜緊曉看新綠滿江郊

花朝

乍晴乍雨非無意能白能紅總是春我愛養花
天氣好不曾攜酒臥花茵

西齋梨花

闌東雪一株瑩然見芳靚與春澹無言所以終

日靜雨餘孤格清雲度香魂冷脉脉倚修廊對月渾難省虛堂人未眠起來蹋花影

山陰舟次遇雨

早從東海度山陰雲氣絪緼日氣沉莫訝雷鳴當蟄後可知雨贜迫春深豆花蕊鬱青堪摘麥浪参差翠欲淋此地調和農事協舟中拂拭為張琴

阻雨不得登山

烟裹樓臺神禹穴霧中屏障會稽山蓬萊雖好

成圖畫水墨迷離想像間

謁大禹陵敬成五十韵

職方粤考會稽郡女牛分野依星躔千巖萬壑互環抱中有覆鬴山巋然（會稽山一名覆鬴山）是為大禹上升處典儀萬古崇鍘邁閟宮畀隘謝雕飾猶存遺矩如當年緬懷受命治洚水乃距四海濬九川拯民昏墊俾粒食隨山刊木窮攀緣呱呱聞泣弗暇子惟勤荒度恒憂悄首定冀域疏河濟上通伊洛會澗瀍青兗徐揚盡宣洩荆梁雍豫交洄沿黃龍性馴効負荷黃能跡歛遭拘攣支祁不敢復為虐鐵索倒鎖沉諸淵舟車輴樏備四載不辭手足俱胝胼原隰澤陂方物獻萬方篚筐來駢塡厥貢璆琳銀鐵砮以及絺紵絲枲鉛菁茅橘柚悉包匭總銍秸粟爭輸捐庶土交正則三壤惟上中下分疆壖地平天成著丕績豈惟五服至五千無有遠邇訖聲教脩和府事胥安全功成錫圭復奠鼎至今休烈真無前因之省方幸東土群后執帛咸爭先防風後至

示顯罰蒼水前逕留真詮維時會計正將事忽驚脫屣玆山巔桐棺葦槨瘞亦儉七尺之壙非深穿（越絕書禹葬會稽葦槨桐棺穿壙七尺壇高三尺土階三等延袤僅及一畝）志以變石特奇古俯瞰神穴何幽窈玉書金簡秘鴻寶探奇誰似龍門遷梅梁飛去杳何許祇餘窆木青蓮蜷

聖代懷柔徧河嶽致祭疊荷

恩綸宣（康熙己巳二月

聖祖仁皇帝南巡

詣廟致祭）

御書地平天成匾額
御製江淮河漢思明德精一危微見道心對聯
翠華一自式臨後載新丹雘輝林泉雍正癸夘二月己酉三月
世宗憲皇帝疊遣專官致祭并葺祠宇我
皇嗣統切咨儆精一允執欽心傳
先聖
後聖本一貫念深飢溺尤殷惓
一誠感格百靈應坐使蓬海成桑田
帝曰斯實賴神佑用申報享昭其虔
奎章寶翰表明德呵護常有蛟龍纒乾隆二年十一月十

三日
今上特頒
御書成功永賴匾額
御製績著九州垂萬世統承二帝首三王對聯
臣曾筠敬謹摹勒恭懸正殿文從宛委發靈蘊書似岣嶁齊
騰騫小臣拜手敬摹供燦同日月中天懸自惟
迂才膺重寄任兼水土慚仔肩因加黽勉凛法
誡分陰是惜期無忝于焉曉夜董疏築日與畚
鍤相周旋甃石灌鐵資捍禦修堤卻勝崇城堅
衆流趨若建瓴下巻從東注無回還以水治水
得要領守經端在能通權乂嗟菰蒲淵澤國旋
喜禾黍盈芳阡嬴政作橋特荒誕何似沙亘遥
相連陽侯壬女悉遠徙昨見濁浪今清漣良由
睿訓謹遵奉并循靈跡加精專鉅工迺得尅期
奏幸臻底定寧非天為捧瓣香展丹悰待来祠
下刑牲牷羹墻夙昔勞寤寐今瞻黻冕臨几筵
其魚幸免總神力被澤乂矣周垓埏自茲萬祀
慶清晏作頌譜入薰風絃

蓬萊驛

雲采嵐光面面春蓬萊原合住仙人如何冠蓋

隨流水只蹋蓬萊驛外塵

山陰道中

山陰原競秀况復對春暉樹樹流紅艷峯峯積
翠微畫樓村舍聳曲沼水苗肥烟景頻相召扁
舟與願違

蘸堤小泊

湖上桃花紅欲然畫船爭泛蔚藍天緑堤我亦
偷閒客不看桃花看麥田

乍浦操水師即由海塘閱工

海日明霜鎧楊花點玉鐔憑陵麾鸛陣破浪震鼉音駕艦如乗驟搴旂欲搶禽連雲飛雹捲掣電逐波沉輝映紆丹嶂嫖姚轉碧潯和風柔麥浪鞴甲静桑林問俗帆檣緩鳩工羽牒森縱横惟一律檢校幾千尋宿露車茵透衝泥屐齒深計程無水陸不是為登臨

抱拙

春去春来懶送迎東風脉脉笑勞生未能瀟灑驅流俗為領冠裳學老成每到花時如有約劇

憐公事竟無情清流碧巘紛題詠抱拙應知畏損名

賑恤甌民

點滴銅龍問夜頻治安端的寄臣鄰素餐共飽
天家粟忍見蒼生萬户貧

預稔偏隅未有秋儲胥航海到東甌鯨鯢斂伏帆檣穩島嶼晴和波浪收鄣屋待炊應已慰羽書催輓幾曾休愁絲萬縷縈難盡不為傷春亦白頭

會真樓

山光海色透窻紗仙搆凌虛澹物華稚竹穿雲新帯粉喬松捧日故含花池涵深碧龍吟寂徑滿殘紅鶴印斜擬學偷閒閒自得浮塵淨處即丹砂

初夏

蓬萊何處有花飛繁蔭新添碧四圍鳩唤麥秋苗已秀蠶眠桑老葉将稀暖中忽冷裘仍裼陰過還晴袷换衣卻喜農家多雨露訟庭寂寂共

忘機

送胡石溪方伯之任山右四首

風雅岷江濯錦来藴為經濟著清裁簪毫早歲居中秘按部頻年總外臺明弼五章敷
至化旬宣三晋
簡良才臨岐更汲西泠水好作藩侯餞别杯

恒山汾水緑彌漫自昔崇陰喜更看君擁繡衣巡巽甸我衛
玉敕領文壇士風舊見臻醇樸民俗新登慶阜

安迎拜諸生如問訊為言白髮已盈冠

琴鶴何煩到處隨氷懐清徹畏人知已還産犢登車日猶記枯魚挂辟時検槖卻憐無一絹維屏寵錫有雙麾瀕行不作勾留詠争奈州民去後思

秉素含奇結契深偶乘公暇即聯吟三年助理初分手千載相期只寸心共矢藎誠酬主眷祗将精白凛官箴

聖朝洛牧需賢佐竚慰蒼生早作霖

郊行

曉乘雨霽稅桑田暢好風光攬轡前麥壠舒黄成五穗蠶筐採緑欲三眠松間論秀徵詩卷（時過萬松書院課士）柳外酬農散俸錢回眺江流明返照富春山色更嫣然

麥秋

郁郁春華實清和節序流天将滋物阜吾得慰民憂晴雨調農事寒暄釀麥秋吴山好風景一日一登樓

漫成

節移三浙海西偏家住江南第二泉地近封疆原有界防民真信似防川

未容觴詠追王謝絶少風騷繼白蘇宵旦忡忡憂不徹湖山應笑老夫愚

不矜穿鑿是吾師循軌安行任所之陵谷遷移憑大造峴山何必更沉碑

勝絶溪山盡不如天開靈秀總仙居文翁化俗

無奇政但教都人徧讀書

四月十九芒種節郊外值雨

雷聲隱南磵雨氣起東滇秧水連天緑荷錢簇沼青采風遲野渡省稼憩郵亭柳外聞耕犢農歌載道聽

蠶事告登志喜

藝菊徒掇英藝蘭徒佩芳厚生既不足何如事蠶桑及茲轉韶令春日喜載陽越俗敦厥務咸出携懿筐其葉總沃若于以伐遠揚薄暮采采

歸休暇旦弗遑風戾以食之瞬息紛成行三眠
起登箔製繭將宛藏育飼茍不虔或恐多更張
男勤女更潔相顧肅且莊侵晨各振緒爍若雪
與霜户户喧繅車籬落俱流香入市鬻新絲均
值無低昂比歲慶贏餘積賦幸畢償公私賴以
給閭里樂未央良由
聖主仁庶彙臻蕃昌織文并織貝厥篚來萬方
翼供黼黻需用資雲錦襄普天沐至化億禩仰
垂裳

東郊課耕述老農語

一夫不耕民之餒一女不織民斯寒爲政之道
首衣食一不獲所憂千端繄余弭節至於越早
喜風移無俗易湖中無復管絃聲男但勤耕女
勤織平明省稼來東菑白髮老農前致辭惟浙
有天徧煦育曲從人願胥恬熙五風十雨常披
沐元化無私應之速年來大有喜頻書稼事豐
收蠶事熟今春繭緐雪不如來牟又報盈新畬
東南民力嗟久竭不以此濟何由抒祀畢蠶神
更田祖巷叟村童喧社鼓廩有贏糧筐有絲伊
誰所貽嘉惠溥勞之以酒語老農幸際時和則
歲豐
九重懷保治三事惟
帝之德人何功

四月二十八日喜雨

簇旅分秧望作霖奔雷掣電起湖心天教滿頃
連宵旦地遍盈科任淺深麥卧雲塍廻綠浪苗
舒烟壠透青鍼桔槔無藉霑汪濊喜洽東南勝
雨金

述悃

廿年河海一勞臣雨雨風風送卻春無計醫治
惟老態未能融化是天真佩符銜愧書黃閣鳴
玉心懸謁
紫宸仰荷昇平宣力久好將清晏荅斯民

五月初三夜雨霽見月

梅黃不厭雨月白喜乘風天洗明逾鏡輪虛曲
似弓露光流葉潤烟靄透簾烘瞬息分陰霽調

和冷暖中

五月初四日蒙

賜法製錠藥四種恭紀三十韵

一人炳離照萬物霑

休光太和自翔洽陰沴皆消藏長養及草木莅

朮俱芬芳

宵旰懋痌瘝視民猶如傷法品為博施調劑亦

有綱氷壺瀉芳露玉杵霏輕霜味含水精潤胥

凝火德彰大丹因以成寶之若金漿虔修擇地

臘

寵錫来

天閶九頊喜拜嘉五色紛輝煌貫之以綵絲韜

之以縹囊永藉滌煩溽端由取材良憶昔届靈

辰

鼇禁偕鵷行疊雪

賜宮衣當暑生清涼珍異更頻仍縈遇真殊常

一從奉使

命宣力至海疆永矢

存眷恩寤寐弗敢忘寸心效葵藿惟知向朝陽

宸衷鑒厥誠

予賚蒙屢將重感利濟仁因悟致治方疏滞先

導和扶弱當抑強辟邪在輔正知柔堪濟剛于

兹得至理用之靡不臧

聖訓即藥石

指授尤周詳小臣幸欽承一一勤敷揚閭閻鮮

疾苦炎景方舒長衆流復底定百穀臻蕃昌胥

游壽域中熙然樂農黄萬年佩

帝德至治彌馨香

五月

五月潮初盛濤聲響石塘持籌嚴保障令甲重

宣防雪滷新灘積魚鹽廣澤強賈人争擁棹旅

客遍鳴榔舶艓迴洋表珊瑚貢越方炎威銷浦

溆清景勝瀟湘蒲蓋抽青節荷莖覆綠房薰風

醞桃紫暑雨逼梅黄壠熟先登麥溝盈早蒔秧

水耕連火耨甘澍復時暘醉竹覘雲麗分龍駕

鬣怯海門鯨浪息江岸黍苗香繭熟繅晴雪絲

繁布暖霜果㳒人意愜共指化工彰地有耘耔利民無游惰妨東甿将刈穫西浙富農桑来倫天中協熈和日晷長五絃調解愠六府慶當陽敬事勤宵旦齋心迓吉祥春華知滿願秋實冀豐穰

環翠樓聽雨

不見紫陽峯陰沉罨畫濃樓頭椶葉戰郭外海雲封檐響懸厓瀑風遲渡澗鐘吟聲起泓下霈澤有飛龍

法華山徑

積雨初晴凈林樾白雲幾朶山胥歌溪上蒲團過夏僧松間巖洞無言佛汗濕征衫自憫勞溝盈農叟真閒逸石稜澗水響琤琮逝者如斯長不竭

時雨

吳山濕翠影濛濛人在梅天雨氣中紅爛荷花香遠近綠瀰秧水潤南東樓臺簫鼓娛龍毋農圃雞豚賽社公靈澤三時快霑足敢云憂國頋年豐

五月二十四日由湧金門至西溪一帶勸農

稼穡艱難聖主知烝民惟食是先資租蠲樂歲頻申命穀喜逢年每應祈好雨當春方叠霈甘霖入夏復平施五絃叶奏舒長日萬彙咸登長養時繞過麥秋歌大有荐交梅熟藝東菑微才忝荷巡方寄

睿訓勤宣率土毋問俗陽和敷澤國勸耕炎月履郊圻衆流細入觀魚港新漲遥通洗馬池烟簇秧鍼青菀特露傾荷葢翠淋漓為循南畝輿先駕言指西溪櫂屢艤畝畔獻漿来野老芳皐載酒勞農師歡騰耆耇傾匏飲喜溢童嬰折竹騎擇勝園邊般鼓吹慶豐橋外駐襜帷仰懷旰食宵衣切敢解朝稽夕課期阡陌躬行親董率溝塍指畫更周咨縲絲繫黍旋分給團扇編蒲復遍遺刀布散時蒼赤潤丹丸融就暑寒治

桔槔霑足何勞戽潑襪閒抛已不披豈特髮膚常暴炙并忘手足乂胼胝千倉廣積原堪卜四體須勤且莫辭人事關心皆効順物情到眼總相宜粟山層疊連登好稷嶺菁葱入望奇亭古已迷秦故址寺深猶見宋殘碑蕪葭荘冷尋遺額楊柳泉清酌淵卮樹影陰森連鳳麓簫聲依約賽龍祠祥徵穜稑臻三穗瑞協来牟穫兩岐待得黄雲齊覆野定誇白雪早翻匙村墟語雜喧朝市籬落香飄近午炊鷗鷺汀閒風瑟瑟雞

豚社散日遲遲醉翁青曳隨身杖餉婦紅欹插鬓枝蔀屋人将吹葦籥石壕吏不到茅茨巳看沃土俱成熟猶恐窮簷或抱飢幸荷

九重懸補助能教億姓樂恬熙栽培永使情田偏灌溉無棠

德澤滋利用厚生隆教養仁耕義耨致蕃孳運

謨惟賴

神謨廣趨事寧知執事疲憶昔帶經鋤故壠于今按册歷新畋要令游惰胥敦業庶不憂勞愧典司謳詠堯衢忘

帝力修和禹甸感

皇慈屢豐自此多嘉應長詠豳風七月詩

大觀臺

南俛錢江北枕湖丹巖翠巘拱靈區海門旗鼓東西列萬派朝宗禹會圖

五月二十七日錢江觀水勢酌示疏導機宜

夕陽下山去烟雲繚繞時雙槳不停撥豈為泛

舟遲緬審江海勢詳求疏瀹宜沙水互消長潮汐信盈虧潛心參造化調劑乃可施患在治太甚平準無偏畸行其所無事中流永不移日月經天度蛟龍範地維云何失常道汎濫成傾欹匡邪始歸正圖安豫拯危斟酌於損益增減於旺衰弱者須補救強者須切劘不以智穿鑿因勢利導之致力固微眇收功駭神奇百谷咸順軌兩岸乗崇基寄語問水者焉用師心為

六月初一二日雷雨

樹響新蟬噪夏威奇峯突兀矗天輝東西何處驚飈驟遠近時看爍電飛江海吸来龍伯健原疇灑去黍苗肥老夫望雨心難饜虔禱雩壇汗欲揮

初四日復雨

旱誰歌太甚長養貴乘時鵲聽雷鳴喜雲因風鬬遲傾盆連旦暮倚杖慰耘耔沛澤憑方寸精靈詎可欺

酬神

三時有雨不為旱數日晴来覺水短農夫牧豎懶桔槔敦請慈雲下山款我從民望為勤求心與衣裳再三澣致禱甘霖叠沛然雷霆精鋭回天嘆官河湍急下河流高田汪潤低田淌簫鼓酬神上天竺始信蒼穹一誠斡（浙省祈雨迎請天竺大士至海會寺敬禮得雨仍送還山）

雨後登城隍山

雨餘重叠黛痕鋪田首蓬瀛入畫圖西子不知何處去烟鬟霧鬢繞明湖

釣臺

敝蹝繁華高世情白雲深處識先生臺懸萬壑千巖裏始信投竿不釣名

新米

民以食為天天惟視五穀雨暘或乖時厥咎在民牧頃歲東甌饑航海百萬斛溝壑賴全甦精誠格穹穆陰晴協其序甘霖沛膏沐春華二麥登早稻六月熟礱米遠寄將眼明快一掬上帝果降康烝黎遂養育又聞中晚禾菁葱滿平陸靈澤喜瀼瀼良苗紛郁郁畦間積水滋江上長波縮風和岸更堅潮平埭不覆秋稼被雲疇西成遍種秜竚看篝車盈預期場圃築秈秔溢囷倉崇墉繞茅屋昨年欠豐收今年倍儲蓄大有幸頻書既醉歌百福

與朗夫夜坐

炎銷暝色鳥歸時簾捲湘雲露坐時入袖晚風聯短句擧頭明月聽新詩

水驛

蘆葉叢青花放白月明帆正懸雙戟閲工歸向海西頭晚風詎論舟寬窄醉眠漁父網爲屋坐卧田家場當席忙上榮華有是非夢中露電成虚擲但判公事了民生何惜衝炎乘水驛

采風

居然勤儉遠繁華問俗頻年到海涯巷有一瓢俱誦讀地無尺土不桑麻山容靈秀鍾天目水鏡澄幽賽若耶分野會稽南斗次歲星拱處慶蕃畬

夏夜

塵勞何汩汩難遣是忘機拂扇規新月吟詩送落暉夜凉聞水鶴心静想金徽炎景餘清味知音近所稀

大暑久晴敬占祈雨

列宿分垣日月經爲從所好滯圓靈風多雨少人間怨敬籲箕星讓畢星

七月初三日喜雨

匝月無涓滴新苗失故青低頭畏雲漢矯首望雷霆暫見奇峰起行隨甘露零晚成天意重畢竟與盈寧

七月既望祈雨

但求雲合畏虹飛香稻秋來待雨肥忽憶樹頭鳴少女迴波吹緑水田衣

連朝陰雨誌喜

微雨涓涓續驕陽漸漸和祗期長潤澤不敢望滂沱重露滋新頴秋風透短簑西成紛九穗抃舞進

堯禾

嵇禮齋真稿

（清）嵇曾筠 撰

《嵇禮齋真稿》不分卷，嵇曾筠經學專著，清刻本。

嵇曾筠幼年喪父，家境貧寒，在母親的嚴格教育下發憤讀書，成長爲學識淵博、滿腹經綸的棟樑之材，不僅成爲傑出的治河專家和頗有建樹的詩人，同時也成爲一位對儒家經典研究造詣頗深的經學家。康熙二十六年，他任日講起居注官，山西督學，任間『敦名義，培士氣，重經術，士大悦服』。六十一年，任翰林院侍講。雍正元年直南書房兼上書房。雍正任命徐元夢、朱軾、張廷玉、嵇曾筠四人爲皇子愛新覺羅·弘曆、弘時、弘晝三人之師。

《嵇禮齋真稿》是嵇曾筠長期刻苦研讀『四書五經』等儒家經典的心得結晶。全書共八十一篇，對《論語》、《孟子》、《大學》、《中庸》四部儒家經典的部分章句進行了詮釋和解讀。釋讀《論語》章句的有『本立而道生』等四十二篇；釋讀《孟子》章句的有『百工居肆』等二十三篇；釋讀《大學》章句的有『康誥曰如』一篇；釋讀《中庸》章句的有『君子之中』等十五篇。

此書是嵇曾筠儒家思想的集中體現，對於研究嵇曾筠，深入瞭解他的思想體系和一生清廉的精神品格及當時儒學的發展情況，均不無參考價值。

本書據清刻本影印。

（金其楨）

嵇禮齋真稿

長洲汪　份武曾評定

本立而道生

嵇曾筠

觀道所由生而知本之宜立也蓋道何以生生於其本本之立也積可緩乎且天下有積於此而遂通於彼者人見其發越之盛賁莫測（從道生送入）其變化之所從來不知息深者原也有漸流之者矣日新者理也有預植之者矣化有由起用有由見天下事大抵然也今夫君子者闡天下之道（伏道字）之所從出也（隸言在乎）乃皇皇焉惟本之是務夫務本則本不既立乎原夫未立之始則本亦道中之一端耳君子固嘗審端於斯道之

大以為吾安得一一日而植其基也乃久之而竟確然其不易也雖經緯當世之學當此尚俱無所見而自識者觀之曰夫固已有其本矣究夫既立之後本亦道中之先見者耳君子固嘗默會乎斯道之廣以為吾安得一日而著其源也乃久之而凝然其至足也雖經綸天地之業當此尚俱無可名而自識者窺之曰夫固已樹之本矣吾嘗（得此開闢二比前後愈覺生動）見天下薄植之士恃其才智之富每謂天地名物之遠皆可以任吾之設施乃一往而易盡偶發而無餘者無他其本失也而執約之士守其易簡之常語以通方致遠之行每遜謝為非我所能為乃取之而不竭用之而不窮者無他其本立也由此觀之本立矣而道有不生者乎物各物而異形也宇宙間無一物之非道也在君子豈必謂吾所立者在是而凡物之道俱由此而著變也乎（文氣開轉）然而生矣即隨以及遠也立少以觀多也推之趨應曲當而斯道之美利漸溥於不言人亦思夫壹壹者之何以日起而有功也而亦可恍然（根上得法）於本計之宜預矣事逐事而異情也古今來無一事之非道也在君子豈必謂吾所立者在是而凡事之道俱由此而推準也乎然而生矣原始以要終也由一而至萬也推之因時起化而斯道之引伸觸類於無外人亦思夫恢恢者之何以肆應而咸宜也而亦可爽然於本計之宜端矣蓋本與道相因者也惟其立之是以生之將欲生之必先立之凡

事皆然而何疑於孝弟也者

雖用截發而前伏後挽血脈俱極貫通中間開闔尤是通篇扼要處

本立而　嵇

子貢曰詩 二節

嵇曾筠

賢者悟學於詩聖人與其知矣夫切磋琢磨詩言學也子貢即於斯悟之豈非告往知來者乎宜夫子之樂與言詩也且夫天下之理於古人之書寓之而實自吾心（擒知字提要）之知發之何則理固無盡境也知亦無定境也前之人比類以超其端後之人即於境而神其悟則引而伸之孰能量其知之所至乎有如樂與好禮夫子之告子貢如斯斯亦第為處貧富言也乃子貢聞之而爽然自失矣積生平之甘苦胥（拌心往于來字抄足其旋）視為已往之陳迹而忽忽焉其不可以復留抑且聞之而躍然有得矣觀天地之無窮因知來者之日新而亹亹焉其不可以自足乃曰賜

蔡禮齋真稿

今而知學問之事其可取者胥其可棄者也（重從兩比無率時真）義理之大其見深者胥其見淺者也雖有良工未聞少作而輒遠也雖有善學未聞得半而即安也如詩所云如切如磋如琢如磨者而吾以合之於斯其理豈有異也是言也何其（琢字可紫其）善言詩也夫學者之意（二比 開合盡變）莫大乎定有古人於意中而究無以測其義之所在執古人之成迹而專家自命以為古人之意其止於是也而舍是無以為證也此雖日與之說詩而詩卒不解也何也知（說是知字）相限也學者之善莫善乎初無古人於意中而忽有以會其理之所寄撫生平之得力而皇焉自歎以為古人之意原不在斯也而即斯亦可以發明也此雖不與之說詩而詩已靡不解也何

會吾

也知相觸也宜夫子慨然嘆曰賜也始可與言詩已矣蓋詩人之奇善變而賜之知亦與之變也詩人之情善感而賜之知亦與之感也吾告之以所往而賜即知其所來（往來二字下重知字所字）以其來者証其往者則往不滯於往也雖將來之來者亦往也以其往者悟於來者則來不滯於來也雖未來之來者亦來也其往無極其來無端古人（暗未說字透出有）有是知而作詩今人（把提）有是知而學詩賜也信乎其可與言矣當是時也所僅樂與好禮之見不存即切磋琢磨之見亦奇然往矣（收復）吾不知其來者又當何似也

批 一知字已中肯綮行文更極汪洋恣肆之妙 蔣元功

蔡禮齋真稿

會吾

子貢曰

不患人之　二句　嵇曾筠

學求其在我而所患宜專矣蓋人不己知人之患也己不知人己之患也奈何不己之患而為人患哉且人之皇皇焉有所深慮者寬其意固將以為己也然天下有事雖在己而其責實在人者而我且引為己責焉則猶然為人也亦有事雖在人而其責實在己者而我不引為己責焉則猶然非為己也是故人之有患固不可以不審也蓋必明乎名實之辨知其有無容自炫者而後可決焉使之若忌亦必明乎物我之際知其有不容或昧者而後乃惕焉有以自省即如人不己知不知者己也不知己者乃人也人職其咎而我何患乎而己不

知人不知者人也不知人者乃己也己任其過而能勿患乎仁義性命之美吾之修是德也原以自適己事耳曾何幸乎人之知乃以不知之故而遂使憂從中來也此意豈好修者之所敢萌若夫宇宙之大人類之庶乎其間者亦參錯而不齊而我顧未能出其有覺之識以與為衡別則其類之益吾德與損吾德俱未可知固將何去而何就乎是故賢愚互進之時而君子之慮方深矣忠孝節廉之業吾之砥是行也原非以邀聞達耳方甚幸于人之不知以不知之故而每至悄焉自傷也此念亦豈有患者之所敢出若夫人群之廣品概之出乎其際者亦不見而互殊而我顧未能橫其坐照之明以與為辨斷則其人之成吾行與敗吾行俱未可知固將孰棄而孰取乎是故貞邪雜處之門而君子之憂方切矣且夫患亦何能兩用也乎日戚戚於知希而不復區別其可否甚至以蓋世之才一旦受實哉於僉壬之輩以言知己則得矣而己之知人者安在也是以屢歎焉窮理焉預養其觀物之學惟恐以夫於一旦者致終身抱漠償之憾也至於道既高而名不著此亦時遇之適然豈君子所及計哉抑知亦何可易言也吾既汲汲於物類而猶將獨異其賞音甚至以大賢之行一旦結心知於感曲之士我之知人既爽矣彼雖知我亦何益也是以擇焉而必詳察焉而必精惟恐以夫於疑似皆致後日有無窮

之悔也至於功既高而譽不彰此亦吾分之固然豈君子所悵望哉夫如是則所患誠審矣

前用虛括中用串發文筆空曠絕塵後二股順說逆說更爾精警

惟仁者能　一節

徐曾錡

聖人思好惡之當於理者，而歸其能於仁者焉。蓋好惡非難，而當於理之難也。非仁者何以有是能哉。且夫是非之見，天下之公心也，則亦夫人而具之矣。然人不能自去其私，而徒任己意以為是非，則是非之所在，遂以形其私耳。夫既已私矣，而尚可以捺是非之權也乎。吾於是思仁者。人所獲焉而莫能辨者，惟仁者辨之而不惑也。人所眩焉而莫能裁者，惟仁者裁之而不與也。蓋其所積於心者明矣，明故一人之權，則萬物不得而欺之也。人所瞻徇焉而莫能自主者，惟仁者主之而無可徇也。人所依違焉而莫能獨斷者，惟仁者斷之而無有違也。蓋非所得於天者誠矣，誠哉一人之予奪萬物不得而越之也。宜非能好人能惡人者哉。日衡[illegible]於流品之中，而辨其流者，宜好孰者宜惡，此其能事可知也。夫仁[illegible]則惟知有仁而已。其合於仁者，吾好之而遂使其無餘好。其不合於仁者，吾惡之而遂使其無餘惡。豈漫情哉，益撲諸理而是有必伸之志，一且與物相漫，遂見可欲，而欣然見可惡而拂然，則好惡之用至仁者而乃可窮其致也矣。從自抱其不欺之念，而不知孰者宜好孰者宜惡，此其能事終淺也。夫仁者則內所於仁而已。其合於仁者，吾好之而好之亦從此類。其不合於仁者，吾惡之而惡之亦各如其等。豈不及情哉，益度諸理而是

孫穀齋真稿　海路

有是不偏之則，一且與物相應，遂力爭乎是非之介，而決擇乎疑似之間，則好惡之理至仁者而乃得以盡其極也。奚情之所排擬究者，以為準方其愛憎既形，度之已念，而以為是矣，其如身當者之不安於受何。有如好惡在我，仰問之為所好為所惡者，而亦無不展愜其自服也。影辭之公，如取諸其人之懷而予之矣，而誰則能之。情之所加，以賞觀而蓋審，方其取舍初判是之隱衷，而以為得矣，其如賞觀者之有異議何。有如好惡在人，即問之不為所好不為所惡者，而亦無不違然其共服也。喜怒之正，極之舉世之大，而宵如見矣，而議則能之。信乎惟仁者獨也。不然，有所私好而無當於公是，有所私惡而

孫詮齋真稿　許諸

不合於公非。猶沾沾然覺於人曰：吾能好惡人也。夫能好惡人者，而豈有非仁者哉。

洗盡浮詞，獨標精理。惟字能字，亦十分透徹。題解此文，可云壹發無憾。

惟仁者

古者言之 一節

然啓錫

原古人慎言之心、操躬而知恥也、夫人之易言者、亦未嘗計及於躬之不逮耳、古人恥之、而其言之不出也、有以哉、且古今人之不相及者、其在性情之際乎、夫今人之所優、豈古人之所歟、而今人之所易、寔古人之所難、此其餘自有深情焉、所由與今人異矣、即古言者身之文也、古者非弗長於言也、而其言之也、抑何其慎乎、當夫未可以言之時而言之不輕出也、猶曰其養辞也、即當有可以言之時而言之仍不輕出也、乃今而知其非養辞也、神明之地若或路之矣、遇來可以言之事而言之不易出也、猶曰其緘默也、即遇有可以言之事而言之仍不易出也、乃今而知其非捷緘默也、要惠之思若戒道之、論語

矣、蓋言者身之文也、古者非弗長於言也、當其言而已窓及於躬也、苟我躬之既敢、則忠孝廉節之行、皆以自明其得力之故、言與躬而相辭也、在古人固可自慙於素心、然痞在躬而並不得易其言也、苟吾言之不檢、則聰明材辨之資、祇以自長其浮夸之習、躬與言常不剔也、在古人何以饑斷於此、獨吾用是知其言之不出、蓋恥躬之不逮也、徵將謂今日言之、異日不能淺之、而積累以自禀也、即使異日終能踐之、其在今日猶之不逮也、蓋吾生有一息不見吾行之時、斷無一息不見吾躬之時、取吾未經閱歷之身、而一一乙著之於竹簡、此中能自懾乎、則當夫欲言未言之頃、而愧勵之誠已皇皇其欲動也、已微特謂今日言之、今日不能至之、而故暢然以自慊也、即使今日亦能至之、其在目前猶然不逮也、蓋諭吾行必有符而後成、諭吾躬則當體而自見、取吾渺無寔德之身、而淺僅然於矢口、此中思自安乎、則當夫將言不言之時、而蓋惡之良已隱隱其內疚也、已蓋今人之恥恥在言後、古人之恥恥在言先、恥在言後猶可從容而徐俟、恥在言先正恐一一發而難將哉、思古人其不出之心有如此、今也則異於是矣。

前半不空發前句、即逼出恥字、最為得肯、入後跳發可恥處、更見刻

論語

嵇禮齋真稿

當

古者言

子使漆雕 一節　　　　嵇曾筠

仕以徵信聖賢之相期者大矣夫惟信開之可仕故使之亦惟開之不輕信其仕故說之聖賢之所見皆遠矣且夫出一己之所得而君子薄其材爲無用則所學可知矣然即日前之所得而在我已恃其材爲有用則所學更可知也此聖賢之相期必以有可用者見其微也以不輕用者見其大耳吾黨之有志於仕者多矣未聞夫子有使之者而獨使漆雕開度夫子必信開之能定有可以快然於仕而無疑者故必契之而遂使之乎顧帝思天下事有何必有不可必論經材者之心苟有所就即有所建雖極之智識一官能效一職實將許

嵇璜存真稿　　論評

之有爲於天下以明吾黨之經術必不守於空虛寡識者之適時而莫長也此仕之可必者也論修德者之心苟有可疑即無可安雖極之擇焉而已精語焉而已詳不敢復然自負爲有得以明吾黨之闇修必不同於一長一技者之少能而輒試也此仕之不可必者也內是觀之而夫子之使開與開之謝夫子者從可知矣子若曰道既成可以風有位開若曰志未遂難以攄一心子若曰學古經以入官有治才不可無治績開若曰疑事必至無功未明體而何以達用吾斯之未能信是言也志何大也而舉天下之自域者且不得而及之矣量何虛也而舉天下之自靖者且不得而及之矣蓋天下之自域者其境地雖已至於是而遂信其如是焉此之謂苟安既則何故術做載無論斯之理定有所未明也即使今日見之爲可信易之異日而信者進矣即使異日見爲可信易之後日而信者更進矣終吾身有浩乎無盡之致而天下之功名已悉舉乎此矣孰得而圍其量歟天下之自滿者其學術雖不止於是而已信其止是焉此之謂薄植開則何能滿須我無論斯之學尚有所未盡也即使能信乎此一事易一事而仍謝不敢也即使能信乎此一理易一理而仍謙未逞也終吾生無暢然自足之日而宇宙之經綸已日積乎此矣孰得而窮其境蓋惟如是而後能信惟如是而後能無負夫子之使此夫子所以輒

嵇璜存真稿　　論評

然喜怡然得而深有悅於開也

朱子云篤志程子云已見大意見道分明謝氏云不安於小成融貫諸儒之說而出之以豪邁不羈真傑作也

子使漆

子使漆雕　一節　其二

嵇曾筠

不以未信而輕仕者，聖人與其志矣。夫開非不欲仕也，將以求其能信也。宜夫子使之而復說之乎？嘗試執人而語之曰：子可以出而仕乎？必將曰：吾可以出而仕也。及進而叩其中之所得，則茫焉未有知也。夫未有知而强謂之知，非真知也；非真可以仕也。反之而覿而鬻者之志量遠矣。本夫仕聖人所不輕許也，何居乎使漆雕開也？蓋誠見夫物不可以終止，尤不可以苟也。開之於斯也，其已成熟乎吾夫成熟乎未可知也。要是寓其志於所使，即其出處之情以卜其抉擇之廣後，亦猶吾嘗聞志於匡居，預計審知於平日，而非徒使之汲汲於功名之會云爾。乃開則有以對其曰：人各有能有不能，知斯者非開之所能也。開非不知獨善之行，不知兼善之大綱哉之所以兼舉天下者，其果知之而不獻於卿尚有疑焉而未信歟？如果知之而不戚也，力爭于甚盛之間，深明於疑似之際乎？自待之悉已躬然，其贊於師友而一旦躬膺民社，猶有慈小其若遽者，以此見仕之難也，而況乎不能無疑也？釋焉而不精，語焉而未詳，物怳難憑之見久已貽羞於將寀，而一旦身許馳驅，必有望然莫知所措者，以此見仕之未可苟也。吾其敢負夫子之所使哉？願於斯實未能信也。是二也，何其與夫子使之之意適相合也。吾夫子方憾夫世之求仕者多乎躁進之心，本無可信，自以為可信焉焉，馬幾幸夫事權之授，而其後不至于貽譏覆餗不止也。何意開之早計及乎此也，則由此漸養其經綸當世之略，而用其能理不能大道之行，其在斯人矣。夫子又應夫吾黨之輕仕者，多見小欲速之念，偶有可信，遂忘其不可信焉焉，馬欲得夫好爵之縻，而其後不流於近功浅效不止也。何意開之早應及乎此也，則由此淬勵於聖賢大學之道，而用其明理不明絕業之興，居乎有日矣。此子所以說也。向使當日開承夫子之使，即輟然就仕，豈必遽有惡於聖心，然而其志有限矣，烏能動夫子之情哉？

質實之中，自有瀟灑之致，具見行文樂事。

子使漆　嵇

回也聞一　二句　　嵇曾筠

聞同而知不同，宜其不啟望也。蓋猶是聞也，而知一之與知十，大有間矣。賜其啟望回哉？想非對夫子靈謂賜與回共事夫子有年矣，請業請益，每有所聞，群退而證之，即夫子之教吾兩人，其道亦豈有異焉。共事而久也，同業也，同道也，則兩人之群悟，宜無弗同也，乃自今思之，賜實有大不啟望者，何也？兩愚相聚，則所見實卑；兩智相聚，則會心皆遠。賜其愚者乎？賜何敢自棄於愚，乃引而與智者相聚，則不嘗愚矣。賜其智者乎？賜何敢不自勉於智，乃進而與智者相較，而已非智矣。蓋嘗思天下理無盡藏，言無盡蘊，是故以聞為受，以知為成。

嵇禮齋真稿　評語

取其言而不能會其理者，下也；得乎此而僅通乎彼者，固也；探其始而即究其終者，上也。而回也何如哉？而賜也何如哉？其文章發其性道。啟回之聞，非必加多於賜之聞也，而不嘗多也，蓋未知蘊於心，故一有所發，遂引而伸之，觸類而廣之，而莫窮其心之悟，是聞有涯而知自無涯也。聞一以知十，非回也莫竟幾此也。其文章狀其性道歟？賜之聞，非必見少於回之聞也，而不嘗少也，蓋惟知域於望，故一有所啟，亦推而廣之，固類以辨之，而祇得其理之似，是朗既性而知亦其來也。聞一以知二，在賜也則寔止此也。使回嘗聞一之府，而其愈稍滯焉，而其候稍需焉，則推測之意勝，而聰明之用淺矣，亦不得盡為知十矣。然而回已曉然矣，使賜由知二之明而更研其識焉，而更神其悟焉，則明通之效廣而億度之迹忘矣，亦不得終限於知二矣。然而賜已無餘矣。若是者謂為學力之所底乎？而未可盡諉諸學也。當夫未聞之始，賜與回均此求進之誠，乃一則感而遂通，而全體大用知若與之相建；一則思而後得，而一事一物知若為之相限。此亦自有天焉，非可強而致也。然即謂為天資之所定乎？而未可盡委夫天也。當夫既聞之後，賜與回各有得心之處，乃回則知十於一而見深者一如其見淺；賜則知二於一而見淺者一如其見深。此亦自成於學焉，而非可比而觀也。敢望耶？不敢望耶？賜也竊自知之矣。

嵇禮齋真稿　評語

兩賢分際，刻劃分明，行文更有筆飛墨舞之樂。

回也聞

夫子之文　二句

嵇留鈞

賢者深有得於聖教，而因著其可聞者焉。夫苟欲予賓之深於斷，何以知可得而聞者乃在文章也哉。想其欲著之意乎，謂至哉聖人之教乎，顧向者亦嘗進而窺之，以為聖教之大，吾曾可以偏觀而窺識造之，而觀焉，而後知聖人之蓋人於耳目之內者，得其著之莊耳目之間者也。吾乃今而益嘆夫子之道也。吾乃今而益嘆夫子之近也。學者之患每一求而欲求其深，夫聖人未始不深也，第聖教之意遊務遠，從日用徒於聖人之側而茫無所得，則求深而反失之嘗矣。學者之患每稍進而欲得其微，夫聖人亦自有微也，第求觀之心太過，得今日觀承乎君子之真，而謝無所寵，則平近而愈見之顯矣。賜也竊嘗聞教於夫子矣，願回思來教之始，窺其外而怯然入其中，而較然不敢當於何而遠夫子也，遂登夫子之堂，見夫卓爾經禮之器如也，近夫子之容，見夫成儀進退秩如也，誌夫子之言，聞而見其則者許，禮樂乎其不可揄也，夫乃慨然嘆曰：天下之文章，其盛於此者意。夫子之可得而聞者，其在斯乎，其在斯乎。想人予盛德在躬，自有不言而相喻者，豈曰諄諄然其命之哉。然無意於文而文已昭也，無意於章而章已見也。然令人服習其中而一如日用飲食之予人，以易知也。想夫子神靈獨絕，固有不動而自流者，豈必諄諄焉其語我哉。然隨所觸而各有條理，則其文自雅也。隨所接而皆適，光輝則其章自著也。然令人沐浴其澤而不啻詩書禮樂之引人以易明也。其在智者固可即象以窮神，而與夫子遇於文章之外；其在愚者亦可即物以見則，而與夫子遇於文章之中。其上焉者固可會夫默語作止之機，而即文章以得夫子之大全；其下焉者亦可循夫視聽言動之規，而因文章以得夫子之一偏。夫子之可得而聞者此也哉。透矣。要知無行不與之情，則當夫探索之切，何事馳心於渺。乃至賜今而始信為得聞也。然而賜幸矣，竊附同堂同門，雖之未能一得之知，靜觀聖人之風者，乃至今而終信其可聞也。夫由顯以及微，由

淺以入深，說論文章是盡所聞哉。然而可聞者僅止此矣。

只就本句切實發揮，而下文自動，不啻米顛袖中石也。

夫子之

願聞子之 一節

錢胥錡

聖人合天下以為志、賢者之所聞益進矣、夫合老友少之衆、而予以安信懷之道、予之志通乎天下矣、由之願聞者、不已慰乎、且夫中心安仁者、天下一人而已、而盡乎仁之量、乃能膺天下之人、莫不欣欣然各遂其欲、而一人仍不見其勞、是則聖人之大也、而微賢者無與相發明矣、如由與回、非各得子之志以為志者乎、高推辟之誠意識公矣、願友生亦人道之一也、夫偶無因物付物者、萬類而俱在聚者乎、守謙尊之節、志誠虛矣、願善勞亦見德之君也、大獨無乃私度化舉衆理而歸於各得者乎、則子之志、當必有大於由與回者也好乎

穀程稱其稱

路所以慫然願聞也、予曰、予何志哉、造化即在當前矣、發育之機日流行於萬物而不息、而我以渺躬處其中、俯焉仰焉、數是與機不相關者也、大道其無方矣、性命之故、原各正於萬物而不偶、而我以一心會其全、定焉達焉、說是在我、為有意者也、而不見夫齒日營而尊者乎、非老者乎、老者之志在安、我之志亦安之而已、而不見夫類日聚而合者乎、非朋友乎、朋友之志在信、我之志亦信之而已、而不見夫年尚富而未遑於成人者乎、非少者乎、少者之志在懷、我之志亦懷之而已、人情莫不樂其所固有、聚天下之老少朋友於我之前、而皆使之竭其願、而皆使之給其求、此非出我之所有以相益也、彼有其固然、吾即以其固然者順而應之、而人樂矣、而我無與矣、人情莫能強其所本無、散一心之安信懷於物之衆、而不使之抑其性、而不使之拂其情、此非因物之所無以相濟也、彼有其當然、吾即以其當然者準而行之、而我安矣、而我亦得矣、蓋本乎天者、其理原無不合、成乎人者、其類又無不分、惟吾有以與為合也、而吉凶同患之體渾然具足而不匱、惟吾有以與為分也、而推移各當之施、分殊肆應而不匱、是則吾之志也、夫聖人安仁者也、故統天下之老友少而皆處於仁之中、是則夫子之志、真與天同運者也、吾意子路聞之、必恍然自悟夫所見之小、而回也亦怡然默喻也已

隸禮評其稱

當前指點極平近、亦極闊大、恰是聖人分際。

願聞子

子謂仲弓 一節

[illegible]

聖人者大賢之竪不可以其父廢也夫仲弓固爲父受惡也然以是舍而勿用是失仲弓矣故聖人取譬於犂牛之子乎曰吾乃知生今之世者不惟父樂得有賢子聖人亦樂得有賢父夫父苟不賢則不將棄其父而并棄其子是子之賢且以父廢矣小人之好議論不樂成人之美如是甚且此何獨不觀於物乎物莫不取乎其肖其肖者必其物之美者也乃其先已不美矣則其所生者反以不肖爲美矣物莫不惡其異其異者必其物之醜者也乃其先已甚醜矣則其所惡者反以異爲不醜矣則有如犂牛之子而騂且角乎醜物之徽有

萬而其純者不多親也純則不雜不雜則庶合乎本朝之所尚而騂剛之選取之可以格神明萬物之體不一而其正者不多有也正則不枉不枉則還合乎牲牷之所貴而福衍之饎薦之可以光廟瀬而世之人且曰此犂牛之子也於物爲不倫於禮爲不敬恐未足以侑神祇而致將事則欲勿用者多矣雖然是豈有定哉父之惡不可移於子猶父之善不可及於子也今試有一物當其前矣即而視之漆無是族也義者推本其所生之德以爲是可以類取焉即命祝史婚舉以祭吾恐神其吐之矣反是而觀則父之惡亦不可及於子也而烏乎勿用也子之惡父不能穢猶子之善父不能揜也今又有一物當其前矣顧而樂之無弗可貴也或者別白其所出之微以爲此可以類棄焉而斥之不得列於犧牲吾又恐神其鑒之矣即是而推則子之善誠非父之所能揜也而烏乎勿用也夫天子祭天地諸侯祭山川吾魯國有事於山川者也倘一旦君卿成集執爵獻帛則洽神人知上下惟視此騂且角者矣豈曰犂牛之子而舍諸乎噫夫子此言蓋謂仲弓也夫仲弓固不幸而遭時磨棄然自得夫子爲之表暴仲弓其必有以用於世矣

逸韻遠神超然絶俗

子謂仲

質勝文則 一節　嵇曾筠

質文不可偏廢人當求進於君子矣夫學者非不願為君子而無如文質之相勝也尚其自勉於彬彬而無貽野史之消乎且天下無事不以適中者為善而既在文質之大乎夫固焉挾其所尚以矜於世亦自謂無慚於大雅而究之其所有餘者即其所不足而惟參而用之乃為無過則甚矣大雅之難也在昔先王之造士也（題前開鬆含神）必取其華實之兼茂而學者之成德也允貴乎損益之合宜而若之何有質勝文者也寧朴毋華寧儉毋奢行真篤篤乎自人而觀孰不曰此居然（信似君子）古處之君子也然而失則野矣幸生明備之世而猶然以固陋自安則是性情不足於中和舉止亦乖於禮樂也貴何以自別於野也而若之何有文勝質者也寧華毋朴寧奢毋儉豈不有章乎自人而觀必且曰此儼然附雅之君子也然而失則史矣薄於忠信之忱而專然以文采自耀則是威儀非定命之符言行亦長偽之藉也敷何以自別於史也（至題緒中開此二句承上起下是通篇扼要處）文質之不可相勝者如此大抵生人好尚之殊胥激於風會之所轉故文勝而欲矯之以質或質勝而欲矯之以文其意本以救習俗之偏而不知適激吾德之累是故學問之事少濫焉而即為過也而吾道大中之則必由於調劑之得平或損質以就乎文或損文以就乎質其中絶無偏徇之念而乃可以化吾德之毋是故夫人之數兩合焉而庶為美也必也文質彬彬然後君子乎物莫患乎其相雜也而文質則不厭其相雜也闇然內貴者即燦然其外著彬彬焉如雜物而出之數不識其孰（剛劑互推）為質而孰為文也則純粹之至矣物莫樂乎其相均也而文質則正貴乎其均也恪乎其不欺者後煥乎其可觀彬彬焉如比物而稱之無以指其文質之孰為優而孰為絀也則（精切）稷也大成矣雖其始亦必有事乎矜持之力而迨夫氣質之既化則一言一行罔不充寔而光華也即其繼亦不廢涵養之功而迨夫德業之既醇則動容周旋無非篤摯而周詳也夫然後質受其文而不得謂之勝文文有其質而不得謂之勝質君子乎乃不與野史之流同類而並譏也乎

如明霞爛錦質有其文亦足當彬彬之目

嵇樸齋真稿　論語

質勝文

夫仁者己　一節　稚帶錡

論仁者之心，惟公其立達而已。夫以己之欲立欲達，而即通之於立人達人，仁者之心有如是也。施濟云乎哉？若謂將使仁者而紛紛焉遍物而給之乎？夫遍物而給之，毋論其不能仁萬物也，而吾先病其無以仁一身。蓋仁之在一身者，即其所以及萬物者也。苟不求諸內而惟騖乎其外，其於仁人之本體固已失之遠矣。子以博施濟衆求仁，將爲聖人乎？抑爲仁者乎？夫仁者固何如也？大凡業之有所藉而後成者，每不能無需時待勢之虞，夫仁者則固取諸心而自裕也；情之有所緣而後逮者，亦不能無牴牾往彼之舉，夫仁者則固率諸身

而各足也。不必言施濟也，立達而已；不必言博施濟衆也，己欲立而立人，己欲達而達人而己。惟天之陰騭下民也，既植其生，復遂其性，祇此一氣之渾然者以旁皇周浹於其間。若仁者之心，則體乎天矣。我定大不忍乎己之無以立、無以達，而於人之立之達之者，其能恕然乎？且又非因我之己立己達，而後思所以及乎人也。第即其一念之有覺，而萬物之休戚寄，同患於我心，關之而即起，印之而立應，則惟其天之渾然者，有以周流於無間也已矣。人性之本無不善也，遇竟者則持之，遇困者則伸之，祇此一理之能然者，以交復互通於其際。若仁者之情，則根於性矣。我定大不忍乎人之無以立、無以達，而

於己之欲立欲達者，其可自私乎？且又非因人之未立未達，而乃思所以求諸己也。第由其本體之所見，而萬物之痌瘝自聯屬於一身，志無時而不公，愛無時而不濟，則惟其性之脫然者，有以淪浹於無盡也已矣。吾於是知仁者知之明焉。夫人惟觀我之識每爲最真，仁者觀物於我，則所以維持而樂育之者，將何所不盡乎？乃所生之德洽於人心，而卒未聞分所有以相予，以爲此不過同吾所欲於人耳。是故僖言惠澤者，非仁者也。抑且知其疵之當焉。夫人惟成己之事每爲曲至，仁者成物於己，則所以長養而利濟之者，豈尚有遺憾乎？乃遇恩任機，物靡不得，而卒未嘗損吾惠以相加，以爲此不過同人

所欲於己耳。是故矜言利濟者，非仁者也。蓋欲之所至，而性命以通；欲之所至，而事功亦起。顧吾願之所感，以盡吾分之得爲，夫仁者亦若是已矣，而區區較量於施濟之多寡廣狹哉。

道理爛熟於胸中，信手拈來，億地直截痛快，較他手格格不吐，只坐見得不透耳。

默而識之　一節　嵇曾筠

心得之功，聖人有之而不敢居也。蓋心能默識，則用之學無厭，心用之誨無倦，心矣。豈非夫子所已至，而猶然自歉哉？曰：我今不知理之在吾心者，雖自諭之而不能自言也；我今而知業之在人己者，雖自盡之而無可自足也。蓋古今來有心得之一諦，固日在我意中，而實未之有獲也已。夫考理則貴乎識也，進德則貴乎學也，傳道則取乎誨也。豈非夫人之所共勉，而我亦嘗有事焉者？識領其說之於內，會念忽之矣。夫天下有介在存亡之數者，尚可矯為已得耶？及其歷之也，或得其象而未會其神也，或涉於淳而未涵於聡也，初合存之轉

恭推弈其猶

於身世也，或稍取之而忘已盡也，或少爽之而惰已懈也，思焉而作，息焉而輟矣。夫天下有自存作輟之情者，尚可信其無負耶？甚矣，默而識之ゝ為尚也。第曰通一物而即藏之於心，猶淺也。心必靜而後可以見理之深，心必虛而後可以受理之廣。蓋取生平閱歷所不能至者，一旦恍然遇之，而無以自言其得心之樂，則其所積於靜虛者固已徹矣。抑學而不厭之為尚也。第曰治一事而必要之於久積強也。心必析而後可覺學中之緒，心必專而後可淡學外之緣。蓋取生乎為獨之所自知者，不嘗朝夕研之，而絕無偶見為煩苦之意，則其畢力於精專者固已至矣。且誨人不倦之為要也。第曰過一人而即

論語

引之以道，猶泛也。心必公而知天下無不可受誨之人，心必誠而知此中無不可盡誨之責。蓋舉前此靜觀之所得者，不嘗取懷授之，而不使少動其倦施之念，則其求盡於公且誠者，又已無弗慎矣。是三者，皆我所日兢焉而求其無一之不為我有者也。壹ゝ於論言俱泯之時，惟恐以口耳辯心思之用也；勞ゝ於物我蕪善之地，惟恐以浮情長怠棄之漸也。且古人之求至乎此者，其心尚可見也。我豈有吝而未遽至，乃我嘗內逸焉，而知其寔緜一之為我有者也。亦嘗潛心於名理之中而已，不覺一發而無餘也；亦嘗肆精於數學之內而已，鮮恭其久暫之昧致也。以視古人之深得乎此者，其境已渺然也夫。

恭推弈其猶

亦復之而後難耳，於我何有哉？然而我終不厭自已也歟？焉息焉廢，斆得意而忘言耶？憤焉樂焉，廢發好古而敏求耶？默而識焉，廢斆歟？人而無隱耶？則亦終身於識與學與誨，以與其歷ゝ為我有也。

逸氣如雲，夭矯自得，一切塵霧之習，屏除殆盡。烏救

論語

默而識

志於道據 一章

樂曾陽

聖人言心學之全功由勉而幾於化者也蓋志道據德勉然之事至於依仁游藝則幾於化矣夫子亦人以心學之全功也曰天生人而予以渾然皆備之心凡內外本末之間其理皆可以任我之職擔而不盡也夫誠盡精畢力乎其途以深造於涵泳從容之候則內外本末一以吾心貫之而無間焉今夫顧之為人倫日用之常彼之為身心性命之蘊體之為操存涵養之功達之為藏修游息之事不可以得乎而輟止不可以躐等而躐進學者烏得不循其序以詳其微哉其始也蓋莫先乎立志矣是非邪正之根判於去取之一心故明之

此古今共由之路而彝性之不泯還足從滋於異學而不知止夫誰肯捨乎大中至正之矩而以一日之祈嚮定終身之指歸不復顧其念於紛華不敢或其趨於岐路則信從志於道者矣由是學問思辨以充之其精力行以踐之以為不虛此志也不知已實獲於心也其終也乃可以言據矣盈虛消長之數分於豫舍之一念乃明之有知儀得力之處而執持之未周至畏失其故我而不有知夫誠內逆其升苦觀守之數而以強毅之神明厚知行之積累不以新得而棄前功不以物欲而移素守則信依據於德者矣由是底謹恐懼以貞之無息無間以微之以為有一善而必據也不知已合全體而來會也蓋道之至精而德之至純者非仁乎仁本吾心所固有而有意作之與無意合之則有間矣故必使心忘乎理而存之熟固不當起居食息之安尤必使人洽乎天而性命之親更無間於常變經權之地未嘗求合而自不離未嘗求存而自不舍其於仁也亦依焉而已矣當是時也釋然於操存檢制之勞悠然於恬淡從容之會何在而非天理之流行也哉使夫道德之散著與仁之緒餘者非藝乎藝之本幼儀所共習而入道之初與見性之發則有間矣故舞博依雜服之技而可以狎天命之精微則玩物也而非以喪志雖操縵安弦之節而可以養神明之根則道情也而非以溺性義理之趣博而食

遂養之功與物皆化其於藝也亦游焉而已矣當是時也優游於博文約禮之同歸達於顯仁藏用之一致又何形器之非性命也哉若是者有其序焉道未獲何所於據德未成何所於依仁未純何有于游學者所貴乎循累而上也抑不可不諧其全焉德無可據則道亦且為虛名仁無可依則德亦流為偏曲藝無可游則仁亦淪於虛寂學者所貴乎精粗並貫也此所以為大成之學也夫

功大思深[illegible]似此殊名人手筆

志於道

自行束脩 二句　嵇曾筠

聖人自明其誨人之切，人宜自致其誠也。夫子何嘗不樂誨人，將誠不屑無如何也，人亦思所以將其誠者而已。且吾甚無僻於人之去我而不樂就也，夫使世之人求為道來而我來有以慰之，雖有其誠焉自達焉，則其去也固無足異，而不然者，則亦人之負我而已矣。以終吾欲倚天下之人而不入於善也，吾何恐言無誨哉。然誨必有所期而後施，我欲施而彼不知也，彼欲受而我不知也，若遠若近之間，豈無有所期以相將者乎。誨必有所驗而後入，我雖不吝於子也，彼或無意於取也，必離若合之際，豈無有所驗以相合者乎。是以古者弟之執贄於師，非以為文也，若曰吾聞而制恩於切冬不得已而寄於文以將之，禮則有限矣，情則無涯也。古者師之交際於弟，非以為物也，若曰吾持此意以侍乎者久矣，不得已而託於物以合之，情則已達矣，徒則不拘也。凡此者所以有誨也，止也，亦猶行古之道也。但不使甘叢於道者淺與之言，反致疑吾道之迂。不然，苟其一念之可據，雖在顧宗，循將引而進之，以向吾誨人無倦之心，而謂其來學而歡拒之也，恐乎不忍。但不使顛背吾道乎，輕與之言，或反疑吾道之界。不然，苟其一日之請謁，雖在中材，猶將進而教之，以明吾無隱乎開之義，而謂必備物而後平之也，安乎不安。是故人苟明乎此，言其以禮來可也，吾實欲寬其途以引之使就也，蓋至今日而傾聽吾門，其有失其誠而進而不恤其顧而退者誰也，此意亦可共白也。否則吾徒抱此殺殺者哉。其不以禮來亦可也，吾豈能逆計其衷而招之使前也，蓋至今日而追溯生平，其介彼以微文投贈，而吾不以實意相予者誰也，此意亦寧勿諒也。否則吾何愛是篾篾者貴要之禮。無偽狡，物無賢愚，不擇時而誨，不擇人而誨，束脩其寄焉者耳。行之而無誨者，吾未嘗有也。善學者其知之。

紆迴頓挫，俯仰情深。

嵇禮齋真稿　自行束　嵇　論語

子所雅言　一章　　嵇守璹

聖有恒訓言其理之切近者而已蓋詩書執禮其理甚常故夫子言之亦雅也學者可以曉矣且吾嘗將理人之門而見夫吾黨之士其（從學者身上）（況入）不歎風肆雅也疏通知遠也且周旋進退之間術術然各有規矩也是豈吾黨之善學哉抑亦居恒啓對之際夫子之講明而熟習者有素也是以致而識之以為夫子之教蓋有所雅言者焉身任表章之責斯文所寄何在不足供儒者之修明乃皇皇刪定未聞旁及於典墳丘索之書則所以章志而貞教者大率在居處以後之編第屑屑複之任至理所存何在不足勞聖人之闡發乃孜孜寡過猶難自懸於觀夫泰象之餘則所以覺世而牖民者自不越乎日用常行之實然則子所雅言者果何為乎今夫人無論賢愚莫不宜理其性而和其情也無論貴賤莫不宜通於政而施於事行無論鉅細莫不宜準乎節而合乎文者也聖人發天下之深不惟舉之於口而又筆之於書今之聖人教天下之切不惟訂正之而弗忘而又長言之而不已以道性情莫如詩焉正變何以分貞淫何以辨興觀羣怨有以識矣子之言大約不離乎詩者是以論政事莫如書焉因革何以殊損益何以異理亂安危有明徵矣子之言大約不離乎書者是以謹節文莫如執禮焉視聽何以正履蹈何以安等殺節文有成則矣子之言大約不離乎執禮者是夫詩書執禮守其一經即可以自命專家而夫子則合言之何也凡以簡冊所垂大則政教文章小則名物象數皆有統乎日用行習之大坊而甚望後之學者一舉念而必畢於是一舉足而必由於是故言之均貴乎深切而著明抑詩書執禮其片語即可以該乎全義而夫子則質言之何也凡以先王之遺驗之人心風俗合乎飲食起居窮有益於言行身心之定用而[illegible]悉令之學者執其偏而未會其全習其文而未通其意故言之尤貴乎獨覩而引伸是以皆雅言也夫高明之資厭平易而忘所寄者卑視夫詩書執禮以為不足為而思軼乎其外會亦思風雨晦明是[illegible]義子所諄諄而提命者謂何吾習聞之而負之也甚至[illegible][illegible]之子群博雅而安固陋而高視夫詩書執禮以為不可至而或背乎其言亦思匡坐鼓歌之日夫子所宣宣而垂訓者謂何吾聆悉之而謝之也哉統三經以立教不過博文約禮之功合高下以施教無非範圍曲成之義學者尚其無忘乎所雅言哉

洋洋洒洒如不經意而出極行文之樂事

子所雅

多聞擇其　次也　　秦曾錫

由聞見以致知聖人寧為其次也夫惟不敢畧於聞見之中而致知之事盡矣乃夫子猶自居於次彼妄作者何為乎凡天下雖有什伯於人之識而原其始未有不待外以為從者也夫我之業亦何能過人惟是日相尋於耳目觀記之內而處處有以自盡焉亦稍稍其有得焉所由異於一物不名者此實不知而作我不敢也然不知而作我亦不能也夫我自有所以為知者而已我蓋不知天下之理取之於心則易資之於物則難而實不敢畏其難也哉豈不知神智之用心之於己則遠證之於人則勞而實不敢謝其勞也蓋嘗思知由

聞始亦以見生是聞見者所以開吾知也然而不可不多也苟可以廣吾學物無遠者狀狀披攬之餘時慮聞不及聞之處即不必聞所讀之何書大約必至於多而後已苟可以資吾識事無微者呈呈歷聆以來時添見不及見之處即不必問所操之何事大約雖至於多而不厭循聞則多矣聞之中其皆善者乎其不皆善者乎苟不為致辨聞以多而益累也惟擇且從焉力爭於是非之介漸斷乎疑似之迹而役乃得所依歸則古人且不得而愚我也見則多矣見之中其皆善者乎其不皆善者乎苟過而輒忘見雖多而何益也惟與為識焉事以參觀而始得理以互見而益明而皆致其得失則今人亦不得而蒙我也夫古人不得而愚我則古人聞我之知矣天下豈有今數千百年之成敗利鈍皆洞然於念一旦與事相感而惆惆者尚如故乎抑今人不得而蒙我則今人與我之知矣天下豈有歷一十五國之貞淫邪正皆熟參於心一旦與事相接而貿貿者仍如故乎如是而吾其自信為知乎勞勞於聞見之途而心思已盡固未敢曰知之至也如是而吾其終無與於知乎盡盡於擇識之內而聰明斷廣亦僅可曰知之次也彼妄作者誠非丘之所敢出矣

逐層疏發觀切有味非尋常挨講法也

多聞擇

仁遠乎哉 一節

嵇曾筠

仁隨念而徵，可無疑爲遠矣。夫使仁果遠也，則必其欲之而非即至也。如其不然，則我亦自遠仁焉耳，焉得謂仁遠我乎哉？今夫物莫不聚於所欲（畏欲上下得言），自夫所欲之不決，而理之去吾心也固已久矣；自夫所欲之日決，而理之來吾心也亦無自矣。是非理之一去而不復來也，蓋理外之欲，欲以累理；而理中之欲，欲以生理也。乃吾咸夫世之言仁者，其始不能以我體仁，而遂使我遠於仁；其繼并不知仁之在我，而遠謂仁遠乎我（异聞莫餘）。反而思之，仁遠乎哉？凡物之可以遠近較者，其離合之數，每不自我，而操其權也。若我間之，其合也；若我翼之，遠則誠遠。

也。抑事之可以遠近分者，其得失之機亦必須時而決。其失也非一日之故，其得也亦非一日之故，遠則誠遠也。若夫仁，則何遠之有？仁之理具於我，仁之至決於欲，我欲仁，□斯至矣。人身中精神材力之用，每以一往而深；所欲在仁，則一往之靜成焉。雖有不肖，而當其一念之自新，遂可以決去人欲之污，而力爭於道心之來，從（得行引之）將非仁也，則涉涉而限於阻長，羅中心好之，莫成致之矣，孰是其取携如寄也？而仁不爾也。人心中剛健篤實之思，每以翻然而根所欲在仁，則翻然之志生焉。雖在中材，而苟其一念之自奮，遂可以盡易其畏葸之見，而遂觀於吾性之清明，將非仁也，則悠悠以失其審察，雖有必潮

之而爲遠，甚迂矣。執是其中之主感也，而仁豈然也？未有我之先，則仁在天；既有我之後，則仁在我。我與仁本無可分之理，我自有仁，我自欲之，其爲力甚易焉。迫夫既至之後，而猶聽遷流於皆欲，則亦猶之乎勿至矣。然正不妨存此可坐之機，以動從此求至之念，而弃暫於肯綮條索之，不可以猝而獲也，則精仁道之幸矣。夫非哉之貴其欲不可不襍棄異之於其欲，不可不食仁與欲固自有綢繆爲用之致，以我欲仁，即以仁乎我，其爲功主見焉，迫夫一至之日，而仰緣保合若無閒，亦并無至之可言矣。然正欲存此作徑之惰，以陽使此來至之根，而共明乎此心此理之不可一日離也，則又求仁者之幸矣夫。若夫我實不欲，而遽謂仁遠，誣仁乎？誣我而已。

見得親切，不爲剽竊和聲之言，故縱化騰撲，無不快意。

興於詩立　一章　嵇曾筠

合觀興立成之由而知學古之功大也夫由興立以至於成則學全矣而即得於詩禮樂學古之功其可𥨊乎今夫聖王在上聚天下之人材而肄之以經學非徒服習而已也蓋將以成（古大氣力）其心思範圍其行誼盡化其氣質之偏而造於純粹以精之域故一時之服古稱先者皆彬彬自嫻於聖賢此以知王澤之深厚而學士之漸摩於經術者亦非一朝夕之故也（氣息深何等神力）吾試爲學者告之雖有上哲不能無所資而日進童蒙養正之年蚤已兼通乎六藝而優游涵泳即以小學而收大學之功雖在神奇不能取諸懷而自足鼓篋遜志以來無非畢力於簡編而性命身心即以今人而集古人之益吾嘗觀歷其境而一一有以知其興立成之原也學莫貴乎淬勵其神明使好善惡惡之誠激發而不自止而後可以進乎道則興尚矣要非無自而興也自誦習於詩而善樂愛慕之意時發於正風正雅之中微抑憬慨之思常觸於變風變雅之內蓋至獨處寤言而至性所形每有無端之感注或亦自忘其蹈舞之由然諷詠不深於平日有感之而其發不者矣精神不浹於古人有引之而其緒不長者矣興有不於詩者哉（矜手精熟善學）學莫貴乎檢束其志體使從善絕邪之念堅固而不可忘而後可以守其正則立尚矣要非無自而立也自服習於禮而恭儉莊敬之意嶷然在中既有見於制作之大本周旋揖讓之文秩然在外人克深夫儀則之大坊蓋至萬感紛乘而神明有主（心有神公開思全）愈形其德性之堅或亦自忘其持力之原然規矩不嫻於當體有逐物而改其常度者矣威儀不系於定命有臨事而失其故我者矣立有不於禮者哉學莫貴乎陶養其性情使仁義道德之英渾合而發於化而後可以合其全則成益尚矣要非無自而成也自薰習於樂而情以舒通太和之氣洋溢於善怒哀樂之先容以節舒至德之微淪浹於進退疾徐之際蓋至屏絃歌絕聰明而思勉俱捐遂至百物之皆化或亦自忘其所獨之故然耳不聞清明廣大之音則氣質剛柔之患有不能蕩滌於無餘者矣心不擇高下疾徐之節則材德偏全之際有不能消融於盡善者矣成有不於樂者哉是三者有相須而並進之功焉誦詩而即可以興習禮而即可以通樂同條共貫之業取材既富而獲效益神有循序而漸幾之理焉興矣而始可以望其立立矣而不敢遽（及立）其成（古成）歲時厭飫之深取還甚邊而程功有據所以盛王之世命太史以採風謠瞽辟雍以定典物詩禮樂之教偏明於上興立成之功肄於下人材根與風俗醇茂經學之重於天下也尚矣

氣體高華文筆典雅賈醇董茂庶幾似之

興於詩

巍巍乎其　一節　嵇曾筠

即可見者以著為君之大聖人，深贊其所有焉。甚矣，堯之成功文章，孰不可見乎，而孰可量其有乎。夫子亦贊嘆之，以為巍乎煥乎者，此爾若曰：居今日而追思帝治之隆，其何者不在人耳目之前哉。夫至德極於淵微，而大業昭於天壤，正使凡為君者之所有，而皆不足以比其量，而皆不足以並其光，則一時之顯庸創制，固歷歷如將見之也。吾乃益嘆堯之大而無可名也，吾乃益嘆堯之大而有可見也。惟天（從上引脈）立體於於穆之中，形容其盡泯乎，夫安知昭昭者之久已難據也。大造之化無心而自流，其語言莫罄者，正其行生蠑著者矣。惟堯合撰於廣遠之體，擬議其盡窮乎，夫安知浩浩者之非託于虛也。帝力之固無為而自運，其謳頌供淡者，正其氣化日新者矣。則吾見其七政齊而功在天也，九土數而功在地也，三事治而功在人也。其俊偉居何等乎？夫景運初開，凡（其有二字跳剔極醒）百揆四岳，孰不各出其奇以經綸乎宇宙，而紀堯典者，必統之曰放勳，以明四表上下之大，皆聖天子之格被，而諸臣無與也，則巍巍乎其有成功也。抑吾見夫曆象頒而文昭雲漢也，隨刊奏而文在山川也，平章協而文在民物也。其商皇為何似乎？夫草昧方新，凡秩宗典樂，莫不待理于後，以經緯乎盡善，而戴舜典者，必推本于重華，以見禮樂文明之盛，皆七十載之創建，而虞廷猶繼也，則煥乎其有文章也。我不知默（虛際盤旋）運乎成功文章之始者，本量固何如其廣大也，而第就當日之形聲觀者，以景仰其休，祇覺大功獨擅，氣數不得而升降也；大文彌耀，運會不得而顯晦也。此豈耕田鑿井之儔所得測其高深哉？我不知規畫於成功文章之中者，性術固何如其深遠也，而第就今日之儔于見聞者，以追維其盛，祇覺堯雖不自震其功，而已不啻天功之卓絕也；堯雖不自炫其文，而已不啻天文之顯謨也。此豈聖神文武之頌所能盡其萬一哉？觀乎其所可見，而益信其所不可名，而堯為君之大，誠哉與天為一矣。

是有可見，仍是無可名，文于神脉最合。他手鋪張揚厲，只寫題之面，說本中題之肯綮也。

巍巍乎

禹吾無間　全節　　張曾錡

德有無可間者、約舉之而皆見其心焉、夫論人而求以間難矣、乃禹則豈儉適宜、併問而亦無之、豈非純主乎、且王者質文損（衷以止切）益有一事不足以服後世之心、則雖大烈光於史書亦退而聽責備於儒者、古聖人不敢聚萬民之欲以豐一己之欲、併不敢去一己之欲以拂乎天人上下之欲、其治法所至無不循規乎盡善、以絕後人之擬議也、若是者其惟禹乎、夫千古規過之詞、每多於英主、大度不拘小致大德不矜細行、飾目疎濶、天下易求其過、故材能足補宇宙之隙而不能全一名、然中才疎畧之失、非可以例聖王、勇以智而愈沉、才以德而愈斂、謹小慎微、建法無所不周、故行事備極繁簡之詳、而終不蒙一譏、若禹者吾誠無間乎、嘗觀服食起居之細而知事在一身者（一己之嫌以通於天下則為累說以禪）不敢示天下以有餘也、黃農既遠、朴素久已改觀、倘謂帝王之崇不當簡畧、而踵事增華、漸開後世喜功之漸、其能免於口實乎、故大害自我而平、大利不自我而享、清心寡慾、已致謹於幽獨、而力制其流即為服食起居、留沂古之氣、而天下自不待以盛滿中之、又觀於幽明上下之間、而知事在天下者不敢乎一身以不足也、雖亟尚存萬物各安其故、倘謂勞苦之餘、未遑經制、而因陋就簡、漸成一時朴素之風、其能底於無咎乎、故後欲不可自我而啟、治法不可不自我而開、經綸參贊、已豫立其本原、而出著其用、即為幽明上下撥潤色之章、而天下自不待以簡畧議之、於足珍奇不設、從其薄而要勺告虔從其厚也、纖縞不御、從其賤而章施觀象、從其貴也、黼黻不崇、從其儉而盡釐分理、從其新也、非為惡焉卑焉宜儉者儉之而已、致孝焉致美焉、盡力焉、宜豐者豐之而已、吾其能以問求禹哉、吾其終不能以間求禹哉、後天下之樂而樂、淡泊足以明王志、先天下之憂而憂（貴寸勤儉）經制仰以格而間初無遺憾可言、祗覺學上術名之意、又為多事創前天子（語更警人）所未有、既極為人主之勤、防後天子所欲為、又力杜為人主之欲、初無微隙可指、祇覺吾儒核實之思、至此而還、禹誠純王歟

昌明俊偉、風采煥發、極似唐人應制詩、

夫子聖者　多也

嵇曾筠

多能不足以盡聖觀之君子可知也夫於多能見聖不若因[illegible]能然多能亦豈君子之所貴哉于是以明其故以曉之且天下之能所見以尊聖人也非一日矣顧其所見為聖者皆聖人之所餘也以聖人之所餘而欲概聖人之全量非特失聖人之生平抑亦未奉教於君子也蓋君子精乎道而自及乎踐立乎本而兼舉乎末非徒能區區之能以相多也而况聖如夫子者哉乃太宰一若甚疑乎夫子之聖而獨於能見多又若甚異乎夫子之多而乃以聖相許此太宰意中之聖也亦即太宰意中之夫子也子貢曰夫子誠聖者也而夫子之聖天也非人也夫天甚愛夫子而以聖位夫子天甚愛夫子尤不以聖限夫子而由是益富其日新之業益神其變化之功夫子始將聖矣而由是經緯天地而不窮兼利萬物而無不足聖也又多能矣夫天下未有精乎道而不及乎踐者也未有立乎本而不舉乎末者也由子貢之說多能亦天縱之聖之緒餘也云爾而太宰顧嵩以之稱聖其所以尊聖者當不若子貢之知聖矣然夫子則不敢居也曰太宰知我乎茂豈不知問官問禮學雖多而何補然而天實限之也壯心未遂聊寄情于象數亦自謂窮而後工也已又豈不知釣弋射御技雖精而何益然而天實困之也自傷卑賤借托術于鄙瑣不遑小道可觀也已若夫君子則不然君子不敢以窮大者貽學業失居之患尤不敢以愛博者啓學人泛騖之思如謂君子而亦如我之涉歷於細務斤斤以鄉事稱能則是君子不必不多也而君子然乎哉太宰雖知我乎我實內愧于君子耳夫即君子不多之義以觀之雖聖又多能之見可以相忘况乎以多能盡聖也耶然而天能窮聖人之遇天未嘗不縱聖人之德子貢之智洵乎知夫子之聖者歟

如題曲折行所無事殆有神運非同強設

夫子循循　二節　　稽曾筠

由善誘以盡其才，見益親而從益難已。夫有夫子之善誘，而四乃得竭其才於博約矣。然見之益親，從之益難，非體道之至者孰知之？若謂引之而可近者，聖人之教也；即之而終遠者，聖人之道也。夫由教以入道，亦自謂足以馴至乎其域，乃所見既真而卒無有得至之一日，未嘗不嘆聖人之大且化，而非吾力之所能為也。高堅前後，道之無窮盡、無方體者如此。當是時也，我雖有窮理格物之才而蔵且限於無所用，我雖有反躬克己之才而力且阻於無所施，無論化不可為，即欲求一日之見道而亦末由也。回不幾窮矣哉？雖然，有善誘之夫子在，學其患乎其騖也。倘未博而先示之以約，必且流於致虛守寂之為。夫子於是循循焉啓吾之識，使之參訂古今事物之繁，而聞見以擴，此非我之能博也，實夫子之博我也，何其善也。學又患乎其泛也，倘既博而不示之以約，必且終貽窮大失歸之誚。夫子於是循循焉歛吾之能，使之服習于節文規矩之中，而範圍無數，此非我之能約也，實夫子之約我也，何其善也。由是涉歷於文而彌覺其文之美且富也，持行乎禮而愈悅其禮之精且密也，固已欲罷而不能也。乃涉歷於文，而其文之美且富者無弗盡也；持行乎禮，而其禮之精且密者無不復也。竊自幸吾才之既竭也。當是時也，日用之間彷彿體驗之皆至，而耳目心思恍然若遇乎其天，行習之内皆其性命之所流，而視聽言動罔不各依乎其則，如有所立卓爾宛然。仰鑽瞻忽之無定體哉？然而此際正微矣。將欲由思以從之，而夫子之道不以思而得也，擬之議之而恐失其真也；將欲由勉以從之，而夫子之道不以勉而中也，欽焉望焉而亦非其故也。是則我雖有窮理格物之才，至此而仍無所用也；我雖有反躬克己之才，至此而仍無所施也。博乎約乎，夫子即善誘乎，其能終引回而使之從之也乎？

隨題布置，一氣轉折，前後照應，儁極緊密。人見其行文之異，却不知其苦心鍛鍊也。

稽禮齋真稿　論語

夫子循

譬如為山 一節

嵇曾筠

學之進止決於己、可借鑒於為山矣。夫吾果欲止、即未成一簣而亦止、吾果欲進、即方覆一簣而亦進。進耶止耶、伊誰之責耶。且吾嘗甚（跌吾字剔甚）望學者之有為也、已而知其無為也。夫彼之所為、吾不能代為之、則其所為之或作或輟、吾並不能代計之、是故勞逸互殊、得失相左、往往然矣。獨奈何世之（曲折盡致）學者、輒自諉也、始亦有志於進也、曰獨不得人以導之也、然乃見其險止也、曰若或有人以危之也、遂是說也、阻志士之有為、便謂人之自棄、其不舉天下於有止無進不止也、是局不罕譬以悟之。今夫為學與為山同一理也、須百尋之峻、始自平原層累而致之、其勞甚矣、幸矣未成者止一簣矣、崇隆之境一轉盼而即是矣、然而止矣。千仞之基、必自丘陵積而升之、為力者矣、惜矣所覆者僅一簣矣、崔嵬之巔方遙望而卻顧矣、然而進矣。進者曰吾據（對物提醒）起於平夷、猶將日積月累、以造其巔、况以垂成之美、可恝焉長謝耶、而彼且奚為也。而止者不須也、止者曰吾蹶足於九仞、猶將棄之如遺、以息吾力、况以一坏之少、尚奚幸成功耶、而彼且奚遼也。而進者不懼也、何也、止也往也、胥吾自為之也。此即（出奇字清醒）以勢而言、一則勢處於高、一則勢域於卑、其所為之難易何如也、要無一定也。吾而視易為難、高者且失其高矣、吾而視難為易、卑者不終於卑矣。難易之形爭於一人力量之勇怯、誠非勢之所能拘也。且即以數而言、一則所有之數什百於其所無、一則所無之數什伯於其所有、其所為之成敗可知也、而殊難預計也。吾而將其所有、則成者敗矣、吾而暢其所無、則敗者成矣。成敗之機、判於一人志氣之勃倦、誠非數之所能制也。（仍用分股發議法甚）物莫不愛其所積、吾苟一日不振、則舉生平愛惜之處、而胥無以自留、物莫不思其最上、吾苟一日自強、則舉人世最上之境、而胥足以奮取。吾固如此其有權也、進止之我、可弗懔歟。

筆筆圓轉、如珠走盤、其警動處更足發人深省。

嵇禮齋真稿 論語

譬如為

後生可畏　一節　　嵇曾筠

聖人策後生於學驗之所畏而益嚴矣夫人苟不及時自勉雖以可
畏之後生亦覺不足畏已是宜早立其有聞之實爾令使人而長無
改其盛年也則悠悠者吾亦無庸切責矣獨是易去者時也難得者
名也其始不振其卒不成徒以有用之身而一聽夫人之賤乎我
也抑亦良自負已吾竊見夫今之學者（含真雖然）戊日月之云邁而嗟少壯之
已非念物望之所遷而悵悔名之不立其于學也已無及矣雖然而
獨不自後生中來耶夫後生固大可畏也人即有薄待斯人之意而
一念其後此之為日甚賒則不禁惕然其自止蓋我之所以勝乎人
者原非一日之可就彼能積日以致之則我之所能且不足以相勝
矣而何敢薄焉一人即有輕視斯人之心而一計其日前之精力甚强
則不禁竦然其自沮蓋我之所以加乎人者原恃吾力之足為彼能
奮力以取之則我之所得且不足以相加矣而何敢輕焉焉知來者
之不如今是以如是其可畏也使為後生者繼今以往即皇皇無聊
（于反面說後遠徹正面一擒便脫）
日焉一年辨志七年小成九年大成昔之畏後生者皆曰吾向者固
嘗以遠大期汝而今果如所望也則其聞雜甚也抑繼今以後即汲
汲用吾力焉太上立德其次立功其次立言今之恭後生者又曰曾
幾何時而所成若是過此更不可量也則其畏益堅也而無如後生

嵇禮齋真稿　　論語

自恃其日之賒而多不克自勉也而無如後生自恃其力之强而多
不克自勉也未幾而四十矣去後生遠矣（許夜鐘声）未幾而五十矣去後生更
遠矣吾年日見其新吾學不殊於故安能以身之汶汶者而受察之
戔戔乎吾力已覺其損吾學未見其益安能使昔之致翔者不且轉
而賤我乎雖以可畏之後生至此亦不足畏已何也以四十五十而
猶無聞也嗟嗟衆望何常能精則著人情無定自責則尊顧不及時
淬勵欲使已往之後生而復畏將來之後生（低徊欲絕）且使將來之後生而復
笑已往之後生也抑獨何哉

一片醒世深衷文能曲曲道出聽者莫不悚然知懼

嵇禮齋真稿　　論語

後生可

子曰仁者　全章　嵇曾筠

聖人論仁於其言，得其所以訒者而仁見矣。夫同是言也，仁者何以獨訒？以其心存於爲也。牛亦思其所以見難者而已。且夫世有至人，其存於中者，不可得而見也。然而敦肆離合之數，往往形於語默動靜之際，學者亦得其外之氣象，而其心之全體即於此可會焉。顏或者猶謂不及，蓋至人則亦見其迹而未見其心也已。如司馬牛以仁問，牛蓋亟未仁者之全德也，特無如其心之豫而言之易也。將以與言仁者之大原，則性命之微，不足治其輕浮之失，而仁愈遠。將與言仁者之存主，則躁妄之私易以失其操持之素，而仁日滴蓋其志在求仁，而其受患則在言也。其受患在言，而其求仁之方即可因言以見也。子曰：夫獨不見仁者之言乎？舉人所千百言而常見爲少者，仁者雖一二言而常見爲多。其思之又思，而不敢輕出諸口者，天下莫從而測之也。如曰放言高論，以自炫才華，吾意中固無此仁者矣。舉人所反覆言之而日病其繁者，仁者以緘默持之而日形其簡。其謹之又謹，而不欲少縱其說者，固非作而致之也。彼令語言無節，而學未深，況吾意中又無此仁者矣。仁者其言也訒，子蓋爲多言者示以求仁之方也。而牛頗疑其不足以盡仁，亦嘗叹仁者訒言之故，而深思其用心也哉？夫言以言其所爲耳，言之艱與訒，視所爲之易與難，而辨所爲之易與難，視心之存不存而辨。今夫不仁者之居心也，常奸奸則傲然自恣，其視天下之事皆不足以困我之心思，限我之才力，而是非邪正有所不及辨，成敗利鈍有所不及謀，所爲日覺其易，而由是馳騁其議論，雖言滿天下，而其心不自以爲誇。若夫仁者之居心也，常斂斂則沖然自斂，其視天下之事皆足以窮我之智勇，竭我之志慮，而靜存於不睹不聞，以嚴理欲之介；動察於日用行習，以操得失之機，所爲日覺其難，而由是審慎於矢口，雖無易由言，而其心常恐其或放，即是思之，仁者雖欲無訒也，得乎？其言之訒也，爲之難也，其爲之難也，心之存也。學者由此以從事於仁，始於謹言慎行之常，馴至於廣大精微之域，則仁者之全德不外是矣。而牛且曰其言也訒，斯謂之仁矣乎？甚矣牛之易其言也。

氣足橫流，暢所欲言，毫無艱澀之苦。

仁者其

是聞也非　合下節

嵇曾筠

聞似達而非。聖人因詳其必達之實焉。夫以聞為達，由不知所為達也。自夫子以達之實詳之，而邦家之間，達也而非聞矣。且為學而期感通當世，原非近名者所可進而相託也。不有以嚴別乎其途，則夫循循焉修其在我，而怏然自必於身世之際者，安從而見乎？故其似焉者，不可不辨也；其真焉者，不可不詳也。張所謂達者，而乃謂邦家必聞也哉？吾未知其中之有誠而無偽否也，亦未知其外之有得而無失否也。而漫曰是達也，達不在名，而是從以名。予亦止樂其名而已矣。吾未知其接於物而能藉以自驗否也，亦未知其居於己而能微以自抑否也。而遽曰是達也，達必有寔，而是則無寔。予豈遽忘其寔而已乎？我則謂是聞也，而非達也。求乎達而轉入乎聞，徒以其有相似之迹，知其非而必求其是，要亦自有獨見之真。夫達也者，而豈猶是聞乎哉？本其自治者言之，則獨存其質而不假乎文，獨行其直而不流於枉，養其至性深矣。而又未敢以遷情也，乃復好義焉，守經通變之理，握以將吾質貞之恉，而各得其宜，何嘗求諒於邦家也？自其與物者言之，則見人之悦於言、悦於色，而我以自勵；見人之愨於言、愨於色，而我以自攝，蓋其與人審矣。而又非流於矯飾也，定能處以下焉，謙沖自牧之思，益以慎吾察觀之用，而各致其詳。此何嘗不衆驗之邦家也？如是而或謂其非達也，則必家之人不可以忠信孚，不可以理義格，不可以謙尊詳慎之德化也。不然，則在家必達矣。柳必邦之人不可以朴誠感，不可以經權協，不可以周詳謙抑之美相接也。不然，則在邦必達矣。夫乃知學本內修，而不欲致飾於外者，是達也；事權當否，而不欲一往無餘者，是達也；借鑒於物，而不欲僅然自負者，是達也。若吾子所言，是聞也，非達也。

如題位置，不用凌駕，而筋脉自然關動，其得手處，尤在起筆無蹈空之病。

是聞也

舜有天下　一節　稽曾筠

援聖治以証聖言、蓋信知之所全者大也、夫皋尹仁者也、選而舉之、而天下皆感於仁矣、此豈僅舜湯之智乎、遲也可以悟矣、曰、吾嘗讀覽乎千古之治道、而知聖言之所及者遠也、夫一代之治法、貴有轉移一世之權、然必人人而治之、雖聖王亦不勝其治、豈知致舜者在一人、一人而轉移者、已在一世、然後知用一二人者、即所以用千萬人、聖人之所以為治、亦即聖人之所以為言也、富哉古之有（隱然身任其）天下者、寧外是哉、天子不能使天下之皆善、而又不忍聽天下之皆為不善、有遺焉以轉之、而天下羣服其精明之用、天子必欲偏天下於皆賢、而又不力制乎天下之不賢、有道焉以感之、而天下羣思其英斷之功、則有如舜乎、夫舜知者也、文祖受終而後、孰不仰新主之英明、而稹讒之輩、胡猶未盡泯也、於是以不得已於衆人之心、舉一皋陶、若曰、吾舉一皋陶、而天下之不為皋陶者、惧矣、則有如湯乎、夫湯知者也、萬方作誥以來、誰不仰一人之聖武、而附勢之儔、胡猶未盡除也、於是以求向於衆人之志、而舉一伊尹、若曰、吾舉一伊尹、而天下之不為伊尹者、進矣、當是時也、倘明允已尊其任（徵作一折文勢紆徐）、而惟茲臣庶、尚有或干予正之憂、阿衡已宅其官、而凡我造邦、猶多自仰匪彝之患、則所為舉直而錯枉者、其知亦有限也、乃起視斯民、則已不仁者遠矣、凡物之情、必以所難、則怯焉阻、動以所慕、則奮焉興、今也取兩人而授之職、衆且驚喜相告曰、仁人舉矣、予小民竊有志矣、其庶幾遷善以自振也、凡物之情、引以可慕、則習焉安、動以可愧、則懲焉沮、今也取兩人而加之秩、衆且撫心引咎曰、仁人舉矣、予小人行自慚矣、其庶幾去過以求新也、甚矣、聖人之治神也、始則別衆人於皋尹之外、終則引衆人於皋尹之途、以棄（警句）萬物者成萬物、而隱明之用、其效無方矣、抑其聖人之言大也、始則舉一直以風諸枉、終即脅衆枉以歸於直、以風天下者動天下、而彰癉之公、百世猶存矣、夫子而得為舜湯、有不舉天下而出於仁者哉、

宅句安章、無不恰適、真能步步循蹈規矩者。

舜有天

君子以文 二句

秋鳴鶴

表取友於君子即會以為輔者也蓋取友而不以文友且難必其合矣何有於為仁因所會而得輔君子之操術善哉今夫身世之間豈能無所藉以相得乎蓋天下之無故而合者必無故而離迫夫既離之後而吾心所欲致之功亦究無以致之不知今人何足信也咸以古人則至矣一心何足憑也通以衆心則進矣若是者（傷求有味）唯君子乎君子知天下之賢才甚散散則無由聚已獨不曰聞聲而來集也夫學或禁之欲仰奈何不先倡之也君子知吾身之祗覺易疎疎則無由寡已獨不同歎業而樂羣也夫羣或間之歎仰奈何其不自取之也

故夫會友之難也蓋友之以名聞於世者其中必有博物洽聞之識以自命為才人而吾以固陋之躬漫托諸君子之列豈必其降心以相從也是故寂處而無與偕君子病其陋也抑治仁之難也蓋仁之實獲於中者其始必有嚴厲切磋之學以常暢其天心而吾以闡修之意自遠於君子之教能必其取懷以相贈也是故獨治而無所成君子薦其孫也君子蓋謂（惟陳出新暢所欲言）友之不能遽會也其必以文乎吾寤寐雜先王亦祗極人生歡慵之致耳而好修之士聞而慕之相與闡微言於既往明大義於將來乎倡汝和蓋懸懸乎有終身之訂也夫以名合者名去而交亦解以勢合者勢盡而交自疎而惟詩書之好久而愈堅君子是以無失人也抑仁之不可無輔也其即以友乎吾討論於朝夕亦祗極人生雅素之好耳而規勸之益因而猶焉相與古者慈以徵其天擇情好以徵其性往來贈答益暢暢乎有幽獨之識也夫大道有將去來既雖保吾仁於一日至性不無操舍人雖保吾仁於百年而惟策勵之功引而愈進君子是以無失德也夫先王之學何窮我友之觀我也如古人然我之視我友也亦如古人然相期在千世百世之上相遇在千里百里之中吾道可謂不孤矣大美之好原不同以我成人我之心即為友心以人成我人之心亦即為我心所取在千里百里之外所志在千世百世之業吾德可謂益高哉君

子之取友如此

幽秀之致絕類長明

君子以

上好禮則 至矣

嵇曾筠

學大人之事可以來四方之民矣益上有好民必應焉觀乎襁負而至者而知四方之農圃皆在敬服用情中矣豈非大人之學乎且夫兩責不能以相治兩賊不能以相役我動人而有應有不應則所學可知矣人從我而有至有不至則所學更可知矣君子設誠於上而天下之人無不欣然願為我用夫亦務其大者遠者而已遷而學稼圃也豈以學為民上之難不若受治於人之易即使得時有為而作於上者未必式於下也成於近者未必及於遠也起視四方其能旋至而立致也哉雖然亦視其所好何如耳果其上好禮乎天敘天秩

志氣將之矣由是而式我王度我知禀神明之奉者必載多於農官主伯之揖讓也其誰敢不欽果其上好義乎直內方外性情矢之矣由是而布諸咸惡我知守會歸之則者必更甚於重農土穡之故事也其誰敢不服果其上好信乎勿二勿三夙夜盟之矣由是而傳諸月吉我知輸筐篚之忱者必什伯於遺秉滯穗之式好也其誰敢不用情夫上祇率其好禮好義好信之實初非有求勝於萬物之私下自致其敬服用情之誠莫不有歸命一人之義此無他勞心勞力分懸殊也我掄乎分之至尊則卑者爭趨矣大經大法道所存也我居乎道之至隆則下者翕附矣夫如是則將見聞其風者皆切道已之悉而翹翹然願依於其宇則將見慕其化者不畏疆域之遠而懸懸然聚族於其都閭何以如是蓋四方之民幸得覩承大人之德而式我以禮範我以義示我以信則上之予民者已厚乃般習細民之行而或有玩心或有貳志或有詐虞則我之報上者太薄是故襁負其子而至凡皆歡服用情之所迫以來者也吾意斯時也為之上者方任土作貢安享納總納銍之奉以坐鎮此四方之民而已禮義信之學何負於人哉而遷也胡不是之好也

稍題起止落落大方關合呼應自然入古

上好禮

鄉人皆好 一節　　嵇曾筠

聖賢論取士之術，必欲得其好惡之真也。夫學者患不知人，則取人於好惡誠未可苟矣。故子貢概衡之於鄉人，而夫子必準之於善不善者，凡以求其真也。且夫知人之學，愈進而愈善者也。一人之知不可恃，以衆人（曲折匠心）之知ゝ之，則我之知人者進矣；衆人之知不可恃，以知衆人之知ゝ之，則我之知人者更進矣。蓋即是一端，而聖賢必屢易其術以求善，則雖知人也（[illegible]筆勢出[illegible]），而亦猶乎學之為己者已。昔子貢論取士于鄉黨，欲去夫士之不善者，而求夫士之善者也。夫求士之善者而欲得於鄉人之皆好，則是一鄉中之長幼貴賤盡皆彬ゝ于道德之途，而故能以其善而悅夫善也。若猶未也，恐所好正難盡合也。抑求乎士之無不善者，而總度以鄉人之皆惡，則是一鄉中之友朋族黨又皆屑ゝ焉相與為不肖之行，而故以其不善而攻善也。若猶未也，恐所惡豈能盡同也。然則知之何而可乎？今夫（接法入古）物之相愛，未有不于其相類也；物之相傷，未有不于其相異也。嘗試以人之善者而語于鄉曰：其良士，其良士，其不應者，必其人之愚也。不然，則蔑禮敗義，行不同趨者也。不然，則狠者必悅于言，懦者必悅于色矣。又試以人之無不善者而語于鄉曰：某非良士，某非良士，其力爭者，必其人之與也。不然，則秉禮蹈義，與聞吾道者也。不然，則狠者必堅持其說，懦者亦陰擠之下矣。然則善者好之，真能以其善而悅夫善也；不善者惡之，真能以其不善而攻善也。合觀之而一人之善出矣，何必鮮ゝ然曰皆好皆惡哉？君子以是知子貢之方人也，不自足也。一則曰何知，吾則曰何知，不敢以己之見而遂善人之善也，必得一萬全之則而後可持是以為定論也。夫子之裁物也，無所偏也，一則曰未可，吾則曰未可，不敢以賜之見而或以人之不善者為善也，斟酌乎大中之準，而後可挾此以相天下也。子貢曰：患不知人。夫亦早處乎人之難知，而鄉人中之好惡必各以其類辨乎！賜也聞是言，可無憂矣。

詞氣清新，筆致雋永，迴非常徑。通篇洗發題義，末二股賦清聖賢問答，章法更極變化。

嵇璜存真稿　　論語

鄉人皆

子路問成　一節　嵇曾筠

聖人論古之成人，兼衆長而文之者也。夫集四子之長，而文之以禮樂，則亦可爲成矣。子路兼人者也，故先以古之成人告之。且天下無一非全人也，而天下孰是其全人也？抉一得之長，而遂詡詡焉自矜爲絶德，卒之涵養未深，而往往有不醇不脩之憾，無成乎世少全人，而大雅之儒不克見也。昔子路以成人問，子以由思所以成人者，不知由將負其材以自成乎，抑求至於古之成人者乎？負其材以自成，則固可以自成矣；將求至於古之成人者，則無徒恃其能，無徒任其質，擴其能以立其體，養其質以進乎道，體之立者其用廣，道之成者

其德華，所謂三代之英，華實並茂也。且夫今天下之材，亦非盡莫己若也。臧武仲之智也，公綽之不欲也，卞莊子之勇也，冉求之藝也，其性情資力之所至，亦自可以察是非，謹嗜好，遺艱也，理繁劇，一切盤錯之數，俱不能困其材也，而謂成人者可無藉於此乎？智廉勇藝，吾願學者兼之也。雖然，不可以不文也。先王知智廉勇藝之不能不偏也，而定爲禮以節之，進反周旋，有所約束焉，而不可遂，吾服習于其中，而無敢過也，無敢枉也，久之而嚴敬肅穆之氣凝然在中，亦秩秩外著矣。先王知智廉勇藝之不能不矜也，而定爲樂以和之，律度聲容，有所漸漬焉，而不可厭，吾歌詠于其中，而無敢亢也，無敢厲也，久之而和順從容之志藹然自生，亦油然各得矣，則非臧武仲之智、公綽之不欲，而實禮尚樂淑之智與不欲矣，則非卞莊子之勇、冉求之藝，而實禮順樂和之勇與藝矣。如是而人亦可以爲成矣。雖不若上聖之無爲，而其體衆德以歸於變化者，夫寧有缺略而未完也。雖亦類才人之氣節，而其備衆美以納諸大雅者，夫寧有偏端之未化也。古之成人，其若是乎？由也可以勉矣。

有數行整齊處，有數行不整齊處，非深得古文章法，安能文化如此。　何充功

子路問

君子思不出其位

稽曾筠

以位關思思之則也夫出位而思則失其思矣故君子觀於艮之象而知位所不居思所不屬也思之所以寄也且夫人莫患乎不用其心也然而不專之弊與不用等夫心寄身之寧也心無境也以身之境為境也心而越乎身之境則失其所以為身者亦即失其所以為心吾故有味乎艮卦之象辭夫其上下皆山有靜而有正之理焉靜者理之息也理不息不生（名言和情）君子則之故能卷其思以應乎外有止而不遇之義焉止者氣之聚也氣不聚不深君子則之故能一其思以入乎中蓋思所以副位也位在此而思在彼則思泛而不精位所以域思也位甚遍而思甚遠則思勞而將廢夫其勞而將廢者何也蓋位有定者也以其有定也而不必盡思之才於是乎出其外以旁騖焉或位在一時而且計及於畢世或位止一事而且慮及于萬端及轉而問其所謂一時一事者而其思顧茫然也此非思之咎也心一也而兩用之此既不足彼亦無餘閱所在而皆成（及山遠微）將半之功其貌擬而不要宜矣夫其泛而不精者何也蓋位無定者也以其無定也而不欲專思之用於是乎出其外以眾營焉或當位之未至而逆億其至之功或當位之既去而復想其去之境及試質其所已至而未去者而其思竟無一盡也此亦非位之禚也神靜也而過役之久則其

苦暫亦難甘任所遇而絕無深造之獲其惝恍而無成宜矣君子知夫思之不可以過勞也而引於位以從之位處其常思其經而已位處其變思其權而已即至視聽食息（正心之功）之間人以為此其位亦偶然也而君子曰夫既履其境矣則亦何必別有所思也位在則思亦在焉是以君子無廢思也君子知夫思之不可以泛也而素其位以閑之既謀其始復析其終既探其本復窮其末即至名物象數之微天下以為可無用深思也而君子曰夫既已遇於我矣是亦仰我之位也思得而位亦得焉是以君子無曠位也學者苟能絕其馳騖之心息其浮游之志即事窮理因物察倫是即象山之君子也而役上者何為哉

探天根躡月窟精理名言絡繹奔赴

君子思

賜也女以　全章　嵇[illegible]

學統於一，求多者可以悟矣。夫致知之學，貴乎有本，必至於一貫而
多識乃為有用也。予故發子貢之疑而示之。且夫本[illegible]
[illegible]萬物之理莫不[illegible]
於[illegible]事物之中[illegible]
[illegible]
雖博無[illegible]
其所指歸。昔者夫子之學大而有本，學者見其多，不知其所以多，遂
謂惟多而後可以學我夫子也。而況穎敏如賜，尤以多見長者歟。夫
當載籍極博之後，而能好學深思，心知其意，固為學士之所難[illegible]

通才淹雅之名，而且窮大失居，流於泛濫，尤為聖人之所[illegible]，故亟迪
而詔之曰：賜也，女以予為多學而識之者與？予蓋洞知其學之將有
得，而故以一言去其成見，開其進境也。今夫學[illegible]之致知也，莫不有
上達之志，而特患[illegible]
[illegible]
則[illegible]信[illegible]何[illegible]用。賜也始以為然，而旋以為非，此其機已動，而其問
大可秉也。予於是正告之曰：非也，予一以貫之。予[illegible]天地萬物
之數[illegible]
所已[illegible]物未[illegible]未聞必多於所已聞，雖紀之不勝紀也，即從[illegible]一物而

即會於心，聆一言而即通其意，以云博雅則得矣，而試問之吾心，其
能[illegible]會[illegible]徹，而使表裏精粗之無弗達乎？是故物雖多而弗貫[illegible]惟
本此一以為推，致可以灼然於物之所以然，而極之乎物之所以[illegible]
所謂[illegible]萬物於[illegible]一心，而莫之有[illegible]
[illegible]
其[illegible]
以盡其[illegible]多聞不足以窮其[illegible]雖析之不勝析[illegible]
即使擇焉而已精，語焉而已詳，以云聞歷則廣矣，而試返之吾心，其
能屬類旁通，而使常變經權之無不合[illegible]是故事雖多而弗貫[illegible]惟

執此一以為運量，可以照然於事之所從[illegible]，而推之至於事之所終
[illegible]
百[illegible]左右逢原[illegible]矣。至是而可化予多之見，而可
以盡予多之用，而何必沾沾以多學而識求予也。[illegible]夫學問思辨致
知之事也，窮理盡性以至於命，神化之境也。然必致知之事既盡，而
後可與之窮神而達[illegible]，是以求一貫者則又當從多學而識始也。
學問源流洞然胸中，故橫豎說來無不如意。文至此，[illegible]可謂之辭
達。

立則見其 二句　嵇曾筠

隨所往而誠見焉，誠之所以能立於己也，夫不極之參前倚衡，則忠信篤敬，猶有間也，此立誠之實功也，今夫出我心之理以應天下，此常焉者也，非暫焉者也，而吾必問心於暫者，非（清切）以其暫而不必常也，以其暫而不存焉，則心之存焉者寡矣，如其暫而無或失焉，則心之失焉者寡矣，今既審於行不行之故，則忠信篤敬何在而可離耶，而第恐求行者且襲是以相欺也，吾既知忠信篤敬之可以行，則何妨託乎理而行之，乃易一境焉而理亡矣，又易一境而此理益亡矣，夫不得其心而遽其迹，吾未見其能誠也，抑又恐求行者或執迹而多所問也，吾既知不忠信篤敬之難行，則亦宜持是理而行之，乃易一時焉而此理遷矣，又易一時焉而此理又遷矣，夫感於物而后動於中，吾未見其終能誠也，必也存養之功積於平日，無敢偽也，無敢肆也，雖不見不聞之地，而忠信篤敬之理常隱隱然默處於我心，而省察之力決於臨幾，無或浮也，無或畧也，雖一作一息之間，而忠信篤敬之形若懸懸焉迫我於當境，則如立也，立亦其偶也，非必有所行而有所言也，而已見其參於前矣，則凡未立以前既立以後（雋得周匝）皆可作參前觀矣，即如在輿也，在輿亦其偶也，未必無夫行而無夫言也，而已見其倚於衡矣，則凡未在輿以前既在輿以後皆可作倚衡觀矣。若是者非有意而為之也，夫有意而為之，則必不能如見也，且見亦非果有其象也，止此實心實理之存，（暢所欲言）體驗於係閒，而後容止動靜皆若遇其所當然，夫是以親切如此也，非然則亦惝怳焉已耳，亦非無意而得之也，夫無意而得之，又安能在在皆見也，且見亦非徒索之虛也，皆本此持循積累之學，力求其無間而後出入起居即以驗其所得力矣，夫是以須臾勿釋也，非然則亦瞬隔焉已耳，夫世故之通塞，以我心之疎密為量，誠如是其參前倚衡也，則忠信篤敬可不待言行而知其能行矣。

其切不浮，理題惟此種為最勝。

立則見　嵇

天下有道　子出

孫曾筠

聖人思有道之治，統於尊者也。夫禮樂征伐，治天下之大法也，而一出於天子，信乎為有道之世矣。若謂吾嘗上下千百年間，每穆然神往於至治之朝，以為帝王萬世之業，其在斯乎。夫天下之所相維繫者，惟恃此出治之大法耳。苟世際其盛，則法雖布於天下，權實統於一人，而其勢遂一成而不可易。蓋天下之治，天子之尊久矣。然則居今日而通論天下之大勢，其能忘此有道之時乎。天子以神聖英武之才，臨長天下，而熙明之運，遂興之協應焉。道德一而風俗同，此日之聲靈，當何如其赫濯也。天子以聰明首出之德，措正天下，而平章

之治，燮臻于上理焉。貴賤制而名分嚴，此時之法紀，當何如其畫一也。則吾見命宗伯以典五禮，詔鼓宗以宣六樂，而至問五禮六樂之所從出者，伊何人乎？則必曰僉惟我后。夫王者中和建極，亦時進群公卿士，而相與考軌度之正，調律呂之宜。進夫釐定既成，而奉王章者，群雍然執簡以頌，以為聖天子之制作，何其精也。蓋海內承平無事，而折衷損益，盡由當宁，此其制弗可易也。則吾見司馬掌七征之典，邦國嚴九伐之條，而至問七征九伐之所從出者，伊何人乎？則必曰僉惟我后。夫王者喜怒無私，亦時進王官牧伯，而相與整詰其軍旅，左右其我行邁。夫我武既揚，而索天討者，群惕然向風，以祝以為

聖天子之威命，何其斷也。蓋國家景運方新，而聲罪致師，悉由內府，此其道可長治也。而吾以是知天子之勢益隆矣。天子體天之道以為治，則居天之下者，皆得以天子之治之，故有時居中布化，而天下共仰其仁；有時建威銷萌，而天下共遵其義。大同之象，不啻如盤石之安也。抑知天子之權宜一矣。天下奉天之子以為治，則畏天子之命者，皆當以畏天之命畏之，故有時數文德於天下，而作福者一人；有時奮武事於天下，而作威者亦一人。蕩平之治，不啻如苞桑之固也。蓋天下有道，則禮樂征伐自天子出也，吾蓋不禁低徊於其際也已。

理足氣昌，非徒為夸大之言。

天下有

天下有道　子出　其二　嵇曾筠

權統於尊有道之世則然也蓋惟天子以道治天下而天下有道矣則禮樂征伐之出其有不統於天子者乎嘗思自有天下以來凡治天下之大法皆當操之治天下之一人而況邪除之代乎蓋分有由統法有由立以其分之所最尊而權夫法之所由準此真極盛之治也煌哉弗可及已今夫天子體天之道定人之紀攬大權於在上措（起局古茂）四海於晏如非所謂天下有道乎吾想其時頌平章者洽於九有而羣公卿士肅然咸奉一尊則其勢一矣勢一則其上馭下分治之衆奉德命於主治之后也觀化成者遍於萬國而戴甸要荒雍然共遵王略則其道同矣道同則以職從貴百爾之司俱受裁於維辟之制也吾聞天子修文教以治天下於是乎有禮樂之典（禮樂征伐分二闗淺錦綸卓爾不群）禮與天地同節樂與天地同和天子既爲天地之主則當法天地之制作以無論聆樂享凡禮樂之大者其律度一稟於聖人即降而官司與隸之守升歌拜舞之節莫不經聖天子之釐定以昭示臣民蓋維辟作福而萬國觀成天子所用之禮樂自天子出之即非天子所用之禮樂亦皆自天子出之也豈非車書倫物之同哉吾聞天子奮武衛以防天下於是乎有征伐之條懲民之有爭而作之君慮民之有欲而作之師天子既受君師之任則當振君師之智勇故無詰戎亂持危凡征伐之大者其聲罪必由於天討即降而刑一人于市戮一人於山莫不經聖天子之英斷以大章法紀蓋維辟作威而萬國咸寧天子自用之征伐固自天子出之即非天子自御之征伐亦皆自天子出之也不亦赫然濯靈之至盛而要非天下有道不能（徵未有道氣味甚大）從來紀綱之振始於名分至有道則名分嚴矣故君子觀慶賞刑威之正而知爲太平之盛自從來正直之朝無私刑賞至有道則刑賞尊矣故君子觀柔懷震疊之用而卜其景運之方新遭斯道也雖自一世以至萬世可也

樹禮齋真稿　論語

温潤而澤縝密以栗

樹禮齋真稿　論語

天下有

女爲周南也與

嵇曾筠

本二南以爲訓聖人之家學也夫二南王化之始而即聖人家學之原也勉其爲而後徵其不爲予之訓伯魚者切矣曰吾之校女以詩者久矣女亦嘗退而習焉矣顧治詩亦有要焉苟得其要則不特有以行于近也而且足以通于遠不得其要則不特無以通于遠也而且無以行于近吾安能不重爲女勗哉今夫以文王之聖后妃之賢豈不能使德化之即訖于天下而必始自房中被于侯國乃流溢于漢南江汜凡以修身齊家之事既盡而後推之而無不宜達之而無不順由是載諸風首繫以周南召南而校之學詩者誠不可苟焉已（領起二南引出爲字之意）

也女其爲之予爲之則非僅玩其文而當實體于心思古今同此身耳何以古人有身而上女于焉慕德者今人有身而愛惡尚有未宜也且夫葛覃卷耳之思來蘋采蘩之敬其事亦不遠于人情吾惟望乎（含英吐華）志氣之用而樂不近于淫哀不近于傷正心以善其身而屬在天倫當必有油然胥順者矣其何至讓美于古人也予抑非僅體于心也（修身齊家分比發揮深透）而當實驗諸行思古今同此家耳何以古人有家而四海于焉起化者今人有家而壹德尚有未數也且夫螽斯麟趾之盛鵲巢騶虞之化其致蓋亦有所自來吾惟慎乎動靜之則而言貴下有物行貴于有恒正身以教其家而凡我懿親當必有蒸然胥應者矣其何至有

顧于推暨也予甚矣二南之不可不爲也而如其不爲則其見僻矣一身之行不能自審而奚有于身以外也此自盡之道也而如其不爲則其情薄矣一室之內不能自和而奚有于室以外也此立窮之術也然則女今日者讀二南之什而退欲以儒者之修明比隆于盛（宕一筆跌醒本旨）王之德化其勢必有所不能然而不同者其勢也而無不可同者其德也猶曰世有古今人有貴賤亦何至不能無術與面牆而立者同（吾墻只一顯行）類而貽譏也（寄高雅）其爲乎其不爲乎（爲不爲互收束）唯女自思之而自惕之矣（妙：）

溫柔敦厚性復紆徐淳意發高文自爾可歌可詠

女爲周

禮云禮云　一節　　錢曾鈞

聖人採禮樂之本，使人御其器以自娛巧，夫非不知玉帛鐘鼓禮樂之器也，而遂以云禮樂則失矣，人宜深思其本哉。且先王設為制作以前，民原非欲人之得其情而不泥其器也，則後世之服習其器者何至并其情而轉失之，而無如其止此矣，進此已不堪問矣。吾獨惜夫聖人制作之精意盡揜於鶩末者屑屑之議論，而其真不出也。今世之用禮樂者多矣，至問其所云禮樂者將安屬歟？群焉而不學禮也，群焉而學樂也，同節同和之意諒不言而已在中也，無將而不行禮也，無將而不習樂也，必簡必易之原固不問而知其熟嗜也。乃吾嘗置身廟朝之間，趨承燕饗之際，而試考夫禮之何以行也，樂之何以宣也，而人且曰禮云禮云，惟玉帛是問；樂云樂云，惟鐘鼓是問。顧吾思之，未有玉帛鐘鼓以前，禮樂之意安在？意之所感，原非以為此也，而不能不託於此者，古人之寫其誠也。彼其中有所結，而莫由自達，王者因而則之，以昭其蘊，以為此非玉帛也，此非鐘鼓也，忠敬和平之德，積而有此大文也，而玉帛鐘鼓傳矣。既有玉帛鐘鼓，以後禮樂之意又安在？意之所存，原非有深於此也，而亦從事於此者，今人之飾其偽也。彼其情有所歉，而其能自安於是文，而飾之以運其事，以為舍是無以為禮也，舍是無以為樂也，揖讓登歌之會，曾無所為至性也，而玉帛鐘鼓傳矣，而禮樂不傳矣。今將別玉帛於禮之外，別鐘鼓於樂之外，以為禮樂不在乎此，則無以服用禮樂者之心，儀度不可以成治，而後聖人有采彰黃椊，不可以成聲，而後聖人有律呂，夫非行古之制歟？吾得如其意以予之，曰若所云云者似也，然而特其文也。今將盡禮於玉帛之內，盡樂於鐘鼓之內，以為禮樂不過乎此，尤無以服制禮樂者之心，禮儀其所自始，而人乃增修於嘉幣樂樂，其所自生，而人乃專事乎聲容，豈猶行古之道歟？吾得啓其情以將之，曰若所云云者固也，惜也非其本也。夫禮樂之垂於天下幾矣，倘謂數千百年來極神聖之心思創造，而要不過此區區之[illegible][illegible]無夫？

翁稚齋真稿

箋云云之處器，吾恐起古人而問之，應必有共識其語而深歎其陋者。

玉帛云乎哉，鐘鼓云乎哉。

一氣卷舒，百折千迴，總無一語說煞，極吞吐蘊藉之妙。馬枚先

論語

禮云禮

我則異於 三句 嵇曾筠

聖人無必欲逸之心，為自明其異焉。蓋夫子處可逸之時而不忍存欲逸之志，無可不可，所由與諸人異也。嘗見夫高蹈者之一往而不返也，亦幾信其立志之甚堅，而推行之不苟矣。雖然，其未敢自許也。宇宙之故，何者為我所能主？故古人自成其為古人，不必強今人之合；今人亦祗自成其為今人，不必異古人之同。有意以期之，不若無心以應之也。如夷齊數子者，其生不同時，其行不同轍，而其心則同於逸也。我則何如哉？我亦知周流莫聘，遇合亦略與古人相期，天下固亦我以不能不逸之機也。然而獨自籌之矣，我亦知筆削空言

心事亦可與古人相質，是天下固迫我以不能不逸之勢也。然而獨自固之矣。想古人高節自持，縱事勢未必皆非，時會未必皆窮，而諷然長往之志自孤行而不變。遯世之所可，吾意中之所不可；遯世之所不可，吾意中之所可。落落焉任其性之所之，高山流水，其風固宛然如在也，而我則異矣。想古人避世無悶，縱天道未必皆合，人事未必皆順，而予然遠引之心自有折而不回。吾意中之所可，與世莫議其不可；吾意中之所不可，即舉世亦莫議其可。卓卓焉守其情之所偏，流風餘韻，其事固儼然可接也，而我則異矣。我也嘗靜觀大化之自然，而知潛見惕亢皆有不能豫必之幾，使吾以有定之見主於先幾，何不失之滯也。夫是以時行則亦與行，時藏則亦與藏，虛其心以相應，而初未嘗有成見之拘，亦惟留此卷舒自得者以與古人相證於千載而已矣。又嘗俯察萬物之至變，而知屈伸消長皆有隨事異宜之理，使吾以必然之意進而與理衡，幾何不膠于固也。夫是以道隆則從而隆，道污則從而污，隨乎遇以相值，而究不設一一定之思，亦惟存此通變無方者以與古人各行其所志而已矣。益不在朝，不在野，天既畀我一人于或可或不可之際，而樂則行，憂則違，求一人亦自寓其意於無可無不可之閒，所由異於古逸民者此也。而論者乃以夫子為春秋之逸民，亦大非聖人之心矣。

紙昂施轉，最善體會微情。

我則異

不知命無 全　　嵇曾筠

知有其要聖人為不知者警焉夫命也禮也言也皆致知之切要者
也不然而何以為學哉且天生人而予以聰明之用學者惟擴而致
之使然會于造化消長之機精察乎天理節文之則明辨於其同得
矣之類斯可以繼聖賢之後而卓然自持有以操萬物之權衡乃以
我自具之聰明而弗克窮乎其要無惑乎天人物我之間惘惘而不
能自主也大抵學者之修德也品詣不可以不端操守不可以不定
邪正不可以不審而原其用力則皆視乎知以為功嘗觀古大儒以
道義自安其於天下利害之際渺然不足以動其心非所稱君子其
人欲要其静觀乎造物之理者同已久矣惟知命而後能順命惟知
命而後能造命見之蓋真則修之蓋力學者所以馴致乎高明之域
也若夫不知命者始焉昧乎福善禍淫之道而妄擬天下事可惟吾
意之所欲為繼焉熟於趨吉避凶之術而竊計天下事可惟吾智之
所能為由是見利則百計以爭取而名教行誼不足奪其行險徼倖
之私遇害則多方以求免而忠信廉恥已蘧銷於委蛇覬望之日如
是而安得為君子哉則欲為君子者尚其知命哉嘗觀古大儒以在
數自持其於吾身行習之常確然有以正其守非所稱特立不回者
欲要其講明乎先王之道者固已久矣惟知禮而後能崇禮惟知禮

嵇禮齋真稿　會墨　論語

而後能秉禮析之念精則操之念熟學者所以自進於强固之會也
若夫不知禮者始焉昧乎恭敬辭遜之本而未能識其體之所以然
繼焉畏乎儀文度數之嚴而未能習其用之所當然由是內無以檢
束其神明而喜怒哀樂日蕩軼於準則之外外無以慎持其端嚴而
耳目手足亦屑越於規矩之中如是而安望其立哉則欲求自立者
尚其知禮哉抑觀古大儒之辭鑒流品其於天下君子小人之衆門
然不足以淆其識非所稱知人則哲者歟要其辨析於議論之紛古
道已久矣惟知言而後能得其立言之心惟知言而後能得其遺言
之成我既洞矚其源流人亦無從自掩其真偽學者所以克操乎衡
鑒之明也若夫不知言者始焉不能辨其言之所從生而公私疑似
之迹既已莫核其真繼焉不能究其言之所終極而貞邪得失之歸
遂至莫窮其品由是色莊者固得以其言蒙我之知而人與我既相
遁於言之外立誠者且不得以其言受我之知而我與人更無以相
信於言之中如是而安得為知人哉則欲求所以知人者尚其知言
哉夫惟下學上達以盡知命之功居敬存誠以全知禮之原窮理格
物以養知言之體廣品詣端而操守定而物情之邪正無不審矣甚
矣知之要也
胸羅全史鎔鑄古今而題中所以然之故俱能鑿鑿道出恐抒軸

嵇禮齋真稿　會墨　不知命　稿二　論語

於予慷慨他人之我先直欲以作者自命原評

不知命三 術

嵇禮齋集稿

品哲

百工居肆 二句 术曾

學借鑒於事欲其致乎道也蓋君子所居在學道有由致猶[illegible]由成也而不然者則游乎肆之外矣嘗思拙之不勝乎巧也怠之不勝乎勤也夫人而知之矣然恃其巧而無有所營則猶之乎拙也恃其勤而無有所騖則猶之乎怠也亦夫人而知之乎此天下所以無專精之力而卒不見有神奇之業也吾得借鑒於百工焉亦既學於師而自命為工夫豈有不足於事然一置之寬閒之地而業之荒於嬉者多矣先王以為此（借伏道字）道之小焉者也吾將有所以成之聞之以肆而庶幾無敗事矣亦既學於技而相習為工夫豈有不精於事然一聽其出入自便而器之苦窳者又多矣先王以為此道之寓焉者也吾必思所以成之久於其居而乃見有能事矣夫事在百工猶必以專而後成況道在君子顧可不以學而致之乎吾即棄俗尚而探乎性命之奧猶恐其得半而自足而乃惑於紛華之好以自移其本（切寔不浮）念將終身有見乎道否也君子則知有學而已大肆其志於聞見之林識之事亦已漸近焉而未敢謂幾于成也乃復深造之由是而盡性由是而至命由是而達天而道遂擴乎其無或餘也而不學者不知也吾卻異學而從乎聖賢之道猶恐其力行之未至而況奪於外誘之來以自還其本業將終身得進乎道否也君子惟策其學而已

嵇禮齋真稿 五十

迫勵其能於日用行習之事亦將有得矣而猶謂不可以不成也乃孟熟習焉操縵以安絃博依以安詩雜服以安禮而道乃優然其得所止也而不學者不能也蓋聰明之用不欲其自多自多則旁及旁及而用之者既分則取之者有限矣君子自離經辨志之始已欽其識趣於道中遠夫窮微極渺而竟與之為一也則其不於智見多者乃真不於道見少也精力之聚不欲其有餘有餘則並營並營而擇之者不精則治之者多略矣君子於藏焉息焉之日皆樂其游術於道內追夫仁至義盡而已渾乎其化也則其不於力自餘者乃真不於道習餘也然則學者因君子之肆君子之學以致道亦即百工之居肆以成事乎今而知雖有良工不事不成其事也雖有君子不習不致其道也善學者事逸而功倍不善學者事勤而功半其是之謂乎

嵇禮齋真稿　孟子

浸淫卷軸發為文章古懋典雅絕非時手所能

百工居

五畝之宅　一節　嵇曾筠

舒舉王道之成養全而教亦全矣夫老者各足於衣食黎民不患於饑寒養道既備而教亦因之以成斯真能盡心者哉其於王也奚疑且夫王者之盡心於民也非徒因天地自然之利以致其愛養斯民之事蓋將有補天地之不足者而一時之法制品節遂足以給民之欲正民之性而深得乎天下之心故其勢莫可禦也臣得繹王道之始而言其終事焉臣聞王者之世不忍天下之有求而莫遂也而裁成之制有以溥美利於下言抑不忍斯民之逸居而自棄也而輔相之宜有以被群生於至善故其時歲無凶年民歌大有入其野桑麻蔚然也行其田井里無恙也凡爾諸父諸舅衣則安且吉也食則旨且有也凡爾父子兄弟居則飽而嬉也出則游而息也至於長材秀民又皆適於畜讓而服勞奉養弗敢君子親於鄉而知王道之易易未嘗不莫其民各之浮民生之遂不必較其數之多少而亦可以速待志於天下也然其所以盡心者亦有道焉問吾民室廬之側其有不藝植者乎言采其桑女紅之所集也取材不必盡山林也問吾民蓄養之利其有不孳息者乎備腯咸有肥甘之所出也鮮食不必盡陂池也問吾民井畝之間其有不千耦耘而百室盈者乎一夫百畝阜成樂利之所自也其庶幾三時不害五穀順成也當是時也

嵇禮齋真稿　孟子

雖不必務民稼粟而民可以衣帛可以食肉可以無饑仰學校未偕訓行未飭而已足見王者之盡心矣而王者政不自已也爲之脩明教化使其民皆服習於禮法之地而復重揭其親愛之原謹爲申焉而頒白者不致負戴於道其以教誰養又如此臣由此而決其有王之理焉鄰國之君皆相尋於法術刑名之事而漠然於耆老黎民之衆吾定其經制使其子弟養其父兄而復爲父兄謀其子弟則效務其勝矣以我之有餘制天下之不足此亦理之所可信也抑決其有王之勢焉鄰國之民皆不勝其流離播遷之患而愁歎於饑寒衣食之間吾善其規爲既斟酌於室家未裕之時而復[illegible]既全

之役則民樂爲用矣下其令如流水制諸侯創子孫此亦勢之所必至也況乎梁地蕃衍其民勤而儉王果能課蠶桑致畝養定農政明教化其於王也何有不如是而自爲盡心盡心則未也

布景設色妙有書卷之氣溢於毫楮

五畝之

謹庠序之　二句　嵇曾筠

總養而有教亦使之知所重而已、夫教必謹而後嚴義必中而後明、凡在庠序之中者、其孰不知孝弟乎、孟聞王者之盡心於民也、卑其財求而復茂正其德似未可以養遺既遂了不必取斯民而儆之也是故付其地焉嚴之以立所坊所以收天下之材也有其理焉約之以識所趨所以一天下之志也令者得總養而言教焉斯民當日用既給之餘而不予之以教則退居之患將必有人道之憂且恆衣食既足之時而即引之以教則禮義易行亦將有勝善之樂夫是故有庠序之教也蓋而不可以不謹者何也不謹則材智之民且得肆其

耳目心力之富以相尋於異端曲學之途雖在庠序之中有其保宴必爲善者矣吾謹修其典而決物一準於先王乃有以厚載夫材智者之心而使之無敢縱不謹則愚不肖之民亦得任其因循畏懦之志以自附於詩策琴瑟之學雖在庠序之中有難冀其必自勉者矣吾謹飭其則而勤急不可以少假乃有以振動夫愚不肖之心而使之無敢弛由是而三物六行有必修也射御書數有必習也無一而不教即無一而不謹矣然於其中有所申言之者何義也則孝弟之義也一則使之知其所以然也凡民之情每身習其事而不能心識其理以爲此固無庸深究耳及一旦以君師之貴聯與講明而切言

者惟此至情至性之事而後知不盡孝而即不可以事親不盡弟而即不可與從兄夫乃油油然其不自已也而民遂衆著於孝弟之義矣一則使之知其勿敢後也凡民之情每急于其所難而緩於其所易以為此固非其先務耳及一旦聆司徒之誡所與反覆而叮寧者惟此家庭日用之常而後知孝必殫夫愛日之誠而後可以祗履父弟必盡其急難之誼而後可以恭厥兄夫乃惕惕乎其不自寧也而民遂衆勧於孝弟之義矣由是思之向者課女紅以省蠶事使爾翱孝之安且燠者何莫非此義也即繼此之殺羔羊以介眉壽而躋耄耇之饑且嬉者亦何莫非此義也夫是故申之也不然庠序之教所謂者豈獨一二端而必諄諄於孝與弟乎蓋自孝弟之義明而頒白者始不負戴於道路矣

紆徐往復吹嘗之遺

繡檀齋真稿

謹庠序

詩云王赫 一節

趙曾鈞

以一怒荅天下之望仁主之大勇也夫自文王一怒民乃以慰其望而安矣孟子引詩為大勇之証也曰臣今者以大勇望王誠以勇非歟一人之為大而及天下人之為大也雖然王諸侯也臣請得以諸侯之勇言之王計所以交鄰國者也臣請得以勇之見於鄰國者言之在昔皇矣之詩歌文王之伐密人以救阮也夫文王非諸侯乎密與阮非鄰國乎當日者文王以方伯得專征伐彼密人利阮之有而侵其地以至於共大不敬也至無禮也文王其能已於怒乎雖然文王固所稱仁者也仁者必能以大事小是故以昆夷之暴太王之下能殄厥慍也已以追其後柞棫拔矣行道兌矣文王未聞壹旅而往以一矢相加遺何獨至於密人而惡之而不知文王之意固不僅為密人也使僅為密人之侵阮也則文王可以無怒使僅為阮之受侵於密人也則文王亦可以無怒迺今讀其詩而知整旅以過徂莒篤周祜也對天下也然則文王之怒非即文王之勇乎凡勇之發也必度夫千萬人之心有不能已之勢而後可鼓其氣以相赴今以密人之恃強而逞苟無以戢其虐則踵而起者將胥天下而皆為密也而密人之衆由是蔑有寧居矣吾惟大彰撻伐之威遏一密而天下之為密者皆有所畏而不敢肆則無侮無拂四方須以底定也勇固何

繡檀齋真稿　孟子

如其大也匹勇之成也必揣夫予一人之力有必能挽之機而後可及其鋒以相勝今以阬地之日就侵削而苟無以扶其敝則弱而不振者將胥天下而皆為阬也而元元之族由是無有樂土矣吾惟大彰赫濯之靈存一阬而天下之為阬者皆有所恃而不危則父母孔邇宇內藉以咸靖也勇又何如其大也且一怒而民安不怒則民不安也則文王之勇也而即仁矣知其可以怒而安而乃以一怒安之也則文王之勇也而即仁中之智矣夫文王非諸侯乎密與阬非鄰國乎勇何病於交鄰國交鄰國何病於勇臣願王三復皇矣之詩而慨然奮興也

文華與怒鼓如驟馬下坂一往有不可羈紲之勢

詩云王

天子適諸　不給　　嵇曾筠

君臣之觀皆以事徵之補助而益見焉夫巡狩述職考其義皆有事也合之春秋補助可以知先王觀矣想其對景公曰以臣觀先王之治抑何其不自暇逸也其君與臣有數歲一見之制其君與民有一歲再見之典要以課侯績而恤民艱而非徒修遊覽之盛無惑乎公之慨然有志於先王觀也且夫先王亦何事而有觀也哉一人端拱於上羣牧佐理于下罔不以時宣布德意而乎成兆民即使垂裳遠馭以坐享清晏之休夫誰曰不宜先王果何事而有觀也哉乃臣嘗考之掌故見夫六飛所駕春〻至岱而秋〻至華五服會同春〻曰朝而秋〻曰覲巡狩述職所典隆焉臣謂巡天子諸侯之觀也云爾雖然天子諸侯之觀天子諸侯之事也其間劄待分治以來有能重農若者能教稼若者能盡民功若者能廣牧養天子按籍以稽曰此爾所守也諸侯拜手以對曰此臣所職也因而課功有事報宗有事巡狩式職之時間有修車馬之容以覽山川之勝者乎臣知必無是舉也夫先王曰以民事為觀者也以民事為觀寧惟是巡狩述職焉已哉時維春矣事在耕矣時維秋矣事在斂矣倘茲土膏動而草為宅場圃滌而京猶虛先王應有惕然未安者於是天子遣諸侯之暇封畿以內屢邀王輅之臨諸侯朝於天子之餘閒并雖疎時命倌人之駕不

以賁遊觀，而以恤民依；不以玩物華，而以蘇民困。省耕而不足者補，省斂而不給者助。蹟其有事於春秋，而後知一人之遊，所行者無非為民事也；羣后之述所職者，亦無非為民事也。安有非其事而宮車數出者哉？惟先王有觀，惟先王不忍不觀，而頌聲由是傳矣。

深於古法，隨筆所之，題中節奏，與之俱化。

天子遊

敬業齋集稿　孟子

國君進賢　用之

嵇曾筠

進賢有甚難者，惟慎於未用之始而已。甚矣，賢不可以輕進也。左右諸大夫無論矣，即國人所謂賢，亦必察之而後用也，豈非如不得已者哉？且人主之求賢也，意主乎用人也，卑乎用人則不必疑其人矣，而抑若有疑焉者，蓋將予之以非常之位，則偏聽獨任之弊必不可以或中。至於遽然用之，而其先已大費躊躇也。王欲識其所以舍亡，先識其所以用。夫用之者，將以為賢也，然而賢則何可輕進哉？伏處草野，非如左右之臣素與君推心而置腹也；非如諸大夫之貴，日趨承於君前，有股肱心膂之勤也。方彳亍焉自處於國人之列，將而與倚焉，蓋其分為已卑矣，其勢為已疎矣，何自而知其賢而進之而用之也哉？乃未幾而卑者尊矣，疎者戚矣。未幾而向之甚尊者今且以卑者踰之，向之戚者今且以疏者踰之矣。易已成之定位，則今變乎倒置；寵新進以殊恩，則昔謂乎人情。此而不慎，必有快其所踰戚之權，日奪其已尊已戚之位，患將不可言也。此國君進賢所以知不得已也。蓋進賢非不得已之事也，是賢而踰尊踰戚，則不得已之事也。既不得已而又不可以已，當此徘徊莫決之際，忽有左右進於君曰某也賢可用也，諸大夫薦於君曰某也賢可用也，國人交稱于君曰某也誠賢果可用也，吾知國君必犹然以喜，毅然以任，不待

敬業齋集稿　孟子

踐祚而即用之矣。雖然亦烏乎所謂如不得已者哉。蓋國君進賢之慎也，不敢恃一人之見以盡屏乎左右諸大夫之論，尤不敢狗衆人之見以受成乎國人之言。將使卑者疏者戚，必深察其隱情，果無負吾等之戚之意否也；將使卑者踰尊、疏者踰戚，必詳察其素行，果實有可以踰尊踰戚之具否也。迫察之於國人皆曰賢之後，而果賢焉，然後崇其秩位，寄以腹心，將見左右侗然於側，諸大夫相與慶于朝，國人相與歌于市，以爲今日之用之者，果不異人意也。國人所謂賢，且未敢輕從矣，而豈左右諸大夫之所縱其權、迷其私也哉。夫是之謂國君進賢也云。蓋而雖云慎之於衆用之始，以謹其體麿

嵇禮齋真稿　奉子

慎之於將用之時，以嚴其決擇，至于用之而如不得已之心乃[illegible]也。夫然則進賢者皆才並有今之慮乎。

擒縱在手，卷舒如意，自是熟極生巧文字。

國君進

孔子曰德　傳命

嵇曾筠

述聖人之論德，其流行有甚速者焉。夫置郵傳命，速矣，乃德之流行殆有甚焉。此雖不假時勢而已然矣，又何致王之難耶。且天下之事，有待而後成者，有無待而自成者。夫無待而自成，雖不必有需時藉勢之爲，而迅化存神之用，自足以四達而不悖焉，而不知者且以爲此未可以速寄志於天下也。抑何其古訓之未前聞耶。昔孔子嘗論德矣。蓋以仁措之於事則爲政，而以仁運之於心則爲德。自古有德之主，其動物也疾，其及物也速，其涵濡積累之功，必俟百年而後浹，其謳風漸被之效，則不崇朝而大適。論者謂化馳若神，其廣概之

嵇禮齋真稿　五十

置郵而傳命者乎。乃自孔子觀之，則以爲德之流行更有速焉。何也。大凡以人感者，必極其力之所至，亦必不能無遺實之跡，即其被而塞者亦靡不通也，而鼓動之機已覺其少阻矣。若夫德則以天感矣。湛〻然其不我以乎也，然〻然其中之而立焉也，雖在荒遐僻絕之區，而自有不疾而速者。此亦如天之鼓萬物而無心也已。大凡以術馭者，雖極其智之所取，亦必不能無闕遺之異，即其被而遠者亦無不順也，而感召之象已覺其少需矣。若夫德則以神應矣。忽焉而御于家邦也，忽焉而推于四海也，雖在殊俗異黨之衆，而自有不行而至者。此亦如神之動萬物而無迹也已。是故有時可乘者不必古

即無待可乘而身之所歷物未有不從而化者蓋天地父母之心已
其有兼容并包之量故不俟乘間鋤瑕而已潛驅而決率也夫孔子
固逆知天下有易量夫德者因為是淺言以悟之若曰此固旋至而
立效者也而豈濡幾乎抑有勢可憑者不必言矣即無勢可憑而澤
之所加物未有不從而應者蓋湛恩汪濊之盛原非有挹兹注彼之
勞故不俟席豊履厚而已亂流而令行也夫孔子固逆知後世有淺
窺夫德者因為是早警以喻之若曰此固俟須而奏功者也而豈迂
闊乎一然則德之感人雖無待勢而已甚速矣況于處今日而以齊王
耶

嵇禮齋真稿　　　　孟子

伯之而來沛乎莫之能禦文勢故當似之

孔子曰

其為氣也　　之間

嵇曾筠

極言浩然之體而於善養後徵其盛焉夫剛大之氣本足以塞天地
也、而必於直養無害後見之、其斯為浩然矣乎、且人何以有是氣也
以其一（起得勢以下浮泛讀之無不相應）得於天地者也夫盈天地之間而皆以氣為運而人得之以生
則其量已與天地相際矣而獨非由所養既深之後則亦與以靜驗
其體之盛有如是其充積也甚哉浩然之氣之難言也人第見含弘
廣遠天地之（亦從天地說入）所函負萬物者氣固如此其至大也而抑知其為氣也
亦有然乎將欲限之而不可限也將欲量之而不可量也因非天地
大而我獨小也人第見剛健中正天地之所以奠麗貞恒者氣固如

嵇禮齋真稿　　　　孟子

此其至剛也而抑知其為氣也亦有然乎雖欲屈之而不可屈也雖
欲撓之而不可撓也固非天地剛而我獨柔也惟其然則擴其至大
之氣凡天地間之大者俱固於吾氣之中伸其至剛之氣凡天地間
之剛者俱愿於吾氣之內其為氣也不亦閎淪無間矣乎而往往不
能者則失其養之故也何以養之以直養之方其氣之命於初也本
無有不直也吾惟要之（吾養有害我）於守約而歸之於自反則大者如其大剛者
如其剛而本體自全矣以直養之而又無以害之方其氣之蔽於私
也亦雖保其勿害也吾惟持之以無累而安其所固然則大者不失
其為大剛者不失其為剛而本體無虧矣而此時之浩然者正可以

見矣。則吾見乾之翕也、坤之闢也、而渾淪磅礴於翕闢之內者、皆我之氣也。蓋天地其至大矣、而我之至大者、達與之相準、則放乎六合、橫乎四海、造化本自無窮、要莫非善養者之所充積焉而已矣。則吾見天職覆也、地職載也、而充周洋溢於覆載之中者、皆我之氣也。蓋天地其至剛矣、而我之至剛者、達與之相協、則帥之而必從、推之而必達、宇宙初何所際、要莫非善養者之所布濩焉而已矣。惟其得天地之正氣也、是以能塞於天地之間也。而此時之浩然者、不誠可想見也乎。然而此際正難言也。至大至剛者、何似乎。塞于天地之間者、何境乎。亦惟俟直養無害者之自得之而自喻之可耳。

表裏洞徹、本末了然。故能暢所欲言。明快確當乃尔。

其為氣

是集義所　二句

嵇曾筠

辨是非於養氣之始、惟集義者能配義也。蓋浩然之氣、集義以生之者也。如欲義襲而取之、其為能配道義而塞天地哉。且夫天下事物之理、皆待吾身之氣之足以達之也。然而非專求之氣也。夫惟使天下事物之理、皆反而實體於一身、而後吾身之氣、乃可以充起乎理而無所歉。此其道蓋出於自然、而豈苟且旦夕之功所能倖致也哉。浩然之氣至於塞天地而配道義、此喻其既養之後、非所論於本養之始也。天地之大也、果何而恃以為充塞之原。是必吾心之內實有所以周乎天地者、而天地乃不得而限我也。道義之配也、又何待藉而感配合之功。是必吾心之蘊實有無所用於義者、而義乃得因之為用也。是集義所生者也。一事各有一義、不可泥乎此以失乎彼。萬事同此一義、亦不可得乎彼而遂遺乎此。是在博以集焉、由一事之合宜推之至於無不宜、則自反直而精神奮發、作俱忘之際不自知浩氣之何以勃乎莫禦。已事有貌乎義而實非義者、不可以疑似而眩之。事有執乎義而實背義者、亦不可以堅僻而誤之。是在積以集焉、雖事事之合宜、而常恐有一事之不宜、則見理明而志力堅、要或俱泯之時、不自知正氣之何以充然莫遏。已蓋義無所不包、吾集其全體而不遺其纖悉、則氣之至大者生矣。義無所不伸、吾集其至正而不謗於偏邪則氣之至剛者生矣義有以直乎氣〻可以配乎義豈非集則生不集則不生者哉假令恃其一念之所感以為於義可以無愧而以其一念之合義遂揜夫衆念之不義夫且欲使氣之極於至大立於至剛者皆由此一念致之而有餘假令恃其一念之所成以為於義可以無怍而以其一時之合義遂飾夫平日之不義夫且欲使氣之盈乎天地貫乎道義者皆即此一時積之而無厭浮吾有以知其必無是也何也彼固欲取之也曾是集義所生者而可義襲而取之也哉雖集者常勞而襲者常逸而苟欲求其直養〻則不任逸而任勞雖襲者常逸而集者常綫而苟欲求其無害則不[illegible]

孟子

楊禮齋真稿

而貴潑熟是熟非惟深於養者知之彼告子烏足以語此

每出一論能使題理劃然庖丁解牛不過爾〻

是集義

設為庠序　一節　　嵇曾筠

設教以明倫使民之自為親也蓋民自有倫必使之知所親而後可以成治則設學以教之其可緩乎且有恆產者必有恆心則論民於養政既修之後夫亦可雍〻而觀化矣然而民實有心民不能自為淑發也古聖王蓋嘗多為之途以廣勵天下之人材而其大指所存則詳衆之而名有各見合言之而理無二致此所以尊民彝者固合先後而同揆也如助法既行民生厚矣當是時倉庫實而知禮節凡茲父兄子弟靡不有尊君敬長之思然衣食足而安逸居維茲主伯並旅猶然不識不知之素是不可無以教之教有其地〻不一則

會墨

楊禮齋真稿

無以勸遊惰之心而使之進而思奮一旦於鄉黨州遂之中擇其秀而命之〻不若曰凡此者即草野〻光之域也而民咸進而思奮矣教有其人〻不聚則無以啟兆庶之念而使之望而生〻一旦必[illegible]館塗足之餘衆其光而升諸學若曰凡此者皆君公造就之儒也而民咸望而知慕矣此庠序學校之所以設也然同是學也而名有鄉國之異者何哉臣聞夏殷周之世其所以漸摩陶淑乎天下者良厚而各取一義以文其制或養老以乞言或習射以觀德或教人以尚賢使分布於閭師黨正之屬以示鼓舞教化之方〻如是其詳而有法也而至於王宮國都之學其制不殊其名亦不變蓋成均之與其所

莫賓

從來舊矣要之鄉學國學命名取意或有同有異而至於敷敷五教尊民興行之本指雖百世寧有異也而况於二代哉間嘗取而歸之皆所以明人倫也人倫之在上也不待明而自無不親者也人倫之在下也必待明而始親者也事父事兄之節出於人性之固然豈曰然ゝ者猶煩勸諭哉然亦習於家庭熙樂之常有不識其義之爲至重者久之而或流於狎矣狎則昵矣惟有以明之使知朝廷之上由不廢問安視膳之儀而吾民可知也則不禁油ゝ然有恩以相愛有文以相接也已觀夫序別之斷叙於天地之大經豈曰莘ゝ者識當陋所獲然日事乎周旋進反之文有不識其理之所從來者哉之而

或鄰於薄矣薄則疏矣惟有以明之使知天子之尊猶自致命敬同官之旨而小民可知也則不禁怡ゝ然感其忠孝之真而同其聯屬之誼也已然則民何以觀於下由人倫明於上也人倫何以明於上由庠序學校之設也化日勝之國中凡茲孝秀皆教詩說禮執弄絃醇序賢序齊以相勉於孝友睦婣任卹之義而益成其博雅淳厚之俗肆二代至今存矣

或整或散亦殊亦寄古藻中秀色橫生饒有西京遺意

汉爲序　稽

勞之來之　如此　　嵇曾筠

述命官之詞可以得聖人無已之心焉夫苟非不已於其心何以不已於其言乎命契之詞具在觀其教民者益知其所憂民矣且吾甚無辭於後人之求多於古聖人也彼實未嘗聞聖人之言而莫得其所以教民爲善周詳誥誡之旨遂謂聖人之用心僅止此也而不知其用心竟至此也稽古帝堯自擧舜以及命契何一非聖人之憂民乎然而未已也請進而述放勳之詞謀其幹年復諄其倫理雖在後世愛民之周者慶未必如此之詳且盡也自有司徒之敎敷而聖人代可端拱而觀化成矣乎以厚生復予以正德雖在後世庶民之切

者慶未必如此之曲且摯也自有司徒之明倫而聖人亦可優游而狀上理矣乃聖人憂民之致力於人倫而不可無以振之也向使於人倫而不可無以翁之也命曰勞之來之聖人所以待率教之民者有如此析聖人憂民之有悖乎人倫而不可無以矯其偏也德背乎人倫而不可無以治其曲也命曰匡之直之聖人所以應不率教之民者有如此且聖人憂民之赴乎人倫者多不能以自立而其體乎人倫者又不能以自行也命曰輔之翼之聖人所以待強者悅安之民者又如此凡此者皆使民自得其性也民得其性聖人可無勞其心矣未已也又從而提撕焉警覺焉其所以振德之者又如此

其至也夫然而聖人之教民者亦已至矣而聖人之憂民者更無餘矣不必復舉其平地成天所以盡於數百世者是何如之焦勞而即命官宣教其慇懃靡已之念不啻耳提而面命而心思想已告瘁也不必再述其興利除害所圖維於數十年者是何如之委曲而即導民興行其樂育維持之意不啻家諭而戶曉而精神想已盡瘁也然則後世之不知聖人者苟取放勳之勞來數語三復而深歎焉則如聖人之憂民如此非惟不必耕且不暇耕矣

本房加批

每被上段句眼光俱注來句連電步步傳神

　鄉墨　

勞之來　嵇

人有不為　一節　嵇曾筠

善用其有為之才者惟其所擇精也蓋人第知其有為而不知有為之始於有不為也人亦善所擇焉可已今夫入世而恥一事之不能吾甚薄吾才也入世而無一事之不任吾又甚不愛吾才也夫天下輕任者恣往往恃勇而勇詘尚智而智窮迨智勇有誤用之憂而後知守靜者之能有濟也亦已晚矣夫人亦知審所為乎天下喜事之人皆天下畏事之人材力易盡一入於他途豈能復轉而自振故除取而不能棄冒昧者所以無全功也天下能靜之人皆天下能動之人檢守既嚴不流於異用遂能遇事而克勝故能任由於能舍況潛者所以多卒業也以是知人有不為也而後可以有為乎非罪安邑守樓謝斯世之功名於不問也正以聖賢之學第與天下爭邪正不與天下爭屈伸故萬物之所趨也吾從而遠焉萬物之所鶩也吾從而淡焉而精神材力早已靜養其有餘一旦艱大當前天下所畏難辭之者吾獨毅然以勝任然後知豈功駿業俱從淡漠中來也而不得苟且以相就矣非謂辭勇就怯置天下之事業于未遑也正以聖賢之道第與天下爭是非不與天下爭成敗故舉世之所安也吾恬然其不屑焉舉世之所樂也吾矛然其高蹈焉而智深勇沉早已毅然其至足一旦事幾猝至當世所遜謝不敢者吾獨從容以豫應深毅

　

知雄才大略，俱從鎮靜中出也，而不得開仗以相從矣。蓋從來非常之建豎，往往決於其所見之明，為與不為之間，其辨易清也。而能確乎不為其所惑，則其見明矣。（分明）見之既明，而辨其心之所非，行其心之所是，（此乎知所擇耳）夫固不煩振奮而自卓然有定據也。况乎天下之所至，斷未有不生於天下之至明。吾生平之耳目心思，一無所輕試，而獨試之於聖賢德業之途，扶植綱常，殆其理之所必至也已矣。耶從來震俗之功名，又往往決於其所養之裕，為與不為之際，其介甚微也，而能安焉自負其所守，則其養裕矣。養之既裕，而止乎吾之所不得不止，行乎吾之所不得不行，夫又不煩策勵而自恬然其自得也。况其有繼乎一世之才者，必其有深於一世之養。吾平日之真積力久，一無所遷用而專用之於英偉奮興之會，維持世宙，亦其勢之所必然也已矣。彼人之欲有所為者，安可不先於其所不為者加諸意也耶。

拾定知所擇意，挾出不為有為之理，光彩發越，奕奕射人。

人有不

以善養人　二句

嵇曾筠

有可以服天下者，惟公其善而已。蓋善固天下之同得者也，以是養之，則天下皆歸於善，即皆服於我矣。孟子謂夫將使為善而區區焉謂有我之所得私乎哉。夫誠欲使天下之人皆欣然有順而無逆，則莫若以其私之者公之，公之而一人之所得，即千萬人之所得，則胥天下而咸受其成者，乃合天下而皆為吾用矣。以善服人而人不服，非謂善之不可服人也，蓋其所以用是善者，固不同也。吾嘗想聖人之世，自后王君公以逮大夫師長，莫不秉禮守義，鼓舞於為善之途，由是思服之眾，遍於四方，聲教之敷，迄於遐邇，論者以為天下之盛

聖人者，皆天下人之善之所致也，而不知天下人之善皆聖人之善之所感也。何也？以善養人也。非曰立一善於此而令人以不敢不勸也。夫善原於天命之固然，天下豈有不自愛其命者哉？其能入乎善也，安之可也。其不能入乎善也，吾亦寬其途以牖之，來迨至需之久而來悟而抱善者，猶纏綿委曲，以望夫人之自新。此固何如期待者也，而誰弗勸也？非曰著其善於衆而示人以不能不從也。夫善出乎人性之同然，天下豈有不自率其性者哉？其相習於善也，勉之可也。其不遷習於善也，吾亦多其方以使之喻，迨既感於德以相應而漸善者，猶紆徐樂育以待夫人之自遷。此又何如歌飫者也，而誰弗從

也蓋凡物之情每不悅人之有餘而深惡己之不足今也取我之仁予之共進於仁取我之義予之共進於義而後人皆展然自喜謂此非我之所不足也而咸悅矣是故進於仁者即以仁應我進於義者即以義應我也而神明父母之奉其胥四海垂凡物之情每不樂人之矜其所未至而深幸人之遘其所可能今也推我之仁使假仁者皆得返乎仁推我之義使假義者皆得返乎義而後人皆蒸然向風謂此亦我之所可能也而咸樂矣是故向之假仁者不敢飾乎仁以欺我向之假義者不敢飾乎義以抗我也而一道同風之盛其適丸有乎圖徒服人且服天下矣天下何以服以善養人然後能服之也蓋惟一人以君子長者之道化天下而天下遂相率而歸于君子長者之道此心服也以王天下有餘矣

（疏轉曲暢）

無不達之情無不鬯之理固由學力亦兼筆妙 馬枚先

嵇禮齋真稿　孟子

以善養

孔子聖之時者也　嵇曾筠

聖得乎時不偏於清任和者也蓋孔子固時清時和時任而終不見其偏也豈非聖人之至乎今夫聖有可知者有不可知者守獨是之見而制行不合乎大中此可知者也去衆質之偏而因應悉歸於盡善此不可知者也于是聖人之學愈神而聖人之品愈尊已吾歷叙群聖而至孔子夫亦以孔子之聖有獨異者乎盈虛消息之機非有所一定往往此事可安遇之他事而已違其則則膠滯之心終不可以物身故毋泥乎其偏也進退存亡之故日變於當前往往今日所執後之後日而已失其宜則拘迂之見終不可以應世故務觀乎其化也若孔子誠聖之時者也宇宙之所運者時也為往為復無在不形其變化而聖人則以一身偹翕闢之能盡仁盡義一若春溫而秋肅也可伸可屈一若陰斂而陽舒也蓋其平日之性命已裕淬推行盡利之原則乘時以赴遂與化工之默運相為通復焉故猶是聖也而孔子則已進乎神矣萬物之所宜者時也為剛為柔無往不見其推移而聖人則以一心倫顯藏之用可隱可見毋蹈亢悔之占也在田在野毋矯然伏之失也蓋其平日之學問已立其微彰潛見之體則因時以運遂與大易之利往相為變動焉故猶是聖也而孔子則已達乎天矣未有孔子以前絕類而離倫者代有其人并不獨伊尹

嵇禮齋真稿　孟子

夷惠也。乃自有孔子而時中之詣入若於聖人中獨擅其創獲之奇（二意新警）。夫奇似非聖人之所尚矣。然而轍環歷適所遇雖多殊致要皆隨遇而安其故。後之人低佪慨想於其間覺欲舍時以一途以位置我孔子而有所不得也。時止則止時行則行非孔子固莫與臻斯境也已。既有聖人以來專長而表異者各有其美并又不僅清任和也。乃自有孔子之聖而時宜之用又若於聖人中獨自抒於至庸之詣。夫庸疑非聖人之所貴矣。然而推行有主行不離乎日用莫不渾合而歸於化。後之人上下古今以定論覺欲舍孔子而更求一聖之時者而有斷不能也。樂則行之憂則違之惟孔子始克以造其域也已蓋矣

孔子之不同於三子也卽善矣孔子之更超於三子也。

洗發時字層疊不窮變無餘蘊

孔子聖

仁義忠信　三句　嵇曾筠

歷指天爵之實以善為貴者也。蓋仁義善也體之以忠信樂之而不倦天爵孰有外於此哉。嘗思造物之貴人者理而已矣。自人不察夫理之所固然遂謂天亦何能貴人。夫天不能予人以貴獨不嘗予人以理乎。得其理而實體之至於終身而不厭則亦以理自貴矣。以理自貴則亦天之貴而已矣。（華力清剛）夫人亦知所謂天爵乎。惟天亦甚惠夫人之日陷溺於嗜欲而終其身而莫能自振也。（重提仁義二比）而乃厚畀之以仁使之內有以全一心之德外有以盡萬物之量則所謂可尊而不可褻者固莫過於仁也。惟天亦甚惠夫人之日相尋於邪僻而流乎下而莫

能自奮也。而乃早錫之以義使之內有以立一心之制外有以協萬事之宜則所謂可貴而不可賤者固莫加於義也。（字字合題一串）夫仁義善也。（從仁義二）有如盡其善於己而本諸心而無不誠則忠見焉。有如循其善於物而措諸行而無不實則信立焉。有如脩其善於身而大行不見其加窮居不見其損則樂善而不倦焉。如此則可尊可貴之德既有以全夫性命之至美。而不可褻不可賤之體自不假夫章服而後榮豈非天爵也乎。崇異學者每託言杳渺之地藉以自高其位置以為天爵其在是也而不知已非也。吾惟原之於降衷之良而驗之於懿德之好使之內返其固有者而恍然有得曰惟此乃為天爵也則凡將心於異

漢之際而謂可與天地比量者俱不足以擬其分也已拘淺近者即狄語以道德之貴而卒莫窺其精微以爲天爵其何在也而不知非遠也吾惟推之於長人服物之則而馴之於至誠不息之境使之歷觀其至足者而怡然以解口即此已爲天爵也則凡畢猶吾道之大而謂不可與名位爭權者窮自此而識其真也已蓋天下有吾意之所願爲而吾力不足以副之則事出於勉然而非天所若夫仁義則吾意之所願爲積而致焉擴充其忠信之實固結其好善之情抑又非吾力之所不能副也此之謂貴以天也亦有一人之所可至而衆人不足以歡之則行出於所私而非天爵若夫仁義則一人之所可至矣而愉焉各有忠信之質久有樂善之才抑又非衆人之所不能數也此之謂命於天也夫亦可法知天爵之有矣

[illegible]禮稱其稱 孟子

提仁義作主將全題串發局法之新奇

仁義忠

天子適諸侯有慶

嵇曾筠

以課侯者勸民天子之慶行矣夫天子以巡狩課諸侯而述職者皆法其補助以各理其疆也慶之而賞自天子出矣且昔聖王衆建群侯其所以聯上下之情者何其至也一人建其制於上而群侯即飭其意以行之群侯盡其職於下而一人即嘉乃績以褒之一時往來斟勞之謳至今猶可想見其盛也蓋嘗上溯三王之世居中馭外遠邇咸知共主之當尊崇德報功臣民均仰一人之有慶凡夫大典所在孰有不出自天子者哉天子甚慮天下之諸侯處於窮遠而無以爲課聚也於是乎有巡狩之典凡爾伯叔甥舅既已莅茲土而治茲人果能無曠乃職否也但使宮車數出而乃可以攷其實已天子甚慮天下之諸侯負其險遠而無以爲明試也於是乎有述職之典維茲侯伯子男莫不繪其圖而登其籍果能無廢厥守否也但使天顏日覲而乃可以試其功已不但已也天子適諸侯之暇其巡行於郊內者有省耕省斂之政天子所以自治其畿也諸侯朝於天子之暇其奉行於境內亦有省耕省斂之役諸侯所以各治其疆也夫天子因其省以定補助之制天子所以行慶施惠於小民也諸侯守其制以廣補助之仁天子亦可以行慶施惠於諸侯也遵斯道也則第令諸侯述職而即予之以慶亦無不可又何俟乎五年十二年之時巡也

嵇禮介其稱 孟子

哉不知三王固欲親入其疆而歷歷驗之也果其為天子重版圖為天子敦收養為天子崇俊良在諸侯不過自靖其所以述職之事而非敢有望恩冀澤之私然爾侯而既能治地爾侯而既能敎民爾侯而既能進賢在天子方大慰其巡狩之願而亦無有功高不賞之懼吾見其入疆而有慶也何以有慶曰厥惟土地辟田野治養老尊賢俊傑在位之故以是知天下之勢至渙惟使上下相通直如臂指之使則雖渙而天子有以一之矣天下之情至睽惟使懷柔有道共戴聲靈之遠則雖睽而天子有以勸之矣天統之尊不較然哉

機法靈變有五花八門之奇氣象發皇有械兵薦雲之勢

天子適

萬物皆備　全章

稽□齋

惟人有皆備之物故自然與勉然者均得也夫非物之皆備於我何以能反身而樂其誠强恕而即近於仁乎人慎毋自失之也今夫天以生萬物者生一物則萬物即一物也而由是實有其物之謂誠能體是物之謂仁凡以言乎其固有云爾乃人不克反求諸己遂至以固有之善日聽其流失而不復存而且謂吾性之本無是也雖然亦嘗思萬物皆備於我乎綱常名敎之大其類不勝舉也而要皆兼統條貫於吾性初未嘗以有餘不足者留遺物之有愆變數知能之故其事不勝述也而莫非立體藏用於一心初未嘗以或偏或全者見

降衷之有殊萬物皆備是即無妄之誠也亦即無私之仁也無不誠者無不仁天之所以與人皆備者也誠之至者仁之至人之所以自全其皆備者也有如反身而說誠乎忠孝之念無歉於君親信義之行無慚於夙夜吾所得乎天者本無不具而自致於身者亦無不實則有以充乎萬物之量而遂逌逌然其自歉也此不待勉强而後能者也立達之心無間於物我忠信之質無愧於神明吾性之所流本無不真而行之所至者亦無不利則有以極乎萬物之宜而遂油然其自悅也此不勞行習而即至者也惟其誠也是以樂也夫如是則仁矣苟於身未誠則於仁漸遠於仁既遠則於物不備然則欲

以誠以進於仁者其庶幾強恕而行乎縱不能如誠者之欲去理存有以坦然於身世之間而第勉行其推己之事則畛域既消而秉彝之矣可以漸復所謂無反而見天地之性也即不能如誠者之不思不勉自致夫從容中道之樂而第力行其通物之學則私欲既泯而天良之德可以漸覩所謂近取以盡為仁之方也強恕而近仁則亦可以進於誠而不失其身之皆備者矣凡此者皆以我之本有是物也本有是物自然行之而備者勉強行之而亦備若夫我實不能強恕以進於誠而猶曰我無是物也則亦惑之甚矣

精熟儒先之理縱橫變化無不中節人當服其理解之圓通勿徒賞其機法之靈敏

嵇禮齋真稿　孟子

萬物皆

夫君子所過者化　嵇曾筠

觀聖人之所過不期化而自化也夫君子之所過者亦偶耳而人已無不化也王道之感人固如是其速乎且吾觀王者之世而竊思當日之民抑何油然而胥化乎意王者必有道以致之而不知王者之所以致之者初不予人以可見也不過偶然與民相遇若無所以加於民而感之者已無不至然後嘆風流令行之樂王者身致之而有餘也吾由王民之所以皞皞者而益想見夫君子矣禮樂刑政之所施其無為而治者不作少有經營之迹吾第見讓畔讓路者之從而丕變也吾愁服習之皆忘其自然而洽者并共泯其振德之名吾第

嵇璜齋真稿　孟子

見耕田鑿井者之起而無應也以為是人之自化乎抑君子之化之乎而不然也夫君子亦所過者化而已想其身之所歷非曰吾至乎此而此方之俗尚澆瀉然其震動也夫君子亦過焉而已然而化矣政教之漸摩或數十年而未治或數十年而未浹不謂風聲之偶被而道德以一也而風俗以同也則惟其所過者之鼓物而無痕也已想其躬之所親又非曰吾及乎此而此日之人心遂雍然其後應也夫君子亦過焉而已然而化矣國家之積累或必世而後仁或百年而後洽不謂休光之偶接而已迎而革心也而已開而於變也則惟其所過者之感物而不窮也已蓋天下有動而始化者有不必動而

即化者夫動而始化未嘗不底於化也而已緩也若君子則較捷焉忽焉而御於家邦也忽焉而放乎四海也不必限其所過之何地而化者則靡不一也思風動之休至今猶莫其不疾而速也哉天下有久而乃化者有不必久而即化者夫久而乃化未始不幾於化也而已需也若君子則較速焉忽焉而百姓昭明也忽焉而萬邦協和也不必問其所化者之何人而所過則皆如此也溯格彼之烈至今猶莫其無遠弗屆也哉甚矣王道之大也合之所存者神其與天地同流也奚疑矣

切定本句不賤入下句文氣磊落光昌尤足破纖靡之習

大君子

子莫執中　一也

嵇曾筠

有執乎中者大賢惜其無權矣蓋中以權用也豈執於楊墨之中遂可謂之非執一者哉愈近似而愈遠矣且聖人之相傳者中也而不知聖人又有所以用中者自異端起而中失矣於此有人焉將乎其不中而守其所為中豈不甚善然而矯之誠是也（折筆夭矯）獨難其守而不變者知介中而不知所以用中其去異端曾幾何也如為我兼愛天下皆知楊墨之執一也孰若中之為貴哉然而魯之子莫嘗執中矣其心以為楊墨非中也吾取二者之中而執之安見非楊非墨者人猶得譏我以為楊為墨也中固非楊墨也吾酌中於二者而執之安見

半於楊半於墨者人猶得指我以倚於楊而倚於墨也遂足說也則執中為近之矣蓋楊子意主於為我而子莫兼以利物之心豈子意主於兼愛而子莫兼以利己之念世之論者孰不曰子莫賢者也固吾道中人也夫豈如楊墨之執一者所可等量而齊觀也哉然自吾思之子莫之中其有合於權否耶今試有物于此其輕與重不同體也惟使輕者自如其輕重者自如其重則有以遂物之體而非所謂一偏者也權為之也不然將混輕於重者之中而重者不服將混重於輕者之中而輕者不服於混輕重於兩可之中而輕與重者尤不服以此知權也者固非時輕時重之可以依回而有當也而子莫之

執中則固無之矣抑又有物於此其重與輕不同用也惟不以輕者處重不以重者處輕則有以均物之用而非所謂固執者也權焉之也不然將專易其重以為輕則不能合重者之中將專易其輕以為重則不能合輕者之中將專易其重與輕於兩衡之數則尤不能合重與輕者之中以此知權也者固非意輕意重之可以一定而不遷也而子莫之執中則人無之矣信乎其猶執一也何也以其執中而無權也夫權豈可少哉何其權即聖人之用中也失其權即子莫之執中也以子莫之執中而近似於聖人其為弊當更甚於楊墨也是以君子惡執一也

秋崖森大稿

見理既真落筆更快讀者豁然心開

孟子

子莫執

仁也者人 道也

嵇曾筠

原道所由名而人當自體其仁矣夫人所以載仁而道者仁與人之合也自孟子言之而道可不必遠求矣今使理之於身也亦如有兩物焉而不能渾然與之為一則猶亦何自見乎惟是有理而身以載焉有身而理以就焉備是以出之而無不有其各當則求道者固[illegible]之本體而有餘已吾欲與天下言道不待不先與天下言仁亦蘊於未有人之前是即天之所以立命也然天以此立命者人即以此成性人第見知覺運動以為人之變化若是其無方也而一原乎天生所自始則知一誠無妄之德在大造而即在吾心而知覺運動無非本乎此中則非仁無以為人也仁賦於既有人之後定即人之所以成形也然形由是以者而理亦由茲具人第見耳目手足以為人之行習有知是其各得也而一思乎降衷所由來則知純粹無私之理在乾元而即在吾身而不日手足邊各有其則也則有仁而後可以命人也仁也者人也而道不從可識乎乃吾將成夫世之言道者無欲尊乎仁以言之夫非不知大道之不離乎形氣而必歧離乎形氣以相求夢將使天壤之物則民彝盡託於虛而無所寄而其說不漸流為隱僻而不止也吾惟合仁於人使知愛敬知能之欲致之君臣父子之交而遠見其所當然則其為道也顯而易行吾更惑夫世之

秋崖森大稿

孟子

言道者又欲專乎人以言之夫非不知吾道之不遺乎器體而即欲執器體以相盡勢將使後來之嗜好食色皆引為吾性之固有而其說不漸流於靡離而不止也吾唯合人於仁使知貌言視聽之中即以見性命流行之致而各依其所固然則其為道也大而有本蓋天下本無仁外之人率而由之即得夫事物之準而固未嘗有撓殘注彼之勞天下亦無道外之人推而放之即得夫共由之路而要不可廢體驗行習之功不然恐人皆有仁而自失之而道於是乎不可復合也已

說理如數家珍自覺親切有味 喬无功

仁也者

充實之謂　四句　稽曾筠

由美而進進乎神美之量盡已夫美也大也至矣神也莫非自善積之也美量窮可域乎且天下之實不可限者其惟我心之善乎善之所至而理以聚焉美之所蓄而理以形焉且又將足乎理而安也抑又將渾乎理而忘也此其境亦累進彌上已是故千古非常之人皆千古至善之人為之寧僅有漸已而已蓋理不求盡其有餘夫且漸流於不足善信者所貴積久以得其似也入萬理之中不造一理於外立少可以規多焉求萬理於外仍不造一理於中由虛可以漸盈焉夫學者窮理數年而內考所得猶在疑疑相勝之交今則取之者而蓄之厚隨所遇而無非至善斯亦粹精之極也蓋充實之謂美也理不克求其外著久且漸至於中衷善信者所貴當極以得其道也手足不令而自舒言動不勞而自適出之皆有道之容矣文章所以昭其數禮樂所以著其華布之皆定命之微矣大學者積中未至而被之於外必多拂鬱難舒之象今則蓄愈久而流愈長隨所出而皆成至善斯亦恢弘之至也充實而有光輝之謂大也然大之名可居大之迹未化也久之而舉有形之才智悉調劑乎無形則言不思而行不勉也極可見之功名變化於不可見則性可無而命可達也夫當其從善之初亦未敢遽托於自然之業而知至行盡以來自從容

而達乎道也豈非所謂天下之至聖哉然聖之名可見聖之德不可知也道純乎不顯上道帝載則無聲無臭之理也葉溥于無名下順帝則了不識不知之天也夫當其守善而役亦未敢驟進于渾忘之境而何思何慮以來自變化而不可泥也豈非所謂天下之至神哉此善量之盡也

靠實洗發各邊精理此先輩布帛菽粟之文

充實之

聖而不可知之謂神

嵇曾筠

論有入於神者由善信而極之也夫聖與神非有二也特自人之不可知者而言則可謂神矣豈非由善信而極之者哉且夫人力之所不能為者皆人智之所可知者也蓋為之則必造其地此人之所難也若夫欲之識之以為若人之能事有如是其不可及也此非人之所難也而卒亦誰之則猶是人也而亦進于天矣由善信而至於化德至矣蔑以加矣然吾見天下有人焉杳乎莫測其端也渺乎莫窮其迹也其心思之所至每獨往來於天地之間而豈役人境之所能有也測之而莫識其所自來也信之而莫窮其所自往也其變化之

無方逐起形聲於耳目之外而入豈復常情之所能究也豈非所謂神也耶然亦非有他道也亦惟由善信而積之至於聖不可知之域而已凡德之有所同者雖極此事之奇變而人皆得出其有以相度智者吾知其為智仁者吾知其為仁勇者吾知其為勇未嘗不、、矣也有可知則猶非德之至也若夫聖之至妙則通於德而不囿於械矣雖日予人以可見而人若弗見也雖日予人以可聞而人若弗聞也夫至於聞見之俱窮則無聲無臭與造化同流也已矣凡道之有所偏者雖極其詣之卓絕而人猶得因其迹以相窺清者吾知其為清任者吾知其為任和者吾知其為和未始不可知也有可知則猶非道之極也若夫聖之於巧則精於道而不執于道矣雖一事而常有深變思之而弗能通也雖一理而各有其宜處焉而弗能待也夫至於思慮之俱絕則過化存神幾與於穆同運也已矣是故聖人而在上也其業亦云盛矣而順帝則者皆相安於不識不知此非民忘之愚甚也人可得而知神不可得而知也歟廣大高深之量過之萬物而莫能名而推原由來無非至善之所積而運焉者也則惟吾重之無盡焉耳以聖人而在下也其德亦云著矣而望道體者每見爲彌高彌堅此非學者之智淺也神不靳人以知而知未有不限于神也然微彰剛柔之化措之日用而莫能究而推求原本無非一其

之所達而至焉者也則惟吾量之必極乎此耳今正子之所造雖大遠於神究之不可知者皆由可知者而至安見神聖絕世之業不即在善信之中乎而詎可量乎

西山爽氣在襟袖間可舉似其文也

聖而不

人皆有所　一節　嵇齋筠

大賢勉人於仁義、惟達其皆有者而已、夫未有人而無所不忍、無所不爲者也、柰何自棄其皆有者、而不能達之以至於仁義哉、嘗思理之在人其體本全自有以蔽之而全者失矣然正無不可全也雖有天下不自好之人其發於性情之地者未嘗不間有合於理則由其一端致其全體其勢固甚便也夫人孰是無仁與義者哉乃吾日以仁望人謂此固爾之所自有也而曷弗進於仁也而人且詫然也反遠而問其命之所感曰爾其有所不忍乎則必曰有矣且皆有[illegible]吾日以義繩人謂此固爾之所同有也而曷弗循乎義也而人且相[illegible]

也及進而伺其意之所觸曰爾其有所不爲乎則必曰有矣且皆有矣夫有不忍即仁之端也是即可以爲仁也然而所不忍皆止一時也易一時焉而不忍者忍矣迨至忍其所不忍勢將由一念之能忍推之至於無不忍也其於仁尚安有窮也抑何不反而相推也易有不爲即義之端也是即可以爲義也然而所不爲者止一事也易一事焉而不爲者爲矣迨至爲其所不爲勢將由一念之欲爲準之至於無不爲也其於義尚安有窮也抑何不反而相準也推準焉即蔑所不忍者在此所忍者在彼必以其此之所不忍而達之於彼之所忍且夫忍不忍本有異人也同此惻隱之真柰之何彼此易觀也故有

以達之其庶幾乎無一忍也抑或所不為者在先所為者在後必以
其先之所不為而達之於後之所為且夫為不為非有兩人也祇此
羞惡之良奈之何先後易轍也故有以達之其庶幾乎無一為也無
一忍則皆不忍矣皆不忍則仁矣蓋仁主乎愛於不愛之中而間有
愛固不可為仁于愛之中而間有不愛亦不可為仁至於不忍之卓
則純乎愛矣仁矣無一為則皆不為矣皆不為則義矣蓋義主乎斷
於不斷之中而間有斷固不可為義於斷之中而間有不斷亦不可
為義至於不為之盡則堅乎斷矣義[illegible]毋畏斷不必因人皆有所不
忍也即謂人皆有仁可也則不必因人皆有所不為也即謂人皆有
義可也無他達之也

新體聚真稿
空明澄澈不染纖塵

孟子

人皆有

康誥曰如 嵇曾筠

解書者明立教之本在求其自然者而已蓋[illegible]原無待乎學惟
盍保赤子之誠求而教之本已立於心已是可說書而得之矣夫君
則之[illegible][illegible]於國者苟不本其中之所固有則推行之際必將有弛[illegible]
之勞而其事至難其去民也亦愈遠夫推之而遠得其合者必其近
之而人足於己者也特視乎自盡其心焉耳事使民道不外於孝弟
慈人謂君子之相感以人也吾謂君子之相動以天蓋感以人則暫
者比疑之擬而動以天則初無彼此之未亡人謂君子之相格以情
東吾獨[illegible][illegible]相通以性蓋格以情則其事有間而通以性則其道
自然也而猶有疑焉者謂自古不乏治國之君子未必皆為成教之
君子則必此事之出於總起而非不習而能不慮而知者所可同類
語乎無已吾請與之引書康誥曰如保赤子夫赤子何以緣也物莫
不各有其心然有之而甚惜之謂此亦何當過用吾情也而惟觀之
於赤子則竭情而往蓋量而赴惟恐我之心不即為赤子之心故其
有之愛情喜怒以心逆之而其不得者亦已鮮也夫心甚可惜也何
至於是而不復珍也蓋吾既愛吾子則不能護愛吾心理固然也豈
作為致之乎物莫不各挾其誠然挾之而不輕予之謂此亦何為過
蓋吾心也而雖觀之於赤子則察乎其聲欲乎其貌惟恐我之誠不

新體聚真稿

大學

克如赤子之誠，故其子之隱微曲折，以誠度之，而其不合者亦已寡也。夫誠固不輕予也，何獨至於是而無復餘也？蓋子過母，而盡露其誠；母過乎子，而曲致其誠，情相結也，豈勉而出之乎？心誠求之，雖不中不遠矣。保赤之道如是，不然，豈有學養子而嫁者乎？由是思之，立教之本，敦之於心，立之以誠，非有智盡能索不可知之事也，非有勉強行習不可成之功也。其為化易行，其術至簡，而顧不反求而力克之。吾未聞有學養子而后嫁者，亦未聞有學孝弟慈而後撫者也。

心靈手敏，文情更奕奕生動。

東諧曰

君子之中　二句

嵇曾筠

中庸之所以屬君子者，惟其時也，蓋時以善中之用也。君子既有其德，而又因時以運之，是則所以為中庸也。子思釋仲尼之言，意謂中庸之為道也，夫亦盡人而可能矣，而必舉而屬諸一人者，何與？蓋其命於天而率諸性者，既負其具於然矣，而出而與天下相接，復循循焉，既其俟以措之，而無不宜，而後知體道之人，固未有須臾之或間者也。有如夫子之以中庸與君子也，猶是理也，自君子體之，而愈覺其不窮於事，則中庸為天下之所公者，一若為君子之所私也。猶是事也，自君子處之，而愈覺其不滯於理，則中庸為萬物之所共者，一若為君子之所獨也，則亦君子之中庸也已矣。而其所以為中庸者，固何如乎？既不若賢知之過，日矜奇乎，鈞深索遠之行，是天之與君子者，已具有馴至乎中道之材，而君子正勿敢恃也。又非若愚不肖之不及，甘自棄於半塗而廢之域，是君子之自成者，已具有安行乎中道之能，而君子且勿敢安也。必拘拘焉奉一理以自守，而常與變俱無所易，經與權俱無所通，以為吾將以執中也。夫中亦豈有定乎？彼今日行之而見為如此也，異日行之而見為如彼也，誠欲權衡乎彼此之當，必將視其時之所值，而順而應焉，夫乃不至於拘牽也已矣。茍悠悠焉寄吾心以任運，而宜於靜未必宜於動，恃於暫未必恃於

又且曰吾將以遣中也夫中亦豈無定乎終日之頃必有合也百年之內無可離也誠欲悉泯乎離合之迹必將歷乎時之至變而罔弗協焉夫乃不流於偏倚也已矣是故君子之養其中也（補出戒懼一層工夫）既嘗不見而亦臨不聞而亦式恐懼焉惟懼其偶違也固不必待夫事之至物之來而後思所以善其施也而及夫中之著於外也（二股扣一段）則必裁之度之以盡其常參之伍之以神其化油油焉惟與是爲依也蓋真能酌夫事之理物之則而無時而不自得也夫是之謂中庸夫是之謂君子之中庸蓋非時之中猶不中也惟時而後可以爲中惟時中而後可以常行而不易故中庸之統斷不能舍君子而別有所歸矣

錄禮齋真稿

看題分明說理更爾周匝是庸義之最佳者

中庸

君子之

舜好問而　於民

鄒曾筠

善見於天下之言故聖人由好問以用其中也蓋舜惟好問而人皆得以言進矣由是而察之隱之揚之以執兩端而用中道豈有不行者乎且聖人之行於天下者中而已矣而要不遠見諸行也（得大主腦）蓋必集天下之言以收天下之善而即因天下之善以權天下之中而後過與不及兩無患焉而取諸民者乃得以行諸民也吾用是穆然於舜之大知矣夫舜固所稱允執其中者也（提中字作主）即使自用其知而已足以建中於民矣何事鰓鰓焉取善於天下也哉乃舜以爲善在一心者有限善在天下者無窮也雖以芻蕘工瞽之賤（問察有次第）而不憚虛己以相咨而岳牧無論也雖以飲食日用之胥而不惜降心以相究而昌言無論也夫世之小有知者恃聰明之用而恥於下問矜平易之說而以爲無奇而舜且問焉察焉而靡有已也是何其心之虛已且以爲言之（隱揚有著落）善者可採言之不善者亦可忘也雖有千百言之無當一入於廣大之衷而自油然其悉化也雖有一二言之足錄一入於光明之度而必昭然其眾著也夫世之矜其知者聞不善而故欲宣之聞善而故欲揜之而舜且隱焉揚焉而兩無憾也又何其量之宏已夫問與察兼好在己之不遺乎善也隱與揚交得盡人皆樂告以善也夫如是則善集於我我可以用之於民矣乎（作一折跌）雖然猶未協乎中也有兩端焉

錄禮齋真稿

中庸

舜從取而執之是非無並立之勢當夫去取之已決則去非而得是矣而其是者又不一說也此而無以權之將依違於彼此之間安保其行之終無失歟夫天下兩是相形而尤是者出焉以其尤是者而措之於民則智者固樂其常愚者亦順其則有共安於蕩蕩平平而已矣可否有互見之形迫夫操擇之既真則有可而無否矣而其可者又各有義也此而無以酌之則嵩任乎一偏之論安保其行之皆合宜乎夫天下兩可相衡而遵可者見焉以其遵可者而舉之於民則賢者得以俯而就不肖者得以勉而跂有共見其會極歸極而已矣其用中也由執兩也其執兩端也由問察隱揚而致也以是言知知何大也而道不於是行矣乎

逆提用中說入恰合行道本旨却仍按步就班不入纖佻一派

舜好問

詩云鳶飛　一節

嵇曾筠

詩人即物以言道、有無往而不察者焉、夫偶舉鳶魚之飛躍言之、而道之上下察者可見矣、不知道者、未觀旱麓之詩、且吾今而知道之遍滿於天下者無在不昭然於耳目之前而人每以無心失之也苟自有心者言之則凡耳之所得而聞目之所得而觀者皆足以觀斯道之流行夫亦可廣然而相喻也已吾言君子之道、至於莫載莫破、人未有不疑其虛者也虛則無可見矣夫安知昭昭者之非託於虛也就物之數各有其則俯仰閒豈有一端之未著乎凡未有不索之微者也微則無可循矣夫安知耋耋者之即顯於微也積氣之區莫非名理宇宙間曾有一息之不流乎此其故旱麓之詩嘗言之矣而不見夫鳶乎鳶何以飛乎鳶自率其性於天之上也而不見夫魚乎魚何以躍乎魚自率其性於淵之下也吾乃知詩人善言道也言其上下察也天下無形之理何一不藉有形者託之以出此豈可以鳶魚約畧哉然言理不拘於其類舉一鳶而凡從乎天者視此矣舉一魚而凡從乎淵者視此矣稱名雖小而藉以該上下之位若曰道之不捲于人者雖極之族類之細而靡有遺也夫亦可共識其流動之趣矣天下有形之質何一非無形者體之以呈此豈可以天淵盡覽哉然大化不滯於其域觀乎天而天之下視此矣觀乎淵而淵之上觀此矣。比物何常，而即以統上下之理。若曰道之散見於物者雖極之高深之際，而罔弗貫也。夫亦可共識其洋溢之機矣。察焉而人有以共知，察焉而人猶不及知，以其過焉而不悟飛者之即道也，過魚而不悟躍者之即道也。此雖日在道中，而不嘗其在道外也。吾得以詩言曉之。察焉而人有以共見，察焉而人更求其所不可見，以其過鳶而且疑飛者之非道也，過魚而且疑躍者之非道也。此雖日載道之質，而無以喻乎道之用也。吾亦得以詩言正之。鳶飛魚躍，至理之流通皆作如是觀也；戾天于淵，大道之充塞皆作如是觀也。此之謂察也，而可須臾離乎。

欽禮齋真稿　中庸

親切指點活潑潑地。不必補出心存，而喫緊爲人意已自透露。

詩云鳶

柔遠人則　二句　　嵇曾筠

致有統乎天下之全者，道在柔懷而已。夫人君一身，而四方歸之，天下畏之，非柔懷之經舉，詎能致此乎。今夫以天下之勢，而厚集於一人，此非恃有要結之私，與震動之術也。蓋必其恩足以相感，德足以相馭，而後宇內之衆乃群趨而群服焉。所謂道在天下，則效及天下也。經言柔遠人，夫遠人非散處四方者乎。王者通萬物之情，將使殊俗異黨之民，莫不願遊於其境，而爭出於其塗，胥四方而歸之，亦聖人之所欲得也。顧其歸也，非無自矣。以彼過都歷國，既非若鄰人士女之族生長於此邦，倘德意未足以相恤，則四方共習聞夫君之待遠人者，其恩禮不過云爾也。將餼贍周道有最足而不爾已，自有以柔之。其親被吾澤者，既不啻赤子之依於父母，而忻忻然聚族於茲也。其遙聽風聲者，又不啻旅人之適其故都，而子子然繦負而至也。舉原乎柔遠之初心，未必有鼓動斯人之念，而四方之和會者自不約而同焉。我觀文武立政，孔邇懷於六州，思服遍於九有，迨其後頑民興歌，而莫我肯穀，猶屢遷彼樂郊之萊。乃知人情不甚相遠也。誰謂柔遠之道不宜亟哉。經言懷諸侯，夫諸侯非分治天下者乎。王者大一統之權，將使九州六合之遠，其不仰維辟之作福而欽維辟之作威，胥天下而畏之，亦治體之所宜然也。顧其畏也，非無自矣。以彼

欽禮齋真稿　中庸

列土分疆既非若畿甸承流之輩曰覲乎尊嚴倘撫馭未足以相周則天下方習見夫君之待康侯者其氣誼不過如斯也而聲靈未猶有不如臂指之使矣自有以懷之列侯感天子之德尚不敢稍怠其事王而隸其籍者益切神明之奉也天子合萬國之歡既有以自固其藩輸而廣其外者咸輸臣服之忱也雖體乎懷諸侯之至意未必有控馭一世之思而天下之禀承者自肅然如一焉我觀文武建國慶苟貢咸而方伯之慶命益著爵土既列而異域之賓贊日繁追其（此折進一層講）駿申韓錫命而江漢常武猶見王猷赫濯之盛乃知封建誠不可畧也誰謂懷諸侯之效不復見哉臣請進而詳其事焉

既言九經之效自應重在下半截此文作法最得而筆亦典茂

柔遠人

從容中道聖人也

嵇曾筠

道有自然而中者人也同於天矣夫聖人全體皆誠其中道也自見其從容焉耳是則天之道矣且達德而必貴乎勇者誠以道具於天非有為者不能體也乃古來之善體道者則又往往不見其有為而實舉天下之有為者且無以先之此自然之勇也其於道有思勉者正其於德有觸礙矣不勉而中不思而得誠者之於道也可知已人未有望道而不欲趨者與其為緩不若其為速也而誠者若故為緩之非緩也安驅而赴焉（道待從容出）則緩者正非急者之所能及也亦未有閑暇而不欲探者與其為暇不若其為勤也而誠者常有餘暇焉率服也

優游以發之則暇者正非勤者之所能望也夫誠者蓋從容中道之聖人也第曰道在彼而中者由此（畫斷）以馴致之猶滯也夫由此以至彼其於道終有歧視之跡雖不旋踵而可致而已不勝竭蹶矣若誠者則自從容矣蓋其無妄之德已渾然全備於吾心故任所取攜而皆有逢原之樂不必設一道以中之也而所中者固無非道也履蹈之安直與性命俱忘矣窮神而達化非誠者誰與歸歟第曰道在遠而中者由近以徐及之猶後也夫由近以及遠其於道不無迎合之見雖不移時而可及而已不勝況瘁矣若誠者則較從容矣蓋其無私之體已粹然渾會乎天理故隨其順應而皆歸至善之域不必期其

所中者之旨道也而道自為其所中也取懷而是直與性天為一矣絕類而離倫非誠者其誰屬歟聖人即未嘗有意以居於逸而理之（會心語）既足初何假於強探力索之為故人愈見其勇性而彼祗自覺其舒盎聖人又豈必有心以謝其勞而天之既完自無藉於刻勵奮迅之功故人驚歎為神奇而彼若安行於平近然則世有開聖人之名而（緊句起下以卷自然）慕者非也彼與人同道而不與人同中者也久矣崇其品以相高矣世有開聖人之名而畏者亦非也彼不與人同中而實與人同道者也久矣虛其理以有待矣是所望於誠之者

清言為旨疊疊不窮殊耐人尋味　喬光劭

嵇禮齋真稿　中庸

從容中

唯天下至誠　節　嵇曾筠

中庸推至誠盡性之能與天地合其德矣蓋人物之性皆統於誠至誠則盡其性以盡之以此贊化育不即與天地等量哉且道之貫乎（卷句包括）天地人物者誠而已矣自夫人不能自全其誠之本量而於天之所與我者亦多偏而未備即在同類之中已有不能相及之勢而謂其裁成萬物而不遺輔相天地而合撰斯亦事之所甚難理之所不可必者矣而要非所論於至誠也惟天下至誠則（即提出天地）通天地無妄之原而無纖微氣質之偏以累其中正純粹之體則天命之蘊皆由此無妄者以察之極其精而性之全體見矣抑偏天地至實之理而無纖毫人欲之私以閒其流行不息之機則天德之大皆本此至實者以由之極其全而性之本量弘矣至誠之能盡其性如此頑性非至誠之所獨私乃天下人之所同得者也亦非僅天下人之所同得乃天下物之所共秉者也至誠盡性而任人之（故作一折文有波瀾）凡有性者有或清或濁之異物之凡有性者有或通或塞之殊人與之憾（者得平易帶）即天地之憾也天地生成之用有未宜即至誠盡性之事有缺畧也而至誠豈其然哉第見井里有制俾遂其性而遂其生禮樂有經俾節其性而安於道而人之性盡矣則至誠固以能盡其性者分給之矣第見愛養得宜俾順其性而無失用之廣樽節有方俾植其性而無非時之取而物之性

嵇禮齋真稿　會墨　中庸

亦盡矣則至誠固以能盡人性者兼及之矣夫人物之能得於天地者天地主之人物之不能得於天地者天地不得而主之也自有至誠之調劑而天施地生遂可還然於人物而初無陰陽人事之虧抑天地所得致於人物者人物受之天地所不得致於人物者人物無從而彌之也自有至誠之補救而民和物阜遂可暢然於天地而初無氣化偏全之患謂是天地之化育乎寔則至誠之贊化育也（贊字清）茂對樂育體天地而宣其教揆之乾父坤母之理已合兩大而成能修和欽叙代天地而著其功準之上清下寧之位（位字切）亦可配三才而立極其與天地參也夫復何疑論至誠盡性之初（總收有力流暢）早已參知明處當之用裕於洸心藏密之中而非至此始彰其民物之經綸至誠克贊之功必極之燮理平成之大始見其仰觀俯察之神而無往不徵其性量之彌綸夫是之謂天下至誠也

循題布置局緊機圓吐屬閒具有卷軸之氣洵為舉業當行　原評

唯天下　嵇

誠者非自　一節　嵇曾筠

誠有合己物而兼成者以其由性而措之也夫成己即仁成物即知德既一而道無弗合矣何疑乎誠者之措之而皆宜也哉且世之求誠者皆曰吾以盡己事耳焉能及物哉然吾觀古之君子立體於一身達用於天下往往閱歷乎身世之交而推之利有攸往者（即從末句逆入極得機勢）是遵何道也吾乃知君子之誠之者非自成己而已也已此誠物亦此誠己與物並處一誠之中所以成己者此誠所以成物者亦此誠也與物各足於一誠之內則誠者之措之也（先將時措撥出後便有力）夫焉往而不得其宜哉而或有疑其故者亦未取己物之所由成者（擬句渾括）而相尋於其本也夫亦知成己即其仁也乎仁本無私而妄不得以閒真仁本至公而欲不得以勝理欝非仁也何以肫然無偽若此也夫亦知成物即其知也乎知者容之明而物不得遁其情知者處之當而物皆以通其顧欝非知也何以灼然不昧若此也即其成於人者而言一則存之於心一則施（開合二比閒逸）之於物則仁智之所見端固分出而各別其名自其命於天者而言元善足以長人虛靈足以應事則仁知之所托體又同域而不殊其本是德也性之德也（精神片）是道也合外內之道也惟其同此德也已與物有異形仁與知亦有異性乎惟其同此道也成己即兼成物可以合內於外成物不外成己不且合外於內乎吾乃知誠者之所以措之

而皆宜也吾盡己之性而盡人之性盡物之性莫不兼（精切）綜條貫於一心人見其推行無滯若此也謂誠者別有所以致用之術豈知其皆由性而發者乎吾盡己之道而愛人之道利物之道莫不旁皇周浹而靡間人見其肆應皆當若此也謂誠者或不無紛紛之勞豈知其皆道之所通乎誠者時措之宜（收句完足）職是故也君子誠之之學至此而乃幾以加矣

本房加批

機暢神流能使題之界限分明卻自鎔成一片洵足拉塲

誠者非　嵇

性之德也　三句　嵇曾筠

本乎性者無弗宜合內外而皆成矣蓋惟德具於性而道合焉而措之亦宜焉誰謂成物非盡性之事哉中庸意謂吾前言至誠盡性極之盡人物之性其施之而各當者得毋疑其有異理乎而非也夫命於天而率於性原自有無可分之勢則雖求至乎物我之兼善亦祗自全其固有而已矣乃人不察於己物兼成之故幾疑成己為仁之在內也成物為知之在外也外與內不相合仁與知不相照也雖然亦嘗返諸吾性而一（逆出貫句）思之乎迴溯降衷之始五常之美原與健順相協是故體乎健者為仁體乎順者為知天若曰此固爾性之所自具不必參諸後起之學習而始能也覺（一氣貫注）非存則俱存發則俱發者主於陰陽之初生理之精原與造化相配是故得天命之元謂之仁得天命之貞謂之知天若曰此固爾性之所同得不必假謂他人之霖寀而始有也豈非藏之不窮出之不竭者乎夫乃知仁與知皆得諸性也區二者而視之似彼此有異同之道及推原其體而均此最初之所受則真有不得而歧者也而更何疑於外與內之有殊道也從其用而觀之似物我有挹注之勞及審思其本而祗此一理之往來則其有不得而間者也特患君子而（析題理洞徹）未誠耳有如君子而既誠乎則德立而道見矣道合而事宜矣是故率性而行以之為己則順而祥以之

為人則愛而公以之為天下國家無所處而不當蓋吾性中定有是體用兼得者一旦因時起事即經緯區畫而盡善焉人見其推之無弗協也以為別有道以至斯抑知其皆吾德之旁皇而周浹者乎且循性而出喜怒哀樂之得其平（時措之宜推廣言之甚妙）而即可以致位育達道達德之立其常而即可以經家國智能行習之盡其功而即可以弘參贊蓋吾性中實有是遠近咸貫者是以隨時處中即肆應曲當而無憾焉人見其達之無弗順也以為何所挾以至斯抑知其皆吾道之均調而適劑者乎時措之宜也由性合外內之故也以是知德無弗周遺無弗一此誠之之君子所為由己及物以盡其時措之能也而謂獨宜於成己而已哉

歷歷分明節節融貫此一串牟尼珠也　馬牧先

性之德

徵則悠遠　一節

嵇曾筠

歷言所徵之象皆至誠自然之效也夫一徵則無不徵矣悠遠博厚高明其孰非至誠無息之所致乎且夫人有所得於內者必將有所驗於外然往往抱之有易窮之患望之無燦著之休其所得者亦有限矣若夫舉運會之遷移區域之遠近境遇之顯晦而皆不足以紲吾之盛德大業人以為其效之無不周而吾則識其心之無所間也如至誠由不息以至於徵其所徵之象則何如自古建業之難莫患乎一旦有奮興之績而其後遂成不終日之憂此非其業之果無足以相久也蓋其維持於夙夜者疏密之見迭起於吾心而後展布于宇宙者興替之權遷因乎氣數雖有雄才大略之君（反〇西〇俱〇透）不能長留其業於世運汙隆之外蓋所植者未固也夫惟至誠不息以極於徵將見從容以需其化自綽乎有餘裕也淵乎無或竭也即至百年必世之（悠〇遠〇講〇得〇切〇實）後而追其顯謨承烈之所存猶如同一日焉其悠遠也夫豈作而輟之者哉自古致治之失莫大乎一時有薄植之功而其實終有不相周之患此非其治之果止於是也蓋其功之垂於世者或一再傳而盡或數十傳而盡而德之被於下者亦及其所能及未必能及其所不能及是故刑名撿切之術終無以發乎深仁厚澤之休蓋所積者無餘也夫惟至誠不息以及於悠遠將見積累以布其澤自廓乎其

至徧也，充乎其至足也，即至海隅日出之遠，而一忍（博厚切實）其豐功偉烈之
所布濩彌漫深入焉，其博厚也。夫豈勉以致之者哉？自古勳業之著，
莫患乎自域於卑陋之境，而不能使天下共見其發越之奇，此非其
業之果無足觀也，蓋其積於宇宙者，狹而不能廣，淺而不能深，故其
發於耳目者，亦卑而不能峻，隱而不能彰。是故近功小效之數，必無
以致光明俊偉之觀，蓋所蘊者無多也。夫惟至誠不息，以極於博厚（高明切實），
將見昭明其德於四方，自巍乎莫與京也，煥乎莫可禦也，即至九州
四海之遠，而一望其崇隆卓絕之體，猶燦然如見焉，其高明也，又豈
力而致之者哉？凡此者皆至誠無息之所徵也。

稽禮齋真稿

三大比實發字字精切，不可互易，真乃心細如髮，筆大如椽也。

中庸

徵則悠

致廣大而　二句

嵇曾筠

去私之盡，而德性已尊；事理之當，而學問已道矣。夫廣大高明，德性
之本量也；精微中庸，事理之極則也。君子交盡其功，其斯以為尊道
乎。今夫以聖人之道之難窮也，有以蔽之，則狹而不足以為載也，而
喜心浩大，抑又恐其據焉而不精，有以累之，則卑而不足以為體也，
而措意高遠，抑又恐其行焉而多誤。此尊道之功，惟君子為能兩盡
也。君子知德性之具於我者，無一理之可名，而實無一理之不有，是
故寂處一室，而天地萬物，曠然於意量之間，非不廣且大也，迨夫私
意相感，而漸以窒其本然之體，由是廣者日流於隘，大者且囿于小，

中庸

稽禮齋真稿

安在其能廓如也。然而不可以不致也。君子致謹於不見不聞之地，
凡一念之發，稍有私之足以蔽吾德者，必絕之，使不復萌，而此心之
所蓄乃浩乎靡有涯也。願天下喜心浩大之士，每自矜其性量之甚
弘，及與叩夫倫物之原委，性命之異同，則茫乎其未有以應，即問有
所解，亦止得其粗而未得其精，見其顯而未見其微，然後知載理之
心不可不廣，而析理之心不可不細也。惟殫吾識以相研，而因非以
求其是，復因是以別其非，務使三千三百之繁然者，必無幾微之誤，
而後廣大中之條理始秩然其不爽也已矣。君子知德性之受於天
者，其立體也至崇，而其為用也至靈，是故返觀吾命，而天地萬物皆

在其坐照之內非不高且明也迨夫私欲相乘而漸以蒙其固有之質由是高者日即於卑明者漸蹐於暗幾何其不胥而為欲也然而不可以不極也君子兢兢於未言未動之時凡嗜好之紛偶有欲之足以累吾德者必去之使不復存而後此心之本然乃卓乎其無不燭也頌天下（寔躍浩氣相輔而行）措意高遠之士每自矜其所秉之獨異及與遊乎日用之途習於倫常之內則爽然其有所不胥即閒為其事亦好奇而不遵於中求異而不合乎庸然後知卓絕光明之器可以體道於心而胥越規矩之思不可以禮道於身也惟欲吾才以相就而進之不敢有所過退之不致有所不及務使禮儀威儀之一定者遵合乎節文之當而後高明中之實理始坦然其各得也已（贊高明一句）矣致也盡也極也道也君子尊道之功其至矣乎而備未也

縱橫揮洒無非妙蘊絕不見理題之苦

致廣大

車同軌書　三句

嵇曾筠

觀大同之治可以明不倍之義矣蓋車之有軌書之有文行之有倫其制皆統於天子夫孰有不同也哉且王者創制顯庸其規前代之典章已不能有同而無異而獨能宰制萬物役使群動而無不統於一者抑人何也蓋天子之制則不必其盡同以其出自天子也遵天子之制則不可以不同亦以其出自天子也試即以制度言之自后王君公以逮大夫士庶莫不有車以資利用或飾以金玉或飾以羽革夫亦盡然而有辨矣然試與遊五都之市歷四達之衢而一睹其轍迹之相距於途者同乎否乎夫豈無驚車大路之各別其名而規矩不合於冬官則毋寧守王制也夫豈無師匠（運古入化）踰巧之欲逞其技而輻輪已定於考工則相與遵王度也夫天子統壹方類凡一名一器俱式以王者之聲靈故即流傳既遠而供貢載者尚至今有同軌也（周匝）而其他之服物采章則皆如是車矣抑以考文言之自解會聘問以及往來贈答莫不有書以宣辭令或指事而會意或象形而諧聲夫亦紛然而至變矣然試與考國子之所授及瞽宗之所傳而一問其（對仗亦秀整）點畫之協於音者同乎否乎夫豈無雲書穗書之各殊其體而未聞頒示於行人則毋寧奉王章也夫豈無龜文龍文之各別其形而未經傳習於內史則莫若遵方冊也夫天子聰明博洽凡者訛訂正亦

變殫神聖之心思故即釐定已久而習書勢者尚至今有同文也而其他之方言稗乘俱準乎是書矣抑以議禮言之自君臣父子以及昆弟朋友莫不有常行以率彝典跪宜於拜揖執宜於揖讓夫亦繁然而不可勝紀矣然試與秩宗伯之所掌觀黨塾之所歸而一閱其節文之等殺于其間者同乎否乎夫豈無尚忠尚質之各有異宜而既經擬益以取中則情深文明萬物故共安於經曲也夫豈無君子小人之各有異體而既經裁制於盡善則辨分詳理上下故衆著乎等威也夫天子讓道自己允天秩天敘俱重以神聖之悖庸故即習俗厚悉而東周禮者尚迄今有同倫也而其他之專家曲學雜相率

禮齋真稿　中庸

而為正行矣然則今日者車亦猶是也書亦猶是也行亦猶是也天子之大經大法百世為昭也當年之厥聲厥靈儼然在目也彼自用自專者果何為耶

氣象崢嶸詞釆華贍恰與題稱

車同軌

見而民莫　三句　　嵇曾筠

至聖時出之用驗之民情而可見矣夫惟出之各當其可故民莫不敬信說也是可歷驗其德之盛矣且吾觀聖人在上而天下之人皆肅然而無敢慢坦然而無所疑遑遑然而有以深懾乎其心者非刻有所為鼓動之具也夫亦德之積於極盛者出之合乎宜而遂感於所不容已耳如天如淵盛哉至聖之德也夫其德之充於內也（先用反襯）在至聖祇自安其性分之常豈必措諸外而皆得乎人也況乎廣大精微之美固非小民之所能窺見也即其德之見於出也在至聖祇自將其天德之蘊豈必施諸物而咸喻其微也況乎耳目聽觀之真尤非

禮齋真稿　中庸

君上之所能震攝也然而民已敬矣（倒裝敬信說入起處）聖天子之衣冠瞻視傳諸四方莫不奉其儀表以為聳動之具此其足以齊萬物之志氣而共凜於其見也而至聖無心也然而民已信矣聖天子之文章誥令布之宇內莫不奉為彝訓等於蓍蔡之神此其足以消萬物之疑貳而恭服於其言也而至聖不知也然而民已說矣聖天子之禮樂刑政施於下土莫不傾心向化以深歌舞之思（合發上節驗快）此真足以同萬物之願欲而共樂於其行也而至聖豈有意也惟其天之所得已具有首出庶類之姿而乃以容執敬別之德調劑于與民相接之時時見而見時言而言也時行而行也彼其化者自各出其誠以相應其發越不有著

神者哉惟其中之所蓄已具有藏乎萬物之量而遂以溥傳淵泉之體展布於與民相示之餘不見則已見則無有或急也不言則已言則無有或僞也不行則已行則無有或私也默其誠者自各依其類以相從其鼓舞豈徒以迹也哉凡此時出之用皆如天如淵之德所積而形焉者也是可極言其盛矣

運脫甚輕布勢甚捷故鋪張揚厲而不失之板滯

見而民

詩曰衣錦　一節　嵇曾筠

引詩言君子進德之心惟知為己而已夫君子有志於己必為己而又知幾乃可以自進也不然亦的然之小人矣中庸意謂吾言至誠至聖之德既極其盛而無以加而獨慮夫知之者少也夫不知聖之所以為聖則亦不知我之何以得至於聖而於求端用力之地槩未之有辨必且馳情高遠而詡詡焉侈所得以示人究之終其身莫能自進乎道斯亦大異乎古之學者之立心矣詩不云乎衣錦尚絅若是者非無文也而特惡其文之著也古之學者立心為己以求入德也如此曾是君子之道而可使的然外著乎是故反身之學歛於無迹藏之惟恐不深者何闇然也夫誠得乎尚絅之意也而性情之美積而愈流久之自不能揜者已日章也夫何異乎衣錦之實也而小人則反是矣夫小人之於道也以為吾將使人一見而深嗜焉則淡也不如其肯也吾將使人一望而即眩焉則簡也不如其華也吾將使人一覩而即歎以為奇焉則溫也不如其矯矯而自好也乃未幾而厭矣即而求之文與理俱無足觀矣此的然日亡之小人也若夫君子則不然君子非有心於自揜而故為是穆然之態以示物也而自人接之則淡簡溫之不可測者殆居然有絅之襲於外也其闇然者本如是也君子亦非有心於自炫而故留此深沉之蘊以徐著也

而自人思之則不厭而文理之藝至者殆依然有錦之美在中也其（仍縮合衣錦日章）日章者信非虛也君子為己之心如此夫亦可與入德乎雖然有幾焉不可不知也今夫遠之由於近也風之本於自也微之形於顯也此一定之機也然遠之何以必由於近也風之何以必由於自也微之何以必形於顯也又至危之機也知其為一定則舉念純乎為己（字字恠倫打成一片）固自安其淡簡溫之素而不失為闇然日章之君子知其為至危則宅心惟恐為人或至去其不厭而文與理之質以下同於的然日亡之小人如是則安得而不謹而至誠至聖之德其庶幾知所從入矣乎不然藉衣錦之飾而忘尚絅之義未有不為昔人之所惡者也

稽禮齋真稿　中庸

百節疏通萬竅玲瓏人但愛其機法敏妙不知其勘理之深邃也

詩曰衣

君子之所　二句

嵇曾筠

深於為己者惟謹於人所不見而已夫徒謹於人所共見非為己之學也君子之不可及者豈在是哉今使君子有為己之心而惟區區焉共見之是圖以為吾祇以告無咎於人也其去的然者幾何矣夫君子之學謹於獨而已獨則己所自知而非人之所能知而實無不（曲折醒豁）可與人知而君子乃遠矣吾由其所以無惡于志者思之人之所欲去焉而不能者而君子已無遺疚也人之所求慊焉而未逮者而君子已無餘惡也其蚤蚤於省察者可及乎不可及乎（領起不可及不可見用筆靈活）孰有進而窺君子之內者而省止益力也孰有進而伺君子之志者而惡已俱釋也其皇皇於此獨苟可見乎不可見乎吾乃恍然於君子之不可及其唯人之所不見焉已學者之患每不畏己而畏人當夫人之不見我也謂是可以少縱也迨一見焉而惟恐疚之或形於外乃始惕乎無（[illegible]）敢軼矣夫此惕乎無敢軼之心所以求免乎我之疚也奈何恐人之見我而乃動乎況乎我之自見何遂不如人之見我而顧以隱微之得失徒借鑒於旁觀豈為己者之所敢出哉精察乎理與欲之交而不使有一念之未安其斯為君子之異乎人者矣學者之患每至欺己以欺人當夫人之見我也謂是不可以少假也迨不見焉而一任疚之潛伏於中安在其凜乎能自治矣夫此凜乎能自治之心所以

稽禮齋真稿　中庸

求去乎我之惡也柰何因人之不見而遂癖乎且夫人縱不見我豈能逃於我之自見而顧以指示之不及逆貽慚於淸夜豈爲己者之所有事乎致嚴於善與惡之介而不使有一意之未誠其斯爲君子之加乎人者去久矣君子之不自隱也莫見莫顯之幾無時不兢兢於意中其可以使人共見也明矣然正惟可以共見也而其惕勵於（翻刺皆日精義）不見者尤爲萬物之所莫能至逆夫久而日章而性自我盡命自我立人將曰君子誠莫與京也抑知其所以立隆者蓋在幽潛之地哉久矣君子之不自揜也十目十手之嚴無時不集於獨中其不懼人之見也又明矣然正惟不懼人見也而其謹持於不見者蓋爲耳目

之所不能闚逆夫孔昭于外而有善而無惡焉有美而無慝焉人將曰君子果操何道也抑知其所以勝物者蓋在藏伏之際哉不然致飭於昭昭之地而怠其冥冥之修此的然之小人非君子之不可及者也是以學者貴謹獨也然而猶未足以盡爲己之功也

字字斬艱與人心目

君子之

詩云相在一節

嵇曾筠

引詩言君子存養之學、無時而不敬信焉、夫不動不言、正屋漏之地也、能敬且信、是真不愧矣、君子爲己之功、何其密哉、且夫學者之家不可忽者其惟此靜而未發之時乎靜而或忽則其發也將有不可知者是故寂然無事之時而其無敢怠無敢斁者常存存而未之有息然君子之爲己益深而心滋惕矣內省不疚、既致謹於人之所不見矣、由是而著於人之所共見（提出言動敬信）有不動動無不敬也有不言言無不信也爲己之學至此亦云密矣蔑以加矣而古之君子當夫幽居默處嘗惕惕乎凜神明之臨嚴厭射之防而不敢一日自寧者此何以

稱焉吾蓋讀書而知其故也詩云相在爾室、尚不愧于屋漏、斯言也蓋爲不動不言之時勉也君子之爲己也可不鑒于此而自警哉心貴其無間耳使必於動而後敬似敬轉因動有也吾心之真敬者安在也使感於言而後信似信轉因言立也吾心之真信者安性也況乎百年之內凡動靜語默之數亦各聽乎其時如待其時而始思所以持之則夫未言未動之先其遂可以自逸而自欺哉故君子務宅其心于敬信而必不使有一念之或間者（緊接詩詞）致抱慚于爾室也已矣理貴其能豫耳使動而後敬勢將不及敬也以其素與敬弗習也使言而後信勢將不及信也以其素與信弗習也且夫一日之內凡動靜

語默之類亦各因乎其境如履其境而始思所以飭之則夫既言既動之後其人可以縱情而薔偽哉故君子豫積其誠於敬信而必不使有一息之戒渝者致潰惘於屋漏也已矣大抵學者之患見爲顯則其危迫於隱焉而已褻矣若君子則隱與顯曾不易心也不見其動而不改其敬不聞其言而益貞其信想其心視爾室不啻大庭也（審工指合詩句方）戒慎之至而天命由茲靜正矣（是一節作法）抑學者之患有所發則不苟迫於存焉而已弛矣若君子則存與發初無兩念也孰迫之敬而敬已在中孰強之信而信已勿諠想其念處屋漏如對聖賢也恐懼之久而天德由茲內固矣要之皆察難存養尤難此古賢侯既嘗敦爾威儀慎爾出話而猶爾室之箴以致謹于不動不言也爲己者如此乃真密矣而其效不有可驗乎

粉捏彝妥稱　　中庸

筆酣墨飽氣足机流當爲是題佳搆

詩云相

錫慶堂詩集

（清）嵇璜撰

《錫慶堂詩集》八卷，清嵇璜撰，清咸豐九年刻本。嵇璜生前曾手定一卷詩稿，未刊印。詩集是在他去世六十五年後，由其子承群『悉心搜討編次成篇』，咸豐九年由其孫文駿刻印的。八卷共收録嵇璜生前所寫的古今各體詩四百一十餘首。其中，奉乾隆帝之命而寫的應制詩有十二首，與乾隆帝贈答的唱和詩多達近百首，其他三百來首詩作，多爲贈友、題畫、詠景、記事或吟詠風花雪月之作，有三十四首失題。

嵇璜（一七一一—一七九四），字尚佐，號黼庭，晚號拙修，無錫人。嵇永仁之孫，嵇曾筠之子，父子都是清代著名的水利專家。雍正八年進士，歷任日講起居注官、翰林院侍讀學士、通政司副使、都察院右僉都御史、吏部右侍郎、禮部尚書。乾隆間任南河、東河河道總督、工部尚書，晚年加太子太保，爲上書房總師傅。卒贈太子太師，謚文恭。以治河功績和清操著稱。與劉墉等奉敕撰《續通典》、《清朝通典》、《續通志》、《清朝通志》。有《治河年譜》傳世。善書，阮元謂其『字體出於唐碑』。《清史稿》有傳，袁枚作《墓志銘》，錢儀吉著《記嵇文恭公逸事》。

嵇璜不僅精通治水，擅長書法，而且愛好寫詩，『奏議外常事吟詠』。嵇璜與乾隆帝同庚，曾數次隨從南巡，由於其祖父嵇永仁和父親嵇曾筠都受過朝廷的恩寵，自己本人又治河功績卓著，故深受乾隆帝看重，同他常有詩歌贈答唱和，因而嵇璜一生留下了不少詩作。它也向人們展示了嵇璜的文學才能。

本書據清咸豐九年嵇文駿刻本影印。

（金其楨）

錫慶堂詩集

咸豐九年己未秋仲校刊

錫慶堂詩集卷一

錫山嵇　璜拙脩著

恭和

御製山田元韻

凡民務生計詎宜禁所之關外山可田歲久無不治蒙古

事畜牧肥瘠俱所遺邊民窺此利招攜來窮黎連塍及寸

壤人力無不齊幸茲風雨時辛苦慰一犂磽确變腴土游

曠兩有賚分疆或興議

帝命下所司務俾中外安民隱若察肩

恭和

御製題司馬光獨樂園圖用蘇軾韻

妙筆傳江東名園想洛下高低得池臺曲折開林野尋詩

花滿徑把酒月盈斝迹雖託泉石望實重夷夏脫略簪組

榮優游幅巾雅精心資治編留像者英祉摹寫非偶然彷

彿曾游者七詠致足樂五畝豈云寡蕭曠入點綴神理妙

融洽淨除耳根蟻閒閲隙中馬獨追裴白高竟使王孟舍

披圖見嵩少飛夢到龕赭强賡

彩鳳鳴愧類寒蟬啞

應

制題鄒一桂設色古梅

曾聞寫梅難以神不以貌睎仰
天筆春始識造化妙侍臣工賦色㷊筌夙同調點染極匠
心祕殿早承詔漬粉未及乾驚捧鴻篇到吟情嚼雪香繪
旹豁堂奧坐令瓦盆姿濃淡出奇峭卽事見本末佳處誰
領要

應

制題秋英圖
百昌均雨露資化㠯木同春姿詠藿靡秋英爛丰茸商飊
始吹涼嘉卉時滿叢有葵旣異蜀淡婺羞繁紅玉簪與海
棠羅砌何戋戋惟蘭本國香紉佩㠯可充杜若足採擷桂

樹幽人宮秋蘺燦成剪落英飧不窮於時翔雁來絳葉酣
朝曈卽事占物候歲律成農功丹青出圖寫撫玩怡
宸衷眷惟在秋實寶繪隨邠風

恭和

御製西苑泛舟元韻
寥空掃積陰别苑添新爽
殘餘臨淸流扁舟納萬象霞光抹天根樹影團山掌置身
明鏡中宇宙在俯仰
晴波上輕煙沿洄渺難旣涼飈夾岸來落葉傳秋末穠華
漸蕭踈方知澹足貴心境絶點埃空濛飲香氣

霏霏露欲澄淡淡雲尙凝銀蟾忽吐魄大地一壺冰薄寒
想初遞纖絺恐未勝會須穿月窟不羡虹橋登
帝歌繼卿雲流藻賁圜沼下視唐貞觀相距豈分秒沖襟
偶披示萬景一言了高詠方自玆更待三五皎

應

制詠玉甕
日下羅舊聞金元多軼事廣寒敞高殿鄭重出瓌器丹水
玉膏凝遠自天西至剖琢命㠯工昆吾不輕試冥心穿溟
涬龍藏括奇祕施手奪造化權錯妙該備聚粟見三山激
輪迴大地混茫荒怪集觀者盡膛眙㓨中貯雲漿一酌千

人醉口馬開大宴再拜稱上瑞瓊華幾秋風漂轉隨所棄
齏鹽得素緣苔蘚饒古致久甘琳宮老頗逢逸人記河圖
汨沒餘忽睹雲霞賁承光高聳屹天然愜位置俯仰五百
年垂虹仍積翠瑪瑙獻丹邱玆甕殆其類煥乎麗
宸章奧博無賸義求舊非求新所貴不在異豈無待價者
於此感深意

題石芝圖
山骨斲神工雲根翳奥府媧皇煉石餘偶墮桐江渚玲瓏
水精含爛漫日華吐朝霞横珊瑚夜光辟麝鼠鑱刻本自
然眞宰心獨苦一朝故不守竟爲達士取抜之妙礫叢蘘

以錦囊古峙嶸几硯問奇惢厭蒼宇至今嚴灘水風雨常斷渡神怪泣空山蛟龍爲誰怒豈知輭紅中妙繪開矇瞽以茲感物理顯晦誠有數當其沈埋時棄擲同榛蕪忽焉蒙拂拭價與連城伍名山有時開識者乃爲主神仙倘可學石髓亦堪煮長作採芝人山靈或能許

漁父二首

擾擾塵中人誰知漁父樂家具攜扁舟雙槳隨處泊來去東西瀼洄遡上下若得魚嬾問名換酒一斟酌丁眷雖無多亦足供笑噱白紙不上船自昔官租薄蘆花最深處放歌日初落醉向篷窗眠有夢差不惡

遶水淨如練蘆花簇如帚停舟倚淺渚婆娑兩三叟攜取老瓦盆沽來村店酒堆盤雜蝦菜促坐列瓶缶身閒飲亦佳興至醉亦偶頹焉共傾倒目送寒潮走借問鷗鷺羣之子知誰某悠悠人間世跼蹐類叢藪到此眼界寬儵然滌塵垢天地入吾胸烟雲落吾手招邀醉鄉人逍遙得良友因風共解維前津事魚罶

草閣淸陰

森森雜樹羅靜與松竹亞貯爲此晝陰涼意倚風榭炎光不之逼謂此可消夏道書還自讀悅理若觀化門外襏襫來已令迴不借

林屋延淸

小山翠不多矮屋淸如此瑟瑟疏林風淙淙曲澗水端居者何人盡日長隱几

仿雲林設色

幽意滿平陸蒼然橫遠山緣崖數株樹板屋居其間秋老石愈瘦人澹雲自閒此中有真意可會不可攀

題秋江待渡圖

澹澹釣絲風疏疏桐葉雨葦間野艇橫寒潮自吞吐吳山一髮青烟靄江南樹長吟招隱詩客心正懷古

題氷天漢節圖

陵律罪通天誰知子卿義肝腸自氷雪餐氈乃餘事一節十九年嗟乎真漢使歸來圖麒麟酬勳非素志

臨汾郎事

汾水何悠悠繚繞山之足演漾日光下樹影交睛綠中流沙嶼分荒葦森如束東去經晉祠千里更幾曲涼風川上來馬嘶時斷續翹首眺中條勝概紛滿目白雲西南馳歸雁與相逐地勢入平陽伊耆有遺俗其民勤作苦湣古稀訟獄翳翳陌上桑藹藹田中穀好鳥枝頭鳴村童草間牧夕陽挂東峯暮聲遍崖谷解鞍道旁村入門但茅屋老翁問我飢麥飯炊正熟瓦缶羅肴蔬聊以果我腹晚寒不能

寐愛此一杯酥南山當我前惜少東籬菊為吟獨漉篇依
然太古樸缺月林端生秋意轉幽獨夜半問僕夫明當就
曲沃緬懷此山川行人去苦速

題畫

山空霜氣肅羣木疏風前愛此亭畔竹遠含溪外烟寒光
映迴波野色分橋邊穆然會澹足幽意圖中傳

送女之德清

憶別汝母時汝纔繞母膝荏苒悼流年汝年已十七女工
學未成詩禮讀粗畢當春賦于歸余懷如有失買舟送汝
行風帆毋太疾郤憾泉下人夜夜夢未悉似憐汝尚幼神

魂不能佚父母一身兼未諳愧疏率幸茲夫壻佳和諧冀
可必多言固所戒沈靜葆汝質操作職在勤奉養心宜密
庶用慰汝親佇卜百年吉登輿汝竟去有語不能出平生
丈夫慨肯為所愛汨十載死生情頓牽離別日回棹望吳
羌老眼淚已溢

孫文駿謹編
曾孫有慶校字

錫慶堂詩集卷一終

錫慶堂詩集卷二

錫山嵇　璜　拙脩著

長白山恭紀

高山天作
神聖與太和絪緼之所凝肇基
王迹岐陽徵紀名始見山海經橫亘千里收東溟開運隆
業靈脈承其巔有潭千仞澄周八十里環峰青青環五峰
峰五形西南流似鴨綠名北流混同曲折縈東南土門流
至清納綠窩集霄崢嶸納秦窩集春舫嚮南麓兩幹相送
迎土拉庫者懸秋冰九天直下銀河明巔生白花花丁星

亦有香樹黃金英古圖五岳圖未曾今之所圖元氣憑封
山典禮爭山靈職視岳鎮玉册膺我
皇仁孝懋緒繩
東巡望秩至治馨長發其祥頌永稱共球大小百祿并列
碑瀚海彩筆凌晴蜺耀野搏秋鷹蒼松夾道龍騎騰大風
作歌卿雲蒸鬱葱佳氣歲月增億千萬年頌升恆

平定金川凱歌有序

皇帝御極之十有二年西蜀駐藏臣以金川酋莎羅奔搆
釁鄰番不遵約束請致討既出師踰年功未奏乃
命相臣恆往經略恆至軍乃戮賊姦之在我軍者遂帥師

攻其碉碉摧賊益失恃乞降不許

上恤其窮蹙命恆納降班師而晉恆公爵

命甫下賊酋率衆稽顙軍轅以降蓋我軍之未集者猶在中道也十四年二月捷書聞羣臣請

御殿受賀

上推本

慈訓敬上

皇太后徽稱以迻舉行告成典禮論中外功賞

御製文勒太學傳示無窮臣璜日侍

內廷親見

聖天子文德武功廣大神速覲揚

光烈遠邁隆古不勝踴躍歡忭謹撰凱樂一篇凡八百四十字以頌述

盛美於萬一

帝有九有提乾綱聲靈赫濯覃要荒戊己都護若西域益州贊普馴番羌維番依山累石室仇池樓櫓盤羊腸蔚宗立傳紀不得高宗三年之鬼方憑深阻峭各種落崆峒石門逵且障金川與與小者搆嗟爾醜類何跳梁小金川苦告邊吏

聖人得不揮戈鎗我師其西卽爾壁我任我輦車牛糧我糧我師歲復歲醜亦屭負仍巢藏

帝心焦勞審厥罪初六不律占否臧赫斯怒矣篤我祜曰咨相恆汝忠良臨軒授鉞汝其往誅則有詩餞有觴銳軍六千闞虓虎翦武古逼咸在行賞罰用命不用命惟汝同德國以匡恆拜稽首曰祇若

天子庥命敢對揚時維仲冬十一月疾馳秦隴經冰霜方叔旂旐吹央央召虎江漢流湯湯桃關曉衛片片雪天射山步高高岡嘗吐調藥手挾纊作糜取薪行擔囊衆整戎肅秉廟略小金川入雄蹟蹟賊之耳目艮爾吉謬效職役姦而佯我軍之情洩與賊番婦表裏爲昏狂親數其罪戮

以殉羣番風聽驚奔忙大營代鼓莅卡撒申令禁旅驅洋洋鉤援臨衝悉所向堅碉石破聲雷瑱立時飛礮下昔嶺接日摩壘無巴郎巴布聖師復鳥陣敢肆鋒蝟與斧螗望風稽顙再三請未許肉袒迎牽羊燎毛底事烈火熾卷甕奚待衝飈涼俘先服心次服力遂左拔角右扼吭觸機落穽計無出搗巢掃穴期方將如天好生

皇帝德明見萬里敷春膏羽書勤省五夜達阿柄獨握諸臣襄

慈甯不問外朝事勞以爲恤邊眊瘖敬承

懿旨

睿謨合藹然和氣宫庭翔納降班師晉恆餉酬庸懷遠惟
民康
詔書尺一沛雨露番土草木回寒僵其時其酋遵我約迎
我虎將壺盈漿入其勸歪㯖之出莎羅奔□狼卡長除道
築壇相恆拉鳴螺膜拜高焚香使金如粟卻不受長生鑄
象諸葛傍今如孟獲讋銅鼓昔作夜郎踞竹王願隨楛矢
貢肅慎亦隨白雁朝越裳從而征之媿軒武待以不死軼
漢光星馳露布九日奏一矢豈不銷天狼羣臣表賀
皇帝受東風凱入開明堂國人喜迎相臣至衮衣卷然豹
尾槍宴成論賞

恩廣博解鞍萬馬嬉垂楊出禱蚩尤于大纛入銘司勳之
太常上
陵告功孝惟孝星輝雲郁福簡穰惟謙受益卻尊號遠跨
兩宋踰三唐特進鴻稱壽
文母錫類四宇同嘉祥蜀人宵眠夜無警以長兒女以耕
桑蕃人熙熙率其業相告鄉里無搶攘仁義之劍道德胄
宰制六合承
天慶鐫功勒成
聖有作昭昭萬古垂文章虞典周詩並陶鑄韓碑柳雅豈
韻頏

聖祖沙漠晝親定
世宗青海風遐昌纘緒詒翼欽我
皇用編方略傳無疆形容
至治大手筆以配吉甫非臣璜

平定金川恭紀

乾隆天子撫萬方上揖軒燧超虞唐䲦水鶼林各效職黃
支烏弋咸來王蕞爾金酋襲冠帶世居西蜀桃關外蠭屯
蟻聚矜長雄羊狠狼貪恣凶害守土之臣請致討輓粟飛
師期迅掃或懷猜狡或怠狂環之閫歲師其老皇哉我
皇赫斯怒大出禁軍集諸路疇其同德克詰戎咨惟汝恆

朕裴度恆拜稽首請視師憑仗
天威經略之忠忱既可貫金石勇氣更欲先熊羆
奎章褒寵發高唱銷兵日月光天上芳園張宴犒六軍吉
日
臨軒命上將既禡既類斯專征晨
御黃屋賜酒行公卿祖道都人悅隹氣正值初陽生遂驅
燕晉踰關隴劍閣嵯峩錦江湧天射山頭屐齒寒身先士
卒神俱悚風行電照號令明大帥初臨卡撒營壁壘旌旗
新氣色百里不作譁吶聲立除姦苗鏟賊間賊徒膽落刻
敢戰雪中疾過一聲雷堅碉麋碎爭鳥竄鳥竄鼠藏勢孔

急我師決策期深入欵闕未許望風降犁庭將趹諸軍集
封章入告
帝曰吁止戈爲武斯艮圖好生天地有大德痛絕奚必窮
根株時岳家軍軍黨壩諭以開門就恩赦一旅橫過虜穴
中二酋擕赴軍轅下壇邊匍匐泥首陳仰覛
天朝第一人申約六事貸不死洋洋大澤敷如春獻金卻
金增感赧願築祠堂耀巖谷乞將牌印炫番夷永持梵吹
虔所祝金川定矣捷書來紅旗八日馬上催喜披殿陛千
官表歡上
慈甯萬壽杯晉爵酬庸超五等伫歸黃閣調神鼎圜圖繡

出華袞衣煇赫贍來豹尾影增秩行賞各有差內參贊畫
外驅馳下逮偏裨亦優叙凱旋蹁躚歌來思惟此奇功五
旬奏萬里一堂
親指授利勢原圖靖寇氛包㠌獨肯遺禽獸百蠻向化邊
徼清蓬婆雪嶺開新耕銷烽灌燧罷斥堠
皇靈遐暢躋隆平羣臣固請上
尊號
聖人謙抑寢不報特隆儀典進
徽稱云維
文母之所教允矣

謨烈丕纘承
列祖神靈實式憑感茲默佑修展謁元臣左右趨
橋陵豐碑勒成示函夏陶鑄虞書及周雅
天筆揮來頃刻成千秋韓柳都喑啞人間一日萬口傳廟
謨端藉斯文宣昔也雷霆今雨露巍巍
盛德真同天

恭和
御製御花園古柏行元韻

秦栽漢種不足論此柏之壽甯非天溉以金井潤珠露帷
其得地斯得年蒼然鬢眉朵殿側清暇時復承

溫顏古葉酣香下鸞翼盤枝偃蓋側窩局有心自保歲寒
操無語一契庭前禪要知崛强以品重由來寂靜其眞全
郤俯塵寰覛儕輩幾摧爲薪犁爲田不然獨抱不死訣坐
閱廢興如老仙承光古栝許同調嗟彼衆樹誰並傳物外
鑒賞探
聖藻噓枯不藉餐瓊丹木耶人耶深寓意材大難用底誇
樵甫篇

恭和
御製題盆中偃松樹歌元韻

石盆誰斲瓷斗同盆山盆水環而通乃有雲氣生其中雲

從何生生古松松兮無始雲無終松一無二撐於空一尺
千尺盤龍葱
帝文則雲德則龍詩爾肖爾如天工偃自何年來何方艱
難傴僂傴道已豐
泰階雨露乘時逢作歌豈憶浣花翁偃偃蓋蓋淩春冬聲
名從此垂無窮徂徠所詠能希蹤益流和氣雲長濃

應
制題青蓮朵 南宋德壽宮即今宗陽宮宮中舊有穹石石傍有古梅一株今石僅存上南巡頗拂拭之嗣大吏移送京師賜名曰青蓮朵並紀以詩
巡方歲及吳山春宋宮遺石觀嶙峋

鑾馭初廻石隨至殊遇有時欣得地弄玉十丈宛在茲錫
與名字親題詩詩如青蓮佛香妥石似蓮花青一朵以蓮
作供逾優曇玲瓏瓣簇煙雲含石旁舊倚苔梅綠綠華也
綴藍瑛幅石今巉立
御園深濃春自繞瓊瑤林憶梅題石成佳趣幽探勝入西
溪路

恭和
御製玉甕歌元韻
異寶不與時代訖遺編每補史乘闕日下故寶紀金元天
上搜羅徵法物昔移艮嶽陋凡材曾向密山劖雲骨昆吾
初瑩鷴鶒膏于闐巧刮蛟龍窟神施鬼設精削鑱鏤外刓
中遍軋芴依然橫理見庚庚倏爾驚濤赴汩汩一泓海水
環來傾萬種靈鱗出復沒廣寒殿內置不頗金露亭邊卓
爾屹仰承桂樹清影團旁繞瀛壺元氣噏乍覩大象總渾
命欲窮殊伏翻恍欻景純枉自注蟲魚道明幾誤食蟛蜞
直追軒纛與頡頏未許燕石來唐突周道縱復列尊彛瑣
細還嗤類鯿鱖五色常凝黿采浮千鍾滿貯紅香鬱當時
錫宴肆瓊筵羣公上壽聯朱紱只知制器固苞桑誰料揚
塵翻瀣渤定煩神物默爲呵偶落仙壇幸無抗不隨瓦礫
就埃湮空干牛斗騰紅蔚幾人過眼歎雲烟何時著手重

摩拂百轉漂流寶尚完一覩休明與自勖長年久分伴齋
盥朵殿重來映冠戴古貌應增昔日姿壯勢眞如勇夫仡
奇同夔後識勞薪津比春回發枯拙
天章卑視曼倩銘 東方朔有寶甕銘 雄文高並岣嶁碣不妨十五
償趙城肯令一再遭楚刖討蒐應已發幽潛稗野原非虛
剖劂圖增博古倍堪珍志非玩物甯易拍顯晦因時理則
然瑞應有道誰曰不獨鳴釜缶與賡歌徒雕肝腎增慚艴

恭和
御製題江參江山千里圖歌元韻
濤聲巒影生几席腕底印出鴻濛蹟絹紋如波靜而皺璺

光似漆黝且澤千里坐覺片帆移洄泝誰憑風順逆蜿蜒起伏衆皺堆林屋巖椒乍開闢意匠所至真宰愁筆力欲窮地維窄北苑三昧參得之護持丁甲爲驅役奎章閣下丹邱生摩挲鑒定窮日夕紛紛馬夏何足數虎兒瀟湘齊品格

恭和

幾餘真賞洒仙毫天塹宛從句裏畫篆煙凝室悟畫禪下視香光幾塵隔神物顯晦會有時爲慶遭逢今勝昔

御製題雪浪石用蘇軾韻

嘉山繞郭蒼煙屯圍中一石巋然尊劄來七十二峯秀摩挲頓豁塵眸昏神工傳出兩孫畫彷彿浪湧清江村非石重人人重石輪囷寒碧荒祠門想見蕭齋巧位置呼之欲出坡仙魂宋遼分疆此巨鎮太行東去盤雲根名賢作守偶間寄剜剔苔蘚留詩痕百株石亦等閒耳癡人牛李安足論更七百年邀睿賞奎光長射芙蓉盆可知人生貴不朽衆春尙有遺園存

恭和

御製法螺曲徑元韻

名僧占山荷佛恩高人去後松寮存

翠華行春入香篆岡勢屈曲爭迴環當時居宅今作寺珂嶼但聽泉雲根（報恩寺本明趙宧光宅有雲根泉）衆峯青圍佛螺髻真身清淨初無言千年不復辨名義空山謾詡開堂尊偶一拈示妙法源霏微香雨天花旋

題龔開畫駿骨圖恭和

御製元韻

天閑萬疋皆臣師韓幹遭遇實有時杜陵尙譏不畫骨畫格精進無窮期龔生不偶嗟伏櫪爲己寫照愜於斯北風蕭蕭邊草動意在萬里何由之隱然牝牡驪黃外卓立骨相非毛皮鹽車太行窘天步鞭箠刻烙從人羈王良伯樂

世無有駑駘騏驥惟所爲區區僅著十五肋落筆似有長鳴悲老馬烈士同一歎客舍見背聊出奇漂流百轉得殊遇天題不數元狩詞驪珠錯落重聲價千金買駿興遐思卽看龍種大宛貢繪圖作贊儒臣司陋彼開元四十萬南山汧渭誇豐滋就中畫骨更不易使臣操筆開應知

恭和

御製野花

馬頭拂拂霏生香繁豔丁星綴秋曉不分妍醜各自矜露溢霜凝煙月皎空巖開謝未知名惜也滋培人力少自昔

譜狀多所遺況茲輿境誰曾到一從

天藻賞幽芳野花有幸非凡草

恭和

御製繡壁

太古山容未枯槁天然設色稱秋好岡巒環複塞外奇突兀萬仞參雲表其上淸泠潤河漢其旁錯落挂畢昴七月丹楓尙覺早轉似春池鋪荇藻靑女神工繡作堆不向天孫乞餘巧蘚文皴裂薜荔斑刻畫書蟲兼篆鳥雨絲雲縷時往來未得梯空極幽討絕品從敎費品題浣花句有西風老

宸游更與賦長篇安排錦段酬蓍顥

恭和

御製小金山元韻

宸游昔過澄海樓直以一勺化滄渤行春又駐金山巔名勝東南擅江浙輿州灤水得異觀噴蚖洄立波心寒仿彿江天一覽闢奇景彈指不覺歲月遒或浮玉兮或開金菁華久閟沈埋深山經地志漏收拾安得詩人逸士濟勝來入林自昔屋裏山並美山裏屋是山更無他山對峙應稱獨大千起滅微塵中具體何妨拳石足路從形勢分大小桂林一枝豈凡木物理可齊雖類此名與實副斯堪喜不見百川學海得所歸學山不至空仰止

恭和

御製宴蒙古諸部落即景得句

行狩經旬經朔野傳觴吉日張雲廬四十八部久徯后千二百人咸跂予鳳韶鏘鳴舜陛作猿騎矯捷西京如期門山立候飛鞚林色一鞭得句初

敬題

御筆畫梅

同雲模糊天欲雪淸篇傳示驚奇絕須臾又覩化工姿妙處稀微不可說去年二月江南尋江花遲發花有神琳宮

老幹迴天笑一枝占得千林春攜來溫室好供養即景拈毫寄真賞春遲春早筆端司幅裏盆中兩不爽底須華光與逃禪寒芳漠漠移江天淋漓長歌寓深意孤山無事傳逋仙承恩深處回枯朽入座春風呼作友幾多雪壓老江邊共向籬根一翹首

恭和

御製淀池月元韻

北土見月不見水乃今淀池親印之淀池本具江湖意況於見月爲尤宜

行宮臨水展夕眺茲夕正値團圞期琉璃一片瑩且夷明

湖荇藻清漣漪奔流千尺蹴銀浪浮玉金波無定時村煙
淡抹雲縷直船大微逗星光差行天不覺望舒疾顧此池
影了不移
聖心澄照涵水月妙寄高詠無纖離渺然江湖動遠思更
與淀池標一奇

恭和

御製打鴨行元韻
春飈拂拂水上生水禽作陣來翔鳴虞人伺間思捷獲辟
鶬時作沿溪行溪邊接翅紛可羅煩鶩庯渠與淘河姑丁
漫畫名更異凡鴨之類何其多倏爾脫縱鶬眼瞥毛羽都

遭老拳裂一鳥墜地羣鳥散得少失多竟奚說畿南諸淀
水之澳翔育年年含八窽行春於此隸舟師目所未到神
已到星流一點捷於飛詎必翻耩始稱妙不見老鴉種麥
還助牛蘇東坡有鴉種麥行鴨飛食稻常貽羞安得一擊空其疇以
惠我農罔不休

靈珀行應

制
異哉千歲之赤珀中有一寸之金英了了可見捫不得如
彼水月涵晶瑩倏然開兮雨露莫能借以潤忽而落兮霜
雪無自摧其形一開一落暗消息卻隨二氣爲枯榮不知

此珀凝結在何所以何因緣有此天葩生石鏬韞郭索不
解行一卷貯水爲空青經時不減亦不盈物理多難測視
此皆平平理雖未喻象則明聖作物體無遁情匪以表異
惟葆真侍臣驚見得未曾寶珠徑寸璧連城聲價未許一
例評欣傍
堯階紀瑞徵

恭和

御製望大房山作歌元韻
春風輦路依山來疊巒疊巘相縈迴陡然蒼翠落天半大
房迥出雲屏開兒孫諸峯列左右孕奇毓秀脈不走石寶

靈源觱沸深漫說毘盧泉一斗金源卜地探嶔崎雲峯寺
作盤甯基諸陵殘度秋草碧惟有山容似昔時
聖朝修舊幽潛發爲禁樵蘇防隳突穹碑紀事炳來茲噫
絶前人闇治忽我
皇展禮貴陵園開國中興至意存浩浩
天歌寄瞻眺待尋奇勝更重論

孫文駿謹編

曾孫有慶校字

錫慶堂詩集卷二終

錫慶堂詩集卷三

錫山嵇　璜拙脩著

題畫三首

夏山落照

送雨輕雷不知轉火雲硉兀餘霞絢樹頭綠意淡濃分峰頂金光淺深變夕陽夕陽一半開雲中紫翠各成堆隔江記有南唐筆曾是支頤極望來

層巒烟雨

宿雨初收曉雲出虎兕變化揮奇筆畫師著意仿前賢模糊雲氣迷長天不知水墨幾渲淬渾渾茫茫暗溪崦洞庭八月波窈冥烟中微露君山青只今收拾在尺幅滌盡輭紅塵萬斛風亭消夏試一展蒼茫不數瀟湘卷

晴嵐飛瀑

香茅樹底小築清白雲當戶縱復橫層巒青靄衆皺赬皎然匹練生光晶徐凝有句不敢許石梁攀躋上赤城斜陽無語萬壑聲視聽孤妙思屏營堂虛晝靜寒飆生

題畫二首

龍眠作畫如作詩一一自寫君子性鐵心石腸冰雪容筆底欲起衆草病澹然真色參臭味未許脂粉口高興自天題處摩尼光陋彼署後三絕鄭年來巖谷春姿競塵裏不知春過孟誰能獨抱歲寒操掃出新妝表端正願得攜壺一賞之舉白浮君效觴政

其二

葉湖水連太湖南當年高士曾幽探伊誰小築徵韻事松竹瀟灑播遐三春巡南國攬其勝天然入畫清而恬幾餘濡筆兩有會粉本不動白玉籤無多著墨俱巖壑妙在簡古含濃纖橫橋流水環石腳矮屋疏樹桃岸尖舊圖遠景各有合詩情畫旨於兹兼拜觀恍抱江國景鄉思綿邈抽秋蠶

贈沈歸愚尚書

靈巖山中沈夫子詩壇耆碩誰與比七十成名歷省臺歸泛五湖逐煙水昨春迎駕淮海濱天子賜詩稱故人浩歌爲和香雪海山居十首長留春重來爭羨歸愚叟一卷新詩陳拜手天毫灑落爲題辭李杜高王未曾有今年八十宜杖朝璇題捧出松鶴標尚方珍賚豈殫述榮光邱屋騰雲霄都人傾動僚友賀且喜顏髮如童髫柳隄淺淺鶯花迹冰泮長河挂帆席

宸翰殷勤惜解攜十載爲期佇仙掖

題畫

年年夢踏江南春飄風過耳迹已陳誰歟靜中得深趣萬緣喧寂皆天真精廬十笏生虛白山色湖光互明滅開窗晴眺寄遐思其人如玉心如雪展卷從知逸興長輕帆渺渺是江鄉碧雲收盡千峰遠綠葉高抽五月涼佳處怡神落巾幘此中妙悟天然別學元何必羨揚雲長嘯可能驚阮籍由來名士似醇醪忘機最愛柴桑陶大地烟波剛一瞥舉頭落落霜天高久欲尋盟問鷗鷺回首平生釣遊處嗒然一笑卻從誰試向圖中覓真路

送友歸里

綺陌流鶯嘐曉風雜花正鬭紅霞紅傾城車馬向何處相送參政歸山中參政聲華照江海漢廷長者譽望同十載文章冠清署八年水土平司空紫薇省內華萼映接迹更有小許公白麻黃紙揮鉅手日麗槐閣朝曈曈正應千仞作儀鳳何事一舉懷冥鴻自言華簪厭白髮幽意久與泉石通

王恩特許拂衣去東華塵夢空心胸龍眠山色碧於染雙溪勝處扁舟通幾年不到成坐憶歸來煙樹披蒙茸堂開佚老真樂耳詎似作賦傳懷崧羣公祖帳各持酒東都門外春濛濛恰如當年錢賀監詩篇一一皆清雄借問還山誰主客相從幻有琴高翁

嵩山

洞天第六元經談奇秀未許詩東南太室少室左右參我

皇時邁指旆繆聲呼萬歲山靈歡三十六峯隨所探二十四峯尤嵒嵒石礦丹書扃寶函陡然千仞蒼翠添一峯劍削排霜嵐俯視羣峭何耽耽名曰華蓋名無慚氣象博大風物恬六龍飛轡登□□平凌絕頂捫碧巉其間頓隔仙與凡祝釐降福來巫咸和會風雨秩紀嚴除道不復煩丁男萬景羅列惟所拈神妙獨到秋毫尖周詩漢史無不含

惝怳靈氣開襟淵爛漫衆皺朝霧浛玉井古甃窮且窦蘚封洞府蚴空嵌天池倒影天蔚藍三花貝樹霏毿毿維靜與壽

至德兼中天立極愷澤覃名山告瑞雲曇曇濟勝往往窮幽嶮金仙玉女不敢潛天花散落如撒鹽笙鶴逸響流層巖寒林木脫丹葉酣偃空老栢青瘮瘮標奇領異遲歸驂羣岫拱衛爭纖驪長耀奎畫鐫穹堪侍臣惜未一仰瞻拜誦

宸章幸可覘驚汗強韻疊再三

自東嶺坝近跋馬至行營

石徑高淩衆山高東峪西峪皆其寮據巔俯視但一切煙霏漠漠窮幽邃雲幪甘池徑雖險自東而下要非遙蒙茸一綫苔更滑披豁衆皺嵐初消村僻不知天駟從此過未及扶挈童叟攀峰嶁巖居穴處共享太平樂耕農而外亦自聊流覽渾忘馬蹶疾但覺西峯景色隱隱雲間迢旌門啟後法從猶未至郤指迤路爲解嘲

聖人憂民疾苦貴清問此行豈爲看山遨自昔德法御民如馬有銜勒政在先勞更習勞

枯木寒鴉

煙鬟淡抹雲模糊盤鴉作陣接翅呼虬龍僵立森髯鬣銅柯鐵榦氷凝膚叢篁翠倚清而姝犖确怪石相撐扶傲然似是山澤臞中有元氣老不枯營邱以後無此圖造化在手誰能摹

嘉禾圖

頻年東顧垂

深旨和氣致茲秋稼美嘉禾圖進守土臣傳示在廷慶共喻

帝曰念哉汝有司毋以歲豐侈瑞紀憶昨春省軫予懷輓米賚金釋係累更濬畎澮去沮洳惟冀斯民更生耳幸未閱歲歲有秋流亡復業知凡幾應天以實不以文懷保惠

鮮庶獲此作歌戒諛廛傷農如親撫摩洗瘝痏不言祥瑞瑞乃臻八方大有固其理先知稼穡千聖同無逸爲圖信有以

題盆松

高名曾許夷齊同幻相或驚木石通（御製集中有夷齊松及松變石歌）大千起滅一塵中老盆見此偃蓋松斧斤所赦終無終雲影鋪地濤捲空蹙縮千丈含青葱之而鱗甲纏虬龍竟欲騎之謁木公茯苓劚餌仙人方太薇宮中朝露豐彼五大夫嗟不逢丈八芙蓉稱此翁石腸蟠屈淩嚴冬清賞一追萬古窮橫盤硬語留奇蹤莫羨蘚色空山濃

題鉏經圖

古松陰中一茅屋手經讀和音琅琅十行俱下瞳翦水誰乎寗馨生多郎阿翁踞石似聽讀別有童叟耕其旁科頭仰看好天氣屋外繡畛鍼抽秧張侯吾友昨居里先疇舊德情無忘倪寬班傳事可述圖此自況真樂方吾友讀經扶經奧諸家箋疏胷羅藏鼎來隨意通一義解頤如遇西京匡須知道在探原本菑畬有訓豈可荒三時搰搰望材實百畝穰穰稠囷倉說鈴書肆世何限聖權應賴相扶將從來犁鉏出公相城南勸學詞則詳請看舉舉撥家學正比階茁蘭芝芳况逢

文思天子重經術儒生圭蓽遨明揚桐花萬里近咫尺將
雛威鳳鳴高岡御思千乘作都養漸鴻翼困遲翔翔尚書
故出濟南泒卒吏但望廷尉堂卽令清卿名譽盛施於政
事皆文章時承
玉音前席問蹈舞奏對當明光東皋歸耕
恩未許夜夢空繞吳山陽

古鐘歌

花堂紺宇衞八龍佛火長照袈裟紅中懸華鯨萬石壯擊
之伏毒兼懺凶五更清韻出林杪雄鍠不與諸刹同西山
深崦人罕到白雲朝昏滃然封山僧畧能說舊事永樂之
年成此鐘鑄時槖籥扇飛電彷彿歐治烹谿銅寫型剖范
無泰缺稜廉作銳如劍峯滿山往往出金吼海波澎湃應
撞春是時靖難兵始息意憐戰骨爲沙蟲欲以慈聲渡衆
厄薦福詎念方黃忠早聞人歌莫逐燕金川誰啟門重重
千秋定案傳青史安知事業歸虛空惟餘此鐘閱人世依
然清淨皈禪宗華嚴十萬傳楷則法門原在文字中覺王
應時爲說法諸天聽此來相從鐏于垂架屹自整其勢隱
隱兼隆隆年深斑駁饒古色潤如雨過輕苔蒙天開日麗
聖人出重揩鼇極驅共工垂裳相繼晏四海
憲皇盛治袪塵風已精陶冶歸聖域更資調御開琳宮欲

令震旦昏夢覺初地一一迴心胷竹林營搆命將作菩提
樹下芟蒿蓬移來此鐘神鬼慶昔鑄乃爲今時功大聲應
杵萬界徹一喝真得三日聾

失題

玉石爲兵古初世列之西序傳周製丹水膏凝五色備神
工奏巧昆吾試廉而不劌威克立虹光上燭牛斗氣漂流
百轉土花漬貢自乾隆年十二
聖人貴德不貴異云是三代以上器用制六合無疑事作
爲銘詩寓深意寶而御之永無旣

失題

姑射仙姿抱冰雪元都換骨同芳潔毫端領取頭番風妙
綴檀心開玉頰疎疎冷蕊似皴霜宛宛垂枝如屈鐵縱橫
獨得篆籀法漫數華光三昧訣舊題憶對隱君時是一是
二難分別逋仙横斜有好句比似應教氣頓折一枝斡回
大地春羅浮鄧尉何須說惟應松竹歲寒盟三友軒中契
相結

失題

隻鷺騫飛雙鷺立淩波點破秋江碧蘆花瑟瑟映紅衣宛
爾風標稱雪客忘機妙處故如斯色相何曾著假絲臨摹
淡墨傳深趣展對沈吟有所思

失題

[illegible]堯心法虞書編平章百姓欽昊天幾餘游藝揮雲煙龍
[illegible]虎臥鳳騰騫寶章鐵畫硃砂研敬天勤民要意宣溯惟
[illegible]璵來于闐白虹下燭方流泉蟬蜍肪瑩昆吾鐫傅豪三
寸厚半焉縱横繆篆蟠紐纏六璽八寶恥居前夐哉千古
[illegible]盤
璽堅繼繩相後先夙夜紹衣惟體乾稽古蒐討圖書淵一
十有五天數全著其緣起紛班班冊府諸璽咸羅騈永懷
手澤弗敢安囊以文錦匣香檀就中一璽傍
[illegible]筵幾爲摩挲重流連

璽有謨訓日星懸天命民岩宜加虔脂凝肪截何足言三
朝供奉几案邊墨卿管子長周旋
帝庸作歌精意研心法永與筆法傳丹書綠字皆成仙億
萬斯年寶慶緜

失題

一峯道人愛畫山曾爲少翁貌天池惜哉妙跡不可見舊
題空賞青邱詞此圖設色無乃是尺幅中俱千巖姿摩天
羣峭立積鐵萬古一片苔蘚皮鶩衆洶潏汪峯頂深黑浮
白藏蛟螭泠然清磬渡林杪開士結屋伊何時碧欄盤[illegible]
綠水湄磴道仄滑需筇枝招邀逸侶四五輩意各有[illegible]

探奇垂竿靜見大魚上趺坐閒送行雲遲蕭蕭蒼髯管迎
送到此直可忘炎曦
至人真賞寄奥曠收拾名勝歸新詩泉深石劍卽景得底
須粉本求黄癡

失題

誰向巨然分坐席長江妙繪已絕蹟參也南渡後一人絹
素流傳發古澤逴勢似向岷峨來楚峯吳岫紛相逆林屋
高低雲色迷巖谿凹凸雲徑闢濤迴淺渚自澹滙峽束盤
腸更險窄引人入勝致不窮夙尚甘爲山水異讀萬卷書
行萬里不如對此數晨夕後來題賞凡幾家惟有香光參

妙格更百餘年慶遭遇賁以
天題參奎畫煙熏屋漏神自完真境豈爲塵凡隔潮生瓜
步樹微茫喚渡金焦念疇昔

失題

昨向禪窗舒意葉歸時早踏龍泉雪河陽古渡再逢之愛
詠千山鳥飛絕
天章禁體駕歐蘇雜誦未竟氣先折圍爐席地默自課點
點飄來就消滅漏聲漸沈墨雲淡炊煙半起氈廬掣馬踠
得得障無泥松鬣毿毿林帶纈冷逼吟肩乍聳戰風攪征
衣耐騷屑煮茗方憐入肺清鉤詩詎止過眼瞥空餘結習

着袂多維摩居士原無說來年應續屢豐歌重掃寒窶試
青錢

題畫

人間何處無仙源塵中回首空雲煙武陵勝遊那可復流
水已逝花徒然龍眠才子獨超俗矯如白鶴淸如泉潘江
陸海竟傾瀉偶爾逸興追斜川出世有心非避世置身早
在家山前鴨頭小艇落君手桃花錦浪波翻天飛紅如雨
點襟袖風流直與春爭妍淸溪百曲見平陸可有秦人舊
種田莫笑南陽劉子驥重來已是三千年向聞安期灑醉

墨爛霞十里烘嬋娟移船不羨天上坐酌酒竟就花間眠
人生到此自可樂何必採藥求神仙問津我亦抱夙志誓
將短棹來延緣但恐君才方負濟川望安能扁舟共泛再
續桃源篇

題畫五首

畫水畫出玉色新徵風皺面簇簟紋畫山不作平遠勢層
巒盤互春容霽山環水複雲不癡溪壑畫盡含幽姿結茅
最愛山腰住近局招邀便來去出門但聞啼鳥聲攜琴獨
往如有情偶然臨水奏一曲響入高空萬山綠

其二

叔明舊畫賁

御題掩盡唱和諸名士
御題重仿叔明畫筆底珊瑚森欲起貿嵤玉立攙雲根蒼
龍夭矯逌迴春元氣淋漓見真宰
仙毫灑落無古人輞川澤川應壓倒那數坡老贈耘老寒
梢勢作千丈强莫言尺幅溪藤小

其三

宛溪之水鳴漸漸敬亭山色看無厭地靈所毓德發潛樸
學世守典訓淹天人洞徹璇璣鈐敫歷峻府
恩光霑堂堂儀表懷抑謙公餘引鏡笑娑妗倩工寫出何
愉恬龍馬海鶴神姿兼七十顏貌逾深巖袞職無闕都俞

僉悠然坐石涼飈添樅身檜葉陰垂檐琅玕萬个日影遲
此景幽絕人誰覘卷舒頓忘六月炎長鬚來索題新縑詩
成秋雨聽廉纖

其四

伯氏仿邊趙能契畫中禪仲也摹李唐妙寫雲外山飛流
直下重巖裏臨水數椽淸可喜領得生秋詩意長重向
天題參畫指近山工作向背勢遠山一抹天無際時有孤
雲擁螺髻髻中一落千丈奔崖根碎玉相吐吞淡然不著
波濤痕濤聲飛上老松頂蒼髯拂拂耿秋影其下結廬塵
慮屏

其五

至人清燕游藝林墨池最愛冰玉簪愛其脩然物外自得君子性篆籀古法猶傳今老可而後作者略有七賢中各俱貧當陰興來為此君寫照不向俗目求賞音更五百年遇

天鑒分題標目抒吟襟薈萃衆美揮鉅筆不使煙熏屋漏歸湮沈遐思高韻孰可比當塗典午放達之侶吁可尋想其箕踞林中共酬暢遺棄一切夫誰禁當時人重竹以重今也見竹恍見其人心不取形似取神遇有如犖然高望彈清琴林下之風拂几席千載以下七賢生氣勃勃酒氣猶淋淋侍臣展玩誦萬遍清夢夜落淇園浔不須歎息山河邈難接攜手一笑還傾斟

孫文駿謹編

曾孫有慶校字

錫慶堂詩集卷三終

錫慶堂詩集卷四

錫山嵇　璜拙脩著

駕幸貢院應

制

玉署淩雲擁鑾輿捧

日來頭廳推魏丙列序引鄒枚禮展宮牆肅書陳道法該緋魚參法從柏影綠徘徊

二

宸章鸞鳳舞榮光萬丈看集賢招盛事稽古勵儒官一德於今見千秋似此難璇題標

至訓日月麗文壇

三

芸閣天香滿蓬池

御晏張觴傳元老進歌許百僚颺餘潤沾金掌聯吟上柏梁徐聞清夏奏倍覺小春長

四

簇簇移仙仗行行溯玉河龍門天漢近魁斗

帝星羅杞梓深培養圭璋妙琢磨化成無限意高詠譜菁莪

五

萬舍鱗鱗接環來明遠樓風簷深注念雲額事旁求尙勉
知人哲誰爲觀國儔初心期莫負鍼芥自相投

六

此日風塵士他年臺閣英所希追典誥庶不愧科名春意
生寒屋文光射短檠聚奎書太史長賛
泰階平

恭和
御製遊潭柘岫雲寺元韻

暫引飛雲路幽尋離垢園縈紆陟仙磴突兀見山門池面
龍浮子離邊竹報孫從來松石意相賞到忘言

二

永與塵囂絕惟餘猿鶴隣區中時結想方外幾遊人
聖藻留題舊山僧候
蹕頻講堂諭法嗣可有遠公倫

三

巖壑層層繞軒窗面面懸照空諸想外禪定一龕前嫩麥
青於草浮嵐碧似煙一聲清磬度微悟偶中蓮

四

花木禪房杳春風語栗留篆香縈霧結梵吹入雲流鴨綠
澄潭底鵝黃裏樹頭稍聞樵唱合蘿徑遠相投

五

雷轉涼飛瀑屏開抹暖霞風鈴空韻玉仙宇隱籠紗下食
馴棲鴿談經失睡蛇更看新雨足大葉長緗芭

六

初日秀芙蓉羣瞻
寶翰濃幻塵醒昨夢芬滯豁凡胷澹抱千林靄清聞萬壑
淙上方如已到九乳響仙鐘

恭和
御製欲雨元韻

共期

天澤沛轉益
聖情切雲陣方全合山容已半韜時行甯有待佇立竟忘
勞急爲驅屏翳三農正仰膏

二

幸佇天漿沛翻增
聖慮切炎威收火傘涼意到油韜煙外嘑鳩婦林閒語伯
勞豐隆真解事切莫暫屯膏

御製趙北口行宮疊前歲韻二首
命和

十里雄州路風光作意妍柳隄橫郭北蘭淀繞

宮前煙樹圖中見樓臺鏡裏懸川虞方效拔春水恰勝船

二

憶昨鸞旗駐曾看錦浪明莫瀛原並滙枕潁有同評濠上魚真樂洲邊鷺不驚拈來重得句一倍暢天情

恭和

御製曉行元韻

侵曉入山林郵籤第幾程秋聲滿林薄寒色上邊城石骨皴濃淡雲容變雨晴禾香飛隴首民事總關情

恭和

御製氊廬

六幕均調後帷宮意爽如憑高籠遠野憇靜悟元虛簾押香凝篸窗棱月照書八荒歸我闥行處即為廬

水圍旋

蹕駐趙北口

水程經四日田禮閱三虞式播聲威盛兼承色笑娛十行時雨詔一幅水村圖塵裏均霑賜空慚載筆徒

扈從道中

仙蹕移仙界超然塵外清發生資木德寂靜得山情即此智仁寓兼之奥曠并記中全景在銘勒愧元卿

二

高可三霄接幽知九夏涼嵐收羅列岫籟遠韻空桑月沼澄諸相風簷悟上方依然茅土舊未盡闢榛荒

三

萬象入遙臨都歸浩蕩襟閔農瞻次畢勤政見橫參麥氣浮隄馥花枝倚檻深乘春摛翰藻遊豫總關心

瑞應詩四首

八風從律　八哥　楓葉　簫管

帝治占風動中聲協律全翠禽如學語丹葉自知年截嶰和音奏飛葭暖候傳玉衡星綴處天上得春先

九叙惟歌　班鳩　穀穗　哥窑瓶

喜聽鳩呼婦歡言稻長孫幽風重為寫韶響至今存象德流聲遠迎春獻頌繁農田高擊缶願答太平恩

疇陳五福　鶴獻壽　五蝙蝠

景福符中數天呈洛水祥敷言徵錫福王治叶馨香一葉蓂初啟長春酒正芳仙禽先獻壽會有

鳳俱翔

吉祥雲現

花逢十載瑞節貫四時堅符應璇圖敔莊嚴卍相全芬芳共擕採紫翠想盤旋太史方操筆登臺萬景鮮

喜雨

幾度餞春雨飛甘不隔旬共欣天澤渥默應帝心寅自此頻邀貺無煩重禱神清和謝家句吟眺淨纖塵

二

滇濛遠近色面面入高憑麥隴秋堪卜禾畦種急乘環溪聽溜漲隔嶺見雲蒸最憶長年景占雲目幾凝

三

乍領園林爽兼之几席清從知千里足典樞百昌榮妙理乘乾悟新詩志口鳴康衢方有頌竊附野人耕

廣陽道中

盡日青山裏漁樵侶亦稀雲光隨去馬樹色上征衣遠水含秋落平畦帶雨肥鄉園經歲别到此欲忘歸

芹泉驛

幾程疲犖确今日出前山野曠秋聲雜天高物象閑川原何漠漠車馬自班班迴眺上方寺疎鐘杳靄間

渡河至潼關

天外棹孤舟黄河蒼莽流千峯銜日暮一騎入關秋渭北風濤合終南雲樹浮從來攬形勝浩蕩寄沙鷗

關門偶坐

形勢盡關中千年此地雄嵐光銜北漏水氣逼東風星野分秦晉雲山隔華嵩高秋一凝眺心欲託飛鴻

過渦水望五馬山

幾日并州路塵沙涴客顔忽然臨碧水又得見蒼山寒樹斜陽度夕嵐孤鳥還遙知大隱者定向此中閑

懷周蒻君

典郡青山裏才人興倍饒秋藏和璞寺月滿富春湖政簡看琴鶴功成賜錦貂璽書何日下早晚佇星軺

其二

隴首秋雲薄思君情轉親忽驚南國夢正值北風晨渭水難通越吳山不向秦早寒時有雁爲倩寄書頻

野宿

荒庭晩坐時行客動秋思樹密風傳急山深月到遲胡琴如有意村酒不堪持看取銀河影高高自在垂

野店

馬上起寒色停鞭試叩門短籬秋雨逕敧屋夕陽村破[illegible]
鳥千囀消愁酒一樽漸看明月上風葉自翩翩

渡河

月淡秦關曉長河野望通雲屯千里岸秋挂一帆風是處
蘆花白滿山楓葉紅客襟眞淡蕩早晚遂從東

臨潼道中

雨急清渭漲西風生早寒我行北原下極目望長安舊絮
憐衣薄新泥怯路難酒旗何處是平野綠漫漫

送二兒承豫之滇南

年老難爲別秋高又送行臨行人萬里對酒月三更有守

惟從儉無才更戒盈勉思爲善吏莫負此家聲

秋夜

小坐宜秋夜翛然池館清月涼衣帶潤風定樹餘聲屋角
移疎網牀頭欖短檠呼童煮茗罷澄慮更何營

其二

莫道幽居僻幽居正養恬恰逢秋氣至頓覺晚晴添理可
從心印詩皆信手拈開軒清不寐香篆自盈簾

疊前韻

蟬歇千林靜螢飛一院清露光添樹色秋意寄蟲聲自愛
蕭疎影何勞長短檠頳紅俱擺落無處著塵營

其二

秋色佳如許秋情應更恬天空河漢近月皎竹梧添新酒
杯堪把殘棋子嬾拈夜深還徙倚涼氣欲侵簾

梅

清賞憐標格濡毫香影中妙參三昧訣占取一番風枝瘦
月初挂花疎雪半籠舊傳和靖句題品恐難工

秋山遠屋

鷗波亭上墨舊本發新思紅樹青山外蘋風蓼雨時人煙
何淡蕩野水亦淪漪最好田家景陰晴事總宜

深山古刹

不斷遠林色滃然山氣濃招提何處是天半忽聞鐘塵慮

自此屏高人倘可逢畫中參妙諦北苑是南宗

麥

春省巡芳甸縱橫列綉塍尚含三白潤庶望兩歧登隄柳
青初合山煙翠共凝祈年

宸慮切攬景倍懷兢

夜雨

行宮聽夜雨檐滴未成行靜意添詩課清機泛茗香千塍
欣有獲十日冀爲常扈從閒敲句氈廬溼不妨

溪山積素

潑眼寒光逼飛來滿四山停舟風淅淅向暮水灣灣獨鳥應歸樹高人正掩關淸時逢歲稔歌詠有餘閒

題許輿宗鳶飛魚躍圖

塊石留天地停雲自古今維摩病起後拄杖一登臨魚鳥情俱適高深意獨尋澄觀良有會觸處豁吟襟

其二

雁影無時北別來知幾秋披圖忽相見把酒記同遊妙悟依蒲褐淸機泛瓦甌雲飛川泳處吾道屬滄洲

閒吟八首

雁

何處問蘆洲寒聲逐陣流寥天和曉角古塞警高秋不謂書難寄翻憐客尙留祇憑數行影寫我望鄕愁

月

又是將圓月依依出塞年猶懷故山麓相對小樓前沙迥明於雪山長淡似煙一杯衢爾酹顧影獨悠然

草

野草荒於海無端惹客衣颷團人影亂塵起馬蹏微一望人原濶千羣畜牧肥今來未衰變秋士漫思歸

花

見說秋容老秋花方逞奇塵眸侵曉豁山徑裊風宜插帽狂歌日停鞭小摘時瓊廬作淸供高寄卽東籬

蟲

豈有不平意頻來聒耳根似同悲歲晚不厭訴黃昏藉草聽偏急挑燈撲更繁一弓氈帳地莫攪旅人魂

雲

鳥道穿雲上平依一握天曉陰含雨氣夕靄借炊煙突兀奇峯矗驂驔怒馬聯翛然橫束素浮動翠微巓

山

盡日山城裏山容鳥下迷煙收靑骨露日落翠痕齊欲訪神仙窟頻驚虎豹蹏玲瓏空在目無路可登蹻

水

澗水盤山足羊腸幾折微有時奔渴驥無處濯征衣細草低沿岸澄沙澹映輝臨流起遐思閒卻五湖磯

煎茶

細響煙復緖悠揚入聽虛汲來泉活活候得火徐徐篆結簾垂際簷鳴雪霽初揀芽陽羨好十載憶吾廬

進關

大漠迴

仙蹕雄關息戍煙按程三輔近攬勝萬山連雉堞寒雲上鸞旗曉日邊八荒歸我闥銘勒陋燕然

二

峻嶺盤空下重重似歷階行營初罷獵比戶不添差恩與蠲租早歌傳擊壤皆禾稼迎月靚指點傍山崖

三

乍喜關中暖猶連塞外寒市人多織罽樹屋半編萑薄雪侵衣白尖風掠面丹尚餘楊柳色宛轉馬頭看

四

耆老鬢眉蒼扶藜出浩茫歡迎百里赴望幸十年償瓶插離花豔尊浮野醖黃道傍翹首立欲侶雁隨陽

五

行漏滴清秋離宮佳氣浮時巡攀后覲秩祀百神柔篇什傳關塞封章走驛郵自慚司獻納未借席前籌

閒題

易水東西路頻看禁衛陳風雲護太古霜露感經春鳳翼千峯勢龍鱗萬木身徃還瞻慕切大孝志常伸

恭和

御製避暑山莊元韻

展孝謁陵園鸞旌指碧原巖香松落子隴秀稻生孫勝地瞻先躅清秋駐卍轅履綦蒼蘚合檐額彩雲奔老樹藤纏瘦幽花蝶抱繁感時遺澤遠觸景聖蹤存膚藻新賡和文筵舊討論離宮繼離照長奉屬車恩

恭和

御製望醫巫閭山恭依皇祖聖祖仁皇帝元韻

紫甸迴金輅青天聳玉容巳驚橫雪遠未辨入雲重傑閣疑臨海飛仙儼踞峯雙崖懸澗瀑十里響風松望祀隆新典時巡憶舊封賡詩尋聖蹟垂藻賁山宗眺賞逢歸騎扶輿識幹龍神皋尊鉅鎮萬古拓心胷

恭和

御製山海關恭依

皇祖聖祖仁皇帝元韻

初返

留都駕俄臨碣石邊一杯吞渤澥萬仭接祁連鎖鑰重門
守金湯奕葉傳關雪屯王氣朔雪報豐年憶昔紆
仙蹕於今息戍烟省方勤紹
武衣德妙乘權
聖化涵山海
心源印月川賡吟輝絶壁銘勒陋燕然

扈從盤山恭紀

隹氣滿

橋陵周遭萬綠塍幽燕當地要霜露感時乘早飭
金根御遙從玉磴昇禮惟將孝切秋屆
省方應偏覽京坻盛欣逢景物澄晴開嵐撲翠和布澗遲
冰故實詩堪紀風光畫未勝名山夙有慕梵志舊曾徵五
頂浮青髻千菴占碧嶒曼殊長示現帝釋總依憑聳擢重
霄接清涼九夏稱池深妙功德林杳息煩憎
仙蹕當年駐祇園勝境增香花團不散師象蹺爭稜巢有
元關鶻鞲翻支遁鷹穹碑雲糺縵璇額鳳鶱騰粥鼓猶流
響鍾魚豈受瞀臺端傳歷歷輦路記層層再覲
前旌指還仝彼岸登羅峯收北代勺水訪南能慈覺開明

慧高臨倍惕兢肄戎旗屢校問俗軾常憑永耀
重輪日如懸無盡燈祈豐邀福錫祝嘏藉
歡承一一都皈佛三三合契僧覲光並揚
烈旰食更宵興龍跡蟠巖足雲溪耿月棧道傍扶杖叟盛
事見何曾

駕回盤山

香臺回
法駕晴雪報冬初導騎先符虎當關啟鑰魚長空驚淅瀝
衆皺疊瓊琚素練橫山嶫寒暾射佛廬懸車戒徒御束馬
倚僮胥宛覩飛湍瀉行聽漏決渠千盤隨鳥下一帶結林

紆攬勝舒
宸藻天葩點綴餘

恭和

御製賜大學士徐本詩元韻

疏傳東門道光臨仰
聖躬寵榮千古獨悵別百僚同宿望隆朝右
温綸沛禁中山陰推賀監林下笑王戎引疾猶餘戀優賢
倍示沖奇珍頻有賜
睿藻耀無窮暫飲西湖滌行趨
北闕風蓬窗迴眺處雪涕

主恩榮
恭和
御製
世宗憲皇帝實錄告竣敬受禮成元韻
盛烈昭垂久
鴻章紀述新
乾衷勤纘緒慶典叶嘉辰儀肅方瞻禮懽生已覺春
珠囊千載閟金鑑一編循紹
武抒純孝
貽謀本至仁班行齊拜賀長此奉清塵

恭和
御製奉
皇太后出口行圍撰吉起程即事十韻
纘武遵
前典秋蒐隔歲常
孝承
慈豫大
德協健行強重講三驅節先占萬寶藏綏懷來遠服震疊
涉巖疆鞭影西山爽衣棱朔氣涼星陳七萃奮雲起九斿
陽戒御遄程肅蹕租沛

澤長雨收重嶺翠風緊半林黃
色笑娛
行殿游歌指舊莊扶攜看夾路民諺樂徜徉
瀛臺
賜宴用唐臣李嶠甘露寺殿侍宴詩分韻得斜字
金風臨太液玉輅轉西華
詔許簪裾集秋呈景物嘉遙青圍綺幄澄碧泛銀槎上壽
瞻
天近留歡到日斜
恩醲同酒醴典逮即蒹葭徧攬蓬萊勝宵誇太乙家

賦得追琢其章
至寶涵精氣經時出秘巖光輝終有待聲價早殊凡鑄就
珍黃鉉鐫成韻紫衫由來天匠巧不藉國工監物采看呈
露神功妙刻劃殊祥歸越冶温德付瑤緘百鍊方名銑雙
飛豈類瑊尚期留本質渾樸永相函
喜雪
小雪符冬令同雲隱曙華農疇占有慶
仙館眺維嘉瓦脊隨高下檐端乍整斜穿簾珠可貫鋪砌
玉無瑕妙解婆娑舞奇開傾刻花池冰一片皚嵐翠幾痕
遮六出初飛

藻三清香煮茶共欣
天澤豫不怕晚寒加

雲壑晚鐘

日隱千尋壑風來一杵鐘看山心窈窕命屐客從容短彴
侵雲度輕舟把釣逢瀑聲天際冷樹色寺邊濃藏複煙全
暝縈紆路半封自然消俗慮何處覓塵踪

孫文駿謹編
曾孫有慶校字

錫慶堂詩集卷四終

錫慶堂詩集卷五

錫山䅿　璜拙儕著

恭和

御製落花詩元韻

一片翩飛不自由風前何計得句留本來色相空中設幻
出文章水面流照眼春姿驚昨夢鎖眉人意冷先秋無聲
有戀相逢處句裏應添萬點愁

其二

啼鶯無賴怨殘紅韋杜城南幾樹空有客登臨悲泛梗誰
家憔悴咏飛蓬游絲蝶粉三竿日禪榻茶煙一縷風只爲
情多留不掃繞欄細數寂寥中

其三

惜花猶是去年心無那當前恨別深燕嘴啄香泥半溼蜂
脾調蜜晝常陰樓頭羯鼓催還歇溪畔漁舟失再尋惆悵
一番人不見江城玉笛散餘音

其四

舞罷幽香態更殊研光帽側撲眉鬚右丞澗裏人閒未閒
府園中屋滿無路不分明霑陌驕影猶宛轉逐風烏縱教
頭刻傳仙術委砌何緣上故株

其五

不涓坐具意云何鋪逕文茵迭自多别緒遠牽巫峽雨素
誠空託洛川波登時解脫辭深院爲汝徘徊認舊柯悟徹
會中微笑旨便乘寶筏渡蓮河

其六

詩成逸品廻含秋人澹無言欲送愁風急乍過桃葉渡酒
醲曾上木蘭舟江南好景嗟逢李洞口餘香解驟劉誰識
化工歸
聖藻千林春在墨池漚

恭和

御製賜顧棟高

十笏精廬萬卷書九龍山色映巾裾遠蒙
特詔徵編帙新換頭銜等拜除爲重通經同伏勝底誇作
賦擅相如寒氊幾輩窮研者此日聞風盡跂予

其二

賜對宮庭語帶吳耆年七十尙敷腴須來
鳳詔泥封紫捧出
龍箋袖滓烏
異數只今榮汲古湄風所在識同趨春回江左傳
宸藻好向東林式衆儒

甘霖普降

特召大學士內廷翰林
圓明園泛舟遊覽恭紀

乘時甘雨慰疇咨别院偏饒霽景遲宿潤半霑仙島路新
膏全沐上林枝西山勝爽依
宸極南畝艱難入
睿詞遊豫不忘勤恤意憔勞惟有侍臣知

其二

芙蓉水殿許追陪青翰舟從天上來縠浪乍添雲似幕綠
峯新濯翠成堆欣逢游泳忘三伏早識沾濡徧八垓淸
蹕移傳

賜果疎蟬聲裏拜
恩廻

喜雨詩應
制

報足連章慶溢庭
鑾輿夙駕慰
慈甯遙知大地神膏渥益信先時
步禱靈鴨緣浮池涼意透鵝黃入殘暑風馨雲師似識承
歡切猶列奇峯擁黛靑

恭和

御製釋奠
先師孔子元韻
君師道合有同尊黃屋親臨庶職奔千載傳心瞻闕里一
時觀化集橋門功參天地光騰顥器象雲雷潔進樽昨向
遺經
宣聖緒載歌於樂與於論
恭和
御製新月
一彎蟾影映朱繩已許如珪尚未能餉影分明簾外見鏡
光迢遞匣中勝春寒淺照吳江練夜直微侵漢署綾好待

團圓碧天上滿輪金魄耀華鐙
恭和
御製冬至南郊
日朗郊壇兆歲祥泰階初啟届迎陽精禋恰應葭灰律蹌
濟羣瞻燎火光糺縵卿雲呈上瑞馨香明德邁前王
帝心默簡
皇心恪豫賜豐登慶萬箱
賜福恭紀
聖德均陶等化工
天章敷錫萬方同

龍箋朝捧璇霄日
鳳藻春浮玉律風筆法自從心法得
恩光長與墨光融頻年禁直重霑
賜迓福誠依建極中
恭和　敬公主花燭詞
銀縷金根降九關天孫捧雁彩雲間肅雍夙稟
皇家訓懿戚新輝屬國班瓊樹三春敷錦砌桐花萬里接
丹山維屏締以絲蘿重雅化羣欽闔則嫻
恭和
御製題倪瓚畫
時巡曾攬水邊村畫意詩情妙契深自領高秋寫邱壑不

教逸品擅雲林蕭蕭影落烏皮几渺渺波浮碧玉簪共仰
石渠珍
墨寶江鄉還寄憫農心
恭和
御製沈德潛進南
巡詩章並所和詩至再疊舊韻
賜之
行秋時節憶行春傻老曾容前席親北塞忽披囊錦袟東
吳宛對鱛鰛人

雲霞篇什方賡拜江海恩波莫罄陳
興敷千秋榮晚節肯耽疎放似吳鈞

其二

山居千首鎮留春再荷
天章眷注親
藻鑑高懸栽僞體吟壇舊占稱斯人遺規可法惟崇實名
理能言務去陳奇語老潛休懶慢碔砆那許混浮鈞

恭和
御製獮元韻

千里圍場接上都指揮蕃部效先驅雙旌風引盤青嶂萬

騎雲連亘滌蕪振武要令威靜塞擊鮮不獨味充厨大弼
初發看雙疊爲博
慈顔一笑娛

恭和
御製中元日放河鐙元韻

慶月清宵漾水妍千鐙同泛夜珠圓自懸慧照驅雲陣爲
普宏慈濟法船星閃岸傍輝火樹花明波上映峯蓮邀民
又喜傳佳節盛會盂蘭紀瑞年

恭和
御製山莊起程之作元韻

宿雨挹塵清
輦道
離宮重整載鶯旌西風忽送林端響花塞俄聞馬首晴山
外看山雲出沒渡旁問渡水縱橫前途絡繹來蕃騎間歲
遲傾向
日誠

恭和
御製蒙古王公例于波羅河屯晉接即事得句元韻

會獮行秋值閏年諸蕃恐後計衡鮮急裝共拜青城側大
宴重張碧岫前野絡津呑雲夢九谷量羣頸馬牛千

聖人閎武兼柔遠彀隊彎弓引毳旃

恭和
御製駐
蹕避暑山莊詩成近體元韻

彌勒峯前駐羽旗爲消秋暑也相宜承
顏再紀重光歲紹
武還思始築時巖壑沖襟欣有托幕庭遠馭奉無私迎眸
萬頃黃雲覆
文囿應先稼穡知

恭和

御製清舒山館元韻
靜斂軒楹意象舒清蔘試領早涼餘澄觀不遺根塵著勝
賞真兼奥曠如十載成陰論種樹半池戲影樂知魚好峯
入座看新濯秋雨聲中翠滴裾
恭和
御製即事元韻
面面山光解助歡看秋最愛領輕寒忽開窔奥吟襟豁畧
辨微茫眼界寬覆草羊腸流曲曲縈雲鳥道走盤盤天留
秘境遨
真賞不獨從禽愜壯觀

恭和
御製題文徵明小像元韻
九十才名是個儂吳中壇社勝雷宗清標不愽當時譽真
鑒還欣
曠代逢典托瑤篇輝畫紙光生雲䫉照祠松詩人欽羡憐
同調四絶何能繼曩蹤
恭和
御製灤陽別墅元韻
仙館崇閎恰面陽重移
天蹕看雲光幽尋香引花間徑小憇清宜竹下房灤水迴

環遶襟帶塞山高下列藩牆定知措結多深意不獨詩情
一倍長
其二
陰晴頃刻變涼炎景物依然不得占松籟乍和泉韻入炊
煙更與夕嵐添溪亭釣罷風盈袖山閣吟成月到簷㡳事
登臨富佳興
皇心自有知仁兼
恭和
御製寒瓜元韻
甘瓠適口稱秋蔬牽蔓纍纍露綴餘野店山棚看熟後家

園風味憶寒初嘉瓜有譜名差別生菓同畦品畧如老圃
自誇筋力在不教當食歎無魚
恭和
御製示總督榮栘
和氣銷兵大有年
聖心猶自念西川不驚徼外傳金鼓早聽鑾中播誦弦千
里錦江敷化雨一時雪嶺變腴田
賜書特勉封疆吏殫力籌邊
德意宣
恭和

御咏禁中紅葉賦得霜葉紅于二月花

商飈摵摵禁林斜染出秋光景倍賒望裏重重都是錦飛來片片郤成霞迎將初旭烘新艷留得輕霜襯晚華一自
天章披賞後枯根猶欲綻寒花

其二

憶昨卿
恩出陜東王程三月飽秋風恰當華岳三峯翠快覩霜林萬樹紅天地別開春色外關河點綴畫圖中倉箱處處豐年慶共祝農祥荷
帝功

恭和
御製獮元韻

纘武龍沙白露秋丹黃林色映金騮威加草木因時肅吉叶熊羆與夢酬翡翠旌旄迎日炫珊瑚鞭影入雲流諸藩額首欽
神路喜聽嵩呼朔野周

其二

雉鹿場開曉景濃合圍人隱玉芙蓉連珠應手疑雷動一綫穿林似水溶金碧山川供駐馬雲霞帳殿候
飛龍回鑣更寫
天章麗句裏猶含百勝鋒

恭和
御製望葉赫舊墟元韻

投醪
恩重飲河甘霆擊甯須誓衆三爭看連城擁雉堞祗傳遺甲耀斂函渝盟自蹈西州魄建策無煩批道弁故壘經過幾憑眺青山紅樹雁聲南

恭和
御製秋蒐雜紀元韻

塞垣秋草似春蕪大狩徂東曠代無霧豁重巖森豹尾濤

奔列岫引魚鬚獲狐直擬探深穴卽鹿何虞難朽株山立羽林齊頓轡
天威小試御天弧

其二

賦傳揚馬幾編青對此能無誚說鈴陣合龍蛇盤鳥道勢如風雨懾山靈新霜最好吟紅葉舊曲何嘗譜白翎扈從儒臣心倍喜聳觀長傍屬車軨

其三

行盡平沙陟磊嵬俄經碧礿攬清洄輭紅爭向風前掃冷翠紛於雨後堆寫破秋空迴雁字踏翻雲徑騁龍媒沿流

更結千絲網一色文鱗十萬枚

其四

行殿茵鋪儼駁娑星廬拱衛聽吹螺晚煙曳縷迷松磴清漏飛聲冷月阿影落天邊收海鶻飆旋草際走番猧朝來手殪南山虎豈效連鎚賞刺虪

其五

千里巡邊閱九秋更番重選萬騏騮弓因風勁穿朱的馬爲泥深汗錦韉漸喜名區濃入畫頓望朔氣冷如鏤連宵屢拜旌門

賜氈帳何人動旅憂

恭和

御製夷齊廟元韻

求仁無怨見衷腸肯爲侯封服冕裳百世聞風高讓國幾人親炙許升堂祇緣遁跡同巢許翻致傳疑薄武湯瞻仰

遺祠頻駐蹕孤煙斜日冷山陽

恭和

御製重華宮小宴廷臣元韻

北斗紅雲護殿前

恩需侍從敞雕筵日華初燭開寅日是日丙寅年德方亨兆酉年鈞樂調時風入律金釭耀處璧銜錢昨來瑞雪飛盈尺

怡與宮花兩鬬妍

其二

柏梁故事記詞林接席聯吟筆共簪禁體甯教誇穎上快晴還愛仿山陰賡揚

盛典熙時樂咨儆殷懷答

帝心早見西郊芳意動來朝好待

翠華臨

恭和

御製謁

陵禮畢車駕入盛京仍疊癸亥歲舊作七言排律十四韻

陵邑鍾祥

帝里東海山環拱勢龍蔥

孝孫此日瞻依切

聖祖當年典禮同

親奉

慈輿巡屬國遙崇

原廟飭

宸躬明樓月迫千峯上

祕寢霜清萬木中一縷蕭煙升碧落五雲仙馭儼高空鐵衣雪色陳金匣石馬秋風控玉瓏

周覽穹碑追
曩烈重臨陪冢酹元工爲隆報本修儀備轉憶開基以
德功歷誌經營循
禹跡永懷堂構蒞
堯宮作歌慷慨新過沛卜世綿長舊宅豐綵繡衣冠森法
從香花父老忭私衷榜航共集西京盛
渙汗
恩敷朔氣融百斛
龍文阜漢賦九韶鳳吹陋梁通濡毫欣紀
重光慶回眺
橋山瑞靄紅

恭和
御製御園嘉穀
開耕
親向
禁林中此日欣占我稼同九穀有秋徵歲德
一人無逸紹
家風卽看鉤盾黃雲覆不異郊塍秀色芃自有滋培莖早
茂幾經辛苦粒還充刈來嘉氣盈
三殿望裏歡聲溢百工憶昨靈湫勞
日馭應時甘澤慰
乾衷恰逢
御宿先呈瑞轉慮偏隅未告豐喜慶倍深
勤恤意重裁豳雅示無窮

孫文駿謹編
曾孫有慶校字

錫慶堂詩集卷五終

錫慶堂詩集卷六

錫山嵇　璜拙脩著

送梁中堂歸養

國恩家慶古無倫頭白陳情有幾人天以湖山娛福壽公將出處答君親拜颺未了臯夔業色養還抽晉閔身南極筵開輝御藻台階愛日蔭長春

其二

藤廳薇省領羣仙惜别仍添佳話傳裝薄不妨單舸去圖成尤喜贈章聯丹楓樹色關山近寸草心期夢寐牽他日登堂重有約靈椿長說八千年

白燕

神女何年愛淡妝烏衣浣盡儘徜徉石飛卻假泥爲屋釵化空留玉作筐誰翦輕紈披翠羽誤延明月逗雕粱上林風起花如雪未許春來蝶也忙

閏九月重九日登陶然亭和錢受衣前輩韻

蒼茫古意到空亭欹檻危欄試一憑眼底三秋太蕭瑟胸中五嶽倍崚嶒風高雁落聲逾遠草短鷹呼勢欲騰笑口須開歌激壯底傷搖落涕垂膺

其二

荒郊歇馬繫枯楊一綫斜暉萬里長天許登臨工置閒人多慷慨愛重陽題餻退筆難成字賒酒殘花尚有香紅樹青山忍相負愁予渺渺五湖鄉

寄友

帆落長淮又幾秋埜市名士最風流藕花香裏吟新句蕉雨聲中說舊愁一奉特徵來闕下苦多清夢憶江頭藥鑪茗椀平生事翦燭論文夜未休

其二

晉水秦山路百千暫時分手便依然那知驛騎還都日正值蓬車去國年幾度魚書來北地一行雁影到南天相思愧乏瓊琚報更結平生翰墨緣

從彭翰文宮允啟六安茶

雨前爭貢紫金芽餉及詞臣挹露華珍重輸君能戰茗品題憐我又顛茶試開篛籠堆雲液待汲溪泉泛乳花底事酪奴成一笑晴窗睡足莫思家

題盧亭詩槀

情同蘇李賦河梁肯向風前倒篋囊大抵馳驅厪民事有時攬結慕仙鄉潮聲半夜吟邊湧花信頭番句裏香卻憶西郊閒把卷一彈指頃十年長

會盧亭再閱下河

最好風光三月三扁舟又指海陵南斜風細雨殊不惡弱
柳夭桃欣已酣耕植有資堪自慰決排無術祗增慙卻憐
舊好天涯少贏得蓬窗一晌談

自錫山復至高堰用莊滋圃韻

又向荒郊曉駐驂流光彈指過春三苦無閒興尋花徑賸
有澄懷印玉潭朧麥喜同田父笑家山留與故人談短籬
矮屋洪湖畔一夜濤聲到枕函

元長尹公招飲用莊滋圃韻

射圃春風共結驂客來不速恰成三（前往下河尹公招余與白富二君同習射）
重開東閣人千里（謂白毓峯已赴任城）新敞西窗月一潭如飲醇醪

憐獨醉别裁僞體欵深談知公好士心猶昔採拾新詩富
百函

晤袁子才再用前韻

隄柳初迎白下驂春明分手歲逾三好尋蓮岳中峯月曾
賦桃花千尺潭舊雨轉添新别恨畸人肯作入時談風塵
碌碌今誰華莫負鬚眉對鏡函

尹公見示和莊滋圃作即次元韻奉答

接席如登李郭舟龍川直下溯源頭雅詩自鼓成連曲輿
頌宜添海屋籌水退黿蛟皆徙宅公來黎庶已忘憂即看
底定歸談笑元老於今紀壯猷

其二

兩河上下幾停驂早卜安瀾汛歷三理得棼絲成妙緒平
將濁浪比澄潭不辭盤錯公頻試倘許醒狂我亦談百變
魚龍憑出没汪波千頃總包函

贈黄静齋制府

憶昨追趨
禁闥旁花磚影裏挹清光自膺
寵命持華節疊著殊勳震遠方鉅谷深林真氣概青天白
日是肝腸何緣淮海澄流側重對蓬窗夜話長

其二

千里狂瀾手障迴春風江上引離杯偉人自爲蒼生出古

道難逢青眼開惜别頻攀隄外柳相思付與嶺頭梅石交
倘許平生約更欲從公覓硯材

出關二首

宿雨初收矗髻鬟晴霞猶帶墨痕斑半篙新碧日初漲數
朵遠青秋自閒柳未全疏重出塞雲如有約待歸山西風
無限勞人意只在鞭絲帽影閒

其二

留幹峯前控薊遼新晴紫氣上璇霄千山雉堞環來壯萬
里狼峯靜不驕香送秋塍禾半熟涼生輦路馬初調闕門

父老猶能記雲日光輝仰
繼堯

送友

雪凍桑乾未解冰停車小語㐌窗燈雅懷自我能傾倒傲骨從誰問愛憎館閣無才終獨步家山有夢憶同登一樽重唱陽關曲醉裏心情百不勝

其二

門外天涯豈易談寒氊況味舊曾諳春風講席書千卷夜月蕭齋佛一龕此去定知空冀北何時來訪過城南臨歧一語還堪贈莫漫詩狂與酒憨

其三

十葉仙蓂次第開芳郊消暑正徘徊五三夜月燈期近廿四番風花信纔東陸祥浮青鎖闥南山翠滴紫霞杯璇宮新貼宜春字建福行看福大來

立春前一日雪

昨夜飛花滿禁城霏霏漸與畫檐平光連昏曉勢難割候接冬春界未明殘臘已從銀樹盡初陽應傍玉樓生衝寒欲作椒盤會閒踏新泥喚賣餳

送友人赴盛京

佳氣龍興控列州混同長白儘沈浮新銜特許三年住舊雨權教十日留還客若爲關外去省郎還似禁中遊陪京咫尺天都近賦別空歌出塞愁

其二

落日平沙萬幕前征途行色簇風煙酒杯寬處懷今夕詩卷攜來記昔年長劍唾壺豈復壯短衣匹馬未須憐清時不著遼東帽分手歧亭一灑然

其三

郎宿偏教遶太微才人喜得簿書稀草堂已就何知老木榻餘穿甘息機淩水風來魚欲上松山秋老稻初肥家園

景物依然在莫歎濠梁便擬歸

其四

泛梗浮蘋亦有涯朔雲邊月漫思家官閒恰稱登臨美土沃翻忘歲月賒北信欲來頻雁帛南烹久欠倩星槎徵書彈指馳京闕待洗緇塵慰客嗟

春雪

漠漠昏昏煖尚蒸霏霏漸漸凍旋凝漫空歷亂原無著大地霑濡信可憑辨省娛賓初命酒淩兢踏馬試看鐙自憐髯縮無新句故事歐蘇莫漫徵

直廬閒煎茶聲分韻

何處松風到耳嘉地鐺初煮建溪茶蠅聲早入彌明聽笙韻曾教玉局誇百沸無端翻雪浪千回不斷走繅車枯腸正待新泉潤活火徐添候莫差

廣陽道中次韻二首

山光灣遠入新秋爲問山程第幾郵鳥愛水清爭浴頂稻嫌風緊盡垂頭黄花帶雨間深淺白叟看雲任去留知我登臨情不厭故教攜手得重遊

其二

看山未足怕山窮豪氣推君更不同得句恰來秋色裏感懷偏在月明中夜驚旅雁添鄉思早數郵籤問土風聞道

秦川多逸驥何當一顧馬羣空

詠澗水

一灣晴碧去依依秋氣森沈欲透衣山忽轉時聲自遠石當流處水爭飛朝暾布影搖空曲夜月含虛繞翠微十丈軟紅塵裏客到來不覺發清機

早過韓信嶺

淮陰十萬舊連營荒嶺於今尙借名雲擁霍山千嶂抱月臨汾水一杯傾秋天歷歷星堪摘曲徑盤盤馬易驚滴盡寒更行不盡早風涼露著衣輕

次陶□衷題壁韻

太行靑靄接蒼穹驛樹呼秋送曉風欲識遺珠真有淚應緣斫桂未成叢關河表裏由來壯涇渭分明到底通泛駕也須勤控馭天閑不盡玉花驄

其二

野色迷離沒舊宮我來何處弔英雄朝陽自覺山川麗秋氣還悲草木窮所喜當年歌帝力不如今日頌王風昇平頓忘龍門險鐵網珊瑚恃至公

白洋淀

水天一碧望中低輸灌膏須雨趁犂十幅蒲帆憑破浪幾家茆屋愛沿隄無虞秋潦先時備好及春浮覓句題最是

輕冰初釋候千羣容與漾鳧鷖

雪

小雪猶餘十月晴宵來乍喜散珠霙風迴屋角寒星落塵靜街頭曉態生已漸消融滋大地尙留的皪射南榮聚星禁體誰能和絕韻曾傳四疊清

其二

龍公試手雪行初農事軍祥總卜諸來歲土膏香餅餌先時庭槁集簷裾池喧鵝鴨潛師夜衣賜狐貂講武餘早識屢豐歡父老何須難蜀命相如

讓谿少師以詩見貽輒次元韻

半月鞭隨短後衣登時回轡手重揮龍沙遙憶登臨樂鴻雪難參去住機煖護肩輿秋意健鮮分帳殿晚餐肥自慚駑下行還卻未得趨塵騁大騑

次晴嵐太史澄懷園即事韻

咫尺平泉有舊莊重來三徑未全荒遙青疊湧山圍座嫩綠層鋪水滿塘鳥語乍稀林自靜柳陰不轉晝方長五年寄暢園中路倦倚松根細較量

其二

是處迴廊繞曲池臨流晚憩頗相宜殘鴉幾點雲歸後清鶴一聲月上時煮茗家童收敗葉澆花園客護生枝主人

大有煙霞癖更着疏茆綴短籬

其三

幽徑無人欸竹扉迎涼好試芰荷衣翩翩新燕簷前舞淲淲清泉樹裏飛梅子雨來殘暑退藕花風定遠香微擕筇獨上孤亭望遠寺鐘聲偕獨歸

其四

輭紅塵裏苦牽纏登到林泉思惘然喜獲新詩消永晝妙參活句卽超禪高懷每寄雲峰外樂地何須酒甕邊愧我竹溪幽事少結廬終擬傍羣仙

立春前一日齋宿和晴嵐韻

院鈴風外靜無聲一點春從暗裏生月籠輕煙懸半破花含晴雪快分明殘棋愛覆燈頻剔險句新敲夢亦清遙憶玉堂深夜坐長吟應不負詩名

元日入直和晴嵐太史韻

霜鐘初動內門開簪紱雍容列上台一片彩霞擎旭日半空香霧擁仙臺欣瞻北闕光輝近漸覺東風次第來欲奏中和慚侍從上方端藉子淵才

望興隆寺

路轉山腰眼乍明巋然古塔半山岑一聲清磬度空翠幾點落花飄客襟孤刹林間晴望迥薄雲天際夜禪深輭紅

塵裏忘機客欲向無生證此心

雨

倒瀉瓊瑰鮫室傾俄看急勢落檐楹祠星典已修繁露離畢占應辨論衡天筆乍含蒲雨潤宵衣先領藕香清池頭一尺添新漲驗取郊原萬澮盈

其二

靈湫禱罷旋膏之神力甯非帝力貽大馬踏塵嘶叱撥九龍噴霧振之而屢豐可卜秋

戍後志喜翻思春及時從此飛甘期十日精虔應有雨師
知

煙嶼溪亭

渲染從詩發秀靈江南何處此芳汀山花都盡雨楊老釣
艇不來煙草青白有勝情關勝地誰於孤嶼著孤亭太平
風物隨時見又遣吟身畫裏經

孫文駿謹編
曾孫有慶校字

錫慶堂詩集卷六終

錫慶堂詩集卷七

錫山嵇　璜拙脩著

瑞雪

彌望繽紛瑞雪漫一痕清影逗層巒小春蒴出冰花爛大
地凝成碧月寒
上苑飛來翻積素
御溝灑徧抹輕紈
帝心克召豐年慶繡野行看萬綠攢

其二

彤庭靉靆五雲漫忽覩奇葩點翠巒瑞啟三農呈歲喜花
飛六出誤春寒清光不散迷歸鶴霽色初開奪素紈最是
日斜風定候輕煙一簇禁林攢

恭和
御製翰林院宴畢
駕幸貢院七律四首原韻

光動魁躔紀瑞辰
鑾輿新賁鎖闥闈求賢
聖主如飢渴挾策真才獨苦辛玉尺平量誰獲雋金鍼暗
度是何人龍門此日紆
宸顧寒谷吹噓總是春

其二

黼黻鴻文耀鼎台

朝廷立政本儲才知人則哲艮難矣覩國之光尚勖哉

天筆大書珠斗煥

帝歌賡作慶雲開從今郭隗臺邊路不數千金買駿來

其三

前程九萬儘扶搏忍困藩籬不上千五色賦成迷目易三

條燭燼稱心難惟憑雅正師多士肯以浮華炫試官博得

天顏迴一笑短垣猶賸墨痕殘

其四

棘院行行景象洗巡簷凝睇想幽吟政先釐剔頹風挽澤

溥滋培

至意深遠溯源流追道派盡刊枝葉振詞林千秋衡鑑應

相勵報

國先酬造士心

失題

十月陽回冰署春榮

頒銀榜字懸珍丹扉降

輦隆殊眷黃閣隸銜重老臣千載淵源瞻體肅一堂清祕

錫名新亶逢甲子占文治元會初開第二巡

其二

畫檐夭矯起翔鸞雲擁仙曹肅珮冠七字柏梁臺上續九

成夔樂日邊看瑤觴焌泛松醪滿綺席香分菊蕊團晷影

未移飛

睿藻早傾瀛海入文瀾

其三

賡颺一德慶班聯豈樂羣歌在藻篇稽古集成從懋學因

文見道在希賢

玉音雅叶鈞天奏寶篆晴飛瑞旭煙幸侍

玉皇香案畔底誇蓬島作詩仙

其四

詩才承

詔愧王融惟有丹葵一寸衷錦市移來霜

賜渥彩箋分出拜

恩崇書採册府嫏嬛祕茗瀹廉泉沆瀣同簪筆

堯階傳盛事康歌遙聽九衢中

失題

剛斧何年去蠹饕一叢未許小山豪玉華寺古猶攀桂金

母筵開不藉桃

雲藻流時香滿句溪蘅寫處綠凝膏冬榮嘉樹徵難老蟠

窩分枝帶月毫

失題

趨

禁花間聽小車和羹

帝謂爾修予

三朝名德欽班列再世光榮貢里閭蒓菜秋風縈夢久桃

花春水挂帆初更抒

天藻輝行色賀監開元豈足書

其二

存慰頻聞

詔使過丹誠感激肯消磨引年自惜桑榆晚求舊甯同鼎

鼐多出處初終仍素節去留遲速總

恩波徘徊此際情無限絲墨黄扉較若何

其三

世羨韋平德久宣龍眠山色故依然欣看庭下添槐蔭笑

指廳前僮馬旋南國耆英風雅續東門祖道畫圖先他時

迎

輦多新什不賦嵩陽有舊田

其四

致政元臣更進爵感恩

先澤重增悲那知

異數難期者又荷

深仁特許之此日欣傳銜鳳

詔他年爭羨麗牲碑試繙前代司勳紀終始殊榮定讓伊

失題

迎

輦千官韻接珂柳隄塵淨曙風和高秋潤挹瓊華露稔歲

香霏豐澤禾時屆慶成同樂豈

詔因宣豫許來過泰文盛事繩

文祖不數西京燕鎬歌

失題

洞庭張樂瑞雲稠樂比游魚聽欲浮鸞閣淩虛收遠勢虹

橋臥影宛中流早因上

壽三稱爵便擬登仙一放舟如海

恩波真瀁瀁玉泉何處溯源頭

失題

秋英映旭影娟娟香入金猊百和煙緹幕一重陳法曲華

裀三列接芳筵詩從漢室臺前續韻在虞賢句裏傳鄗慙

堂開清秘日驪珠爭捧又經年

失題

列坐浮觴亭上留
特寬禮數載賡酬縱探
天上無邊景欲取寰中第一秋萬象瀠洄歸水鏡幾番游
泳上詩鈎日斜拜
賜歸鞍重不羨攀枝到祖州

失題

聖武曾從父老聞山名不與衆山羣直教萬古傳三箭富
止當年豔六軍雪嶺依稀覓影過霜皐指點雁翎分
文孫紹業巡西塞重緬遺蹤指代雲

失題

濯枝雨過曉煙霏
金闕宏開玉漏稀百爾近光咸拱極
一人恭己正垂衣元音迭奏薰風度仙仗新陳旭彩飛喜
起堂賡慶交泰作歌猶自勅時幾

菊

三秋延爽碧雲莊誰識仙家琢玉裝淬就羽人千葉紫分
來壽客一籬黃香中採摘全依月高處登臨半踏霜撫景
授衣闢
眷慮淩風如到雪山涼

失題

精神龍馬曾無敵儀羽鸞凰有共尊詩卷固應傳萬口河
流今已靜三門手調鼎實傾時望身作金隄報
主恩冰玉清歸圖畫裏道心知向此中存

失題

淮浦初逢憶舊遊忘年交分最綢繆長將模楷師前輩更
以襟期託勝流事業今朝羨皐稷荔蕉先德感春秋有心
尙擬從公學風月無邊取次收

射

取威觀禮古同稱教肄兼之
家法仍氣勝萬鈞天錫勇中聯三發

聖多能由來顯德風堪尙唐太宗命羣臣習射於顯德殿未許華林賦漫
矜靜聽鳴髀聲應節一時才武盡遵繩

失題

內則曾聞玦佩男如環琢就製今詒刮摩定藉考工五彄
沓須便釋獲三瞿相禮先勤小物芄蘭箋更補新談欣逢
聖治敷文日藝事重拈妙義涵

遠浦風帆

極浦平沙兩岸遙青黃樹木未經凋秋容淡點彎環黛風
色微分上下潮葉葉帆飛開夕照星星鐘響落岩椒芙蓉
是處芳馨採玉露多情潤碧霄

失題

蘭寫芳馨玉寫儀風高林下過江推口當早歲冰霜地探
借長春海樹枝鳳識恒山初拂羽鶴知仙苑自銜芝日華
正燦萱房醉東晢南陔定有詩

失題

經年雲臥自東山疏傅歸來鬢未斑晚見奉常陪劍履早
探莊室起茅營高齋學士文章伯姑射仙人冰雪顏探得
龍香親獻酒繡衣曾向海東還

失題

早賦璠英珮玉琚自然聲譽重林閭諸孫近日皆華貴八

座平時見起居楊柳白門春浩蕩桃花東海爛扶疏霞光
滿貯青田核徧飲仙人定有餘

失題

大羅天上擁仙僚爭捧驪珠顆顆昭萬福斂從皇極建六
書精自
帝心超乾清曉日開雲閣泰始祥光紀歲朝共喜卿雲賡
舜陛自天題處紹
神堯

喜雪

祈年心切望優霑瑞雪隨春喜普覃條潤定宜滋宿麥告
豐恰應致齋三漫誇玉蕊枝間吐早見銀花句裏含從此
和甘來應候如天
聖澤總包涵

雨後

天漿疑自絳河流清景真堪秉燭遊一點嫩涼生碧簟十
分漲綠想青疇潤敷玉管催新韻響雜銅壺送舊愁料得
飛龍應失睡祠宮底事土新修

失題

玉館淩虛紆勝賞金英先節送幽馨汲從甘谷秋難老採
對南山詠未停徑畔寒姿松振鬣籬邊瘦影蝶翻翎清涼

計日登臨好雨翠霜黃取次經

錫慶堂詩集卷七終

孫文駿謹編

曾孫有慶校字

錫慶堂詩集卷八

錫山稚　璜拙脩著

春詞

淑氣消餘臘條風報早春迎陽與餞歲併作一番新

其二

臘光全帶煖春色已含韶佳氣
龍樓曉和聲鳳琯調

其三

仙管奏歸昌雕輿引奉常山知呼
萬歲水自澈榮光

其四

花信頭番到宮梅映雪開仙家春色早不藉女媧催

其五

嘉節春回早年開景福新
蘭宮凝瑞靄六宇頌昌辰

其六

玉帛
天朝會笙璈
帝所聞春光先十日淑氣歲平分

其七

丹闕瑚雲靄黃圖旭日融歲華方紀麗春色滿
瑤宮

雲屏煙靄

宛轉六曲屏碧碧面衡宇溪水淸于銅林色自太古

梨花

一樹橫斜虛白堂溟濛猶帶令君香九天淸露相憐惜可
要栽移
上苑傍

其二

蓬島仙人下直遲月鉤初上認丰姿穠裱一片明霞爛最

向東風憶牧之

其三

寒食纔過白雪飛晚來殘點落朝衣洗妝好倩能詩客柳
絮濛濛月下歸

其四

香清粉淡態偏寒小苑無人鳥意闌幾度春風不相惜生
綃留得是邊鸞

題楓葉菊花畫扇

霜著橫林葉半紅偏教黃菊豔籬東秋風莫便辭團扇留
取寒香懷袖中

題美人看芍藥

生枝幾點吐紅尖柳下風來絮欲黏閒向藥欄醒午倦謝家好句韻重拈

題汪若海衣染天香圖

一庭秋影夜窗虛解語風光欲上襟絕悟才人方兀坐古香已逗半牀書

其二

胸中何止百城兼仙客還教宵馥霑月斧乞來驅桂蠹好從碧落駕青蟾

其三

金粟如來是後身天花點點著衣巾知君結習猶黏轉且作靈波殿上人

題鄒晴川畫次韻

爽撲西山雨乍過大癡畫具復如何煙雲觸手紛盤互時遣遙峯露一螺

其二

憶數平生翰墨緣病維摩詰鬢蒼然何時乞與香光筆文室新題是畫禪

其三

風露無聲玉宇閒灑然塵思盡情刪昆明一片冰輪影

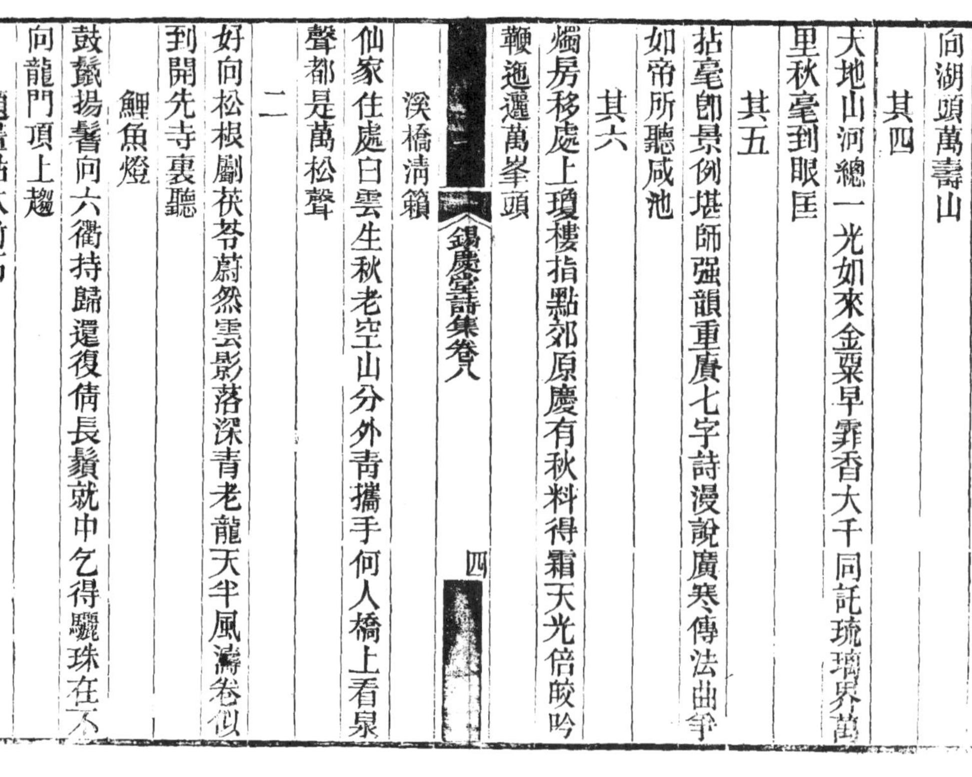

向湖頭萬壽山

其四

大地山河總一光如來金粟早霏香大千同託琉璃界萬里秋毫到眼匡

其五

拈毫卽景例堪師强韻重賡七字詩漫說廣寒傳法曲爭如帝所聽咸池

其六

燭房移處上瓊樓指點郊原慶有秋料得霜天光倍皎吟鞭迤邐萬峯頭

溪橋清籟

仙家住處白雲生秋老空山分外青攜手何人橋上看泉聲都是萬松聲

二

好向松根劚茯苓蔚然雲影落深青老龍天半風濤卷似到開先寺裏聽

鯉魚燈

鼓鬣揚鬐向六衢持歸還復倩長鬚就中乞得驪珠在不向龍門頂上趨

題畫枯木竹石

雲節霜根護紫雲坡陀尺寸瘦生紋寥天好倩詩仙手寫
就清寒到十分

題梅雪小景

縞衣結習幾曾忘更著天花襯晚妝一種清愁兩寒韻香
林消息問漁郎

題畫紙鳶

輕颺追風破碧天滿空春影亂飛鳶效顰止博兒童笑爲
問何如郭恕先

題菊

灌枝雨過領新涼仙圃秋容取次芳最愛花房珠露滴趙
昌浣筆有生香

其二

等閒不畏雪霜侵肯共春華競
上林一種幽姿清賞愜秋花不老見秋心

題畫

童童古柏自青青竹外脩然結一亭山靜屐稀無剝啄偶
來趺坐學黃庭

其二

閒雲野鶴兩相知長日軒窗寄傲時高躅何人傳粉本雲
西畫裏子西詩

哭友

紫薇秘省蕊珠宮按武爭誇小許公彈指便騎箕尾去白
頭元老泣霜風

其二

何物能傷
聖主心一篇遺疏至情深卻思
朵殿承
恩日翻水文成燦墨林

其三

春到西郊訪勝蹤鶩才獨賦覺生鐘壁間拂拭紗籠在空
見驪珠不見龍

其四

秋程聯句裹鞭絲八首吟成十里遲贍與老髯成一鬨跨
鞍不忍再談詩

其五

萬疊恆山斷碣橫馬蹏殘月踏三更坡仙兩字浮休碣到
此真應悟死生

其六

詩壇白戰孰能當漫把鉛刀齒步光百世風鐙如一瞥那
堪重和聚星堂

其七

宵來疑夢復疑真歲暮傷無後會因吟罷謝歌從此别肯留白雪耀陽春

其八

誰遣天花夜縞廬征塵不動送安車他時涿鹿城邊路痛憶維摩示疾初

其九

餞歲風光記昔年梅花一樹寫雲箋參横月落霜清夜重爇名香續舊緣

其十

小方壺裏最蕭閒長許畸人數往還今日酒杯何處把馭風直欲泝三山

題畫

宣廟當時畫作殊恍如宋鵲與韓盧百年再覩曾孫筆辟盡人間九尾狐

其二

果有神機在筆端臨摹欲到逼真難依稀曲檻花叢裏俗眼翻將畫虎看

仲圭墨法

萬疊濃嵐雨乍收淙淙一派解鳴秋好從玉峽尋泉脈著箇茅亭景倍幽

其二

石磴苔痕細路斜林風十里翠交加支筇有客來相問晴認山樓第幾家

題畫

獨尋幽境寄高閒滿耳溪聲滿目山除郤扁舟自來往白雲何處接人間

其二

水閣迴欄愛獨凭山容面面勢崚嶒勝遊恐向窗中盡特遣溪雲隔數層

其三

風物西郊雨過秋衝泥曾作墅園遊三年重向圖中見雲氣如山尚壓頭

其四

兩株老檜三竿竹一炷清香半榻書若得與君成野服不妨從此老樵漁

過常山

五季雄豪幾戰爭鐵榆楊五舊知名只今瘦馬秋風客聽得寒蟬三四聲

顏常山

新衣纔著淚潸潸八日兵來已破關碧血淬成秋草色至今姓氏屬常山

途次遇應試舉子次韻

木落江天秋到期輕帆暮雨渡江遲而今馬上逢先輩最憶江天暮雨時

晚次

老樹殘絲蘸碧波西風白雨晚來多虛舟寂寞無人喚靜聽山鐘夜渡河

暮至汾上

碧澗泉聲帶雨長綠畦人影荷鋤忙吟鞭遙指汾陰曲十

里西風晚稻香

過司空表聖故里

抗策還山迹太奇從他流俗笑支離先生未吐胸中氣且與人言味外詩

其二

欲向中條訪舊居平田流水野鳧飛行穿綠樹霑微雨重啄黃花入麥稀

趙子龍故里

一劍曾經百戰場東川遺廟枕江荒平生不暇求田宅何日功成歸故鄉

滹沱河

邯鄲使者夜中馳倉卒蕪蔞麥飯遲亦伏他年成帝業河冰半合不多時

過獲鹿

渡得滹沱野氣涼村雞喔喔五更裝高秋馬上驚殘夢逸勢橫空是太行

秋山行旅

一林柿葉一林楓疊疊青山落照中詩思最宜驢背上可能無句向秋風

其二

涼透征衫爽客顏一程流水送潺湲依稀灞滻東西路人

在咸陽古渡間

繡毬花

低枝錯落綴輕寒琢就玲瓏玉一團彷彿春窗初月上壓欄香雪未曾乾

其二

輾轉拋來附萼舒碧雲初合晚風徐拈毫似欲呈新樣剪綵攢成定不如

松篁清籟

茅屋溪橋絕送迎竹間松外數峯橫幽人晝靜發清嘯空

際時傳琴筑聲

其二

小隱翛然結一亭嵐光雲影落深青幽泉乍咽林風寂卻
是無聲最耐聽

失題

愛將顏色學秋天籬角牆陰自在妍絡緯不知人意懶聲
聲唬到夕陽邊

即景

照眼溪光一鏡開磯頭小立拂莓苔丰姿濯濯如春柳髣
髴靈和殿裏來

其二

綠陰風颭夕陽遲命釣頻抽獨繭絲一卷素書看未竟春
山紅雨落多時

其三

綸竿百尺拂清波朱鬣文鱗逐浪過怪道柳花飛不定滿
天風雨起龍梭

其四

林泉濠濮興偏孤咫尺蓬池路不殊他日金明承曲宴含
毫重寫釣魚圖

水圍

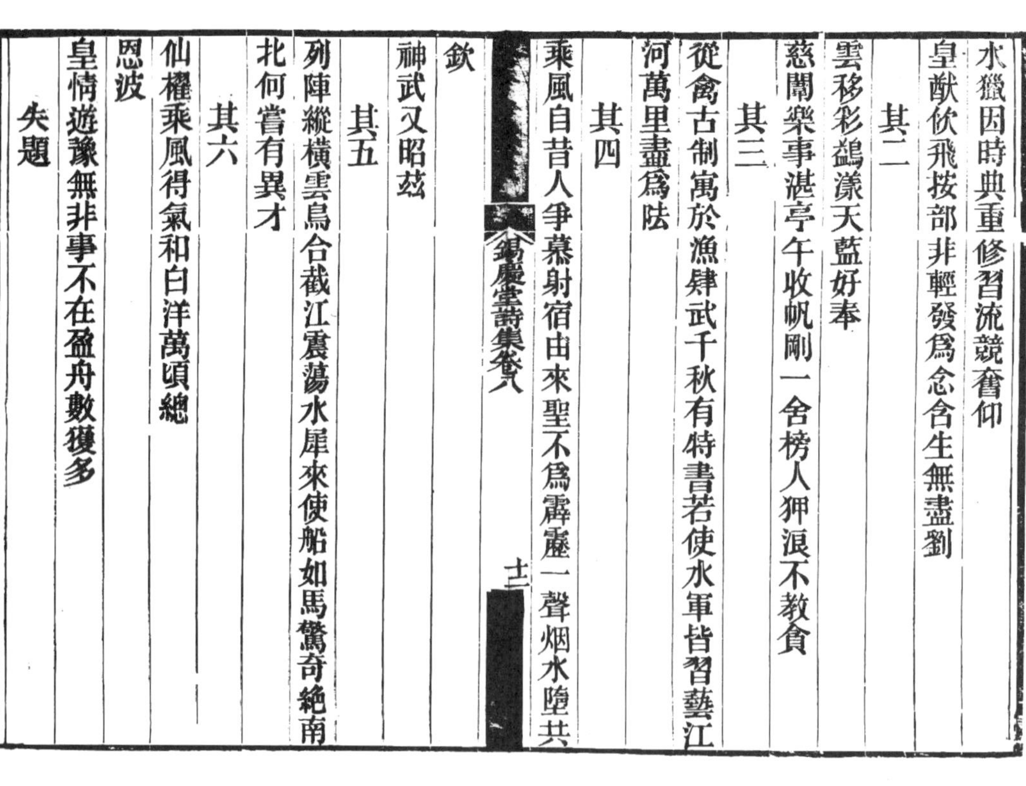

水獵因時典重修習流競奮仰
皇猷欽飛按部非輕發爲念含生無盡劉

其二

雲移彩鷁漾天藍好奉
慈闈樂事湛亭午收帆剛一舍榜人狎浪不教貪

其三

從禽古制寓於漁肆武千秋有特書若使水軍皆習藝江
河萬里盡爲陸

其四

乘風自昔人爭慕射宿由來聖不爲霹靂一聲烟水墮共
欽
神武又昭茲

其五

列陣縱橫雲鳥合截江震蕩水犀來使船如馬驚奇絕南
北何嘗有異才

其六

仙櫂乘風得氣和白洋萬頃總
恩波
皇情遊豫無非事不在盈舟數獲多

失題

蕙臺雲山谿倦眸一鞭遙指塞垣秋月明千里飛狐道[illegible]
爲甯親事遠遊

失題

畫戟森嚴宴寢香胡笳羌笛侑飛觴淸時不用籌邊策贏
得新詩滿錦囊

失題

朱實靑柯絲蔓寒離離更著玉花攢毫端留得孤芳住總
向如銀色界安

遇某廣文

齒豁頭童竟不遷寒氊昔稽自年年當途未遇蘇司業更

向何人乞酒錢

春詞

臘意全消暖色遲風光太液曉參差卽看無限芳姸好先
到靑靑[illegible]柳枝

其二

節物催排歲序和昇平處處聽懽歌宮中列仗橫金彩毀
上傳柑薦紫羅

其三

彩勝迎年報綺春靑壇祈穀重農人著龍
駕啓臨南極剛及東風解凍辰

其四

春圃華平四照開靑旂披拂紫霄來土膏早遍東南澤迎
輅香霏萬樹梅

其五

太液波融漾碧絲東風消息柳先知千林無限芳菲意總
在
天心長養時

其六

熙熙民物樂春臺此日

恩光徧八垓要識元功噓橐籥
太平
天子在蓬萊

其七

土膏初動麥苗滋穲隴春耕正及時好待靑郊行慶日濡
毫更進勸農詩

其八

玉燭年華兩見春朝元先啓絳霄晨
堯階早報桐花闓
軒律長吹甲子新

其九

萬方春宴泰階平喜入新年淑景明旭映椒盤傳彩筆風和神水溢雲觥

其十

星迴臘雪煖全融春到宜年曉殿中共慶履端朝舜陛六龍高駕日初紅

其十一

未送餘寒出騎門已看城郭裊春幡芙蓉闕迥千官賀甲子新祥紀上元

其十二

春階紀歲占三五靈木逢春應八千會見羣仙同日下雲璈聲裏慶康年

其十三

千㨾燈裁千種詞迎春風軟颭青旗瑤光璀璨星南極恰值堯階獻壽時

其十四

餞回殘臘作春初擊壤聲中化日舒誰識乾衷勤省歲先時已布勸農書

其十五

朝暾煖漾璺池寬錫福年年萬國歡一顆驪珠光四照欣瞻春色在毫端

其十六

隔花宮漏聽初添柏子香浮銀勝黏知是東風消息到玉鉤高捲辟寒簾

其十七

玉燭年華兩見春瑤編重紀上元新堯階潤徧緗桐葉餞送餘寒恰一旬

其十八

長春無限斗杓東百福來同紫極中欣誦宸章占寶祚扶桑初日海門紅

其十九

蓂抽五葉啓青臯雨水滋榮上土膏春仗曉迎蒼玉佩農祥喜氣滿東郊

其二十

縹緲瀛波煥綺霞西巒晴翠麗芳華春光併與秋光好惹榜催開次第花

其二十一

宜春苑內梅英綻延壽杯中柏葉陳糾縵九霄雲五色中

年福祉自天申

其二十二

日麗銀旛榮被賜天開金榜艷題名探春宴後探花宴次第彤廷賀太平

其二十三

上林鶯囀晴偏樂太液冰開煖乍知傳語東風高著力一宵吹放萬年枝

其二十四

星動三台呈燦麗河浮五老應休嘉青陽此度簪旛勝一色雲霞映榜花

其二十五

九十風光美滿新廿年曾記歲逢寅卽今稠疊迎慈慶八節長春第一春

其二十六

宜春閣下集千官綵仗班高慶履端百尺青旛融曉日東風吹盡隔年寒

其二十七

平明法駕問安迴中禁韶光徧九垓天子無私同造化椒盤長御萬年杯

其二十八

侍臣煖傍御鑪香斗柄初迴日正長會見天顏多喜色占豐歲歲兆農祥

曉行卽景

飛甘竟夕百昌滋霽色朝含煙景宜一幅襄陽渲水墨收將天筆句中奇

其二

晨旭熹微碧巘東柳條陰裏五花驄吟鞭正好尋芳信寒勒枝頭未放紅

其三

千朵芙蓉玉嶂開雲容舒卷信悠哉淙淙石瀨春流活直

作吳山雨後猜

其四

新蕪初茁綠周原原上人家半掩門土潤春皋閒臥犢喜聞好語出遙村

村溪放艇

丹楓醉纈暮霞天林外溪聲答澗泉此際何人領秋意偶飛一葉到漁船

其二

山根好著杉皮屋寂歷無人叩竹扉知是煙波乘興去小舟閒載白雲歸

題畫七首

貧簹深護小亭幽翠影娟娟入座浮盡日無人獨相對知君愛竹勝王猷

其二

玉籟珊珊撲袖涼雛龍新上拂雲長吟殘日日成清閟便欲乘閒解帶量

其三

新香冉冉𠀠檀欒春粉離離露未乾日傍曲欄邀點筆看君題徧碧琅玕

其四

爲有幽情戀若耶朝衫偏映碧㲯髿山王把臂皆同調高士何須說永嘉

其五

妙領逃禪落墨工不緇差與素心同年來鄧尉幽尋徧如雪繁花著雪籠

其六

番風先到半開枝數點天心未易窺試傍梢頭參鼻觀妙香清悟入無倪

其七

老榦呈姿獨倚風司花袖手不言功郤疑百鍊昆吾鐵

解酣春暈小紅

題周鯤畫冊五首應制

溪村春曉

千尺新泉挂翠匳花鬚柳眼映莎髯朝煙宿雨緣溪路第一春姿取次拈

湖陰泛鴨

春來湖上雲初煖鬬鴨欄邊致亦勝謾許能言隨甫里自呼名處自呼朋

松壑鳴泉

不辨松聲與水聲但看清韻暢幽情漻然塵外如相和漱石吟風自在鳴

招提煙暝

疏鐘谷口韻依稀帶郭遙山挂夕暉策杖來尋林下寺煙蘿寒趁暮鴉歸

江帆秋影

吳山數朵插霜空秋在橫波一葉中向憶寒潮落瓜步短篷輕試蒻江風

題畫五首

楓江泛棹

停車曾記牧之誇葉葉丹黃襯晚霞指點江村開倚棹春江一抹釣人家

柳橋春漲

鶩兒淬就短長條含雨拕煙態未消翠拂泊隄三尺水半遮遊舫半遮橋

松篁峭蒨

青士蒼官舊卜鄰偶攜雙屐作三人結茅愛向山腰住認取龍鱗鶴骨身

漁莊晚霽

苕霅溪頭春始波小山佳處舊名河就中誰是元真子淡淡斜陽短短蓑

林巒煙雨

瀟湘煙靄空濛裏墨戲流傳古亦今展對忽疑山雨至天瓢傾倒帶香斟

秋興

風馬雲車此夕閒白毫萬丈不容刪人間謾說婆娑影大地分明見海山

其二

宵分寶扇逗蟾光金鴨香浮桂子香總在廣寒宮殿裏冰輪何處覓盈匡

其三

無勞絃管破雲韶星斗疏明合有詩佳節更連
天慶節濡毫同傍萬年池

其四

一串驪珠下鳳樓三分明月十分秋笑他點寫霓裳曲供奉空傳鞠部頭

錫慶堂詩集卷八終

孫文駿謹編

曾孫有慶校字

先文恭公古文奏議外常事吟詠顧生平所作惟應
制詩曾手定一卷顔曰錫慶堂詩鈔餘多不存先大夫及
諸伯叔服官外任檢收遺稾時又多散佚是以終未付梓
先大夫嘗命文駿曰文恭公詩稾經余手存後有自他人
集中及手卷畫册閒錄出者又不下百餘首終以亥豕多
譌未敢率付手民汝其悉心搜討編次成篇以成吾志迄
今又四十年矣仍未能得眞本以資攷證復恐抱殘守闕
旋致廢墜謹先集古今體詩若干首分爲八卷凡有詩無
題者卽標曰失題詩中字句不全者亦聽其闕如不敢以
私臆增損仍顔曰錫慶堂詩集循舊式也家山戎馬忽忽

跋

十年厎定後再當訪之宿儒詢之族鄉編年重刻庶累薉
未泯久而益彰而先大夫未竟之志亦可告慰矣咸豐九
年已未秋九月孫文駿謹跋

後記

無錫是中國吴文化的發祥地。七千多年悠久歷史與文明，造就了『梁溪明秀之區，衣冠禮樂甲於江左』的城市人文傳統和深厚的歷史文化底藴。數千年來，文脉綿延，永世流芳。邵寶在《錫山遺響》序中曾經這樣描述：『錫之爲邑，在三吴間。山水清麗豐曠，生其地者，多沉雅秀整，以文名家，代不乏人。』文化已經成爲這座城市最本色的氣質。爲傳承吴地文明，建設文化名城，進一步彰顯無錫城市内在精神特質，經過幾年的精心策劃，旨在全面整理地方文化典籍的《無錫文庫》編纂出版工作於二〇一〇年全面啓動，二〇一一年起陸續與讀者見面了。

無錫的城市文化曾經爲中華文化寶庫作出過巨大貢獻。顧愷之、倪瓚、王紱、鄒一桂、賀天健、徐悲鴻、錢松嵒、吴冠中，如松秀群嶺，在中國繪畫史上擁有很高的地位；華秋蘋、楊蔭瀏、劉天華、華彦鈞（阿炳），乃韵動天籟，對中國音樂發展發揮了重要作用；李紳、蔣防、尤袤、蔣捷、陳維崧、顧貞觀、嚴繩孫、周濟、劉半農，皆胸懷錦綉，在中國文學史上可謂各領風騷；計六奇、顧祖禹、顧棟高、秦蕙田、嵇璜、錢基博、錢穆、錢鍾書、錢海岳，可稱堂奥廣庭，學造淵源，在中國學術史上卓然大家；顧憲成、高攀龍之東林，唐文治之『國專』，徐霞客之游記，徐壽、華蘅芳之『格致之學』，陳翰笙、錢俊瑞、孫冶方、薛暮橋之經濟學，都堪稱中華文化史上的一座座高峰，至今閃耀着炫目的光芒。

深厚的歷史文化底蘊激發了無錫城市的文化自覺。市委、市政府滿懷對鄉土誠摯之情、對文化敬畏之感，以義不容辭的責任擔當，致力於文化强市建設，以科學的理念和方式對歷史文化遺産作全方位的觀照、深層次的發掘、系統性的保護，匯四海之智，舉全市之力，共襄文化建設盛舉。二〇〇六年十二月，無錫市成功申報國家歷史文化名城，標志着新一輪文化意識的覺醒，并迅速轉化爲文化自覺的實踐。近年來，我市全面啓動惠山、清名橋、小婁巷、榮巷、蕩口等五個歷史文化街區和十個古村落保護修復工程，『護其貌，顯其顔，鑄其魂，揚其韵』；鴻山遺址成功保護的經驗被國家文物局譽爲大遺址保護『無錫模式』，并被授予首批國家考古大遺址公園，闔閭城遺址考古發現則確立了歷史上無錫曾作爲吴王闔閭都城的地位；建成開放六十餘座博物館、名人故居和紀念館；對無錫的非物質文化遺産予以重點保護；每年春天舉辦的中國（無錫）吴文化節、中國文化遺産保護論壇成爲文化亮點，享譽海内外。這些舉措遵循規律，探索文化建設體制和機制的創新，形成了寶貴的『無錫經驗』，得到海内外學者、專家的一致肯定。

在注重保護歷史文化遺存的過程中，發掘、整理無錫歷史文獻著作，展示和弘揚無錫城市的思想精神世界，自然而然成爲大家關注的重點。二〇〇六年，市委宣傳部組織無錫文史專家、學者編撰的十七册三百萬字的《無錫文化叢書》正式出版，引起强烈反響，出版後供不應求，在二〇〇八年再版加印。《無錫文化叢書》集中反映了無錫城市文化精華，展示了無錫城市文化特質，彰顯了無錫歷史文化的厚重，同時也告訴人們，文化精神的傳遞是文化繁榮發展的重要内涵，一旦擦去歲月蒙塵，優秀的歷史文化就會轉化成爲取之不盡的精神財富。

爲了進一步彰顯城市歷史文化底藴，二〇〇七年，市委、市政府將全面系統整理無錫文化典籍擺上工作議事日程，明確提出編纂《無錫文庫》。由于無錫歷史文化底藴深厚，卷帙浩繁，内容豐富，編纂工作千頭萬緒，要想整理出一部簡明扼要而又内容翔實、主旨鮮明而又文質彬彬的文獻集成，難度遠大於預想。爲此，我們先後成立了《無錫文庫》工作委員會和編輯委員會，加强對編纂出版工作的組織領導與統籌協調，在尊重歷史、尊重規律、尊重科學、尊重專家的基礎上，積極推進文庫編纂工作。編輯委員會經過反復論證，明確原則，綱舉目張，有條不紊地開展工作。充分憑借地方文史專家的優勢，充分發揮高校人文學院、研究機構的作用，充分依靠出版機構的專業經驗，并邀請國内外著名文史專家指導、把關，形成了文庫編纂的工作合力。

在編輯過程中，我們力求使《無錫文庫》成爲經得起歷史考驗的鄉邦文獻集成。

全面規劃又保持開放結構。面對豐富的歷史文化積澱，没有規劃就不可能形成清晰的編纂思路。在前期編纂工作中，編輯委員會經過二十餘次的論證會和專題研討會，形成并確定了《無錫文庫》總書目，明確了收録範圍和内容主體，立足無錫市區，兼顧江陰、宜興，主要體現無錫本土内容，突出人文科學，適當兼顧其他門類。據此，《無錫文庫》收録圖書五百五十餘種，分爲五輯：第一輯『官修舊志』，收編無錫地方志（含江陰、宜興）；第二輯『地方史料專著』，收編反映無錫地方史料的專著與筆記；第三輯『年譜家乘』，收編無錫（含江陰、宜興）地方名人年譜和望族的家譜；第四輯『無錫文存』，收編歷史上無錫作家詩文和專著的精華；第五輯『近現代名家名著存目』，編撰無錫近現代名家名著的書目提要。爲使文庫具有更大的開放度和包容量，《無錫文庫》注重整體設計，在框架分類上既注意整合，又突出重點，考慮到文庫的涵蓋面和系統性；在書目選擇上既注重經典性，又强調代表性，兼顧到圖書本身質量和作者特點；在出版方式上既總體規劃、循序推進，又采取較爲靈活的方式，成熟一批出版一批，不編序號，爲今後增補書目預留空間。

尊重歷史又反映時代特色。《無錫文庫》注重歷史性與時代性相結合，以嶄新的學術角度和現代學科理念對城市歷史文化進行整理和弘揚。編纂工作充分體現對歷史傳統的尊重，儘可能減少評述性成分，杜絶截割、改篡、增删圖書内容，對節選本衹采取作者的自選本。與此同時，以現代學術視野來看待傳統史料，增加收録有價值的歷史資料和文獻，如對民國時期的一些稿本、期刊、會刊、紀念册也予以應有的關注，收入了部分重要的民間史料。

保持原貌又便于讀者查閱。《無錫文庫》除第五輯外，全部采用原版影印方式，力争選擇最優版本作底本，保持文獻著作的歷史面目。爲了便於閲讀、查證、使用、研究，每一輯均撰寫編輯説明，每種書撰寫提要，并編撰《文庫》書目索引。通過這樣的方式，使《無錫文庫》兼具工具書檢索的作用，增强文化典籍整理的實用功能。

如期完成又精益求精。《無錫文庫》作爲一項重大文化工程，編纂工作面廣量大，必須集中力量，一鼓作氣。我們明確，從編纂工作全面啓動開始，花三年時間完成《無錫文庫》出版工作。《無錫文庫》總書目形成後，五輯的書目編纂工作同時開展、整體推進。我們要求，《無錫文庫》編纂出版工作要强化精品意識，力求思想精深、内容精彩、選編精當、學風精良、裝幀精美。文庫編纂出版的每個環節都反復論證推敲，確保經得起歷史檢驗。

《無錫文庫》的編纂出版工作，得到了鳳凰出版傳媒集團的大力支持，鳳凰出版社在版本選擇、編輯出版方面做了細緻的工作；由於《無錫文庫》收録的資料有三分之二散落在全國各圖書館中，中國國家圖書館、上海圖書館、南京圖書館等一批國内知名圖書館爲此提供了積極的幫助；應邀擔任《無錫文庫》學術顧問的專家，都是無錫籍的文化名人和國内一流的古籍研究專家，他們有的不顧年事已高，有的不顧自身工作繁忙，爲《無錫文庫》的編纂工作付出辛勤勞動；《無錫文庫》工作委員會和編輯委員會成員以及編務人員在文庫編纂出版過程中做了大量的工作。在此，謹向他們表示崇高的敬意和由衷的謝忱！

由於《無錫文庫》收録内容涉及範圍廣、時間跨度長，部分書目已經散佚，可利用資料受到限制，加之編輯委員會水平有限，《無錫文庫》的編纂工作難免會有一些疏漏和錯誤，不當之處敬請讀者指正。

王立人

二〇一一年一月